中華古籍保護計劃

ZHONG HUA GU JI BAO HU JI HUA CHENG GUO

·成果·

（唐）韓愈　撰　（宋）祝充　音注

宋本韓文公文集

第一册

國家圖書館出版社

圖書在版編目(CIP)數據

宋本韓文公文集:全六册/(唐)韓愈撰;(宋)祝充音注.—北京:國家圖書館出版社,2020.9

(國學基本典籍叢刊)

ISBN 978-7-5013-6346-9

Ⅰ.①宋… Ⅱ.①韓… ②祝… Ⅲ.①韓愈(768—824)—文集 Ⅳ.①I214.232

中國版本圖書館 CIP 數據核字(2018)第 018377 號

書　　名　宋本韓文公文集(全六册)
著　　者　(唐)韓愈　撰　(宋)祝充　音注
責任編輯　李精一
封面設計　徐新狀

出版發行　國家圖書館出版社(北京市西城區文津街7號　100034)
(原書目文獻出版社　北京圖書館出版社)
010-66114536　63802249　nlcpress@nlc.cn(郵購)
網　　址　http://www.nlcpress.com
印　　裝　北京市通州興龍印刷廠
版次印次　2020年9月第1版　2020年9月第1次印刷

開　　本　880×1230(毫米)　1/32
印　　張　38
書　　號　ISBN 978-7-5013-6346-9
定　　價　120.00圓

《國學基本典籍叢刊》編委會

《國學基本典籍叢刊》前言

國家圖書館出版社（原書目文獻出版社 北京圖書館出版社）成立三十多年來，出版了大量的中國傳統文化典籍。由於這些典籍的出版往往采用叢書的方式或綫裝形式，供公共圖書館和大學圖書館典藏使用，普通讀者因價格較高、部頭較大，不易購買使用。爲弘揚優秀傳統文化，滿足廣大普通讀者的需求，現將經、史、子、集各部的常用典籍，選擇善本，分輯陸續出版單行本。每書之前均加簡要説明，必要者加編目録和索引，總名《國學基本典籍叢刊》。歡迎讀者提出寶貴意見和建議，以使這項工作逐步完善。

編委會

二〇一六年四月

序言

《音注韓文公文集》四十卷，外集十二卷。唐韓愈撰，宋祝充音注。宋刻本。每半頁十二行，行二十一至二十二字不等，注雙行，白口，四周雙邊。雙黑魚尾，上魚尾下書『昌文』或『韓文』及卷數，下魚尾下標頁數及刻工姓名（時亦標有字數）。卷首有趙德及李漢序，末有吕夏卿後序。宋元書目無著録。傅增湘《藏園群書經眼録》、萬曼《唐集敘録》、《北京圖書館善本書目》等著録，現藏中國國家圖書館。一九三四年，文禄堂有影印本。二〇〇四年，《中華再造善本》亦據國圖藏本影印。

韓愈（七六八—八二四），字退之，郡望昌黎，世稱『韓昌黎』，河南河陽（今河南孟州南）人。三歲而孤，養於其兄嫂。幼刻苦，從獨孤及、梁肅游，通六經、百家之學，自言『七歲而讀書，十三而能文』（《與鳳翔邢尚書書》）〔一〕。唐德宗貞元八年（七九二）擢進士第，又三應博學鴻詞科而不第。

〔一〕（唐）韓愈撰，劉真倫、岳珍校注：《韓愈文集彙校箋注》，北京：中華書局二〇一〇年版，第八四二頁。

先爲董晉辟爲巡官，後入張建封幕府，愈性耿介，言多亢直。貞元末，調四門博士，轉監察御史，上疏數千言論宮市之弊，又以《御史臺上論天旱人飢狀》得罪權貴，被貶爲連州陽山令。憲宗元和元年（八〇六），召爲國子博士，求爲分司東都。五年（八一〇）降河南縣令，六年（八一一），遷尚書職方員外郎，坐論柳澗，調國子博士。愈以才高被黜，作《進學解》以自喻。八年（八一三）遷比部郎中、史館修撰。九年（八一四）拜中書舍人。十二年（八一七）八月，從裴度平定淮西之亂，任行軍司馬，以功授刑部侍郎，撰《平淮西碑》，因多敘裴度功績，爲先鋒李愬所忌，憲宗令磨愈文，命翰林學士段文昌重撰替之。十四年（八一九），憲宗遣使迎佛骨，愈上疏《諫迎佛骨表》，忤憲宗意，幾論死，以裴度、崔群所請得免，貶潮州刺史。愈至貶所即上《潮州刺史謝上表》，得量移袁州。明年，徵爲國子祭酒，轉兵部侍郎，赴鎮州宣諭，改吏部侍郎，故世稱『韓吏部』，遷京兆尹。卒贈禮部尚書，謚曰文，世稱『韓文公』。事迹見李翱《贈禮部尚書韓公行狀》、《舊唐書》卷一六〇、《新唐書》卷一七六等。

愈少時與孟郊、張籍友善，屢稱薦於公卿間。相與講論詩文，頗能奬掖後進，經其指授者，皆稱韓門子弟。其爲文推揚雄、司馬遷之氣格，務反駢偶之文，自成一家，與柳宗元并倡古文，世稱『韓柳』。作詩奇崛生新，有『以文爲詩』之稱，與孟郊并稱『韓孟』。蘇軾《潮州韓文公廟碑》評韓文曰：『文起八代之衰，而道濟天下之溺。』〔一〕清人劉熙載進而言曰：『韓文起八代之衰，實集八代之成。蓋惟善用古者能變古，以無所不包，故能無所不掃也。』〔二〕

韓文之結集，始於唐趙德之《文録》，今佚。唐穆宗長慶四年（八二四），門人李漢編《昌黎先生集》，合爲四十一卷。宋人於韓文多所整理，有五百家注韓之説。如洪興祖《韓子年譜》、方崧卿《韓集舉正》、朱熹《韓集考異》、魏仲舉《五百家注音辯昌黎先生文集》等。祝充之作，亦宋人之一種也，近人傅增湘謂：『傳世韓文單注，以此爲僅存孤本。』〔三〕又謂研讀韓集，『若求一家之言，則舍祝氏莫求矣』〔四〕。可見其價值。

祝充，字廷實（廷賓），宋明州文溪（在明州南四十里，宋時隸兩浙東路）人，説見清人張允亮跋。今人劉真倫則謂張説不確，據地理志考其爲衢州江山縣人。又據《郡齋讀書志附志》所載，知其紹興間曾任右從政郎潭州寧鄉縣丞。餘身世不詳。

〔一〕（宋）蘇軾：《蘇軾文集》，北京：中華書局一九八六年版，第五〇九頁。

〔二〕（清）劉熙載：《藝概》，上海：上海古籍出版社一九七八年版，第二〇—二一頁。

〔三〕（清）莫友芝撰、傅增湘訂補：《藏園訂補郘亭知見傳本書目》，北京：中華書局二〇〇九年版，第二四頁。

〔四〕傅增湘：《藏園群書題記》，上海：上海古籍出版社一九八九年版，第六〇五—六〇六頁。

考其成書。張允亮據其正文中『敦』字減筆，係避光宗名諱，推測今傳本爲南宋紹熙年間刻。又據其書後附吕夏卿後序，推測其以吕本爲底本（萬曼謂宋人無吕本，乃張氏之誤）。今人常思春則據其書中采有韓醇注，而推測其當刻於淳熙後期。又據其字祖歐體，書法秀整，而推測爲浙本（見《中國古代詩文名著提要・漢唐五代卷》）。另，宋人趙希弁《郡齋讀書志附志》、《玉海》等言其書曾進於朝廷（題名《韓文音義》），有毛叔度爲之序，張杓刻而敘其後。張杓乃張栻之弟，紹興年間生人，則初版當刻於紹興以後。乾道三年（一一六七）陸之淵《柳文音義序》亦嘗提及祝充之注，謂：『昌黎文有江山祝充音義，即反切難字，又注其所從出，亡以復加。』〔二〕則此書於乾道間必已流傳，可推其初版本或當刻於紹興至乾道間。慶元年間，魏仲舉編《五百家注音辨昌黎先生文集》，多引祝充之説，亦可見其流傳較廣。而傳增湘取魏氏所引條目與今本《音注韓文公文集》對勘，發現『魏氏所引諸條，其文往往多於此本，疑此本爲删節本，而魏氏據全本引，故文字轉繁也』〔三〕。可推知此書當先有張杓所刻之初本，至紹熙間又有節本，而初刻本後亡佚，紹熙間之節本則流傳至今。至於其刻工，今可識别者有劉羊、劉合、蔣清、黄森等，據刻工資料，亦可知其書當刻

〔二〕（唐）柳宗元：《柳河東全集》，北京：北京燕山出版社一九九六年版，第一二四〇頁。

〔三〕（清）莫友芝撰、傅增湘訂補：《藏園訂補郘亭知見傳本書目》，北京：中華書局二〇〇九年版，第二四頁。

於孝宗至寧宗時期。

此書係詩文合編本，内集卷一賦、古詩、操，卷二至卷七古詩，卷八聯句，卷九、卷十律詩，卷十一至卷十四雜文，卷十五至卷十九書，卷十九至卷二十一序，卷二十二、卷二十三祭文，卷二十四至卷三十五碑誌，卷三十六雜文，卷三十七至卷四十表狀。外集卷一雜文，卷二書，卷三序，卷四、卷五雜文，卷六至卷十順宗實録，卷十一遺文，卷十二收他人評韓之傳、贊、後序等。《玉海》《宋史·藝文志》著録此書，皆作五十卷，或指其初刻本而言。正文篇目編次順序與南宋監本相一致。常思春謂其所收之遺文與附録，皆不及他本所收詳盡，『唯以此二卷與原外集十卷通編卷第，迥異於他本』〔二〕。

常思春爲此書提要，曾謂：『書中錯脱字多，《大安池》誤作《大安地》，注文「洪曰」多誤作「注曰」，至有校語誤置所校字上處。』〔三〕然此書之佳處，實在於祝充之注文。韓愈之文多訓詁深奥處，非注不明。祝氏之注韓文，先注讀音，多用直音法與反切法。其次釋義，以明韓文之生僻字義，其説多以《説文》《禮記》及洪興祖注等爲據。又引洪興祖、趙德等版本，對韓文加以校勘，廣收

〔二〕傅璇琮：《中國古代詩文名著提要·漢唐五代卷》，石家莊：河北教育出版社二〇〇九年版，第三一七頁。
〔三〕傅璇琮：《中國古代詩文名著提要·漢唐五代卷》，石家莊：河北教育出版社二〇〇九年版，第三一七頁。

異文。據今人劉真倫統計，『其中引校洪興祖本五十六條，引校趙德《文録》二十八條，引校唐本七條，徵引石本八種』[二]。其校勘多用對校法，列出異文而不斷是非，如卷十五《與孟東野書》『是非無所與同也』，『與』下注『一作以』。除正文外，亦多於題目注其異文，如卷二十七《劉統軍墓誌銘》，注謂：『一作《唐故右龍武統軍劉公墓碑》。』其校勘偶據押韻、文意、史實等而做理校，如卷一《南山詩》『前尋徑杜墅』，『杜墅』一作『社墅』。祝充據《舊唐書》『宰相杜佑與同列宴於樊川別墅』而判斷其爲『杜墅』而非『社墅』。此外，亦時注詩句之背景與旨趣，如於卷三《永貞行》注：『謂順宗即位時也。』卷六《猛虎行贈李宗閔》注：『宗閔初爲裴度引援，後度薦德裕相，宗閔遂怨。故退之作此。』又注其典故，如卷二一於《送靈師》『維舟事干謁，披讀頭風痊』注用曹操讀陳琳檄文之事。注古今人名則如卷十三《科斗書後記》『後來京師爲四門博士，識歸公』，注：『歸登也，有文學，工草隸，見舊史。』頗有助於讀者之理解。且其注文亦多有不見於《五百家注》本者，故於版本、注釋之研究，亦頗有裨益。西北師範大學景雪敏二〇一一年碩士學位論文《祝充〈音注韓文公文集〉研究》係對此書的專門研究，考察其注釋内容及特色頗詳，可參看。

其書之藏印有『静盧樓』『瞻緑堂』『吴郡潘寅叔藏書印』『陳寅之印』『盧倧私印』『潘氏寅叔

[二] 劉真倫：《韓愈集宋元傳本研究》，北京：中國社會科學出版社二〇〇四年版，第七六頁。

珍藏』等。潘寅叔係明代藏書家，餘不詳。據張允亮跋，此書原藏臨清徐梧生家，一九二七年歸於蕭山朱翼庵。可略知此書於清末民初之收藏情況。

諸雨辰

二〇一八年三月

總目録

第一册

第二册

第三册

第四册

第五册

第六册

第一册目録

卷二

卷三

卷四

據國家圖書館藏宋刻本影印原書
版框高十七點一厘米寬十二點一
厘米

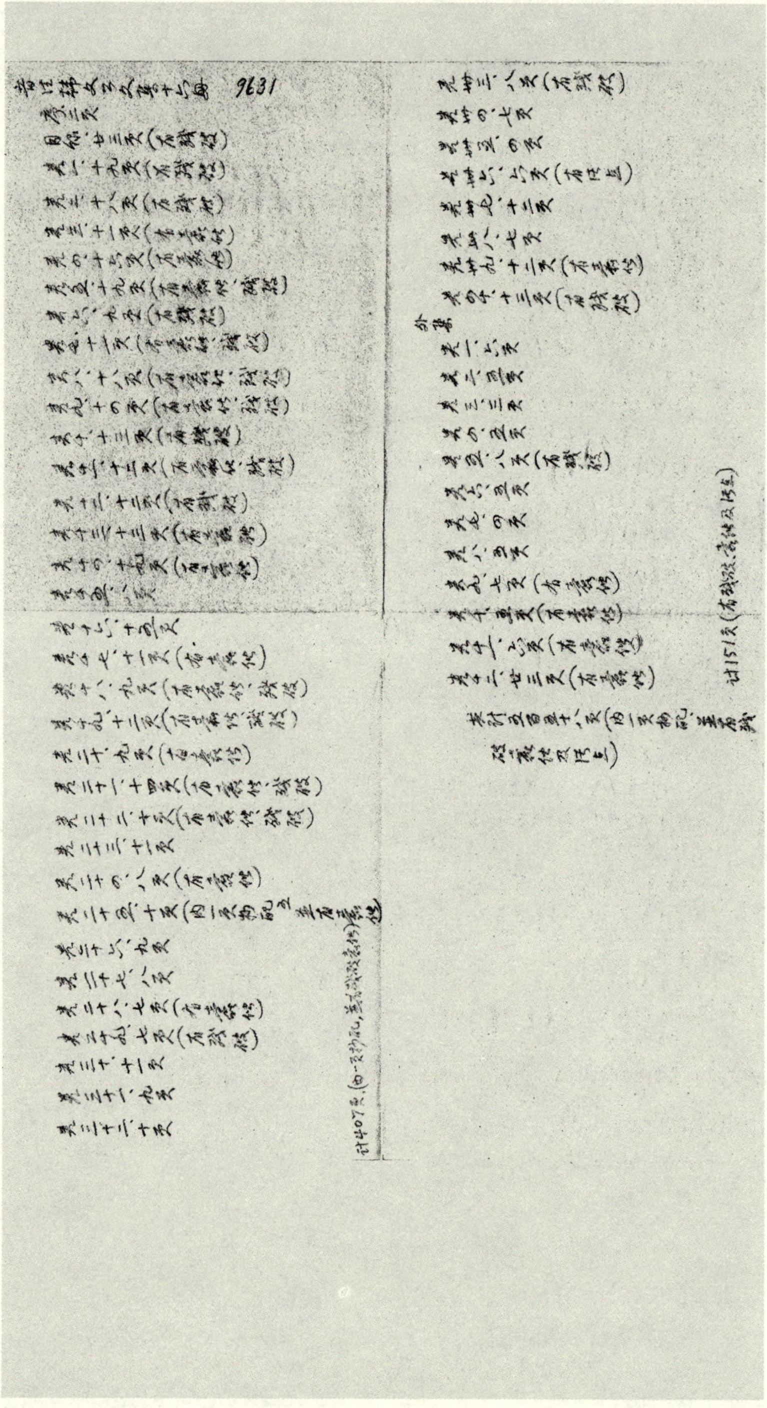

韓文公文集

文録序

天水趙德

昌黎公聖人之徒歟其文高出與古之遺文不相上下所覆之道則堯舜禹湯文武周孔孟軻楊雄所授受服行之實也固已不雜其傳由佛及聃莊楊之言不得干其思入其文也以是光於今大於後金石燋鑠斯文粲然德行道學文庶幾乎古蓬茨中手持目覽飢食渴飲沛然滿飽顧非適諸聖賢之域而謬志於斯將所以盗

其影響僻處無備得以所遇次之爲卷私曰文
錄寶以師氏爲請益依歸之所去

文集序

門人李　漢

文者貫道之器也不深於斯道有至焉者不也易繇爻象春秋書事詩詠謌書禮剔其僞皆深矣乎秦漢已前其氣渾然迨乎司馬遷相如董生楊雄劉向之徒尤所謂傑然者也至後漢曹魏氣象萎苶司馬氏已來規範蕩悉謂易已下爲古文剽掠潛竊爲工耳文與道蓁塞固然莫

大淵音韞

知也先生生於（一無於字）大曆戊申幼孤隨兄播遷韶
嶺兄卒鞠於嫂氏辛勤來歸自知讀書曁爲文日
記數千百言比壯經書通念曉析酷排釋氏諸
史百子搜抉無隱汗瀾卓踔奫泫澄深詭然而
蛟龍翔蔚然而虎鳳躍鏘然而韶鈞鳴（一作發）日光
玉潔周情孔思千態萬貌卒澤於道德仁義炳
如也洞視萬古愍惻當世遂大拯頹風教人自
爲時人始而驚中而笑且排先生益堅終而翕
然隨以定嗚呼先生於文摧陷廓清之功比於
武事可謂雄偉不常（一作嘗）者矣長慶四年冬先生

歿門人（一有隴西字）李漢辱知最厚且親遂收拾遺文無所墜失得賦四古詩二百一十（洪慶善辨證云蜀本序云二百一十三今本實二百十一此序自此而下注字皆洪云）聯句十一（今孟郊集中别有三首）律詩一百六十（蜀一百六十六今一百六十四）雜著六十五（蜀七十三今六十五）書啓序九十六（蜀九十九今八十七）哀詞祭文三十九（蜀同今二十六）碑誌七十六（蜀七十三今七十五）筆硯鱷魚文三（蜀六今五）表狀五十二（蜀同今四十八）揔七百一十六（蜀七百三十六今七百六）合爲四十一卷（一云并目録合爲四十一卷行狀云有集四十卷小集一十卷）目爲昌黎先生集傳於代又有注論語十卷傳學者順宗實録五卷列於史書不在集中先生韓愈字退之官至吏部侍郎餘在國史本傳

音註韓文公文集目録

第一卷

江漢一首荅孟郊　長安交遊者一首贈孟郊
岐山下一首 一作二首

第二卷

古詩

北極一首贈李觀　此日足可惜一首贈張籍
幽懷　君子法天運
落葉一首送陳羽　歸彭城
醉後　醉贈張祕書 徹
同冠峽　送惠師
送靈師　縣齋有懷
題合江亭寄刺史鄒君
陪杜侍御遊湘西寺獨宿有題一首因獻楊常侍

第三卷

古詩

第四卷
古詩

一終
二冊○

一一

第五卷

古詩

第七卷
古詩

二終

第九卷

第十卷

量移袁州張韶州端公以詩相賀因酬之
次石頭驛寄江西王十中丞閣老
題西林寺故蕭二郎中舊堂
自袁州除官還京行次安陸先寄循州周員外
題廣昌館　又寄周循州員外
醉中留別襄州李相公逢吉
題驛梁　賀張十八祕書得裴司空馬
杏園送張徹侍御一作郎　雨中寄張博士籍侯主簿喜
和張侍郎酬馬尚書
早春與張博士籍遊楊尚書林亭寄第三閣老兼呈
白馮二閣老
奉使常山次太原呈副使吳郎中

三終

五箴并序　後漢三賢贊

諱辯　訟風伯

伯夷頌

第十三卷

雜文

子産不毁鄉校頌　釋言

愛直贈李君房别　張中丞傳後序

河中府連理木頌　汴州東西水門記并序

宴喜亭記

徐泗濠三州節度掌書記廳石記

畫記　藍田縣丞廳壁記

新修滕王閣記　科斗書後記

第十六卷

書

第十九卷

四終

五冊 ○

第二十卷

序

送牛堪登第序　送董邵南序

送崔復州序　贈張童子序

送浮圖文暢師序　送楊儀之支使歸湖南序

送何堅序　送廖道士序

送王含秀才序　送孟琯秀才序

送陳彤秀才序　送王塤秀才序

荊潭裴均楊憑唱和詩序　送幽州李端公序

第二十一卷

序

送區冊序　送張道士序并詩

送高閑上人序　　送殷侑員外使回鶻序

送楊巨源少尹序　　送權秀才序

送李正字歸湖南序　　送石鴻處士赴河陽叅謀序

送溫造處士赴河陽軍序

送鄭權尚書序

送水陸運使韓約侍御歸所治序

送鄭涵校理序

開州韋處厚侍講盛山十二詩序

石鼎聯句詩序

第二十二卷

祭文

祭田横墓文并序　　歐陽生哀辭并序

第二十三卷

祭文

第二十五卷

墓誌銘

登封縣尉盧郃墓銘　唐故興元少尹房君墓誌銘

唐故河南少尹李公墓誌銘

石君墓誌銘

唐故江西觀察使韋公墓誌銘

唐故河南府王屋縣尉畢君墓誌銘

唐故試大理評事胡君墓銘 明允

唐故襄陽盧丞墓誌銘

唐故河中府法曹張君墓碣銘

唐故太原府參軍苗君墓誌銘

第二十六卷

五終

六冊○

第二十八卷

碑誌銘

第二十九卷

誌銘

六終
七冊

第三十四卷

墓誌銘

下邳侯革華傳　送窮文

鰐魚文

第三十七卷

狀

唐故金紫光祿大夫檢校尚書左僕射同中書門下平章事兼汴州刺史充宣武軍節度副大使知節度事管內支度營田汴宋亳潁等州觀察處置等使上柱國隴西郡開國公贈太傅董公行狀

與汝州盧郎中論薦侯喜狀

論今年權停舉選狀　御史臺上論天旱人饑狀

請復國子監生徒狀　唐故贈絳州刺史馬府君行狀

復讎狀　錢重物輕狀

第三十八卷

第三十九卷

第四十卷

狀表

七終
外再

○外集

第一卷

雜文

第二卷

鄆人對　河南府同官記

宜城驛記　題李生壁

第五卷

雜文

除崔群戶部侍郎制　祭汴州董相公文

雷塘禱雨文　祭石君文

祭房君文　高君仙硯銘并序

高君畫讚　潮州請置鄉校牒

直諫表　論顏威狀

第六卷

順宗實錄卷第一起藩邸盡貞元二十一年二月

第七卷

音註韓文公文集目錄終

音註韓文公文集卷第一

門人李漢編

賦　古詩　操

感二鳥賦并序

貞元十一年一作五年一作十五年洪慶善年譜云按公以大曆三年生至今年二十八歲序言自七歲至今二十二年則是二十八歲矣又盡記云貞元甲戌余在京師云云明年出京師至河陽甲戌十年也則是十一年無疑作五年十五年者皆非五月戊辰愈東歸癸酉自潼關上徒紅切關在華陰左氏以守桃林之塞注桃林在洪農華陰縣東潼關出息於河之陰時始去京師有不遇時之歎見行有籠白烏白鸜鵒而西去者號於道曰某土之守音狩諸侯爲天子守土曰守書五載一巡守某官使使者下踈吏切將命者論語使者出進於天子東西行者皆避路莫敢正目焉因竊自悲幸生天下無事時承先人之遺業不識干戈耒耜攻守

耕穫之勤讀書著文自七歲至今凡二十二年其行已不敢有愧於道其閒居上音閑暇也禮記孔子閒居思念前古當今之故亦僅志其一二大者焉選舉於有司下與百千人偕進偕退曾不得名於薦書齒下士于朝以仰望天子之光明今是鳥也惟以一有其字羽毛之異非有道德智謀承顧問贊教化者乃反得蒙採擢薦進光耀如此可以為一作人而不如鳥乎故為賦以自悼且明夫遭時者雖小善必達不遭時者累善無所容焉其辭曰

吾何歸乎吾將既行而後思誠不足以自存苟有食其從之出國門而東騖音鶩馳也楚辭歷廣漠兮馳騖選化龍東騖後同觸白日之隆景時返顧以流涕念西路之羌永過邅關而坐息窺黃流之奔猛感二鳥之無知方蒙恩而入幸惟進退之殊異增

余懷之耿耿彼中心之一作其何憙憙許吏切悅也前漢天子心獨憙一作嘉徒外飾焉一作而是逞余生命之湮阨音厄限也礙也孟子阨窮而不憫後同曾二鳥之不如汩越筆切說文水流也楚辭汩余若將不及注云皃疾若流水又音骨東西與南北亘一作恒居鄧反極也通也選經途所亘十年以不一作而下居辱飽食其一作兮有數況策名與薦書一作況榮名於薦書時所好之爲賢庸有謂余之非愚昔殷之高宗得良弼於宵寐孰左右者爲之先一有容字信天同而神比及時運之未來或兩求而莫致雖家到而戶說一作曉秪以招尤而速累蓋上天之生余亦有期於下地蓋求配於古人獨怊悵上音超又音抽楚辭怊悵而自悲注恨皃後同於無位雖得之而不能乃鬼神之所戲幸年歲之未暮庶無羨於斯類

復志賦并序

愈既從隴西公（董晉）平汴州其明年七月有負薪之疾退休于居作復志賦其辭曰

居悒悒（音邑憂悒說文不安也選良增悒悒）之無解（一作辭）兮獨長思而永歎（音難長息也詩況也永歎）豈朝食之不飽兮寧冬裘之不完昔余之既有知兮誠坎軻（口个切又音可坎軻不平易貌輪不得志選坎軻多辛苦）而艱難當歲行之未復兮從伯氏以南遷淩大江之驚波兮過洞庭之漫漫（謨官切水大貌選歸海流漫漫後同）至曲江而乃息兮逾南紀之連山嗟日月其幾何兮攜（戶圭切提也詩攜手同行）孤嫠（音釐寡婦也左氏莒子殺其夫已爲嫠婦）而北旋值中原之有事兮將就食於江之南（一無之字）始專專於講習兮非古（一作詁）訓爲無所用其心窺前靈（一作修）之逸跡兮超孤舉而幽尋既識路又疾驅兮孰知余力之不任（音壬堪也）考古人之所佩兮閱時俗之所服忽忘身而（一作之者）

非不肖兮謂青紫其可拾自知者爲（一作不）明兮故吾之所
以爲惑擇吉日余西征兮亦既造夫京師君之門不可逕
（一作徑）而入兮遂從試於有司惟名利之都府兮䰢（乃也一作差者）
（非驅羊切玉篇楚語辭也楚辭䰢衆人之所仇）人之所馳（一作四馳）競乘時而射勢（一作
射利一作附勢）兮紛變化其難推全純愚以靖（一作自）處兮將與彼
而異宜欲奔走以及事兮顧初心而自非朝馳騖乎書林
兮夕翺翔乎藝苑諒却步以圖前兮不浸近而逾遠衰白
日之不與吾謀兮至今十年其猶初豈不登名於一科兮
曾不補其遺餘進既不獲其志願兮退將遁而窮居排國
門而東出兮嗟（一作慨）余行之舒舒時憑高以迴顧兮涕泣
下而交如戾（音劦至也）洛師而悵望兮聊浮遊以躊躇（上音疇下音除）
（莊子聖人躊躇以興事注從容也）假火（一作大）龜以視兆兮求幽貞之所廬

甘潛伏以老死兮不顯著其名譽音餘美稱也易括囊無咎無譽非夫子
之洵美兮吾何爲乎浚音峻衛邑詩在浚之都之都小人之懷惠兮
猶知獻其至愚固余異於牛馬兮寧止乎飲水而求芻伏
門下之默默兮竟一作卒歲年以康娛時乘間以獲進兮顏
垂歡而愉愉仰盛德以安窮兮又何忠之能輸昔余之約
吾心兮誰無施而有獲嫉貪佞之洿汪胡切說文濁水不流孟子數罟不入洿
池濁兮曰吾其既勞而後食懲此志之不修兮愛此言之
不可忘情怊悵以自失兮心無歸而一作之者非茫茫苟不內
得其如斯兮孰與不食而高翔抱關之阨音隘阻塞也左氏所遇又阨一
作厄陋兮有肆志之陽陽一作揚揚伊尹之樂於畎畝兮焉於虔切何
也詩爲得諼草富貴之能當恐誓言之不固兮斯自誦一作訟以成
章往者一有之字不可復兮冀來今之可望音忘相忘也詩萬民所望

閔己賦

余悲不及古之人兮依時勢而則然獨閔閔（一作閔悶）其曷已兮憑文章以自宣昔顏氏之庶幾兮在隱約而平寬固哲人之細事兮夫子乃嗟歎其賢惡（烏各切）飲食乎陋巷兮亦足以頤神而保年有至聖而為之依歸兮又何不自得於艱難曰余昏昏其無類兮望夫人其已還（一作遠）行舟檝而不識四方兮涉大水之漫漫勤祖先之所貽兮勉汲汲於前修之言雖舉足以蹈道兮哀與我者為誰衆皆捨而己用兮忽自惑其是非下土茫茫其廣大兮余豈不知其可懷就水草以休息兮恒未安而既危久拳拳其何故兮亦天命之所（一作本）宜惟（一作憶者非）否泰之相極兮咸一得而一違君子有失其所兮小人有得其時聊固守以靜俟兮

誠不及古之人兮其焉於乾切悲

別知賦送楊儀之

余取友於天下將歲行之兩周下何深之不即上何高之不求紛擾擾趙本作伊紛擾而既多咸喜能而好修寧安顯而獨裕顧阨窮一作塞而共愁惟知心而難得斯百一而爲收歲癸未而遷逐侶蟲蛇於海陬將侯切陬隅也前漢吳奔璧東南陬遇夫人之來使闕公館以羅羞兮微言於亂志發孤笑於羣憂物何深而不考理何隱而不抽始參差以異序卒瀾漫瀾郎干切漫莫半切大水也瀾一作爛者非而同流何此歡之不可恃遂一作卒駕馬以迴輈張流切車轅也詩五楘梁輈後同山磝磝五交切爾雅多小石磝其相軋樹蓊烏孔切木茂也前漢觀衆木之蓊薆又音翁其相摎力周切絞也儀礼殤之經不摎垂盖不絞其帶之垂者雨浪浪音郎流貌楚辭霑余襟之浪浪其不止雲浩浩其二其字趙並作而

常浮知來者一有之字不可以數音朔頻也論語朋友數斯疏矣哀去此以無

由倚郭郛而掩涕空盡日以遲留

元和聖德詩并序洪慶善辨證云序云不足以自效爲解或以解爲辭警動百姓耳目或以警爲驚詩曰血人于牙或以人爲入之類皆流俗妄改也

臣愈頓首再拜言曰臣伏見皇帝陛下即位以來誅流姦臣朝廷清明無有欺蔽外斬楊惠琳劉闢以收夏蜀東定青徐積年之叛海內怖駭上普故切下戾楷切惶懼也選單于怖駭不敢違越郊天告廟神靈歡喜風雨明晦無不從順太平之期適當今日臣蒙被恩澤日與羣臣序立紫宸殿下親望穆穆之光況而一作其職業又在以經籍教導國子誠宜率先作歌詩以稱道盛德不可以辭語淺薄不足以自效爲解輒依古作四言元和聖德詩一篇凡千有二十四字指事實録具

載明天子文武神聖以警動百姓耳目傳示無極其詩曰
皇帝即祚物無違拒曰暘而暘曰雨而雨維是元年有盜
在夏欲覆其州以踵近趙作其武皇帝曰嘻豈不在我負鄙
爲艱縱則不可出師征之其衆十旅軍其城下告以福禍
腹敗枝披不敢保聚擲首陴音碑城上垣左氏衛人登陴外降下江切伏也下
也詩我心則降幡夜豎疆外之險莫過蜀土韋皋去鎮劉闢守後
血人于牙不肯吐口開庫啗徒監切說文食也史記往說秦將啗以利又徒敢切士
曰隨所取汝張汝弓汝伐一作擊汝鼓汝爲表書求我帥汝
事始上聞在列咸怒皇帝曰然嗟遠士女苟附而安則且
付與讀一作續命於庭出節少府朝發京師夕至其部闢喜
謂黨汝振而伍蜀可全有此不當受萬年臠力兗切肉臠也莊子不敢
食一臠肉炙之夜切與炙同廣韻引周書黃帝始燔肉爲炙禮記毋嘬炙萬甕行酒以錦纏

股以紅帕下莫韐切廣韻帕額首飾也二儀實録曰禹會塗山之夕大風雷震有甲步卒千餘人其不被
甲者以紅綃帕抹其額自此遂爲軍容之服首有恇音匡怯也其兇有餌其誘其出
穰穰如羊切多也詩降福穰穰注衆也隊以萬數所矩切計也周禮各數其閭之衆寡遂劾
東川遂據城阻皇帝曰嗟其又可許爰命崇文分卒禁禦
有安其驅無暴我野日行三十徐辟毗亦切其右闕黨聚謀
鹿頭是守崇文奉詔進退規一作合矩戰不貪殺擒不濫數
四方節度整兵頓馬上章乞討俟命起坐皇帝曰嘉一作嘻
無汝煩苦荆弁洎粱在國門户出師三千各選爾醜四軍
齊作殷其一作其殷趙作殷殷音隱詩殷其靁注殷靁聲也如皋或拔一作披其角
或脫其距其呂切雞距史記投石拔距長驅洋洋無有齟齬上牀呂切又壯所切
下音語前漢齟者齒不正也說文齟齬不相值也選或齟齬而不安八月壬午闢棄城走載
妻與妾包裹稚乳是日崇文入劍其宇分散逐捕搜原剔

藪闢窮見窘無地自匭俯視大江不見洲渚遂自顛倒若
杵投臼取之江中枷脰音豆項也周禮大體短脰後同械手婦女纍纍力追
切索也禮記纍纍乎端如貫珠啼哭拜叩來獻闕下以告廟社周示城市
咸使觀覩解脫攣力全切繫也易有孚攣如索夾以砧斧婉婉音宛順也弱
子赤豆傴僂上於武切下音縷曲躬貌莊子一命而傴再命而僂牽頭曳足先斷腰
膂次及其徒體骸撐拄上抽庚切說文筝拄也下冢庚切從旁指也古樂府死人骸骨相撐
拄末乃取闢骸汗如雨一作瀉揮刀紛紜爭切一作剌膾脯優
賞將吏扶珪綴組帛堆其家粟塞其一作倉庾哀憐陣殁廩
給孤寡贈官封墓周匝作答切遍也選也衛周帀宏溥經戰伐地覓兒
祖簿施令酬功急疾如火天地中間莫不順序魏幽恒青
東盡海浦南至徐蔡區外雜虜煊況遠切光明也詩赫兮煊兮威赫德
趙云恒咸服德踧踖蹈舞掉徒吊切棄兵革私習簋篚來請來覲十

百其耦趙作數皇帝曰吁伯父叔舅各安爾位訓厥旺晦與訓
同周禮不易之地家百畮正月元日礿見宗祖躬執百禮登降拜俯薦
饗新一作于閟宮視瞻粱梠音呂楣也又槝端連綿木選櫋梠緣邊感見容色淚
落入俎侍祠之臣助我惻楚兮乃以上辛于郊用牲除于國
南鱗笥毛簴笥思允切簴虞國許切笥簴所以掛鍾磬也橫曰笥飾以鱗屬植曰簴飾以嬴屬廬幕
周施開揭音羯說文高舉也詩西柄之揭又桀揭二音後同磊砢上落猥切下魯可切多也相如
曰水玉磊砢獸盾順允切以木爲之而畫龍文相合載之以蔽馬騰拏女加切又女書切說文牽引也
楚辭殽亂兮紛拏圓壇帖妥天兵四羅旗一作旂常婀娜上於可切下奴可切
美也曹植曰華容婀娜駕龍十二魚魚雅雅宵昇于丘奠璧獻粢
樂驚作轟豗上呼宏切羣車聲下音灰相擊聲融冶柴陝嘘呵高靈下隮群
星從坐錯落侈哆下丁可切又昌者切說文張口也詩哆兮侈兮注哆大皃曰君月妃
煥赫婐姽上烏果切下五果切身弱好皃瀆鬼濛鴻上莫孔切下胡孔切大也獄祇業

嶪上音業下音我山高貌餀饘燎薌一云飫沃饘薌亦作香音香氣也禮記既奠然後焫蕭合羶
薌產祥降蝦鳳凰應奏舒翼自拊赤鱗黃龍遶於爲切一作頹陀
迤通用結糾卿士庶人黃童白叟踊躍歡呼虛加切張口皃巺含利呀呀文
音牙後同失喜噎嘔上一結切下烏后切食窒塞而吐也乾清坤夷境落褰舉帝
車迴來日正當午幸丹鳳門大赦天下音戶詩宗室牖下後恊韻同滌
濯剗楚簡切削也平也一作刺磢初兩切瓦石洗物磨滅瑕垢續功臣嗣拔賢
任苛孩養無告仁滂施去聲厚皇帝神聖通達先一作今古聽
聰視明一作通今達古視聽聰明一似堯禹洪曰盖取禮記一似重有憂者魯直云退之作文老
杜作詩無一字無來處後人讀書少故謂韓杜自作此語耳生知法式動得理所天錫
皇帝爲天下主弃包畜養無異細鉅億載萬年敢有違者
皇帝儉勤盥音管又音貫澡也易觀盥而不薦濯陶瓦斥遣浮華好此綈
音題厚繒也文帝身衣弋綈紵勑戒四方俊則有咎昊天錫皇帝多麥與

黍無召水旱耗于雀鼠億載萬年有富無窶都羽切貧也一作富有貧窶詩終窶且貧

皇帝正直別白善否擅命而狂既翦既去丘呂切除也周禮去其淫怠

盡逐羣姦靡有遺侶天錫皇帝厖臣碩輔博問遐邇以置左右億載萬年無敢余一作有侮皇帝大孝慈祥悌友怡怡愉愉奉太皇后洽于族親濡及九有趙作左右非上已有左右字

天錫皇帝與天齊壽登茲太平無怠永久億載萬年為父為母博士臣愈職是訓詁作為歌詩以配吉甫

琴操十首并序

將歸操孔子之趙聞殺鳴犢作不遇其時慮人之忌害我者故將歸也

狄之水一作狄水深一作秋之水作秋者恐誤古琴操云狄水深兮風揚波船檝顛倒更相加歸來歸來胡為斯兮其色幽幽我將濟兮不得其由涉其淺兮石齧五結切噬

也禮記毋齧骨我足秉其深兮龍入我舟我濟而悔兮將安歸尤

歸乎歸乎無與石鬭兮無應龍求

猗蘭操孔子傷不逢時作蘭薺麥自喻我不用於我何傷乎霜雪貿貿之時薺麥乃茂喻己居亂濁之世自修古人之道

蘭之猗猗揚揚其香不採而佩於蘭何傷今天之旋其曷爲然我行四方以日以年雪霜貿貿薺音茂交易也禮記貿貿然來後同麥之茂西京雜記曰建亥之月陰氣極薺麥始生由陽升也子如不傷我不爾覯薺麥之茂薺麥之有君子之傷君子之守

龜山操龜山魯山詩曰奄有龜蒙孔子以季桓子受齊女樂諫不從一有退字望龜山而作位之尊非其人嗟予莫之依也

龜之氣兮不能雲一作爲雨龜之枿亦作櫱五割切李巡曰檮木之餘前漢三枅之起後同兮不中丁仲切梁柱龜之大兮祇以奄魯古操云予欲望魯兮龜山

蔽之手無斧柯柰龜山何譬季氏於龜山託勢位於斧柯也知將隤尒許規切毀也老子或載或隤尒兮

哀莫余伍周公肴鬼兮嗟余歸輔洪曰舊本皆同蓋言周公如有神其使余歸輔其君也今本云周公有思兮嗟余歸輔恐非

越裳操越裳在交趾之南周時獻白雉周公作雨施物孶賢人道施則國治其末患時之荒淫者衆君不能艱勤致越裳之臣

雨之施物以孶我何意於彼爲自周之先其艱其勤以有疆宇私我後人我祖在上四方在下厥臨孔威敢戲以侮孰荒于門孰治于田四海既均越裳是臣

拘幽操文王一有拘字羑里作羑音酉紂拘文王處退之罹患操者自堅其心也

目揜揜音掩覆也兮其凝其盲耳肅肅兮聽不聞聲朝不日出兮夜不見月與星有知無知兮爲死爲生嗚呼臣罪當誅兮天王聖明

岐山操 岐山在岐州今有岐山縣音祈詩居岐之陽 周公爲大王作 追古豳公之續患時贖熏武也

我家于豳自我先公伊我承緒敢有不同今狄之人將土我疆民爲我戰誰使死傷彼岐有岨 七余切石山戴土 我往獨處人莫 一作莫爾 余追無恩我悲

履霜操 尹吉甫子 一有伯奇二字 無罪爲後母譖而見逐自傷作 追帝舜之事明怨其身之不父母憐也言人之不得於父母者當益親也

父兮兒寒母兮兒飢兒罪當笞逐兒何爲兒在中野以宿以處四無人聲誰與兒語兒寒何衣兒飢何食兒行于野履霜以足母生衆兒有母憐之獨無母憐兒寧不悲

雉朝飛操 牧犢子七十無妻見雉雙飛感之而作 言婚姻失時也

雉之飛于朝日羣雌孤雄意氣橫出當東而西當啄而飛

隨飛隨啄群雌粥粥之六切禮記粥粥若無能或謂字當作鬻音祝說文呼雞重言之杜詩誰話罾州雞翁嗟我雖人曾不如彼雉雞生身七十年無一妾與妃

別鵠操鵠胡督切一作鶴穆子歌曰將乖比翼隔天端山川悠遠路漫漫攬衾不寐食忘飡後遂為樂章商陵穆子娶妻五年無子父母欲其改娶其妻聞之中夜悲嘯穆子感之而作商陵操言人情義澆薄也

雄鵠銜枝來雌鵠啄泥歸巢成不生子大義當乖離江漢水之大鵠身鳥之微更無相逢日安一作且可相隨飛

殘形操曾一作魯子夢見一貍不見其首作貍身明而頭不知言不祥也當得智者哉之

有獸維貍兮我夢得之其身孔明兮而頭不知吉凶何為

兮覺坐而思惡咸上天兮識者其誰

南山詩洪曰此詩似上林子虛賦才力小者不能到也

吾聞京城南茲維羣山囿東西兩際海巨細難悉究山經及地志茫昧非受授團辭試提挈掛一念萬漏欲休諒不能粗徂古切敘所經覯常昇崇丘望戢戢見相湊晴明出稜魯登切角縷脉碎分繡蒸嵐相澒洞澒魯直作鴻胡孔切杜詩曰風塵相澒洞表裹忽通透無風自飄簸音播揚米也詩不可以簸揚後同融液煦柔茂橫雲時平凝點點露數岫天宇一作空浮脩眉濃綠畫新就孤撐有巉絕上仕檻切峻貌又鋤銜切巉巗險也杜詩巉絕華岳赤海浴褰鵬噣音晝喙也春陽潛沮洳上將預切下人恕切隰濕也詩彼汾沮洳濯濯深吐一作吐深秀巖巒雖嵂崒上音律下慈耎而兖切卹切山峻地輭柔也弱類含酎音宙禮記天子飲酎用禮樂夏炎百木盛蔭鬱增堙覆神靈日歊歔上虛嬌切下休居切歊歔熱氣詠

文歘歘氣出皃雲氣爭結構秋霜喜刻鑠一作轢音歷車所踐也磔陟格切列裂也
卓立躍音勅躋也瘦參差相疊重剛耿陵宇宙冬行雖幽壘
冰雪工琢鏤新曦音晞日光也照危峨億丈直高袤莫侯切長也東西曰
廣南北曰袤明昏無停態頃刻異狀候西南雄太白柳子厚云雍州西南
界于梁其山曰太白其地多寒突起莫間遝初救切雜也說文東白承開鉴遝之藩都配德運
分宅占丁戊逍遙谷名越地位詆音邸訶也詆許陷乾竇空虛寒
競競風氣較搜漱朱維方燒日陰霰先見切雨雪雜也縱騰猱女救
切雜也昆明漢武欲征昆明作昆明池以習水戰大池北去覿偶晴晝縣聯窮
俯視倒側困清漚烏侯切久漬也微瀾動水面踊躍躁猱究上奴刀切
猴屬蜀下音抽鼠屬驚呼惜破碎俯喜呼不作㲉救切又匹候切𩛥也尔雅𪆩是作也前
尋經杜墅一作社墅非城南諸杜所居號杜墅舊唐史云宰相杜佑與同列宴於樊川別墅即此也墅神
與切坌蒲悶切塵也蔽畢原陋文王子封於畢此其地也崎嶇祈嶇二音上軒昂始

得觀覽富行行上下浪切下如字古詩行行重行行或謂皆如字將遂窮嶺陸頫
互走音奏疾趨也勃然思坼丑格切裂擁掩難恕宥巨靈與夸娥
上苦瓜切列子夸娥氏二子負大行王屋二山一厝朔東一厝雍南娥或作蛾遠賈音古期必售承呪
切賣物出手詩賈用不售還疑造物意固護蓄精祐力雖能排斡烏括切轉
也又音管雷電怯呵詬呼漏切怒也攀轅脫手足蹭蹬上七鄧切下徒亘切失道
也抵積甃茫如試矯首堛芳逼切土塊塞生怐愗上音寇下音茂愚皃又不
明也威容喪蕭爽近新迷遠舊拘官計日月欲進不可又困
緣窺其湫音秋又子由切梁鎮曰湫者龍之所居也凝湛閟陰獸一作獸非洪曰獸畜産也
許救切秋懷詩去其下濫湫水有蛟寒可醫即此也魚蝦可俯掇丁括切神物安敢寇
林柯有脫葉欲墮鳥驚救爭銜彎環飛投棄急哺鷇音寇
鳥生須哺曰鷇自食曰雛旋歸道迴睨音詣視也達枿壯復奏吁嗟信奇怪
峙質能化貿音茂易也前年遭譴謫探歷得邂逅初從藍田

縣名今在雍州有關入顧眄勞頸脰時天晦大雪淚目苦矇瞀音茂目不
明峻塗拖長氷直上若懸溜褰衣步推他回切馬顛蹶上都年切
仰倒也下音厥失腳也退且復扶富切反也蒼黃忘遐睎音希遠視也所矚音燭
視也纔左右杉篁咤陟駕切噴也蒲蘇杲耀攢音攢聚也介冑專心憶
平道脫險逾避臭昨來逢清霽宿願忻所一作始副崢嶸上助
耕切下音宏山峻也馮衍因觀晝日之崢嶸躋冢頂倏閃雜鼯鼬上音梧下音柚鼬似鼠
前低劃忽麥切錐刀曰劃音畫開闊爛漫堆衆皺或連若相從或蹙
若相鬬或妥土火切安也若弭伏或竦若驚雊或散若瓦解或
赴若輻一作輪輳或翩一作逐若船遊或決若馬驟或背若相
惡或向若相佑或亂若抽筍或嵲五結切小而不安也若炷灸或錯
若繪畫或繚若篆籀繚力小切籀音宙或羅若星離或蓊烏孔切鬱蓊
也若雲逗音豆逗遛止也或浮若波濤或碎若鋤耨或如賁育上音

奔賁育古之勇力人倫賭勝勇前購先強勢已出後鈍嗔䛘譳上音闘下音耨不能言也或如帝王尊業叢集朝賤紉雖親近不褻狎雖遠不悖謬或如臨食案肴核上何交切下音覈分飣餖上丁定切下音豆又如遊九原墳墓包櫛柩或纍槷若盆盎或揭音擖又桀碣二音若登豆一作巇極或覆若曝鼈或頹若寢一作偃獸或蜿一丸切又音鴛蜿蟺楚辭曰駕八龍之蜿蜿若藏龍或翼若搏鷙音就陸機云鶻鳩屬上骨露幽人謂之鷙鳥或齊若友朋或差一作隨若先後洪曰友朋一作隨迎蓋不知先後之義妄改之耳前漢志云見神於先後宛若注云兄弟妻閨中呼為先後先蘇見切或迸若流落或顛若宿留上音秀下音溜漢武帝宿留海上或戾若仇讎或密若婚媾或儼若峨冠或飜若舞袖或屹立魚乙切兒若戰陣或圍若蒐陳鳩切獵名待或靡然東注或偃然北首舒救切嚮也或如火熺音僖熾也煙或若氣饙餾上音分下音溜蒸飯也或行而不輟或遺而不收音狩穫也或斜而不

倚或弛而不彀或赤若秃鶻（客八切又丘閒切鬜貌秃貌）或熛若柴槱（余叔切）或如龜圻兆或若卦分繇（音宙卦兆辭）或前横若剥或後斷若姤延延離又屬夬夬叛還蓮喁喁（音顒魚口也）魚闖（丑禁切馬出門）貌萍落落月經宿（音秀列星也）閭閭樹牆垣巘巘（語偃切山形如甑）架庫廐參參（楚簪切不齊貌）削劍戟煥煥銜瑩琇（上音瑩下音琇）敷敷花披蔓關關（音翁戟名）屋權霤（力救切屋水流）悠悠舒而安兀兀狂以狃（女救切習也）超超出猶奔蠢蠢駭不懋夭哉立天地經紀肖營膆（音藤）厥初孰開張黽俛（上武盡切猶俯仰也）誰勸侑（音宥勸食）創茲朴而巧戕力忍勞疲得非施斧斤無勞乃假詛呪洪荒覓無（一作莫）傳功大莫（一作豈）酬僦（即就切僦賃也）嘗聞於祠官芬苾（毗力切馨香也）降歆嗅斐然作歌詩惟用贊報酭（音又）

謝自然詩

果州南充縣寒女謝自然童騃（語駭切，癡也）無所識但聞有神
仙輕生學其術乃在金泉山繁華榮慕絕父母慈愛捐疑
心感魑魅（上抽知切，下明秘切，左氏螭魅罔兩）慌惚（上呼晃切，下呼骨切，彷彿皃）難具言
一朝坐空室雲霧生其間如聆笙竽韻來自冥冥天白日
變幽晦蕭蕭風景寒簷楹氣明滅五色光屬聯觀者徒
傾駭躑躅（上直炙切，下厨玉切，不進皃）詎敢前須臾自輕舉飄若風中
煙茫茫八紘大（紘音宏，淮南子曰九州之外有八寅，八寅之外有八紘）影響無由緣
里胥上其事郡守驚且觀驅車領官吏氓俗爭相先入門
無所見冠屨同蜕蟬（蜕音稅，夏侯湛曰蟬蛻龍變棄俗登仙）皆云神仙事灼
灼信可傳余聞古夏后象物知神姦山林人可入魍魎莫
逢旃（王孫滿曰夏之方有德也鑄鼎象物使民知神姦故入川澤山林魑魅罔兩莫能逢之）逶迤不
復振後世恣欺謾（音漫）幽明紛雜亂人鬼更相殘秦皇雖篤

好漢武洪其源自從二主來此禍竟連連未右生怪變孤
貍魑（音遷 一作妍）魅莫能保性命安得更長延人生處萬類
知識最爲賢柰何不自信反欲從物遷往者不可悔孤魂
抱深冤來者猶可誡余言豈虛文人生有常理男女各有
倫寒衣及飢食在紡（一作）績耕耘下以保子孫上以奉君
親茍異於此道皆爲棄其身噫乎彼寒女永託異物羣感
傷遂成詠昧者宜書紳

秋懷詩十一首

窗前兩好樹衆葉光薿薿（音擬 岌屹）秋風一披拂策策鳴不已
微燈照空床夜半偏入耳愁憂無端來感歎成坐起天明
視顏色與故不相似義和驅日月疾急不可恃浮生每（一作）
雖多塗趨死惟一軌胡爲浪自苦得酒且歡喜

白露下百草蕭蘭共憔一作顦悴青青四牆下已復生滿地
寒蟬暫寂寞蟋蟀鳴自恣運行無窮期稟受氣苦異適時
各得所松柏不必貴
彼時何卒卒蒼沒切怱也我志何曼曼音萬長也犀首公孫衍也空好飲
廉頗尚能飯學堂日無事驅馬適所願茫茫出門路欲去
聊自歎一作勸歸還閱書史一作簡書文字浩千萬塵跡竟難一作
誰尋賤嗜非貴獻丈夫意有在女子乃多怨
秋氣日惻惻秋空日凌凌上無枝上蜩音條蟬也大下無盤中
蠅豈不感時節耳目無所憎清曉卷書坐南山見高稜其
下澄湫水有蛟寒可罾音增魚網也惜哉不得往豈謂吾無能
離離掛空悲慼慼抱虛警露啼一作滴秋樹高蟲吊寒夜
永斂退就新懦趨營悼前猛歸愚識夷塗汲古得脩綆音梗

汲井綆名浮猶有恥味薄真自幸庶幾遺悔尤即此是幽屏必郢切僻也張衡曰雜揮幽屏

今晨不成起端坐盡日景蟲鳴室幽幽月吐窗冏冏居永切象牖形孫綽曰冏冏秋月明喪懷若一作苦迷方浮念劇含梗古杏切塵埃慵伺候文字浪馳騁尚須勉其顏王事有朝請

秋夜不可晨秋日苦易曛我無汲汲志何以有此憾寒雞空在棲缺月煩屢瞰苦濫切有琴具徽吁韋切繩也前漢高張急徽絃再鼓聽愈淡古聲久埋滅無由見真濫低心逐時趨苦勉祗能暫有如乘風船一縱不可纜音濫用以維舟不如觀七慮切祠視也文字丹鉛事點勘豈必求贏餘所要石與甔都濫切小甖無儋石之儲通用

卷卷落地葉隨風走前軒鳴聲若有意顛倒相追奔空堂黃昏暮我坐默不言童子自外至吹燈當我前問我我不

應饋我我不飡退坐西壁下讀詩(一作書)盡數編(一作篇)作者非今士相去時已千其言有感觸使我復悽酸顧謂汝童子置書且安眠丈夫屬有念事業無窮年

霜風侵梧桐衆葉著樹乾空堦一片下琤(楚耕切又士耕切玉聲也)若摧琅玕謂是夜氣滅望舒(月也張載曰望舒四五圓)霣(于敏切墜也公羊夜中星霣如雨)其團青冥無依倚飛轍危難安驚起出戶視倚楹久汍瀾(上音丸下音闌)憂愁費晷景日月如跳(音迢躍也)丸迷復不計遠爲君駐塵鞅

暮暗來客去羣嚚各收聲悠悠偃宵寂亹亹(音尾進也)抱秋明世累忽進慮外憂遂侵誠強懷張不滿弱念缺易(一作已)盈詰屈避語穽冥茫觸心兵敗虞千金棄得比寸草榮知恥足爲勇晏然誰汝令

鮮鮮霜中菊旣晚何用好揚揚（一作陽陽）弄芳蝶爾生還不早運窮兩值遇婉孌（上音宛下力兖切宛順也）死相保西風蟄龍蛇衆木日凋槁由來命分爾泯滅豈足道

赴江陵途中寄贈王二十補闕李十一拾遺李二十六員外三學士（諱行錄云王二十涯李十一建李二十六程）

孤臣昔放逐泣血追愆尤汗漫（上音捍下音慢）不省識恍（許往切）如乘桴浮或自疑上疏上疏豈其由是年京師旱田畝少所收上憐民無食兵（一作征）賦半已休有司恤經費未免煩徵求富者旣云急貧者固已流傳聞閭里間赤子棄渠溝持男易斗粟掉（徒弔切振也搖也）臂莫肯酬我時出衢路餓者何其稠親逢道死者佇立（一作停馬）久咿嚘（上音伊下音憂嘆也）歸舍不能食有如魚掛鉤適會除御史誠當得言秋拜疏移閤門爲忠

寧自謀上陳人疾苦無令絕其喉下言〔一作令〕纖甸內根本

理宜優積雪驗豐熟幸寬待蠶麰〔音牟麥也〕天子惻然感司空

歎綢繆〔上直留切下亡侯切〕謂言即施設乃返遷炎洲同官盡才俊

偏善柳與劉或慮語言洩傳之落冤讎二子不宜爾將疑

斷還不〔方鳩切未定之辭〕中使臨門遣頃刻不得留病妹臥牀褥

分知隔明幽悲啼乞就別百請不頷〔戶感切點頭也〕頭弱妻抱稚

子出拜忘慚羞僶俛不迴顧行行詣連州朝為青雲士暮

作白首囚商山季冬月冰凍絕行輈春風洞庭浪出沒驚

孤舟逾嶺到所任低顏奉君侯酸寒何足道隨事生瘡疣

〔音尤贅也〕遠地觸塗事〔一作〕異吏民似猨猴生獰〔尼耕切惡也〕知〔一作〕

忿很〔下懇切很戾也〕辭舌紛嘲啁〔陟交切下張留切唯噍鳥聲也〕白日屋簷下雙

鳴鬪鵂鶹〔上音休下音留鳥名小美長醜江東呼為鵂鶹嶺表錄異鵂鶹即鴞也〕有蛇類兩

莫肴蟲蠱一作羣飛遊窮冬或搖扇盛夏或重裘颶起最可
畏其遇切海風也嶺南録異云嶺嶠夏秋雄風曰颶發日乍至夜半止作屋偃樹甚者颶至瓦若飛蝶累年一發
或歲再三南粵志云風起人心恐懼或曰颶來四面俱足耳番禺雜編云颶音貝彼人云颶未至三日不鬭雞犬之
鼓如有所畏懼也房千里投荒雜録云南方諸郡皆有颶風以其四面風俱至也公此詩有是句又縣齋有懷曰雷
號固已加颶勢仍相借龍吏詩颶風有時作賦元十八峽山逢颶風皆言其可畏也訇哮訇呼宏切匉訇大鼓
哮許交切亥驚鼓也簸陵丘雷霆助光怪氣象難比侔癘疫忽潛溝
十家無一瘳猜嫌動置毒對案輒懷愁前日遇恩赦私
心喜還憂果然又羈縶陟立切繫馬也不得歸鋤耰此府雄且大
騰凌盡戈矛棲棲法曹掾何處事卑陬將侯切卑下也生平企仁
義所學皆孔周早知大理官不列三后儔何況親犴獄犴音
岸漢書音義曰鄉亭獄曰犴敲搒敲苦交切搒薄耕切笞打也發姦偷懸知失事勢一去
事勢乖恐自罹罝罘上音嗟下音浮兎網也湘水清且急涼風日脩脩

胡為首歸路旅泊尚夷猶(左思曰周章夷猶)眆者京使至嗣皇傳

冕旒赫然下明詔首罪誅共兜復聞顛夭輩(誅共兜謂驩兜王伾王叔文也顛夭輩謂杜黃裳等也)峨冠進鴻疇班行再肅穆璸珮鳴琅璆(上音郎下音求美玉)

佇繼貞觀烈邊封脫兜鍪(上當侯切下音牟首鎧也)三賢推侍從

卓犖(呂角切特達也左思曰卓犖觀羣書)傾枚鄒高議參造化清文煥皇猷

協心輔齊聖致理同毛輶(音由詩曰德輶如毛)小雅詠鳴鹿食苹貴

呦呦遺風邈不嗣豈憶常同裯(音疇裯被也晉祖逖劉琨共被同寢或作儔或作裯非是)

失志早衰換前期擬蜉蝣(上音浮下音游渠略也生糞土中朝生暮死)自從

齒牙缺始慕舌爲柔(淮南子曰老子學商容見舌而知柔注云商容吐舌示老子老子知舌柔齒剛)

因疾鼻又塞漸能等薰蕕(夷周切薰香草蕕臭草)深思罷官去畢

命依松楸空懷焉能果但覺歲已遒殷湯閔禽獸解網祝

蛛蝥(音矛蜘蛛也)雷煥掘寶劍寃氣銷斗牛茲道誠可尚誰能

借前籌詩殷勤謝友朋明月非暗投

暮行河堤上

暮行河堤上四顧不見人衰草際黃雲感歎愁我神夜歸
孤舟卧展轉空及晨謀計竟何就嗟嗟世與身

夜歌

靜夜有清光閑堂仍獨息念身幸無恨志氣方自得樂哉
何所憂所憂非我力

重雲一首李觀疾贈之

天行失其度陰氣來干陽重雲閉白日炎燠成寒涼小人
但咨怨君子惟憂傷飲食爲減少身體豈寧康此志誠足
貴懼非職所當藜羹尚如此肉食安可嘗窮冬百草死幽
桂乃芬芳且況天地間大運自有常勸君善飲食鸞鳳本

高翔

江漢一首荅孟郊

江漢雖云廣乗舟渡無艱流沙信難行馬足常往還淒風結衝波狐裘能禦寒終宵處幽室華燭光爛爛（音闌光也亦去聲）苟能行忠信可以居夷蠻嗟余與夫子此義每所敦何爲復見贈繾綣（上音遣下苦遠切不相離也）在不諼（許元切忘也詩永矢弗諼）

長安交遊者一首贈孟郊

長安交遊者貧富各有徒親朋相遇時亦各有以娛陋室有文史高門有笙竽何能辨榮悴且欲分賢愚

岐山下一首（一本作二首自丹穴五色羽以下爲別篇）

誰謂我有耳不聞鳳皇鳴掲（丘傑切去也又去謁反）來岐山下日暮邊鴻驚丹穴五色羽其名爲鳳凰昔周有盛德此鳥鳴高

岡和聲隨祥風窈窕一作窅窅 音窈深貌相飄揚聞者亦何事但知
時俗康自從姬旦死千載閟其光吾君亦勤理遲音穉待 也易遲
歸有時前漢 側席進士爾一來翔

音註韓文公文集卷第一

不可宜作不足

音註韓文公文集卷第二

古詩

北極一首贈李觀

北極有羇羽南溟有沉鱗川源浩浩隔影響兩無因風雲一朝會變化成一身誰言道里一作且遠感激疾如神我年二十五求友昧其人哀歌西京市乃與夫子親所尚苟同趨賢愚豈異倫方爲金石姿萬世無緇磷音鄰論語磨而不磷涅而不緇注磷薄也疏緇黑色也無爲兒女態憔悴悲賤貧

此日足可惜一首贈張籍

洪曰此詩雜用韻又疊用韻張籍祭公詩用此格歐陽公云退之工於用韻得寬韻則波瀾橫溢泛入傍韻如此日足可惜之類是也得窄韻則不復旁出因難見巧如病中贈張十八之類是也

此日足可惜此酒不可嘗捨酒去一作須相語共分一日光

行讀如衡在十八庚內牆宜作城後有成城二韻在十八庚内与詩中諸韻叶

念昔未知子孟君自南方自矜有所得言子有文章我名屬相府欲往不得驤（一作行）思之不可見百端在中腸維時月魄死冬日朝在房（朝早也十月之節日在房）驅馳公事退聞子適及牆（時公在汴州也張籍李翺始與公相從其後籍祭公詩云此游偶逢公盛語相稱明公領試士司薦到上京翺祭公文云貞元十二兄在汴州我游自徐始得兄交孟郊有汴州亂後憶韓愈李翺詩蓋此也）命車載之至引坐於中堂開懷聽其說往往副所望（音志）孔丘歿已遠仁義路久荒紛紛百家起詭怪相披猖長老守所聞後生習爲常少知誠難得純粹古已亡譬彼植園木有根易爲長留之不遣去館置城西旁歲時未（一作來）云幾浩浩觀湖（一作江）湘衆夫指之笑謂我知不明兒童畏雷電魚鱉驚夜光州家舉進士選試繆所當馳辭對我策章句何煒（音偉）煌（光也一作晃）相公朝服立工席歌鹿鳴禮終樂已闋（苦穴切終也訖）

赫＝一作淅＝

曰卒爵而樂闋相拜送於庭之子去須臾赫赫流盛名切喜復一作慷慨仿濊苦莽切慨口概切竭誠也史記慷慨傷懷竊歎諒知有所成人事安可恒奄忽令我傷聞子高第日正從相公喪哀情逢吉語惝怳上音敞下許昉反相如曰聽惝怳而亡聞任耳不諦也難爲一作羌難雙暮宿偃師西偃師縣名今在洛州展轉在空牀夜聞汴州亂繞壁行彷徨我時留一作乃棄妻子倉卒不及將相見不復期零落甘所丁驕女未絕乳念之不能忘忽如在我前一作所一云在其側耳若聞啼聲中塗安得反一日不可更俄有東來說我家免離殃乘船下汴水東去趨彭城徐州也從喪朝至洛一云至洛陽旋走不及停假道經盟津出入行澗岡日西入軍門羸倫爲切瘦也魏志饑餧策羸馬以取道里馬顛且僵音姜仆也前漢即詐僵仆陽病主人願少留延入陳壺觴卑賤不敢辭忽忽心如狂飲食豈知味絲竹徒轟轟呼宏切焉耆國

傳鼓角轟轔哄平明脫身去決若驚鳧翔黃昏次氾水氾音似氾水在河南
城皋縣說文水別後入水也詩江有氾欲濟一作過無舟航號呼久乃至夜濟
十里黃中流上沙灘一作沙潬洪作灘潬河陽縣南有中潬城潬音但今江東呼水中沙堆為
潬沙水不可詳驚波暗合沓徒合切重也選合沓與雲齊星宿音秀爭飜
芒馬久復悲鳴一作馬躑躅悲鳴趙作轅馬躑躅鳴左右泣僕童甲午憇去例
切息也時門臨泉窺鬭龍注曰左傳昭十九年鄭大水龍鬭于時門之外洧淵時門鄭城門退
之過此時豈復有鬭龍蓋想見其事耳以淵為泉避諱也東南出陳許陂澤平一作向一作路
茫茫道邊草木花紅紫相低昂百里不逢人角角雉一作
雊雉鳴行行二月暮乃及徐南疆下馬步堤岸上船拜吾兄洪曰公有三兄皆早世見於集中者云卿之子翕紳卿之子岌皆公從兄或曰吾兄謂張籍非也誰云經
艱一作險難百口無夭殤僕射南陽公宅我睢水睢音綏水名南陽公
張建封也公與孟東野書云主人與余有故居余符離睢上即此也後同陽篋中有餘衣盎烏浪

公以二月末到徐不知此詩何時作若夏即當作清風窻户凉若秋即當作窻户風已凉

切盆也中有餘糧閉門讀書史清風窻户凉一作窻户清風凉一作窻户忽已凉趙作窻户風已凉日念子來遊子豈知我情別離未為久辛苦多所經對食每不飽共言無倦聽連延三十日晨坐達五更我友二三子宦遊在西京東野窺禹穴李翺觀濤江蕭條千萬里會合安可逢淮之水舒舒楚山直叢叢子又捨我去我懷焉一作安所窮公與東野書云張籍在和州居喪家甚貧籍和州烏江人貞元十五年登第見公于徐州而歸故此詩有是句男兒不再壯百歲如風狂高爵尚可求無為守一鄉

幽懷

幽懷不可寫行此春江潯徐心切旁深也又水涯選彈節乎江潯適與佳節會士女競光陰凝妝耀洲渚繁吹尺為切義與平聲同記命樂師大合吹蕩人心間關林中鳥知時或作亦知為和一作和為音豈無一罇酒自

酬還自吟但悲時易失四序迭相侵我歌君子行視古猶視今

君子法天運

君子法天運四時可（一作每）前知小人惟所遇寒暑不可期利害有常勢取捨無定姿焉能使我心皎皎遠憂疑

落葉一首送陳羽

落葉不更息斷蓬無復歸飄飆終自異邂逅暫相依悄悄深夜語悠悠寒月輝誰云少年別流淚各霑衣

歸彭城

天下兵又動太平竟何時訏（音吁詩訏謨定命注訏大謀謨）謨者誰子無乃失所宜前年關中旱閭井多死飢去歲東郡（一作洛）水生民為流屍上天不虛應禍福各有隨我欲進短策無由至

丹墀刳肝上空胡切後漢夫以刳肝斮趾之性注刳剖也以爲紙瀝血以書辭上

言陳堯舜下言引龍夔言詞多感激文字少葳蕤上於爲切下如

佳切或作葳蕤草木華也貌又盛貌選文物其葳蕤一讀已自怪再尋良自疑食芹

音勤說文楚葵也列子昔人有美芹者對鄉豪稱之鄉豪取而嘗之蜇於口慘於腹衆哂而怨之其人大慚後皆

同雖云美獻御固已癡緘封在骨髓耿耿空自奇昨者到

京城屢陪高車馳周行胡郎切列位也詩寘彼周行多俊異議論無瑕

疵見待頗異禮未能去毛皮到口不敢吐徐徐俟其巇虛宜

切罅也揚曰巇可抵乎子歸來戎馬間驚顧似羈雌上居宜切孤雌也枚乘曰日暮則迷

鳥羈雌宿焉連日或不語終朝見相一作我欺乘間輒騎馬茫茫

詣空陂遇酒即酩酊上音茗下音鼎醉甚晉史酩酊無所知君知我爲誰

醉後一作客

煌煌東方星魏道輔云夏竦評老杜初月詩云微升紫塞外已隱暮雲端意主肅宗也洪曰吾觀退之

煌煌東方星其順宗時作乎東方謂憲宗在儲也奈此衆客醉衍喧或忿（一作紛）爭

中靜惟（一作雜）嘲戲淋浪（音郎一作淋漓）身上衣顛倒筆下字人生

如此少酒賤且勤置

醉贈張祕書（徹）

人皆勸我酒我若耳不聞今日到君家呼酒持勸君爲此座上客（一作士）及余各能文君詩多態度藹藹春空雲東野動驚俗天葩吐奇芬張籍學古淡軒昂避雞群阿買不識字頗知書八分詩成使之寫亦足張吾軍所以欲得酒爲文俟其醺酒味既泠（一作令）洌（音列玉篇寒氣也詩洌彼下泉注洌寒也詩本有從水者非）酒氣又氤氳（上音因下於云切元氣也選元氣氤氳）性情漸浩浩諧笑方云云此誠得酒意餘外徒繽紛（上匹賓切雜亂也家語旂旐繽紛後同）長安衆富兒盤饌羅羶葷（許云切禮記膳葷）不解文字飲惟能醉紅裙雖

得一餉樂，有如聚飛蚊。今我及數子，固無蕕與薰〔蕕夷周切〕。險語破鬼膽，高詞媲〔匹詣切，配也。一作動。爾雅：妃、媲也。注：相偶媲也〕皇墳。至寶不雕琢〔一作瑑〕，神功謝鋤耘。方今向泰平，元凱承華勛〔上胡瓜切，下許云切。書：堯曰放勛，舜曰重華。選：不逮勛華之高〕。吾徒幸無事，庶以窮朝曛〔音熏，日入也〕。

同冠峽

南方二月半，春物亦已少。維舟山水間，晨坐聽百鳥。宿雲尚含姿，朝日忽升曨。羇旅感陽和，囚拘念輕矯。潺湲〔上七山切，又士連切；下音圓，又獲頑切。水流貌。楚辭：橫流涕兮潺湲〕淚久迸，詰曲思增繞。行矣且無然，蓋棺事乃了。

送惠師

惠師浮屠者，乃是不羇人。十五愛山水，超然謝朋親〔一作同隱淪〕。脫冠翦頭髮，飛〔一作孤〕步遺蹤塵。發跡入四明〔明州〕，梯空上

秋旻遂登天台名山記曰天台山在剡衆聖所降葛仙翁山也望衆壑皆嶙峋上音
鄰下音荀深崖也前漢岭嶒嶙峋夜宿最高頂舉頭看星辰光芒相照燭
南北爭羅陳茲地絶翔走自然嚴且神微風吹木石澎湃
上音彭下普拜切水勢相如曰洶湧澎湃聞韶鈞夜半一作中起下視冥其波銜日
輪魚龍驚踊躍叫笑一作嘯成悲辛怪氣或紫赤敲磨共輪
囷下去倫切困曲也鄒陽曰輪囷離奇金鴉既騰翥章恕反飛舉也楚辭鸞鳥軒翥而翔飛後漢賓
客雜襲騰翥翔六合俄清新常聞禹穴奇東去窺甌閩越俗不好
古流傳失其真幽蹤邈難得聖路嗟長堙音因塞也左氏甲寅堙之迴臨
浙江濤屹魚乙切起高峨岷下音民二山壯志死不息千年如隔
晨洪曰謂伍胥也續齊諧記云子胥死戒其子投於江中吾當朝暮乘潮以觀吳之敗自是海門山潮頭洶湧高
數百尺越錢塘漁浦方漸低小朝暮再來其聲震怒雷奔電激聞百餘里時有見子胥乘素車白馬在潮頭之中因
立廟以祠按越絶書子胥死捐於大江發憤馳騰氣若奔馬乃歸神大海水經云錢塘江濤二月八月最高峨峨二

丈有餘吴越春秋以爲子胥文種之神謂此也是非竟何有棄去非吾倫凌江詣

廬廬山記曰西南有石門山其狀似雙闕壁立千仞而瀑布流焉嶽浩蕩極遊巡崔崒上徂

回切下慈卹切選隆崫崔崒沒雲表陂陀上普河切下音沱陂陀不平之貌浸湖淪是

時雨初霽懸瀑音僕飛泉也選瀑布飛流以界道垂大紳前年往羅浮羅浮

山在曾城博羅二縣之境步夏南海湄音眉水際大哉陽德盛榮茂恒留春

鵬搴墮長翮鯨音擎海大魚王氏取其鯨鯢選駭鯨之決細網戲倒修鱗自來連

州寺曾未造城闉音因城上重門詩出其闉闍日攜青雲一作春客探勝

窮崖濱太守邀不往一作得群官請徒頻一作其志信不群囊無一

金資飄謂一作爲冩者貧昨日忽不見我令一作今訪其鄰奔

波一作走自追及把手問所因顧我却與歎君寧卑於民離

合自古然辭別安足珍吾聞九疑好山海經曰蒼梧之川其中有九疑山漢武

巡狩祀舜於此夙志今欲伸班竹啼舜婦清湘沉楚臣衡山與洞

庭此固道所循尋嵩方抵洛歷華胡化切爾雅華山爲西嶽書南至于華陰後同遂之秦滭游靡定處偶往即通津吾言子當去子道非吾遵江魚不池活野鳥一作鶩難籠馴音循擾也從也易馴致其道吾非西方教憐子狂且醇吾嫉惰遊者憐子愚且諄章倫切誠也去矣各異趣音娶趣向選動中得趣何爲浪一作淚霑巾

送靈師

佛法入中國爾來六百年齊民逃賦役高士著直略切附也前漢國取奇言怪語而附著之幽禪官吏不之制紛紜盛也聽其然耕桑日失隸朝署時遺賢靈師皇甫姓胤冑本蟬聯杜牧曰枝蔓蟬聯大族也少小涉書史早能綴文篇中間不得意失跡成延遷逸志不拘教軒騰斷牽攣圍碁鬬白黑生死隨機權六博在一擲梟盧叱迴旋梟古堯切投六著行六棊故曰六博劉毅與劉裕樗蒲毅擲得雉大喜裕挼五木曰

老兄試爲卿荅既而四子俱黒其一子轉躍未定裕喝之即成盧爭一作文戰誰與敵浩汗
横戈鋋音蟬小矛也方言五湖之間謂矛爲鋋選戈鋋彗雲又音延飲酒盡一作逾一作餘百
酰側眼切杯也嘲諧思愈鮮有時醉花月清唱高一作高唱清且緜
四座咸寂默杳如奏湘絃尋勝不憚險黔江黔州有黔江縣屢洄
沿上音回下音緣泝流而上曰洄從流而下曰沿瞿塘五六月瞿音衢瞿塘三峽也荆州記灔澦如
馬瞿塘莫下灔澦如象瞿塘莫上杜詩好過瞿塘灔澦堆驚電讓歸船怒水忽中裂千
尋説文云義與尋同一作潯者非墮幽泉環迴勢益急仰見團團天投身
豈得計性命甘徒捐浪沫蹙翻涌漂浮再生全同行三十
人魂骨俱坑岸靈師不挂懷冒涉道轉延開忠二州牧時韋
處厚守開白居易守忠詩賦時一作出多傳失職不把筆珠璣爲君編
強留費日月密席羅嬋娟好姿態昨者至林邑唐曰林邑今驩州地使
君數一作數數爲開筵逐客三四公盈懷贈蘭荃音詮香草湘一作湖

游泛漭沆（上音莽下胡朗切深大也西京賦滄池漭沆）溪宴駐潺湲別語不許出行裾動遭牽鄰州競招請書札何翩翩（音篇飛也）十月下桂嶺（桂嶺縣在賀州）乘寒恣窺緣落落王員外爭迎獲其先自從入賓館占悋（音吝鄙也嫪志無所悋惜）久能專吾徒頗攜之（一作或攜被）接宿窮歡妍聽說兩京事分明皆眼前縱橫雜謠俗瑣屑咸羅穿材調真可惜朱丹在磨研方將斂之道且欲冠其顛韶陽李太守高步陵雲煙得客輒忘食開囊乞（音氣與也）繒（慈陵切帛也禮記瘞繒宣祝嘏辭說一作緡）錢手持南曹叙字重青瑤鐫（子全切雕也鐫鑽也勁也前漢鐫金石者難爲功後同）古氣參彖繫（一作象）高標摧太玄維舟事干謁披讀頭風痊（且緣切張繡反曹操令陳琳草檄作檄時操病頭風見琳檄遂愈）還如（一作頃似）舊相識傾壺暢幽悁（音淵忿也）以此復留滯歸驂（音參驂馬）幾時鞭

縣齋有懷

少小尚奇偉平生足悲吒陟駕切嘆也郭璞曰撫心獨悲吒猶嫌子夏儒

肯學樊遲稼事業窺稷卨與契同商祖也前漢卨不能計文章蔑曹謝

濯纓起江湖綴珮雜蘭麝悠悠指長道去去策高駕誰為

傾國媒自許連城價初隨計吏貢屢入澤宮射雖免十上

勞何能一作曾一戰霸人情忌殊異世路重一作多權詐蹉跎

顏遂低摧折氣愈下冶長信非罪侯生或遭罵懷書出皇

都銜淚渡清灞音霸灞水出藍田谷西北而入渭身將老寂寞志欲死閑

暇朝食不盈腸冬衣纔掩骼枯駕切腰骨前漢折脅拉骼軍書既頻召

戎馬乃連跨大梁從相公彭城赴僕射弓箭圍狐兔絲竹

羅酒炙之夜切兩府變炎一作荒涼三年就休假求官來東洛

犯雪過一作經西華胡化切華山西岳塵埃紫陌春風雨靈臺夜名

轂荷朋友援引之姻婭（音亞）雖陪彤庭臣詎縱青冥靶（音霸，轡革。王襃曰：王良執靶）寒空聳危闕曉色曜脩架捐軀辰在丁鎩（所介切，鳥羽病。選：鸞翮有時鎩）翮時方蜡（音乍，與蜡同，年終祭名。廣雅：夏曰清祀，商曰嘉平，周曰大蜡，秦曰臘）投荒誠職分領邑宰寬赦湖波翻日車嶺石坼天罅（虛訝切，孔罅。續漢書曰：石皆罅列衣）毒霧恒熏晝炎風每燒夏雷威固已加颷（切）其遇勢仍相借氣象杳難測聲音吁可怕夷言聽未慣越俗循猶乍（一作許）指摘兩憎嫌睢盱（上許佳切，下香于切，視不分明皃。列子：睢睢而盱盱）互猜訐秖緣恩未報豈謂生足藉嗣皇新繼明率土日流化惟思滌瑕垢長去事桑柘斸（陟玉切，斫也。爾雅：斫謂之定。注：斫斸。後同）嵩開雲扃壓頹抗風樹禾麥種滿地梨棗栽繞舍兒童稍長成雀鼠得驅嚇（虛訝切。詾嚇。莊子：仰而視之曰嚇。注：怒而拒物聲）官租日輸納村酒時邀迓閑愛老農愚歸弄小女姹（陟駕切，少女也。後漢：姹女上數錢）如今便

可爾何用畢婚嫁

題合江亭寄刺史鄒君

江亭統湘江蒸水會其左瞰（苦濫切）臨眇空闊綠淨不可唾維昔經營初邦君實王佐（故相齊映所作）翦林遷神祠買地費（一作匱）家貲粱棟橫（一作宏）可愛結構麗匪過伊人去軒騰茲宇遂穨挫老郎來何暮高唱久乃和（宇文炫又增其制）樹蘭盈九畹（音宛廣韻田三十畝楚辭予既滋蘭之九畹注十二畝）栽竹逾萬箇（古賀反與个同漢書曰竹竿萬箇）長綆（音梗）汲滄浪（音郎）幽蹊下坎坷（口个切坎坷地不平）波濤夜俯聽雲樹朝對卧初如遺宦情終乃最郡課人生誠無幾事往悲豈那（乃个切語助宋鮑昭采菱歌秋心殊不那）蕭條綿歲時契闊（上苦結切詩死生契闊）繼庸瑣（一作懦乃卧切）勝事誰復論醜聲日已播中丞黜凶邪天子閔窮餓君侯至之初閭里自相賀（前刺史元澄無政廉使楊公中丞奏

（黜之朝廷遂用鄒君）淹滯樂閑曠勤苦勸慵惰為余掃塵階命樂醉眾座窮秋感平分新月憐半破願書巖上石勿使塵泥涴（烏卧切廣韻泥著物也）

陪杜侍御遊湘西寺獨宿有題（一有因字）獻楊常侍

長沙千里平勝地猶在險況當江闊處斗起勢匪（一作非）漸深林高玲瓏（上盧經切下盧紅切玉聲揚子玲瓏其聲者其質玉乎後同）青山上琬琰（以冊切玉也）路窮臺殿闢佛事煥且儼剖竹走泉源開廓（一作廊）架崖广（音儼因巖為屋）是時秋初（一作之）殘暑氣尚未斂羣行忘後先朋息棄拘檢客堂喜空（一作風）凉華榻有清簟澗蔬煮蒿芹水果剝菱芡（音儉雞頭周禮菱芡㮚脯）伊余夙所慕陪賞亦云忝幸逢車馬歸獨宿門不掩山樓黑無月漁火燦星點夜風一何喧杉檜屢磨颭（職琰切風動物晉和凝揚柳枝詞慢颭金絲待洛神後同）猶疑在波

懷怵惕憂一作幾成魘於琰切睡中魘靜思屈原上九勿切楚臣也楚辭屈原沉於汨羅江沉遠憶賈誼貶椒蘭爭妬忌絳灌共讒諂誰令今一作悲

生鵬坐使淚盈臉鸍飛之羽翼摧指摘困瑕玷珥貂珥仍吏切耳飾也貂丁聊切鼠屬曹植戴蟬珥貂藩維重政化類分陝音閃周之二伯分陝之地即虢之上陽也

禮賢道何優奉已事苦儉大廈棟方隆巨川檝行一作衲

剡以冉切削也易剡木為楫經營誠少暇遊宴固已歎旅程愧淹留祖

歲嗟荏苒平生每多感柔翰遇頻染展轉嶺猿鳴曙燈

青燄燄一作睒睒以冉切火初著也書無若火始燄燄或作熖

岳陽樓別竇司直竇庠以武昌幕大理司直權知岳州

洞庭九州間厥大誰與讓南維唐本作匯君山崖水北注何奔放

瀦陟魚切說文水所停也周禮以瀦畜水注畜水之陂也為七百里吞納各殊狀自

古澄不清環混無歸向炎風日搜攪古巧切亂也詩祇攪我心幽怪多

冗長音仗陸機曰故無取乎冗長軒然大波起宇宙隘而防音訪凝也巍峩
拔狀一作嵩華騰躍較健壯聲音一何宏轟輷磕上呼宏切卓轂下丘盍
切石轂也前漢砰磅訇磕訇與車轔音同大轂也車萬兩猶疑帝軒轅張樂就空曠
蛟螭抽知切蛟龍之屬也螭無角如龍而黃翼或藏蛟螭露筍簴上從尹切下其巨切縞古老切素
也鮮色也詩縞衣綦巾練吹組帳上總五切詩素絲組之注總以素絲而成組鮑昭組帳揚春風一作
祖鬼神非人世節奏頗跌踼上徒結切下徒浪切放蕩也說文跌一曰越也踼一曰搶
也陽施見誇麗陰閉咸一作感悽愴朝迴宜春口袁州唐曰宜春郡
極北一作地缺堤障之亮切界也隔也管子策障塞夜纜音濫巴陵洲岳州唐曰巴陵
郡叢芮而銳切草生皃纔可傍蒲浪切近也星河盡涵泳俯仰迷下上
餘瀾怒不已喧聒鳴甕盎明登岳陽樓輝煥朝日亮飛
廉風師戢其威清晏息纖纊音曠細綿也書厥篚纖纊泓澄上烏宏切泓澄水深清貌
事見序奫字下注湛凝綠物影巧相況江豚說文江豚一名鱄鮮欲風則踊時出

戲驚波忽蕩瀁時當冬之孟（一作孟冬月）隙竅縮寒漲前臨指近岸側坐眇難望滌濯神魂醒幽懷舒以暢主人童孩（一作孩童）舊握手乍忻悵憐我窮鼠逐歸相見得無恙（音漾，憂也。李陵曰：霍與上官無恙乎）開筵交履舄爛漫倒家釀（女亮切，醞也。世說：劉尹見何次道飲酒，令人欲傾家釀）盃行無停留高柱送清唱中盤進橙（除庚切，柚屬。選：薜似秋橙）栗投擲傾脯醬歡窮悲心生婉孌（上音宛，下力兗切）不能忘（音望）念昔始讀書志欲干霸王（于放切。易：包羲氏之王天下也）屠龍破千金為藝亦云亢愛才不擇行觸事得讒謗前年出官日此禍最無妄公卿採虛名擢拜識天仗妒猜（一作猜妒）畏彈射（食亦切）斥逐恣欺詐新恩趨府庭逼側（潘岳曰：駢闐逼側）廁諸將于嗟苦駑緩但懼失宜當追思南渡時魚腹甘所葬嚴程迫風帆（符咸切，舟上帆）風幔（釋名：隨風張幔曰帆）劈（音僻。說文：破也。魏志：羽便伸臂令醫劈之）箭入高浪顛沉在須叟忠鯁（音梗骨鯁蹇諤之臣楚辭觀其骨鯁之所立）誰復諒生還直可喜剋已自懲創（楚亮切書曰予創若時注懲也）庶從今日後粗識得與喪事多改前好趣（音娶）有獲新嘗誓耕十畝田不取萬乘相細君知蠶織稚子已能餉行當掛其冠生死君一訪（竇庠酬退之登岳陽樓云巨浸連空闊危樓在杳冥稍分巴子國欲近老人星昏旦呈新候川原控舊經地圖封七澤天限鎖重扃萬象皆歸掌三光豈遁形月車才碾浪日御已翻溟落照金成柱餘霜翠擁屏夜光疑漢曲寒韻辨湘靈山晚雲常碧湖春草遍青軒皇的舉樂范蠡幾揚舲有客初流落貧程尚數萱自嘗徐孺榻不是謝公庭雅論冰生水雄材刃發硎座中瓊玉潤名下蕙蘭馨假守誠知拙齋心匪暫寧每慙公府粟却憶故山苓若調常三歎知音願一聽自悲由也瑟敢墜孔悝銘野杏初成雪松醪正滿瓶莫辭今日醉長恨古人醒）

送文暢師北遊

昔在四門館晨有僧來謁自言本吳人少小學城闕已窮佛根源粗識事輗軏（上五雞切下魚厥切論語大車無輗小車無軏注輗者轅端橫木以縛軛軏者

轅端上曲鉤衡攣力全切拘屈吾身戒轄胡瞎切車鍵也左氏中車止轄後同思遠發

薦紳秉筆徒聲譽耀前閥音伐閥閱也後漢書榮光輝於門閥從來送行

詩一作從行送吾詩屢造忍顛蹶今成十餘卷浩汗羅斧鉞音曰說文

大斧也左氏賀之斧鉞先生閟窮巷未得窺欹劂上居綺切又音羈下居月切刻鏤刀

也淮南子曰鏤之以剞劂欹一本作剞又聞識大道何路補剠渠京切與黥同墨刑也書

爰始淫爲劓刵椓黥刖出其囊中文滿聽實清越謂僧當少安草序

頗排訐上論古之初所以施賞罰下開迷惑胷窙豁上音孝下

呼括切闊達皃西京賦曰睽罛窙豁斸株橛音掘木根列子吾處也若橛株拘斷木也僧時不聽

瑩若飲水救渴風塵一出門時日多如髮三年竄荒嶺守

縣坐深樾音曰楚謂兩木交陰之下曰樾淮南子武王蔭暍人於樾下徵租聚異物詭

制一作製怪巾韈幽窮共一作與誰語思想甚含噦於月切逆氣也禮記

不敢噦噫嚏咳昨來得京官照壁喜見蝎音歇螫人虫酉陽雜俎江南舊無蝎開元初常

有王箄簰作筩盛過江至今江南往往有之俗呼為在箄簰蟲杜詩每愁夜中自足蝎況逢舊相識一作識知無不比鶼蟨上音兼下音蹶爾雅曰南方有比翼鳥不比不飛其名謂之鶼鶼西方有比肩獸與邛邛岠虛比為邛邛岠虛齧甘草即有難邛邛岠虛負而走其名為蟨一云蟨井中虫也長安多門戶吊慶少休歇而能勤來過重惠安可揭當今聖政初恩澤寬狘許出切選濯翻踈風鼓翅翻狘注飛走之皃狘許羽切獸走皃禮記獸不狘胡為不自暇飄突逐鸇鷢其月切似鷹尾上白善捕鼠一名揚鷢爾雅揚鷢白鷢僕射謂田季安領北門戚德壓胡羯音訐胡種相公謂劉濟鎮幽都竹帛爛勳伐酒場舞閨姝昌朱切美好也詩彼姝者子儼騎圍邊月開張篋中寶自可得津筏音伐爾雅舫泭也注水中簰筏方言泭謂之箄箄謂之筏筏吳志束縛作大筏從茲富裘馬寧復茹藜蕨音厥余期報恩後謝病老耕垡音伐與發同耕起土也國語王耕一發庇身指蓬茅逞志縱獫猲上虛撿切下許謁切爾雅長喙獫短喙猲詩曰載獫歇驕僧還相訪來山藥煮可掘

答張徹

辱贈不知報我歌爾其聆首叙始識面次言後分形道途縣萬里日月垂十齡浚（音峻）郊避兵亂睢岸連門庭肝膽一古劍波濤兩浮萍漬墨竄舊史磨丹注前經義苑手祕寶文堂耳驚霆喧晨躡露舃暑夕眠風欞（音靈楯間也郭璞遊山詩迴風流曲欞）結友子讓抗請師我慙丁初味猶噉蔗（上徒敢切與啖同晉史顧愷之啖蔗從尾至頭云漸入佳境）遂通斯建瓴（上郤偃切瓴音零漢高紀注瓴盛水瓶也居高屋之上建瓴水言其易也）搜奇日有富嗜善心無寧石梁平侹侹（他頂切又音挺直也說文長貌石絕水曰梁梁所以節水）沙水光泠泠乘枯摘野艷沉細抽潛腥遊寺去陟（一作登）巘（語偃切）尋徑（一作幽）返穿汀緣雲竹竦竦失路麻冥冥淫潦（郎到切積水又音老禮記以備水潦後同）忽飜野平蕪眇開溟防泄塹（七豔切遶城水）夜塞懼衝城晝扃及去事戎轡相逢宴軍

伶舼秋縱兀兀儼晏馳駉駉音扃馬肥張貌詩駉駉牡馬從賦始分手
朝京忽同舲音零舟中有窗楚辭乘舲船于上沆注舲船上有窗牖急時促暗棹戀
月留虛亭單車驅傳馬安居守窗螢梅花灞水別宮燭驪
山醒驪力馳切在昭蘇省選遠投足鄉賓尚摧翎塵袪又一摻所減
切擥也詩摻執子之袪兮淚眥音漬又在計切與眦同目際也列子拂眥揚眉而望之還雙熒洛
邑得休告華山窮絕陘音形山絕也爾雅山絕陘注連山中斷絕倚巖睨音詣海
浪引袖拂天星日駕此迴轄胡瞎切金神所司刑泉紳拖俏
皛石劒攢音趲高青磴都鄧切巖磴也選石磴瀉紅泉蘚達音闥泥滑拳跼音局楚辭
云躨跜踊而不行梯飈甲遙切扶遙風也楚辭忽飈騰兮浮雲颭伶俜上音零下[illegible]切竛不正[illegible]
伶俜而偏孤悔狂往一作巳咋音責齧也大齧也又池齧也選讀讀喧咋指垂誡仍鑴
銘蛾豸宅買切前漢決也獬豸與廌同說文解廌獸似牛而一角古者決訟令觸不直今日蛾豸以御史冠
用之故忝備列伏蒲漢元欲廢太子史丹伏青蒲上泣涕為言愧分經微誡慕橫

草瑣力摧撞莛（音廷，草莖也。前漢以莛撞鍾）疊雪走商嶺，飛波航洞庭。
下險疑墮井，守官類拘囹。荒餮（音饕）茹獠（張狡切，夷別名。後漢太部獠者，又盧
諸切）蠱（一作蠻，人夕夕；玄田蠱）幽夢感湘靈。刺史肅蓍蔡，吏人沸蝗螟。點綴
簿上字，趨蹌閤前鈴（音岑。羊祜出鎮南夏，鈴閤之下，侍衛不得過十數人）賴其飽山
水，得以娱瞻聽。紫樹雕斐亹（音尾。文色皃。孫綽曰：彤雲斐亹以扶檻）碧流滴
瓏玲。映波鋪遠錦，插地列長屏。愁狖（余救切，似猿）酸骨死，怪花
醉魂馨。潛苞絳實拆，幽乳（一作孔）翠毛零。赦行五百里，月變
三十蓂（音冥。蓂莢時生於庭，隨月彫葉）漸階羣振鷺，入學誨螟蛉（音苓。桑蟲也。揚
子：蛉七十子，肖仲尼）苹甘謝鳴鹿，罍滿慙罄缾。囧囧（居永切，牕牖開明也。選：囧囧秋
月明）抱瑚璉，飛飛聯鶺鴒。魚鬣（音獵。髮須鬣也。山海經：鯢魚赤目赤鬣）欲脫背，
虬（渠幽切，無角龍也。楚辭：焉有虬龍負熊以遊）精光（一作精先，洪曰本作先。又一本作光先）照硎（
音形，砥石也。莊子：刀刃若新發於硎）豈獨出醜類，方當動朝廷。勤來得晤語，

勿憚宿寒廳

薦士

周詩三百篇雅麗理訓誥曾經聖人手議論安敢到五言出漢時蘇李首更號東都漸瀰漫(上音彌下音漢官切)派別百川導建安能者七(魏建安中文士七人孔融陳琳王粲徐幹阮瑀應瑒劉楨)卓犖(胡角切)變風操逶迤抵晉宋氣象日凋耗中間數鮑謝比近最清奧齊梁及陳隋衆作等蟬噪搜春摘花卉沿襲傷剽(匹妙切)盜國朝盛文章子昂始高蹈勃興得李杜萬類困陵暴後來相繼生亦各臻閫隩(音奧水隈崖)有窮者孟郊受材實雄驁(音傲故也)冥觀洞古今象外逐幽好橫空(一作縱橫)盤硬語妥帖力排奡(臨川云吟詩各有所得清水出芙蓉天然去雕飾此李白所得也或看翡翠蘭苕上未掣鯨魚碧海中此杜甫所得也橫空盤硬語妥帖力排奡此韓愈所得也奡魚到切人名論語奡盪舟)敷柔肆紆

餘屈曲皃古詩曰山澤紛紆餘奮猛卷海潦榮華肖天秀捷一作徤疾愈
嚮報行身踐規矩甘辱恥媢竈孟軻分邪正眸子看瞭眊上音了目睛明下音帽目少睛孟子胷中正則眸子瞭焉胷中不正則眸子眊焉杳然粹而精可
以鎮浮躁酸寒溧陽溧音栗宜州尉五十幾何耄孜孜營甘旨
辛苦久所冒俗流知者誰指注競嘲傲聖皇索遺逸髦士
日登造廟堂有賢相愛遇均覆燾洪曰賢相謂鄭餘慶公有與餘慶書云再奉示問皆緣孟家事郊死於元和九年時餘慶爲興元尹韋莊云東野佐徐州幕辛使下廷評以墓誌考之餘慶在興元奏郊爲參謀未至而卒莊說非也況承歸與張二公送嗟悼青冥送吹嘘
强箭射魯縞音杲又古到切王恢云强弩之末力不能穿魯縞胡爲久無成使以
歸期告霜風破佳菊嘉節迫吹帽念將決焉去感物增戀
嫪盧到切惜物也㪅類云姻嫪戀惜也彼微水中荇尚煩左右芼音冒擇也詩左右芼之魯侯國至小廟鼎猶納郜音告地名桓二年取郜大鼎于宋納于太廟幸當

擇珉玉寧有棄珪瑁音冒天子所執王書乃受同瑁悠悠我之思擾擾風
中纛縣音導以犛牛尾爲之大如斗繫於左騑馬軛上楚王曰寡人之心搖搖然如懸旌纛縣上言愧無
路日夜惟心禱音到文字音義求福曰禱鶴翎不天生變化在啄菢薄報
切鳥伏卵通波非難圖尺地易可漕在到切水運也選通漕大漕善善不汲
汲後時徒悔懊於到切恨也晉史門生驚懊者累日救死具八珎不如一簞
音單楚與晉戰或人進王一簞酒王傾酒於水上與軍士共飲犒微詩公勿誚愷悌神所
勞郎到切慰勞詩愷悌君子神所勞矣

喜侯喜至贈張籍張徹

昔我在南時數君長在念搖搖不可止諷詠日喁噞上音顒下
音險魚口上見也張衡曰喁噞浮沉如以膏濯衣每漬垢逾染又如心中疢
箴石非所砭陂驗切以石刺病素問其治宜砭石常恩得遊處至死無一作不
倦厭地遐物奇怪水鏡涵石劍荒花窮漫亂幽獸工騰閃

舒瞻切說文闚頭門中也礙目不忍窺覰忽忽生昏墊、都念切書下民昏墊注下民昏瞀墊

溺逢神多所祝豈忘靈即驗依依夢歸路歷歷想行店今者誠自幸所懷無一欠孟生去雖索侯氏來還歉眼一作

梵聽新詩屋角月豔豔新作承閒騁交一作文驚舌互譫他念切舌出兒繽紛指瑕疵拒捍阻城塹以余經摧挫固請發鉛槧上余專切下七艷切鉛錫類書鉛松怪石槧版長三尺王充論衡斷木為槧揚雄采集異國殊語常把三寸弱翰齎素油四尺以問其異語歸以鉛摘次之於槧居然妄推讓見謂爇天燄比踈語徒妍悚息不敢占呼奴具盤餐飣餖上丁定切下音豆魚菜贍人生但如此朱紫安足僭

古風

今日曷不樂幸時不用兵無曰一作日者非既屢矣乃尚可以生彼州之賦去汝不顧此州之役去我奚適一邑之水可

走而違天下湯湯曷其而歸好我衣服甘我飲食無念百
年聊樂一日

駑驥 唐本云贈歐陽詹詹有荅駑驥吟二首

駑駘 音臺 誠齷齪 上音握下測角切急促狼選小人自齷齪後同 市者何其稠力小
苦易制價微良 一作誠 易酬渴飲一斗水飢食一束芻嘶鳴
當大路志氣若有餘騏驥生絕域自矜無匹儔牽驅入市
門行者不爲留借問價幾何黃金比嵩丘借問行幾何咫
尺視九州飢食玉山禾渴飲醴泉流問誰能爲御 一作借問誰能御
曠世不可求惟昔穆天子乘之極遐遊王良執其轡造
父爽其輈 張流切 因言天外事恍 詡往切狂貌一作荒一作苦 惚 呼骨切楊子神心惚恍往惚恍乎無端 使人愁駑駘謂騏驥餓死余爾羞有能必見
用有德必見收孰云時與命通塞皆自由騏驥不敢言低

徊但垂頭人皆劣騏驥共以駑駘優喟余獨興歎兮命不同謀寄詩同心子爲我商一作高者非聲謳記曰愛者宜歌商

馬厭縠

馬厭縠兮士不厭糠粃音纖米屑也又胡骨切杜詩黎民糠粃窄士被文繡兮士無短褐短一作裋常恕切洪曰按列子云衣則裋褐食則粢糲音義引方言裋複襦許慎注淮南子云楚人謂袍爲裋說文云粗衣又敝布襦也又襜褕短者謂之裋褕荀子作豎褐注云童豎之褐漢書去裋褐不完注云裋童豎所著布長襦也褐毛布之衣也杜子美云賜浴皆長纓與宴非短褐短褐風霜入還丹日月遲皆作長裋之裋蓋襜褕短者謂之裋褕則裋義亦通抑古書自有作短褐者乎未之見耶彼其得志兮不我虞兮一朝失志兮其何如已焉哉嗟嗟乎鄙夫

出門

長安百萬家出門無所之豈敢尚幽獨與世實參差古人雖已死書上有遺辭開卷讀且想千載若相期出門各有

道我道方未夷且於此中息天命一作誠不吾欺

嗟哉董生行

淮水出桐栢山東馳遥遥千里不能休淝水上音肥水在廬江晉史列車臨淝水出其側不能千里百里入淮流洪曰淝水在九江去不能千里者以興董生居下其可以施於人者不遐也公有送董邵南遊河北序壽州屬縣有安豐唐貞元年時縣人董生召南隱居行義於其中刺史不能薦天子不聞名聲爵禄不及門門外惟有吏日來徵租更索錢嗟哉董生朝出耕夜歸讀古人書盡日不得息或山而樵或水而漁入厨具甘旨上堂問起居父母不慼慼妻子不咨咨嗟哉董生孝且慈人不識惟有天翁知生祥下瑞無時期家有狗乳出求食雞來哺其兒啄啄庭中拾蟲蟻哺之不食鳴聲悲彷徨躑躅上直炙切下厨玉切久不去以翼來覆待狗

歸嗟哉董生誰將與儔時之人夫妻相虐兄弟爲讎食君之祿而令父母愁亦獨何心嗟哉董生誰將與儔一作將無與儔

烽火

登高望烽火誰謂塞塵飛王城富且樂曷不事光輝勿言日已暮相見恐行稀願君熟念此秉燭夜中歸我歌寧自感乃獨淚霑衣

汴州亂二首

汴州城門朝不開天狗墮地聲如雷天狗狀如大流星有聲其下止地類狗墮必有破軍殺將健兒爭誇殺留後陸長源也連屋累棟燒成灰諸侯咫尺不能救孤士何者自興哀

母從子走者爲誰大夫夫人留後兒昨日乘車騎大馬坐者起趨乘者下廟堂不肯用干戈肯一作敢嗚呼奈汝母子何

利劍

利劍光耿耿佩之使我無邪心故人念我寡（一作無）徒（一作儔）倡持用贈我比知音我心如冰劍如雪不能刺讒夫使我心腐劍鋒折決雲中斷開青天噫劍與我俱變化歸黃泉

齪齪

齪齪當世士所憂在飢寒但見賤者悲不聞貴者歎（大音灘）賢事業異遠抱非俗觀報國心皎潔念時涕汍瀾妖姬坐左右柔指發哀彈（音壇選輟張女之哀彈）酒肴雖日陳感激寧爲歡秋陰欺白日泥潦不少乾河堤決東郡老弱隨驚湍（他端切湍孟子性猶湍水也）天意固有屬（一作以）誰能詰其端願辱太守薦得充諫諍官排雲叫閶闔（上音昌下音盍天門也楚辭排閶闔而望予）披腹呈琅玕致君豈無術自進誠獨難

卷終

音註韓文公文集卷第三

古詩

河之水二首寄子姪老成

河之水去悠悠我不如水東流我有孤姪在海陬子侯切海隅三年不見兮使我生憂日復日夜復夜三年不見汝使我鬢髮未老而先化

河之水悠悠去我不如水東注我有孤姪在海浦三年不見兮使我心苦採蕨于山緡武巾切釣魚繳魚于泉一作淵我徂京師不遠而還

山石

山石犖确上呂角切說文駁牛也下音學說文磬石也犖确山形色貌行徑微黃昏到寺蝙蝠上布田切下甫服切說文服翼也崔豹古今注一名仙鼠也飛升堂坐階新雨定一作足芭蕉葉大支子肥支梔子也僧言古壁佛畫好以火來

照所見稀鋪牀拂席置羹飯疏糲蘭末切脫粟也糲粗而粺精列子食則粢糲又厲頼二音亦足飽我飢夜深靜臥百蟲絕清月出嶺光入扉天明獨去無道路出入高下窮煙霏山紅澗碧紛爛漫時見松櫪音歷櫪撕皆十圍當流赤足蹋澗石水聲激激風生一作吹衣人生如此自可樂一作可自樂豈必局束為人鞿音幾馬絡也楚辭予雖好脩姱以鞿羈兮注韁在口曰鞿前漢是猶以鞿而御駻突嗟哉吾黨二三子安得至老不更歸

天星送楊凝郎中賀正凝字恭履時董晉在汴

天星牢落雞喔咿上音渥下音伊雞聲也後漢王延壽王孫賦嗀嚦嚦而喔咿僕夫起餐車載脂脂以滑車正當窮冬寒未已借問君子行安之會朝元正無不至受命上宰須及期侍從近臣有虛位公今此去何時歸一作歸何時

汴泗交流贈張僕射 建封

汴泗交流郡城角劚（陟玉切）場千步平如削短垣三面繚逶迤擊鼓騰騰樹赤旗新秋朝涼未見日公早結束來何爲分曹決勝約前定百馬攢（在丸切 聚也）蹄近相映毬驚杖奮合且離紅牛纓紱黃金羈側身轉臂著馬腹霹靂應手神珠馳超遥散漫兩閑暇揮霍（奮迅也 枝乘曰蜿蟬揮霍）紛紜爭變化發難得巧意氣麄讙聲四合壯士呼此誠習戰非爲劇豈若端坐行良圖當今忠臣不可得公馬莫走須殺賊

忽忽

忽忽乎余未知生爲生之樂也願脫去而無因安得長翮大翼如雲生我身乘風振奮出六合絶浮塵死生哀樂兩相棄是非得失付閑人

鳴鴈

嗷嗷鳴鴈鳴且飛，窮秋南去春北歸。去寒就暖識所依（一作處非），天長地闊棲息稀。風霜酸苦稻粱微，羽毛摧落身不肥。徘徊反顧羣侶違，晨鳴欲下洲渚非。江南水闊朔（一作朝）雲多，草長沙軟無網羅。閑飛靜集鳴相和，違憂懷惠（一作息）性匪他。凌風一舉君謂何。

龍移

天昏地黑蛟龍移，雷驚電擊雄雌（一作雌雄）隨。清泉百丈化爲土，魚鼈龍枯死吁可悲。

雉帶箭

原頭火燒靜兀兀，野雉畏鷹出復没。將軍欲以巧伏人，盤馬彎弓惜不發。地形漸窄觀者多，雉驚弓滿勁箭加。衝人

決起百餘尺紅翎白鏃作木切箭鏃列子善射者能令後鏃中前括隨傾斜將軍仰笑軍吏賀五色離披馬前墮

條山蒼

條山蒼河水黃浪一作滄波沄沄去松栢在高岡

贈鄭兵曹

鐏酒相逢十載前君爲壯夫我少年鐏酒相逢十載後我爲壯夫君白首我材與世不相當戢阻立切斂也鱗委翅無復望音亡當今賢俊皆周行君何爲乎亦一作獨遑遑盃行到君莫停手破除萬事無過酒

桃源圖洪曰陶淵明叙桃源事初無神仙之說梁任安貧爲武陵記亦祖述其語耳淵明云先世避秦時亂而安貧云鼂裴以避秦之亂邑人相率攜妻孥隱此厥後絕不外通何人世之多遷貿也後人不深考因謂秦人至晉猶不死遂以爲地仙洪駒父云荊公桃源行東坡和桃源詩皆得之

王摩詰退之劉夢得諸人以爲神仙皆非是淵明載漁人所遇時稱晉太元中任安貧云太康中退之詩云自說經今六百年按始皇三十四年築長城燔詩書明年坑儒生三十七年胡亥立三年而滅於漢二漢四百二十五年而爲魏魏四十五年而爲晉晉武帝即位十五年至是凡四百九十二年明年改元太康自太康元年至孝武帝寧康三年凡九十六年通五百八十九年明年改元太元至太元十三年乃及六百年夢得詩亦云金行太元歲安貧之記誤也

神仙有無何渺茫桃源之說誠荒唐（晉太康中武陵人捕魚從溪行忘路遠近逢桃林夾岸無雜花果云秦人避世於此）流水盤迴山百轉生綃數幅垂中堂武陵太守好事者題封遠寄南宮下南宮先生忻得之波濤入筆驅文辭文工畫妙各臻極異境恍惚（上許往切下呼骨切）移於斯架巖鑿谷開宮室接屋連牆千萬日嬴（秦姓也）顛劉蹶了不聞地坼天分非所恤種桃處處惟開花川源近遠蒸紅霞初來猶自念鄉邑歲久此地還成家漁舟之子來何

所物色相猜更問語大蛇中斷喪前王群馬南渡開新主
聽終辭絕共悽然自說經今六百年當時萬事皆眼見不
知幾許猶流傳爭持酒食來相饋禮數不同罇俎異月明
伴宿玉堂空骨冷魂清無夢寐夜半金雞啁哳（上音嘲下陟轄切聲也楚辭鵾雞啁哳而悲鳴）鳴火輪飛出客心驚人間有累不可住依然
離別難為情船開棹進一迴顧萬里蒼蒼煙水暮世俗寧
知偽與真至今傳者武陵人

東方未明（未舊本作半）

東方未明大星沒獨有太白配殘月嗟爾殘月勿相疑同
光共影須臾期殘月暉暉太白睒睒（音閃字當從目暫視貌太元經明復睒天中獨爛也）雞三號（音豪大呼也杜詩曰務鳴度必三）更五點

贈唐衢（衢從退之游舊史附公傳末新史刪之世稱唐衢善哭者是也）

虎有爪兮牛有角虎可搏兮牛可觸奈何君獨抱奇材手把犂鋤餓空谷當今天子急賢良匭函（上音軌下胡嵓切器也唐垂拱元年置匭於朝令上表者投之）朝出開明光胡不上書自薦達坐令四海如虞唐

貞女峽（連州陽山縣）

江盤峽束春湍（他端切）豪雷風戰鬬魚龍逃懸流轟轟（呼宏切）射水府一瀉百里飜雲濤漂船擺（補買切開也又擺撥吳志注擺撥衆人之議）石萬瓦裂咫尺性命輕於毛

贈侯喜

吾黨侯生字叔起（舊本作迡丘紀切古文起字）呼我持竿釣温水平明鞭馬出都門盡日行行荆棘裏温水微茫絕又流深如車轍闊容輈（張流切）蝦蟇跳過雀兒浴此縱有魚何足求我爲

侯生不能已盤針擘（博厄切分擘也禮記塗皆花擘之）粒投泥滓（阻史切澱也選齊宿迎泥滓）晡（奔謨切日加申時淮南子至于悲谷是謂晡時）時堅坐到黃昏手倦目勞方一起暫動還休未可期蝦行蛭（音質水蟲也博物志水蛭三斷而成三物前漢夫豈從蝦與蛭螾）渡似皆疑舉竿引線忽有得一寸纔分鱗與鬐（音祈儀禮魚進鬐注魚脊也）是時侯生與韓子良久歎息相看悲我今行事盡如此此事正好爲吾規半世遑遑就選舉一名始得紅顏衰人間事勢豈不見徒自辛苦終何爲便當提攜（力圭切）妻與子南入箕潁無還時叔起君今氣方鋭我言至切君勿嗤君欲釣魚須遠去大魚豈肯居沮洳（上將預切下人恕切陷濕地）

古意

太華峯頭玉井蓮（華胡化切華山記曰頂有千葉蓮花服之羽化）開花十丈藕如

船冷比雪霜甘比蜜一片入口沉痾於可切病也音史沉痾頓愈痊音詮
我欲求之不憚遠青壁無路難夤緣夤一作攀安得長梯上
摘實下種七澤根株連

八月十五夜贈張功曹 署

纖雲四卷天無河清風吹空月舒波沙平水息聲影景絕一
盃相屬君當歌君歌聲酸辭且苦不能聽終淚如雨洞庭
連天九疑高蛟龍出沒猩音生猩猩鼯號十生九死到官所幽
居默默如藏逃下牀畏蛇食畏藥海氣濕一作溫蟄熏一作重
腥臊音騷昨者州前搥大鼓嗣皇繼聖登夔皋赦書一日行
萬里罪從大辟皆除死一作徙遷者追迴流者還滌瑕蕩垢
清朝班州家申名使家抑坎軻口个切又音可秪得移荊蠻判司
卑官不堪說未免捶之累切以杖擊也荀子捶笞臏腳楚塵埃間同時輩

流叒上道天路幽險難追攀君歌且休聽我歌我今與君豈殊科一本云我歌今與君殊科一年月明今宵叒人生由命非由他託何切非我也有酒不飲柰明何

謁衡嶽廟遂宿嶽寺題門樓

五嶽祭秩皆一作比三公四方環鎮嵩當中火維地荒足妖怪天假神柄專其雄噴雲泄霧藏半腹雖有絕頂誰能窮我來正逢秋雨節陰氣晦昧無清風潛心默禱若有應豈非一作即正直能感通須臾靜掃衆峯出仰見突兀撐抽庚切青空紫蓋連延接天柱崑崙山一曰天柱石廩騰擲堆祝融衡山南嶽者祝融宅其陽森然魄動下馬拜松栢一逕趨靈宮粉牆丹柱動光彩鬼物圖畫填青紅升階傴僂上於武切下音縷薦脯酒欲以菲薄明其衷廟內一作令老人識神意睢盱上許佳切下香于切偵音檉

㑗也文丑鄭切選僋傑不敢東窺伺能鞠躬手持枉玟音救枉玟古者以玉爲之導我

擲云此最吉餘難同鼠逐蠻荒幸不死衣食纔足甘長終

侯王將相望久絕神縱欲福難爲功夜投佛寺上高閣星

月揜映雲曈曨上音童下音籠日欲出也梁劉孝綽望月詩曈曨入床簟猿鳴鐘動不

知曙杲杲寒日生於東

岣嶁山上矩縷二音山海經云衡山一名岣嶁禹巡岣嶁山衡山夢得金簡玉字之書遂得治水之要

岣嶁山尖神禹碑字青石赤形摹奇科斗拳身薤葉拔音薤

械古文似科斗薤書如薤葉鸞飄鳳泊拏女加切又女書切虎螭抽知切事嚴跡

祕鬼莫窺道人獨上偶見之我來咨嗟涕漣洏上音連下音而涕流

貌選涕淚漣洏千搜萬索何處有森森綠樹猿猱奴刀切一作啼悲

永貞行

君不見太皇諒陰未出令謂順宗即位時也小人乘時偷國柄北

軍百萬虎與貔音毗白狐也書如虎如貔天子自將非他師一朝奪印付私黨懍懍朝士何能爲狐鳴梟堅堯切說文不孝鳥也詩爲梟爲鴟注惡聲之鳥楚辭鴟梟羣而制之噪爭署置睒閃跳踉上音沼說文蹶也一曰躍也下音梁文呂唐切玉篇欲行貌相嫵媚上音武媚也前漢嫵媚纖弱一作娬夜作詔書朝拜官超資越序曾無難公然白日受賄賂火齊才詣切珠也一曰似雲母重沓而開色黃似金磊落上魯猥切選磊落澋漫行乎其側注衆多皃堆金盤元臣故老不敢語畫卧涕泣何汍瀾董賢一一作三公誰復惜侯景九錫行可歎音灘國家功高德且厚天位未許庸夫干嗣皇卓犖呂角切信英主謂憲宗也文如太宗武高祖膺圖受禪登明堂共流幽州鯀死羽四門肅穆賢俊登數君匪親豈其朋郎官清要爲世稱荒郡迫野嗟可矜湖波連天日相騰蠻俗生梗瘴癘蒸江氛嶺祲音浸周禮一曰祲注陰陽氣相侵左氏赤黑之祲非祭祥也昏若凝一蛇

兩頭見未曾怪鳥爭鳴（一作鳴喚）令人憎蠱蟲羣飛夜撲（普木切拂著也書其猶可撲滅）燈雄虺毒螫（音釋蠱行毒也詩自求辛螫史記莫無毒螫）隋股肱食中置藥肝心崩左右使令詐難憑慎勿浪信常競競吾常（一作肯）同僚情可勝具書目見非妄徵嗟尒既往宜爲懲

洞庭湖阻風贈張十一署

十月陰氣盛北風無時休蒼茫洞庭岸與子維雙舟霧雨晦爭洪波濤怒相投雞犬斷四聽糧絕誰與謀相去不容步險如礙山岳清談可以飽夢想接無由男女喧左右飢啼但啾啾（即由切小兒聲也楚辭猴啾啾兮狖夜鳴）非懷北歸興何用勝羈愁雲外有白日寒光自悠悠能令暫開霽過是吾無求

李花贈張十一署

江陵城西二月尾花不見桃惟見李風揉雨練雪羞比波

濤飜空杳無涘（水旨）涯侯君知此處花何似白花倒燭天夜明

羣雞驚鳥鳴官吏起金烏海底初飛來朱輝散射青霞開迷

亂入眼看不得照耀萬樹繁如堆念昔少年著遊蕩對花

豈曾辭酒杯自從流落憂感集欲去未到先思迴秪今四

十已如此後日更老誰論哉力攜一罇獨（一作共）就醉不忍

虛擲委黃埃

杏花

居鄰北郭古寺空杏花兩株能白紅曲江滿園不可到看

此寧避雨與風二年流竄出嶺外所見草木多異同冬寒

不嚴地恒泄陽氣發亂無全功浮花浪蕊鎮長有纔開還

落瘴霧中山榴躑躅（上直炙切下厨玉切花也本草注其木高三四尺花似山石榴）少意

思照耀黃紫徒為叢鷓鴣鉤輈（張流切鳥名也嶺表記鷓鴣自呼云鉤輈）李羣

(王詩又聽鈎輈格磔声)猿叫歇杳藹深谷攢(音巑)青楓(音風木厚葉弱枝善搖)豈
如此樹一來翫若在京國情何窮今旦胡爲忽惆悵萬片
飄泊隨西東明年更發應更好道人莫忘鄰家翁

感春四首

我所思兮在何所情多地遐兮徧處處東西南北皆欲往
千江隔兮萬山阻春風吹園雜花開朝日照屋百鳥語三
盃取醉不復論一生長恨奈(一作春)何許
皇天平分成四時春風漫誕最可悲雜花粧林草蓋地白
日座上傾天維蜂喧鳥咽留不得紅蕚萬片從風吹豈如
秋霜雖凛冽(音列)摧落老物誰惜之爲此徑須沽酒飲自外
天地棄不疑近憐李杜無檢束爛熳長醉多文辭屈(九勿切)
原離騷二十五不肯餔啜糟與醨(餔奔謨切食也醨呂支切薄酒也選載楚辭何)

（不餔其糟而歠其釃）惜哉此子巧言語不到聖處寧非癡幸逢堯舜

明四目條理品彙皆得宜平明出門暮歸舍酩酊（上音茗下音鼎）

馬上知爲誰

朝騎一馬出瞑就一床臥詩書漸欲拋節行久已（一作已久）破

（一作情）冠欹感髮禿語誤悲齒墮妻孥真平生心已矣知何奈（乃个切能也元稹立部伎詩古人邪正將誰奈）

我恨（一作奈我）不如江頭人長網橫江遮紫鱗獨宿荒陂射鳧

鴈賣納租賦官不嗔歸來歡笑對妻子衣食自給寧羞貧

今者無端讀書史智慧祇是勞精神畫蛇著（陟略切置也又服衣於身選皆著藏中）足無處用兩鬢霜白趨埃塵乾愁漫解坐自累

與衆異趣誰相親數盃澆（音驍沃也）腸雖暫醉皎皎萬慮醒（音星說文醒解也楚辭惟我獨醒）還新百年未滿不得死且可勤買拋青春

洪曰[illegible]云唐人名酒多以春則拋青春必酒名也子[illegible]退之此詩在江陵作蓋江陵酒名也

寒食日出遊夜歸張十一院長見示病中憶花九篇因此投贈即功曹貝署也

李花初發君始病我往看君花轉盛走馬城西惆悵歸不忍千株雪相映迩來又見桃與梨交開紅白如爭競可憐物色阻攜手空展霜縑吟九詠紛紛落盡泥與塵不共新粧比端正桐華季春之月桐始華最晚今已繁君不強起時難更關山遠別固其理寸步難見始知命憶昔與君同貶官夜渡洞庭看斗柄豈料生還得一處引袖拭淚悲且慶各言生死兩追隨直置忘親無貌敬念君又署南荒吏路指鬼門幽且夐休正切遠也前漢儻夐遠去三公盡是知音人曷不薦賢陛下聖囊空甑倒誰救之我今一食日還併自然憂氣損天

和安得康強保天性斷鶴兩翅鳴何哀縶（陟立切）驥四足氣空橫（戶孟切不以理也孟子其橫逆猶是也）今朝寒食行野外綠楊市岸蒲生迸宋玉庭邊不見人輕浪參差魚動鏡自嗟孤賤足瑕疵特見放縱荷寬政飲酒寧嫌琖（阻限切）底深題詩尚倚筆鋒勁明宵固欲相就醉有月莫愁當火令

和張十一憶昨行

憶昨夾鍾之呂初吹灰杜公禮罷元侯迴車載牲牢甕舁（音輿對舉也益部耆舊傳遵勅吏舁尸到）酒並召賓客延鄉校腰金首翠光照耀絲竹迥發清以哀青天白日花草麗玉斝屢舉傾金罍張君名數座所屬起舞先醉長松摧宿醒未解痁（失廉切瘧疾左傳曰痁作而伏）舊作深室靜臥聞風雷自期殞命在春序屈指數日憐嬰孩危辭苦語感我耳淚落不揜何漼漼（七回切選指李豹而

灌焉[illegible]涕泣垂貌念昔從君渡湘水大帆符咸切夜劃[illegible]又音畫窮高
桅五回切舟檣也玉篇船上檣竿陽山今在連州有陽山縣鳥路出臨武驛馬拒地
驅頻隤杜回切馬病也詩我馬虺隤踐蛇茹蠱不擇死忽有飛詔從天
來伾文伾音丕王伾也文王叔文也未揃子踐切滅也儀禮蚤揃如他日崖州熾崖州韋執誼也
雖得赦宥恒愁猜近者三姦悉破碎羽窟無底幽黃能奴來
切熊屬足似鹿又三足鼈也洪曰左傳云堯殛鯀于羽山其神化爲黃能國語作黃能說者曰能旣熊屬又爲鼈類
東海人祭禹廟不用熊白及鼈鼉爲饌斯豈鯀化爲二物乎眼中了了見鄉國知有歸
日眉方開今君從罯天涯吏投檄刑狄切符檄說文二尺書前漢三秦可傳檄而
定北去何難哉無妄之憂勿藥喜一善自足禳千災頭輕
目朗肌骨健古劍新劚磨塵埃殃銷禍散百福併從此直
至耇一作耇與鮐音胎魚名詩黃耇鮐背嵩山東頭伊洛岸勝事不假
須穿栽君當先行我待滿沮溺上子魚切皆人名論語長沮桀溺耦而耕可繼

窮年推他回切去也詩則不可推

音註韓文公文集卷第三

音註韓文公文集卷第四

古詩

劉生詩

生名師命其姓劉自少軒輊下竹二切詩曰如軒如輊言車之輕適非常儔棄家如遺來遠遊東走梁宋暨揚州遂凌大江極東陬將侯切洪濤舂天禹穴幽越女一笑三年留南逾橫嶺入炎洲青鯨音擎高磨波山浮怪媚魍魅一作炫曜堆蛟虬渠幽切山獠張絞切又盧皓切一作徐讙譟猩猩愁毒氣爍體書若切黃膏流問胡不歸良有由美酒傾水炙之夜切肥牛妖歌慢舞爛不收倒心迴腸為青眸千金邀顧不可酬乃獨遇之盡綢繆上直留切下亡侯切瞥匹滅切說文過目也楚辭目瞥瞥兮西沒然一餉成千秋昔鬢未生今白頭五管歷徧無賢侯嶺南有經略節度謂之五管容廣邕桂安南迴望萬里還家羞陽

山窮邑惟猿猴手持釣竿遠相投我爲羅列陳前修芟蒿
斬蓬利鋤耰天星迴環數纔周文學穰穰（如兩切豐也史記五穀蕃熟穰穰滿家）囷倉（上去倫切倉圓曰囷倉庾也藏也禮記修囷倉）稠車輕御良馬力優咄（當沒切呵也晉史咄咄便辦）哉識路行勿休往取將相酬恩讎

鄭羣贈簟（羣字宏之常佐裴均江陵）

蘄州笛竹天下知鄭君所寶尤瓌（公回切瓌瑰也選窺東山之府則瓌寶流目）奇攜來當晝不得臥一府傳看黃瑠璃體堅色淨又藏節
滿眼凝滑無瑕疵法曹貧賤衆所易腰腹空大何能爲自
從五月困暑濕如坐深甑遭蒸炊手磨袖拂心語口慢膚
多汗真相宜日暮歸來獨惆悵有賣直欲傾家資誰謂故
人知我意卷送八尺含風漪（於離切水文）呼奴掃地鋪未了光
彩照耀驚童兒青蠅側翅蚤蝨避（蚤音早抱朴子曰蚤蝨蝨攻君臥不獲安）

肅疑有清飈（遥甲切）吹倒身甘寢百疾愈却願天日恒炎曦（音希）明珠青玉不足報贈子相好無時衰

豐陵行（順宗陵也）

羽衛煌煌一百里曉出都門葬天子羣臣雜沓馳後先宫官穰穰來不已是時新秋七月初金神按節炎氣除清風飄飄輕雨灑偃蹇旗旆卷以舒逾梁下坂笳（音加卷蘆葉吹之選胡笳互動）鼓咽嵽嵲（上徒結切下五結切玉篇山水而不安貌）遂走玄宮虛（一作閭）哭鼓訇（呼宏切魏陳琳武庫賦鈹鼓訇隱而動天）天白鳥噪幽坎晝閴空靈輿皇帝孝心深且遠資送禮備無贏餘設官置衛鎖嬪妓供養朝夕象平居臣聞神道尚清淨三代舊制存諸書墓藏廟祭不可亂欲言非職知何如

游青龍寺贈崔（一有大字）羣補闕（洪曰青龍寺在長安曲江之左詩云友生

招我佛寺行正値萬株紅葉滿謂柹也靈液屢進
頳黎盌謂食柹也忽經顔色變韶稚言爲紅赤所
照耀也東坡云九月柹葉赤而實紅故是詩終篇
皆言赤色白樂天青龍寺早夏詩云新葉陰涼多
亦謂此也雜俎云柹有七絶一壽二多陰三無鳥
巢四無蟲五霜葉可愛六嘉實七落葉肥大也小
說云鄭虔學書病無紙知慈恩寺有柹葉數間遂
借僧居取紅葉學書歲久殆遍知當時僧居多種
此樹
也

秋灰初吹季月管日出卯南曜昱短友生招我佛寺行正
値萬株紅葉滿光華閃壁一作璧見神鬼赫赫炎官張火傘
然雲燒樹大實駢蒲眠切駕二馬也莊子駢拇枝指金烏下啄頳音檉赤色詩魴
魚頳尾後同虬卵魂翻眼暈忘處所赤氣沖融無間斷有如流
傳上古時九輪照燭乾坤旱二三道士席其間靈液屢進
頳黎頳貝玉也亦作玻瓈盌音椀說文小盂也選逸珠盈盌勿一作忽驚顔色變韶一作
齠音條始齔齒也稚却信靈仙非怪誕桃源迷路竟茫茫棗下悲

歌徒箕篸箕篸箕篸箕篸蘽花也歌曰蘽下箕篸箕篸朱實離離苑其落矣化爲枯枝人生不能行樂死何以虛謚爲滿舟賦前年嶺隅鄉思發躑躅上音炙切下厨玉切成山開不筭去歲羈帆符咸切湘水明霜楓千里隨歸伴猿呼一作啼者非鼯音吾嘯鷓鴣啼惻一作側洪曰作側者非耳酸腸難濯澣胡管切濯垢也詩服澣濯之衣思君攜手安能得今者相從敢辭懶由來鈍騃語駭切一作駭寡參尋況是儒官飽閑散惟君與我同懷抱鋤去陵谷置平坦年少得途未要忙時清諫疏尤宜罕何人有酒身無事誰家多竹門可款須知節候即風寒幸及亭午猶妍暖南山逼冬轉清瘦刻畫圭角出崖竅音竅空也莊子導大竅當憂復被冰雪埋汲汲來窺譏遲緩

贈崔立之評事

崔侯文章苦捷敏高浪駕天輸不盡曾從關外一作內來上

都隨身卷軸車連軫(上忍切車後木)朝爲百賦猶鬱怒暮作千詩
轉遒緊搖毫擲簡自不停頃刻青紅浮海蜃(時忍切大蛤也能吐氣爲
樓臺海中春夏間見)才豪氣猛易語言往往蛟螭(抽知切後同)雜螻蚓(上音
婁下音引螻蟈蚯蚓)知音自古稱難遇世俗乍見那妨哂(音矧笑也)勿嫌
法官未登朝猶勝赤尉長趨尹時命雖乖心轉壯技能虛
富家逾遁窘(巨隕切迫也詩又窘陰雨)念昔塵埃兩相逢爭名齟齬(上牀呂切
又牀所切下音語)持矛楯(食允切義與第一卷盾字同左氏賦車兵徒卒甲楯之數)子時專場
誇觜距(上即委切下臼許切選利觜長距終得擅場後同)余始張軍嚴韅靷(上曉見切
下以忍切牛具在背曰韅在胸曰靷)爾來但欲保封疆莫學龐涓怯孫臏(龐皮
江切臏婢忍切龐姓臏名也史記孫臏與龐涓俱學兵法)竄逐新歸厭聞閙齒髮早衰
嗟可閔頻蒙怨句刺棄遺豈有閑官敢推引深藏篋笥時
一發戢戢已多如束筍可憐無益費精神有似黃金擲虛

牝洪曰牝谿谷也古詩云哀壑叩虛牝當今聖人求侍從拔擢杞梓收楛音戶
木中矢幹箘巨隕切美竹書曰惟箘簬楛東馬嚴徐已奮飛枚皐即召窮且忽
復聞王師西討蜀霜風冽冽摧朝菌巨隕切地蕈也莊子朝菌不知晦朔走
章馳檄刑狄切在得賢燕雀紛拏女加切又女書切要一作惡鷹隼息尹
切鷙鳥也禮記鷹隼爲鷙鳥竆料二塗必處一豈比恒人長蠢蠢尺尹切動也
勸君韜養待徵招不用雕琢愁肝腎牆根菊花好沽酒錢
帛縱空衣可準暉暉簷日暖且鮮摵摵山責切隕落也盧子諒曰摵摵芳葉
零井梧踈更殞高士例須憐麴蘖丈夫終莫生一作老畦戶圭
切菜畦畛音軫畛陌能來取醉任喧呼死後賢愚俱泯泯音閔盡也滅也
書泯泯棼棼

送區弘南歸洪曰區區治子之後集有送區冊序說者謂冊即弘也故張籍送弘詩曰
韓君國大賢道德赫已聞昨出爲陽山爾區來趍奔韓官遷法曹子隨至荊門韓入爲博士崎嶇從

羈輪今本皆作歐弘誤矣

穆昔南征軍不歸蟲沙猿鶴伏以飛江洶許拱切又音凶心皷楚辭波逢洶湧澎沛洞庭宿莽微莫補切楚辭夕擥中洲之宿莽注草經冬不死曰宿莽離騷云宿宿短草莽莽長草也九疑巉天荒是非巉鋤銜切險也相中記曰九疑山在營道北九山相似行者疑惑故曰九疑野有象犀水貝璣分散百寶人事唐本作士稀我遷于南日周圍來見者衆莫依倚爰有區子熒熒暉觀以彝訓或從違我念前人譬葑菲音霏芴也落以斧斤引纆一作纆徽呼韋切纆徽纆索音墨纆一作引以徽雖有不逮驅騑騑音霏馬行或採于薄音亳瀆也漁于磯音機磧也大石激水也周朗帝贈韋居士詩乘槎下釣磯服役不辱言不識從我荊州來京畿離其母妻絕因依嗟我不道一作道不能自肥子雖勤苦終何希王都觀音貫京闕也左氏以為京觀闕雙巍巍騰踏衆駿事鞍鞿音機佩服上色紫與緋獨子之節可嗟晞音希

與歎同哀而不泣琴操乃號天嘘唏毋附書妻寄衣開緘發封淚痕[illegible]

不勑還情庶幾朝暮盤着側庭闈幽房無人感蛜蝛上於夷切

下於非切爾雅委黍也注舊說鼠婦詩伊威在室陸德明云或傍加虫者後人增耳人生此難餘可

祈子去吳時若發機蜃沉海底氣昇霏彩雉野伏朝扇

一作羽翬音揮五彩雉詩如翬斯飛處子窈窕王所妃苟有令德隱不腓

音肥病也詩百卉具腓況今天子鋪德威蔽能者誅薦受禨音機祥也史記

因載其機祥制度出送撫背我涕揮行行正直愼脂韋業成志樹

來頎頎音祈長皃詩頎人其頎注言儀表長麗姣好頎頎然我當爲子言天扉

三星行洪曰三星行剝啄行皆元和初遇饒求分司時作

我生之辰月宿南斗牛奮其角箕張其口牛不見服箱車人

去大車服牝服長八尺謂較也兩較內謂之箱斗不挹酒漿箕獨有神靈無時

停簸音播揚無善名以聞無惡聲以攘名上汝陽反以手御禦也書奪攘矯虔

穀相乘除（乘音繩曆家有增減率遲速積故有乘除之法）得少失有餘三星各在天什伍東西陳噬汝牛與斗汝獨不能神

剥啄行

剥剥啄啄有客至門我不出應客去而嗔從者語我子胡爲然我不厭客困于語言我嗟子誠（一本無我嗟子誠四字）欲不出納以堙（音因）其源空堂幽幽有秸（音戛槀秸書百里納秸服）有莞（音丸草可爲席又九還切詩下莞上簟）門以兩版叢書於閒窅窅（音窈深皃）深塹其墉甚完彼寧可隳（一作隨許規切）此不可干從者語我嗟子誠難子雖云爾其盍寘蕃我爲子謀有萬其全凡今之人急名與官子不引去與爲波瀾雖不開口雖不開關變化咀嚼（上才汝切下疾雀切）有鬼有神今去不勇其如後艱我謝再拜汝無復云往追不及來可待焉

青青水中蒲

青青水中蒲，下有一雙魚。君今上隴去，我在與誰居。青青水中蒲，長在水中居。寄語浮萍草，相隨我不如。青青水中蒲，葉綠不出水。婦人不下堂，行子在萬里。

孟東野失子 并序

東野遵產三子，不數日輒失之。幾老，念無後以悲。其友人昌黎韓愈懼其傷也，推天假其命以喻之。

失子將何尤，吾將上尤天。汝實主下人，與奪一何偏。彼於汝何有，乃令蕃且延。此獨何罪辜，生死旬日間。上呼無時聞，滴地淚到泉。地祇為之悲，瑟縮久不安。乃呼大靈龜，騎雲款天門。問天主下人，薄厚胡不均。天曰天地人，由來不相關。吾懸日與月，吾繫星與辰。日月相噬齧五結切，星辰踣

音匐唐志曰踣顛仆也而顛吾不汝之罪知非汝由緣且物各有分
孰能使之然有子與無子禍福未可原魚子滿母腹一一
欲誰憐細腰蒲盧也不自乳舉族長孤懸一作鰥鴟梟上處脂切鳶也
下堅堯切啄母腦母死子始蕃梟一名鴟亦名流離張奐曰鶹鷅食母許慎曰梟不孝鳥蝮
蛇音覆毒蛇也一名虺玉篇蝮螫手則斷楚辭蝮蛇蓁蓁生子時坼裂腸與肝好子
雖云好未還恩與勤惡子不可說鴟梟蝮蛇然有子且勿
喜無子固勿歎音灘上聖不待教賢聞語而遷下愚聞語惑
雖教無由悛大靈頓頭受即日以命還地祇謂大靈汝往
告其人東野夜得夢有夫玄衣巾龜一名玄衣督郵闖丑禁切然入
其戶三稱天之言再拜謝玄夫收悲以歡忻

和皇甫湜陸渾山火用其韻洪曰一作次韻非是劉貢父云唐人賡和
詩有次韻依其次用韻有依韻同在一韻中耳有
用韻用彼之韻不必次之退之和陸渾山火是也

皇甫補官古陸渾洪曰舊作賁渾按左傳作陸渾公羊作賁音陸亦音奔湜元和元年進士為陸渾尉也時當大冬澤乾源山狂谷很相吐吞風怒不休何軒
軒擺磨出火以自燔有聲夜中驚莫原天跳地踔敕教切踔跳也後漢踰宇宿而遺俗注踰越也顛乾坤赫赫上照窮崖垠音銀岸也截然高周
燒四垣神焦鬼爛無逃門三光弛隳不暇一作復暾他昆切日出貌楚辭暾將出兮東方虎熊麋豬逮猴猿水龍鼉音駝上龜魚與黿鴉鴟上與鵄同下處脂切鵰鷹雉鵠鵾音昆似雞而大選鴐鵝鶤鴨燖徐廉切湯中爚肉儀禮燅唯燖者有膚後同
炰音庖合毛炙肉詩毛炰胾羹後同煨爊於刀切廣韻埋物灰中令熟熟飛奔祝融
告休酌卑尊祝融顓頊氏之子曰黎為火官錯陳齊玫闢華園玫一作收洪曰作收者非是玫音梅說文云火齊玫瑰也芙蓉披猖塞鮮繁千鍾萬鼓咽耳喧攢
音巑雜啾嚄上即由切下胡消切廣韻啾嚄小聲嚄嘖大喚後同沸篪塤音喧彤幢絳旃
紫纛番幢宅江切纛音導炎官熱屬朱冠褌音昆親身裳衣前漢相如身自著犢鼻褌

髹音休漆赤多黑少選列髹彤之繡補其肉皮通髀音陛作髀臀音屯底也周禮臀一寸頯

胷垤腹車轅掀音軒手舉物也左氏乃掀公以出於淖緹顏韎緹音提赤色也周禮赤緹

用羊韎莫拜切又音妹詩韎韐有奭一作朱股豹兩鞬居言切馬上盛弓矢器說文所以戢弓矢後漢

董卓旅膂力過人雙帶兩鞬左右馳射霞車紅靷以忍切引軸也史記馮愻軾結靷又余忍切日轂轓

音番車箱也前漢令長吏二千石車朱兩轓丹麮縓麮如佳切縓七絹切絳色爾雅一染謂之縓蓋

緋繙帵上音翻廣韻風吹旗下音鴛說文幡也紅帷赤幕羅脤膰上時忍切下符爰切

祭肉周禮以脤膰之禮親兄弟之國衁池波風肉陵屯衁音荒血也左氏士刲羊亦無衁也陵一

作淩者非列子云生於陵屯則為陵舄注云陵屯謂高潔處也谿呀虛加切鉅壑頗黎盆豆

登五山瀛四鐏巸熙釂子小切飲也禮記長者舉未釂少者不敢飲

醻與酬同主人進客雷公擘博厄切山海水飜齒才嚼齧舌齶反齶音咢一

作腭口中斷也又音翻義與上齶同漢書有所平反電光䃸磹上先念切下徒念切電光也晉王嘉拾遺

記月支獻猛獸令作兩目如天䃸磹之炎光也赬目睻音暄說文大目也頊冥攸威避玄

根冬之月其帝顓頊其神玄冥此黑精之君水官之神斥棄輿馬背厥孫洪曰水生木木生火
水之於火猶祖視孫也縮身潛喘拳肩跟音根說文足踵也蹝尖倒投而跟繼君臣
相憐加愛恩君謂顓頊臣謂之冥命黑螭偵音檉又丑鄭切焚其元洪曰元首也言
命黑螭問其事於祝融而為火焚其首也天閽悠悠不可援音袁援引夢通上帝血
面論側身欲進叱於閽帝賜九河湔音煎手瀚之也史記湔浣腸胃洟一作涕
痕又詔巫陽反其魂屈原招魂云帝居巫陽有人在下我欲輔之魂魄離散汝筮予之徐
命之前問何冤火行於冬古所存我如禁之絕其餐女丁
婦壬傳世婚洪曰丁火也壬水也火女也壬男也丁為婦於壬故曰女丁婦壬一作夫丁婦壬亦通夫
丁壬也言壬為丁夫婦壬丁也言丁為壬婦一朝結讎奈後昆時行當反慎藏
蹲音存踞也左氏蹲甲而射之視桃著直略切花可小騫音愆虧少也洪曰月令仲春始
雨水桃始花漢書云來春桃花水盛謂二月雨水盛也月亥申酉利復怨音冤讎也洪曰謂七
八月多水潦也古樂府空負百年怨助汝五龍從九鯤音昆魚名列子其名為鯤溺厥邑

因之（一作出）崑崙皇甫作詩止睡昏辭誇出真遂上焚要余和增怪又煩雖欲悔（一作晦）舌不可捫（音門撫持也詩莫捫朕舌）

縣齋讀書

出宰山水縣讀書松竹（一作桂）林蕭條捐末事邂逅得初心哀狖（音抽）醒俗耳清泉潔塵襟詩成有共（一作與）賦酒熟無孤斟青竹時默釣白雲日幽尋南方本多毒北客恒懼侵謫譴甘自守滯留愧難任投章類縞帶（上音杲素也左氏吳公子札聘於鄭見子產與之縞帶）佇益（一作荅）逾兼金

新竹

筍添南堦竹日日成清閟縹（普沼切帛青白色曰縹黃色選名溢於縹囊）節已儲霜根黃苞猶掙翠出欄抽五六當戶羅三四高標陵秋嚴貞色奪春媚稀生巧補林併出疑爭（一作全遮）地縱橫乍依行

胡郎切爛漫忽無次風枝未飄吹露一作霏霧粉先涵淚何人可
攜翫清景空瞪視澄應切直視也選偃仰瞪眄又直耕切

晚菊

少年飲酒時踴躍見菊花今來不復飲每見恒咨嗟佇立
摘滿手行行把歸家此時無與語棄置奈悲何

齒落

去年落一牙今年落一齒俄然落六七落勢殊未已餘在
皆動搖盡落應始止憶初落一時但念豁呼括切可恥及至
落二三始憂衰即死每一將落時懍懍恒在己叉牙妨食
物顛倒怯漱水終焉捨我落意欲崩山比今來落既熟見
落空相似餘存二十餘次第知落矣儻常歲一落自足支
兩紀如其落併空與漸亦同指人言齒之落壽命理難恃

我言生有涯長短俱死爾人言齒之谿左右鶩諦（音帝審也）視
我言莊周云米鷹答有喜語訛默固好嚼廢軟還美因歌
遂成詩持用詑（丑亞切莊子踵門而詑子扁慶子注告也嘆也）妻子

哭楊兵曹凝陸歙州參（凝守兵部郎中而云兵曹者隋嘗改兵部爲兵曹禮部爲儀曹）

人皆期七十纔半豈蹉跎數出知已淚自然白髮多晨興
爲誰慟還坐久滂沱論文與晤語（趙云新墳與宿草）已矣爾（一作復）
如何

苦寒

四時各平分一氣不可兼隆寒奪青春蕪顥頊固不廉太昊
跪維綱畏避但守謙遂令黃泉下萌牙夭勾尖草木不復
抽百味失苦甜凶飈（卑遥切）攪（一作襪）宇宙鋩刃甚割砭（悲廉切）

日月雖云尊不能活烏蟾羲和送日出恇音□怯頩一作頻窺
覘丑廉切窺視禮記義哉覘國炎帝持祝融呵噓不相炎帝我當此
時恩炎何由霑肌膚生鱗甲衣被如刀鐮音廉切□□□名鐮□也□□□
所刈似鎌也一作鎌鎌與鎌同列子攕鎌帶索氣寒鼻莫齆□□□□切以鼻□氣前漢不齆不聽君之
衂血凍指不拈濁醪沸入喉口角如銜箝巨廉切鐵箝頭前漢箝語燒虎香
將持匕箸上卑履切下遲據切歠食之具吳志先主方食失匕箸食觸指如排籤音僉
銳也選雛人同漏傳更籤侵鑪不覺暖熾炭屢以添探湯上他南切取也論語
見不善如探湯無所益何況纊與縑纊音曠縑音兼虎豹僵音姜仆也穴中蛟
螭死幽潛熒惑喪躔次六龍水脫鬐如占切頰須芒碭音宕一作碭
大包內生類恐盡殲將廉切書殲厥渠魁注滅也啾啾窻間雀不知已
微纖舉頭仰天鳴所願晷刻淹不如彈射死却得親炰燖
鸞鳳苟不存爾固不在占其餘蠢動儔俱死誰恩嫌伊我

稱最靈不能安寢苫詩蕉切問喪曰寢苫枕塊哀親之在土也悲哀激憤歎五

藏難安恬中宵倚牆立淫淚何漸漸將蕉切流入也林生辭涕漸漸其若屑後

天子哀無辜惠我下顧瞻褰旒去耳纊音曠前漢冕前有旒所以蔽明黈纊

充耳所以塞聰調和進梅鹽賢能日登御黜彼儉與憸音纖詖也又相曰利口

書國則罔有立政用憸人生風吹死氣豁達如褰簾懸乳零落墮晨

光入前簷雪霜頓消釋去脉膏且粘豈徒蘭蕙榮施及艾

與蕭曰萬行鑠鑠風條坐襜襜處占切搖動貌相如曰蕣華惟幄之襜襜荀子視襜襜

者何也天乎苟其能吾死意亦厭於占切飽也

和虞部盧一有四字汀酬翰林錢一有七字徽赤藤杖歌

赤藤為杖世未窺臺郎始攜自滇池上音顛莊蹻楚莊王苗裔也蹻至滇池方三百里傍平地肥饒數千里滇王掃宮避一作辟使疏吏切者跪進再拜語

嗢咿上乙骨切說文咽也下音伊字林內悲也繩橋拄冢庾切過免傾墮性命造

次蒙扶持途經百國皆莫識君臣聚觀逐旌麾共傳滇神出水獻赤龍拔鬚血淋漓又云羲和操火鞭暝到西極睡所遺幾重包裹自題署不以珍怪誇荒夷歸來捧贈同舍子浮光照手欲把疑空堂晝眠倚牖戶飛電（一作雷）著壁搜蛟螭南宮清深禁闈密唱和有類吹塤篪妍辭麗句不可繼見寄聊且慰分司

崔十六少府攝伊陽以詩及書見投因酬三十韻

崔君初來時相識頗未慣但聞赤縣尉不比博士慢債屋任（一作得）連牆往來忻莫閒我時亦新居觸事苦難辦蔬飧要（音邀）同喫破襖請來綻（丈莧切古樂府新衣誰當補故衣誰當綻）謂言安堵後貸借（音迹）更何患不知孤遺多舉族仰薄宦有時未朝餐得米日已晏隔牆聞讙呼衆口極鵝鴈前計頓乖張居然見

眞贗（一音鴈僞物也字亦作鴈韓非子說林齊伐魯索讒鼎魯以其鴈往齊人曰鴈也魯人曰眞也）嬌兒好眉眼袴脚凍兩骭（下戶晏切脛骨也爾雅骭瘍爲微注骭脚脛也）捧書隨諸兄累累（力追切纍纍史記作纍纍）角尚丱（古患切總角也詩總角丱兮）冬惟茹寒齏秋始識瓜瓣（蒲莧切瓜實也）問之不言飢飫若厭芻豢才名三十年久合居給諫白頭趨走裏閉口絕謗訕府公舊同袍拔擢宰山澗寄詩雜詼俳（步皆切戲也）有類說鵬鷃（上音朋下音烏閒切與鴳同鳥名鵬大鴳小莊子化而爲鳥其名爲鵬又斥鷃笑之後同）上言酒味酸冬裘（一作衣）竟未擐（音患貫也左氏躬擐甲冑）下言人吏稀惟足彪與虥（士限切虎淺毛爾雅虎竊毛謂之虥貓注竊淺也）又言致豬鹿此語乃善幻三年國子師腸肚集藜莧（侯澗切菜也）況住洛之涯魴鱒（上符方切江東呼魴爲鯿下才本切似鯶而鱗細詩九罭之魚鱒魴）可罩汕（上都教切下音訕爾雅云罺謂之汕篧謂之罩）肯效屠門嚼久嫌弋者篡（篡一作簒者非揚子云鴻飛冥冥弋人何篡焉古本及後漢書皆作篡篡取也）謀拙日焦

卷活計似鋤剗初限切削也男寒縊詩書女瘦剩腰襻普患切衣繫糸也周庾信鏡賦裙斜假襻爲官不事職厥罪在欺慢行當自劾去上胡蓋切又胡得切推窮罪人前漢竇具自劾去漁釣老葭亂五患切玉篇烏蓲也爾雅菼薍也歲窮寒氣驕冰雪滑磴棧士諫切木棧道前漢張良因說漢王燒絕棧道音問難屢通何由覿清聽

送侯參謀赴河中幕

憶昔初及第各以少年稱君頤始生鬚我齒清如冰爾時心氣壯百事謂已能一別距幾何忽如隔晨興我齒豁可鄙君顏老可憎相逢風塵中相視迭嗟矜幸同學省官末路再得朋東司絕教授遊宴以爲恒秋漁蔭密樹夜博然明燈雪逕抵一作詆樵一作講叟風廊折談僧陸渾在洛州縣名也桃花間有湯沸如烝三月崧少步少失照切嵩山東爲太室西爲少室前漢增高太室

祠徃嵩高山有太室少室之山山有石室故以名云躑躅紅千層沙洲厭晩坐嶺壁窮晨一作朝昇沉冥不許日爲樂不可勝遷滿一巳異乖離坐難憑悤行行事結束人馬何蹻騰上丘召切下丘切詩其馬蹻蹻蹻蹻馬遊也感激生膽勇從軍豈嘗胄洸洸音光武皃詩武夫洸洸司徒公謂王鍔也天子爪與肱提師十萬餘四海欽風稜魚曽登切李奇曰神靈之威曰稜河北兵始一作末進蔡州帥新薨邑不請掃除活彼黎與蒸鄙夫誠怯弱受恩愧徒弘猶思脫儒冠棄死取先登又欲面言事上書一作言求詔徵侵官固非是妄作譴可懲惟當待責免耕斸陟玉切歸溝塍音乘稻苗田畦也後漢溝塍刻鏤今君行得所勢若脫韝音鈎臂捍選音如韝上鷹熱鷹擻刑狄切筆無與讓幕謀識其膺收績開史牒翰飛上音寒羽也詩翰飛戾天逐溟鵬男兒貴立事流景不可乗歲老陰沴音戾又音殄妖氣也莊子陰陽之氣有沴注陰陽二氣陵亂不調作雲頽雪㵟崩

別袖拂洛水征車轉崤陵 上音爻山名左氏崤有二陵南陵北陵 勸勸酒不進勉勉恨已仍送君出門歸愁腸若牽繩默坐念語笑癡如遇寒蠅策馬誰可適晤言誰爲應 音應當也選攡言莫余應 席塵惜不拂殘罇醑 私呂切酒也選倩醑滿金罇 空凝信知後會時日月屢環緪 古行切大索禮記遂輿機而往以繩緪其中央選若緪瑟促柱 生期理行役歡緒絕難承寄書惟在頻無悋 音吝 簡與繒

東都遇春

少年氣真狂有意與春競行逢二三月九州花相映川原曉服鮮桃李晨糚艷 一作靚疾政切明也飾也前漢靚莊刻飾 荒棄不知疲醉死豈辭病飲噉 徒敢切 惟所便 平 文章倚豪橫 戶孟切 爾來曾幾時白髮忽滿鏡舊遊喜乖張新輩足嘲評 音病評量廣韻平言也 心腸一變化羞見時節盛得閑無所作貴欲辭視聽深

居疑避仇默卧如當瞑朝曦音希入牖來鳥喚昏不醒蘇佞切酒
醒也選悅爾而醒爲生鄙計筭鹽米告屢一作屢安告罄坐疲都忘音妄棄妄
也周禮三宥曰遺忘起冠側懶復正幸蒙東都官獲離力智切去也禮記道也者
不可須臾離也機與穽乖慵遭傲僻漸染生弊性既去焉能追有
來猶莫騁有船魏王池池名在長安往往縱一作從孤泳洪曰河南
志云落水經尚善旌善二坊之北南溢爲池深處至數頃水鳥翔泳荷芰翻覆爲都城之勝貞觀中以賜魏王泰故
號魏王池水容與天色此一作比靈皆綠淨岸樹共紛披渚牙相
緯經音徑廣韻經緯一曰織也懷歸苦不果即事取一作最幽迸貪求匪
名利所得亦以併悠悠度朝昏落落一作魄音託貧無家業前漢家貧落魄無
衣食業揖李孟羣公一何賢上戴天子聖謨收禹績四面
出雄勁轉輸非不勤藝道有軍令在庭百執事奉職各祗
敬我獨胡爲哉坐與億兆慶譬如籠中鳥仰給活性命

爲詩告友生，負愧終究竟

感春五首

辛夷花高最先開（洪曰辛夷樹高數丈江南地暖正月開北地寒二月開初發如筆北人呼爲木筆其花最早南人呼爲迎春）青天露坐始此迴已呼孺人戛鳴瑟（戛音拮禮大夫妻曰孺人）更遣稚子傳清盃選壯軍興不爲用坐狂朝論無由陪如今到死得閑處還有詩賦歌康哉

洛陽東風幾時來川波岸柳春全迴宮門一鎖不復啓雖有九陌無塵埃策馬上橋朝日出樓闕赤白正崔嵬孤吟屢闋莫與和寸恨至短誰能裁

春田可耕時已催王師北討何當迴放軍（一作車）載草農事濟戰馬苦飢誰念哉蔡州納節舊將死起居諫議聯翩來（洪曰非裴度自河南功曹遷起居舍人孟簡等爲諫議大夫也）朝廷未省有遺策肯不垂意

鉼與蠱

前隨杜尹（謂杜兼也）拜表迴笑言溢口何歡咍（呼來切嗤笑也楚辭衆兆所咍）

孔丞（謂孔戣也）別我適臨汝風骨峭峭遺（似醉切贈也周禮有遺人詩公乃爲詩以遺王）塵埃音容不接秪隔夜凶訃（音赴）詎可相尋來天公高居

鬼神惡欲保性命誠難哉

辛夷花房忽全開將衰正盛須頻來清晨輝輝燭霞日薄暮耿耿和煙埃朝明夕暗已足歎況乃滿地成摧頹迎繁送謝別有意誰肯留念少環迴

酬裴十六功曹巡府西驛途（一無途字）中見寄

相公罷論道（鄭餘慶也）聿至（一作來）活（一作治）東人（餘慶時爲東都留守）御史坐言臺作吏府中塵（御史謂裴度以監察御史論權倖出爲河南功曹也）遂令河南治今古無儔倫四海日富庶道途隘蹄輪府西三百里候

館同魚鱗相公謂御史勞子去自巡是時山水秋光景何
鮮新哀鴻鳴清耳宿霧褰一作溫高旻遺我行旅詩軒軒有
風神璧瑩如黃金盤照耀荊璞真我來亦已幸事賢友其仁
持竿洛水側孤坐屢窮辰多才自苦勞無用秪因循辭免
期匪遠行及山春

燕河南府秀才 得生字

吾皇紹祖烈天下再太平詔下諸郡國歲貢鄉曲英元和
五年冬房公尹東京功曹上言公一作其言是日當登名乃選
二十縣試官得鴻生羣儒負已材相賀簡擇精慇起獻羽
翮引吭下浪切咽也選引圓吭此纖[illegible]文音杭吐鏗轟上丘耕切禮記鏗聲鏗下呼宏切此
都自周公文章繼名聲自非絕殊尤難使耳目驚今者遭
震薄不能出聲鳴鄙夫忝縣尹愧慄難爲情惟求文章寫

不敢妬與爭還家勑妻兒具此煎炰烹䓗柿紅蒲萄紫肴果相扶檠芳茶一作茶茶也出蜀門好酒濃且清何能充歡燕庶以露厥誠昨聞詔書下權公作邦楨音貞榦也文一作大人得其職文道當大行陰風攪短日冷雨澀色立切與澀同說文不滑也楚辭不澀益只不晴勉哉戒徒馭家國遲音治待也子榮

送李翺

廣州萬里途山重江逶迤行行何時到誰能定歸期揖我出門去顏色異恒時雖云有追送足跡絕自茲人生一世間不自張與弛譬如浮江木縱橫豈自知寧懷别時苦勿作别後思

送石處士赴河陽幕得起字

長把種樹書人云避世士忽騎將軍馬自號報恩子風雲

入（一作雷開）壯懷泉石別幽耳。鉅鹿師欲老，（邢州鉅鹿郡亦有鉅鹿縣）常山險猶恃。（常山鎮州時討淮蔡）豈惟彼相憂，固是吾徒恥。去去事方急，酒行可以起。

送李正字（一作判官）歸湖南

長沙（潭州長沙郡）入楚深，洞庭值秋晚。人隨鴻鴈少，江共蒹葭遠。歷歷余所經，悠悠子當返。孤游懷耿介，旅宿夢婉娩。（上音宛下音晚媚也順也又音免禮記姆教婉娩聽從）風土稍殊音，魚鰕日異飯。親交俱在此，誰與同息偃。

音註韓文公文集卷第四

攝要 十 小五四 佛

（唐）韓愈　撰　（宋）祝充　音注

宋本韓文公文集

第二册

國家圖書館出版社

第二册目録

卷五

卷七

卷十

音註韓文公文集卷第五

古詩

辛卯年雪

元和六年春寒氣不肯歸河南二月末雪花一尺圍此即白樂天詩所謂元和歲在卯六年春二月晦寒食天天陰夜飛雪崩騰相排拶姊末切王篇逼拶也龍鳳交橫飛波濤何飄揚天風吹旛旂白帝盛羽衛鬖髿上蘇含切下音沙鬖髿髮亂也髿沙髮垂皃選緑苔鬖髿沙平研上髿沙一作毿振裳衣白霓先啓塗從以萬玉妃翕翕陵厚載譁譁胡瓜切諠也書嗟我士聽無譁又音花後同弄陰機生平未曾見何暇議是非或云豐年祥飽食可廣幾善禱吾所慕誰言寸誠微

醉留東野

昔年因讀李白杜甫詩長恨二人不相從吾與東野生並

世如何復躡二子蹤東野不得官白首誇龍鍾韓子稍姦黠（下八切慧也前漢曉告以姦黠後同）自慙青蒿倚長松低頭拜東野願得終始如駏蛩（上其呂切下渠容切）東野不迴頭有如寸莛（音亭）撞鉅鐘吾願身爲雲東野變爲龍四方上下逐東野雖有別離無由逢

李花

平旦入西園梨花數株若矜夸旁有一株李顏色慘慘似含嗟問之不肯道所以獨繞百帀（作荅切）至日斜忽憶前時經此樹正見芳意初萌芽柰何趂酒不省錄不見玉枝攢（音巑）霜葩泫然（上胡畎切流貌禮記孔子泫然流涕）爲汝下雨淚無由反旆羲和車東風來吹不解顏蒼茫夜氣生相遮冰盤夏薦碧實脆斥去（一作逐去一作斥逐）不御慙其花當春天地爭奢華洛陽園

菀尢紛挐（女加切又女書切）誰堆（椎一作）平地萬堆雪剪刻作此連

天花日光赤色照未好明月暫入都交加夜領張徹投盧

仝乘雲共至玉皇家長姬香御四羅列縞（音杲）裙練帨（音稅佩巾）

（詩無感我帨兮）無等差靜濯明粧有所奉顧我未肯置齒牙清寒

瑩骨肝膽腥一生思慮無由邪

招揚之罘（音浮諱行錄云之罘行第八元和十一年進士之罘一作果之）

栢生兩石間萬歲終不大野馬不識人難以駕車蓋栢移

就平地馬羈入廐中馬思自由悲栢有傷根容傷根栢不

死千丈日已至（一作不難至）馬悲罷（蒲糜切倦也周禮以圜土聚教罷民後同）還樂

振頓（一作迅）矜鞍轡之罘南山來文字得我驚館置使讀書

日有求歸轂我令之罘歸實待（一作失待一作失得）栢與馬之罘別

我去計出栢馬下我自之罘歸入門思而悲之罘別我去

能不思我爲灑掃縣中居引水經竹間囂虛驕切喧也莊子天下何其囂囂也譁所不及何異山中閑前陳百家書食有肉與魚先王遺文章綴緝實在余禮稱獨學陋易貴不遂復作詩招之罘晨夕抱飢渴

寄盧仝

玉川先生洛城裏破屋數間而已矣一奴長鬚不裹頭一婢赤脚老無齒辛勤奉養十餘人上有慈親下妻子先生結髮憎俗徒閉門不出動一紀至今一作令鄰僧乞米送僕忝縣尹能不恥俸錢供給公私餘時致薄少助祭祀勸參留守謁大尹言語纔及輒掩耳水北山人得名聲去年去作幕下士石洪水南山人又繼往鞍馬僕從塞閭里溫造少室照切室山人索價高兩以諫官徵不起李渤彼皆刺口論世事

有力未免遭驅使先生事業不可量惟用法律自繩己春
秋五一作三傳束高閣獨抱遺經究終始往年弄筆嘲同異
見今與馬異結交詩怪一作詭辭驚衆謗一作怪不已近來自說尋坦塗
猶上虛空一作青雲跨騄駬上音綠下音耳周穆王馬名淮南子騏驥騄駬天下之疾馬去
歲生兒名添丁意令與國充耘耔音子壅苗本詩或耘或耔國家丁口
連四海豈無農夫親耒耜先生抱材終大用宰相未許終
不仕假如不在陳力列立言垂範亦足恃苗裔當蒙十世
宥豈謂貽厥無基址故知忠孝生天性潔身亂倫安足擬
昨晚長鬚來下狀隔牆惡少惡難似每騎屋山下窺瞰苦濫
切渾舍驚怕走折趾憑依婚媾欺官吏不信令行能禁止
先生受屈未曾語忽此來告良有以嗟我身為赤縣令操
權不用欲何俟立召賊曹呼五百韋昭曰五百字本作伍佰伍當也佰道也使之

導引當道陌中以驅除也今俗呼行杖人爲五百禰衡傳云令五百將出欲加箠注云五百猶令之問事者盡取鼠輩尸諸市先生又遣長鬚來如此處置非所喜況又時當長養節都邑未可猛政理先生固是余所畏度量不敢窺涯涘牀史切說文水厓也詩在河之涘放縱是誰之過歟效尤戮仆愧前史買羊沽酒謝不敏偶逢明月曜桃李即李花詩云日光赤色照未好明月暫入都交加夜領張徹投盧仝乘雲共至玉皇家先生有意許降臨更遣長鬚致雙鯉

酬司門盧四兄雲夫院長望秋作

長安雨洗新秋出極目寒鏡開塵函終南曉望蹋龍尾倚天更覺青巉巉鋤銜切高也自知短淺無所補從事久此穿朝衫歸來得便即遊覽暫似壯馬脫重銜曲江荷花蓋十里江湖生思自一作生自思莫緘樂遊下矚音燭無遠近綠槐萍合不

可芰白首寓居誰借問平地寸步屈（一作局）雲巇（與嶬同）雲夫

吾兄有狂氣嗜好與俗殊酸鹹日來省我不肯去論詩說

賦相諵諵（女咸切諵諵語聲）望秋一章已驚絕猶言低仰（一作御）避

謗讒若使乘酣騁雄怪造化何以當鑱劖（上子全切下鋤銜切斷也）嗟

我小生值強伴怯膽變勇神明鑒（音監玉篇明察也）馳坑跨谷終未

悔為利而止真貪饞（音讒號食也廣韻不廉也）高揖群公謝名譽遠追

甫白感至誠樓頭皎（一作見）月不共宿其奈就缺行纖纖（一作孅所咸切）

誰氏子（呂氏子炅是時李素為河南少尹）

非癡非狂誰氏子去入王屋稱道士白頭老母遮門啼挽

斷衫袖留不止翠眉新婦年二十載送還家哭穿市或云

欲學吹鳳笙（一作皇）新慕靈妃媲（匹詣切）蕭史又云時俗輕尋

常力行險怪取貴仕神仙雖然有傳說知者盡知其妄矣聖君賢相安可欺乾死窮山竟何俟嗚呼余心誠愷悌願往教誨究終始罰一勸百政之經不從而誅未晚耳誰其友親能哀憐寫吾此詩持送似一作以

河南令舍池臺

灌池纔盈五六丈築臺不過七八尺欲將層級壓籬落未許波瀾量斗碩規摹一作模雖巧何足誇景一作情趣不遠真可惜長令人吏遠趨走已有蛙黽武幸切蝦蟇屬周禮掌去鼃黽助狼籍

送無本師歸范陽無本即賈島也島范陽人史云初爲浮屠愈教其爲文遂去浮屠舉進士又玄集及鑑戒錄載退之贈島詩云孟郊死葬北邙山日月星辰頓覺閑天恐文章渾斷絕再生賈島在人間東坡云出俗無知者所託非退之之語也鑑戒錄云島初赴名場忽一日驢上吟得鳥宿池中樹僧敲月下門初欲着推字又欲着敲字鍊之未定遂於驢上以手作推敲勢不覺

行半坊觀者訝之時韓公權京尹意氣清嚴威振紫陌經第三對呵唱島猶手勢未已俄爲官者推下驢擁至馬前島方覺悟顧問欲責之島具對偶得一聯吟安一字未定神游詩府致衝大官公立馬良久思之謂島曰作敲字佳矣遂與島同入府署後爲僧改名無本洪曰按送無本時退之爲河南令不應至是始相識又島初爲浮屠後乃舉進士此云後改名無本皆傳者之誤也

無本於爲文身大不及膽吾嘗示之難勇往無不敢蛟龍弄角牙造次欲手攬衆鬼囚大幽下覷襲玄窞（徒感切小坎易入于坎窞）天陽熙四海注視首不頷（胡感切頷頭也舊本作顉五感切搖頭貌 鯨 鰲音鵬）相摩窣（蘇骨切穴中出也前漢髮山勃窣上金隄）兩舉快一噉（徒敢切）夫豈能必然固已謝黯黮（上鄔減切下徒感切黑也楚辭尚黯黮而有瑕）狂詞肆滂葩低昂見舒慘姦窮怪變得往往造平澹風蟬碎錦纈（奚結切文繒）綠池壓菡萏（撼禫二音荷花未開）芝英擢荒蓁（音臻一作榛）孤翮起連菼（吐感切爾雅菼騅也菼薍也詩毛毳衣如菼注菼草色如騅在青白之間）家住幽都遠未識氣先

感來尋吾何能無殊嗜昌歜〔徂感切昌蒲也文王嗜昌歜〕始見洛陽春桃枝綴紅糝遂來長安里時卦轉習坎老懶無鬬心久不事鈆槧〔才敢切〕欲以金帛酬舉室常顑頷〔上苦感切下胡感切楚辭長顑頷亦何傷注食不飽面黃貌一顑作顑呼啗切食不飽也〕念當委我去雪霜刻以憯〔七感切痛也禮記中心憯怛愛人之仁也〕獰颾搯〔獰乃耕切颾甲遥切搯賀涉切敗也疊也史記折脛搯頤〕空衢天地與頓撼勉率吐歌詩慰汝别後覽〔慰一作慰〕

石鼓歌

張生手持石鼓文勸我試作石鼓歌少陵無人謫仙死才薄將奈石鼓何周綱陵遲四海沸宣王憤起揮天戈大開明堂受朝賀諸侯劒珮〔珮一作佩〕鳴相磨蒐〔疎鳩切〕于岐陽〔今岐山縣舊曰岐陽〕騁雄俊萬里禽獸皆遮羅鐫功勒成告萬世鑿石作鼓隳〔許規切〕嵯峨從臣才藝咸第一揀〔一作簡〕選譔〔一作撰〕刻

留山阿兩淋日炙野火燎鬼物守護煩撝音麾指撝訶公從何
處得紙本毫髮盡備無差訛辭嚴義密讀難曉字體不
類隸與科年深豈免有缺劃忽麥切快劍斫斷生蛟鼉唐何
切水虫禮記伐蛟取鼉鸞翔鳳翥章恕切選二鳳騫翥者翥飛衆仙下珊瑚碧樹交
枝柯金繩鐵索鎖紐音扭結也壯古鼎躍水龍騰梭一作騰龍漢得鼎於
汾陰陶侃漁於雷澤網一梭後化龍而去陋儒編詩不收入二雅褊迫無委蛇
一作佗委於爲切蛇音移詩委蛇委蛇注行可從迹也毛詩叶韻音蛇唐何切行皃揚雄反離騷駕八龍之委蛇今
叶歌字韻當從補音孔子西行不到秦掎摭上舉綺切牽一足也說文偏引也下音炙摭拾
也來俊臣掎摭諸武星宿音秀遺羲娥嗟余好古生苦晚對此涕淚雙
滂沱憶昔初蒙博士徵其年始改稱元和故人從軍在右
輔爲我量度掘臼科濯冠沐浴告祭酒如此至寶存豈多
氈包席裹可立致十鼓秖載數駱駝薦諸太廟比郜鼎郜音

告光價豈止百倍過聖恩若許留太學諸生講解得切磋

觀經洪都尚塡咽坐見舉國來奔波剜烏官切刻削也苔剔蘚露

節角安置妥帖平不頗普禾切不平也書惟逸惟頗楚辭循繩墨而不頗大厦深

簷與蓋覆經歷久遠期無佗中朝大官一作夫老於事詎肯

感激徒媕婀上音庵下音阿廣韻不決也媕又烏敢切牧童敲火牛礪角誰復

著手為摩挲莫婆切下素何切手研貌後漢共摩挲銅人日銷月鑠就埋沒六

年西顧空吟哦羲之俗書趁姿媚數紙尚可博白鵝繼周

八代爭戰罷無人收拾理則那方今太平日無事柄用儒

術崇丘軻安能以此上論列願借辯口如懸河王衍云聽郭象語如懸河瀉水石鼓之歌止於此嗚呼吾意其蹉跎

雙鳥洪曰說者云喻釋老不得相伴鳴爾來三千秋言不相為謀也或曰雙鳥喻李杜未詳張柔直云柳仲塗東坡皆以為喻李杜也

雙鳥海外來飛飛到中州一鳥落城市一鳥集(一作巢)巖幽不得相伴鳴爾來三千秋兩鳥各閉口萬象銜口頭春風卷地起百鳥皆飄浮兩鳥忽相逢百日鳴不休有耳聒皆聾有口反自羞百舌(記曰反舌無聲注百舌也)舊饒聲從此恒低頭得病不呻喚泯默(一作然)至死休雷公告天公百物須膏油自從兩鳥鳴聒亂雷聲收鬼神怕嘲詠造化皆停留草木有微情挑抉(於決切又古穴切義見序)示九州蟲鼠誠微物不堪苦誅求不停兩鳥鳴百物皆生愁不停兩鳥鳴自此無春秋不停兩鳥鳴日月難旋輈(張流切)不停兩鳥鳴大法失九疇周公不爲公孔丘不爲丘天公怪兩鳥各捉一處囚百蟲與百鳥然後鳴啾啾(即由切)兩鳥既別處閉聲省愆尤朝食千頭龍暮食千頭牛朝飲河生塵暮飲海絕流還當三千秋更

七

起鳴相酬、

贈劉師服

羨君齒牙牢且潔、大肉硬餅如刀截、我今呀豁落者多、所存十餘皆臲卼、音臬兀臲卼不安也或作飢臲一匙抄爛飯穩送之、合口軟嚼如牛呞、音許說文吐而噍也又音癡妻兒恐我生悵望、盤中不飣丁定切栗與梨、秖今年纔四十五、後日懸知漸莽鹵、上莽古切下音魯莊子君為政焉勿鹵莽注不用心也朱顏皓頸訏莫親、此外諸餘誰更數、憶昔太公仕進初、口含兩齒無贏餘、虞翻十三比此一作豈少、遂自惋、烏貫切驚歎也選撫空懷而小惋恨形於書、丈夫命存百無害、誰能檢點形骸外、巨緡東釣儻可期、與子共飽鯨音擎魚膾、

題炭谷湫祠堂辨疑志云長安城南四十里有靈湫谷呼炭谷

萬生都陽明、幽暗鬼所寰、嗟龍獨何智、出入人鬼間、不知

誰爲助若執造化關厭處平地水巢居揷天山列峯若攢
音巑指石盂仰瓌瓌巨靈高其捧保此一掬慳苦閑切慳恡也杜詩玉粒未
吾慳森沉固含萬本以儲陰蛟魚鼇黿蒙擁護羣嬉傲天頑翾
許緣切小飛也揚子曰朱鳥翾翾棲託禽飛飛一何閑祠堂像佇真擢
玉紆煙鬟鬖羣怪儼伺侯恩威在其顔我來日正中悚一作怵
惕思先還寄五尺寸地敢言來途艱吁無吹毛刃血此牛
蹄殷烏閑切赤黑色左傳曰左輪朱殷注血染也至今乘水旱鼓舞賞與鰥林
叢鎮宜真窮年無由刪妍一作研者非英雜豔寶星瑣黃朱班
石紉皆險滑顛隮莫牽攀厓嶇雞衆碎付與宿已須棄去
可奈何吾其死茅菅音姦名詩露彼茅

聽潁師彈琴

昵昵兒女語恩怨相爾汝劃然變軒昂勇士赴敵場浮雲

柳絮無根蔕天地闊遠隨飛揚喧啾〔即由切〕百鳥羣忽見孤
鳳凰躋攀分寸不可上失勢一落千丈強嗟予有兩耳未
省聽絲篁自聞穎師彈起坐在一牀〔作傍〕推〔他回切〕手遽〔其據
切急也疾也周禮以待達窮者與遽令〕止之濕衣淚滂滂穎乎〔作師〕爾誠能
無以冰炭置我腸〔洪曰或云浮雲柳絮無根蔕天地闊遠隨飛揚此泛聲也謂輕非絲重非木也
喧啾百鳥羣忽見孤鳳凰泛聲中寄指聲也躋攀分寸不可上吟繹聲也失勢一落千丈強歷聲也善琴者云此數
聲最難工文忠公以為聽琵琶詩東坡嘗作聽琴詩恨文忠不及見二公之論似未必然〕

送陸暢歸江南〔洪曰暢字達夫嘗著蜀道易酉陽雜俎云暢江東人娶董溪女溪墓
誌云丞相隴西公第二子夫遷商州刺史除名流封州死湘中明年許歸葬元和八年十一月葬河南
長女嫁吳郡陸暢詩云迎婦丞相府即此也我實門下士退之嘗爲董晉從事永負湘中墳送暢時
溪未歸葬也〕

舉舉江南子名以能詩聞一來取高第官佐東宮寘迎婦

丞相府誇映秀士羣鳴鸞桂樹間觀者何繽紛（上匹賓切下音分交雜也楊雄曰繽紛往來）人事喜顛倒旦夕異所云蕭蕭青雲幹遂逐荆棘焚歲晚鴻雁過鄉思見新文踐此秦關雪家彼吳洲雲悲啼上車女骨肉不可分感槩都門別丈夫酒方醺我實門下士力薄蚋（如稅切孟子蠅蚋姑嘬之）與蚊受恩即不報永負湘中墳

送進士劉師服東歸

猛虎落檻穽坐食如孤㹠（與豚同）丈夫在富貴豈必守一門公心有勇氣公口有直言奈何任埋沒不自求騰軒僕本亦進士頗嘗究根源由來骨鯁材喜被軟弱吞低頭受侮笑隱忍硉兀（上盧骨切危石也文選巨石硉兀或作嵲屼）寃泥雨城東路夏槐作雲屯還家雖闕短指日親晨飧攜（戶圭切）持令名歸自足

貽家尊時節不可翫親交奇可攀援（音爰 援引）勉求取金紫勿久休中園

嘲魯連子

魯連細兒黠（下八切）有似黃鷂（弋照切 鷙鳥也）子由巴元老蒼憐汝矜爪觜（魯仲連聞田巴毀五帝、往見而謂曰、今楚軍南趙代高唐、燕在聊城久、今臣將罷南陽之師、所貴談說者此也、如先生之言、有似梟音、人皆惡之、田巴於是杜口易業、終身不談）開端要驚人雄跨吾厭矣高拱禪（音擅）鴻轂若轍一盃水獨稱唐虞賢顧未知之耳

贈張籍

吾老嗜讀書餘事不掛眼有兒雖甚憐教示不免簡君來好呼出踉蹡（上音郎、下音鏘、急行貌、潘岳曰、踉蹡而徐來、又上音亮、下七將切）越門限懼其無所知見則先愧赧（乃版切、與赧同、孟子、觀其色赧赧然）昨因有緣事上

馬捕手版留君住廳食使立侍盤餞阻限切薄暮歸見君迎我笑而莞胡版切莞爾而笑同指渠相賀言此是萬金產吾愛其風骨粹美無可揀試將詩義授如以肉貫丳初限切炙肉丳開袪露毫末自得高巉嵃上基展切下所簡切山嵃曲貌選連篇巉巖以巉嵃我身蹈丘軻爵位不早綰固宜長有人文章紹編剗楚限切感荷君子德怳許往切若乘朽棧仕版切召令吐所記解摘了瑟僩遐板切寬大貌詩瑟兮僩兮顧視窻壁間親戚競覘贊上丑廉切下武版切視也前漢贊龍虎之文舊也喜氣排寒冬逼耳鳴睍睆上胡典切下戶板切詩睍睆黃鳥注云好貌如今更誰恨便可耕灞滻音產滻水出藍田谷至灞陵入灞選終始灞滻

調張籍

李杜文章在光燄萬丈長元稹李杜優劣論云詩人以來未有如子美者李陽冰序太白詩風騷之後千載獨步惟公一人退之論李杜無優劣如薦士詩云勃興得李杜萬類困陵暴感春詩云近憐李杜

無檢束爛漫長醉多文辭醉留東野云昔年因讀李白杜甫詩長恨二人不相從酬司門盧四兄望秋作云高揖羣公謝名譽遠追甫白感至誠石鼓歌云少陵無人謫仙死才薄將奈石鼓何及此詩言李杜文章在光焰萬丈長是公於李杜未甞分優劣也東坡謂公追逐李杜參翱翔亦可以見公之意魏道輔云公作此詩為微之發蓋稹先杜後李故爾臨川刪取四家詩以老杜第一文忠第二退之第三李白第四其說云歐公文章不及退之至詩則各有所長太白十首九說酒與婦人其才豪俊亦可取也然文忠於退之退之於太白皆自謂不可跂及何耶

不知羣兒愚那用故謗傷蚍蜉上音毗下音浮爾雅蚍蜉大螘也撼大樹可笑不自量伊我生其後舉頸遥相望音忘夜夢多見之晝思反微茫徒觀斧鑿痕不矚治水航想當施手時巨刃磨天揚垠一作根崖劃崩豁乾坤擺雷硠音郎山崩聲也左思曰拉擺雷硠惟此兩夫子家居率荒涼帝欲長吟哦故遣起且僵剪翎送籠中使看百鳥翔平生千萬篇金薤垂琳琅仙官勑六丁雷電下取將異人記云上元中台州道士王遠知善易知人死生禍福作易總十五卷一日雷雨雲霧中一老人

此遠知曰所出者書何在上帝命吾備六丁雷電追取遠知惶懼據地旁有六人青衣已捧書去矣老人責曰上方禁文自有飛天保衛金科幽藏玄都汝何者輒藏細帙遠知曰青丘老君傳授也流落人間者太山一毫芒我願生兩翅捕逐出八荒精誠忽交通百怪入我腸剌手拔鯨牙舉瓢酌天漿秦道輔云高至於酌天漿幽至於拔鯨牙其思顛深遠知此詎止於曹劉沈宋之間耶騰身跨汗漫不著織女相舊本作襄詩云跂彼織女終日七襄襄駕也顧語地上友經營無太忙乞音氣與人物也後漢乞楊生師君飛霞珮與我高頡頏上奚結切下胡江切飛而上曰頡飛而下曰頏詩頡之頏之

盧郎中雲夫寄示送盤谷子詩二章一無此二字歌以和之東坡云退之豪常詩自謂不逮李杜此詩獨不減子美

昔尋李愿向盤谷正見高崖巨壁爭開張是時新晴天井兵法曰地陷曰天井則非人爲者皆曰天井溢誰把長劍倚太行音杭宋玉曰良劍耿介倚天外畫太行常山衝風吹破落天外飛雨白日灑洛陽東蹈燕川

食曠野有饋未蔵芽滿崖馬頭溪深不可厲（以衣渡水由膝已上曰厲）借車載過水入箱平沙綠浪榜（音謗進船也與榜同又北孟切船人也楚辭齊吳榜以擊汰）方口鴈鴨（一作燕鴈）飛起穿垂楊窮探（他南切）極覽頗恣橫物外日月本不忙歸來辛苦欲誰爲坐令再往之計墮眇芒（一作渺茫）閉門長安三日雪推（他回切）書撲（弼角切擊也蜀志未嘗不撲之于地）筆歌慨慷（上苦蓋切下音康選中矯厲而慨慷注抑揚意氣也魏武帝曰慨當以慷憂思難志）旁無壯士遺屬和（上音屬連也下胡卧切聲相應也）遠憶盧老詩顛狂開緘忽覩送歸作字向紙上皆軒昂又知李侯竟不顧方冬獨入崔嵬藏我今進退幾時決十年蠢蠢隨朝行家請官供不報荅無異雀鼠偷太倉行抽手版付丞相不待彈（音壇）劾（胡蓋切又胡得切）還耕桑

寄皇甫湜（湜睦州新安人）

敲門驚晝睡問報睦(一作乃)州吏手把一封書上有皇甫字拆(一作坼)書放牀頭涕與淚垂泗(洪曰或曰涕泗一也退之此語似乎牽爾余曰不然詩曰涕泗滂沱滂沱橫流貌易曰出涕沱若言涕出如沱沱水名也今曰涕與淚垂泗言涕淚之出如泗水耳)昏還就枕惘惘(音罔失志)夢相值悲哉無奇術安得生兩翅

病中贈張十八

中虛得暴下避冷臥北牕不蹋曉鼓朝安眠聽逢逢(薄紅切鼓鼓也詩鼉鼓逢逢淮南子呂氏春秋皆作韸韸薄江切今協窗字宜從韸韸之韻)籍也處閭里抱能未施邦文章自娛戲金石日擊撞龍文百斛鼎筆力可獨扛(音江說文橫關對舉也秦武王與孟說扛龍文之鼎)談舌久不掉(徒弔切)非君亮誰雙扶几(一作机)導之言曲節初摐摐(音窗打鍾鼓也前漢摐金鼓)半塗喜開鑿泒別失大江吾欲盈其氣不令見麾幢牛羊滿田野解旆束空杠(音江旗干爾雅素練綢杠)傾罇與斟酌四壁堆罌缸(胡江)

幢音床

歸將宜作將歸

切墨也說文坊也玄帷隔雪風照鑪釘音定明釭音江燈也選金釭銜壁夜闌

一作詁縱捭闔上補買切撥也闔閉也鬼谷子有捭闔篇哆昌者切脣下垂口踈眉厖洪日

公稱張籍哆口踈眉厖䶵顋稱李太白胖子燗然哆如餓虎二公狀貌可想見也勢侔高陽翁坐

約齊橫降胡江切連日挾所有形軀頓胮肛上薄江切下許江切玉篇胮肛

大也歸將乃徐謂子言得無哤音厖語雜亂曰哤國語雜處則言哤哤迴君一作軍

輿角逐斫樹收窮龎皮江切雌穀吐款要酒壺綴羊腔苦江切肶

羊一云羊脂張鷟朝野僉載案後一膣東脩肉君乃崑崙渠籍乃嶺頭瀧閭江切廣韻奔

湍也譬如蟻垤微詎可陵崆岏上苦江切下五江切岏字未詳當作峴選其山則崆峴嵣

嵑幸願終賜之斬拔枿牙葛切與椿株江切橛也玉篇橛檕也從此識歸

處東流水淙淙士江切說文水敲也

雜詩一作言

古史散左右詩書置後前豈殊蠹書蟲生死文字間古

胮龎音　瀧双音峴山陽音栟蘗音又叢
音肛香　音崆腔音又爞音淙床音

寓一作禹

道自愚惷丑用切愚也一作戇古言自包纏當今固殊古誰與爲欣歡獨攜無言子共昇崑崙顛長風飄襟裾遂起飛高圓下視寓九州一塵集毫端遨嬉未云幾下已億萬年向者夸奪子萬墳厭其巔惜哉抱所見白黑未及分慷慨上苦莽切下口慨切爲悲咤陟駕切淚如九河翻指摘相告語雖還今誰親翻然下大荒被髮騎騏驎

寄崔二十六立之

西城員外丞心跡兩倔奇倔一作崛一作掘崛渠物切高起貌選劇阿房之崛奇往歲戰詞賦不將勢力隨下驢入省門左右驚分披傲兀坐試席深叢見孤羆文如翻水成衫不用意爲四座各低面一作回不敢捩力結切玉篇拗捩也又力計切眼窺升階揖侍郎歸舍日未歆佳句喧衆口考官敢瑕疵連年收科第若摘頷底髭迴

首卿相位通途一作達無他岐豈論校書郎袍笏光參差童稚兒稱說祝身得如斯儕輩妬且熱喘如竹筒吹老婦願嫁女不約論財資貧老翁不量分累月笞其兒攪攪音絞亂也一作擾擾爭附託無人角雄雌由來人間事翻覆不可知安有巢中鷇音寇鳥生子須母哺曰鷇插翅飛天陲音垂邊也左氏虔劉我邊陲駒麛音迷鹿子也周禮禁麛卵者著陟略切爪牙猛虎借與皮汝頭有韁繫韁音畺馬組也汝腳有索縻陷身泥溝間誰復稟指揮不脫吏部選可見偶與奇文作朝士縣得非命所施客居京城中十日營一炊逼迫走巴蠻恩愛座上離昨來漢水頭始得完孤羈桁下浪切周庾信對燭賦燈前桁衣疑不亮又音行掛新衣裳盎棄食殘糜苟無飢寒苦那用分高卑憐我還好古宦途同險巇虛宜切每旬遺我書竟歲無差池差楚宜切池兩相差新篇奚其思風幡一作旛肆逶

迺又論諸毛功劈一作擘僻厄切水看蛟螭抽知切雷霅生睒睗上音閃下音釋疾視貌避志其所以睒睗角鬣音獵相撐抽庚切枝屬我感窮豈捨筆能不一作不能摛抽知切舒也前漢摛藻如春華唱來和相報愧歎俾我疵疾移切黑病又寄百尺綵緋紅相盛囊功一作巧能踰其誠深淺抽肝脾開展放我側方餐涕垂起朋交日凋謝存者逐利移子寧獨迷誤綴綴意益彌舉頸庭樹豁狂飈卑遙切卷寒曦音希迢遞山水隔何由應塤篪別來就十年君馬記騧驪上音瓜黃馬黑喙下音離雅馬深黑色詩騧驪是驂長女當及事誰助出帨音稅佩巾縭鄰知切婦人褘諸男皆秀朗幾能守家規文字銳氣在輝輝見旌麾摧腸與慼胃洪曰一作戚居非是能復持酒卮我雖未耋老髮秃骨力羸所餘十九齒飄飄盡浮危玄花著兩眼視物隔褷襹上所宜切下呂支切衣帶也或作褵燕席謝不詣游鞍懸莫騎孜孜凭皮證切廣

韻依几也又皮陵切書案壁書彼鳥粘黐丑知切用以黐鳥宋幽明録多買黐以塗壁且吾

聞之師不以物自一作相隳孤豚服蕢壞不慕太廟犧君看

一時人幾輩先騰馳過半累頭死陰蟲食枯骴音疵廣韻殘骨也

歡華不滿眼咎責塞兩儀洪曰魏道輔云詩惡蹈襲古人亦有蹈襲而愈工若出於己者蓋思之愈精則語愈深也魏人章蹻云福不盈眥禍將溢世退之則曰歡華不滿眼咎責塞兩儀蓋工於前也觀名

計之利詎足相陪裨頻眉切補也增也蜀志云能裨補闕漏仁者恥貪冒受

祿量所宜無能食國惠豈異哀癃罷上音隆下音疲病也史記臣不幸有罷癃之病

久欲辭謝去休令衆睢睢許遺切視上滿況自嬰疹疾上音軫說文脣瘍也選思百憂而自疹注疹疾也寧保軀不貲即移切後漢書曰不足以賞不貲之身不能

前死罷薄蟹切止也休也論語欲罷不能內實慙神祇舊籍在東都茅屋

枳棘籬還歸非無指灞渭揚春澌音澌水澌生兮耕吾疆死也

埋吾陂丈書自傳道奚伐史筆垂天子固吾黨新恩釋衜

羈鵠去來伊洛上相待安罛罩上音孤下音罩爾雅魚罟謂之罛詩施罛濊濊罩取魚竹

器我有雙飲醆其銀得朱提上音朱下音時漢縣名前漢朱提銀八兩爲一流直一千

五百八十他銀一流直一千是爲銀貨二品黃金塗物象雕鐫妙工倕音垂廣韻黃帝

時巧人莊子攦工倕之指乃令千里鯨么麼上伊堯切下亡果切細小皃玭虒曰么麼不及數子

微螽斯螽之中切蝗類以股鳴者猶能爭明月擺掉出渺瀰上亡沼切下音彌大

水貌野草花葉細不辨薋菉葹薋疾茲切蒺藜也菉音綠蓐草葹音施卷葹草拔心不死

離騷云薋菉葹以盈室緜緜相糾結狀似環城陴音脾四隅芙蓉樹擢

艷皆猗猗長也鯨以興許應切比物而賦謂之興居狀興居狀一作狀興居一失所逢

百罹月以喻夫道僶俛上音泯勵莫虧莫木明覆載妍皇齊

縈萋於爲切願君恪御之行上新一作親燧鑴上音遂下許規切又音攜解小

結也子事父母左右佩燧鑴異日期對舉當如合分支

月蝕詩效玉川子作或曰館中本云刪玉川子作

元和庚寅斗插子月十四日（一作五日）三更中臨臨萬木夜僵（音姜）立寒氣贔屓（贔平祕切屓虛器切一作贔屭贔屭贔屭同音）頑無風月形如白盤貌貌（音邈遠也）上天東忽然有物來噉（徒敢切）之不知是何蟲如何至神物遭此狼狽凶（狽音貝狼貪而行曰狽狽猶乖斜也神異經狽無前足附狼而行選亦狼狽而可憐）星如撥（蘇割切何休曰側手擊曰撥）沙出攢集爭強雄油燈不照席是夕吐餤（音豔火光也）如長（一作長如）虹玉川子涕泗下中庭獨行念此日月者爲天之眼睛此猶不自保吾道何由行嘗聞古老言疑是蝦蟇精徑圓千里納汝腹何處養汝百醜形爬（蒲巴切搔也選搔無巴一作把）沙脚手鈍誰使汝解緣青冥皇（一作黃）帝有四目帝舜重其明今天秪兩目何故許食使偏盲堯呼大水浸十日不惜萬國赤子魚頭生汝於此時若食日雖食八九無嚵名（鋤銜切說文小啐也）赤龍黑鳥燒口熱翎鬣倒側

相搪音棠搪突也世說何乃刻畫無鹽以搪突西施耶撐婪與惏同貪也盧含切楚辭衆皆競進以貪婪注愛財曰貪愛食曰婪酣大肚遭一飽飢腸徹死無由鳴後時食月罪當死、天羅磕帀磕音榼磕帀周帀密山貌也一作匌何處逃汝一無汝字形玉川子立於庭而言曰地行賤臣仝再拜敢告上天公臣有一寸刃可劙空胡切凶蟇腸無梯可上天、天階無由有臣蹤寄戕東南風天門西北期風通丁寧附耳莫漏泄薄命正值飛廉慵、東方青色龍牙角何呀呀音牙小兒忿爭齾下文汝口開呀呀許加切張口貌從官百餘座、一有從莛二字嚼啜煩官家月蝕汝不知安用爲龍窟天河赤鳥司南方尾禿翅觰陟加切角開也今本誤作觰說文觰拏獸也沙月蝕於汝頭汝口開呀呀蝦蟇掠汝兩吻過忍學省事不以汝觜啄蝦蟇於菟上音烏下音徒楚人謂虎爲於菟菟也左傳曰鬬穀於菟菟一作兎蹲音存於西旗旄衞毿𣯶上蘇含切下所加切廣韻毿長毛貌𣯶毛衣也既從白帝祠、

又食於蜡助駕切禮記天子大蜡八迎虎謂其食田鼠一本作蜡禮有加忍令月被
惡物食枉於汝口插齒牙烏龜怯姦怕寒縮頸以殼自遮
終令夸娥上苦瓜切抉於決切女出卜師燒錐鑽灼滿板如星羅
此外內外官瑣細不足科臣請悉掃除慎勿許語令啾譁
啾即由切譁胡瓜切又音花并光全耀歸我月盲眼鏡淨無纖瑕弊蛙拘
送主府官帝箸遲據切下腹肯其皤音婆腹下白也左傳皤其腹依前使
兔操杵臼玉堦桂樹閑婆娑姮娥還宮室太陽有室家天
雖高耳屬地感臣赤心使知臣意雖無口言潛喻厥旨有
氣有形皆吾赤子雖忿大傷忍殺孩稚還女月明安行于
次盡釋衆罪以蛙磔死磔竹客切裂衣也

孟先生詩

孟生江海士古貌又古心嘗讀古人書謂言古猶今作詩

三百首冥一作杳默咸池音騎驢到京國欲和薰風琴直臣言一識
天子居九重鬱沉沉一門百夫守無籍不可尋晶音精精光也前
漢太陽之晶光蕩相射食亦切出本逢蒙作射易水火不相射旗戟翩以森遷延
乍却定驚怪摩自任如林切堪也舉頭看白日泣涕下霑襟揭
丘竭切來遊公卿莫肯低華簪諒非軒冕族應對多差參蕁
蓬風波急桑榆日月侵奈何從進士此路轉嶇嶔上音嶇下音欽
山不平貌范曄曰嶇山上嶇山異質忌處羣孤芳難寄林誰憐松桂性競
愛桃李陰朝一作辭爵樹葉多感歸巢禽顧我多慷慨窮蹙時
見臨清宵靜相對髮白聆苦吟採蘭赴幽念耿然望東南
泰吳脩且阻兩地無數金我論徐方牧好古天下欽竹實
鳳所食德馨神所歆求觀衆丘小必上泰山岑鋤簪切山小而高
求觀衆流細必泛滄溟一作海深子其聽我言可以當所箴

唳一作喚

角一作桶

既獲則思返無為久滯淫下和試三獻期子在秋砧

射訓狐

有鳥夜飛名訓狐(訓狐鵩也因以名之)矜凶挾狡誇自呼乘時陰黑止我屋聲勢慷慨非常麁安然大唳(音戾鶴鳴也晉史華亭鶴唳)誰畏忌造作百怪非無須聚鬼徵妖自朋翕擺掉(上補買切下徒弔切)栱(音拱爾雅杙大謂之栱選欒栱夭蟜而交結)角頳塈塗(上許氣切又其既切仰塗也書惟其塗塈茨)慈母抱兒怕入席那暇更護雞窠雛我念乾坤德泰大外此惡物常勤劬縱之豈即遽有害斗柄行挂(家賣切)西南隅誰謂停姦計尤劇意欲唐突羲和烏侵更歷漏更彌厲何由撓悻休須臾咨余往射豈得已俟彼兩眼張睢盱(上許仕切)(下香孕切)梟(堅堯切)驚墮梁蛇走(一作入)竄貫一夫斬頸羣雛翦植

將歸贈子孟東野房蜀客(一作人者非諱行錄云房文郁字蜀客房武墓誌云)

男次卿有大才公祭房君文云五官蜀客即次卿也

君門不可入勢利互相推借問讀書客胡爲在京師舉頭未能對閉眼聊自思倏忽十六年終朝苦寒飢宦途竟寥落鬢髮坐一作生差池潁水清且寂箕山坦而夷如今便當去咄咄當沒切無自疑一作癡

荅孟郊

規模背時利文字覷七慮切天巧洪曰此効東野酬樊宗師云梁惟西南屏山厲水刻屈此效宗師魯直云子瞻詩句妙一世乃云效庭堅體蓋退之戲效孟郊樊宗師之比以文滑稽爾人皆餘酒肉子獨不得飽纔春思已亂始秋悲又攪古巧切朝餐動及午夜諷恒至卯名聲暫羶腥腸肚鎮煎煼楚爪切廣韻熬也一作炒古心雖自鞭世路終難拗於絞切手拉也張衡渾儀拗去其半弱拒喜張臂猛拏閑縮爪見倒誰肯扶從嗔我須齩五巧切齧也選口齒手相刃

從仕

居閑食不足從仕力難任兩事皆害性一生恒苦心黄昏歸私室惆（一作怊音超又音抽）悵起歎音棄置人間世（一作事）古來非獨今

短燈檠歌

長檠八尺空自長短檠二尺便且光黄簾綠幕朱戶閉風露氣入秋堂涼裁衣寄遠淚眼暗搔頭頻挑（一作挑燈）移近牀太學儒生東魯客二十辭家來射策夜書細字綴語言兩目眵（眵尺支反目汁凝也）昏頭雪白此時提挈（一作攜）當案前看書到曉那能眠一朝富貴還自恣長檠高張（一作梢高）照朱翠吁嗟世事無不然牆角君看短檠棄

送劉師服

夂字作畏
字理長

夏半陰氣始，淅然雲景秋。蟬聲入客耳，驚起不可留。草草具盤饌，不待酒獻酬。士生為名累，有似魚中鉤。齎財入市賣，貴者恒難售。時周切。漢宣帝每買餅，所從買家輒大讎，讎與售同也。豈不久憔悴，上音樵，下音萃。萎愁貌。選顦僕夫之樵悴。一作顦顇。為功忌中休。勉哉耘其業，以待歲晚收。

音註韓文公文集卷第五

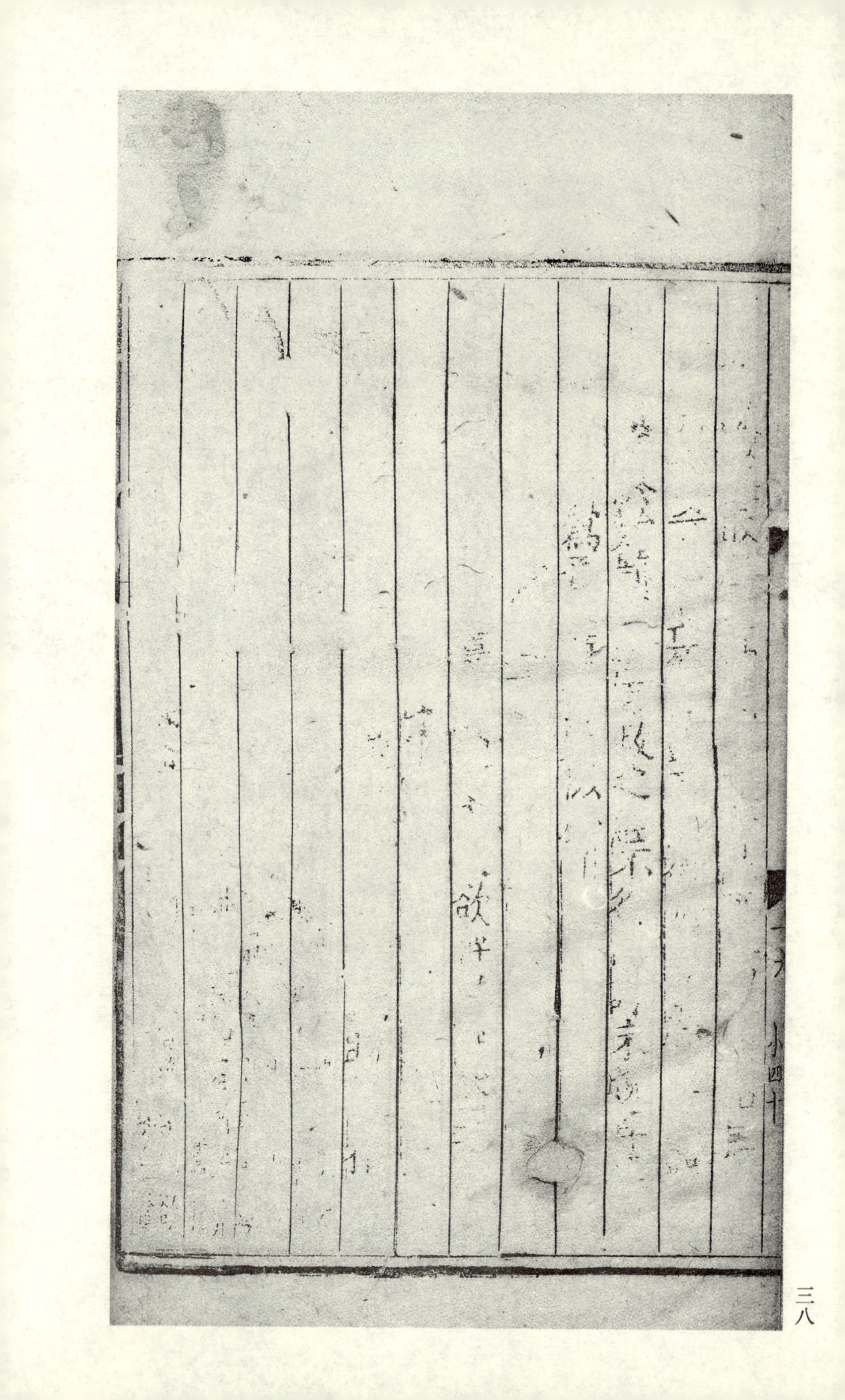

小四十

音註韓文公文集卷第六

古詩

符讀書城南 符昌黎子名

木之就規矩在梓匠輪輿人之能爲人由腹有詩書詩書勤乃有不勤腹空虛欲知學之力賢愚同一初由其不能學所入遂異閭兩家各生子提孩巧一作兩相如少長上書沼切下展兩切李公彦云少多少之少匈奴傳云兒能騎羊引手射鳥鼠少長則能射狐兎聚嬉戲不殊同隊魚年至十二三頭角稍相疎二十漸乖張清溝映汚渠三十骨骼音格說文曰禽獸骨曰骼此云骨骼爲一龍一猪而言也杜工部瘦馬行東郊瘦馬使我傷骨骼硉兀如堵牆成乃一龍一猪飛黃騰踏去不能顧蟾蜍一爲馬前卒鞭背生蟲蛆七余切蟲在肉中後漢志乃體生蟲蛆一爲公與相潭潭府中居問之何因爾學與不學歟金璧雖重寶費用

難貯儲學問藏之身身在則有餘則一作即君子與小人不繫父母且子魚切語助也詩椒聊且不見公與相起身自犂鉏不見三公後寒飢出無驢文章豈不貴經訓乃菑畬上音淄下音余易不菑畬爾雅曰一歲曰菑三歲曰畬潢潦上音黃下音老積水也左氏潢汙行潦之水無根源朝滿夕已除人不通古今一作今古馬牛而襟裾行身陷不義況望多名譽音豫時秋積雨霽新涼入郊墟丘於切說文大丘也左氏有莘之墟禮記墟墓之間燈火稍可親簡編可卷舒豈不旦夕念為爾惜居諸恩義有相奪作詩勸躊躇上音疇下音除

示爽

宣城去京國里數餘三千念汝欲別我解裝具盤筵日昏不能散起座相引牽冬夜豈不長達旦燈燭然座中悉親故誰肯捨汝眠念汝將一身西來曾幾年科名一作名舟掄衆

俊州考居吏前今從府公召府公又時賢時輩千餘人就不謂汝妍此來江南近里閭故依然昔日同戲兒看汝立路邊人生但如此其實亦可憐吾老世味薄因循致留連强顏班行（胡郎切伍也）內何實非罪愆才短難自力懼終莫洗湔（音淺沾也）臨分不汝誑有路即歸田

人日城南登高

初正候纔兆涉七氣已弄靄靄野浮陽暉暉水披凍聖朝身不廢佳節古所用親交既許來子姪亦可從盤蔬冬春雜罇酒清濁共（令去）御前事爲觴詠新詩送扶杖陵圮址（圮部鄙切下之市切或作阯者非址基址也阯交阯也）刺（七亦切）船犯枯葑（方用切菰根也江東有葑田梁庾肩吾詩黑米生菰葑）戀地羣鴨廻釋嶠（渠妙切山銳而高）孤雲縱人生本坦蕩誰使妄倥偬（上音控下音揔困皃楚辭倥偬於丘陸注由困苦

也直指桃李蘭尋幽寧止董

病鴟

屋東惡水溝有鴟墮鳴悲青泥揜一作淹兩翅拍拍不得離
羣童叫相召瓦礫音歷釋名小石曰礫楚辭瓦礫進寶兮捐棄隨和爭先之計校
生平事殺却理亦宜奪攘不愧恥飽滿盤天嬉晴日占光
景高風送一作恣追隨一作飛擬一作遂陵一作鸑鷟鳳羣肯顧鴻
鵠一作鵝鴈卑今者運命窮遭逢巧丸兒中汝要害處汝能不
得施於吾乃何有不忍乘其危救汝將死命救一作與浴以清
水池朝餐輟魚肉暝宿防狐狸自知無以致蒙德久猶疑
飽入深竹叢飢來傍階基諒無責報心固以聽所爲昨日
有氣力飛跳弄藩籬今晨忽徑去曾不報我知僥倖非汝
福天衢汝休窺京城事彈射豎子豈易欺勿諱泥坑辱泥

坑乃良規

華山女洪曰記夢云我能屈曲自世間安能從汝巢神仙謝自然云童騃無所識誰氏子云不從而誅未晚耳桃源云神仙有無何渺茫退之倔強如此然華山女詩頗假借不知何故如洗粧拭面著冠帔白咽紅頰長眉青即知是女道士也

街東街西講佛經撞鍾吹螺落戈切佛家用爲樂器鬧宮庭廣張罪福資誘脅聽衆狎恰恰作一似排浮萍黃衣道士亦講說座下廖落如明星華山女兒家奉道欲驅異教歸仙靈洗粧拭面著冠帔白咽紅頰長眉青遂來陞座演眞訣觀門不許人開扃不知誰人暗相報訇呼宏切然振動如雷霆掃除衆寺人跡絶驊騮塞路連輜軿上音菑下音平衣有隱蔽之車後漢輜軿曜日觀中人滿坐觀外後至無地無由聽抽釵脫釧解環珮堆金疊玉光晶熒上音旌下音螢光丗壘煌煌熒熒天門貴人傳詔召六宮願識

師顔形玉皇頷首許歸去乘龍駕鶴來青冥豪家少年豈知道來繞百市脚不停雲牕霧閣事慌惚（上呼晃切 下呼骨切）重重翠幔深金屛仙梯難攀俗緣重浪憑青鳥通丁寧

讀皇甫湜公安園池詩書其後

晉人目二子其猶吹一吷（軒劣切小聲也惠子曰道堯舜於戡晉人之前譬猶一吷也）區區自其下顧肯掛牙舌春秋書王法不誅其人身爾雅注蟲魚定非磊落（磊魯猥切）人淈也困公安不自閑其閑窮年枉智思掎摭（上舉綺切 下音炙）糞壤間糞壤多污穢豈有臧不臧（洪曰此數句今印本脫其閑閒糞壤多不臧八字 劉貢父云掎摭糞壤譏之也蓋持正不以詩名）誠不如兩忘但以一槩量我有一池水蒲葦生其間蟲魚沸相嚌日夜不得閑我初往觀之其後益不觀觀之亂我意不如不觀宜用將濟諸人捨得業孔顔百年詎幾時君子不可

閑。

路傍堠 音候封堠也

堆堆路傍堠，一雙復一隻。迎我出秦關，送我入楚澤。千以高山遮，萬以遠水隔。吾君勤聽治，照與日月敵。臣愚幸可哀，臣罪庶可釋。何當迎送歸，緣路高歷歷。

食曲河驛

晨及曲河驛，悽然自傷情。羣烏一作鳥巢庭樹，乳雀飛簷楹。而我抱重罪，孑孑萬里程。親戚頓乖角，圖史棄縱橫。下負朋一作明義重，上孤朝命榮。殺身諒無補，何用苟生成。

過南陽

南陽郭門外，桑下麥青青。行子去未已，春鳩鳴不停。秦商邈既遠，湖海浩將經。孰忍生以感，吾其寄餘齡。

瀧吏（在郴州界）

南行逾六旬，始下樂昌瀧（音雙水名樂昌在韶州縣）險惡不可狀（一云樂昌瀧險惡）船石相舂撞。往問瀧頭吏，潮州尚幾里。行當何時到，土風復何似。瀧吏垂手笑，官何問之愚。譬官居京邑（一作居京牧郡）何由知東吳（一作京都）。東吳遊宦鄉，官知自有由。潮州底處所，有罪乃竄流。儂（音農吳人稱我是也）幸無負犯，何由到而知。官今行自到，那遽妄問為。不虞卒見困，汗出愧且駭（下楷切驚也左傳民人曰駭）。吏曰聊戲官，儂嘗使往罷（部買切遣有罪）。嶺南大抵同，官去道苦遼。下此三千里，有州始名潮。惡溪瘴毒聚，雷電常洶洶（音匈楚辭聽波聲之洶洶注水勢也）。鱷魚（永州記云鱷魚一生百卵及成形或有為蛇為龜為蛟者甚鱷）大於船，牙眼怖（普故切）殺儂。州南十數里，有海無天地。颶（具遇切）風有時作，掀（音軒）簸（音播）真差（昌化切）事。聖人於天下，於物

差音姹

𣃘作颿爲長

虱字出商君二十六篇洪說亦非

惟思一作雖惡

無不容比聞此州囚亦有生還儂官無嫌此州固罪人所徙官當明時來事不待說委官不自謹慎宜即引分往胡爲此水邊神色久儱㑂上他朗切下胡晃切失意貌楚辭心儱㑂而不我與𣃘音俊周官𣃘人爲𣃘方言靈桂之郊謂之𣃘注今江東通名大篸爲𣃘音國字從凡宜從方言也大鉼罌小所任自有宜官何不自量滿溢以取斯士農雖小人事業各有守不知官在朝有益國家不得無虱其間洪曰蟣取阮籍大人先生論所云如虱之處褌中也今本誤作風不武亦不文仁義飾其躬巧姦敗群倫叩頭謝吏言始慚今更羞歷宦二十餘國恩並未酬凡吏之所訶嗟實頗有之不即金木誅敢不識恩私潮州雖去遠惟思一作惡不可過於身實已多敢不持自賀

贈一有別字元十八協律六首

知識久去眼吾行其既遠瞢瞢眉登切又母亘切目不明也左氏亦無瞢焉莫

飭宜作飾

賀字作平声讀 侯考

訾省訾音紫禮記不苟訾注人之性不欲見毀訾省一作毀默默但寢飯子兮何為

者冠珮立憲憲音顯洪曰詩去顯顯令德禮記引詩作憲憲憲退之亦豈以憲憲為顯顯邪何氏之

從學蘭蕙已滿畹音宛於何歆其光以至歲向晚時治一作治惟

尚和同無俟於褰謇音蹇謇諤也楚辭余固知謇謇之為患注忠正貌或師絕學賢

不一作而以藝自輓音挽輓引也周禮輦車組輓注人輓之以行荀子禮者政之輓子兮獨

如何能自媚婉婉一作婉娩金石出聲音宮室發關楗其偃切拒門木

老子善閉無關楗而不可開何人識章甫而知駿蹄踠於阮切屈體也惜乎吾

無居不得留息偃臨當背面一作南非時裁詩示繾綣上音遣下苦遠切

英英桂林伯實維文武特遠勞從事賢來吊逐臣色南裔

多山海道里屢紆直風波無程期所憂動不測子往誠艱

難一作險艱我去未窮極臨一作臨遠別且無言有淚不可拭

吾友柳子厚其人藝且賢吾未識子時已覽贈子篇寤寐

想風彩於今已三年不意流竄亂路兼旬同食眠所聞昔已
多所得今過前如何又須別使我抱悁悁於緣切
勢要情所重排斥則埃塵骨肉未免然況又四海人嶷嶷魚力切詩克岐
克嶷注若岐岐嶷嶷然已入記其德嶷嶷桂林伯矯矯義勇身生平所未識待我
踰交親遺我數幅書繼以藥物珍藥物防瘴癘書勸養形
神不知四罪地豈有再起辰窮途致感激肝膽還輪囷去倫切
讀書患不多思義患不明患足以不學既學患不行子今
四美具實大華亦榮王官一作宮者非不可闕未宜後諸生嗟
我擯南海無由助飛鳴
寄書龍城守君驥何時秣峽山逢颶風雷電助撞捽上宅江切
下昨没切手捽也莊子齊人之井飲者相捽也東潮歘扶胥南海神廟碑曰扶胥之口黃木之灣近
岸指一髮兩巖雖云牢木石互飛發屯門雖云高亦映波

浪没余罪不足惜子生未宜忽胡爲不忍别感謝情至骨

初南食貽元十八協律

鱟音候實如惠文骨眼相負行蠔音豪相粘爲山百十各自生洪曰鱟雌常負雄牡蠣附石而生磈礧相連一名蠔山惠文冠名一本作車文今廣韻引山海經注亦作車文未詳又釋音云郭璞云鱟形如惠文青黑色蒲魚鰝魚也今廣州曰蒲魚尾如蛇口眼不相

營蛤即是蝦蟇本草注云青蛙耆黽蛤長脚蠼子皆蝦蟇之類同實浪異名章舉釋音云有八脚身上有肉如臼亦曰章魚馬甲柱洪曰即今江瑤柱也鬭以怪自呈其餘

數十種莫不可歎驚我來禦魑魅上抽知切下明秘切自宜味南烹

調以一作之鹹與酸芼音冒以椒與橙丈貞切張協曰燀以秋橙腥臊始發

越咀吞面汗騂思營切牲赤色禮記牲用騂惟蛇舊所識實憚口眼獰

乃庚切開籠聽其去鬱屈尚不平賣爾非我罪不屠豈非情

不祈靈珠報隋侯見傷蛇以藥治之後銜明月珠以報幸無嫌怨并聊歌以記

之又以告同行

宿曾江口示姪孫湘二首

雲昏水奔流天水漭（莫黨切水大也選注五湖以漫漭）相圍三江滅無口其誰識涯圻暮宿投民村高處水半扉犬雞俱上屋不復走與飛篙（音高進船竿淮南子以篙測江）舟入其家暝聞屋中唏（音希笑也）問知（一作之）歲常然哀此爲生微海風吹寒晴波揚衆星輝仰視北斗高不知路所歸

舟行三故道屈曲高林間林間無所有奔流但（一作且）潺潺（上山切）嗟我亦拙謀致身落南蠻茫然失所詣無路何能還

荅柳柳州食蝦蟇

蝦蟇雖水居水（一作未）特變形貌強號爲蛙蛤於實無所校雖然兩股長其奈背脊皰（一作脊皴皰皴音逡皰匹皃切）跳躑（直炙切）雖云

高意不離濘淖上音佞下音鬧泥也左氏晉戎馬還濘而止又有淖於前鳴轂相呼和無理抵取鬧周公所不堪灑灰垂典教灑所蟹切與洒同蟈氏掌去鼃黽焚牡蘜以灰洒之則死我棄愁海濱恬顧眠不覺叵普火切不可也晉史叵不可聽一作頗非是堪明類多沸耳作驚爆音豹火裂木也神異經爆竹聲端能敗笙磬一作鍾磬仍工又一作亂學校雖蒙勾踐禮韓非子云越王慮伐吳欲人之輕死也出見怒鼃乃爲之式從者曰奚敬於此王曰爲其有氣故也竟不聞報效大戰元鼎年孰強孰敗撓漢武元鼎五年秋鼃蝦蟇鬭撓音鬧木曲也易棟撓本末弱也居然當鼎味豈丕辱釣罩陟教切竹籠取魚也詩烝然罩罩余祄不下喉近亦能稍稍所徼切說文出物有漸也常懼染蠻夷平生性不樂五教切張牧爲猘犬所傷醫云宜食蝦蟇牧甚難之而君復何爲甘食此豺豹獵較音角孟子孔子亦獵較注獵較者田獵相較奪禽獸得之以祭時俗所尚以爲吉祥務同俗全身斯爲孝哀哉思慮深未見許回櫂與棹同楫也楚辭桂櫂兮蘭枻

別趙子 德

我遷於揭陽，韋昭曰揭，其逝切，顏師古音竭，漢屬南海郡，廣州記云大庾始安臨賀桂陽揭陽爲五嶺，君先揭陽居揭陽去京華其里萬有餘不謂小郭中有子可與娛心平而行高兩通詩與書婆娑海水南簸弄明月珠及我遷宜春意欲攜以俱擺頭笑且言我豈不足歟又奚爲於此往來以紛如海中諸山中幽子頗不無相期風濤䨨已久不可渝又嘗疑龍蝦果誰雄牙鬚瀆蚌蠃上步項切下盧戈切蜃蛤屬蠃易爲蠃蠃爲蚌魚鼈黿蟲蠷瞿音懼鄭玄云瞿瞿不審貌以狙狙識一以忘十大同細自殊欲一窮究之時歲屢謝除今于南北豈非亦有圖人心未嘗同不可一理驅一作區宜各從所勝未用相賢愚

除官赴闕至江州寄鄂岳李大夫 程

盆城去鄂渚風便一日耳不枉故人書無因帆洪曰帆去聲船使風也今本作汎非是江水故人辭禮闈旌節鎮江圻而我竄逐者龍鍾初得歸別來已三歲望望長迢遞咫尺不相聞平生那可計我齒落且盡君鬢濵白幾何年皆過半百來日苦無多少年樂新知衰暮思故友譬如親骨肉寧免相可不我昔實愚惷一作戇惷陟降切愚也前漢越人愚惷輕薄不能降色辭子犯亦有言臣猶自知之公其務貰音射又音世賒也貸也前漢數蒙聖恩得見貰赦過我亦請改事桑榆儻可收願寄相思字

南山有高樹行贈李宗閔

南山有高樹花葉何衰衰所追切微也又初危切次第減也左氏皆有等衰注衰殺也上有鳳凰巢鳳凰乳且棲四旁多長枝羣鳥所託依黃鵠據其高衆鳥棲其卑不知何山鳥羽毛有光輝飛飛擇所

處正得衆所希上承鳳凰恩自期永不衰中與黃鵠羣不自隱其私下視衆鳥羣汝徒竟何爲不知挾丸子心默有所規一作窺彈汝枝葉間汝翅不覺摧或言由黃鵠黃鵠豈有之憤勿猜一作疑衆鳥衆鳥不足猜無人語鳳凰汝屈安得知黃鵠得汝去婆娑一作舞兒弄毛衣前汝下視鳥各議汝瑕疵汝豈無朋匹有口莫開汝落蒿艾間幾時復能飛哀哀故山友中夜思汝悲路遠翅翎短不能一作得持汝歸

猛虎行贈李宗閔宗閔初爲裴度引拔後度薦德裕相宗閔遂怨故退之作此

猛虎雖云惡亦各有匹儕羣行深谷間百獸望風低身食黃熊父子食赤豹麛彌批切擇肉於熊羆一作貔肯視兔與狸正晝當谷眠眼有百步威自矜無當對氣性縱以乖朝怒殺其子暮還食一作餐其妃匹儕四散走猛虎還孤棲狐鳴

門四旁烏鵲從噪之出逐猴（一作猿）入居（一作出逐猴入居烏鵲從巢之）虎不知所歸誰云猛虎惡中路正悲啼豹來銜其尾熊來攫（音矍）其頭猛虎死不辭但慙前所爲虎兒（一作坐）無助死況知汝細微（知一作如）故當結以信親當結以私親故且不保人誰信汝爲

音註韓文公文集卷第六

音註韓文公文集卷第七

古詩

雪後寄崔二十六丞公斯立

藍田十月雪塞關我興南望愁羣山攢音巑天巃嵸凍相映君乃寄命於其間秩卑俸薄食口衆豈有酒食開容顏殿前羣公賜食罷驊騮周穆王馬蹋路驕且閑稱多量少鑑裁昨代切制也范寗云公羊辨而裁密豈念幽桂遺蓁營上側詵切栗屬下音姦詩其子在蓁幾欲犯嚴出薦口氣象硉盧骨切兀未可攀歸來殞涕掩關臥心之紛亂誰能刪詩翁洪曰謂孟郊也憔悴劚憔音樵悴音萃劚陟玉切荒棘清玉刻佩聯玦環玦古穴切如環而有缺下音還好曰環荀子絕人以玦反絕以環倍腦脂遮眼臥壯士洪曰謂張籍也大弨蚩招切弓弛也詩彤弓弨兮掛壁一作擐臂擐音患無由彎乾坤惠施萬物遂獨於數子懷偏慳丘閑切朝

欷許既切又音希歔欷也楚辭長歎息而增欷暮唶子夜切歎也後漢遙望見舂陵郭唶曰氣佳哉選咄
唶令心悲不可解我心安得如石頭

送僧澄觀

浮屠西來何施一作為擾擾四海爭奔馳構樓架閣切星漢誇
雄鬬麗止者誰僧伽後出淮泗上洪曰李太白僧伽歌云此僧本住南天竺為法
頭陀來此國又云嗟予落泊江淮久罕遇真僧說空有蓋相遇於江淮也太白於豪傑中識郭子儀隱逸中識司馬
承禎浮屠中識僧伽則其人可知矣勢到衆佛尤魁奇越商胡賈脫身獻一作
罪珪璧滿船寧計資清淮無波平如席欄柱一作楹傾扶半
天赤火燒水轉掃地空突兀便高三百尺影沉潭底龍驚
遁當晝無雲跨虛碧借問經營本何人道人澄觀名籍籍
愈昔從軍大梁下往來滿目賢豪者皆言澄觀雖僧徒公
才吏用當今無後從徐州辟書至紛紛過客何由記又言

澄觀乃詩人一座競吟詩句新向風長歎不可見我欲收
斂加冠巾洛陽窮秋厭窮獨丁丁中莖切伐木聲也詩伐木丁丁啄門疑
一作如啄木有僧來訪呼使前伏犀揷腦高頰古協切權一作顴音
權伏犀頭骨貴相也頰面頰也權說文頯權惜哉巳老無所及坐睨音詣神骨空潸
潸師姦切涕流貌詩潸然出涕臨淮太守初到郡遠遣州民送音問好
奇賞俊直一作實難逢去去爲致思從容
山南鄭相公餘慶一有與字樊員外宗師酬答爲詩其末咸
有見及語樊封以示愈依賦十四韻以獻
梁惟西南屏山厲水刻屈一作[illegible]禀生肖勦音巢輕捷也一勦作勁者非吳錄
閈卿能坐躍勦捷不常剛難諧在民物榮公鼎軸老耳斡鳥括切一作鮮力
徤倔渠物切強也選假倔強以攘臂注倔強夷狄惡性梗戾也帝咨女予往牙纛音導前
坌坲上蒲悶切下音佛楚辭哀坲坲兮一作拂威風挾惠氣蓋壤兩劘拂劘音

靡削也前漢賈生自下刜上拂一作㓸音拂斫也斷也左氏苑子刜林雍斷其足也茫漫華墨間指

畫變怳歘怳許往切歘許勿切暴起也選歘從背貝誠既富而美章彙音胃霍炳

蔚炳兵永切煥明也易其文炳也蔚音鬱日延講大訓龜判錯袞黻樊子坐

賓署演以淺切孔亂一作剆老佛金春撼玉應厭臭劇蕙鬱鬱鬱鬱金

香草遺以醉切我一言重跽巨巳切長跪也莊子擎跽曲拳受惕齋慄辭讋義

卓闊呀虛加切豁疾掊掘掊彼垢切擊也掘渠物切掘地也莊子掊斗折衡易掘地爲臼如

新去耵聹上都挺切下乃挺切耳垢也字當從耳作盯聹者非也雷霆逼⿺風皇颶上音橫下

越筆切颶一作颲玉篇⿺風皇暴風也颶大風也綴作豈爲訓俚言紹莊屈九勿切

和武相公鎮蜀時詠使宅韋太尉所養孔雀

穆穆鸞鳳友何年來止茲飄零失故態隔絕抱長思翠角

高獨聳金華煥相差坐蒙恩顧重畢命守堦墀

感春三首

偶坐藤樹下暮春下旬間藤陰已可庇落蘂還漫漫(謨官切)𧅙𧅙(音尾)新葉大瓏瓏晚花乾青天高寒寒雨蝶飛翩翩(一作翩翻)時節適當爾懷悲自無端

黃黃蕪菁花桃李事已退狂風簸(音播)枯榆(音俞白榆)狼籍九衢內春序一如此汝顏安足賴(一作春序一如顏去去安足賴)誰能駕飛車相從觀海外(山海經奇肱之國其爲人一臂注云其人善機巧以取百獸能作飛車從風遠行湯時得之於豫州界中)

晨遊百花林朱朱兼白白柳枝弱而細懸對垂百尺左右同來人金紫貴顯極嬌童爲我歌哀響跨箏笛艷姬蹋筵舞清眸刺劍戟心懷平生友莫一在燕席死者長眇茫生在(一作者)困乖隔少年眞可喜老大百無益

早赴(一作起)街西行香贈盧李二中舍人(一無人字)

天街東西異，祇命遂成游。月明溝水（一作御溝）曉，蟬吟堤樹秋。老僧情不薄，僻寺境還幽。寂寞二三子，歸騎得相收。

晚寄張十八助教周郎博士

日落風景曠，出歸偃前簷。晴雲如擘絮（擘，博厄切），新月似磨鐮（音廉）。田野興偶動，衣冠情久厭。吾生可攜（戶圭切）手，歎息歲將淹。

題張十八所居

君居泥（一作濁）溝上，泥（一作溝濁）濁萍青青。蛙讙橋未掃，蟬嘒（呼惠切，小聲也）門長扃。名秩後千品，詩文齊六經。端來問奇字，為我講聲形。

奉酬盧給事雲夫四兄曲江荷花行見寄并呈上錢七兄閣老張十八助教

曲江千頃波秋淨平鋪紅蕖蓋明鏡大明宫中給事歸走馬來看立不正遺我明珠九十六寒光映骨睡驪目驪音離莊子曰千金之珠必在九重之淵驪龍頷下子能得珠者必遭其睡也我今官閑得婆娑問言何處芙蓉多撑舟昆明度雲錦脚敲兩舷音賢船邊選詠採蓮而叩舷叫吳歌太白山高三十里頁雪崔嵬插花裏玉山前却不復來曲江汀瀅汀他定切瀅烏定切廣韻汀瀅不遂志水平盃我時相思不覺一迴首天門九扇相當開上界真人足官府豈如散仙一有無字非鞭笞鸞鳳終日相追陪

奉和錢七兄曹長盆池所植 徽

翻翻江浦荷而今生在此擢擢菰音孤說文雕胡也葉長芳根復誰從露涵兩鮮翠風蕩相磨倚但取主人知誰言盆盎是

記夢

〔寧方本作能〕

夜夢神官與我言、羅縷道妙角與根、挈攜陬將侯切維口瀾

翻、百二十刻須臾間、我聽其言未云足、捨我先度横山腹、

我徒三人共追之、一人前度安不危、我亦平行蹋䠀兀上䠀虛丘

昭召切下牛召切不安也神完骨蹻其虐切舉足高也詩小子蹻蹻脚不掉徒吊切後同側

身上視溪谷盲、杖撞玉版聲彭觥光鼓聲、神官見我開顏笑、前

對一人壯非少、石壇坡陀坡普禾切陀音沱不平貌可坐臥、我手承頦

戶來切頤下也肘拄冢庾切座、隆樓傑閣磊嵬上魯猥切衆石貌下五罪切山貌選衡霍

磊落以連鎮巫廬嵬崛而北嶠高、天風飄飄吹我過、壯非少者哦七言、六

字常語一字難、魯直云只上句哦字便是所難此乃爲詩之法我以指撮白玉丹、

行且咀嚼行詰盤、口前截斷第二句、綽虐顧我顏不歡、乃

知仙人未賢聖、護短憑愚邀我敬、我寧屈曲自世間、安能

從汝巢神山、東坡云退之性氣雖出世間人亦不能容也洪曰海上有三神山今本或作神仙

[illegible]燿

南内朝賀歸呈同官洪曰長安有三内皇城在西北隅謂之西内東内曰大明在西内之東南内曰興慶宮在東内之南此詩云罷賀南内衙即南内也奉酬盧給事詩云大明宮中給事歸即東内也

薄雲蔽一作庇秋曦清雨不成泥罷賀南内衙歸涼晚凄凄綠槐十二街洪曰中朝事迹云天街兩畔槐樹俗號爲槐街白樂天游園詩云下視十二街綠槐間紅塵即此也渙散馳輪蹄余惟戇陟降切愚也書生孤身無所齎牋西切三黜竟不去注云張籍祭公詩亦云三以論諍退謂論宮市謫陽山論討淮西左遷庶子論佛骨貶潮州也致官九列齊豈惟一身榮珮玉冠簪犀滉戶廣切滉瀁水貌選廣滉瀁圖法蕩天門高著籍朝厥妻文才不如人行又無町畦町徒頂切畦戶圭切莊子彼且爲町畦注町畔也畦埒也問之朝廷事略不知東西況於經籍深豈究端與倪君恩太山重不見酬稗稊上旁卦切下田黎切草如禾實可食孟子不如稊稗所職事無多又不自一作稠提撕音西挈也詩言提其

韓文七　五

手注親提 斲其耳 明庭集孔鸞曷取於梟鷖樹以松與柏不宜問
蒿藜婉孌 上音宛下力兖切 自媚好幾時不見擠 將西切非也楚辭鼂疊擠摧方
常困 辱 貪食以忘軀尠 息淺切少也楚辭居鄣家蓼兮尠疇 不調鹽醯法吏多
少年磨淬 七內切染也犯也前漢清水淬其鋒 出角圭將舉汝愆尤以爲已
階梯收身歸關東期不到死迷

朝歸

峨峨進賢冠耿耿水蒼珮服章豈不好不與德相對顧影
聽其聲赬 音檉 顏汗漸 將廉切 背進乏犬雞效又不勇自退坐
食取其肥無堪等聾聵 五怪切國語聾聵以司火 長風吹天墟秋日萬
里曬抵暮但昏眠不成歌慷慨 上古莽切下口既切

雜詩 三首

朝蠅不須驅暮蚊不可拍蠅蚊滿八區可盡與相格得時

能幾時與汝恣啖咋涼風九月到埽不見蹤跡鵲鳴嗀楂

楂（侯加切 鵲鳴嗀也）烏噪嗀擭擭（二號切 烏嗀也）爭鬬庭宇間（一作閧）持身博

彈射（食亦切）黃鵠忍長飢（一作能忍飢）兩翅久不擘蒼蒼雲海路

晚歲將無獲

截橑（音潦又音僚說文椽也楚辭桂棟兮蘭橑）爲欂櫨（上音博下音盧柱也選般擘欂櫨而將榮注析也）

斵楹以爲椽束蒿以代之（一作茨）小大不相權雖無風雨災

得不覆且顛解轡棄騏驥蹇驢鞁使前崑崙高萬里歲

盡道苦邅（張連切行不進 易迍如邅如）停車卧輪下絕意於神仙

雀鳴朝營食鳩鳴暮求羣獨有知時鶴雖鳴不緣身喑（於金切又於井切瘖韻極啼無聲）蟬終不鳴有抱不列陳蛙黽（武幸切）鳴無謂

閤閤祇亂人

讀東方朔雜事（洪曰退之不喜神仙此詩譏弄權挾恩者耳）

嚴嚴王母宮下維萬仙家噫欠（噫烏介切噫欠呵氣也欠一作吹）爲飄（音飃旋風也詩其爲飄風）風濯手大雨沱方朔乃豎子驕不加禁詗偷入雷電室輷輘（上呼宏切與轟同羣車聲也下魯登切選其武轂敢則若雷霆輘輷輘一作較非）掉狂車王母聞以笑衛官助呀呀（虛加切）不知萬萬人生身埋泥沙簸顛三山踣（音匐）飄流八紘蹉（紘音宏蹉七何切）曰吾兒可憎奈此狡獪（古外切小兒戲也神仙傳了不喜復作此狡獪變化）何方朔聞不喜褫（勑里切徹衣又奪衣易終朝三褫之）身絡蛟蛇（唐何切蛟蛇龍類選驚蝄蜽憚蛟蛇）瞻相北斗柄兩手自相挼（與挼同奴禾切說文兩手相切摩也晉史因挼五木久之）羣仙急乃言百犯庸不科向觀睥睨（上匹詣切下音詣莊子雖羿逢蒙不能睥睨注猶邪視也）處事在不可赦（音奢與去聲同玉篇赦放也置也）欲不布露之言外口實讙（一作宣一外口諠譁作欲不布露言外口實諠譁）王母不得已顏嚬（音頻選執媚女以嚬瘁）口咨嗟（一作齎咨一作齎嗟齎音資易齎咨涕洟注齎咨嗟歎之聲也）頷頭可其奏（頷戶感切）送以紫玉

珂苦何切石次玉亦瑪瑙絜白如雪者梁簡文帝詩桃花紫玉珂方朔不懲創楚亮切挾恩更矜誇詆欺劉天子正晝溺奴吊切莊子以蜃盛溺殿衙一旦不辭訣音決絕也別也前漢送者車數百兩辭訣去攝身陵蒼霞

譴瘧鬼

屑屑水帝魂謝謝無餘輝如何不肖子尚奮瘧鬼威乘秋作寒熱翁嫗烏遇切老嫗也說文母也後漢衆巫遂取百姓男女以爲公嫗所罵譏求食嘔烏后切泄間不知臭穢非醫於其切療也國語醫亦不誅一作毉師加百毒一作藥熏灌無停機灸師施艾炷酷若獵火圍詛師毒口牙舌作霹靂飛符師弄刀筆丹墨交橫揮咨汝之胄出門戶何巍巍祖軒而父頊未沫於前徽注曰漢舊儀云昔顓頊氏有三子亡而爲疫鬼一居江水爲瘧鬼一居若水爲魍魎蜮鬼一居人宮室區隅善驚人小兒故此詩首云屑屑水帝魂沫已也楚詞云身服義而未沫今本作昧或作法皆非徽肝韋切美也書曰徽柔懿恭不修其操行賤

薄似汝稀豈不忝厥祖覥他典切慙也詩有覥面目然不知歸湛湛江水清歸居安汝妃清波爲裳衣白石爲門畿呼吸明月光手掉芙蓉旂降集隨九歌飲芳而食菲贈汝以好辭咄當沒切汝去莫遲

示兒

始我來京師止攜一束書辛勤三十年以有此屋廬此屋豈無華於我自有餘中堂高且新四時登牢蔬前榮饌賓親冠婚所依一作之所於庭內無所有高樹八九株有藤縷絡之春華夏陰敷東堂坐見山雲風相吹噓松果連南亭外有瓜芋區西偏屋不多槐榆翳於計切障也空虛山鳥且夕鳴有類澗一作磵谷居主婦治北堂膳服適戚疏恩封高平君子孫從朝裾開門問誰來非無一作无非卿大夫不知官高卑

玉帶懸金魚問客之所為巍冠講唐虞酒食罷無為棊槊以相娛注曰唐人詩云星宿天圍碁家子地握槊碁奕也槊博也釋音云槊音朔與矟同齊人亦未出陸龜與一九出攜乃握槊忽聞笑聲一局盡倒凡此座中人七九持鈞樞謂李絳崔君羣之徒又問誰與頻莫與一作若一作先張籍樊宗師如來過亦無事考評道精微躚躚音仙旋行皃躚跋躚蹁躚媚學子牆屏日有徒以能問不能其蔽豈可袪丘於切襖却也詩以車袪袪嗟我不修飾事與庸人俱安能坐如此比肩於朝儒詩以示兒曹其無迷厥初

庭楸

庭樹止五株共生十步間各有藤繞之上各相鉤聯下葉各垂地樹顛各雲連朝日出其東我常坐西偏夕日在其西我常坐東邊當晝日在上我在中央焉仰視何青青上不見纖穿朝暮無日時我且八九旋濯濯晨露香明珠何

聯聯夜月來照之蒨蒨（此見切青葱貌晉湛方生稻苗贊頴蒨蒨嘉苗）自生煙我
已自頑惰（一作滯）重遭五檝牽客來尚不見肯到權門前權
門衆所趨有客動百千九牛亡一毛未在多少間往既無
可顧不往自可憐

翫月喜張十八員外與王六祕書至

前夕雖十五月長未滿規君來語（一作晤）我時風露渺無涯
浮雲散白石天宇開青池孤質不自憚中天為君施翫翫
夜遂久亭亭曙將披況當今夕圓又以佳（一作嘉）客隨惜無
酒食樂但用歌嘲為

和李相公攝事南郊覽物興懷呈一二知舊

燦燦辰角曙（市據切辰房星辰角用東方）亭亭寒露朝川原共澄映雲日
還浮飄上宰嚴祀事清塗振華鑣（悲驕切馬銜也詩輶車鸞鑣後同）圓

丘峻且坦前對南山標村樹黃復綠中田稼何饒顧瞻想

巖谷興歎倦一作卷塵囂虛驕切左傳湫隘囂塵不可以居注囂聲也塵土也惟彼顛

瞑者去公豈不遼爲仁朝自治用靜兵以銷匆憚吐握勤

可歌風雨調聖賢相遇少功德今宜耶

和裴僕射相公假山十一韻

公乎眞愛山看山且連夕猶嫌山在眼不得著陟略切脚歷

往語山中人與我澗側石有來應公須歸必載金帛當軒

乍騈羅騈蒲眠切選絲竹騈羅隨勢忽開坼有洞若神剜烏官切有巖

類天劃忽麥切又音畫終朝巖洞間歌鼓燕賓戚孰謂衡霍奇近

在王侯宅傳氏築已卑磻溪磻音盤磻溪太公釣處越絕書太公磻溪之餓也釣

何激逍遙功德下不與事相撫樂我盛明時於焉於虔切傲

今昔

與張十八同效阮步兵一日復一日

一日復一日一朝復一朝秪見有不如不見有所超食作前日味事作前日調不知久不死憫憫尚誰要(於宵切)富貴自縶(陟立切)拘貧賤亦煎焦俯仰未得所一世已解鑣譬如籠中鶴六翮無所摇譬如兎得蹄(一作蹏)安用東西跳(音迢)還看古人書復舉前日瓢未知所究竟且作新詩謠

送諸葛覺往隨州讀書 李泌之子繁

鄴(音業縣名在相州史記西門豹守鄴)侯家多書插架三萬軸一一懸牙籤(音僉)新若手未觸爲人强記覽過眼不再讀偉哉羣聖文磊(魯猥切)落載其腹行年餘五十出守數已六京邑有舊廬不容久食宿臺閣多官員無地寄一足我雖官在朝氣勢日局縮屢爲丞相言雖懇不見録送行過滻(音產)水東望不轉

幽尋事随去一作幽事随去多

目今子從之遊學問得所欲入海觀龍魚矯翮逐黃鵠勉
爲新詩章月寄三四幅

南溪始泛 三首

榜音謗又北孟切舟南溪上一作山下一作溪下上上上時掌切登也書火曰炎上下時亮切凡在物上之上書昭升于上不得返幽尋事隨去孰能量近遠陰沉過連
樹藏昂抵横坂石麤肆磨礪波惡厭牽挽或倚偏岸漁
竟就平洲飯點點暮雨飄稍稍新月偃餘年懍一作諒無幾
休日愴已晚自是病使然非由取高謇一作蹇

南溪亦清駃音快駃馬廣韻日行千里一作駛音史又疏吏反疾也選活活夕流駛而無檝
與舟山農驚覺之隨我觀不休不惟兒童輩或有杖白頭
饋我籠中瓜勸我此淹留我云以病歸此已頗自由幸有
用餘俸一作今幸有餘俸置居在西疇囷去倫切倉米穀滿未有旦

夕憂上去無得得下來亦悠悠但恐煩里閭時有緩急投
願爲同社人雞豚燕春秋
足弱不能一作宜步自宜收朝蹟音迹詩念彼不蹟注不循道也爾雅不蹟言不循軌蹟也羸倫爲切形可與一作輿致佳觀音貫釋名觀於上觀望也老子雖有榮觀安事一作可擲即此南坂下久聞有水石拖舟入其間溪流正清
激隨波吾未能峻瀨音賴湍也楚辭戲疾瀨之素水乍可刺七迹反鷺鳥起若導吾前飛數十尺亭亭柳帶沙團團松冠壁一作亭亭帶柳沙團團冠松壁洪曰非是歸時還盡夜誰謂非事役

贈河陽李大夫

四海失巢穴兩都困塵埃感恩未能報惆音抽一作怊音超悵空一來破裘竟一作來裘破氣一作來裘破竟不暖羸馬一作馬羸鳴且哀主人情更重空使劍鋒摧

苦寒歌

黃昏苦寒歌半夜不能休豈不有陽春歲聿不（一作節歲聿一作歲節聿）其周君何愛重裘兼味成（一作養）大賢永（一作水）食葛製神所（一作誠可）憐塡窓塞户幀勿出脂風暖景明年日（一作靈明年）

音註韓文公文集卷第七

卜七五

音註韓文公文集卷第八

聯句

城南聯句一百五十韻或曰聯句古無此法自退之始洪曰上則唐虞賡歌下則漢武栢梁皆聯句之所起

竹影金鏁碎郊沈存中云竹影金鏁碎乃日光非竹影也洪曰謂日光在其中不必道破若曰日影金鏁碎則不可也泉音玉淙琤淙藏宗切又士江切竝水聲琤楚耕切玉聲瑠璃剪木葉愈翡翠開園英流滑隨仄步郊搜尋得深行遙岑出寸碧愈遠目增雙明乾穟音遂紛一作粉穟作繸拄冢庾切地郊化蟲枯挶居玉切說文戟也莖木腐或垂耳愈草珠競騈蒲眠切睛浮虛有新斸郊陟玉切摧杌饒孤撐抽耕切囚一作虫飛黏網動愈盜一作雀啅音卓眾口也杜詩啾啾黃雀啅接彈驚脫實自開坼郊牽柔誰繞縈禮鼠拱而立愈詩云相鼠有體人而無禮胡不遄死陸機云河東有大鼠能人立交前兩脚於頸上跳舞

舞善鳴駃午駭切馬行也一作駭牛躅直錄切躑躅且鳴蹏甲喜臨社郊田

毛樂寬征露螢不自暖愈凍蝶尚思輕宿羽有先曉郊食

鱗時半橫洪曰或曰此句及下句云楚賦鱣鮪亂君鮮沸池羹庖霜鱠玄鯽魚口星浮沒通波牣鱗介雖

皆說魚意不相犯菱翻一作繁紫角利愈荷折碧圓傾楚賦鱣鮪鱣布

連切河東呼為黃魚鮪羽軌切詩鱣鮪發發亂郊獠張絞切又盧浩切夷別名羞螺蟹并粲

蠖烏郭切屈伸虫易尺蠖之屈以求伸也見虛指愈穴狸聞鬭獰乃庚切逗翳

翅相築郊擺幽尾交掕薄庚切谿合打也蔓涎角出縮愈樹啄頭敲

鏗丘耕切脩箭裊金餌郊羣鮮沸池羹岸殼坼玄兆愈野麰

音牟漸豐萌瑶䍃一作煙冪莫狄切以巾覆物周禮冪人掌共巾冪蹏島郊沙篆

印迴平洪曰華山有青柯平種藥平張道陵二十四化有陽平化北平化因化平蓋以為名也瘁秦醉切病

也詩僕夫況瘁肌遭蝨毛蟲蝨刺七亦切愈啾即由切耳聞雞生奇愈慮恣迴轉

郊遐睎香衣切縱逢迎顚林戢遠睫音接自毛也列子察其眉睫之間愈縹普沼

桂一作桂
音圭

切青黃色氣冥空情歸跡歸不得、郊捨心捨還爭靈靈麻撮狗蝨
愈博雅云狗蝨胡豚也村雉啼禽猩、爾雅猩猩小而好啼注云如小兒紅皺曬簷丸
郊黃團繫門衡、洪曰說者謂紅皺乾棗黃團瓜蔞一曰匏瓜得雋與俊同智過千人曰
雋左氏得雋門曰克蠅虎健、愈相殘雀豹趫竹育切跳躍也東枯樵指禿、郊
刈熟擔肩赬音檉溢旋隋戀切漩也皮卷臠、愈卷音捲臠力兗切莊子乃如臠卷愴囊
注不舒放之容苦開腹膨脝、上音彭下音亨孫伯野云此兩句與上句語意相屬溢旋轉肩也苦開力
苦作氣也機春潺湲力、郊潺士連切湲於頑切吹皷音播飄飄精賽饌木盤
蔟、愈一本作倚閣峯巒蔟鼓蘇合切妖一作妖及藤索併、一作拼一作絣荒學五六
卷、郊古藏三四塋、一作塋三塋里儒拳足拜、愈土怪閃睥偵、丑貞
切也候蹄道補復破、郊絲窠掃還成暮堂蝙蝠上布田切下甫服切滯、
愈蝙蝠一名蟙蠌又名仙鼠又名服翼破竈蛜蝛蛜於夷切蝛於非切盈追此訊前主、郊主
生一作昝云皆家卿敗壁剝寒月、愈折篁嘯遺筆桂熏霏

元或作玄
新或作雜
紅或作江

霏在郊綦音其禮記偪屨著綦注綦屨繫也前漢思君兮履綦綦履下飾也跡微微呈劒
石犢竦檻愈獸材尚挐女加切又女書切一作拏櫑寶唾拾未盡郊玉
啼墮犢鎗楚耕切鍾鼓也漢武故事鎗鎗有鼓後同牕綃疑閟豔愈糙燭已銷
蘂綠髮抽珉甃一有郊字青膚聳瑤楨白蛾飛舞地愈幽蠹
落書棚薄庚切棧閣也惟昔集嘉詠郊吐芳類嗚嚶窺奇摘海異
愈恣韻激天鯨音擎腸胃繞萬象郊精神驅五兵蜀雄李杜
拔愈嶽力雷車轟呼宏切大句斡烏括切元造郊高言軋霄崢
仕耕切作琤非芒端轉寒燠愈神助溢盃觥巨細各乘運愈湍濤
湍他端切濤音韋濁水不流也亦騰轂凌花咀粉蘂郊削縷穿珠櫻綺語
洗晴雪愈嬌辭哢雛鳳郊酣歡新弁珥郊珥仍吏切瑱也又子設笄珥繁
價流金瓊蘂萺蔦爲紅調郊萎蕤萎於爲切蕤如隹切綴藍瑛音英玉光也
齊玉璫與璧瑛庖霜膾玄鯽愈淅淅一作玉炊香粳朝饌巳百態郊

鈌䖑作䖑
駛爲長

春醪又千名袁匏鈌䖑一作䖑鈌景愈洌音列清泉也易井洌寒泉食唱凝
餘晶音旌解魄不自主郊痺甲卑切冷濕病素問名善病痺厥肌坐空瞠丑庚
切直視貌莊子而瞠若乎其後扳援扳音攀又音班援于元切引也楚辭往者不可扳援往不可扳引而及也
賤蹊絕愈炫耀仙選更叢最巧競採一作取笑郊騈鮮互探他南
切嬰桑戀忽蕪蔓愈樟裁浪登丁中莖切霞鬬詎能極郊一作拯
風期復誰賡皇區扶帝壤愈瓌蘊郁天京祥色被文彥郊
良材插杉檉丑成切爾雅河柳也注今河旁赤色小楊詩其檉其椐隱伏饒氣象愈
興潛示堆坑擘華擘博厄切華胡化切露神物郊擁終儲地禎訏謨
訏音吁壯締始愈輔弼登階清坌蒲悶切秀恣填塞郊呀靈呼虛
加切瀉渟達丁切水止史記決渟水致之海澄益大連漢魏愈肇初邁周嬴
餘輕切史記昔周邑我先秦嬴於後卒獲爲諸侯積照涵德鏡郊傳經儷郎計切偶也揚
子天下鮮儷焉金籯音盈笭也前漢遺子黃金滿籯不如教子一經食家行鼎鼐愈鼐乃大切鼎

之絶大者詩乃鼒鼒鼎及鼒 寵族飫弓旌弈制盡從賜郊殊私得逾程飛
橋上架漢愈繚力小切岸俯窺瀛瀟碧遠輸委郊湖胡一作嶔歁
口銜切說若謂瀟碧為竹湖嶔歁為石費攜口圭切擘萄苜萄音陶苜音目從大漢愈一作漠
楓櫧至南荊洪曰前漢西域傳云大宛左右以蒲萄為酒馬嗜苜蓿漢使采蒲萄苜蓿種歸楓有脂而
香櫧音諸木名似柃葉冬不落皆南方木一作蔔首楓櫧誤矣嘉植鮮危朽郊膏理易滋
縈懸長巧紐翠愈象曲善攢攢音𡸣珩魚口星浮沒郊馬毛錦
斑駁五方亂風土愈百種分鋤耕葩蘖相妬出郊菲茸
共舒晴類招臻倜詭愈倜他歷切倜儻也詭多委切詐也相如封禪書云奇物譎詭倜儻窮變
翼萃伏衿纓危望跨飛動郊冥升躡登閣春游轢靃靡愈
靃音髓靃靡草木弱貌楚辭芳草靃靡彩伴颭嫈媥嫈烏莖切媥譜耕切廣韻新婦貌遺燦
飄的皪郊皪音歷白狀選珠翠的皪淑顏洞精誠嬌應音膺如在寤愈
意若含酲鶵毛翔衣帶郊鵝肪肪音方脂也王逸玉論白如截肪又音房截珮

璝文昦相照灼（愈） 武勝屠欃搶（欃初銜切搶楚耕切妖星名爾雅彗星為欃搶注亦謂之孛孛音佩其彩孛孛似掃篲） 割錦不酬價（郊 一本無郊字） 構雲有高營 通波牣（一作句）鱗介（愈 牣音刃滿也詩於牣魚躍） 疏畹（音宛）富蕭蘅 買養馴（音循）孔翠（郊） 遠苞樹蕉栟（栟音并木名在選 栟櫚栟椰） 鴻頭排刺芡（愈 芡巨險切說文曰雞頭也方言曰南楚謂之雞頭北燕謂之葰青徐淮泗之間謂之芡又云雞頭或謂之鴈頭今公云鴻頭鴻即鴈也） 鵠鷇（苦角切哄曰鷇郊也納涼聯句亦云盤肴饋鵠鷇今皆作殼誤矣） 攢瓌橙鶩廣（橙除庚切 鶩鳥音務） 雞良牧（郊） 蒙休賴先盟 罷旄奉環衛（愈） 守封踐忠貞 戰服脫明介（郊） 朝冠飄彩紘（音宏冠卷也周禮王笄朱紘注以朱組為紘也） 爵勳逮僮隸（愈） 簪笏自懷繃（北萌切束兒衣墨子禹葬會稽桐棺三寸葛以繃束） 乳下秀嶷嶷（郊 嶷魚力切） 椒蕃泣喤喤（音橫泣聲詩其泣喤喤） 貌鑑清溢匣（愈） 睟光寒發硎（音刑） 館儒養經史（郊） 綴戚觴孫甥 考鍾饋肴核（愈 肴何交切核） （音翻）戛鼓侑（音又）牢牲 飛膳自北下（郊） 囷珍極東烹 如瓜煮大

𡛟（愈）比線茹芳菁月海嶽錯口腹（郊）趙燕鍚嫱嬿（嫱莫六切說文曰褭好也方言自關而東河濟之間謂好爲嫱列子簡鄭衛之娥子娥嫱靡曼者娙五丁切又五計切身長好貌秦晉謂好曰娙娥帝堯之女舜妻娥皇字娥娙）一笑釋仇恨（愈）百金交弟兄貨至貊

戎市（郊）呼傳鸚鴒令（洪曰貊北方國戎西夷鸚一作鸚鵡鸚鵡鸜鵒皆能言鳥也）順居無

鬼瞰（苦濫切視也前漢高明之家鬼瞰其室）（愈）抑擴免官評殺倭肆陵剪（郊）籠

言市置絃（市一作峇切㕷且音蹉絃音宏綱綱選狠跋乎絃中）羽空顛雉鸚（愈鸚烏間切）血

路迸狐麖（音京大鹿也選洪屠麖麖麖）折足去踑（勑其切上鞿）踔（郊直角切行無常貌）蹷

鬐（渠脂切）怒鬛鬢鬘（上薄庚切下乃庚切廣韻亂髮貌）躍犬疾翥烏（愈翥章恕切）呼

鷹甚飢寅（音宥）笄蹄記功賞（郊）裂䰈䏶（䏶腸）相撐振（相撐一作搶掁亦作）

（擒擋撐音瞠振音張繩也）猛斃牛馬欒（愈）妖殘梟鴿撐（洪曰鴿鳥鵰小今本作鴿作鴟非）

（妖鳥鴿柯鴿切）窟窮躬尚嗔視（郊）箭出方驚拌（音耕切彈也）連箱載已寶

（愈）礙轍棄仍（音膻）喘覷鋒刃點（郊）囷衝株枿（呀葛切）肓掃淨谿

曠矌(愈) 騁遥畧莘莘 音平草菉生詩食野之苹 饒 鉏咸切 拟 楚牙切横拟也 飽活

齋閧(郊) 惡嚼噂 音博說文衆貌 腥鯖 音征廣韻煮魚煎食曰五侯鯖 歳律及郊至(愈)

古音命韶韺 音英玉篇帝嚳樂名六韺廣韻五韺高陽氏樂 旗旆流月(郊) 幔廬

扶棟甍 音莫庚切屋棟左氏猶援廟桷動於甍 磊落 石硏留音猥切 奠鷹璧(愈) 參差廗香

蘉 音瓊爾雅葍蘉茅注蘉葍一種花有赤者爲蘉楚辭索蘉茅以莛篿注靈草也 玄秖社兆姓(郊)

黒秬饛 秬音巨黒黍詩有稻有秬一作秬 饛音蒙盛食滿貌詩有饛簋飧 豐盛慶流蠲瘥

癘(愈) 瘥才何切病也詩天方薦瘥 咸暢捎䡴輣 䡴尺容切陷陣車輣音彭兵車後捎䡴輣撞城注䡴撞車也輣樓車也 靈燔望高四(郊) 龍駕闐歊䫿 音横暴風也一本作飉 是惟

禮之盛(愈) 永用表其宏德孚厚生植(郊) 恩熙完刖剠 渠京切

宅土盡華族(愈) 運田闓強甿 謨耕切說文田民也周禮以彊予任甿注變民言甿異田外內也甿猶懵懵無知貌文注彊予謂民有餘力復予之若餘夫然 陰庚森嶺檜(郊) 豖場劇

祥鵬 音明鵬鷦似鳳南方神鳥諸本作鵬恐非 畦肥箭羽韭薤(愈) 陶固收盆甖覓利

大一·四五　韓文八　五　周

養積餘徤郊孝思車嚴祊補盲切門内祭也詩祝祭于祊掘雲破巘嶂愈嶸
徒結切下午結切搩月漉坳泓坳於交切地不平莊子覆杯水於坳堂之上泓烏宏切寺砌
上明鏡郊僧盂敲曉鉦音征鐃鉞也似鈴詩云鉦人伐鼓泥像對驄怪愈鐵
鍾孤舂鍠音横後漢鍠鍠鎗鎗注鍾鍠鼓之聲癭於郢切頸瘤也莊子甕盎大癭後同頸鬧鳩
鴿郊蜿垣亂蛷蠑洪曰垣今卻許作埏謂蛷蜒於墻垣之間雜球蠑也蛷多足蟲也蠑螈蜥蜴癭頸蜿
垣北日雙藪蜿一丸切蛷音求蠑音榮甚黑老蠹蠲今蠲音燭桑蟲詩云蜎蜎者蠋麥黃韻鸝
鶊音庚鶬鶊也詩有鳴倉庚韶曙遲勝賞郊洪曰曙曉也遲待也曙今來作暑者非是賢明
戒先庚馳門填偪彼側切仄愈競墅承與切輾語蹇切水避也選輾流霤又尼
展切砯砰砯披冰切水擊石聲選砯巖鼓作砰並普耕切聲如雷列子砰然若聞雷霆之聲醉結紅滿
杏郊稠凝碧浮餳徐盈切說文飴和饊者詩簫管備舉注簫編小竹管如今賣餳者所吹躧
一作金繩觀娥發愈鬭草擷胡結切一作抾璣珵音呈玉名楚辭珵美之能當注美玉
玉也粉汗澤廣額郊金星墮連環鼻愈剛困淑郁愈眼剽匹妙

切前漢數十人行剽注劫也強盯矓上音棖下音盲是節飽顏色郊兹疆稱都

城書饒罄魚繭愈紀盛播琴箏奚必事遠覿郊無端逐

羇傖助耕切楚人別種晉史吳人謂中州人曰傖將身親魍魅愈明祕切浮跡侶鷗

鶄音精鳥名爾雅鳽鵁鶄注似鳧脚高毛冠江東人養之以厭火災腥味空奠屈郊九勿切天

一作年徒羨彭驚魂見蛇蚓愈觸嗅值蝦蟚幸得履中氣

天郊黍從拂天棖除耕切門兩傍木禮記士介拂棖歸私暫休暇愈驅昵作一

明出庠黌音橫學舍也晉史有庠序黌校之儀鄉鮮意竦輕暢郊連輝照瓊

瑩陶暄逐風乙愈躍視舞晴蜻足勝自叐詣郊心貪敵無

勍渠京切強也左氏勍敵之人始知樂名教愈何用苦拘儜尼耕切困也晉史不

簡當儜畢景任詩趣郊趣音娶焉能守硜硜愈焉於虔切硜未詳恐當作硻丘庚切說

文硻堅也或謂當作硜論語硜硜然

會合聯句

離別言無期會合意彌重（籍）病添兒女戀老喪丈夫勇（愈）
劒心知未謝（一作死）詩思猶孤聳（郊）愁去劇箭飛讙來若泉
涌（徹）析（一作折）言多新貫攄抱無音壅（籍）念難須勤追悔易
勿輕踵（愈）吟巴山犖嶨（犖呂角切嶨音宏庶廣韻山峻一作卓犖一作犖嶨嶨音學說文山多大
石也）說楚波堆壟（郊）馬辭虎豹怒舟出蛟鼉恐（徹）狂鯨時
孤軒幽狖（音柚）雜百種（愈）瘴衣常腥膩蠻器多踈冗（籍）剝苦
吊班林（洪曰魏道輔云湘中班竹方生時每點上有苔錢封之甚固土人斫竹以草穰洗去之則紫暈班斕可愛李德裕班竹管賦云夏夋瑶琨兮苔更侵亦謂此也）角飯餌沉冢（愈）忽爾銜遠命
歸歟（一作還）舞新寵（郊）鬼窟脫幽妖天居覿清拱（愈一作拱）京遊
步方振謫夢意猶恟（籍許拱切）詩書誇舊知酒食接新奉（愈）嘉
言寫清越瘉（以主切說文病瘳也）病失肬（與疣同音尤荀子今學曽未如肬贅注肬贅結病也）
腫（郊）夏陰偶高庇宵魂（一作魄）接虛擁（愈）雪絃寂寂聽茗盌

音梳纖纖捧郊馳輝燭浮螢幽響泄潛蛬愈音拱促織也詩老獨何
心江疾有餘僊郊僊時冗坊水僊詩既微且僊我家本瀍穀有地介臯鞏、
音拱、瀍水名、在河南、穀穀城也、成臯鞏皆河南縣名休跡憶沉冥峨冠慙闒𡸗愈闒音搨
或作闒或作溻𡸗一作㴸音冗洪曰此四句下今本注曰郊唐本曰愈按退之家在洛陽則唐本爲是升朝
高巒逸振物羣聽悚徒一作待言濯幽泌誰與薙荒茸、籀薙音雉
除草、周禮薙氏掌殺草、茸音冗、草生貌、選毆羽莕萶茸茸朝紳鬱青綠馬飾曜珪珙音拱說文
玉也國讎未銷鑠我志蕩邛隴郊邛隴二山君才誠倜儻倜他歷切卓異
也選奇偉倜儻時論方洶溶洶許拱切又音凶容溶音勇魏王粲浮淮賦滂沛洶溶後同格言多
彪蔚音鬱縣解無梏拳梏古沃切、拳音拱、手械、周上罪梏拳而桎、注、拳者兩手共一木、桎梏者兩
手各一木、又云在手曰梏、在足曰桎、以制公周禮解義考之謂梏在脰、桎在足、拳在手、左氏傳于蕩以弓梏華弱于
朝、則梏在脰明矣、脉梏者著其罪於梏猶明刑也、當以制公之說爲是也張生得淵源寒色拔
山冢堅如撞羣金眇若抽獨踊愈蛹音勇蠶蛹化爲之伊余何所擬跛

韓文八　七　大二之十二　王

鼈詎能踊塊然墮岳石飄爾胥音眣巢氄郊音冗鳥獸細毛書鳥獸氄毛龍
旆垂天衛雲韶凝禁甬音甬又道也前漢築甬道而輸粟君乎一作胡眠安然
朝鼓轂洶洶愈一作洶洶上音凶下許拱切

鬬雞聯句

大雞昂然來小雞竦而待愈崢嶸顛盛氣崢助庚切嶸音宏洪曰禮記盛
氣顛實陽休顛讀爲闐闐滿也洗刷凝鮮彩郊高行若矜豪側睨音詣如伺
殆愈精光目相射劍戟心獨在郊既取冠爲胄復以距其呂
切爲鐓音隊平底曰鐓禮記進矛戟者前其鐓一作鐓天時得清寒地利挾一作狹一
作扶爽塏愈塏音愷高地左氏請更諸爽塏磔陟格切毛各噤巨禁切瘁洪曰所錦切寒
病也一作疒开一作瘁皆誤香奩集云噤瘁餘寒酒半醒亦誤作瘁怒癭爭碨烏罪切石貌文選碨磥而
相摩磊俄膺忽爾低植立瞥匹蔑切而跂郊腷膊腷符逼切膊匹各切鼓也
古詩腷腷膊膊雞物鳴戰轂喧繽飜落羽皠七罪切廣韻霜雪白狀中休事未

淩小挫勢益倍愈姤腸務生敵一作欺賊性專相醞裂血失鳴轂喙般烏開切甚飢餒郊對起何急驚隨旋成巧紿音待欺也穀羽禾惡公子之紿列子亓昔紿若毒手飽李陽神槌一作鎚困朱亥愈李陽朱亥任俠流也惻心我以仁碎首爾何罪獨勝事有然旁驚汗流浼郊知雄欣動顏怯負愁看睹看一作有爭觀雲填道助叫波翻海愈爭瓜深難解嗔睛時未怠一噴一醒然再接再礪乃郊一作再礪再鍛乃頭垂碎丹砂翼㧞拖詫何切錦絛道軒尚賈餘賈音古賈也左傳曰欲勇者賈予餘勇清厲比歸凱愈選俊感收毛受恩憖始隗五罪切毛毛遂也隗郭隗也洪曰熙寧間東府成車駕臨幸介甫詩云功謝蕭規慙漢第恩從隗始詫燕臺或疑蕭何功第一郭隗事無恩字介甫以退之聯句為對英心甘鬬死義肉取庖宰君看鬬雞篇短韻亦可採郊亦一作言又作有

納涼聯句

遞嘯取遥風微微近秋朔郊金柔氣尚低火老候愈濁愈
熙熙炎光流竦竦高雲擁愈閃紅驚蚴虬蚴於糾切虬渠幽切龍貌楚辭
蒼龍蚴虬於左右凝赤聳山岳目林恐焚燒耳井憶滃瀯滃士咸切瀯十
弱切水觳前漢滃濟雲墜仰懼失交泰非時結冰雹化鄧渴且爰山海經日
夸父與日爭走渴死而棄其杖爲鄧林奔河誠已慤暍道者誰子暍音謁字林傷暑也
莊子暍者反稅乎冷風叩商叩去厚切擊也列子當春而叩商弦以召南呂涼風忽至者何樂浩
矣得滂沱感然鳴鸑鷟上音岳下仕角切鳳屬國語周之興也鸑鷟鳴于岐山佳
願苟未從前心空絪遯遷清砌千迴坐冷環再三握煩懷却
星星一作醒醒高意還卓卓郊龍沈極煮鱗洪日用左氏醢龍事牛喘
甚焚角蟬煩鳴轉噣許葛切觳斯前漢觳流噣陳張互見秋蟬噣柳詩長陽流噣盡又於邁切
烏躁飢不啄晝蠅食安柔蘩宵蜹如稅切肌血渥暈締厭巳攙
長篓篓褫敕里切又池耳切篓音雯篓一作篴是翁也倦還提幸茲得佳朋於焉蔭華

桶清熒文簟施淡澉音敢甘瓜濯大壁曠凝淨古畫奇駿犖

駿北角切犖呂角切淒如淵洪作泚用甘泉賦登椽欒而狎天門狎音貢至也寒門皓若攢

音巑玉璞掃寬延鮮飈卑遥切汲泠漬香擠音捉稻田種麥楚辭稻粱穱麥篚

寶擣林珍盤肴饋禽鴂毃今本作殻非是巳辨於城南聯句空堂晝掩留貧

饌羞齷齪愈殷勤相勸勉左右皆一作姤龍若斷賈勇發霜鍘

爭前曜冰槊音朔微然草根響覺先被詩情覺感衰悲舊改工

異逞新貌音邈誰言擯朋老猶自將心學危箴詹不敢憑朽杌

欔傾撲蒲角切青雲路難近黃鶴足仍鋌上角切未能飲淵

梟立滯叫芳葯郊音屋本草白芷楚人謂葯楚辭辛夷楣兮葯房與子昔睽離嗟

余苦屯剥直道敗斜徑拙謀傷巧詠音卓楚辭謠詠謂余以善淫注詠猶譖也

方言詠愬也楚王南謂之詠炎湖度氣氳上敷文切下於云切氣也選汾氣氛氳熱石行

犖确音確固也說文石皺也痟音宵渴病也前漢司馬相如病痟然亦有食痟饑夏尤甚瘧

逆約切寒熱病也素問夏傷於暑秋必痎瘧後同渴秋更數音朔君顏不可覿君手無由搦女角切持也後漢撫弦搦矢今來沐新恩庶見返鴻朴儒庠恣游息聖籍飽商榷榷音角商略也選商榷萬俗危行無低徊正言免咿喔上音伊下音喔強顏貌楚辭喔咿嚅兒注強笑噱也車馬獲同驅酒醪欣共欶音朔惟憂棄菅蒯菅音姦蒯苦怪切茅類左氏雖有絲麻無棄菅蒯敢望侍帷幄此志且何如希君為追琢愈追都回切治玉也詩追琢其章

秋雨聯句

萬木聲號呼百川氣交會郊庭翻樹離合牖變景明藹愈潀職戎切又徂冬切說文小水入大流曰潀詩鳧鷖在潀瀉殊未終飛浮亦云泰郊牽懷到空山屬聽邇驚瀨愈簷垂白練一作蘢一作龍直渠漲清湘大郊甘津澤祥禾一作木服一作伏潤肥荒艾愈主人吟有歡客子歌無奈郊侵陽日沈玄剝節風搜兌愈坱圠坱烏

郎切乢音軋賈誼曰大鈞播物坱圠無垠遊峽喧颼飀上音搜下音留高風也隋盧思道納涼賦動颼

飀於翠帳後同臥江汰郊微飄來桃荊高灑自天外愈蚕穴何迫

窖蟬枝掃鳴曦郊園菊茂新芳逕蘭銷晚馤愈於蓋切玉篇香也

地鏡時昏曉池星競漂沛郊讙呶尼交切喧也詩載號載呶後同尋一轂

灌注咽羣籟愈儒宮煙火濕市舍煎熬忕郊忕音太奢也選心侈體忕

臥冷空避門衣寒屢循洪曰今本作脩誤也帶愈水怒已倒流陰繁

恐凝害郊憂虞息舟檝感禹動畎澮愈懷襄信可畏踈决

須有賴郊筮命或馮蓍上情將問蔡愈蔡倉大切龜也庭商忽驚

舞齊童兒語曰天將大雨商羊鼓舞正作鷸鷞墉禜音禜禜祭名左氏雪霜風雨之不時於是乎禜之亦

親酹郊氣醨稍踈映雺音蒙爾雅天氣下地不應曰雺注言蒙昧也一武賦切又音茂亂

還擁薈烏外切詩薈兮蔚兮注雲興貌陰旌時摎流摎居由切又音膠前漢望崑崙以摎流注

顏師古曰摎流猶周流也帝鼓鎮訇磕上呼宏切下丘盍切大鼓也選訇磕嘈東圃落青

璣瓜畦爛文貝貧薪不燭竈富粟空填廥（愈古外切芻藁藏也史記天子遣使者虛郡國倉廥）秦俗動言利魯儒欲何丐深路倒羸（餘爲切）驂弱塗擁行軑（音大車轄也楚辭齊王軑而並馳梁簡文帝賽神詩玉軑朝行動）毛羽皆遭凍籬簁（所宜切廣韻下物竹器）不能翽（呼外切）翻浪洗虛空傾濤敗藏蓋（郊）吾人猶在陳僮僕誠自鄶（古外切洪曰左氏曰自鄶以下無譏焉杜預曰以其微也言吾人猶絕糧僮僕無足言者）因思征蜀士未免濕戎旆安得發商飈廓然吹宿靄白日懸大野幽泥化輕壒（於蓋切塵也後漢載埃壒之混濁）戰場暫一乾賊肉行可膾（愈）搜心思有效抽策期稱最豈惟慮收穫亦已救顛沛（郊沛音貝仆也論語顛沛必於是）禽情初嘯儔礎（音楚厶貝墭石淮南子山雲蒸柱礎潤）色微收霈庶幾諧我願遂止無已太（愈）

征蜀聯句

日王忿違傲（注曰日往日也左氏曰日衛不睦故取其地）有命事誅拔蜀險（愈）

闟防秦師縱橫猾愈風旗市作苔也地揚雷鼓轟天殺竹兵

彼鈸音遂脆鐵刃一作刃我鎗鑯郊鑯初八切玉篇利齒也刑神咤犛旌音氂

犛牛尾可以爲旌史記殺一犛牛以爲俎豆牢具陰餤颭職琰切犀札側八切甲也湨曰說者謂

盡彫刻之功而語仍壯飝霓紛偃蹇塞野傾胡孔切一作澒坱圠愈生獰乃爭

切競掣昌列切又充世切易其牛掣跌徒結切癡突爭填軋渴鬭信隳音灰

呶噉徒敢切萎何噢乙六切嗗郊於八切亙呼相皺音播揚也蕩交斫雙

鈌齾五鎋切器缺說文缺齒也火發激錯腥血飄騰足滑愈飛猱奴刀切

無鼇陣翩鶻戶八切有邪戞江倒沸鯨鯤山搖潰貙猰郊貙敕俱

切猰音軋二獸名貙與貙同爾雅貙獌似貍猰與猰同爾雅猰貐類貙虎爪食而迅走上中離分二三

外變迷七八逆頸盡徼索仇頭恣髡鬝恪八切怒鬚猶鬇鬡

上七耕切下女耕切玉篇亂髮斷臂仍瓝愈瓝蒲八切䚯恪八切廣韻勁也上石潸設奇

伏究覰騁精察中失類妖㺑所監切說文犬容頭進也跳一作飛鋒伏驚

豽女滑切與豽同似貍蒼黑無前足善捕鼠後漢又有貀豹貔子注豽猴屬踻翻聚林嶺芊起

成埃圿亦圿音戛玉篇垢圿也杮亡夂空杠音江軸折鮮聯轄劉轄胡瞎切

剟音掇削也說文刊也吳越春秋無剟剟之秋膚淡瘡痍敗面碎剠剖剠渠京切剖恪八切

渾奔肆狂一作勈勷如羊切玉篇走貌健竄脫趫起囂切又丘妖切黠巖鉤

踔直角踔切狙猿水漉雜鱣螖音滑彭螖也玉篇似蟹而小投夵匹貌切與𡚱同廣韻

軍戰石也鬧碚隆石上一戶冬切下力冬切玉篇石聲也填湟傶一作傶𠌻僒愈密莫八切僒呼八

切玉篇健也強睛死不閉獷古猛切犬也說文犬不可附也選狙獷而不臻眼困逾聡

莫八切玉篇惡視也爇如劣切堞熇上音牒城上垣左氏及堞而絕之後同熇呼木切又音壑熱也前漢

陽風吸習而熇熇歊許嬌切熺音僖抉門抉於決切呀㧓閜呀虛加切㧓於絞切閜乙轄切

說文開㱿也夭刀封末圻莤膽懾前揠跧揠音軋拔草心孟子助之長者揠苗者也

跧阻頑切又莊全切屈伏貌選狡兎跧伏於衲側梁排一作非郁縮闖丑禁切後同竇揳

音屑廣韻懱揳窋窡窋竹律切窡丁滑切又丁刮切說文窋物在穴中窡穴中見也追脅聞雜驅

咿呦音幽鹿鳴也詩呦呦鹿鳴叫寃䠿亦䠿五滑切屈也一作䟕又作𨁉竆區掐清夷

兕部坐雕鎩音殺長刃矛也前漢鉏櫌棘矜不敵於鉤戟長鎩印文裁斐亹音尾巴

艷收婠妠上烏八切下女刮切廣韻小兒肥貌推肥牛呼牟音侔說文牛鳴也戴實

駝鳴圝乙鎋切廣韻駱駝鳴聖靈閔頑嚚燾養均草蔡音察玉篇草有毒用

殺魚下書遏雄唬虎呼交切說文虎鼓解罪吊攣瞎愈攣力全切瞎許轄切戰血

時銷洗劒霜夜清刮漢棧士諫切羆囂虛驕切闐獠澹澎

汃獠張絞切澎音彭汃普八切西極之水選玢汃輣軋戍寒絕朝乘刀暗歇宵登始

去杳飛蜂及歸柳嘶蚻音扎洪曰記時之語工矣詩曰昔我往矣楊柳依依今我來斯雨雪

霏霏廟獻繁馘級樂觳洞椌楬椌苦江切楬枯轄切柷敔也禮記聖人作爲鞉鼓椌

埍壚篪虎郊臺圖煥丹玄郊告儼匏秸音戛說文禾萁去其皮祭天以爲席前漢其席藁秸

念齒慰黴黧上音眉下音利木垢腐貌楚辭顏黴黧以沮敗視傷悼瘕疕女黠切廣韻瘡

痛休輸任訛寢報力厚麩鞂麩音夫鞂音戛草鞂也禮記莞簟之安而藁鞂之設公

歡鍾晨撞室晏絲曉抃（音卞楷拚物也說文拊也）盃盂酬酒醪箱篋饋

巾帨（莫轄切玉篇帨巾）小臣昧戎經維用贊勳劼（愈恪八切用力也又固也慎也

勤也書女劼毖商獻臣）

同宿聯句

自從別君來遠出遭巧譖（愈）斑斑落春淚浩浩浮秋浸（郊）

毛奇覩（一作覩）象犀羽怪見鵩（音服不祥鳥前漢賈誼為長沙王傅有鵩飛入誼舍）鴆

（愈直禁切廣志是鳥大如鴞紫綠色楚辭吾令鴆為媒注鴆運日也羽可殺人）朝行多危棧（一作軌）

夜臥饒驚枕（郊）生榮今分踰死棄昔情任（愈）鵷（音宛）行參綺

陌雞唱聞清禁（郊）山晴指高標槐密鶩長蔭（愈鶩音務）直辭

一以薦巧舌千皆齡（郊巨禁切廣韻牛舌下病）匡鼎惟說詩桓譚不讀

讖（愈）逶迤何嘈嗷（上音曹下音敖）高名俟沽賃（郊）紛葩歡屢填曠

亮憂早滲（愈所禁切）為君開酒腸顛倒舞相飲（郊去聲）曦光霽曙

物景曜鑠宵祲(愈音浸) 儒門雖大啓姦首不敢闖義泉雖至

近盜索不敢沁(七鴆切說文水出上黨) 清琴試一揮白鶴叫相喑(去聲)(一作相叫吟長詠也)欲知心同樂雙繭抽作紝(郊女鴆切織紝後漢女得織紝)

莎柵聯句(河南志云永寧縣莎柵谷水在縣西三十里出莎嶺東流入昌谷)

冰溪時咽絕風櫪方軒舉(愈) 此處不斷腸定知無斷處(郊)

雨中寄孟刑部幾道聯句(簡)

秋潦(郎到切又音老)淹(一作無)轍跡高居限參拜(愈) 耿耿蓄良思遙遙仰嘉話(郊) 一晨長隔歲百步還(一作遠)殊界(愈) 商(一作高)聽饒清聳闕(一作閦)懍空抑噫(郊烏界切說文飽食息也)美君知道腴逸步謝天械(愈) 吟馨鑠紛雜抱照瑩疑怪(郊) 撞宏鼓不掉(徒吊切)輸灝瀾逾殺(愈) 簷瀉碎江喧街流淺溪邁(郊) 念初相遭逢幸免因媒介祛煩類決癰愜興劇爬(音琶搔也杷字同) 疥(音介瘡疥周禮)

夏時有（痒疥疾）研文較幽玄呼博騁雄快今君軺方（軺音遥說文小車也又音韶廣韻使車也史記乃乘軺車之洛陽方一作車）馳伊我羽巳（一作毛）鎩（所拜切顏延之詠嵇康云鸞翮有時鎩）温存感深恵瑑切奉明戒（兪）迨茲更凝情暫阻若嬰瘵（側介切病也詩無自瘵焉）欲知相從盡靈珀捨纖芥欲知相益友

神藥銷宿憊（蒲拜切病也易有疾憊也）德符仙岸求並難歡壞氣涇

秋天河有朗無驚湃（郊普拜切）稡鳳遺蒿鷃（與鴳同）雲韶掩夷韎（莫拜切四夷之樂東方曰韎周禮掌教韎樂一作韎）爭名求鵠徒騰口甚蟬喝（於邁切）未來轂已赫始鼓敵前敗鬭場再鳴先（杜預曰辭如鬭雞勝者先鳴）

遐路一飛屆東野繼奇躅（除玉切軼也前漢伏周孔之軼躅）脩綸懸衆犗（居拜切騬牛莊子任公子為大鈞十五犗為餌投於東海）穿空細丘垤照日陋營蒯（兪）

卜生何足道積慎如觸蠆愔（音淫切左思曰靡靡愔愔安靜也）抱所諾

翼翼自伸誠聖書空甚（一作勘）讀盜食敢求嘬（楚快切）惟當騎

欵段（馬援曰乘下澤車御欵段馬）豈望覿珪玠弱操愧筠杉微芳比蕭

薙何以驗高明柔中有剛夫（郊）

遠遊聯句

別腸車輪轉一日一萬周（郊）離思（想嗣切杜詩攪離思花冥冥）春冰泮

瀾漫不可收（愈）馳光忽以迫飛轡誰能留（郊）前（一作坂）之詎

灼灼此去信悠悠（李翱）楚客宿江上夜魂棲（一作捷非）浪頭曉

日生遠岸水芳綴孤舟村館泊好木野蔬拾新柔獨含悽

悽別中結鬱鬱（一作鬱鬱）愁人憶舊（一作意憶）行樂鳥吟新（一作忻）得儔

（郊）靈瑟時窅窅（音窈）霒（於金切說文雲覆日也）猿夜啾啾（即由切）憤濤氣

尚盛恨竹淚空幽長懷絕無已多感良自尤即路涉獻歲

歸期眇涼秋兩歡日牢落孤悲坐綢繆（愈）覯怪忽蕩漾叩

奇獨冥搜海鯨（音擎）吞明月浪島沒大瀛我有一寸鉤欲釣

千丈流艮知忽然遠逝壯志鬱無抽郊迺魍魅暫出沒蛟螭抽知
切互蟠蟉力幽切龍貌史記驂赤螭青虯之蚴蟉蜿蜒昌言拜舜禹舉颿與帆同選
樓船舉颿而過四注舉驅者掛席用風力也陵斗牛懷糈音所又斯呂切祭神米楚辭懷椒糈而要
之注糈米所以饗神一作精餽賢屈秉桴追聖丘飄然天外步豈肯區
中四愈楚些蘇箇切語助辭楚辭何爲四方些待誰吊賈辭緘恨投湘明
不可曉祕魂安所求氣毒放逐域蔓蔘雜芳菲疇當春忽
淒涼不枯亦颼飀貊謠衆猥誶音碎告也息醉切言也罵也國語誶申胥前漢毋取
箕箒立而誶語巴語相咿呦嘿誓去外俗嘉願還中州泣生行旣
樂躬輦自相勠音留并力也選非余之所勠飲醇趣明代味醒謝荒陬
郊迺馳深鼓利檝趁險驚飛輶音由轚石沉靳尚靳居焮切楚大夫楚
辭上官靳尚妬害其能開弓射鵃吺鵃音朝爾雅鶌鳩鶻鵃吺丁侯切說文吺言也一說古文尚書
鸐鵃几作鵃吺字路暗執屏翳屏音萍翳音縊風俗通屏翳爲雨師山海經屏翳在海東時人謂之雨師

波鷩戮陽侯廣泛信縹緲高行恣浮游外患蕭蕭去中悁稍稍瘳振衣造雲闕跪坐陳清猷德風變讒巧和一作仁氣銷戈矛名聲照四海淑問無肯休歸哉孟夫子若與一作去無夷猶愈

晚秋郾城夜會李正封聯句上王中丞盧院長洪曰舊本從軍古云樂四句下注云正封上中丞中丞即退之也退之時兼御史中丞羈客方寂歷下四句注云愈奉院長院長即正封也其具稱王盧繆矣郾音偃縣名玉篇潁川縣後漢州郡牧固二子基茲於郾城

從軍古云樂談笑青油幕燈明夜觀音貫棊月暗秋城柝正封羈客方寂歷驚烏時落泊語闌壯氣衰酒醒寒砧作愈遇主貴陳力夷凶匪兼弱百牢犒輿師千戶購首惡正封平生恥論兵末暮不輕諾徒然感恩義誰復論勳爵愈多士

大三·四十三

被雷沾污小夷施毒蠚（丑略切蠚行毒又音壑前漢不若蠭蠆之致蠚）何當鑄鉅鉱（鉅音巨說文大剛也鉱音丕玉篇戈刃也一作鈲戟）相與歸臺閣（正封）室婦歡鳴鸛家人祝喜鵲終朝考蓍龜何日親烝礿（愈礿音藥祭名夏曰礿冬曰烝詩曰礿祠烝嘗）間使斷津梁潛軍索林薄紅塵羽書靖大水沙囊涸（正封涸下各切水竭也沙囊即韓信沙囊也）銘山子所工插羽余何怍未足煩刀俎秖應輸管籥（愈）兩矢逐天狼電矛驅海若靈誅固無縱力戰誰敢却（正封）峨峨雲梯翔赫赫火箭著（音略切）連空隮（許規切）雉堞照夜焚城郭（洪曰此四句舊注曰愈今本脫之）軍門宜一令廟筭建三略（愈）雷鼓揭（音揭）千鎗（一作槍）浮橋交萬笮（正封笮或誤作筰笮音昨縣名筰亦音昨竹索西南夷尋之以度水）蹂野馬雲騰映原旗火鑠疲珉墜將逐殘虜狂可縛（愈）摧鋒若貙兕（貙勅居切）超乘（石證切左氏秦師過周北門超乘者三百乘）如猱玃（音攫大猿前漢捕熊羆豪豬虎豹狖玃）逢腋服斷惠漫胡纓

可僈正封漫莫干切或作曼傑曰曼胡之纓武士冠纓也星殞聞雊雉師輿隨喚鶴

哭音矣虎豹貪犬羊鷹鸇諸延切鷂屬左氏如鷹鸇之逐鳥雀讋一作懾質涉切淮南子因

其資而讋言之注讋巳恐心也鳥雀愈燒陂除積聚灌壘失依託憑軾諭

昏迷執殳征暴虐正封倉空戰卒飢月黑探他南切兵錯兕徒

更蹈籍逆族相喧嚌愈喧徒嚂切軸轤亘居鄧切淮泗旆旌連夏

鄒大野縱氐羌長河浴騮駱正封東西覽角逐遠近施矰繳

矰音增弋射矢也周禮增矢茀矢用弋射注結繳於矢謂之矰繳音勺弋射也其矢爲矰孟子思援弓繳而射之

人怨童聚謠天殃鬼行瘧愈漢刑支郡黜如楚王削東海趙王削常山是

也周制閑田削閑禮記作閒周制諸侯有功者閒田以祿之有削地者歸之閒田侯社退

無功鬼薪懲不恪正封漢刑曰鬼薪言取薪給宗廟也余雖司斧鑕音質斧斤也公羊

夫負羈槷斧斤鑕情本尚丘壑且待獻俘囚終當返耕穫愈藁街

陳鈇鉞上音夫下音越刀斧也禮記不怒而民威於鈇鉞桃塞輿錢鎛上音剪一作剗下音

傳田器也詩庤乃錢鎛地理書封疆天文掃寶參廓掛正天子憫瘡痍

將軍畫圖標策勳封龍頷歸騎儺儺一作麟脚愈語誅

敬王怒給復復音福前漢民産子復汪云不役使也哀人瘼末各切病也詩亂離瘼矣澤髮

解𡐝鍪𡐝當侯切鍪音矛酡顏上音陀面赭楚辭美人旣醉朱顏酡傾鑿落正封飲器也樂

天詩曰銀含鑿落盞金屑琵琶槽存安惟恐晚洗雪不論昨暮鳥巳安巢

春蠶看滿箔愈轂明動朝闕光寵耀京洛旁午降絲綸

中堅擁鼓鐸封正密坐列珠翠高門塗粉雘屋郭切書惟其塗丹雘

跋朝賀書飛塞路歸鞍躍愈魏闕横雲漢秦關束巖嶤

音臯號拜迎羅橐櫜鞬上古勞切下居言切馬上盛弓矢器晉重耳曰右屬櫜鞬以與君周旋問遺結

囊橐封正江淮永清晏宇宙重開拓達各切推也苗恭文廣正漢武帝元鼎中開拓

上境是日號昇平此年名作噩愈噩音咢歲在酉曰作噩洪赦方下救武

飆卑遙切亦旁魄魄他各切旁魄廣被也封禪書曰旁魄四塞南據定蠻陬將侯切北

攫厥縛切持也家語獸窮則攫 空朔漠正封 儒生怯教化武士猛刺斫刺七
亦切孫登呼揚 駭曰刺刺斫斫 吾相兩優游他人雙落莫愈 印從負鼎佩
門爲登壇鑿冊入更深一作顯 嚴九遷彌謇諤正封寒居偃切 賓筵
蠧狐趙導騎多衛霍國史擅芳芳官娃於佳切美女貌選幸於館之宮娃
分綽約愈 丹掖列鵷鷺 洪鑪衣狐貉 摛抽知切 文揮月毫講
劒淬七內切 霜鍔正封 命衣備藻火 賜樂兼拊搏上音撫下音博書搏拊琴
瑟以詠注搏拊以韋爲之實之以糠所以節樂 兩廂鋪氍毹上音衢下山芻切氍毹類曰毛席也風俗通
云織毛褥謂之氍毹廣韻作氍毹 五鼎調芍藥愈上張略切下良約切前漢芍藥之和具而后
御之注諸家之說皆未當也芍藥草名其根主和臟又辟毒氣故合之於蘭桂以助諸食因呼五味之和爲芍藥
帶垂蒼玉佩 轡蹙黃金絡 誘接謂登龍 趨馳狀傾藿正封藿音
霍葵藿能向日 青娥翳長袖 紅頰吹鳴籥 儻不忍辛勤 何由恣歡
謔愈 惟當早貴富 豈得暫寂寞 但擲雇笑金 仍祈却老藥

愈殍廓酮鐏弇生穿合㲉蹻鎛上音喬下音博爾雅大磬明之蹻喬大鍾謂之鏞注亦名明

安行庛松篁亭高卧梳莞蒻愈莞音官洗沐恣蘭芷割亭巘脾臄

其虐切口上也詩嘉殽脾臄喜顏非怚怩怚女六切怩女夷切書顏厚有怚怩注心慚也達志

無殰穫正封該諧酒席展慊慨慊上苦兼切下口溉切戎裝著靳馬祭旄

蠹蘇音道下包茅禮廿三蟜愈音虐草屩也史記虞卿躡屩擔簦山多離隱豹野有求

伸蠖烏郭切推選閟羣杖屩遐搜一鷃正封左右供詔與譽親交

獻諫嚎其虐切笑不止說文大笑也嚯嚯嚎嚎終日多穀載揄揚權勢賓薰灼

愈道舊星感激當歌發酬酢羣孫輕綺紈下客豐醴酪正封

窮天貢賝與琛同詩來獻其賝畀市海賜酺醵上音蒲又音步祭名下其虐切會飲周禮

春秋祭酺亦如之禮記周禮其猶醵與作樂鼓還槌從一作縱龠弓始彍愈彍音霍

又鄭郭二音說文弩萠也淮南子疾如彍弩文音廓取歡移日飲求勝通宵博五白

氣爭呼六奇心運度正封恩澤誠布濩音鑊布濩布露也瞿昷頊元邑籥

勺音酌前漢簫勺羣慝注簫韶舞樂勺周樂告成上云亭考古垂矩矱愈曰矱憂縛切度也淮南子知矩矱之所周前堂清夜吹東第一作序良晨酌池蓮折秋房院竹飜夏穰正封五符朝恒岱三畝宿楊柞音作長楊五柞宫名前漢振師五柞習馬長楊農書下討論馬法長廢格愈音各一作恪雪下收新息陽生過京索蘇各切京兆縣名前漢與楚戰滎陽南京索之間選京索既振引師北討注索桑各切爾牛時寢訛我僕或歌咢洪曰新息以下四句舊注曰正封今本云之帝載彌天地臣辭劣洪曰今本誤作勿熒爝為詩安能詳庶用存糟粕愈

音註韓文公文集卷第八

音註韓文公文集卷第九

律詩 八十五首

題楚昭王廟

丘園一作墳滿目衣冠盡城闕連雲草樹荒猶有國人懷舊德一間茅屋祭昭王

宿龍宮灘

浩浩復湯湯音商灘聲抑更揚奔流疑激電驚浪似浮霜夢覺燈生暈宵殘雨送涼如何連曉語秪是說家鄉一云一半是家鄉

叉魚招張功曹周官以時簎魚鄭云以扠刺泥中取之

叉魚春岸闊此興在中宵大炬然如晝長船縛似橋深窺沙可數所矩切靜撈音誘水無搖一作手下那能脫波間或自

跳中鱗憐（一作疑）錦碎當目訝珠銷迷火逃飜近驚人去暫
遥競多心轉細得儁語時罝畾（徒門與後同 罝畾盂盧驕切）潭磬知存賞務艇（音頁）
平覺獲饒交頭疑湊餌駢（蒲眠切）首類同條濡沫情雖登
門志已遼盈車欺故事飼（音伺）犬驗今朝血浪凝猶沸腥風
遠更飄蓋江煙罥冪（莫狄切）迴（一作拂）棹影寞參獺（他達切水狗也）
去愁無食龍移恐見燒如棠名既誤釣渭日徒消文客驚
先賦篙（音高）工喜盡謠膾成思我友觀樂憶吾僚自可捐憂
累何須強問鴞

李員外寄紙筆（柳州史君）

題是臨池後分從起草餘兔尖針莫並繭淨雪難如（繭□典切建中初日本使者興能獻方物興能善書其紙似繭而澤人莫識）莫怪殷勤謝虞卿
正著書

次巫一作同冠峽

今夕是何朝天晴物色饒落英千尺墮遊絲百丈飄泄乳交巖脈懸流揭音竭又桀謁切浪標無心思嶺北猿鳥莫相撩

答張十一功曹著

山淨江空水見沙哀猿啼處兩三家篔簹上音云下音當篔簹竹名也競長纖纖筍躑躅初開艷艷花未報恩波知死所莫令炎瘴送生涯吟君詩罷看雙鬢斗覺霜毛一半加

郴州祈雨郴音琛桂陽郡

乞雨女郎魂炰羞潔且繁炰音庖廟開鼯音吾鼠叫神降越巫言旱氣期銷蕩陰官想駿奔行看五馬入洪曰謂李使君也公有祭李郴州文古樂府云五馬立踟躕禮天子六馬左右驂三公九卿駟馬右騑漢制九卿則中二千石亦右騑太守有功德者秩中二千石王成乃有右騑故以五馬爲太守美稱東方朔外傳郡守駟馬駕車一馬行春衛宏輿服志

諸侯驛馬附以一馬南史柳景元兄弟五人並爲太守時人語曰柳氏門庭五馬逶迤謝靈運爲永嘉太守常以五馬自隨出五馬坊五馬亭載於圖記蕭颯已隨軒

湘中酬張十一功曹

休垂絶徼音叫邊徼前漢南至牂牁爲徼注謂以木石水爲界千行淚共泛清湘一葉舟今日嶺猿兼越鳥可憐同聽不知愁

郴口又贈二首

山作劒攢江瀉鏡扁舟斗轉疾於飛迴頭笑向張公子終日思歸此日歸

雪一作雲颭霜翻看不分雷驚電激語難聞沿涯宛轉到深處何限青天無片雲

題木居士二首

火透波穿不計春根如頭面幹如身偶然題作木居士便

有無窮求福人

爲人詎比溝中斷遇賞還同爨下餘朽蠹不勝刀鋸力

匠人雖巧欲何如

晚泊江口

郡城朝解纜（音濫）江岸暮依村二女竹上淚孤臣水底魂雙

雙歸蟄燕一一叫羣猿迴首那能（一作聞）語空看別袖翻

湘中

猿愁魚躍（一作踴）水翻波自古流傳是汨羅（汨音覓說文長沙汨羅淵屈原所沉之水）

蘋藻滿盤（一作船）無處奠空門漁父叩舷歌

別盈上人

山僧愛山出無期俗士牽俗來何時祝融峰下一迴首只

是此生長別離

喜雪獻裴尚書

宿雲寒不卷，春雪墮如篩（所宜切）。騁巧先投隙，潛光亂（一作半）入池。喜深將策試，驚密仰簷窺。自下何曾污，增高未見危。比心明可燭，拂面愛還吹。妒舞時飄袖，欺梅併壓枝。地空迷界限，砌滿接高卑。浩蕩乾坤合，霏微物象移。為祥矜大熟（作答市切），澤荷平施。已分年華晚，猶憐曙色隨。氣嚴當酒暖（一作煖），灑急聽窗知。照耀臨初日，玲瓏（上盧經切，下盧紅切）滴晚澌（音斯）。聚庭看嶽聳，掃路見雲披。陣勢魚麗（音離，陣名，左氏為魚麗之陣，先偏後伍）遠，書文鳥篆奇。縱歡羅艷黠（下八切），列賀擁熊螭（丑知切）。履敝行偏冷，門扃臥更羸（倫為切）。悲嘶聞病馬（一作鳥），浪走信嬌兒。竈靜愁煙絕，絲繁念鬢衰。擬鹽吟舊句，授簡慕前規。捧贈同燕石，多慚失所宜。

春雪

觀(一作看)雪乘清旦無人坐獨謠拂花輕尚起落地暖初銷已訝陵(一作凌)歌扇還來伴舞腰灑簹留密節(密一作半)著(直略切)柳送長條入鏡鸞窺沼行天馬度橋徧階憐可掬滿樹戲成摇江浪迎濤日風毛縱獵朝弄閑時細轉爭急忽驚飄城險疑懸布砧寒未擣綃莫愁陰景促夜色自相饒

聞梨花發贈劉師命

桃蹊(一作溪)怊(音抽一作惆)悵不能過紅艷紛紛落地多聞道郢西千樹雪欲將君去醉如何

春雪間早梅

梅將雪共春彩艷不相因逐吹能爭密排枝巧妬新誰令香滿座獨使淨無塵芳意饒呈瑞寒光助照人玲瓏開

已偏點綴坐來頻那是俱疑似須知兩逼真熒音螢煌初亂
眼浩蕩忽迷神未許瓊花比將從玉樹親先期迎獻歲更
伴占茲辰一作晨 願得長輝映輕微敢自珍

梨花下贈劉師命

洛陽城外清明節百花寥落梨花發今日相逢瘴海頭共
驚爛熳開正月

和歸工部送僧約 劉夢得有贈別約師詩云荊州人市荊生而雲鶴性

早知皆是自拘囚不學因循到白頭汝既出家還擾擾何
人更得一作向死前休

入關詠馬

歲老豈能充上駟力微當自慎前程不知何故翻驤首嗥
過關門忘舊本作妄一鳴

早春雪中聞鸎洪曰此地春晚方聞鸎此詩蓋南遷時作也

朝鸎雪裏新雪樹眼前春帶澁先迎氣侵寒已報人共矜初聽早誰貴後聞頻暫囀那成曲孤鳴豈及辰風霜徒自保桃李詎相親寄謝幽棲友辛勤不爲身

木芙蓉

新開寒露叢遠比水邊一作間紅艶色寧相妬嘉名偶自同採江官渡晚搴木古祠空古詩云涉江採芙蓉故云採江楚詞云搴芙蓉兮木末故云搴木末搴或作寒裘非洪曰或作採江秋節晚搴木古辭空又作秋江官渡晚寒木古祠空皆後人妄改耳須勸一作願得勤來看無令便逐風

題張十一旅舍三詠送張署南遷時

榴花

五月榴花照眼明枝間時見子初成可憐此地無車馬顛

倒青苔落絳英

井

賈誼宅中今始見，葛洪山下昔曾窺。寒泉百尺空看影，豈是行人暍死時。（音謁。前漢夏大旱，民多暍死。注：中熱而死。賈誼宅在湘州。）

蒲萄

新莖未徧半猶枯，高架支離到後扶。若欲滿盤堆馬乳（蜀本草云：蒲萄紫白二色，又有似馬乳者），莫辭添竹引龍鬚。

峽石西泉

居然鱗介不能容，石眼環環水一鍾。聞說旱時求得雨，秖疑科斗是蛟龍。

涼國惠康公主挽歌二首（唐書作涼國，憲宗長女，下嫁于季友，頔之子）

定謚芳猷遠，移封大國新。巽宮尊長女，台室屬良人。河漢重泉夜梧桐半樹春龍轜(音而喪車名前漢此似轜車)非厭翟(厭於涉切下亭歷切王后以雉羽飾車周禮厭翟勤面繢總)還遲輾(語蹇切後同)禁城塵

秦地吹簫女湘波鼓瑟妃佩蘭初應薦弄月競淪輝夫族迎魂去宮官會葬歸從今沁園(沁七鴆切沁水公主田園後漢強請奪沁水長公主田)草無復更芳菲

和崔舍人詠月二十韻(羣)

三秋端正月今夜出東溟對日猶分勢騰天漸吐靈未高烝遠氣半上霽孤形赫奕當躔次虛徐度杳冥長河晴散霧列宿(音秀前漢郎官上應列宿)曙分螢浩蕩英華溢蕭疏物象泠池邊臨倒照簷際送橫經花樹參差見皐禽斷續聆牖光窺寂寞砧影伴娉婷(娉普丁切婷徒寧切和色也杜詩赤節引娉婷)幽坐看侵戶閑吟愛滿庭輝斜通壁練彩碎射沙星清激雲間

路空涼水上亭淨堪分顧兎細得數飄萍山翠相凝緑林煙共羃音覓青過隅驚桂側當午覺輪停屬思摛抽知切霞錦追歡罄普招切縹瓶郡樓何處望隴笛此時聽右掖連台座重門限禁扃風臺觀滉一作晃戶廣切瀁冰砌步青熒獨有虛庠客無由拾落蓂

詠雪贈張籍

秪見縱橫落寧知遠近來飄颻還自弄歷亂竟誰催座暖銷那怪池清失可猜坳於交切中初盡底垤處遂成堆慢有先居後輕多去却迴度前鋪瓦隴奔發一作發本積牆隈穿細時雙透乘危忽半摧舞深逢坎井集早值層臺砧練終宜擣堦紈未暇裁城寒裝睥睨上匹詣切下音詣樹凍裹莓苔片片勻如翦紛紛碎若挼奴來切定非燖徐廉切鵠鷺眞是屑瓊瑰

姑回切石次玉詩瓊瑰玉佩一作瓌緯繣上音微下呼麥切楚辭忽緯繣其難遷注乖戾也觀朝萼冥

茫矚音燭晚埃當窗恒凜凜出戶即皚皚五來切霜雪之白貌選涉嶺雪之

皚皚後同壓一作潤野榮芝菌巨隕切傾都委貨財娥嬉華蕩漾

胥怒浪崔嵬磧七迹切水渚有石者有前磧下磧歷上之坻一注磧歷沙石之貌也迥疑浮地

雲平想輾雷隨車翻縞帶縞音杲逐馬散銀杯萬屋漫汗漫音

瞞汗音寒選布濩漫汗注言廣大也合千株照曜開松篁遭挫折一作抑糞壤

獲饒培隔絕門庭遽其據切擠排擠將西切史記排擠莊助買臣陛級纔豈

堪裨岳鎮強欲效鹽梅隱匿瑕疵盡包羅委瑣該誤雞

宵呃喔上音厄下音握雞鷇選良遊呃喔驚雀暗徘徊浩浩過三暮悠悠

帀九垓音該風俗通十兆曰經十經曰垓國語太子之田九垓以食兆民鯨鯢上音擎下研奚切

陸死骨玉石火炎灰厚慮填溟壑高愁擿音致刺也斗魁日

輪埋欲側坤軸壓將頹岸類一作堰似長蛇攪一作擾陵猶巨

象惡音亥水官夸傑黠下八切木氣怯胚匹杯切說文婦孕一月也胎著地
無由卷連天不易推他回切龍魚冷蟄苦虎豹餓號哀巧
借奢豪便專繩困約災威貪陵布被光肯離一作雜金罍賞
玩損他事歌謠放我才狂教詩硉矹硉勒沒切矹五忽切興與酒陪
鰓蘇來切潘岳曰敷藻翰之陪鰓注奮目怒之貌惟子能諳耳諸人得語哉助留
風作黨勸坐火為媒雕刻文刀利搜求智網恢莫煩相
屬和傳示及提孩

酬王二十舍人雪中見寄仲舒

三日柴門擁不開階庭平滿白皚皚今朝蹋作瓊瑤跡為
有詩仙鳳沼來

送侯喜

已作龍鍾後時者懶於街裏蹋塵埃如今便別長官去

直到新年銜日來

學諸進士作精衛銜石填海（山海經云赤帝之女溺於東海化爲寃禽名曰精衛銜西山木石以填東海）

鳥有償寃者終年抱寸誠口銜山石細心望海波平渺渺功難見區區命已輕人皆譏造次我獨賞專精豈計休無日惟應盡此生何慙刺客傳不著報讎名

酬振武胡十二丈大夫

傾朝共羨寵光頻半歲遷騰作虎臣弩矢前驅煩縣令（一作戎旆暫停辭社樹）里門先下敬鄉人橫飛玉蓋家山曉遠蹀（音牒）（躞蹀行貌楚辭衆踥蹀而日進）金珂（苦何切）塞草春自笑平生誇膽氣不離文字鬢毛新

和庫部盧四兄曹長元日朝迴（洪曰國史補云兩省相呼爲閣老尚

書丞郎相呼爲曹長郎中員外御史遺補相呼爲院長上可兼下下不可兼上唯御史相呼爲端公然退之呼盧庫部爲曹長呼張功曹爲院長則上下亦通稱也

天仗宵嚴建羽旄春雲送色曉雞號金鑪香動螭頭暗玉佩聲來雉尾高戎服上趨承北極儒冠列侍映東曹太平時節身難遇郎署何須歎二毛

寒食直歸遇雨

寒食時看度春游事已違風光連日直陰雨半朝歸不見紅毬上那論綵索飛惟將新賜火向曙著朝衣

送李公恊律歸荆南 翔

早日羇居宜切遊所春風送客歸柳花還漠漠江鷰正飛飛歌舞知誰在賓僚逐使非宋亭池水緑莫忘蹋芳菲

題百葉桃花

百花雙桃晚更紅臨（一作窺）窗映竹見玲瓏應知侍史歸天上故伴仙郎宿禁中（洪曰郎官漢置女侍二人執香護衣公以考功郎中知制誥寓直禁掖故云）

春雪

新來都未有芳華二月初驚見草芽白雪却嫌春色晚故穿庭樹作飛花

戲題牡丹

幸自同開俱隱約何須相倚鬬輕盈凌晨併作新粧面對客偏含不語情雙燕無機還拂掠游蜂多思正經營長年是事皆抛盡今日欄邊暫眼明

盆池五首（洪曰劉貢父云退之古詩高卓至律詩雖可稱善要有不工者老翁真箇似童兒此真然諢語以爲戲耳或云盆池詩有天工如拍岸才添水數缾一夜青蛙鳴到曉非意到不能作也）

老翁真箇似童兒汲水埋盆作小池一夜青蛙鳴到曉恰

如方一作坊只釣魚時、
莫道盆池作不成藕稍初種已齊生從今有雨一作雨灑君須
記來聽蕭蕭打葉聲、
瓦沼晨朝水自清小蟲無數不知名忽然分散無蹤影唯
有魚兒作隊行、
泥盆淺小詎成池夜半青蛙聖一作聽得知一聽暗來將伴
侶不煩鳴喚鬬雄雌、
池光天影共青青拍岸纔添水數瓶且待夜深明月去
試看涵泳幾多星、

芍藥

浩態狂香昔未逢紅燈爍爍綠盤龍覺來獨對忽驚恐
身在仙宫第幾重、

和虢州劉給事使君三堂新題二十一詠并序

虢州刺史宅連水池竹林往往爲亭臺島渚目其廳爲三堂劉兄自給事中出刺此州在任逾歲職修人治州中稱無事頗復增飾從子弟而遊其間又作二十一詩以詠其事流行京師文士爭和之余與劉善故亦同作

新亭

湖上新亭好公來日出初水紋浮枕簟瓦影蔭龜魚

流水

汩汩越筆切又音骨幾時休從春復到秋衹言池未滿池滿強交流

竹洞

竹洞何年有公初斫竹開洞門無鎖鑰俗客不曾來

月臺

南館城陰闊東湖水氣多直須臺上看始奈月明何

渚亭

自有人知處那無步往蹤莫教安四壁面面看芙蓉

竹溪

藹藹溪流漫一作慢梢梢岸篠長穿沙碧簳古旱切淨落水紫苞香

北湖

聞説游湖棹尋常到此迴應留醒心處准擬醉時來

花島

蜂蝶去紛紛香風隔岸聞欲知花島處水上見紅雲

柳溪

柳樹誰人種，行行夾岸高。莫將條繫纜，（音濫）着處有蟬（一云）號。

西山

新月迎宵掛，晴雲到晚留。為遮西望眼，終是懶迴頭。

竹逕

無塵從不掃，有鳥莫令彈。若要添風月，應除數百竿。

荷池

風雨秋池上，高荷蓋水繁。未諳鳴摵摵，（山責切，隕落聲。盧子諒曰：摵摵芳葉零。）那似卷翻翻。

稻畦

卦布畦堪數，（卦布一作罫，圍數所矩切。）枝分水莫尋。魚肥知已秀，鶴没覺初深。

柳巷

柳巷還飛絮春餘幾許時吏人休報事公作送春詩

花原 一作源

原上花初發公廳日日來丁寧紅與紫慎勿一時開

北樓

郡樓乘曉上盡日不能回晚色將秋至長風送月來

鏡潭

非鑄復非鎔泓澄忽此逢魚鰕不用避秪是照蛟龍

孤嶼 音叙海中洲也 選亂流趍孤嶼

朝遊孤嶼南暮戲孤嶼北所以孤嶼鳥與公盡相識

方橋

非閣復非船可居兼可過君欲問方橋方橋如此作

音倍廣韻 [illegible]造也

梯橋

依似上青冥，初疑躡菡萏。自無飛僊骨，欲度何由敢。

月池

寒池月下明，新月池邊曲。若不妬清研，却成相映燭。

遊城南十六首

賽神

白布長衫紫領巾，差科未動是閑人。麥苗含穟桑生葚，共向田頭樂社神。

題于賓客莊（頔自襄陽爲太子賓客入）

榆莢（古協切榆莢亦謂之榆錢）車前（車尺遮切陸機云馬舄一名車前一名當道喜在牛跡中生）蓋地皮，薔薇蘸（蘸莊陷切說文以物沒水也）水笋穿籬。馬蹄無入朱門跡，縱使春歸可得知。

晚春

草樹一作木知春不久歸百般紅紫鬬芳菲楊花榆莢無才思惟解漫天作雪飛

落花

已分將身著地飛那羞踐踏損光輝無端又被春風誤吹落西家不得歸

楸樹 二首

幾歲生成爲大樹一朝纏繞困長藤誰人與脫青羅帔看吐高花萬萬層

幸自一作自幸枝條能樹立何煩蘿蔓作交加傍人不解尋根本卻道新花勝舊花

風折花枝

浮艷侵天難就看清香撲地撲彌角切可一作只遥聞春風也是

多情恩故揀繁枝折贈君一作故折花枝將贈君

贈張十八助教籍

喜君眸子重清朗攜手城南歷舊遊忽見孟生題竹處

相看淚落不能收

題帝氏莊

昔者誰能比今來事不同寂寞青草曲散漫白榆風架

倒藤全落籬崩竹半空寧須惆一作招悵立翻覆本無窮

晚雨

廉纖晚雨一作晚雨廉纖不能晴池岸草間蚯蚓鳴投竿跨馬

蹋歸路纔到城門一作闈打鼓聲

出城

暫出城門蹋青草，遠於林下見春山。應須韋杜家家到，秖有今朝一日閑。

把酒

擾擾馳名者，誰能一日閑。我來無伴侶，把酒對（一作謝）南山。

嘲少年

直把春償酒，都將命乞（音氣）花。秖知閑信馬，不覺誤隨車。

楸樹

青幢紫蓋立童童，細雨浮煙作綵籠。不得畫師來邈（一作貌）取，定知難見一生中。

遠（一作遣）興

斷送一生唯有酒，尋思百計不如閑。莫憂世事兼身事，須著人間比夢間。

贈同遊 諸本此篇亡其解外集有之今載于此

喚起窗全曙催歸日未西無心花裏鳥更與盡情啼 洪曰魯直曰吾兒時每哦此詩而了不解其意自出峽來吾年五十八矣時春曉偶憶此詩方悟之喚起催歸二禽名也古人於小詩用意精深如此况其大者乎盖其學問淵源有五石六鷁之旨催歸子規也喚起聲如人絡絲圓轉清亮偏於春曉鳴江南謂之春喚

音註韓文公文集卷第九

音註韓文公文集卷第十

律詩七十九首

送李尚書赴襄陽八韻 得長字

帝憂南國切改命付忠良壤畫星搖動旗分獸簸揚上音播五營兵轉肅千里地還方陘帶荆門遠飄浮漢水長賜書寛屬郡戰馬隔鄰疆縱獵雷霆迅觀棊玉石忙風流峴胡典切晋史羊祜樂山水每風景必造峴山首客花艶大堤倡富貴由身致誰教不自強

和席八十二韻

絳闕銀河曙東風右掖春官隨名共美花與思俱新綺陌朝遊間綾衾夜直頻橫門開日月高閣切星辰庭變寒前草天銷霽後塵溝聲通苑急柳色壓城勻綸綍綸音倫絲綸也

大三·十五

下音弗索也禮記王言如綸其出如綍謀猷盛丹青步武親芳菲含斧藻光景暢形神傍砌看紅藥巡池詠白蘋多情懷一作怯酒伴餘事作詩人倚市一作玉難藏拙吹竽久混真坐慙空自老江海未還身

和武相公早春聞鶯

早晚飛來入錦城誰人教解百般鳴春風紅樹驚眠處似妬歌童作艷聲

大安池

公主當年一作年當欲占春故將臺榭壓城闉欲知前面花多少一作處直到南山不屬人

晚春

誰收春色歸將去一作將歸去慢綠妖紅半不存榆莢秖能

柳絮等閑撩亂走空園

大行皇后挽歌詞 三首

一紀尊名正三時孝養榮高居朝聖主厚德載群生武帳虛中禁玄堂掩太平秋天笳（音加）鼓歇松栢徧山鳴

威儀備吉凶文物雜軍容配地行新祭因山託故封鳳飛終不返劒化會相從（王介甫曰此非君臣所宜言近於黷也） 無復臨長樂空聞曉暮鐘（一作報曉鐘）

追攀萬國來警衛百神陪畫翣（所甲切王后輦車有翣羽蓋所以御風塵） 登秋殿容衣入夜臺雲隨仙馭遠風助聖情哀只有朝陵日粧奩一暫開（奩音廉與匳同鏡奩）

廣宣上人頻見過（酉陽雜俎云長樂坊安國寺廣宣上人住此院有詩名白樂天云廣宣上人詔許居安國寺紅樓院以詩供奉）

三百六旬長擾擾不衝風雨即塵埃久爲(一作慙)朝士無裨補(裨賓彌切)空愧高僧數(音朔)往來學道窮年何所得吟詩竟日未能迴天寒古寺遊人少紅葉窗前有幾堆

閑遊二首

雨後來更好繞池徧青青柳花閑度竹菱葉亂(一作故)穿萍獨坐殊未厭孤斟詎能醒(音星)持竿至日暮幽詠欲誰聽

茲遊苦不數再到遂經旬萍蓋污池淨藤籠老樹新林鸎(一作鳥)鳴訝客岸竹長遮隣子雲秖自守奚事九衢塵

酬馬侍郎寄酒

一壺情所寄四句意能多秋到無詩酒其如月色何

和侯協律詠筍

竹亭人不到新筍滿前軒乍出真堪賞初多未覺煩成行

齊婢僕環立比兒孫驗長常攜（戸圭切）尺愁乾屢側盆對吟
忘膳飲偶坐變朝昏滯雨膏腴濕驕陽氣候溫得時方
張王（上音帳下音旺興盛貌左氏隨張必棄小國云經用事者王）挾勢欲騰騫覓角牛
羊沒看皮虎豹存攢（音纘）生猶有隙散布忽無垠詎可持籌
算誰能以（一作無者非）理言縱橫公占地羅列暗連根狂劇時
穿壁尋強幾觸藩深潛如避逐遠去若追奔始訝妨人路
還驚入藥園萌芽防寖大覆載莫偏恩已復侵危砌
非徒出短垣身寧虞瓦礫（音歷）計擬撓蘭蓀且歎蒿無數庸
知上幾番短長終不校先後竟誰論外恨苞藏密中仍節
自繁暫須迴步履要取助盤飧穰穰（如兩切）疑翻地森森競
塞門戈矛頭戢戢蛇虺首掀掀（音軒）婦懦咨聊揀兒癡謁盡
髠侯生來慰意（一作哉）詩句讀驚魂屬和才將竭呻吟至欲

暾他昆切日出也

過鴻溝劉項指鴻溝水爲二國界漢取水之西項取水之東

龍疲虎困割川原億萬蒼生性命存誰勸君王迴馬首眞成一擲賭乾坤

送張侍郎一作御

司徒東鎮馳書謁丞相西來走馬迎兩府元臣今轉密一方逋寇不難平

贈刑部馬侍郎揔

紅旗照海壓南荒徵入中臺作侍郎漢官尚書爲中臺御史爲憲臺謁者爲外臺一作臺中者非暫從相公平小寇便歸天闕致時康

和裴相公東征途經女几山下作白樂天云晉公出討淮西過女几山下題詩云待平賊壘報天子莫指仙山示武夫果如所言尅期平賊

旗穿曉日雲霞雜（一作集）山倚秋空劒戟明（洪曰一士人云以我之旗況彼雲霞以彼之山況我劒戟詩家謂之回鸞舞鳳格）敢請相公平賊後暫攜諸吏上崢嶸（上助耕切下音宏）

鄜（音膚）城晚飲贈副使馬侍郎（有及字）馮宿李宗閔二員外

城上赤雲呈勝氣眉間黃色見歸期幕中無事惟須飲即是連鑣（悲驕切說文馬銜也）向闕時

別留後侍郎

爲文無出相如右謀帥難居郤縠先（郤音隙縠音斛晉大夫左氏謀元帥趙衰曰郤縠可）歸去雲銷溱洧動（溱在河南洧在鄭）西來旌旆拂晴天

同李二十八夜次襄城　宗閔

周楚仍連接川原乍屈盤雲垂天不暖塵漲雪猶乾印綬

歸台室旌旗别將壇欲知迎候盛騎火萬星攢

同李二十八員外從裴相公野宿西界

四面星辰著（直略切）地明散燒煙火宿天兵不關破賊須歸奏自趁新年賀太平

過襄城

郾城（屬許州郾音偃）辭罷過襄城潁水嵩山刮眼明已去蔡州三百里家人不用遠來迎

宿神龜招李二十八（正封）馮十七（宿）

荒山野水照斜暉啄雪寒鴉趁始飛夜宿驛亭愁不睡幸來相就蓋征衣

次峽石

數日方離雲夢今朝又出山試憑高處望隱約見潼關

和李（一有二十八字）司勳連昌宮

夾道踈槐出老根高甍（莫庚切）巨桷壓山原宮前遺老來相
問今是開元幾葉孫

次潼（音同）關先寄張十二閣老使君

荆山已去華山來日照（一作出）潼關四面（一作扇）開刺史莫辭
迎候遠相公親破蔡州迴（親一作新李公彦云當作親）

次潼關上都統相公

暫辭堂印執兵權盡管諸軍破賊年冠蓋相望催入相待
將功德格皇天

桃林夜賀晉公

西來騎火照山紅夜宿桃林臘月中手把命珪兼相印一
時重疊賞元功

送李員外院長分司東都

去年秋露下羈旅逐東征今歲春光動驅馳別上京飲中相顧色送後獨歸情兩地無千里因風數寄聲

晉公自蔡州入覲途中重拜台司以詩示幕中賓客愈因和之（一作晉公破賊回重拜台司以詩示幕中賓客愈奉和）

南伐旋師太華（胡化切）東天書夜到冊元功將軍舊壓三司貴相國新兼五等崇鵷鷺欲歸仙仗裏熊羆還入禁營中長慙典午非材職（時公爲行軍司馬識一作職）得就閑官即至公

獨釣四首

侯家林館勝偶入得垂竿曲樹行藤角平池散芡（音儉後同）盤羽沈知食快（一作駃）緡細覺牽難聊取誇兒女榆條繫[illegible]

一逕向池斜池塘野草花雨多添柳耳水長減蒲芽坐厭

一作厭坐親刑柄偷來傍釣車太平公事少吏隱詎相賒

獨往南堂上秋晨景氣醒露排四岸草風約半池萍鳥下見人寂魚來聞餌馨所嗟無可召不得倒吾瓶

秋半百物變溪魚去不來風能拆芡露亦染梨顋黄魯直云一本作風稜露液遠岫重疊出寒花散亂開所期終莫至日暮與誰迴

枯樹

老樹無枝葉風霜不復侵腹穿人可過皮剥蟻還尋寄託惟朝菌巨隕切後同依投絕暮禽猶堪持改火未肯但空心

元日酬蔡州馬十二尚書去年蔡州元日見寄之什

元日新詩已去年蔡州遥寄荷相憐今朝縱有誰人領自自是三冬不敢眠

同侯十一書詠燈花或曰此詩極似少陵

今夕知何夕花然錦帳中自能當雪暖那肯待春紅囊裏排金粟囊裏一作屋裏洪慶善作黃裏前漢高紀黃屋注云天子車以黃繒爲蓋裏釵頭綴玉蟲更煩將喜事來報主人公

祖席得前字王津字廣津自號州司馬徙泉州刺史

祖席洛橋邊親交共黯然野晴山蔟蔟霜曉菊鮮鮮書寄相思處盃銜欲別前淮南知不薄終願早迴船

又得秋字

淮南悲木落今我亦傷秋況與故人別那堪羇宦愁榮華今異路風雨苦同憂莫以宜春遠江山多勝遊兩詩何處好就中何處佳何處惡此是詩後手札語

送鄭尚書赴海南得來字有序在外集

番禺（上音潘下音愚前漢尉陀所都或音番愚往即今之廣州）軍府盛欲說暫停盃盞海旗幢出連天觀閣開衙時龍戶集上日馬人來風靜鶢鶋（上音爰下音居海鳥左氏祀爰居避海鳥鶢鶋避風而至）去官廉蚌蛤迴貨通獅子國樂奏武（一作越）王臺事事皆殊異無嫌屈大才

答道士寄樹雞

軟濕青黃狀可猜欲烹還喚木盤迴煩君自入華陽洞（茅君）（傳三十六洞第八勾曲洞名華陽洞天）直割乖龍左耳來

左遷至藍關示姪孫湘（藍關地名在灡湘之間）

一封朝奏九重天夕貶潮州（一作陽）路八千欲（一作本）爲聖朝除弊事肯將衰朽計（一作惜）殘年雲橫秦嶺家何在雪擁藍關馬不前知汝遠來應有意好收吾骨瘴江邊

武關西逢配流吐蕃

差爾戎人莫慘然湖西地近（一作近地）保生全我今罪重無歸
望直去長安路八千

次鄧州界

潮陽南去倍長沙戀闕那堪又憶家心訝愁來惟貯火眼
知別後自添花商顏暮雪逢人少鄧鄙春泥見驛賒早晚
王師收海嶽普將雷雨發萌芽

題臨瀧寺（瀧音雙）

不覺離家已五千仍將衰病入瀧船潮陽未到人先（一作先聞）說
海氣昏昏水（一作浪）拍天

晚次宣溪辱韶州張使君惠書敘別酬以二章

韶州南去接宣溪（洪曰韶州今本作潮州非是）雲水蒼茫日向西客淚
數行先（一作元）自落鷓鴣休傍耳邊啼

兼金安（一作那）足比，清文白首相隨。愧使君俱是嶺南巡管

内，莫欺荒僻斷知聞。

題秀禪師房

橋夾水松行百步，竹牀（洪曰竹牀一作竹林，非是）莞（丸還切，草叢生水中，圓可以織席）

席到僧家。暫拳一手支頭卧，還把漁竿下晚沙。

將至韶州先寄張使君借圖經

曲江山水聞來久，恐不知名訪倍難。願借圖經將入界，毎

逢佳處便開看。

過始興江口感懷（始興，韶州縣名）

憶作兒童隨伯氏，南來今只一身存。目前百口還相逐，舊

事無人可共論。

韶州留別張使君

來往再逢梅柳新別離一醉綺羅春久欽江揔文才妙自
歎虞翻骨相屯鳴笛急吹催（一作爭）落日清歌緩送感行人
已知奏課當徵拜那復淹留詠白蘋

量移袁州張韶州端公以詩相賀因酬之

明時遠逐事何如遇赦移官罪未除北望詎令隨塞鴈
南遷纔免葬江魚將經貴郡煩留客先惠高文謝起予
暫欲繫船韶石下上賓虞舜整冠裾

次石頭驛寄江西王十中丞閣老

憑高迴馬（一作試回）首一望豫章城人由戀德泣馬亦別群鳴
寒日夕始照風江（一作楓江一作江風）遠漸平默然都不語應識此
時情

題西林寺故蕭二郎中舊堂（蕭穎士子存有女爲尼在江州一作汝州）

中郎有女能傳業伯道無兒可保家偶到匡山曾住處幾行衰淚落煙霞趙璘因話錄所載與此略異今錄于此遊廬山過蕭金部山居中郎有女能傳業伯道無人可主家今日匡山過舊隱空將衰淚到煙霞

自袁州除官還京行次安陸安州郡名先寄循一作復一作隨州周員外

行行指漢東暫喜笑言同雨雪離江上蒹葭出夢中面猶含瘴色眼已見華風歲暮難相值酣歌未可終

題廣昌館今棗陽縣南

白水龍飛已幾春偶逢一作尋遺跡問耕人丘墳發掘當官道何處南陽屬鄧州有近親

又寄周循一作復一作隨州員外

陸子孟丘楊又作塵同時存者更誰人金丹別後知傳得乞

大二·八十八

與刀圭救病身

醉中留别襄州李相公 逢吉

濁水汚泥清路塵還曾同制掌絲綸眼穿長訝雙魚斷耳熱何辭數爵頻銀燭未銷一作殘窗送曙金釵半醉坐添春知公不久歸鈞軸應許閑官寄病身

題驛梁 去歲自刑部侍郎貶潮州刺史乘驛之官其後家亦譴逐小女道死瘞之層峯驛之山下今過其墓留題驛梁一本先有題驛梁三字即下有留題驛梁四字一本有題驛梁三字即下無留題驛梁四字

數條藤束木皮棺草殯荒山白骨寒驚恐入心身已病扶舁音余沿路衆知難遶墳不暇號三帀、作答切設祭惟聞飯一盤致汝無辜由我罪百年慙痛淚闌干

賀張十八秘書得裴司空馬 洪曰張有謝裴詩云乍離華廐移蹄澀初

到貧家與眼驚。劉貢父云：此詩人之詞，微而顯，亦少其比。

司空遠寄養初成，毛色桃花眼鏡明。落日已曾交轡語，春風還擬並鞍行。長令奴僕知飢渴，須著賢良待性情。旦夕公歸伸拜謝，免勞去騎逐雙旌。

杏園送張徹侍御 一作郎

東風花樹下，送爾出京城。久抱傷春意，新添惜別情。歸來身已病，相見眼還明。更遣將詩酒，誰家逐後生。

雨中寄張博士籍侯主簿喜

放朝還不報，夜半踏泥歸。籍有詩云：屋濕惟添漏，泥深未放朝。白樂天云：仍聞放朝夜，誤出到街頭。皆謂此也。雨慣曾無節，雷頻自失威。見牆生菌徧，憂麥作蛾飛。歲晚偏蕭索，誰當救晉饑。

和張侍郎酬馬尚書 張酬馬尚書祗召途中見寄。開緘之日，馬已再領鄆州。一

本作兵部張侍郎酬馬尚書祗召途中見寄開緘之日馬已再領鄆州奉和

來朝當路日承詔改轅時再領須句國句音劬須句太昊後風姓漢爲須昌仍遷少昊司暖風抽宿麥清雨卷歸旗賴寄一作有新珠玉長吟慰我思

早春與張博士一本無此三字籍遊楊尚書林亭寄第三閣老兼一本無此六字呈白馮二閣老

牆下春渠入禁溝渠冰初破滿渠浮鳳池近日長先暖流到池時更不流一作見不流

奉使常山次太原呈副使吳郎中

朗朗聞街鼓晨起似朝時翻翻走驛馬春盡是歸期地失嘉禾處風存蟋蟀辭暮齒良多感無事涕垂頤

壽陽驛題絶句

風光欲動別長安春半邊城特地寒不見園花兼巷柳馬頭惟有月團圓

鎮州初歸

別來楊柳街頭樹擺（補買切後同）擻（一作猶弄）春風秖欲飛還有小園桃李在留花不發待郎歸

同張水部籍遊曲江寄白二十二舍人（居易）

漠漠輕陰晚自開青春白日映樓臺曲江水滿花千樹有底忙時不肯來

和張水部勑賜櫻桃詩（宣政衙賜百官）

漢家舊種明光殿炎帝還書本草經豈似滿朝承雨露共看傳賜出青冥香隨翠籠擎初重（一作動）色照銀盤瀉未停食罷自知無所報空然慙汗仰皇扃

早春呈水部張十八員外（二首）

天街小雨潤如酥草色遥看近却無最是一年春好處絶勝煙柳滿皇都

莫道官忙身老大即無年少逐春心憑君先到江頭看柳色如今深未深（一作金）

送桂州嚴大夫（同用南字）

蒼蒼森八桂茲地在（一作近）湘南（一作蒼蒼八月桂茲樹在湘南山海經云桂林八樹在賁隅東注云今番禺也）江作青羅帶山如碧玉簪（祖含切斜簪渠劉孝威詩金簪鬖臨鬢斜）戶多輸翠羽家自種黃甘遠勝登仙去飛鸞不暇（一作假）驂

奉酬天平馬十二僕射見寄

天平篇什外政事亦無雙威令加徐土儒風被魯邦清爲

公論重寬得士心降歲晏偏相憶長謡坐北窻、

奉使鎮州行次承天行營奉酬裴司空相公

竄逐三年海上歸逢公復此著征衣旋吟佳句還鞭馬恨不身先去鳥飛、

鎮州路上謹酬裴司空相公重見寄

銜命山東撫亂師日馳三百自嫌遲風霜滿面無人識何處如今更有詩

和僕射裴相公感恩言志

文武成功後居爲百辟師林園窮勝事鐘鼓樂清時擺落遺高論雕鐫子全切出小詩自然無不可范蠡爾其一作為誰

和僕射相公迴朝見寄

盡瘁年將久公今始暫閑事隨憂共減詩與酒俱還放意

機衡外收身矢石間秋臺風日迥正好看前山

和李相公題蕭家林亭

山公自是園林主歎惜前賢造作時巖洞幽深門盡鎖不因丞相幾人知

杜相公太清宮十六韻紀事陳誠（一作無誠二字）上李相公因和

耒耜與姬國輴（音春）欙（魯追切孔安國曰水乘舟陸乘車泥乘輴山乘欙）建夏家在功誠可尚於道詎為華象帝威容大仙宗寶曆縣衛門羅戟槊（音朔）圖璧雜龍蛇禮樂追尊盛乾坤降福遐四真皆齒列二聖亦肩差陽月時之首陰泉氣未牙殿筵鋪水碧庭炬坼金葩紫極觀忘倦青詞奏不譁（呼瓜切）噌吰（上音爭下音宏司馬相如曰鏦噌吰而似鍾音）宮夜闢嘈囋（上才刀切下才葛切鼓聲也）鼓晨撾（陟瓜切捶也）後

漢禰衡爲漁陽參撾褻味一作服陳奚取名香薦孔嘉垂祥紛可録俾壽浩無涯貴相山瞻峻清文玉絶瑕代工㪣問遠攝事敬恭旭皎潔當天月威蕤上於爲切下如隹切捧日霞唱妍酬匪麗俔仰但稱嗟

音註韓文公文集卷第十

九

音註韓文公文集卷第十一

雜文

原道

博愛之謂仁行而宜之之謂義由是而之焉之謂道足乎已無待於外之謂德仁與義爲定名道與德爲虚位故道有君子有小人而德有凶有吉老子之小仁義非毁之也其見者小也坐井而觀天曰天小者非天一有之字罪也彼以煦煦爲仁孑孑爲義其小之也則宜其所謂道道其所道非吾所謂道也其所謂德一無此四字德其所德非吾所謂德也凡吾所謂道德云者合仁與義言之也天下之公言也老子之所謂道德云云者去仁與義言之也一人之私言也周道衰孔子沒火于秦黄趙本無黄字老于漢佛于晉宋齊梁

魏隋之間其言道德仁義者不入于楊則入于墨不入于墨則入于老不入于老則入于佛入于彼一有則字必出于此入者主之出者奴之入者隆一作附之出者汙之噫後之人其欲聞仁義道德之説孰從而聽之老者曰孔子吾師之弟子也佛者曰孔子吾師之弟子也爲孔子者習聞其説樂其誕而自小也亦曰吾師亦嘗師之云爾不惟舉之於其口而又筆之於其書噫後之人雖欲聞仁義道德之説其孰從而求之甚矣人之好怪也不求其端不訊其末惟怪之欲聞古之爲民者四今之爲民者六古之教者處其一今之教者處其三農之家一而食粟之家六工之家一而用器之家六賈之家一而資焉之家六奈之何民不窮且盗也古之時人之害多矣有聖人者立然後教之相生

養之道爲之君爲之師驅其蟲蛇禽獸而處之中土寒然後爲之衣飢然後爲之食木處而顛土處而病也然後爲之宮室爲之工以贍其器用爲之賈以通同一作其有無爲之醫藥以濟其夭死爲之葬埋祭祀以長其恩愛爲之禮以次其先後爲之樂以宣其湮鬱爲之政以率其怠勧與倦同疲也懈也莊子學道不勧爲之刑以鋤其強梗相欺也爲之符璽斗斛權衡以信之相奪也爲之城郭甲兵以守之害至而爲之備患生而爲之防今其言曰聖人不死大盜不止剖斗折衡而民不爭嗚呼其亦不思而已矣如古之無聖人人之類滅久矣何也無羽毛鱗介以居寒熱也無爪牙以爭食也是故君者出令者也臣者行君之令而致之民者也民者出粟米麻絲作器皿通貨財以事其上者也君不出

令則失其所以爲君臣不能一無能字行君之令而致之民則
失其所以爲臣一無上七字民不出粟米絲麻作器皿通貨財
以事其上則誅今其法曰必棄而君臣去而父子禁而相
生養之道以求其所謂清淨寂滅者嗚呼其亦幸而出於
三代之後不見黜於禹湯文武周公孔子也其亦不幸而
不出於三代之前不見正於禹湯文武周公孔子也帝之
與王其號名一有雖字殊其所以爲聖一也夏葛而冬裘渴飲
而飢食其事一有雖字殊其所以爲智一也今之一作其言曰曷
不爲太古之無事是亦責冬之裘者曰曷不爲葛之之易
也責飢之食者曰曷不爲飲之之易也傳曰古之欲明明
德於天下者先治其國欲治其國者先齊其家欲齊其家
者先修其身欲修其身者先正其心欲正其心者先誠其

意然則古之所謂正心而誠意者將以有為也今也欲治其心而外國家天下者滅其天常子焉而不父其父臣焉而不君其君民焉而不事其事孔子之作春秋也諸侯用夷禮則夷之夷而進於中國則中國之經曰夷狄之有君不如諸夏之亡詩曰戎狄是膺荆舒是懲今也舉夷狄之法而加之先王之教之上幾何其不胥而為夷也夫所謂先王之教者何也博愛之謂仁行而宜之之謂義由是而之焉之謂道足乎己無待於外之謂德其文（一作教）詩書易春秋其法禮樂刑政其民士農工賈其位君臣父子師友賓主昆弟夫婦其服絲麻其居宮室其食粟米蔬果魚肉其為道易明而（一無而字）其為教易行也是故以之為己則順而祥以之為人則愛而公以之為心則和而平以之為天

下國家無所處而不當是故生則得其情死則盡其常郊焉而天神假廟焉而人鬼饗曰斯道何道也曰斯吾所謂道也（一云斯道何道也曰斯道也吾所謂也一云斯何道也曰斯吾道也）非向所謂老與佛之道也堯以是傳之舜舜以是傳之禹禹以是傳之湯湯以是傳之文武周公文武周公傳之孔子孔子傳之孟軻軻之死不得（一作絕）其傳焉荀與楊也擇焉而不精語焉而不詳由周公而上上而為君故其事行由周公而下下而為臣故其說長然則如之何其（一作而）可也曰不塞不流不止不行人其人火其書廬其居明先王之道以道之鰥寡孤獨廢疾（上音廢周禮以辨其貴賤賤注謂癃病老幼廢疾）者有養也其亦庶乎其可也

原性（一作性原）

性也者與生俱生也情也者接於物而生也性之品有三
而其所以爲性者五情之品有三而其所以爲情者七曰
一無曰字何也曰性之品有上中下三上焉者善焉而已矣中焉
者可導而上下也下焉者惡焉而已矣其所以爲性者五
曰仁曰義曰禮曰信曰智上焉者之於五也主於一而行
於四中焉者之於五一一無一字也不少有焉則少反反一作及焉
其於四也混下焉者之於五也反於一而悖於四性之於
情視其品情之品有上中下三其所以爲情者七曰喜曰
怒曰哀曰懼曰愛曰惡曰欲上焉者之於七也動而處其
一作於中中焉者之於七也有所甚有所亡然而求合其中
者也下焉者之於七也亡與甚直情而行者也情之於性
視其品孟子之言性曰人之性善荀子之言性曰人之性

惡揚子之言性曰人之性善惡混夫始善而進惡歟始惡而進善歟始也混而今也善惡歟皆舉其中而遺其上下者也得其一而失其二者也叔魚之生也其母視之知其必以賄死楊食我（食音寺左傳晉殺楊盈及楊食我注楊叔向邑食我叔向一伯石也）之生也叔向之母聞其號也知必滅其宗越椒之生也子文以爲大（一無大字）戚知若敖氏之鬼不食也人之性果善乎后稷之生也其母無災其始匍匐也則岐岐然嶷嶷然文王之在母也母不憂既生也傅不勤既學也師不煩人之性果惡乎堯之朱舜之均文王之管蔡皆非不善也而卒爲姦瞽叟之舜鯀之禹習非不惡也而卒爲聖人（一無人字）人之性善惡果混乎故曰三子之言性也舉其中而遺其上下者也得其一而失其二者也曰然則性之上下者終不可移

乎曰上之性就學而愈明下之性畏威而寡罪是故上者可學（一作教）而下者可制也其品則孔子謂不移也曰今之言性（一有情字）者異於此何也曰今之言者雜佛老而言也雜佛老而言者奚言而不異

原毁

古之君子其責己也重以周其待人也輕以約重以周故不怠輕以約故人樂爲善聞古之人有舜者其爲人也仁義人也求其所以爲舜者責於己曰彼人也予人也彼能是而我乃不能是早夜以思去其不如舜者就其如舜者聞古之人有周公者其爲人也多才與藝人也求其所以爲周公者責於己曰彼人也予人也彼能是而我乃不能是早夜以思去其不如周公者就其如周公者舜大聖人

也，後世無及焉；周公，大聖人也，後世無及焉。是人也，乃曰：「不如舜，不如周公，吾之病也。」是不亦責於己者重以周乎！其於人也，曰：「彼人也，能有是，是足爲良人矣；能有是，是足爲藝人矣。」取其一，不責（一作取）其二；即其新，不究其舊：恐恐然惟懼其人之不得爲善之利。一善易修也，一藝易能也，其於人也，乃曰：「能有是，是亦足矣。」曰：「能善是，是亦足矣。」是不亦待於人者輕以約乎！今之君子則不然（趙本無此三字）。其責人也詳，其待己也廉。詳，故人難於爲善；廉，故自取也少。己未有善，曰：「我善是，是亦足矣。」己未有能，曰：「我能是，是亦足矣。」外以欺於人，內以欺於心，未少有得而止矣，是不亦待於己者已廉乎！其於人也，彼雖能是，其人不足稱也；彼雖善是，其用不足稱也。舉其一，不計其十；究其舊，不圖其新

怨怨然惟懼其人之有聞也是不亦責於人者已詳乎夫
是之（一無之字）謂不以衆人待其身而以聖人望於人吾未見
其尊己也雖然爲是者有本有原怠與忌之謂也怠者不
能修而忌者畏人修吾常試之矣嘗試語於衆曰某良士
某良士其應者必其人之與也不然則其所疏遠不與同
其利者也不然則其畏也不若是強者必怒於言懦者必
怒於色矣又嘗語於衆曰某非良士某非良士其不應者
必其人之與也不然則其所疏遠不與同其利者也不然
則其畏也不若是強者必說於言懦者必說於色矣是故
事修而謗興德高而毀來嗚呼士之處此世而望名譽之
光道德之行難矣將有仕（一作化）於上者得吾說而存之其
國家可幾而理也

原人

形於上者謂之天形於下者謂之地命於其兩間者謂之人形於上日月星辰皆天也形於下草木山川皆地也命於其兩間夷狄禽獸皆人也曰然則吾謂禽獸曰人可乎曰非也指山而問焉曰山乎曰山可也山有草木禽獸皆舉之矣指山之一草而問焉曰山乎曰山則不可故天道亂而日月星辰不得其行地道亂而草木山川不得其平人道亂而夷狄禽獸不得其情天者日月星辰之主也地者草木山川之主也人者夷狄禽獸之主也主而暴之不得其爲主之道矣是故聖人一視而同仁篤近而舉遠

原鬼

有嘯於梁從而燭之無見也斯鬼乎曰非也鬼無聲有立

於堂，從而視之，無見也。斯鬼乎？曰：非也。鬼無形。有觸吾躬，從而執之，無得也。斯鬼乎？曰：非也。鬼無聲與形，安有氣？曰：鬼無聲也，無形也，無氣也，果無鬼乎？曰：有形而無聲者，物有之矣，土石是也；有聲而無形者，物有之矣，風霆是也；有聲與形者，物有之矣，人獸是也；無聲與形者，物有之矣，鬼神是也。曰：然則有怪而與民物接者，何也？曰：是有二說，（一有有鬼有物字）漠然無形與聲者，鬼之常也。民有忤於天，有違於民，有爽於物，逆於倫，而感於氣，於是乎鬼有託於形，有憑於聲以應之，而下殃禍焉，皆民之爲（一有之字）也。其既也，又反乎其常。曰：何謂物？曰：成於形與聲者，土石、風霆、人獸是也；反其（一作乎）無聲與形者，鬼神是也；不能有形與聲，不能無形與聲者（一本無不能有形與聲六字　一本無不能無形與聲六字），物怪是也。故其作

而接於民也無恒故有動於民而爲福亦有動於民而爲禍亦有動於民而莫之爲禍福適丁民之有是時也作原鬼

行難

或問行孰難曰捨我之矜從爾之稱孰能之曰陸先生參何如曰先生之賢聞於天下是是而非非貞元中自越州徵拜祠部員外郎京師之人日造焉閉門而拒之滿街愈嘗往間（一作問）客（一作賓）席坐定先生矜語其客曰某胥也某商也其生某任之其死某誄之某與某何（一作可）人也任與誄也（一作之）非罪（一作過）歟皆（一有應字）曰然愈曰某之胥某之商其得任與誄也有由乎抑有罪不足誄而任（一作任與誄）之邪先生曰否吾惡其祕不然任與誄也何尤愈曰苟如是先

生之言過矣昔者管敬子取盜二人爲大夫於公趙文子舉管庫之士七十有餘家夫惡（烏音）求其初先生曰不然彼之取者賢也愈曰先生之所謂賢者大賢歟抑賢於人之賢歟齊也晉也且有二與七十焉（一無焉字）而可謂今之天下無其人（一有也字）邪先生之選人也已詳先生曰然愈曰聖人之不世出賢人之不時出千百歲（一作年）之間儻有焉不幸而有出於胥商之族者先生之說傳吾不忍赤子之不得乳於其母也先生曰然他日又往焉先生曰今之用人也不詳位乎朝者吾取某與某而已在下者多于朝凡吾與者若干人愈曰先生之與者盡於此乎其皆賢乎抑猶有舉其多而沒（一作缺）其少（一作細又作一）者乎先生曰固然吾敢求其（一作於）全愈曰由宰相至百執事凡幾位由一方至一州

凡幾位先生之得者無乃不足充其位也耶不早圖之一朝而舉焉今雖詳而微其後用也必揔先生曰然子之言孟軻不如一云先生曰然退語其人曰乃今吾見孟軻

對禹問

或問曰堯舜傳諸賢禹傳諸子信乎曰然然則禹之賢不及於堯舜與也歟曰不然堯舜之傳賢也欲天下之得其所也禹之傳子也憂後世爭之之亂也堯舜之利一作慮民也大禹之慮民也深曰然則堯舜何以不憂後世曰舜如堯堯傳之禹如舜舜傳之得其人而傳之堯舜也無其人而不傳慮其患而不得如己者一云慮其患而不傳者禹也舜不能以傳禹堯為不知人禹不能以傳子舜為不知人堯以傳舜為憂後世禹以傳子為慮後世曰禹之慮民也則深

龍

矣傳之子而當其不淑則奈何曰時益以難理傳之人則爭未前定也傳之子則不爭前定也前定雖不當賢猶可以守法不前定而不遇賢則爭且亂天之生大聖也不數其生大惡也亦不數傳諸人得大聖然後人莫敢爭傳諸子得大惡然後人受其亂（一作禍） 禹之後四百年然後得桀亦四百年然後得湯與伊尹湯與伊尹不可待而傳也與其傳不得聖人而爭且亂孰若傳之子雖不得賢猶可守法曰孟子之所謂天與賢則與賢天與子則與子者何也曰孟子之心以爲聖人不苟私於其子以害天下求其說而不得從而爲之辭

雜說四首

龍之噓氣成雲雲固弗靈於龍也然龍乘是氣（一有而字）茫

醫

洋窮乎玄間薄日月伏光景感震電神變化水下土汩越筆切陵谷雲亦靈怪矣哉雲龍之所能使爲靈也若龍之靈則非雲之所能使爲靈也然龍弗一作不得雲無以神其靈矣失其所憑依信不可歟異哉其所憑依乃其所自爲也易曰雲從龍既曰龍雲從之矣

善醫者不視人之瘠肥瘠音籍瘦也礼記膾肥瘠察其脉之病否而已矣善計天下者不視天下之安危察其紀綱理亂一作紀綱之亂否而已矣天下者人也安危者肥瘠也紀綱者脉也脉不病雖瘠不害脉病而肥者死矣通於此說者其知所以爲天下乎夏殷周之衰也諸侯作一作僣而戰伐日行矣傳數十王而天下不傾者紀綱存焉耳秦之王天下也無分勢於諸侯聚兵而焚之傳二世一作帝而天下傾者紀綱亡焉

鶴

耳是故四支雖無故不足恃也脉而已矣四海（一作天下）雖無事不足矜也紀綱而已矣憂其所可恃懼其所可矜善醫善計者謂之扶（一有持字）與之（一作天持與之）易曰視履考祥善醫善計者爲之

談生之爲崔山君傳稱鶴言者豈不怪哉然吾觀於人其能盡其性而不類於禽獸異物者希矣將憤世嫉邪長往而不來者之所爲乎昔之聖（一有人字）者其首有若牛者其形有若蛇者其喙有若鳥者其貌有若蒙倛（音欺方相也荀子仲尼之狀面若蒙倛注其首蒙茸然故曰蒙倛）者彼皆貌似而心不同焉可謂之非人耶即有平脅曼膚顏如渥丹美而很者其貌（一作面）則人其心則禽獸又惡可謂之人也然則觀貌之是非不若論其心與其行事之可否爲不失也怪神之事孔子之徒不言

馬

余將特取其憤世嫉邪而作之故題之云爾

世有伯樂然後有千里馬千里馬常有而伯樂不常有故雖有名馬秖辱於奴隸人（一無人字）之手駢死於槽櫪之間不以千里稱也馬之千里者一食或盡粟一石今食（音嗣）馬者不知其能千里而食也是馬（一有也字）雖有千里之能食不飽力不足才美不外見且欲與常馬等不可得安求其能千里也策之不以其道食（音嗣）之不能盡其材鳴之而不能通其意執策而臨之曰天下無良馬嗚呼其真無馬邪其真不識（一作知）馬邪

讀荀子（一無子字）

始吾讀孟軻書然後知孔子之道尊聖人之道易行王易王霸易霸也以為孔子之徒沒尊聖人者孟氏而已晚得

揚雄書益尊信孟氏因雄書而孟氏益尊則雄（一有也字）者亦聖人之徒歟聖人之道不傳于世周之衰好事者各以其（有所字）說干時君紛紛籍籍相亂六經與百家之說錯雜然老師大儒猶在火於秦黃（一無黃字）老于漢其存而醇者孟軻氏而止耳揚雄氏而止耳及得荀氏書於是又知有荀氏者也考其辭時（一有有字）若不醇粹要其歸與孔子異者鮮矣抑（一有其字）猶在軻雄之間乎孔子刪詩書筆削春秋合於道者著之離於道者黜（一作去字）之故詩書春秋無疵余欲削荀氏之不合者附于聖人之籍亦孔子之志歟孟氏醇乎醇者也荀與揚大醇而小疵（趙云孟氏醇如也荀與雄文大醇而小疵）

讀鶡冠子（鶡音曷以雞鬭必至一死楚人居深山以鶡羽為冠故曰鶡冠子班固曰道家者流）

鶡冠子十有六篇其詞雜黃老刑名其博選篇四稽五至

之說當矣使其人遇其時援其道而施於國家一有其字功德豈少哉學問篇稱賤生於無所用中流失船一壺千金者尒雅曰瓠壺也國語云若匏不材於人共濟而已注云佩匏可以度水共音供余三讀其辭而悲之文字脫謬爲之正三十有五字乙者三滅一作減者二十有二注者十有二字云

讀儀禮

余嘗苦儀禮難讀又且一作其行于今者蓋寡沿襲不同復之無由考于今誠無所用去一作之然文王周公之法制粗在於是孔子曰吾從周謂其文章之盛也古書之存者希矣百氏雜家一作說尚有可取况聖人之制度耶於是掇其大要奇辭奧旨著于篇學者可觀焉惜乎吾不及其時進退揖讓于其間嗚呼盛哉

讀墨子

儒譏墨以尚同兼愛尚賢明鬼而孔子畏大人居是邦不非其大夫春秋譏專臣不尚同哉孔子泛愛親仁以博施濟衆爲聖不兼愛哉孔子賢賢以四科進褒弟子疾殁世而名不稱不尚賢哉孔子祭如在譏祭如不祭者（洪曰語云吾不與祭如不祭言祭如不祭者吾所不與與許也）曰我祭則受福不明鬼哉儒墨同是堯舜同非桀紂同修身正心以治天下國家奚不相說如是哉余以爲辯生於末學各務售其師之說非二師之道本然也孔子必用墨子墨子必用孔子不相用不足爲孔墨（洪曰列子云孔丘墨翟無地而爲君無官而爲長又古語云墨翟突不及黔孔丘席不及煖孟子已前皆以孔墨並稱則墨亦大賢矣至孟子時以其非中道其流不能無弊故闢之耳藝文志曰墨家者流蓋出於清廟之守茅屋采椽是以貴儉養三老五更是以兼愛選士大射是以尚賢宗祀嚴父是以右鬼順四時而行是以非命以

孝視天下是以尚同[illegible]所長也退之讀墨

蓋出於此莊孟荀出[illegible]斥其所短也

音註韓文公文集卷第七

（唐）韓愈　撰　（宋）祝充　音注

宋本韓文公文集

第三册

國家圖書館出版社

宋本韓文公文集

第二冊

（唐）韓愈 撰 （宋）[illegible]

[illegible]

第三册目録

卷十五

卷十六

卷十九

音註韓文公文集卷第十二

雜文

獲麟解

麟之爲靈昭昭也詠於詩書（一作載）於春秋雜出於傳記百家之書雖婦人小子皆知其爲祥也然麟之爲物不畜於家不恒有於天下其爲形也不類非若牛馬犬豕豺狼麋鹿然然則雖有麟不可知其爲麟也角者吾知其爲牛鬛者吾知其爲馬（鬛音獵說文髮鬛鬛也禮記夏后氏黃馬蕃鬛）犬豕豺狼麋鹿吾知其爲犬豕豺狼麋鹿（一有也字）惟麟也不可知不可知則其謂之不祥也亦宜雖然麟之出必有聖人在乎位麟爲聖人出也聖人者必知麟麟之果不爲不祥也又曰麟之所以爲麟者以德不以形若麟之出不待聖人則其謂之不祥

也亦宜哉

師說洪曰柳子厚與韋中立學士書云韓愈奮不顧流俗犯笑侮收召後學作師說因抗顏而為師愈以是得狂名居長安炊不暇熟又挈挈而東如是者數矣又報嚴厚輿書云僕才能勇敢不如韓退之故不為人師人之所見有同異無以韓責我余覩退之師說云弟子不必不如師師不必賢於弟子其言非好為人師者也學者不歸子厚歸退之故子厚有此說耳

古之學者必有師師者所以傳道受業解惑也人非生而知之者孰能無惑惑而不從師其為惑也終不解矣生乎吾前其聞道也固先乎吾吾從而師之生乎吾後其聞道也亦先乎吾吾從而師之吾師道也夫庸一作豈知其年之先後生於吾乎是故無貴無賤無長無少道之所存師之所存也嗟乎師道之不傳也久矣欲人之無惑也難矣古之聖人其出人也遠矣猶且從師而問焉今之衆人其去

一作下聖人也亦遠矣而恥學於師是故聖益聖愚益愚聖人之所以爲聖愚人之所以爲愚其皆出於此乎愛其子擇師而教之於其身也則恥師焉惑矣彼童子之師授之書而習其句讀音豆者也非吾所謂傳其道解其惑者也句讀之不知惑之不解或師焉或不焉小學而大遺吾未見其明也巫醫樂師百工之人不恥相師士大夫之族曰師曰弟子云者則羣聚而笑之問之則曰彼與彼年相若也道相似也位卑則足羞官盛一作大則近諛嗚呼師道之不復可知矣巫醫樂師百工之人君子鄙之今其智乃反不能及一有其字可怪也歟聖人無常師萇音長弘師襄老聃郯子郯音談國名左氏仲尼聞之見於郯子而學之之徒其賢不及孔子孔子曰三人行則必有我師一有是字故弟子不必不如師師不必賢於

弟子聞道有先後術業有專攻如是而已李氏子蟠年十七好古文六藝經傳皆通習之不拘於時請學於余余嘉其能行古道作師說以貽之

進學解

國子先生晨入太學招諸生立館下誨之曰業精于勤荒于嬉行成于思毀于隨方今聖賢相逢治具必張拔去凶邪登崇俊良占（之贍切固可左氏式遵遺占）小善者率以錄名一藝者無不庸爬（蒲巴切）羅剔抉（於決切）刮垢磨光蓋有幸而獲選孰云多而不揚諸生業患不能精無患有司之不（一有能字）明行患不能成無患有司之不公言未既有笑于列者曰先生欺予哉弟子事先生于茲有時矣先生口不絕吟於六藝之文手不停披於百家之編記事者必提其要纂言者

必鉤其玄貪多務得細大不捐焚膏油以繼晷恒兀兀一作矻矻音窟選終日矻矻勤作也後同以窮年先生之業可謂勤矣觝音邸角甬淮南子兕牛之動以角之排異端攘斥佛老補苴子與切所以藉履又子余切前漢冠雖敝不以苴履罅呼訶切漏張皇幽眇尋墜緒之茫茫一作芒芒獨旁搜而遠紹障百川而東之迴狂瀾於既倒先生之於儒可謂有勞矣一無有字沉浸濃一作之郁含英咀華作爲文章其書滿家上規姚姒渾渾姒徐里切兆舜生以禹生梁大孝緯安成康王碑文之下日不兆以之生已分也下胡本切無涯周誥殷盤佶屈求勿切聱牛交切元結曰聱者爲其不相聽從牙春秋謹嚴左氏浮誇易奇而法詩正而葩下逮莊騷太史所録子雲相如同工異曲先生之於文一作德可謂閎其中而肆其外矣少始知學勇於敢爲長通於方左右具一作且一作具宜先生之於爲一無爲字人可謂成矣然而公不見信

於人私不見助於友跋前疐音致礙不行也一作人尔切不可也疐路也詩狼跋其胡載疐其尾注進退有難後動輒得咎暫爲御史遂一作逐竄南夷三年博士冗不見治旹持舊史三年博士作三爲博士按公貞元壬午年授四門博士元和丙戌爲國子博士丁亥分教東都生壬辰自日方貟外郎爲國子博士凡四爲博士矣此先言暫爲御史以言三爲博士拜御史在癸未歲自丙戌後三歷此官也若云三年則自元年夏赴召至四年春尚爲博士首尾已四年矣王川子有常州孟言不座上聞公貟外聡國子王首云國學太頻顛謂此也此洪慶善年普之說按周况妻韓氏墓誌云愈於時爲博士乞分教東都生新史云元和初權知國子博士分司東都三歲爲眞則丙戌爲博士丁亥分教東都生不可釐而爲二博士三爲者統前後言之命與仇謀取唐史作其敗幾時冬煖而兒號寒年登一作之而妻啼飢頭童齒豁竟死何裨不知慮此而反教人爲先生曰吁子來前夫大木爲宊音盲又莫郎切爾雅杗廇謂之梁屋大梁木也細木爲桷欂櫨上音木下音芦侏儒椳音隈户囬切户樞也闑魚列切說文門梱爾雅在地謂之臬注闑門橜也禮記君入門介拂闑扂徒點切廣韻閉門也又音琰載類㕛又作

扂闑〼也楔音屑杙也爾雅棖謂之楔注門兩旁木各得其宜一作施以成室屋一無屋字者匠民之功也玉札丹砂赤箭青芝牛溲音廋牛溺主水腫腹脹馬敦敗鼓之皮俱收並蓄待用無遺者醫師之良也登明選公雜進巧拙紆餘爲妍卓犖吕角切一作犖犖爲傑校短量長惟器是適者宰相之方也昔者孟軻好辯孔道以明轍環天下卒老于行荀卿宗王一作守正大論一作倫以興逃讒于楚廢死蘭陵是二儒者吐辭爲經舉足爲法絕類離倫優入聖域其遇於世何如也今先生學雖勤而不繇其統言雖多而不要平其中文雖奇而不濟於用行雖修而不顯於衆猶且月費俸錢歲靡音縻系易吾與爾靡之廩粟子不知耕婦不知織乘馬從徒安坐而食踵常途之役役一作促促窺陳編一作編以盜竊然而聖主不加誅宰臣不見斥茲非一作非其幸

𤍠動而得謗名亦隨之掇閑置散乃分之宜若夫商財賄之有云計班資之崇庳（音卑下也呂氏春秋確乎其節之不庳也太元經山川福庳而禍高）忘量己（一作己量）之所稱（去聲）指前人之瑕疵是所謂詰（契吉切詰責也周禮以詰邦國）匠氏之不以杙（音弋莊子求狙猴之杙者斬之杙橛也）為楹而訾（音紫）醫師以昌陽引年欲進其豨苓也（豨音喜又音希楚人呼猪為豨豨苓乃猪苓也昌陽昌蒲也一寸九節久服延年）

本政

周之政文既（一有有字一有其字）弊也後世不知其承大敷古先遂一時之術以明示民民始惑教百氏之說以興其言曰天下可為也彼之政仁矣反於誼此之政敬矣突於忠我（一作吾）其周從乎曰周不及殷其殷從乎曰夏曰虞曰陶唐曰三皇氏曰遂古之初暴孽情飾淫忠枝辭琢正紛紊糾

射以僻民和以導民亂嗚呼道之去世其終不復矣乎長民者發一號施一令民莫不悱（敷尾切論語不悱不發注必待其人口悱悱乃後發）然非矣謂不可守遽（其據切）變而從之譬將適千里及門而復（一有後字）雖矻矻決不可既豈原其始固有啓之者也聞於師曰古之君天下者化之不示其所以化之之道及其弊也易之不示其所以易之之道政以是得民以是淳其有作者知教化之所繇廢抑詭怪而暢皇極伏文貌而尚忠質茫乎天運窅（音窈）爾神化道之行也其庶已乎

守戒

詩曰大邦維翰書曰以蕃王室諸侯之於天子不惟守土地奉職貢而已固將有以翰蕃之也今之有宅於山者知猛獸之爲害則必高其柴楥而外施窞穽以待之宅於都

者知穿窬之爲盜則必峻其垣牆而内固扃鐍音訣鎖鑰也莊子固扃鐍以防之此野人鄙夫之所及非有過人之智而後能也今之通都大邑介於屈強屈渠物切强巨兩切之間而不知爲之備噫亦惑矣野人鄙夫能之而王公大人反不能焉豈材力爲之而有不足歟蓋以謂不足爲而不爲耳天下之禍莫大於不足爲而不爲一無而不爲三字非材力不足一有爲字者次之不足爲者敵至而不知材力不足一有爲字者先事而患則其於禍也有間矣彼之屈強者帶甲荷戈不知其多少其縣地則千里而與我壤地相錯無有丘陵江河洞庭孟門之關其間又自知其不得與天下齒朝夕舉踵引頸冀天下之有事以乘吾之便此其暴於猛獸穿窬也甚矣嗚呼胡知而不爲之備乎哉賁育賁音奔之不戒童子之不抗魯

雞之不期蜀雞之不支今夫鹿之與豹非不巍然大矣然而卒爲之禽者爪牙之材不同猛怯之資殊也曰然則如之何而備之曰在得人

杇者王承福傳杇音烏泥鏝也論語不可杇也

杇之爲技賤且勞者也有業之其色若自得者聽其言約而盡問之王其姓承福其名世爲京兆長安農夫天寶之亂發人爲兵持弓矢十三年有官勳棄之來歸喪其土田手鏝毋官切杇具爾雅鏝謂之杇後同衣食餘三十年舍於市之主人而歸其屋食之當焉視時屋食之貴賤而上下其杇之傭以償之有餘則以與道路之廢疾餓者焉又曰粟稼而生者也若布與帛必蠶績而後成者也其他所以養生之具皆待人力而後完也吾皆賴之然人不可徧爲宜乎各致

其能以相生也故君者理我所以出令者也而百官者承君之化者也任有小大惟其所能若器皿焉食焉而怠其事必有天殃故吾不敢一日捨鏝趙作捨鏝一曰以嬉夫鏝易能可力焉又誠有功取其直雖勞無愧吾心安焉夫力易強而有功也心難強而有智也用力者使於人用心者使人亦其宜也吾特一作故擇其易爲而無愧者取焉嘻吾操鏝以入於富貴之家有年矣有一至者焉又往過之則爲墟矣墟丘於切有再至三至者焉而往過之則爲墟矣問一有之字其鄰或曰噫刑戮也或曰身既死而其子孫不能有也或則曰一無曰字死而歸之官也吾以是觀之非所謂食焉一有而字怠其事而得天殃者邪非彊心以智而不足不擇其才之稱否而冒之者邪非多行可愧知已之不可彊彊一作能又一本作知其

不可能而爲之者邪將貴富難守薄功而厚饗（一有之字）者邪抑豐悴有時一去一來而不可常者邪吾之心憫焉是故擇其力之可能者行焉樂富貴而悲貧賤我豈異於人哉又曰功大者其所以自奉也博妻與子皆養於我者也吾能薄而功小不有之可也又吾所謂勞力者（一有也字）若立吾家而力不足則心又勞也一身而二任焉雖聖者不可能也

愈始聞而惑之又從而思之蓋賢者也蓋所謂獨善其身者也然吾有譏焉謂其自爲也過多其爲人也過少其學楊朱之道者邪楊之道不肯拔我一毛而利天下而夫人以有家爲勞心不肯一動其心以畜（一作蓄）其妻子其肯勞其心以爲人乎哉雖然其賢於世之患不得之而患失之者以濟其生之欲貪邪而亡（一作忘）道以喪其身者其亦遠

矣又其言有可以警余者故余爲之傳而自覺（一作鑒一作覺見）焉

五箴 并序

人患不知其過既知之不能改是（一無是字）無勇也余生四十有八年髮之短者日益白齒之搖者日益脫（洪曰四十有八年當作三十有八年按貞元十八年與崔羣書云左車第二牙脫去兩鬢半白頭髮五分亦白其一祭老成云吾年未四十而視茫茫而髮蒼蒼而齒牙動搖自今年來蒼蒼者或化而爲白矣動搖者或脫而落矣此云髮之短者日益白齒之搖者日益落以此觀之公未四十上時屢有此歎知作四十八爲誤也）聰明不及於前時道德日負於初心其不至於君子而卒爲小人也昭昭矣作五箴以訟其惡云

游箴

余（一作予）少之時將求多能蚤夜以孜孜余（一作予）今之時既飽而嬉蚤夜以无爲嗚呼余乎其无知乎（一無乎字）君子之棄

而小人之歸乎、

言箴

不知言之人、烏（一作焉）可與言、知言之人、默然而其意已傳、幕中之辨、人反以汝為叛、（謂在徐州時）臺中之評、人反以汝為傾、（謂為御史時）汝不懲邪、而呶呶（尼交切）以害其生邪、

行箴

行與義乖、言與法違、後雖無害、汝可以悔、行也無邪、言也無頗、死而不死、汝悔而何、宜悔而休、汝惡曷瘳、宜休而悔、汝善安在、悔不可追、悔不可為、思而斯得、汝則弗思、

好惡箴

無悖而好、（悖一作善）不觀其道、無悖而惡、不詳其故、前之所好、今見其尤、從也為比、捨也為讎、前之所惡、今見其臧、從也

爲愧捨也爲狂維醜維比維狂維愧於身不祥於德不義不義不祥維惡之大幾如是爲而不顛沛（音貝）齒之尚少庸有不思今其老矣不謹胡爲

知名箴

内不足者急於人知霈沛焉（一作然）有餘厥聞四馳今日告汝知名之法勿病無聞病其曄曄昔者子路惟恐有聞赫然千載德譽愈尊矜汝文章負汝言語乗人不能揜以自取汝非其父汝非其師不請而教誰云不欺欺以賈（音占）憎揜以媒怨汝曾不寤以及於難小人在辱亦克知悔及其（一作其及）既寧終莫能戒既出汝心又銘汝前汝如不顧禍亦（一作則）宜然

後漢三賢贊

王充者何會稽上虞人本自元城爰來徙居師事班彪家貧無書閱書於肆市肆是遊一見誦憶遂通衆流閉門潛思論衡以修爲州治中自免歸鄉與同郡友人謝姓夷吾上書薦之待詔公車以病不行年七十餘乃作養性一十六篇肅宗之時終於永元

王符節信安定臨涇音經濁水詩涇以渭濁注涇渭相入而清濁異後漢長陵臨涇岸頹壅其流好學有志鄉人一作里所輕憤世著論潛夫是名述赦之篇以赦爲賊良民之患其旨甚明皇甫度遼聞至乃驚衣不及帶屣履出迎豈若鴈門閭鴈呼卿不仕終家吁嗟先生

長統公理山陽高平自一無自字謂高幹有雄志而無雄才其後果敗以此有轂倜他歷切儻敢言語默無常人以爲狂生州郡會召稱疾不就著論見情初舉高第尚書郎後參

丞相軍事卒不至于榮論說古今發憤著書是名友人繆襲稱其文章足繼西京四十一終何其短耶嗚呼先生

諱辯 洪曰李賀父晉肅邊上從事賀年七歲以長短之製名動京華時愈與皇甫湜覽賀所業奇之會有以晉肅行上言者二公因連騎造門請見其子既而總角荷衣而出面試一篇承命欣然旁若無人仍目曰高軒過二公大驚命聯鑣而還所居親爲束髮年未弱冠丁内艱它日舉進士或謗賀不避家諱文公特著諱辯一篇文幽閒鼓吹云賀以歌詩謁愈愈送客出歸極困解帶旋讀之首篇鴈門太守行云黑雲壓城城欲摧甲光向日金鱗開却揮帶急命邀之又云張昭論舊君諱云周穆王諱滿至定王時有王孫滿者厲王諱胡至莊王之子名胡其此衆多退之諱辯取此意

愈與進士李賀書勸賀舉進士賀舉進士有名與賀爭名者毀之曰賀父名晉肅賀不舉進士爲是勸之舉者爲非聽者不察一有也字和而唱之同然一辭皇甫湜曰一有若不明白字

子與賀且得罪愈曰然律曰二名不偏諱釋之者曰謂若言徵不稱在言在不稱徵是也律曰不諱嫌名釋之者曰謂若禹與雨丘與蓲（音丘烏蓲音名詩音義江東呼蓲爲蓲）之類是也今賀父名晉肅賀舉進士爲犯二名律乎爲犯嫌名律乎父名晉（一有肅字）子不得舉進士若父名仁子不得爲人乎夫諱始於何時作法制以教天下者非周公孔子歟周公作詩不諱（若曰克昌厥後又曰駿發爾私）孔子不偏諱二名（若曰宋不足徵又曰某在斯）春秋不譏不諱嫌名者（若衛桓公名完）康王釗（音昭周康王名書曰用敬保元子釗）之孫實爲昭王曾參之父名晳曾子不諱昔（若曰昔者吾友又曰裼裘而弔）周之時有騏期（一有者字）漢之時有杜度（一有者字杜操字伯度曹魏時人以其名同武帝故因以其字呼之又去其伯字呼爲杜度）此其子宜如何諱將諱其嫌遂諱其姓乎將不諱其嫌者乎漢諱武帝名徹爲通不聞又諱

車轍之轍爲某字也諱呂后名雉爲野雞不聞又諱一無又諱二字治天下之治爲某字也今上章及詔不聞諱滸勢秉饑也滸近太祖廟諱勢近太宗廟諱秉近代祖廟諱饑近玄宗廟諱惟宦官宮妾乃不敢言諭及機以爲觸犯以諭爲近代宗廟諱以機爲近玄宗廟諱士君子立言一作言語行事宜何所法守也今考之於經質之於律稽之以國家之典賀舉一無舉字非進士爲可耶一無耶字趙作與字爲不可耶凡事父母得如曾參可以無譏也一作矣一作耶作人得如周公孔子亦可以止也一作矣一作耶今世之士不務行曾參周公孔子之行而諱親之名則務勝於曾參周公孔子亦見其惑也夫周公孔子曾參卒不可勝勝周公孔子曾參乃比於宦官趙作者宮妾則是宦官宮妾之孝於其親賢於周公孔子曾參者耶

訟風伯 訟一作譏

惟茲之旱兮其誰之由我知其端兮風伯是尤山升雲兮澤上氣雷鞭車兮電摇幟雨寖寖與浸同楚辭不寖近兮愈疏寖兮將欲隧風伯怒兮雲不得止暘烏之仁兮念此下民閟其光兮不鬭其神嗟風伯兮其將一作獨謂何我於爾兮豈有其他求其時兮修祀事羊甚肥兮酒甚旨食足飽兮飲足醉風伯之怒兮誰使雲屏屏兮吹使醨之氣將交兮吹使離之鑠之使氣一作雲不得化寒之使雲一作氣不得施嗟爾風伯一有兮字欲逃其罪其又何辭上天孔明兮有紀有綱我上訟兮其罪誰當天誅加兮不可悔風伯雖死兮人誰爾一作汝傷

伯夷頌

洪曰武王克商遷九鼎于洛邑義士猶或非之自春秋時已有此說義士謂伯夷也

近世學者以太史公所記爲不然因謂孔子稱餓于首陽之下非不食周粟蓋絕糧耳余謂武王伐紂太公佐之伯夷非之佐之者以拯天下之溺非之者以懲萬世之亂其用心一也不然則商之三仁或去或不去或死或不死何以皆得爲仁耶

士之特立獨行適於義而已不顧人之是非皆豪傑之士信道篤而自知明者也一家非之力行而不惑者寡矣至於一國一州非之力行而不惑者蓋天下一人而已矣若至於舉世非之力行而不惑者則千百年乃一人而已耳若伯夷者窮天地亘萬世而不顧者也昭乎日月不足爲明萃（慈卹切）乎泰山不足爲高巍乎天地不足爲容也當殷之亡周之興微子賢也抱祭器而去之武王周公聖也率天下之賢士與天下之諸侯而往攻之未嘗聞有非之者也彼伯夷叔齊者乃獨以爲不可殷既滅矣天下宗周

彼二子乃獨恥食其粟餓死而不顧繇是而言夫豈有求而爲哉信道篤而自知明者也今世之所謂士者凡一人譽之則自以爲有餘凡一人沮之則自以爲不足彼獨非聖人而自是如此夫聖人乃萬世之標準也余故曰若伯夷者特立獨行窮天地亘萬世而不顧者也雖然微二子亂臣賊子接跡於後世矣

音註韓文公文集卷第十二

音註韓文公文集卷第十三

雜文

子産不毁鄉校頌

我思古人伊鄭之僑以禮相國人未安（一作知）其教遊于鄉之校衆口囂囂（虚驕切）或謂子産毁鄉校則止曰何患焉可以成美夫豈多言亦各其志善也吾行不善吾避維善維否（音鄙惡也易否臧凶）我於此視川不可防言不可弭下塞上聾邦其傾矣既鄉校不毁而鄭國以理在周之興養老乞言及其已衰謗者使監（古衫切詩何用不監注視也）成敗之迹昭哉可觀維是子産執政之式維其不遇化止一國誠率是道相天下君（一作者）交暢旁達（一作通）施及無垠於乎四海所以不理者有君無臣誰其嗣之我思古人

釋言〔注曰國語云驪姬使奄楚以環釋言注云以言自解釋也退之作釋言取此〕

元和元年六月愈自江陵法曹詔拜國子博士始進見今相國鄭公〔絪〕公賜之坐且曰吾見子某詩吾時在翰林職親而地禁不敢相聞今爲我盡寫子詩書〔一有一通以字〕來愈再拜謝退錄詩書若干篇擇日時以獻之於後之數月〔一作日〕有來謂愈者曰子獻相國詩書乎曰然曰有讒於相國之座者曰韓愈曰相國徵余文余不敢匿相國豈知我哉子其愼之愈應之曰愈爲御史得罪德宗朝同遷于南者凡三人獨愈爲先收用相國之賜大矣百官之進見相國者或立語已退而愈辱賜坐語相國之禮過矣四海九州之人自百官已下欲以其業徹相國左右者多矣皆憚而莫之敢獨愈辱先索相國之知至矣賜之大禮之過知之至

是三者於敵已下受之宜以何報况在天子之宰相乎人莫不自知凡適於用之謂才堪其事之謂力愈於二者雖日勉焉而不近束帶執笏立士大夫之行不見斥以不肖幸矣其何敢傲於言乎夫傲雖凶德必有恃而敢行愈之族親鮮少無扳（音攀又音班引也）聯之勢於今不善交人無相先相死之友於朝無宿貨蓄貲（一作宿資蓄貨）以釣爵勢弱於才而腐於力不能奔走乘機抵巇（虛宜切）以要權利夫何恃而傲若夫狂惑喪心之人蹈河而入火妄言而罵詈者則有之矣而愈人知其無是疾也雖有讒者百人相國（一作宰相）將不信之矣愈何懼而慎既累月又有來謂愈曰有讒子於翰林舍人李公（吉甫）與裴公（垍）者子其慎歟（一無歟字）愈曰二公者吾君朝夕訪焉以為政於天下而階太平之治居則與天

子爲心膂出則與天子爲股肱四海九州之人自百官已下其孰不願忠而望賜愈也不狂不愚不蹈河而入火病風而妄罵不當有如讒者之說也雖有讒者百人三公將不信之矣愈何懼而慎既以語應容邑夜歸私自尤曰咄而有虎而曾參殺人讒者之效也詩曰取彼讒人投畀豺虎豺虎不食投畀有北有北不受投畀有昊傷於讒疾而甚之之辭也又曰亂之初生僭始既涵亂之又生君子信讒始疑而終信之之謂也孔子曰遠佞人夫佞人不能遠則有時而信之矣今我恃直而不戒禍其至哉又自（一無自字）解之曰市有虎聽者庸也曾參殺人以愛惑聽也巷伯之傷亂世是逢也今三賢方與天子謀所以施政於天下而階太平之治聽聰而視明公正而敦大（一作厖）夫聰明則視聽

不惑公正則不邇讒邪敢大一作厖則有以容而思彼讒人者孰敢一作能進而爲讒哉雖進而爲之亦莫之聽矣我何懼而慎一作何懼焉既累月上命李公相客謂愈曰子前被言於一相今李公又相于其危哉愈曰前之謗我於宰相者翰林不知也後之謗我於翰林者相國一作宰相不知也今二公合處而會言若及愈必曰韓愈亦人耳彼傲相國又傲翰林其將何求必不然吾今乃知免既而讒言果不行

愛直贈李君房别

左右前後皆正人也欲其身之不正烏一作焉可得邪吾觀李生在南陽公之側有所不知知之未嘗不爲之思有所不疑疑之未嘗不爲之言勇不動于氣義不陳于色南陽公一有之字舉錯施爲不失其宜天下之所窺觀稱道洋洋者

抑亦左右前後有其（一無其字）人乎凡在此（一無此字）趨公之庭議公之事者吾既從而遊矣言而公信之者謀而公從之者四方之人則既聞而知之矣李生南陽公之甥也人不知者將曰李生之託婚於貴富之家將以充其所求而止耳故吾樂爲天下道其爲人焉今之從事於彼也吾（一有能字）爲南陽公愛之又（一作且）未知人之舉李生於彼者何辭彼之所以待李生者何道舉不失辭待不失道雖失之此足愛惜而得之彼爲歡忻於李生道猶若也舉之不以吾所稱待之不以吾所期李生之言豈不可出諸其口矣吾重爲天下愛之

張中丞傳後叙

元和二年四月十三日夜愈與吳郡張籍閱家中舊書

得李翰所爲張巡傳翰以文章自名爲此傳頗詳密然尚
恨有闕者不爲許遠立傳又不載雷萬春事首尾遠雖材
若不及巡者開門納巡位本在巡上授之柄而處其下無
所疑忌竟與巡俱守死成功名城陷而虜與巡死先後異
耳兩家子弟材智下不能通知二父志以爲巡死而遠就
虜疑畏死而辭服於賊遠誠畏死何苦守尺寸之地食其
所愛之肉以與賊抗而不降乎當其圍守時外無蚍蜉（上音毗下音浮）
蟻子之援所欲忠者國與主耳而賊語以國亡主滅
悟之遠見救援不至而賊來益衆必以其言爲信外無待
而猶死守人相食且盡雖愚人亦能數日而知死處矣遠
之不畏死亦明矣烏有城壞而其徒俱死獨蒙愧恥求活
雖至愚者不忍爲嗚呼而謂遠之賢而爲之邪說者又謂

遠與巡分城而守城之陷自遠所分始以此語（一作詬呼漏切）遠此又與兒童之見無異人之將死其藏腑必有先受其病者引繩而絕之其絕必有處觀者見其然從而尤之其亦不達於理矣小人之好議論不樂成人之美如是哉如巡遠之所成就如此卓卓猶不得免其他則又何說當二公之初守也寧能知人之卒不救棄城而逆遁苟此不能守雖避之他處何益及其無救而且窮也將其創（楚良切傷也禮記命理瞻傷察創視折注創之淺者曰傷）殘餓羸（倫爲切）之餘雖欲去必不達二公之賢其講之精矣守一城捍天下以千百就盡之卒戰百萬日滋之師蔽遮江淮沮遏其勢天下之不亡其誰之功也當是時棄城而圖存者不可一二數（所矩切）擅彊兵坐而觀者相環也不追議此而責二公以死守亦見其自比於

逆亂設淫辭而助之攻也（也一作上）愈嘗從事於汴徐二府屢道於兩州（一作府）間親祭於其所謂雙廟者其老人往往說巡遠時事云南霽雲之乞救於賀蘭也賀蘭（一無也賀蘭二字非）嫉巡遠之聲威功績出己上不肯出師救愛霽雲之勇且壯不聽其語彊（其兩切）留之具（一作且）食與樂延霽雲坐霽雲慷慨（上口莽切下口溉切）語曰雲來時睢（音綏）陽之人不食月餘日矣雲雖欲獨食義不忍雖食且不下咽因拔所佩刀斷一指血淋漓以示賀蘭一座大驚皆感激為雲泣下雲知賀蘭終無為雲出師意即馳去將出城抽矢射佛寺浮圖矢著（直略切）其上甎半箭（一作符）曰吾歸破賊必滅賀蘭此矢所以志也愈貞元中過泗州船上人猶指以相語城陷賊以刃脅降巡巡不屈即牽去將斬之又降霽（一有雲字）雲雲未應巡呼

雲曰南八男兒死耳不可爲不義屈雲笑曰欲將以有爲也公有言雲敢不死即不屈張籍曰有于嵩者少依於巡及其（一作巡）起事嵩常在圍中籍大曆中於和州烏江縣見嵩時年六十餘矣以巡初得臨渙縣尉好學無所不讀籍時尚小粗問巡遠事不能細也云巡長七尺餘鬚髯若神嘗見嵩讀漢書謂嵩曰何爲久（一作文）讀此嵩曰未熟也巡曰吾於書讀不過三徧終身不忘也因誦嵩所讀書盡卷不錯一字嵩驚以爲巡偶熟此卷因亂抽他帙以試無不盡然嵩又取架上諸書試以問巡巡應口誦無疑嵩從巡久亦不見巡常讀書也爲文章操紙筆立書未嘗有（一作起）草（巡有守睢陽詩云按戰春來苦孤城日漸危合圍侔月暈分守效魚麗屢厭黃塵起時將白羽麾裹瘡猶出陣飲血更登陴忠信應難敵堅貞自不移無人報天子心計欲何施）初守睢陽時士卒僅

萬人城中居人亦且數萬巡因一見問姓名其後無不識者巡怒鬚髯輒張及城陷賊縛巡等數十人坐且將戮巡起旋其衆見巡起或（一作猶）起或泣巡曰汝勿怖死命也衆泣不能仰視巡就戮時顔色不亂陽陽如平常遠寛厚長者貌如其心與巡同年生月日後於巡呼之（一作巡）爲兄死時年四十九嵩貞元初死於亳宋間或傳嵩有田在亳宋間武人奪而有之（一有而字）嵩將詣州訟理爲其所殺嵩無子張籍云

河中府連理木頌

司空咸寧王尹蒲之七年木連理生于河之（一無之字）東邑野夫來告且曰吾不知古殆（一作始）氣之交暢也維吾王之德交暢者有五（一無五字）是其應乎訓戎奮威蕩戮凶回舉政宣

和人則寧加以踐台階庶尹克司求帥熊羆四方作儀閔人仁一作 鰥寡不寧燕息以樂王德祝年萬億府有羣吏王有從事異體體一作事異體又作上下 同心歸民于理天子是加俾錫勞去聲 王王拜稽首天子之光庶德昭融神斯降祥殊本連理之柯同榮異壟之禾吾徯之産茲土也久矣今欲將一作 明于大君紀于策書王抑余也冶金伐石垂耀無極余抑王也一作王余抑也 奮肆姁媮上音劬下音俞洪曰和悅貌文選云姁媮致態 不知所如願託頌詞長言之于康衢頌曰

木何爲兮此祥詢厥美兮在吾王願封植兮永固俾斯人民一作 兮不忘

汴州東西水門記

貞元十四年正月戊子隴西一無隴西字 公命作東西水門越

三月辛巳朔水門成三日癸未大合樂設水嬉會監軍軍司馬賓佐僚屬將校熊羆之士肅四方之賓客以落之士女龢（古和字說文調也楚辭風習習兮龢煖）會聞鄭溢鄆既卒事其從事昌黎韓愈請紀成績其詞曰維汴州河水自中注厥初距河爲城其弗合者誕寘聯瑣于河宵浮晝沉舟（一作甲）不潛通然其襟抱虧踈風氣宣洩邑居弗寧訛言屢騰歷載已來孰究孰思皇帝御天下十有八載此邦之人遭逢疾威囂童嗷嘷（上音叫下音呼㱿也莊子而我嗷嗷然周禮夜嘷旦以嘂百官）刦衆阻兵懔懔慄慄若墜若覆時維隴西公（一有李勉字非）受命作藩爰自洛京單車來臨遂持（一作拯）其危遂去其疵弗肅弗厲薰爲太和神應祥福五穀穰穰（如兩切）孰既庶而豐人力有餘監軍是咨司馬是謀乃作水門爲邦之郛以固風氣以扞（一作開）寇偷黃

流渾渾（胡本切）飛閣渠渠因而飾之匪爲觀遊天子之武維隴西公是布天子之文（一作天下之文，文一作淳）維隴西公是宣河之法法（音雲）源于崑崙天子萬祀公多受祉乃伐山石刻之日月尚俾來者知作之所始

宴喜亭記

太原王弘中在連州與學佛之人景常元慧者遊異日從二人者行於其居之後丘荒之間上高而望得異處焉斬茅而嘉樹列發石而清泉激輦糞壤焚椔（音淄木立也爾雅立死椔）翳却立而視之出者突然成丘陷者呀（虛加切）然成谷窪（烏瓜切說文清水一曰窊也老子窪則盈）者爲池而缺者爲洞若有鬼神異物陰來相之自是弘中與二人者晨往而夕忘歸焉乃立屋以禦風雨寒暑（一作避風雨禦寒暑）既成愈請名之其丘曰俟德之丘蔽

於古而顯於今有俟德之道也其石谷曰謙受之谷瀑曰振鷺之瀑（音僕）谷言德瀑言容也其土谷曰黄金之谷瀑曰秩秩之瀑谷言容瀑言德也洞曰寒居之洞志其入時也池曰君子之池虚以鍾其美盈以出其惡也泉之源曰天澤之泉出高而施下也合而言之以屋曰燕喜之亭取詩所謂魯侯燕喜頌者也（一作者頌也）於是州民之（一作州民之老一作州之老民）聞者相與觀焉曰吾州之山水名於天下然而無與燕喜者比經營於其側者相接也而莫宜（一作多）其地凡天作而地藏之以遺其人乎弘中自吏部侍郎（一無侍郎字）貶秩而來次其道途所經自藍田山入商洛涉淅湍（他端切）臨漢水升峴（胡典切）首以望方城出荊門下岷（眉巾切山名江水所出書岷山導江）江過洞庭上湘水行衡山之下繇郴（音琛）踰嶺猿狖（音抽）所家魚

龍所宮極幽遐瓌（公回切）詭之觀宜乎其於山水飫聞而厭見也（一作之）今其意乃若不足傳曰智者樂水仁者樂山弘中之德與其所好可謂協矣智以謀之仁以居之吾知其去是而羽儀於天朝也不遠矣遂刻石以記

徐泗豪三州節度掌書記廳壁記（洪曰豪今誤作濠唐地理志云濠初作豪元和三年刺史崔公表請其事由是改爲濠取水名也公作記在貞元十五年尚爲豪諸本作濠誤矣下同）

書記之任亦難矣元戎總（一作整）齊三軍之事（一作士）統理所部之甿（莫耕切）以鎮定邦國贊天子施教化而又外與賓客四鄰交其朝覲聘問慰薦祭祀祈祝之文與所部之政三軍之號令升黜凡文辭之事皆出書記非閎辯通敏兼人之才莫宜居之然皆元戎自辟然後命於天子苟其帥之

不文則其所辟或不當亦其理宜也南陽公自御史大夫豪壽廬三州觀察使授節移鎮徐州歷十一年而掌書記者凡三人其一人曰高陽許孟容入仕于王朝今爲尚書禮部郎中其一人曰京兆杜兼今爲尚書禮部員外郎觀察判官其一人曰隴西李博自前鄉貢進士授祕書省校書郎方爲之（注曰孟容以文詞知名兼建中初進士家聚書至萬卷博公同年進士贈李君房別云南陽公之甥或云恐是博也）南陽公文章稱天下其所辟實所謂宏辯通敏兼人之才者也後之人苟有（一無有字）未知南陽公之文章吾請觀於三君子苟未知三君子之文章吾請觀於南陽公可知矣蔚（音鬱）乎其相扶（一作章）炳（兵永切）乎其相輝志同而氣合魚川泳而鳥雲飛也愈樂是賓主之相得也故請刻石以紀之（一無之字）而陷置于壁間來者得以觀覽焉

畫記

雜古今人物小畫共一卷騎而立者五人騎而被甲載兵立者十人一人騎（一有而字）執大旗前立騎而被甲載兵行且下牽者十人騎且負者二人騎執器者二人騎擁田犬者一人騎而牽者二人騎而驅者三人執羈靮（上居宜切馬絆也下音的馬韁也禮記執羈靮而從）立者二人騎而下倚馬臂隼而立者一人騎而驅涉者二人徒而（一作騎）驅牧者二人坐而指使者一人甲冑手弓矢鈇鉞植者七人甲冑執幟植者十人負者七人偃寢休者二人甲冑坐睡者一人方涉者一人（一有方涉二字）坐而脫足者一人寒附火者一人雜執器物役者八人奉壺矢者一人舍而具（一作且）食者二十有一人（一作十有一人以總數數之是曾子開云）挹且注者四人牛牽者三人驢驅者四人一人杖而

負者婦人（女一作）以（一無以字）孺子載而可見者六人載而上下者三人孺子戲者九人凡人之主事三十有二焉（一作人為）大小百二十有三而莫有同者焉馬大者九匹於馬之中又有上者下者（一有馬字一云亦有馬之下者馬）行者牽者奔者涉者陸者（一有牽者無陸者字一無牽者有陸者字）翹者顧者鳴者寢者訛者立者（一有人立字）者齕（音纈又下沒切齧也禮記庶人齕之）者飲者溲者陟者降者痒磨樹者噓者嗅者喜而相戲者怒相踶齧（五結切）者秣者騎者（驟）者走者載服物者載狐兔者凡馬之事二十有七焉（一作為）馬大小八十有三而莫有同者焉牛大小十有一頭駱駝三頭驢如駱駝之數而加其一焉隼一犬羊狐兔麋鹿共三十旃車三兩雜兵器弓矢旌旗刀劍矛楯（食尹切）弓服矢房甲胄之屬缾盂簦（音登笠蓋史記虞卿躡屩擔簦）笠（一作簦）筐筥錡釜（上其綺切）

又魚倚切三足釜也詩維錡及釜飲食服用之器壺矢博弈之具二百五

十有一皆曲極其妙貞元甲戌年余在京師甚無事同居

有一無有字獨孤生申叔者始得此畫而與余彈碁注曰沈存中云彈碁

有譜一卷其局方二尺中心高如覆盂其巔爲小壺四角微隆起李商隱詩云玉作彈碁局中心亦不平謂其中高

也白樂天云彈碁局上事最妙是長斜謂抹角斜彈一發過半局今譜中有是法柳子厚亦有此詩畫記所云彈碁

是也余幸勝而獲焉意甚惜之以爲非一工人之所能運思

蓋叢集衆工人之所長耳雖百金不願易也明年出京師

至河陽與二三客論畫品格因出而觀之座有趙侍御者

君子人也見之戚然若有所感少而進曰噫余手之所摸

也亡之且二十年矣余少時常有志乎兹事得國本絶人

事而摸得之遊閩中而喪焉居閑處獨時往日來余懷也

以其始爲之勞而夙好之篤也今雖遇之力不能爲已且

命工人存其大都焉余旣甚愛之又感趙君之事因以贈之而記其人物之形狀與數而時觀之以自釋焉

藍田縣丞廳壁記

丞之職所以貳令於一邑無所不當問其下主簿尉主簿尉乃自有分職丞位高而偪例以嫌不可否事文書行吏抱成案詣丞卷其前鉗以左手右手摘紙尾鴈（一作鳧）鶩行以進平立睨（音詣）丞曰當署看丞涉筆占位署惟謹目吏問可不可吏曰得則退不敢略省漫不知何事官雖尊力勢反出主簿尉下劾（胡得切）數慢必曰丞至以相訾謷（訾音紫謷音敖不省語也前漢謷謷謷言）丞之設（一作役）豈端使然哉博陵崔斯立種學績文以蓄其有泓（烏宏切）涵（涵一作澄）演（以淺切）迤日大以肆貞元初挾其能戰藝於京師再進再屈于人元和初以前大理評

事言得失黜官再轉而爲丞茲邑始至喟然曰官無卑顧材不足塞職既噤（巨禁切）不得施用（一作行）又喟然曰丞哉丞哉余不負丞而丞（一有者字）負余則盡枿（牙葛切）去牙角一躡故跡破崖岸而爲文（一作之）丞廳故有記壞漏汚不可讀斯立易桷與瓦墁（毋官切孟子毀瓦畫墁注畫墁畫地也）治壁悉書前任人名氏庭有老槐四行南牆鉅竹千挺儼立若相持水㶁㶁（音号說文水列衣散也）循除鳴斯立痛掃漑對樹二松日吟（一無吟字）哦其間有問者輒對曰余方有公事子姑去考功郎中知制誥韓愈記

新修滕王閣記

愈少時則聞江南多臨觀（一作登臨）之美而滕王閣獨爲第一有瓌偉（上公回切）絶特之稱及得三王所爲序賦記等（王勃游閣序王緒賦王公今中丞修閣記）壯其文辭益欲往一觀而讀之以忘吾憂繫

官于朝願莫之遂十四年以言事斥守潮（一作揭）陽便道取疾以至海上又不得過南昌而觀所謂滕王閣者其冬以天子進大號加恩區內移刺袁州袁於南昌爲屬邑私喜幸自語以爲當得躬詣大府受約束於下執事及其無事且還儻得一至其處竊寄目償所願焉至州之七月詔以中書舍人太原王公爲御史中丞觀察江南西道洪江饒虔吉信撫袁悉屬治所八州之人前所不便及所願欲而不得者公至之日皆罷行之大者驛聞小者立變春生（一作施）秋殺陽開陰閉令修於庭戶數月之間而人自得於湖山千里之外吾雖欲出意見論利害聽命於幕下而吾州乃無一事可假而行者又安得捨己所事以勤館人則滕王閣又無因而至焉其歲九月人吏浹和公與監軍使燕

于此閣文武賓士皆與在席酒半合辭言曰此屋不修且壞前公爲從事此邦適治新之公所爲文實書在壁今三十年而公來爲邦伯適及期月公又來燕于此公胡（一作烏）得無情哉公應曰諾於是棟楹梁桷板檻之腐黑撓折者蓋瓦級甎之破缺者赤白之漫漶（漫莫半切漶音換又音漫前漢爲其泰漫漶而不可知注漫漶不分別皃）不鮮（一作圭）者治之則已無侵前人無廢後觀工既訖功公以衆飲而賞焉以書命愈曰子其（一無其字）爲我記之愈既以未得造觀爲歎切喜載名其上詞列三王之次有榮耀（一有者字）焉乃不辭而承公命其江山之好登望之樂雖老矣如獲從公遊尚能爲公賦之元和十五年十月某日袁州刺史韓愈記

科斗書後記

愈叔父（雲卿）當大曆世文辭獨行中朝天下之欲銘述其先人功行取信來世者咸歸韓氏於時李監陽冰獨能篆書而配叔父擇木善（一作蓋能）八分不問可知其人不如是者不稱三服故三家傳子弟往來貞元中愈事董丞相幕府於汴州識開封令服之者陽冰子授余以其家科斗孝經漢衛宏官書兩部合一卷愈寶蓄之而不暇學後來京師爲四門博士識歸公（歸登也有文學工草隸見舊史）歸公好古書能通之愈曰古書得其依據蓋可講因進其所有書屬歸氏元和來愈亟不獲讓嗣爲銘文薦道功德思凡爲文辭宜略識（一有古字）字因從歸公乞觀二部書得之留月餘張籍令進士賀拔恕寫以留（一有愈字）蓋得其十四五而歸其書歸氏十一年六月四日右庶子韓愈記

音註韓文公文集卷第十三

音註韓文公文集卷第十四

雜文

鄆州谿堂詩

并序鄆音運秦為薛郡漢為東平國春秋齊人來歸鄆讙龜陰田退之文有石本者鄆州溪堂詩孟州濟源送李愿序京兆萬年韓公達銘司馬材柳子厚銘縣比劉材路應碑州驛田氏先廟碑鄭州滎陽索河上鄭儋碑衢州徐偃王碑華州蒲城胡珦碑西京北邙灌德真碑廣州海南神廟碑柳州羅池碑潭州湘陰黃陵碑徐州節度掌書記廳石記其間異同皆以石本為正今文注其下

憲宗之十四年始定東平三分其地以華州刺史禮部尚書兼御史大夫扶風馬公今本有揔字為鄆曹濮節度觀察等使濮音卜古昆吾之墟前漢西破秦軍濮陽鎮其地洪曰三分其地謂析李師道所據十三州為三鎮馬揔鄆曹濮等州觀察使薛平青州刺史王遂沂州刺史既一年褒其軍號曰天平軍上即位之二年召公入且將用之以其人之安公也今本

（云以彼人之安於公也）復歸之鎮上之三年公爲政於鄆曹濮也適
四年矣治成制定衆志大固惡絕於心仁形於色竱（旨兗切等
齊也）心一力（今本作竭心力）以供國家之職于時沂密始分而殘其
帥（洪曰謂十四年沂海將王弁殺其觀察使王遂自稱留後也）其後幽（張弘清）鎮（田公弘正）魏（
李公愬）不悅於（今本作于）政相扇繼變（洪曰謂長慶元年幽州盧龍軍都知兵馬使朱克融
囚其節度使張弘靖以反成德軍大將王廷湊殺其節度使田弘正以反二年魏博節度使田布自殺兵馬使史憲
誠自得留後）復歸於舊徐亦乘勢逐帥自置（洪曰謂二年武寧軍節度使王智興
逐其節度使崔羣也置一作署）同於三方惟鄆也截然中居（今本有四鄰望之四字）
若防之制水恃以無恐然而皆曰鄆爲虜巢且六十年將
彊卒武曹濮於鄆州（今本作曹鄆於濮州一本作於曹濮州）大而近軍所根
柢皆驕以（一作而）易怨而公承死亡之後掇拾之餘剝膚椎
髓公私掃地赤立新舊不相保持（一作恃）萬目睽睽公於此

時能安以治之其功爲大若幽鎮魏徐之亂不扇而變此功反小何也公之始至衆未孰化以武則忿以（今本作而）憾以恩則橫（去聲）而肆一以爲赤子一以爲龍蛇憊（蒲拜切病也）心罷（音疲）精磨以歲月然後致之難也及教之行衆皆戴公爲親父母夫叛父母從仇讎非人之情故曰易（今本有也字） 於是天子以公（今本無公字） 爲尚書右僕射封（今本無封字） 扶風縣（今本作郡） 開國伯以褒嘉之公亦樂衆之和知人之悅而復上之賜也於是爲堂於其居之西北隅號曰滏堂以饗士大夫通上下之志既饗其從事陳曾謂其衆言公之畜此邦其勤不亦至乎此邦之人纍（力佳切繫也） 公之化惟所令之不亦順乎上勤下順遂濟登茲不亦休乎昔者人謂斯何今者人謂斯何雖然斯堂之作意其有謂而喑無詩歌是不考引

公德而今本無而字接邦人於道也乃使來請其詩曰

帝奠九壥與廛同有菜有年有荒不今本作有條河代山之間及我

憲考二收今本作牧正之視邦選侯以公來尸公來尸之人始

未信公不飲食以訓以徇孰飢無食孰呻孰歎孰寃不問

不得分願孰爲邦蚌音年今本作蝱節根之螟羊很很貪以口覆

城吹之喣之摩手拊之箴今本作鍼之石之膊音粕說文曰薄脯膊之屋上左氏殺而膊之城上而磔之凡公四封既富以彊謂公吾父孰違公

令可以帥今本作師征不寧守邦公作溪堂播播流水淺有蒲

蓮深有蒹葦公以賓燕其鼓駭駭公燕谿堂賓校醉飽流

有跳魚岸有集鳥既歌以舞其鼓考考公在谿堂公御琴

瑟公既賢賓贊稽經諏蕞子月切詩周爰咨諏左氏咨事爲諏律楗詩智切用不差

人用不屈谿有賓祓賓音頻說文苹也振浮水而生若祓音辛雕胡也周禮魚宜祓有龜

有魚公在中流右詩（一作琴）左書無我斁（徒故切又音亦皆厭也）遺此邦是庥

猫相乳（北平王馬燧）

司徒北平王家猫有生子同日者其一母（一無母字）死焉有二子飲於死母母且死其鳴咿咿（音伊）其一方乳其子若聞之起而若聽之走而若救之銜其一置于其棲又往如之反而乳之若其子然噫亦異之大者夫猫人畜也非性於仁義者也其感於所畜者乎哉北平王牧人以康罰罪以平理陰陽以得其宜國事既畢家道乃行父父子子兄兄弟弟雍雍維如也愉愉如也視外猶視中一家猶一人夫如是其所感應召致其亦可知矣易曰信及豚魚亦其（一作此）類也夫愈時獲幸於北平王客有問王之德者愈以是對客

曰夫禄位貴富人之所大欲也得之之難未若持之之難也得之於功或失之於德得之於身或失之於子孫今夫功德如是祥祉如是其善持之也可知已既已因叙之爲猶相乳説云爾

進士策問十三首

問書稱汝則有大疑謀及乃心謀及卿士以至於庶人龜筮考其從違以審吉凶則是聖人之舉事與爲無不與人共之者也於易則文曰君不密則失臣臣不密則失身幾事不密則害成而春秋亦有譏漏言之詞如是則又似不與人共之而獨運者也書與易春秋經也聖人是乎盡其心焉耳矣今其文相戾悖如此欲人之無疑不可得已是二説者其信有是非乎抑所指各殊而學者不之能察也

諒非深考古訓讀聖人之書者其何能辨之此固吾子之所宜無讓也願承教焉

二

問古之人有云夏之政尚忠殷之政尚敬而周之政尚文是三者相循環終始若五行之與四時焉原其所以為心皆非故立殊而求異也各適於時救其弊而已矣夏殷書存者可見矣至周之典籍咸在考其文章其所尚若不相遠焉所謂三者之異云乎抑其道深微不可究歟將其詞隱而難知也不然則是說為謬矣周之後秦漢蜀吳魏晉之霸亦有尚乎無也觀其所為其亦有意云爾循環之說安在吾子其無所隱焉

三

問夫子之序帝王之書具而繫以秦魯及次列國之風而宋魯獨稱頌焉秦穆之德不踰於二霸宋魯之君不賢乎齊

晉其位等其德同外黜取捨如是之相遠亦將有由乎願聞所以辨之之說

四

問夫子既没聖人之道不明蓋有楊墨者始侵而亂之其時天下咸化而從焉孟子辭而闢之則既廓如也今其書尚有存者其道可推而（一有知字）不可乎其所守者何事其不合於道者幾何孟子之所以辭而闢之者何說今之學者有學於彼者乎有近於彼者乎其已無傳乎其無乃化而不自知乎其無傳也則善矣如其尚在（一作在尚）將何以救之乎諸生學聖人之道必有能言是者其無所爲讓

五

問所貴乎道者不以其便於人而得於己乎當周之衰管夷吾以其君霸九合諸侯一匡天下戎狄以懲京師以尊四海之内無不受其賜者天下諸侯奔走其政令之不暇

六

而誰與爲敵此豈非使於人而一無而字得於己乎秦用商君之法人以富國以彊諸侯不敢抗及七君而天下爲秦使天下爲秦者商君也而後代之稱道者咸羞言管商氏何哉庸非求其名不責其實歟願與諸生論之無惑於舊說焉

問夫子之言盍各言爾志又曰居則曰不吾知也如或知爾則何以哉今之舉者不本於鄉不序於庠一朝而羣至乎有司有司之不之知也宜矣今將自州縣始請各誦所懷聊以觀諸生之志死者可作其誰與歸又曰居是邦也事其大夫之賢者友其士之仁者敢問諸生之所事而一作所友者其誰乎所謂賢而仁者其事如何哉言及之而不言亦君子之所不爲也

問春秋之時百有餘國皆有大夫士詳於傳者無國無賢人焉其餘皆足以充其位不聞有無其人而闕其官者春秋之後其書尤詳以至于吳蜀下及晉魏氏一云吳蜀魏下及晉氏之亂國分如錙銖上側其切下市朱切八銖為錙二十四銖為兩莊子累累而不墜則失者錙銖讀其書亦皆有人焉今天下九州四海其為土地大矣國家之舉士內有明經進士外有方維大臣之薦其餘以門第勳力進者又有一作加倍於是其為門戶多矣而自御史臺尚書省以至于中書門下省咸不足其官豈今之一有人字不及於古之人邪何求而不得也夫子之言曰十室之邑必有忠信如丘者焉誠得忠信如聖人者而以委之一云而委之以大臣宰相之事有不可乎況於百執事之微者哉古之十室必有任宰相大臣者今之天下而不足士大夫於朝

其亦有說乎

八

問夫子曰潔淨精微易教也今習其書且不識四者之所謂盍舉其義而陳其數焉

九

問周易之說曰乾健也今考乾之爻在初者曰潛龍勿用在三者曰夕惕若厲無咎在四者亦曰无咎在上曰有悔卦六位一勿用一[一作二]苟得无咎一有悔安在其爲健乎又曰乾以易知坤以簡能乾之四位既不爲易矣坤之爻又曰龍戰于野[一有其血玄黄字]戰之於事其足爲簡乎易六經也學者之所宜用心願施其詞陳其義焉

十

問人之仰而生者在穀帛穀帛既豐無飢寒之患然後可以行之於仁義之途措之於安平之地此愚智所同識也今天下穀愈多而帛益[一作愈]賤人愈困者何也耕者不多

而穀有餘蠶者不多而帛有餘有餘宜足而反不足此其故又何也將以救之其說如何

問夫子言堯舜垂衣裳而天下理又曰無爲而理者其舜也歟書之説堯曰親九族又曰平章百姓又曰恊和萬邦又曰曆象日月星辰敬授人時又曰洪水懷山襄陵下民（一作人）其咨夫親九族平百姓和萬邦則天道授人時愁水禍非無事也而其言曰垂衣裳而天下理者何也於舜則曰愼（一有徽字）五典又曰叙百揆又曰賓四門又曰齊七政又曰類上帝禋六宗望山川徧羣神又曰協時月正日同律度量衡五載一巡狩又曰分十有二州隨（一作封）山濬川恤五刑典三禮彰施五色出納五言嗚呼其何勤且煩如是而其言曰無爲而理者何也將亦有深辭隱義不可曉邪

十二　十三

抑其年代已遠失其傳邪二三子其辯焉

問古之學者必有師所以通其業成就其道德者也由漢氏已來師道日微然猶時有授經傳業者及于今則無聞矣德行若顏回言語若子貢政事若子路文學若子游猶且有師非獨如此孔子亦有師問禮於老聃問樂於萇弘是也今之人不及孔子顏回遠矣而且無師然其不聞有業不通而道德不成者何也

問食粟衣帛服仁行義以俟死者二帝三王之所守聖人未之有改焉者也今之說者有神仙不死之道不食粟衣帛薄仁義以爲不足爲是誠何道邪聖人之於人猶父母之于子有其道而不以教之不仁其道雖有而未之知不智仁與智且不能又焉足爲聖人乎不然則說神仙者

妄矣

諫臣論（諫一作爭）

或問諫議大夫陽城於愈可以爲有道之士乎哉學廣而聞多不求聞於人也行古人之道居於晉之鄙晉之鄙人薰其德而善良者幾千人大臣聞而薦之天子以爲諫議大夫人皆以爲華陽子不（一有色字）喜居於位五年矣視其德如在草（一無草字）野彼豈以富貴移易其心哉愈應之曰是易所謂恒其德貞而夫子凶者也惡得爲有道之士乎哉在易蠱之上九云不事王侯高尚其事（一有以字）蹇之六二則曰王臣蹇蹇匪躬之故夫不以所居之時不一而所蹈之德不同也若蠱之上九居無用之地而致匪躬之節蹇之六二在王臣之位而高（一作爲）不事（一有上字）之心則冒進之患生曠官之刺興志不可則（一作而）尤之不終（一作絕）無也今陽子實

一匹夫（一本無實匹夫四字趙本作陽子實一介之夫陽子）在（一有此字）位不爲不久矣聞天下之得失不爲不熟矣天子待之不爲不加（一作知）矣而未嘗一言及（一有於字）政視政之得失若越人視秦人之肥瘠（音籍）忽焉不加喜戚於其心問其官則曰諫議也問其祿則曰下大夫之秩也問其政則曰我不知也有道之士固如是乎哉且吾聞之有官守者不得其職則去有言責者不得其言則去今陽子以爲得其言（一有言字）乎哉得其言而不言與不得其言而不去無一可者也陽子將爲祿仕乎古之人有云仕不爲貧而有時乎爲貧謂祿仕者也宜乎辭尊而居卑辭富而居貧若抱關擊柝者可也蓋孔子嘗爲委吏矣嘗爲乘田矣亦不敢曠其職必曰會計當而已矣必曰牛羊遂而已矣若陽子之秩祿（一作祿秩）不爲卑且貧章

章明矣而如此其可乎哉或曰否非若此也夫陽子惡訕上者惡爲人臣招（音翹）其君之過而以爲名者故雖諫且議使人不得而知焉書曰爾有嘉謀嘉猷則入告爾后于内爾乃順之于外曰斯謀斯猷惟我后之德夫陽子之用心亦若此者（一有也字）愈應之曰若陽子之用心如此茲所謂惑者矣入則諫其君出不使人知者大臣宰相者之事非陽子之所宜行也夫陽子本以布衣隱於蓬蒿之下主上嘉其行誼擢在此位官以諫爲名誠宜有以奉其職使四方後代知朝廷有直言骨鯁之臣天子有不僭賞從諫如流之美庶巖穴之士聞而慕之束帶結髮願進於闕下而伸其辭說致吾君於堯舜熙鴻號於無窮也若書所謂則大臣宰相之事非陽子所宜行也且陽子之心將使君人者

惡聞其過乎是啓之也或曰陽子之不求聞而人聞之不
求用而君用之不得已而起守其道而不變何子過之深
也愈曰自古聖人賢士皆非有心求於聞用也閔其時之
不平人之不乂得其道不敢獨善其身而必以兼濟天下
也孜孜矻矻死而後已故禹過家門不入孔席不暇煖而
墨突不得黔彼二聖一賢者豈不知自安佚之爲樂哉誠
畏天命而悲人窮也夫天授人以賢聖才能豈使自有餘
而已誠欲以補其不足者也耳目之於身也耳司聞而目
司見聽其是非視其險易然後身得安焉聖賢者時人
之耳目也時人者聖賢之身也且陽子之不賢則將役於
身以奉其上矣若是賢則固畏天命而閔人窮者也惡得
以自暇逸乎哉或曰吾聞君子不欲加諸人而惡訐以爲

直者若吾子之論直則直矣無乃傷于德而費於辭乎好盡言以招人過國武子之所以見殺於齊也吾子其亦聞乎愈曰君子居其位則思死其官未得其位則思修其辭以明其道我將以明道也非以爲直而加人也且國武子不能得善人而好盡言於亂國是以見殺傳曰惟善人能受盡善一作言謂其聞而能改之也子告我曰陽子可以爲有道之士也今雖不能及已陽子將不得爲善人乎

改葬服議

經曰改葬緦春秋穀梁傳亦曰改葬之禮緦舉下緬也此皆謂子之於父母其他則皆無服何以識其必然經次五等之服小功之下然後著改葬之制更無輕重之差以此知惟記其最親者其它無服則不記也若主人當服斬衰

其餘親各服其服則經以言之不當惟云（一作言）總也傳稱舉下緦者緦猶遠也下謂服之最輕者也以其遠故其服輕也江熙曰禮天子諸侯易服而葬以爲交於神明者不可以純凶況其緦者乎是故改葬之禮其服惟輕以此而言則亦明矣衛司徒文子改葬其叔父問服於子思子思曰禮父母改葬緦既葬而除之不忍無服送至親也（洪曰往年蔡元度改葬其親以問東方士人無知之者余因讀孔叢子見之舊唐禮儀志云田再思議曰改葬之服鄭玄服緦三月王云訖葬而除）非父母無服無服則弔服而加麻此又其著者也文子又曰喪服既除然後乃葬者則其服何服子思曰三年之喪未除葬服不變除何有焉然則改葬與未葬者有異矣古者諸侯五月而葬大夫三月而葬士逾月無故未有過時而不葬者也過時而不葬謂之不能葬春秋譏

之若有故而未葬，雖出三年，子之服不變，此孝子之所以著其情、先生之所以必其時之道也。雖有其文，未有著其人者，以是知其至少也。改葬者，爲山崩水涌毀其墓，及葬而禮不備者，若文王之葬王季，以水齧其墓；魯隱公之葬惠公，以有宋師，太子少，葬（一有故字）有闕之類是也。喪事有進而無退，有易以輕服，無加以重服。殯於堂則謂之殯，瘞（倚罽切）於野則謂之葬。近代已來，事與古異，或游或仕，在千里之外，或子幼妻稚，不能自還，甚者拘以陰陽畏忌，遂葬於其土。及其反葬也，遠者或至數十年，近者亦出三年，其吉服而從於事也久矣，又安可取未葬不變服之例而反爲之重服歟？在喪當葬，猶宜易以輕服，況既遠而反純凶以葬乎？若果重服，是所謂未可除而除，不當重而更重也。

或曰：喪與其易也寧戚，雖重服不亦可乎？曰：不然。易之與戚，則易固不如戚矣，雖然，未若合禮之爲懿也。儉之與奢，則儉固愈於奢矣，雖然，未若合禮之爲懿也。過猶不及，其此類之謂乎？或曰：經稱改葬緦，而不著其月數，則以（一作似）三月而後除也。子思之對文子則曰既葬而除之，今宜如何？曰：自啓殯至于既葬而三月，則除之；未三月，則服以終三月也。曰：妻爲夫何如？曰：如子。無弔服而加麻，則何如？曰：今之弔服，猶古之弔服也。

省試學生代齋郎議 貞元十年應博學宏辭

齋郎職奉宗廟社稷之小事，蓋士之賤者也。執豆籩，駿奔走，以役于其官之長，不以德進，不以言揚，蓋取其人力以備其事而已矣。奉宗廟社稷之小事，執豆籩，駿奔走，亦不可以不敬也於是選大夫士之（一無之字）子弟未爵命者以塞員塡闕而教之行事其勤雖小其使之不可以不報也必書其歲歲既久矣於是乎命之以官而授之以事其亦微矣哉學生或以通經舉或以能文稱其微者至於習法律知字書皆有以贊於教化可以使令於上者也自非天姿茂異曠日經久以道以（一作所進）業發聞於鄉閭稱道于朋友薦於州府而升之司業則不可得而齒乎國學矣然（一無然字）則奉宗廟社稷之小事任力之（一無之字）小者也贊於教化可以使令於上者德藝之大者也其亦不可移易明矣今議者謂學生之無所事謂齋郎之幸而進不本其意因謂可以代任其事而罷之蓋亦不得其理矣今夫齋郎之（一無之字）所事者力也學生之所事者德與藝也以德藝舉之而以

力役之是使君子而服小人之事且非國家崇儒勸學誘人爲善之道也此一說不可者也抑又有大不可者焉宗廟社稷之事雖小不可以不專敬之至也古之道也今若以學生兼其事及其歲時日月然後授其宗彝罍洗其周旋必不合度其進退必不得宜其思慮必不固其容貌必不莊此其無它其事不習而其志不專故也（一有此字）非近於不敬者歟又有大不可者其是之謂歟若知此不可將令學生恒掌其事而隳（許規切）壞其本業則是學生之教（一作數）加少學生之道益貶而齋郎之宦猶在齋郎之名苟無也大凡制度之改政令之變利於其舊不什則不可爲已又況不如其舊哉考之於古則非訓稽之於今則非利尋其名而求其實則失其宜故曰議罷齋郎而以學生

薦享亦不得其理矣、

禘祫議

右今月十六日勑旨宜令百僚議限五日內聞奏者將仕郎守國子監四門博士臣韓愈謹獻議曰伏以陛下追孝一無孝字祖宗肅敬祀事凡在擬議不敢自專聿求厥中延訪羣下然而禮文繁漫所執各殊自建中之初迄至今歲屢經禘祫未合適從臣生遭聖明涵泳恩澤雖賤不及議而志在效忠今輒先舉衆議之非然後申明其說一曰獻懿一作廟之主唐武德始立四廟宣簡公懿王景皇帝元皇帝開元中乃詔宣皇帝爲獻祖元皇帝爲懿祖宜永藏之夾室臣以爲不可夫祫者合也毀廟之主皆當合食於太祖獻懿二祖即毀廟主也今雖藏於夾室至禘祫之時豈得不食於太廟乎名曰合祭而二祖不得祭焉不

可謂之合矣二曰獻懿廟主宜毀（一有之字）瘞之臣又以爲不可謹按禮記天子立七廟一壇一墠（音善除地禮記去壇爲墠後同）其毀廟之主皆藏於祧廟雖百代不毀祫則陳於太廟而饗焉自魏晉已降始有毀瘞之議事非經據竟不可施行今國家德厚流光創立九廟以周制推之獻懿二祖猶在壇墠之位況於毀瘞而不禘祫乎三曰獻懿廟主宜各遷于其陵所臣又以爲不可二祖之祭於京師列於太廟也二百年矣今一朝遷之豈惟人聽疑惑抑恐二祖之靈眷顧依違（一作遲）不即饗於下國也四曰獻懿廟主宜附於興聖廟而不禘祫臣又以爲不可傳曰祭如在景皇帝雖爲太祖其於屬乃獻懿之子（一無子字）孫也今欲正其子東向之位廢其父之大祭固不可爲典矣五曰獻懿二祖宜別立廟於

京師臣又以爲不可夫禮有所降情有所殺是故去廟爲祧去祧爲壇去壇爲墠去墠爲鬼漸而之遠其祭益稀昔魯立煬音恙宮春秋非之以爲不當取已毀之廟旣藏之主而復築宮以祭今之所議與此正同又雖違禮立廟至於禘祫也合食則禘無其所廢祭則於經一作禮不通此五說者皆所不可故臣博採前聞求其折中以爲殷祖玄王周祖后稷太祖之上皆自爲帝又其代數已遠不復祭之故太祖得正東向之位子孫從昭穆之列禮所稱者蓋自紀一時之宜非傳一有於字後代之法也傳曰子雖齊聖不先父食蓋言子爲父屈也景皇帝雖太祖也其於獻懿則子孫也當禘祫之時獻祖宜居東向之位景皇帝宜從昭穆之列祖以孫尊孫以祖屈求神之道豈遠人情又常祭甚頻

合祭甚寡則是太祖所屈之祭至少所伸之祭至多比於伸孫之尊廢祖之祭不亦順乎事異殷周禮從而變非所失禮也臣伏以制禮作樂者天子之職也陛下以臣議有可採粗合天心斷而行之是則爲禮如以爲猶或可疑乞召臣對面陳得失庶有發明謹議

省試顔子不貳過論 一云宏辭試

論曰登孔氏之門者衆矣三千之徒四科之目孰非由聖人之道爲君子之儒者乎其於過行過言亦云鮮矣而夫子舉不貳過惟顔氏之子其何故哉請試論之夫聖人抱誠明之正性根中庸之正德苟發諸中形諸外者不曰一作思慮莫匪規矩不善之心無自入焉可擇之行無自加焉故惟聖人無過故所謂過者非謂發於行彰於言人皆

謂之過而後爲過過也生于其心則爲過過矣故顔子之過此類也不貳者蓋能止之于始萌絶之於未形不貳之於言行也中庸曰自誠明謂之性自明誠謂之教自誠明者不勉而中不思而得從容中道聖人（一有者字）也無過者也自明誠者擇善而固執之者也不勉則不中不思則不得不貳過者也故夫子之言曰回之爲人也擇乎中庸得一善則拳拳服膺而不失之矣又曰顔氏之子其殆庶幾乎言猶未至也而孟子亦云顔子具聖人之體而微者皆謂不能無生于其心而（一有亦字）不暴之於外考之於聖人之道差爲過耳顔子自惟其若是也於是居陋巷以致其誠飮一瓢以求其志不以富貴妨其道不以隱約（一作窮隱）易其心確乎不拔浩然自守知高堅之可尚忘鑽仰之爲勞任重道遠

竟莫之致是以夫子歎其不幸短命今也則亡謂其不能與己並立於至聖之域觀教化之大行也（一有不然字）夫行發於身加於人言發乎邇見乎遠苟不慎也敗辱隨之而後思欲不貳過其於聖人之道不亦遠乎而夫子尚肯謂之其殆庶幾孟子尚復謂之具體而微者哉則顏子之不貳過盡在是矣

與李祕（一有書字）問小功不稅書

曾子稱小功不稅則是遠兄弟終無服也而可乎鄭玄注云是以情責情今之士人遂引此而不追服小功小功之服最多親則叔父之下殤與適（音的）孫之下殤與昆弟之下殤尊則外祖父母常服則從祖祖父母禮沿人情其不可不服也明矣古之人行役不踰時各相與處一國其不追

服雖不可猶至少今之人男出仕女出嫁或千里之外家貧計告不及時則是不服小功者恒多而服小功者恒鮮矣君子之於骨肉死則悲哀而爲之服者豈有牽於外哉聞其死則悲哀豈有間於新故死哉今特以計告不及時聞死出其月數則不服其可乎愈常怪此近出弔人見其顏色慼慼（一作愍容）類（一有於字）有喪（一作服）者而其服則吉問之則云小功不稅也禮文殘缺師道不傳不識禮之所謂不稅果不追服乎無乃別有所指而傳注者失其宗乎伏惟兄道德純明躬行古道如此之類必經於心而有所決定不惜示及幸甚幸甚泥水馬弱不敢出不果鞠躬親問而以書惵息尤甚（一作深）愈再拜

何蕃傳

太學生何蕃入太學者二十餘年矣歲舉進士學成行尊自太學諸生推頌不敢與蕃齒相與言於助教博士助教博士以狀升於司業祭酒司業祭酒撰次蕃之群行焯焯（音灼明也選焯焯其波）者數十餘事以升之於禮部而以聞天子京師諸生以薦蕃名爲文説者不可選紀公卿大夫知蕃者比肩立歎（一本無歎字有莫爲禮部四字）爲禮部者率蕃所不合者以是無成功蕃淮南人父母俱全初入太學歲率一歸父母止之其後間三歲乃一歸又止之不歸者五歲矣蕃純孝人也閔親之老不自克一日揖諸生歸養於和州諸生不能止乃閉蕃空舍中於是太學六館之士百餘人又以蕃之義行言於司業陽先生城請（一有論字文一作論）留蕃於是太學闕祭酒會陽先生出道州不果留歐陽生詹言曰蕃仁勇人

也或者曰蕃居太學諸生不爲非義葬死者之無歸哀其孤而字焉惠之大小必以力復斯其所謂仁歟蕃之力不任其體其貌不任其心吾不知其勇也歐陽生詹曰朱泚之亂太學諸生舉將從之來請起蕃蕃正色叱之六館之士不能從亂茲非其勇歟惜乎蕃之居下其可以施於人者不流也譬之水其爲澤不爲川乎川者高澤者卑高者流卑者止是故蕃之仁義充諸心行諸太學積者多施者不遐也天將雨水氣上無擇於川澤谿澗之高下然則澤之道其亦有施乎抑有待於彼者歟故凡貧賤之士必有待然後能有所立獨何蕃歟吾是以言之無亦使其無傳焉

答張籍書

愈始者望見吾子於衆人（一作人人）之中固有異焉及聆其音
聲接其辭氣則有願交之志因緣幸會遂得所圖豈惟吾
子之不遺抑僕之所遇有時焉耳近者嘗有意吾子之闕
焉無言僕（一有之字）所以交之之道不至也今乃大得所圖脫
然若沉痾去體灑然若執熱者濯清風也然吾子所論排
釋老（一有說字）不若著書囂囂多言徒相爲訾若僕之（一作所）見
（一有者字）則有異乎此也夫所謂著書者義止於辭耳宣之於
口書之於簡何擇焉孟軻之書非軻自著軻既沒其徒萬
章公孫丑相與記軻所言者耳僕自得聖人之道而誦之
排前二家有年矣不知者以僕爲好辯也然從而化者亦
有矣聞而疑者又有倍焉頑焉不入者親以言諭之不入
則其觀吾書（一有可字）也固將無所得矣爲此而止吾豈有愛

於力乎哉然有一說化當世莫若口傳來世莫若書又懼吾力之未至至之不能也三十而立四十而不惑吾於聖人既過之猶懼不及矧今未至固有所未至耳請待五六十然後爲之冀其少過也吾子又譏吾與人之爲無實駁雜之說此吾 所以爲戲耳比之酒色不有間乎吾子譏之似同浴而譏裸裎一作體也若商一作高非論不能下氣或似有之當更思而悔之耳愽塞之譏敢不承教其他俟相見薄晚須到公府言不能盡愈再拜

重答張籍書

吾子不以愈無似意欲推而納諸聖賢之域拂其邪心增其所未高謂愈之質有可以至於道者浚其源導其所歸溉其根將食其實此盛德者之所辭讓況於愈者哉抑其

中有宜復者故不可遂已昔者聖人之作春秋也既深其
文辭矣然猶不敢公傳道之口授弟子至於後世然後其
書出焉其所以慮患之道微也今夫二氏之所宗而事之
者下及公卿輔相吾豈敢昌言排之哉擇其可語者誨之
猶時與吾悖其聲嘵嘵馨幺切若遂成其書則見而怒之者
必多矣必且以我爲狂爲惑其身之不能恤書於吾何有
夫子聖人也且曰自吾得子路而惡聲不入於耳其餘輔
而相者周天下猶且絕糧於陳畏於匡毀於叔孫奔走於
齊魯宋衛之郊其道雖尊其窮趙作躬也亦甚趙作窮矣賴
其徒相與守之卒有立於天下向使獨言之而獨書之其
存也可冀乎今夫二氏行乎中土也蓋六百年有餘矣其
植根固其流波漫非所以朝令而夕禁也自文王沒武王

周公成康相與守之禮樂皆在至乎夫子未久也自夫子而至乎孟子未久也自孟子而至乎揚雄亦未久也然猶其勤若此其（一作而）困若此而後能有所立吾其可易而爲之哉其爲也易則其傳也不遠故余所以不敢也然觀古人得其時行其道則無所爲（一作著）書爲（一作著）書者皆所爲（一作謂）不行乎今而行乎後出（一有世字）者也今吾之得吾志失吾志未可知俟五六十爲之未失也天不欲使茲人有知乎則吾之命不可期如使茲人有知乎非我其誰哉其行道其爲書其化今其傳後必有在矣吾子其何遽戚戚於吾所爲哉前書所謂吾與人商論不能下氣若好己勝者然雖誠有之抑非好己勝也好己之道勝也（唐史有非好己之道勝也一句）非己之道乃夫子孟軻揚雄所傳之道也（一作之所傳者也）若不

勝則無所爲道吾豈敢避是名哉夫子之言曰吾與回言終日不違如愚則其與衆人辯也有矣駁雜之譏前書盡之吾子其復之昔者夫子猶有所戲詩不云乎善戲謔兮不爲虐兮記曰張而不弛文武不爲也豈害於爲道一無爲字哉吾子其未之思乎孟君將有所適思與吾子别庶幾一來愈再拜

音註韓文公文集卷第十四

音註韓文公文集卷第十五

書

與孟東野書東野一作郊

與足下別久矣以余心之思足下知足下懸懸於余也各以事牽不可合并其於人一作他人非足下之為見而一有又字日與之處足下知余心樂否也余言之而聽者誰歟余唱之而和者誰歟言之而一無之而字無聽也唱之而一無之而字無和也獨行而無徒也是非無所與一作以同也足下知余心樂否也足下才高氣清行古道處今世無田而衣食事親左右無違足下之用心勤矣足下之處身勞且苦矣混混與世相濁獨其心追古人而從今一無今字之人一無人字足下之道其使余悲也去年春脫汴州之亂幸不死無所與一作以歸

遂來于此主人與余有故哀其窮居余于符離睢上及秋將辭去因被留以職事默默在此行一年矣到今年秋一無秋字聊復辭去江湖余樂也與足下終幸矣李習之娶余亡兄之女亡一作六按習之娶弇之女弇雲卿之子也雲卿之兄仲卿仲卿之子會行第六今作六者非期在後月朝夕當來此張籍在和州居喪家甚貧恐足下不知故具此白冀足下一來相視也自彼至此雖遠要皆舟行可至速圖之余之望也春且盡時氣日一作向熱惟侍奉吉慶愈眼疾比劇甚無聊不復一一愈再拜二本余皆作吾

答竇存亮秀才書

愈白愈少駑怯於他藝能自度無可努力又不通時事而與世多齟齬上牀呂切又牀所切下音語念終無以樹立遂發憤篤專於文學文學不得其術凡所辛苦而僅有之者皆符於空

言而不適於實用又重以自廢是故學成而道益窮年老而身愈困今又以罪黜於朝廷遠宰蠻縣愁憂無聊瘴癘侵加喘喘焉無以冀朝夕足下少年才俊辭雅（一作清）而氣銳當朝廷求賢如不及之時當道者又皆良有司操數寸之管書盈尺之紙高可以釣爵位循次而進亦不失萬一（趙本無此二字）於甲科今乃乘不測之舟（一作川）入無人之地以相從問文章爲事身勤而事左辭重而請（一作情字）約非計之得也雖使古之君子積道藏德遁其（趙作遁世）光而不耀膠其口而不傳者遇足下之請（一有情）懇懇猶將倒廩傾囷（一作筒）羅列而進也若愈之愚不肖又安敢有愛於左右哉顧足下之能足以自奮愈之所有如前所陳是以臨事愧恥而不敢荅也錢財不足以賄左右之匱急文章不足以發足

下之事業稛載而往垂橐而歸（苦隕切。管子：垂橐而入，稛載而歸。）足下亮之而已。愈白。

上李實尚書書（大尹）

月日，將仕郎前守四門博士韓愈謹載（諸本皆作此字）拜奉書尚書大尹閣下：愈來京師，於今十五年，所見公卿大臣不可勝數，皆能守官奉職，無過失而已，未見有赤心事上、憂國（一有如家二字）如閣下者。今年已來，不雨者百有餘日，種不入土，野無青草，而盜賊不敢起，穀價不敢貴，百坊、百二十司、六軍、二十四縣之人，皆若閣下親臨其家，老姦宿贓，銷縮摧沮，魂亡魄喪，影滅跡絕。非閣下條理鎮服，布宣天子威德，其何能及此！愈也少從事於文學，見有忠於君、孝於親者，雖在千百年之前，猶敬而慕之，況親逢閣下，得不候於左右以

求放其懇懇謹（一作請）獻所爲文兩卷凡十五篇非敢以爲文也以爲謁見之資也進退惟命愈恐懼再拜

賀徐州張建封僕射白兔書

伏聞今月五日營田巡官陳從政獻瑞兔毛質全（一作皎）白天馴（音循）其心其始實得之符離安阜屯之役夫朝行遇之迫之不逸人立而拱竊惟休咎之兆天所以啓覺于下依類託喻事之纖悉不可圖驗非睿智博通孰克究明愈雖不敏請試辯之兔陰類也又窟居狡而伏逆象也今白其色絕其羣也馴其心化我德也人立而拱非禽獸之事革而從人且服罪也得之符離符離實我國名又附離也不在農夫之（一有家字）田而在軍田武德行也不戰而來之之道也有安附之喜（一云有安阜之嘉名）焉伏惟閤下股肱帝室藩垣天

下四方其有逆亂之臣未血斧鑕（音質）其（一作之）屬畏威崩析歸我乎哉其事兆矣是宜具跡表聞以承荅（一無荅字）天意小子不惠猥以文句微識蒙念覩茲盛美焉敢避不讓之責而默默耶（一作而默默賀耶）愈再拜

上兵部李巽（一作巽）侍郎書

十二月九日將仕郎守江陵府法曹參軍韓愈謹上書侍郎閣下愈少鄙鈍於時事都不通曉家貧不足以自活應舉覓官凡二十年矣薄命不幸動遭讒謗進寸退尺卒無所成性本好文學因困厄悲愁無所告語遂得究窮於經傳史記百家之說沉潛乎訓義反覆乎句讀礱磨乎事業而奮發乎文章凡自唐虞已來編簡所存大之爲河海高之爲山嶽明之爲日月幽之爲鬼神纖之爲珠璣華實變

之爲雷霆風雨奇辭奥旨靡不通達惟是鄙鈍不通曉於時葺學成而道益窮年老而身一作猶益困私自憐悼悔其初心髮禿齒豁不見知己夫牛角之歌辭鄙而義拙堂下之言不書於傳記齊桓舉以相國叔向攜户圭切手以上然則非言之難爲一作其聽而識之者難遇也伏以閤下内仁外義行高而德鉅尚賢而一無而字與能哀窮而悼屈自江而西既化而行矣今者入守内職爲朝廷大臣當天子新即位汲汲於理化之日出言舉事宜一作詩必施設既有聽之之明又有振之之力甯戚之歌鬷明上子紅切姓也名蔑字然明鄭大夫左氏必鬷明也之言不發於左右則後而失其時矣謹獻舊文一卷扶樹教道有所明白南行詩一卷舒憂娱悲雜以瓌公回切怪之言時俗之好所以諷於口而聽於耳也如賜覽觀亦

有可採（一作采）干黷嚴尊伏增惶恐愈再拜

答尉（音鬱廣韻虜複姓有尉遲氏）遲生（一有汾字）書

尉遲生足下夫所謂文者必有諸其中是故君子慎其實實之美惡其發也不揜本深而末茂形大而聲宏行峻而言厲心醇而氣和昭晰（下音折明也前漢晻昧昭晰）者（一作而）無疑優游者（一作而）有餘體不備不可以為成人辭不足不可以為成文愈之所聞者如是有問於愈者亦以是對今吾子所為皆善矣謙謙然若不足而以徵於愈愈又（一作豈）敢有愛於言乎抑所能言者皆古之道（一無古之道三字一重有古之道三字）不足以取於今吾子其何愛（一作何其愛）之異也賢公卿大夫在上比肩始進之賢士在下比肩彼其得之必有以取之也子欲仕乎其往問焉皆可學也若獨有愛於是而非仕之謂

則愈也嘗學之矣請繼今以言

答楊子書

辱書并示表記述書辭等五篇比於東都略見顏色未得接言語心固已相奇但不可果以一作於貌定知人堯舜所難又嘗服宰予之誠故未敢決然挹亦不敢一作能忽然忘也到城已來不多與人往還友朋之中所敬信者平昌孟東野東野吃吃一作矻矻矻音窟說足下不離口崔大敦詩不多見每每說人物亦以足下爲處子之秀近又得李七一有翺書亦云足下之文遠其兄甚矣一無矣字夫以平昌之賢其言一人固足信矣況又崔與李繼至而交說邪故不待相見相信已熟既一有已字相見不要約已相親審知足下之才充其容也今辱書乃云云是所謂以黃金注重外而內惑也然

恐足下少年與僕老者不相（一無相字）類尚須驗以言故具白所以（一有也字）而今而後不置疑於其間可也若曰長育人才則有天子之大臣在若僕者守一官且不足以修理况如是重任耶學問有暇幸時見臨愈白

至鄧州北寄上襄陽于頔（音迪）相公書

伏蒙示文武順聖樂辭天寶樂詩（一作詞）讀蔡琰胡笳（音加）辭詩獲族從井與京兆書自幕府至鄧之北境凡五百餘里自（曹本無此自字）庚子至甲辰凡五日手披目視（一作睹）口詠其言心惟其義且恐且懼忽若有亡（一作忘）不知鞍馬之勤道途之遠也夫澗谷之水深不過咫尺丘垤之山高不能（一無能字）踰尋丈人則狎而翫之及至臨泰山之懸崖窺巨海之驚瀾莫不戰掉（徒吊切）悸（其季切心動詩垂帶悸兮一作悼）慄眩惑而自失

所觀變於前所守易於內亦其理宜也閤下負超卓之竒材蓄雄剛之俊德渾然天成無有畔岸而又貴最窮乎公相威動乎區極天子之毗諸侯之師故其文章言語與事相侔變化一作揮翰若雷霆浩汗若河漢正聲諧韶護勁氣沮金石豐而不餘一言約而不失一辭其事信其理切孔子曰有德者必有言信乎其有德而一無而字且一作而有言也楊子雲言曰商書灝灝音浩爾周書噩噩音諤爾信乎其能灝灝而且噩噩也昔者齊君行而失道管子請釋老馬隨之樊遲請學稼孔子使問之一作之問老農夫馬之智不賢於夷吾農之能不聖一作勝於尼父然一有則字且云爾者聖賢之能多農馬之知專故也今愈雖愚且賤其從事於文實專且久則其贊王公之能而稱大君子之美不爲僭越也伏惟詳

察愈恐懼再拜

為分司郎官上鄭餘慶尚書相公啓

愈啓伏蒙仁恩猥一作許賜示問感戴戰悚一作慄若無所容措然尚有厭誠須盡露於左右者敢避其煩瀆懷不滿之意於受恩之地哉愈幸甚三得為屬吏朝夕不離門下出入五年竊自計較受與報不宜在門下諸從事後故事有當言未嘗敢不言有不便於己輒吐私情閤下所宜憐也分司郎官職事惟祠部為煩且重愈獨判二年日與宦者為敵相伺候罪過惡言詈辭狼藉公牒不敢為恥實慮陷禍故前者懷狀乞與諸郎官更判意雖甚專事欲遂爾言語精神不能自明不蒙察允遂其以懇歸僶俛上音日泯日遂踰累旬私圖其宜敢以病告鳲鳩平均歌於國風從

事獨賢雅以怨刺伏惟俯（一無俯字）加憐察幸甚幸甚愈再拜

爲河南令上留守鄭相公啓

愈啓愈爲相公官屬五年辱知辱愛伏念曾無絲毫事爲報荅效日夜思慮謀畫以爲事大君子當以道不宜苟且求容悅故（一有每字）於事未甞敢疑惑宜行則行宜止則止受容受察不復進謝自以爲如此眞得事大君子之道今雖蒙沙汰爲縣固猶在相公治下未同去離門牆爲故吏爲（一無爲字）形跡嫌疑改前所爲以自疏外於大君子固當不待煩説於左右而後察也人有告人辱駡其妹與妻爲其長者得不追而問之乎追而不至爲其長者得不怒而杖之乎坐軍營操兵守禦爲留守出入前後驅從者此眞爲軍人矣坐坊市賣餅又稱軍人則誰非軍人也愚以爲此

恨

必姦人以錢財賂將吏盜相公文牒竊注名姓於軍籍中以陵駕一作毀府縣此固相公所欲去奉法吏所當嫉矣雖捕繫杖之未至過也昨聞相公追捕所告受辱罵者愚以爲大君子爲政當有權變始似小異要歸於正耳軍吏紛紛入見告屈爲甚長者一無者字安得不小致爲之一作之言之意乎未敢以此仰疑大君子及見諸從事說則與一有諸字小人所望信者少似乖戾雖然豈敢生疑一有於字萬一必諸從事與諸將吏未能去朋黨心蓋覆黤黮上烏感切下徒感切甚黑也劉伶客舍詩黤黮元夜陰不以眞情狀白露左右小人私受恩良久安敢閑蓄以爲私恨不一二陳道伏惟相公憐察幸甚幸甚愈無適時才用漸不喜爲吏得一事爲一作名字可自罷乃罷一無乃罷二字一乃字作名字去不啻如棄涕唾無一分顧藉心故失大君子

纖芥意始立山重守官去官惟今日指揮愈惶懼再拜

音註韓文公文集卷第十五

音註韓文公文集卷第十六

書

上宰相書 一有三首字 一有一首字

正月二十七日前鄉貢進士韓愈謹伏光範門下再拜獻書相公閣下詩之序曰菁菁者莪樂育材也君子能長育人材則天下喜樂之矣其詩曰菁菁者莪在彼中阿既見君子樂且有儀說者曰菁菁者盛也莪微草也阿大陵也言君子之長育人材若大陵之長育微草能使之菁菁然盛也 一無也字 既見君子樂且有儀云者天下美之之辭也其三章曰既見君子錫我百朋說者曰百朋多之之辭也言君子既長育人材又當爵命以賜之厚祿以寵貴之云爾其卒章曰汎汎楊舟載沉載浮既見君子我心則休說者

曰載者舟一作載也浮沉者物也言君子之於人材無所不取若舟之於物浮沉皆載之云爾既見君子我心則休云者言若此則天下心美之也君子之於人也既長育之又當爵命寵貴之而於其才無所遺焉孟子曰君子有三樂王天下不與存焉其一曰樂得天下英才而教育之此皆聖人賢士之所極言至論古今之所宜法者也然則孰能長育天下之人材將非吾君與吾相乎孰能教育天下之英才將非吾君與吾相乎幸今天下無事小大之官各守其所錢穀甲兵之問不至於廟堂論道經邦之暇捨此宜無大者焉今有人生二十八年矣名不著於農工商賈之版其業則讀書著文歌頌堯舜之道雞鳴而起孜孜焉亦不為利其所讀皆聖人之書楊墨釋老之學無所入於

其心其所著皆約六經之旨而成文抑邪與（興一作）正辨時俗之所惑居窮（一有守字）約亦時有感激怨懟（音隊爾雅懟怨也詩彊禦多懟）奇怪之辭以求知於天下亦不悖於教化妖淫諛佞譸張（上音輈誑也書民無或胥譸張爲幻）之説無所出於其中四舉於禮部乃一得三選於吏部卒無（一有所字）成九品之位其可望一畝之宅其可懷遑遑乎四海無所歸恤恤于飢不得食寒不得衣濱於死而益固得其所者爭笑之忽將棄其舊而新是圖求老農老圃而爲師悼本志之變化中夜涕泗交頤雖不足當詩人孟子之謂抑長育之使（一有其字）成材（才一作）其亦可矣教育之使成才其亦可矣抑又聞古之君子相其君也（一作古君子之相其君也）一夫不獲其所若己推而內之溝中今有人生七年而學聖人之道以修其身積二十一（今本偏一字）年不得

已一朝而毀之是亦不獲其所矣伏念今有仁人在上位若不往告之而遂行是果於自棄而不以古之君子之道待吾相也其可乎寧往告焉若不得（一有其字）志則命也其亦行矣洪範曰凡厥庶民有猷有為有守汝則念之不（一作弗）協于極不（一作弗）罹（一作離）于咎皇則受之而康而色曰予攸好德汝則錫之福是皆與善之辭也抑又聞古之人有自進者而君子（一作君子而）不逆之矣曰予攸好德汝則錫之福之謂也抑又聞上之設官制祿必求其人而授之者非苟慕其才而富貴其身也蓋將用其能理不能用其明理不明者耳下之修己立誠必求其位而居之者非苟役於利而榮於名也蓋將推己之所餘以濟其不足者耳然則上之於求人下之於求位其交相求而一致焉耳苟以是而為心

則上之道不必難其下，下之道不必難其上，可舉而舉焉，不必讓於其自舉也；可進而進焉，不必廉於其自進也。抑又聞上之化下，得其道則（一作其）勸賞不必徧加乎天下，而天下從焉，因人之所欲爲而遂推之之謂矣（一作也）。今天下不由吏部而仕進者幾稀矣。主上感傷山林之士有逸遺者，屢詔內外之臣旁求儒雅于四海，而其至者蓋闕焉。豈其無人乎哉？亦見國家不以非常之道禮之而不來耳。彼之處隱就閑者，亦人耳。其耳目鼻口之所欲，其心之所樂，其體之所安，豈有異於人乎哉？今所以惡衣食，窮體膚，麋鹿之與處，猿狖（音抽）之與居，固自以其身不能與時從（一作俗）順俯仰，故甘心自絕而不悔焉。而方聞（一有今字）國家之仕進者，必舉於州縣，然後升於禮部吏部，試之以繡繪彫琢之文考之以轂勢之逆順章句之短長中其程式者然後得從下士之列雖有化俗之方安邊之晝不繇是而稍進者萬不有一得焉彼惟恐入山之不深入林之不密其影響昧昧惟（一作之）恐聞於人也今若聞有以書上（一作進）宰相而求仕者（一有而字）宰相不辱焉而薦之天子天子（一本無此二字有而字）爵命之而布其書於四方枯槁沉溺魁閎寛通之士必且洋洋焉動其心峨峨焉纓其冠于于焉而來矣此所謂勸賞不必徧加乎天下而天下從焉者也因人之所欲為而遂推之之謂者也伏惟覽詩書孟子之所指念育才錫福之所以考古之君子相其君之道而忘自進自舉之罪思設官制禄之故以誘致山林逸遺之士庶天下之行道者知所（一有依字）歸焉小子不敢自幸其嘗（一作常）所著文輒採

其可者若干首録在異卷（一有冀字）辱賜觀焉干黷尊嚴伏地待罪愈再拜

後十九日復上書

二月十六日前鄉貢進士韓愈謹再拜言相公閤下向上書及所著文後待命凡十有九日不得命恐懼不敢逃遁不知所爲乃復敢自納於不測之誅以求畢其說而請命於左右愈聞之蹈水火者之求免於人也不惟其父兄子弟之慈愛然後呼而望之也將有介於其側者雖其所憎怨苟不至乎欲其死者則將大其聲疾呼而望其人之救也彼介於其側者聞其聲而見其事不惟其父兄子弟之慈愛然後往而全之也雖有所憎怨苟不至乎欲其死者則將狂（一作往）奔盡氣濡手足焦毛髮救之而不辭也若是

者何哉其勢誠急而其情誠可悲也愈之彊學力行有年矣其一無其字愚一有甚字一曰愚也不惟道之險夷行且不息以蹈於窮餓之水火其既危且亟矣大其聲而疾呼矣閣下其亦聞而見之矣一作歟其將往而全之歟抑將安而不救之歟有來言於閣下者曰有觀溺於水而爇於火者有可救之道而終莫之救也閣下且以爲仁人乎哉不然若愈者亦君子之所宜動心者也或謂愈一有曰字子言則然矣宰相則知子矣如時不可何竊謂之不知言者誠其才能不足當吾相之舉耳若所謂時者固在上位者爲之耳非天之所爲也前五六年時宰相薦聞尚有自布衣蒙抽擢者與今豈異時哉且今節度觀察一有使及二字防禦營田及諸小使等尚得自舉判官無問於已仕未仕者況在宰相吾君所尊

歛者而曰不可乎古之進人者或取於盜或舉於管庫今
布衣雖賤猶足以方於此情隘辭蹙不知所裁亦惟少垂
憐焉愈再拜

後二十九日復上書

三月十六日（一有羈旅字）前鄉貢進士韓愈謹再拜言相公閤
下愈聞周公之爲輔相急於見賢也方一食三吐其哺方
一沐三握其髮當是時天下之賢才皆已舉用姦邪讒佞
欺負之徒皆已除去四海皆已無虞九夷八蠻在荒服之
外者皆已賓貢天災時變昆蟲草木之妖皆已銷息天下
之所謂禮樂刑政教化之具皆已修理風俗皆已敦厚動
植之物風雨霜露之所沾被者皆已得宜休徵嘉瑞麟鳳
龜龍之屬皆已備至而周公以聖人之才憑叔父之親其

所輔理承化之功又盡章章如是其所求進見之士豈復有賢於周公者哉不惟不賢於周公而已豈復有賢於時百執事者哉豈復有所計議能補於周公之化者哉然而周公求之如此其急惟恐耳目有所不聞見思慮有所未及以負成王託周公之意不得於天下之心如周公之心設使其時輔理承化之功未盡章章如是而非聖人之才而無叔父之親則將不暇食與沐矣豈特吐哺握髮爲勤而止哉惟其如是故于今頌成王之德而稱周公之功不衰今閤下爲輔相亦近耳天下之賢才豈盡舉用姦邪讒佞欺負之徒豈盡除去四海豈盡無虞九夷八蠻之在荒服之外者豈盡賓貢天災時變昆蟲草木之妖豈盡銷息天下之所謂禮樂刑政教化之具豈盡修理風俗豈盡敦

厚動植之物風雨霜露之所霑被者豈盡得宜休徵嘉瑞麟鳳龜龍之屬豈盡備至其所求進見之士雖不足以希望盛德至一作如比於百執事豈盡出其下哉其所稱說豈盡無所補哉今雖不能如周公吐哺握髮亦宜引而進之察其所以而去就之不宜默默而已也愈之待命四十餘日矣書再上而志不得通足三及門而閽人辭焉惟其昏愚不知逃遁故復有周公之說焉一有閣下其亦察之六字古之士三月不仕則相弔故出疆必載質然所以重於自進者以其於周不可則去之於魯於魯不可則去之於齊於齊不可則去之宋之鄭之秦之楚也今天下一君四海一國舍乎此則夷狄矣去父母之邦矣故士之行道者不得於朝則山林而已矣山林者士之所獨善自養而不憂天下者之

所能安也如有憂天下之心則不能矣故愈每自進而不知愧焉書亟上足數及門而不知止焉寧獨如此而已惴惴焉惟恐不得出大賢之門下是懼亦惟少垂察焉瀆冒威尊惶恐無已愈再拜

答侯繼書

裴子自城來得足下一書明日又於崔大處得足下陝州所留書讀而復之不能自休尋知足下不得留僕又為考官（一作功）所辱欲致一書聞足下弃自舒其所懷含意連辭將發復已卒不能成就其說及得足下二書凡僕之所欲進於左右者足下皆以自得之僕雖欲（一作復）重累其辭諒無居足下之意外者故絕意不為行亦（一作亦行）自念方將（一作當）遠去潛深伏隩（於到切四方土可居爾雅里内為隩一作奥）與時世不相聞

雖足下之思我無所窺尋其輝光故不得不有書爲别非
復有所感發也僕少好學問自六經之外百氏之書未有
聞而不求得而不觀者也然其所志惟在其意義所歸至
於（一作于）禮樂之名數陰陽土地星辰方藥之書未嘗一得
其門戶雖今之仕進者不要此道然古之人未有不通此
而能爲大賢君子者也（一無也字）僕雖庸愚每讀書輒用自愧
今幸不爲時所用無朝夕役役之勞將試學焉力不足而
後止猶將愈於汲汲於時俗之所爭（一作事）既不得而（一作即）
怨天尤人者此吾今（一無今字）之（一有本字）志也懼足下以吾退歸
因謂（一有我字）不復能自彊不息故因書奉曉冀足下知吾之
退未始爲不進而衆人之進未始爲不退也既貨馬即求船
東下二事皆不過後月十（趙本作旬）日有相問者爲我謝焉愈

再拜

答崔立之書

斯立足下僕見險不能止動不得時顛頓狼狽（音貝）失其所
操持困不知變以至辱於再三君子小人之所憫笑天下
之所背而馳者也足下猶復以爲可教貶損道德乃至（一有
于字）手筆以問之扳援（上音攀又音班下于元反）古昔辭義高遠且進且
勸足下之（一無此三字）於故舊之道得之矣雖僕亦固望於吾
子不敢望於他人者耳然尚有似不相曉者非故（一作固）欲
發余乎不然何子不以丈夫期我也不能默默聊復自明
僕始年十六七時未知人事讀聖人之書以爲人之仕者
皆爲人耳非有利乎己也及年二十時苦家貧衣食不足
謀於所親然後知仕之不唯爲人耳及來京師見有舉進

士者，人多貴之。僕誠樂之，就求其術，或出禮部所試詩賦
策等以相示，僕以爲可無學而能，因詣州縣求舉。有司好
惡出於其心，四舉而後有成，亦未即得仕。聞吏部有以博
學宏辭選者，人尤謂之才，且得美仕，就求其術，或出所試
文章，亦禮部之類，(一有也字)私怪其故，然猶樂其名，因又詣州
府求舉，凡二試於吏部，一既得之，而又黜於中書，雖不得
仕，人或謂之能焉。退因自取所試讀之，乃類乎(一作於)俳優
者之辭，顏忸怩而心不寧者數月。既已爲之，則欲有(一有所字)
成就，書所謂恥過作非者也。因復求舉，亦無幸焉，乃復自
疑，以爲所試與得之者，不同其程度，及得觀之，余亦無甚
愧焉。夫所謂博學者，豈今之所謂者乎？夫所謂宏辭者，豈
今之所謂者乎？誠使古之豪傑之士，若屈原、孟軻、司馬遷

相如揚雄之徒進於（一作于）是選（一有僕字）必知其懷（一作愧）慙乃不自進而已耳設使與夫今之善進取者競於蒙昧之中僕必知其辱焉然彼五子者且使生（一作出）於今之世其道雖不顯於天下其自負何如哉肯與夫斗筲者決得失於一夫之目而爲之憂樂哉故凡僕之汲汲於進者其小得蓋欲以具裘葛養窮孤其大得蓋欲以同吾之所樂於人耳其他可否自計已熟誠不待人而後知今足下乃復比之獻玉者以爲必俟良工（一作工人）之剖然後見知於天下雖刖兩（一作兩刖）足（一有而字）不爲病（一作痛）且無使勍者再剋誠足下相勉之意厚也然仕進者豈捨此而無門哉足下謂我必待是而後振（一作進）者尤非（一作非尤）相悉之辭也僕之玉固未嘗獻而足固未嘗刖（一有足下字）無爲我戚戚也方今天下風

俗尚有未（一作未有）及於古者邊境尚有被甲執兵者主上不得怡而宰相以爲憂僕雖不賢亦且潛究其（一無其字）得失致之乎吾相薦之乎吾君上希卿大夫之位下猶取一障而乘之若都不可得猶將耕於寬閑之野釣於寂寞之濱求國家之遺事考賢人哲士之所終始作唐之一經垂之於無窮誅姦諛於既死發潛（趙本作穀盛）德之（趙本作於）幽光二者將必有一可足下以爲僕之玉凡幾獻而足凡幾刖也又所謂勍（渠京切）者果誰哉再尅之刑信如何也士固伸於知己微足下無以發吾之狂言愈再拜

答李翊書

六月二十六日愈白李生足下生之書辭甚高而其問何下而恭也能如是誰不欲告生以其道道德之歸也有

日矣況其外之文乎抑愈所謂望孔子之門牆而不入于其宮者也焉足以知是且非邪雖然不可不爲生言之生所謂立言者是也生所爲者與所期者甚似而幾矣抑不知生之志蘄勝於人而取於人邪將蘄至於古之立言者邪蘄勝於人而取於人則固勝於人而可取於人矣將蘄至於古之立言者（一有耶字）則無望其速成無誘於勢利（勢一作世）養其根而俟其實加其膏而希其光根之茂者其實遂膏之沃者其光曄仁義之人其言藹如也抑又有難者愈之所爲不自知其至猶未也雖然學之二十餘年矣始者非三代兩漢之書不敢觀非聖人之志不敢存處若忘行若遺儼乎其若思茫乎其若迷當其取於心而注於手也惟陳言之務去戛戛乎其難哉其觀於人也不知其非笑之

爲非笑也，如是者亦有年，猶不改，然後識古書之正僞，與雖正而不至焉者，昭昭然白黑分矣，而務去之，乃徐有得也。當其取於心而注於手也，汨汨（越筆切）然來矣。其觀於人也，笑之則心（一無心字）以爲喜，譽之則心（一無心字）以爲憂，以其猶有人之說者存也。如是者亦有年，然後浩乎其沛然矣。吾又懼其雜也，迎而距之，平心而察之，其皆醇也，然後肆焉。雖然，不可以不養也。行之乎仁義之途，游之乎詩書之源（一作府），無迷其途，無絶其源（一作虛其府），終吾身而已矣。氣，水也；言，浮物也。水大而物之浮者小大畢浮。氣之與言猶是也，氣盛則言之短長與聲之高下者皆宜。雖如是，其敢自謂幾於成乎？雖幾於成，其用於人也奚取焉？雖然，得（一作待）用於人者，其肖於器（一本有耶字）。用則時用焉，用與舍屬諸人。君子則不然處心有道行己有方用則施一作垂諸人舍則傳諸其徒垂諸文而爲後世法如是者其亦足樂乎其無足樂也有志乎古一有之字者希矣志乎古必遺乎今吾誠樂而悲之亟稱其人所以勸之非敢褒其可褒而貶其可貶也問於愈者多矣一有愈字念生之言不志乎利聊相爲言之愈白

重答李翊書

愈白李生生之自道其志可也其所疑於我者非也人之來者雖其心異於生其於我也皆有意焉君子之於人無不欲其入於善寧有不可告而告之孰有可進而不進也言辭之不酬禮貌之不答一作恭雖孔子不得一作能行於互鄉宜乎余一作愈之不爲也苟來者吾斯進之而已矣烏待其禮踰而情過乎雖然生之志求知於我耶求益一作咨於

我耶其思廣聖人之道耶其欲善其身而使人不可及耶其何汲汲於知而求待之殊也賢不肖固有分矣生（一無生字）其急乎其所自立而無患乎人不已知未嘗聞有響大而聲微者也況愈之於生懇懇邪屬有腹疾無聊不果自書愈白

代張籍與浙東觀察李中丞書（遜）

月日前某官某謹東向再拜寓書浙東觀察使中丞李公閣下籍聞議論者皆云方今居古方伯連帥之職坐一方得（一作能）專制於其境內者惟閣下心事犖犖（昌角切）與俗輩不同籍固以藏之（一作於）胸中矣近者閣下從事李協律翺到京師籍於李君朋友也不見六七年聞其至馳往省之問無恙外不暇出一言且先賀其得賢主人李君曰子豈

盡知之乎吾將盡言之數日籍益聞所不聞籍私獨喜
常以爲自今已後不復有知古人者於今忽有之退一有而字
自悲不幸兩目不見物無用於天下胸中雖有知識家無
錢財寸步不能自致今去李中丞五千里何由致其身於
其人之側開口一吐出胸中之奇乎因飲泣不能一無能字語
既數日復自奮曰無所能人乃宜以盲廢有所能人雖盲
當廢一有棄字於俗輩不當廢於行古人之道者浙水東七州
戶不下數百萬不盲者何限李中丞取人固當問其賢不
賢不當計其盲與不盲也當今盲於心者皆是若籍自謂
獨盲於目爾其心則一作故能別一作討是非若賜之坐而問
之其口固能言也幸未死實欲一吐出一有心中字平生所知
閣下能信而置之於門耶籍又善爲古詩使其心不以憂

大四、八七

衣食亂（一有也字）閤下無事時一致之座側使跪進其（一作籍）所有閤下憑几而聽之未必不如聽（一作聆）吹竹彈絲敲金擊石也夫盲者業於藝必專故樂工皆盲籍儻可與此輩比並乎使籍誠不以畜妻子憂飢寒亂心有錢財以濟醫藥其盲未甚庶幾（一有其字）復見天地日月因得不廢則自今至死之年皆閤下之賜（一有也字）閤下濟之以已絶之年賜之以既盲之視其恩輕重大小籍宜如何報也閤下裁度之籍慙靦（他典切一音腆面慙）再拜

答李師錫（一云圖南）秀才書

愈白故友李觀元賓十年之前示愈別吴中故人詩六章其首章則（一作取）吾子也盛有所稱引（一作況）元賓行峻潔清其中狹隘不能包（一作苞）容於尋常人不肯苟有論説因究

其所以於是知吾子非庸庸衆人（一作非庸庸之衆 一作非庸衆人）時吾子在吳中其後愈出在外無因緣相見元賓既沒其文益可貴重思元賓而不見見元賓之所與者則（一作即）如元賓焉今者辱惠書（一作今辱示書）及文章觀其姓名元賓之聲容怳（許往切）若相接讀其文辭見元賓之知人交道之不汙甚矣子之心有似乎（一作於）吾元賓也子之言以愈所爲不違孔子不以琢雕爲工將相從於此愈敢自愛其道而以辭讓爲事乎然愈之所志於古者不惟其辭之好好其道焉爾讀吾子之辭而得其所用心將復有深於是者與吾子樂之況其外之文乎愈頓首

答陳生書（師錫 一云陳生商）

愈白陳生足下今之負名譽享顯榮者在上位幾人足下

求遠化之術，不於其人，乃以訪愈，是所謂借聽於聾，求道於盲，雖其請之勤勤，教之云云，未有見其得者也。愈之志在古道，又甚好其言辭，觀足下之書及十四篇之詩，亦云有志於是矣，而其所問則名，所慕則科，故愈疑於其對焉。雖然，厚意不可虛辱，聊爲足下誦其所聞：蓋君子病乎在己，而順乎在天，待己以信，而事親以誠。所謂病乎在己者，仁義存乎內，彼聖賢者能推而廣之，而我蠢然爲衆人；所謂順乎在天者，貴賤窮通之來，平吾心而隨順之，不以累于其初；所謂待己以信者，己果能之，人曰不能，勿信也；己果不能，人曰能之，勿信也（趙本無此十一字），孰信哉？信乎己而已矣；所謂事親以誠者，盡其心，不夸於（一有其字）外，先乎其質，而後乎其文者也。盡其心不夸於（一有其字）外者，不以己之得於外者爲父母榮也名與位之謂也先乎其質者文行也後乎其文者飲食甘旨以其外物供養（一作食）之道者也誠者不欺之名也待於外而後爲養薄於質而厚於文斯其不類於欺歟果若是子之汲汲於科名以不得進爲親之羞者惑也速化之術如是而已古之學者（一云古人之學）惟義之問誠將學於太學愈獨（一作猶）守是說而俟見知（一無知字）焉愈白

答李翊書

使至辱（一有足下字）書歡愧來并不容于心嗟乎子之（一有書字）言意皆是也僕雖巧說何能逃其責邪然皆子之愛我多重我厚不酌時人待我之情而以子之待我之意使我望於時人也僕之家本窮空重遇攻刼衣服無所得養生之具

無所有一去養體之具一無以有家累僅三十口攜戶圭切此將安所歸託乎捨之入京不可也挈之而行不可也足下將安以為我謀哉此一事耳足下誠謂我入京城有益乎一作足下誠謂我入京城有所益乎僕之所有子猶有不知者時人能知我哉持僕所守驅一作執而使奔走伺候公卿間一作門開口論議其安能有以一作所合乎僕在京城八九年無所取資日求於人以度時月當時行之不覺也今而思之如痛定之人思當痛之時不知何能自處也今年一有己字加長矣復驅之使就其故地是亦難矣所貴乎京師者得一作豈不以明天子在上賢公卿在下布衣韋帶之士談道義者多乎以僕遑遑於其中能上聞而下達乎其知我者固少知而相愛不相忌一作忘者又加少內無所資外無所從一作縱終安所為乎

嗟乎子之責我誠是也愛我誠多也今天下之人有如子者乎自堯舜已來士有不遇者乎無也子獨安能使我潔清不汚而處其所可樂哉非不願爲一作如子之所云者力不足勢不便故也僕於此豈以爲大相知乎累累隨行役役逐隊飢而食飽而嬉一作渴而飲者也其所以止而不去者以其心誠有愛於僕也然所一作其愛於我者尤一無尤字少不知我者尤一作猶多吾豈一無豈字樂於此乎哉將亦有所病而求息於此也嗟乎子誠愛我矣子之所責於我者誠是矣然恐子有時不暇責我而悲我不暇悲我而自責且自悲也及之而後知履之而後難耳昔者孔子稱顏回一簞食一瓢飲在陋巷一無此三字人不堪其憂回也不改其樂彼人者有聖者一有而字爲之依歸而又有簞食瓢飲足以不死其

不憂而樂也豈不易哉若僕無所依歸無簞食無瓢飲無所取資則餓而死其不亦難乎子之聞我言亦悲矣嗟乎子亦慎其所之哉離違久乍還侍左右當日懽喜故專使馳此候足下意并以自解愈再拜

音註韓文公文集卷第十六

音註韓文公文集卷第十七

書

上張建封僕射書

九月一日愈再拜受牒之明日在使院中有小吏持院中故事節目十餘事來示愈其中不可者有自九月至明年二月之終皆晨入夜歸非有疾病事故輒不許出當時以初受命不敢言古人有言曰人各有能有不能若此者非愈之所能也抑而行之必發狂疾上無以承事于公望（一作忘）其將所以報德者下無以自立喪失其所以為心夫如是則安得而不言凡執事之擇於愈者非為其能晨入夜歸也必將有以取之苟有以取之雖不晨入而夜歸其所取者猶在也下之事上不一其事上之使下不一其事

量力而任之度才而處之其所不能不强使爲是故爲下者不獲罪於上爲上者不得怨於下矣孟子有云今之諸侯無大相過者以其皆好臣其所教而不好臣其所受教今之時與孟子之時又加遠矣皆好其聞命而奔走者不好其直己而行道者聞命而奔走者好利者也直己而行道者好義者也未有好利而愛其君者未有好義而忘其（一無其字）君者今之王公大人惟執事可以聞此言惟愈於執事也可以言此事（一云可以此言進 一云可以言此言）愈蒙幸於執事其所從舊矣若寛假之使不失其性加待之使足以爲名寅而入盡辰而退申而入終酉而退率以爲常亦不廢事天下之人聞執事之於愈如是也必皆曰執事之好（一作待）士也如此執事之待士以禮也如此執事之使人不枉其性而能

有容也如此執事之欲成人之名也如此執事之厚於故舊也如此又將曰韓愈之識其所依歸也如此韓愈之不諂屈於富貴之人也如此韓愈之賢能使其主待之以禮也如此苟如此則死於執事之門無悔也若使隨行而入逐隊而趨言不敢盡其誠道有所屈於己天下之人聞執事之於愈如此皆曰執事之用韓愈哀其窮收之而已耳韓愈之事執事不以道利之而已耳苟如是雖日受千金之賜一歲九遷其官感恩則有之矣將以稱於天下曰知己則未也伏惟哀察其所不足矜其愚不錄其罪察其辭而垂仁採納焉愈恐懼再拜

答胡直均書

愈頓首胡生秀才足下雨不止薪蒭價益高生遠客懷道

守義非其人不交得無病乎斯須(一作傾竭)不展思想無已愈不善自謀口多而食寡然猶月有所入以愈之不足知生之窮也至於是而不悔非信道篤行者其誰能之所示千百言略不及此而以不屢相見爲憂謝相知爲急謀道不謀食樂以忘憂者生之謂矣顧無以當(一作者)之如何夫別是非分賢與不肖公卿貴位者之任也愈不敢有意於是如生之徒於我厚者知其賢時或道之於生未有所(一作乃非)益也不知者乃用是爲謗不敢自愛懼生之無益而有傷也如之何若曰彼有所合吾不利其求(一有不得字)則庶可矣生又離鄉邑去親愛甘辛苦而不厭者本非爲是也如之何愈之於生既不變矣戒生無以示愈者(一有謂字)語於人用息不知者之謗生慎從之講禮釋友二篇比舊(一作此書)尤嘉

志深而喻切因事以陳辭古之作者正如是爾愈頓首

上于襄陽書

七月三日將仕郎守國子四門博士韓愈謹奉書尚書閣下天下之士之能享大名顯當世者莫不有先進（一作達）之士負天下之望者爲之前焉士之能垂休光照後世者亦莫不有後進之士負天下之望者爲之後焉莫爲之前雖美而不彰莫爲之後雖盛而不傳是二人者未始不相須也然而千百載乃一相遇焉豈上之人無可援下之人無可推（援音袁推他回切引進也禮記上弗援下弗推）歟何其相須之殷而相遇之疏也其故在下之人負其能不肯諂其上上之人負其位不肯顧其下故高材多戚戚之窮盛位無赫赫之光是二人者之所爲皆過也未嘗干之不可謂上無其人未嘗求之不

可謂下無其人。愈之誦此言久矣，未嘗敢以聞於人。側聞閤下抱（一作苞）不世之才，特立而獨行，道方而事實，卷舒不隨乎時，文武惟其所用，豈愈所謂其人哉？抑未聞後進之士有遇知於左右、獲禮於門下者，豈求之而（一無而字）未得耶？其（一作將）志存乎立功，而事專乎報主，雖遇其人（一有而字）未暇禮邪？何其宜聞而久不聞也？愈雖不材，其自處不敢後於常人，閤下將求之而未得歟？古人有言曰：請自隗（五罪切）始。愈今者惟朝夕芻米僕賃之資是急，不過費閤下一朝之享（一作宴）而足也。如曰吾志存乎立功，而（一無而字）事專乎報主，雖遇其人，未暇禮焉，則非愈之所敢知也。世之齪齪（測角切）者既不足以（一作與）語之，磊落奇偉之人又不能聽焉，則信乎命之窮也。謹獻舊所為文一十八首，如賜覽觀，亦足

知其志之所存愈恐懼再拜

與崔羣書 洪曰劉禹錫云韓十八大輕薄謂李念八程曰某與丞相崔大羣同年往還直是聰明過人李曰何處過人韓曰往還二十餘年不曾說著文章豈不是聰明過人也按退之與君羣書稱羣不容口不應有此語蓋禹錫晩與公不協溢惡之言耳

自足下離東都凡兩度枉問尋承已達宣州主人仁賢同列皆君子雖抱羇居宜切旅之念亦且可以度日無入而不自得樂天知命者固前修之所以御外物者也況足下度越此等百千輩豈以出處近遠累其靈臺邪宣州雖稱清涼高爽然皆大江之南風土不並以北將息之道當先理其心心閑無事然後外患不入風氣所宜可以審備小小者亦當自不至矣足下之賢雖在窮約猶能不改其樂況地至近官榮祿厚親愛盡在左右者邪所以如此云云者

以爲足下賢者宜在上位託於幕府則不爲得其[一無其字]所是以及之乃相親重之道耳非所以待足下也僕自少至今從事於往還朋友間一十七年矣日月不爲不久所與[一無所與字]交往相識者千百人非不多其相與如骨肉兄弟者亦且不少或以事同或以藝取或慕其一善或以其久故或初不甚知而與之已密其後無大惡因不復決捨或其人雖不皆入於善而於己已厚雖欲悔之亦[一無亦字]不可凡諸淺者固不足道深者止如此至於心所仰服[一作伏]考之言行而無瑕尤窺之閫奥而不見畛域明白淳粹輝光日新者惟吾崔君一人僕愚陋無所知曉然聖人之書無所不讀其精麤巨細出入明晦雖不盡識抑不可謂不涉其流者也以此而推之以此而度之誠知足下出羣拔萃

無謂僕何從而得之也與足下情義寧須言而後自明邪所以言者懼足下以（一無以字）爲吾所與深者多不置（一作致）白黑於胸中耳既謂能粗知足下而復懼足下之不我知亦過也比亦有人說足下誠盡善盡美矣抑猶可疑者僕謂之曰何疑疑者曰君子當有所好惡（好惡一作法）好惡不可不明如清河者人無賢愚無不說其善服其爲人以是而疑之耳僕應之曰鳳凰芝草賢愚皆以爲美瑞青天白日奴隷亦知其清明譬之於食物至於遐方異味則有嗜者有不嗜者至於稻也粱也膾也胾（之夜切）也豈聞有不嗜者哉疑者乃解解不解於吾崔君無所損益也自古賢者少不肖者多自省事已來又見賢者恒不遇不賢者比肩青紫賢者恒無以自存不賢者志滿氣得賢者雖得卑位則旋而

死不賢者或至眉壽不知造物者[一有意字]竟如何無乃所好惡與人異心哉又不知無乃都不省記任其死生壽夭邪未可知也人固有薄卿相之官千乘之位而甘陋巷菜羹者同是人也猶有好惡如此之異者況天之與人當必異其所好惡無疑也合於天而乖於人何害況又時有兼得者邪崔君無怠崔君無怠僕無以自全活者從一官於此轉困窮甚思自放於伊潁之上當亦終得之近者尤衰憊[蒲拜切]左車第二牙無故動搖脱去目視昏花尋常間便不分人顔色兩鬢半白頭髮五分亦白其鬚亦有一莖兩莖白者僕家不幸諸父諸兄皆康彊早世如僕者又可以圖於久長哉以此思忽忽與足下相見一道其懷小兒蒲前不能顧念足下何由得歸北來僕不樂江南官蒲便終

老嵩高（一有山字）下，足下可相就，僕不可去矣。珍重自愛，慎飲食，少思慮，惟此之望。愈再拜。

與陳京給事書

愈再拜。愈之獲見於閤下有年矣。始者亦甞辱一言之譽。貧賤也，衣食於奔走，不得朝夕繼見。其後閤下位益尊，伺候於門牆者日益進。夫位益尊，則賤者日隔；伺候於門牆者日益進，則愛博而情不專。愈也道不加修，而文日益有名。夫道不加修，則賢者不與；文日益有名，則同進者忌。始之以日隔之跡，加之以不專之望，以不與者之心，而聽忌者之說，由是閤下之庭，無愈之跡矣。去年春，亦甞一進謁於左右矣。溫乎其容，其若加其新也矣（一無矣字）；厲乎其言，其若憫其窮也矣（一無矣字）。退而喜也，以（一作若之）告於人。其後如東京取妻子又不得朝夕繼見及其還也亦嘗一進謁于左右矣邈乎其容其若不察其愚也悄乎其言其若不接於情也退而懼也不敢復進今則釋然悟翻然悔曰其邈也乃所以怒其來之不繼也其悄也乃所以示其意也不敏之誅無所逃避不敢遂進輒自疏其所以并獻近所爲文一無文字復志賦巳下十首爲一卷卷有標軸送孟郊序一首生紙寫不加粧飾皆有指注字處急於自解而謝不能俟更寫閣下取其意一信言而略其禮可也愈恐懼再拜

答馮宿書

垂示僕所闕非情之至僕安得聞此言朋友道缺絶久矣無有相箴規磨切之道僕何幸乃一有復字得吾子僕嘗閔時俗人有耳不自聞其過懔懔然惟恐巳之一作乆不自聞也

而今而後有望於吾子矣然足下與僕交久僕之所守足
下之所熟知在京城時嚚嚚之徒相訾音紫百倍足下時與
僕並一作居居一無居字朝夕同出入起居亦見僕有不善乎然僕
退而思之之一無之字雖無以獲罪於人亦有以獲一作服罪於人
者僕至京城一年不一至貴人之門人之所趨僕之所傲
與已合者則從之遊不合者雖造吾廬未嘗與之坐此豈
徒足致謗而已不戮於人則幸也追思之可爲戰慄寒心
故至此已來尅己自下雖不肖人至未嘗敢以貌慢之況
時所尚者邪以此自謂庶幾無時患不知猶復云云也聞
流言不信其行嗚呼不復有斯人也君子不爲小人之恟
恟許拱切而易其行僕何能爾不一作委曲從順向一作望風承
意汲汲恐不得合猶且不免云云命也如何然子路聞其

過則喜禹聞昌言則下車拜古人有言曰告我以吾過者
吾之師也願足下不憚煩苟有所聞必以相告吾亦有以
報子不敢虛也不敢忘也愈再拜

與衛中行書

大受足下辱書爲賜甚大然所稱道過盛豈所謂誘之
而欲其至於是歟不敢當不敢當其中擇其一二近似者
而竊取之則於交友忠而不反於背面者少似近焉亦其
心之所好耳行之不倦則未敢自謂能爾也一有不敢當字
至於汲汲於富貴以救世爲事一作業者皆聖賢之事業知
其智謀與力一作智能謀力者非能任者也如愈者又焉能之始相
識時方甚貧衣食於人其後相見於汴徐二州僕皆爲之
從事日月有所入比之前時豐約百倍足下一無足下字視吾

飲食衣服亦有異乎然則僕之心或不為此汲汲也其所不忘於仕進者亦將小行乎其志耳此未易遽（其與切）言也

凡禍福吉凶之來似不在我惟君子得禍為不幸而小人得禍為恒君子得福為恒而小人得福為不幸以其所為似有以取之也必曰君子則吉而小人則凶者不可也賢不肖存乎己貴與賤禍與福存乎天名聲善惡存乎人存乎己者吾將勉之存乎天存乎人者吾將任彼而不用吾力焉其所守者豈不約而易行哉足下曰命之窮通自我為之吾恐未合於道足下徵前世而言之則知矣若曰以道德為己任窮通之來不接吾心則可也窮居荒涼草樹茂密出無驢馬因與人絕一室之內有以自娛足下喜吾復脫禍亂不當安安而居遲遲而來也愈再拜

上張僕射第二書

愈再拜以擊毬事諫執事者多矣諫者不休執事不止此非爲其樂不可捨其諫不足聽故也諫不足聽者辭不足感人心也樂不可捨者患不能切身也今之言毬之害者必曰有危墮（一作隧）之憂有激射之虞小者傷面目大者殘形軀執事聞之若不聞者其意必曰進若習熟則無危墮之憂避能便捷則免激射之虞小何傷於面目大何累於形軀者哉愈今所言皆不在此其指要非以他事外物牽引相比也特以擊毬之間之（一無之字）事明之耳馬之與人情性殊異至於筋骸之相束血氣之相持安佚則適勞頓則疲者同也乘之有道步驟折中少必無疾老必後衰及以之馳毬於場蕩搖其心腑振撓其筋骨氣不及出入走不

及迴旋遠者三四年，近者一二年，無全馬矣。然則毬之害於人也決矣。凡五藏之繫絡甚微，坐立必懸垂於胷（一作馭）臆（一作腹）之間，而以之顛頓馳騁，嗚呼，其危哉！春秋傳曰：天有尤物，足以移人，苟非德義，則必有禍。雖愷悌君子，神明所扶持，然廣慮之，深思之，亦養壽命之一端也。愈恐懼再拜。

與馮宿論文書

辱示初筮（一作仕）賦，實有意思，但力爲之，古人不難到，但不知直似古人，亦何有（一無有字）得於今人也。僕爲文久，每自則意中以爲好，即人必以爲惡矣；小稱意，即人亦小怪之；大稱意，即人必大怪之也。時時應事作俗下（一有文字二字）者，下筆令人慚，及示人，人以爲好矣。小慚者亦蒙謂之小好，大慚

者即必以爲（爲一作謂之字）大好矣不知古文眞（一作直）何用於今
世也然以俟知者知耳昔揚子雲著太玄人皆笑之子雲
之言（一無之言字）曰世不我知無害也後世復有揚子雲必好
之矣子雲死近千載竟未有揚子雲可嘆（一作類）也其時桓
譚亦以雄書勝老子老子未足道也子雲豈止與老子爭
彊而已乎（一作哉）此不爲（此不爲一云此誠未必爲）知雄者其弟子侯芭
頗知之以爲其師之書勝周易然侯（一有芭字）之他文不見於
世不知其人果如何耳以此而言作者不祈人之知也明
矣直百世以俟聖人而不惑質諸鬼神而不疑耳足下豈
不謂然乎近李翺從僕學文頗有所得然其人家貧多事
未能卒其業有張籍者年長於翺而亦學於僕其文與
翺相上下一二年業之庶幾至（一無至字一有全字）乎至也然閔其棄業

俗尚而從於寂寞之道以之爭名於時也（一有未知果能不拔去乎八字）久而不談聊感足下能自進於此故復發憤一道愈再拜

與祠部陸參員外薦士書

執事好賢樂善孜孜以薦進良士明白是非爲己任方今天下一人而已愈之獲幸於左右其足跡接於門牆之間陞乎（一作于）堂而望乎（一作于）室者亦將一年于今矣念慮所及輒欲不自疑外竭其愚而道其志況在執事之所孜孜爲己任者得不少助而張之乎誠不自識其言之可採與否其事則小人之事君子盡心之道也天下之士不可遽數又執事之志或有待而爲未敢一二言也今但言其最近而切者爾執事之與（一有同字）司貢士者相（一無相字）知識（一作誠）深矣彼之所（一有以字）望於執事執事之所以待乎彼者可謂

至而無間疑矣彼之職在乎得人執事之志在乎進賢如得其人而授之所謂兩得其求順乎其必從也執事之知人其亦博矣夫子之言曰舉爾所知然則愈之知者亦可言也〔一作矣〕文章之尤者有侯喜者侯雲長者喜之家在開元中衣冠而朝者兄弟五六人及喜之父仕不達棄官而歸喜率兄弟操耒耜而耕〔一有于野字〕地薄而賦多不足以養其親則以其耕之暇讀書而爲文以干於有位者而取足焉喜之文章學西漢而爲也舉進士十五六年矣雲長之文執事所自知其爲人淳重方實可任以事其文與喜相上下也有劉述古者其文長於爲詩文麗而思深當今舉於禮部者其詩無與爲比而又工於應主司之試其爲人溫良誠信無邪妄〔一作佞〕詐佞〔一作妄〕之心彊志而婉容和平

而有立其趨事靜以敏著美名而負屈稱者其日已久矣有韋羣玉者京兆之從子其文有可取者其進而未止者也其爲人賢而有材（一作行）志剛而氣和樂於薦賢爲善其在家無子弟之過居京兆之側遇事輒爭不從其令而從其義求弟子之賢而能業其家者羣玉是也凡此四子皆可以當執事首薦而極論者主司疑焉則以辨之問焉則以告之未知焉則殷勤而論（一作語）之期乎有成而後止可也有沈杞者張苰者（苰一作弘）尉遲（尉音鬱）汾者李紳者張後餘者李翊者或文或行皆出羣之材也凡此數子與之足以收人望得才實主司疑焉則以解之問焉則以對之廣求焉則以告之可也往者陸相公司貢士考文章甚詳愈時亦幸（一無幸字）在得中而不知陸之得人也其後一二年所與

及第者皆赫然有聲原其所以亦由梁補闕肅王郎中礎（音楚）佐之梁舉八人無有失者其餘則王皆與謀焉陸相之考文章甚詳也待梁與王如此不疑也梁與王舉人如此（一無如此字）之當也至今以爲美談自後主司不能信人人亦無足信者故蔑然（一作蔑蔑）無聞今執事之與司貢士者有相信之資（一有與字）謀行之道惜乎其不可失也方今在朝廷者多以游讌娛樂爲事獨執事眇然高舉有深思長慮爲國家樹根本之道宜乎小子之以此言聞於左右也愈恐懼再拜

音註韓文公文集卷第十七

音註韓文公文集卷第十八

書

與鳳翔邢尚書書（君牙一云與京西節度使）

愈再拜布衣之士身居窮約不借勢於王公大人則無以成其志王公大人功業顯著不借譽於布衣之士則無以廣其名是故布衣之士雖甚賤而不諂王公大人雖甚貴而不驕其事勢相須其先後相資也今閤下爲王爪牙爲國藩垣威行如秋仁行如春戎狄棄甲而遠遁朝廷高枕而不虞是豈負大丈夫平生之志願哉是豈負明天子非常之顧遇哉赫赫乎洸洸乎（一本無洸洸乎字音光）功業逐日以新名聲隨風而流宜乎讙呼海隅高談之士奔走天下慕義之人使或願馳一傳（音轉驛遽也周禮傳達于四方）或願操一戈納君於

大四•六十二

唐虞收地於河隍然而未至乎是者豈亦蓋有其（一無其字）說

云豈非待士之道未甚厚遇士之禮未甚優請粗言其事

閤下試詳而聽之夫士之來也必有求於閤下夫以貧賤

而求於富貴正其宜也閤下之財不可以徧施於天下在

擇其人之賢愚而（厚薄等級）之可也假如賢者至閤下乃一見

之愚者至不得見焉則賢者莫不至而愚者日遠矣假如愚

者至閤下以千金與之賢者至亦（一作又）以千金與之則愚

者莫不至而賢者日遠矣欲求待士之道盡於此而已矣

欲求士之賢愚在於精鑒博採之而已矣精鑒於己固已

得其十七八矣又博採於人百無一二遺者焉若果行是

道愈見天下之竹帛不足書閤下之功德矣天下之金石

不足頌閤下之形容矣愈也（一有固字）布衣之士也生七歲而

讀書十三而能文二十五而擢第於春官以文名於四方前古之興亡未嘗不經於心也當世之得失未嘗不留於意也嘗以天下之安危在邊故六月于邁來觀其師及至此都徘徊而不能去者誠悅閤下之義願少立於階墀之下望見君子之威儀也居十日而不敢進謁者誠以左右無先為容也懼閤下以衆人視之則殺身不足以滅恥徒悔恨於無窮故先陳此書具叙其所以來之意閤下其無以為狂而以禮進退之幸甚幸甚愈再拜

為人求薦書

某聞木在山馬在肆過之而不顧者雖日累千萬人未為不材與下乘也及至匠石過之而不睨(音詣)伯樂遇之而不顧然後知其非棟梁之材超逸之足也以某在公之宇下

非一日而又辱居姻婭之後是生乎匠石之園長乎伯樂之廐者也於是而不得知假如有見知者千萬人亦何足云耳（一無耳字）今幸賴天子每歲詔公卿大夫貢士若某等比（一無比字）咸得以薦聞是以冒進其說以累於執事亦不自量已然執事其知某何如哉昔人有鬻馬不售（下承呪切）於市者知伯樂之善相也從而求之伯樂一顧價增三倍某與其事頗相類是故始終言之耳再拜

應科目時與韋舍人書

月日愈再拜（一云應博學宏辭前進士韓愈謹再拜上書舍人閣下）天地之濱大江之濆（音汾水崖也詩鋪敦淮濆）曰有怪物焉蓋非常鱗凡介之品彙匹儔也其得水變化風雨上下于天不難也其不及水蓋尋常尺寸之間耳無高山大陵曠塗絕險為之關隔也然

其窮涸（下各切）不能自致乎水爲獱獺（上音頻獺之別名下他轄切水狗也）之笑者蓋八九年矣（一作十八九矣）如有力者哀其窮而運轉之蓋一舉手一投足之勞也然是物也負其異於衆也且曰爛死於沙泥吾寧樂之若俛首帖耳搖尾而乞憐者非我之志也是以有力者遇之熟視之若無覩也其死其生固不可知也今又有有力者當其前矣聊試仰首一鳴號焉庸詎知有力者不哀其窮而忘一舉手一投足之勞而轉（一有致字）之清波乎（清波一作波濤）其哀之命也其不哀之命也知其在命而且鳴號之者（一作且鳴號之者）亦命也愈今者實有類於是是以忘其疏愚之罪而有是說焉閣下其亦憐察之

答劉正（一作巖）夫書

愈白進士劉君足下辱牋教以所不及既荷厚賜且愧其

至

誠然幸甚幸甚舉進士者於先進之門何所不往先進之
於後輩苟見其志寧可以不答其意邪來者則接之舉城
士大夫莫不皆（一有能字）然而愈不幸獨有接後輩之名名之
所存謗之所歸也有來問者不敢不以誠答或問爲文宜
何師必謹對曰宜師古聖賢人曰古聖賢人所爲書具存
辭皆不同宜何師必謹對曰師其意不師其辭又問曰文
宜易宜難必謹對曰無難無易惟其是而已矣（一作惟其是耳）非
固開其爲此而禁其爲彼也夫百物朝夕所見者人皆不
注視也及覩其異者則共觀而言之夫文豈異於是乎漢
朝人莫不能爲文獨司馬相如太史公劉向楊雄爲之最
然則用功深者其收名也遠若皆與世沉浮不自樹立雖
不爲當時所怪亦必無後世之傳也足下家中百物皆賴

而用也然其所珍愛者必非常物夫君子之於文豈異於是乎今後進（一有士字）爲文能深探（他南切）而力取之以古聖賢人爲法者雖未必皆是要若有司馬相如太史公劉向楊雄之徒出必自於此不自於循常之徒也若聖人之道不用文則已用則必尚其能者能者非他能自樹立不因循者是也有文字來誰不爲文然其存於今者必其能者也顧常（一作必當）以此爲說耳愈於足下忝同道而先進者又常從遊於賢尊給事既辱厚賜又安得不進其所有以爲荅也足下以爲如何愈白

荅殷（一有衙字）侍御書

某月日愈頓首辱賜書周覽累日竦然增敬蹙然汗出以慙愈於進士中粗爲知讀經書者一來應舉事隨日生

雖欲加功竟無其暇遊從之類相熟相同不教不學悶然
不見己缺日失日（一作月字）云以至於老所謂無以自別於常
人者每逢學士真儒歎息踧踖愧生於中顏變於外不
復自比於前人（一作人前）者蒙示新注公羊春秋又聞口授指
略私心喜幸恨遭逢之晚願盡傳其學職事羈（居宜反）纏
未得繼請怠惰因循不能自強此宜在擯而不教者今反
謂少知根本其辭章近古可令叙所注書惠出非望承命
反側善誘不倦斯爲多方敢不喻所指八月益涼時得休
假儻矜其拘綴不得走請務道之傳而賜辱臨執經座
下獲卒所聞是爲大幸況近世公羊學幾絶何氏注外不
見他書聖經賢傳屏而不省要妙之義無自而尋非先生
好之樂之味於衆人之所不味務張而明之其孰能勤勤

拳拳（一作綣綣。苦遠切）若此之至固鄙心之所最急者如遂蒙開釋章分句斷其心曉然直使序所注掛名經端自託不腐其文奚詞將惟先生所以命愈再拜

答陳商書

愈白辱惠書語高而旨深三四讀尚不能通曉茫然增愧赧又不以其淺弊無過人智識且喻以所守幸甚愈敢不吐情實然自識其不足補吾子之所須也齊王好竽有求仕於齊者操瑟而往立王之門三年不得入叱曰吾瑟鼓之能使鬼神上下吾鼓瑟合軒轅氏之律呂客罵之曰王好竽而子鼓瑟瑟雖工如王不好何是所謂工於瑟而不工於求齊也今舉進士於此世求祿利行道於此世而為文必使一世人不好得無與操瑟立齊門者比歟文誠（一作）

雖字）工不利於求求不得則怒且怨不知君子必爾爲不（一有爲字）也故區區之心每有來（一作求）訪者皆有意於不肖者也略不辭讓遂盡言之惟吾子諒察愈白

與孟簡尚書書

愈白行官自南迴過吉州得吾兄二十四日手書數番忻悚兼至未審入秋來眠食何似伏惟萬福來示云有人傳愈近少信（一無信字）奉釋氏者此傳之者（一無此傳之者字）妄也潮州時有一老僧號大顛頗聰明識道理遠地無所可與語者故自山召至州郭留十數（一作數十）日實能外形骸以理自勝不爲事物侵亂與之語雖不盡解要且自（一無自字）胷中無滯礙（一無自胷中無滯礙六字一無自字）以爲難得因與來往及祭神至海上遂造其廬及來袁州留衣服爲別乃人之情非崇信其法

求福田利益也孔子云丘之禱久矣凡君子行己立身自有法度聖賢事業具在方册可効可師仰不愧天俯不愧人內不愧心積善積惡殃慶自各以其類至何有去聖人之道捨先王之法而從夷狄之教以求福利也詩不云乎豈弟君子求福不回傳又曰不爲威惕不爲利疚假如釋氏能與人爲禍福非守道君子之所懼也況萬萬無此理且彼佛者果何人哉其行事類君子邪小人邪若君子也必不妄加禍於守道之人如小人也其身已死其鬼不靈天地神祇昭布森列非可誣也又肯令其鬼行胷臆作威福於其間哉進退無所據而信奉之亦且惑矣且愈不助釋氏而排之者其亦有說孟子云今天下不之楊則之墨楊墨交亂而聖賢之道不明聖賢之道不明則三綱淪而

九法斁（音妒，敗也。書：彝倫攸斁）禮樂崩而夷狄橫（下孟切），幾何其不爲
禽獸也。故曰：能言距楊墨者，皆聖人之徒也。楊子雲曰：古
者楊墨塞路，孟子辭而闢之廓如也。夫楊墨行，正道廢，且
將數百年，以至於秦，卒滅先王之法，燒除經書，坑殺學士，
天下遂大亂。及秦滅，漢興且百年，尚未知修明先王之道。
其後始除挾書之律，稍求亡書，招學士，經雖少得，尚皆殘
缺，十亡二三。故學士多老死，新者不見全經，不能盡知先
王之事，各以所見爲守，分離乖隔，不合不公，二帝三王羣
聖人之道，於是大壞。後之學者，無所尋逐，以至于今泯泯
也。其禍出於楊墨肆行，而莫之禁故也。孟子雖賢聖，不
得位，空言無施，雖切何補？然賴其言，而今學者尚知宗孔
氏，崇仁義，貴王賤霸而已。其大經大法，皆亡滅而不救，壞

瀾而不收所謂存十一於千百安在其能廓如也然向一作苟字無孟氏則皆服左衽而言侏離上音朱南蠻語也後漢語言侏離注蠻夷語聲也矣故愈嘗推尊孟氏以爲功不在禹下者爲此也漢氏巳來羣儒區區脩補百孔千瘡隨亂隨失其危如一髮引千鈞綿綿延延寖以微滅於是時也而唱釋老於其間鼓天下之衆而從之嗚呼其亦不仁甚矣釋老之害過於楊墨韓愈之賢不及孟子孟子不能救之於未亡之前而韓愈乃欲全之於巳壞之後嗚呼其亦不量其力且見其身之危莫之救以死也雖然使其道由愈而粗傳雖滅死萬萬無恨天地鬼神臨之在上質之在傍又安得因一摧折自毀其道以從於邪也籍湜音植輩雖屢指教不知果能不叛去否辱吾兄眷厚而不獲承命惟增慙懼死罪死罪

愈再拜

答呂毉山人書

愈白惠書責以不能如信陵執轡者夫信陵戰國公子欲以取士聲勢傾天下而然耳如僕自度若世無孔子不當在弟子之列以吾子始自山出有朴茂之美意恐未礱磨以世事又自周後文弊百子爲書各自爲家亂聖人之宗後生習傳雜而不貫（一作實）故設問以觀吾子其已成熟耶（一作乎）將以爲友也其未成熟耶將以講去其非而趨其是耳不如六國公子有市於道者也方今天下入仕惟以進士明經及卿大夫之世耳其人率皆習熟時俗工於語言識形勢善候人主意故天下靡靡日入於衰壞恐不復振起務欲進足下趨死不顧利害去就之人於朝以爭救之

耳非謂當今公卿間無足下輩文學知識也不得以信陵比然足下衣破衣繫麻鞋率然叩吾門吾待足下雖未盡賓主之道不可謂無意者也足下行天下得此（一無此字）於人蓋寡乃遂能責不足於我此真僕所汲汲求者議雖未中節其不肯阿曲（一作效俗一作效阿俗一作效阿曲）以事人者灼灼明矣方將坐足下三浴而三熏之聽僕之所為少安無躁愈頓首

荅渝州李方古使君書

乖隔年多不獲數附書狀（一無狀字）慕仰風味未甞敢忘使至連辱兩書告以恩情迫切不自聊賴重序河南事跡本末文字綢密典實可尋而推究之明萬萬無一可疑者欽想所為益深勤企豈以愈為粗有知識可語以心而告之急哉是比數愈於古人而收之何幸之大也愈雖無節槩知

感激若使在形勢親狎於要路有言可伸(一作信)之(一有望字)雖百悔吝不敢默默今既無由緣進言言之恐益累高明是以負所期待竊竊轉語於人不見成效此愈之罪也然不敢忘去其心期之無已(一無上四字)以報見待惟且遲(音墀)之勿遽(其足切)止(一作棄)罷幸甚莊子云知其無可奈何而安之若命者聖也傳曰君子俟命然無所補益進其厭飫者秖增媿耳良務寬大愈再拜

答元微之侍御書

九月五日愈頓首微之足下前歲辱書論甄(音真姓也陳留風俗傳舜陶甄河濱其後爲氏)逢父濟識安祿山必反即詐爲喑棄去祿山反有名號又逼致之濟死執不起卒不汙祿山父子事又論逢知讀書刻身立行勤己取足不干州縣斥其餘以救

人之急足下縣是與之交欲令逢父子名迹存諸史氏足下以抗直喜立事斥不得立朝失所不自悔喜事益堅徼之乎子眞安而樂之者謹詳足下所論載校之史法若濟者固當得附書今逢又能行身幸於方（一作州）大臣以標白（一作目）其先人事載之天下耳目徹之天子追爵其父第四品赫然驚人逢與其父俱當得書矣濟逢父子自吾人發春秋美君子樂道人之善夫苟能樂道人之善則天下皆去惡爲善善人得其所其功實大足下與濟父子俱宜牽聯得書足下勉逢令終始其躬而足下年尚强嗣德有繼將大書特書屢書不一書而已也愈旣承命又執筆以俟愈再拜

音註韓文公文集卷第十八

音註韓文公文集卷第十九

書序

與鄭餘慶相公書

再奉示問皆緣孟家事辭旨惻惻憂慮深遠竊有以見大人君子篤於仁愛終始不倦伏讀感欷(音希)不知所喻舊與孟往還數人昨已共致百千已來尋已至東都計供葬事外尚有餘資今裴押衙所送二百七十千足以益業為遺孀永久之賴孟氏兄弟在江東未至先與相識亦甚循善所慮才幹不足任事鄭氏兄弟惟最小者在東都固知所示不可依仗孟氏之深友太子舍人樊宗師比持服在東都今已外除經營孟家事不啻如己前後人所與及裴押衙所送錢物並委樊舍人主之營致生業必能不失利宜

俟孟氏兄弟到分付成事庶可靜守無大闕敗伏惟不至遠憂續具一一咨報不宣愈再拜

與袁滋相公書

伏聞賓位尚有闕員幸蒙不以常輩知遇恒不自知愚且賤思有論薦竊見朝議郎前太子舍人樊宗師孝友聰明家故饒財身居長嫡悉推與諸弟諸弟皆優贍有餘而宗師妻子常寒露飢餒宗師怡然處之無有難色窮究經史章通句解至於陰陽軍法聲律悉皆研極原本又善為文章辭句刻深獨追古作者為徒不顧世俗輕重通微曉事可以(一作與)晤語又習於吏職識時知變非如儒生文士止有偏長退勇守專未為宰物者所識年近五十遑遑勉勉思有所試閤下儻引而致之密加識察有少不如所言愈

爲欺罔大君子便宜得棄絶之罪於門下誠不忍奇寶橫棄道側而閣下篋櫝尚有少闕不滿之處猶足更容輙冒言之退增汗懾謹狀

與鄂州柳公綽中丞書

淮右殘孽（一作賊）尚有巢窟（一作穴）環寇之師殆且十萬瞋目䜟語自以爲武人不肯循法度頡頏作氣勢竊爵位自尊大者肩相摩地相屬也不聞有一人援桴鼓（上音浮與枹同鼓槌也左氏右援桴而鼓陸德明釋文引字林擊鼓槌也）誓衆而前者但月（一作日）令走馬來求賞給助寇爲聲勢而已閣下書生也詩書禮樂是習仁義是修法度是束一旦去文就武鼓三軍而進之陳師鞠旅親與爲辛苦慷（上苦莽切）慨（下口既切）感激同食下卒將二州之牧以壯士氣斬所乘馬以祭蹄（一作踶大計切又徒兮切莊子怒則分背相踶）

（通俗文云小踊謂之踶）死之士雖古名將何以加茲此由天資忠孝鬱於中而大作於外動皆中於機會以取勝於當世而爲我臣師豈常習於威暴之事而樂其鬭戰之危也哉愈誠怯弱不適於用聽於下風竊自增氣誇於中朝稠人廣衆會集之中所以羞武夫之顏令議者知將國兵而爲人之司命者不在彼而在此也臨敵重慎誡輕出入良用自愛以副見慕之徒之心而果爲國立大功也幸甚幸甚不宣

愈再拜

又一首

愈愚不能量事勢可否比常念淮右以靡弊困頓三州之地蚊蚋（儒稅切）蟻蟲之聚感兇竪煦濡飲食之惠提童子之手坐之堂上奉以爲帥出死力以抗逆明詔戰天下之兵

乘機逐利四出侵暴屠燒縣邑賊殺不辜環其地數千里莫不被其毒洛汝襄荆許潁淮江爲之騷然丞相公卿士大夫勞於國議握兵之將熊羆貙虎上敕居切列子帥熊羆狼豹貙虎爲前驅之士畏懦蹙將六切蹜莫肯杖戈爲士卒前行者獨閤下能奮然率先揚兵界上將二州之守親出入行間與士卒均辛苦生其氣勢見將軍之鋒穎凜然有尚敵之意用儒雅文字章句之業取先天下武夫關一作閧其口而奪之氣愚初聞時方食不覺棄匕箸上卑履切下遲據切起立豈以爲閤下真能引孤軍單進與死寇角逐爭一旦僥倖之利哉就令如是亦不足貴其所以服人心在行事適機宜而風彩可畏愛故也是以前狀輒述鄙誠眷惠手翰還答益一云實增欣悚夫一衆人心力耳目使所至如時雨三代用師不出是

道閣下果能充其言繼之以無倦得形便之地甲兵足用雖國家故所失地旬歲可坐而得況此小寇安足置齒牙間勉而卒之以俟其至幸甚幸甚夫遠徵軍士行者有羈居宜切旅離別之思居者有怨曠騷動之憂本軍有饋餉煩費之難地主多姑息形迹之患急之則怨緩之則不用命浮寄孤懸形勢銷弱又與賊不相諳委臨敵恐駭難以有功若召募土人必得豪勇與賊相熟知其氣力所極無望風之驚愛護鄉里勇於自戰徵兵滿萬不如召募數千閣下以為何如儻可上聞行之一有可字否計已與裴中丞相見行營事宜不惜時賜示及幸甚幸甚不宣愈再拜

答魏博田弘正僕射書

季冬極寒伏惟僕射尊體動止一作起居萬福即日愈蒙恩

叨職事不任感懼使至奉十一月十二日示問欣慰殊深贊善十一郎行已曾附狀伏計尋上達愈雖未獲拜識嘗承僕射眷私猥辱薦聞待之上介事雖不允受賜實多頃者又蒙不以文字鄙薄令譔廟碑見遇殊常荷德尤切安有書問稍簡遂敢自疎比所與楊書記書蓋緣久闕附狀因閑（一作閒）粗述下情忽奉束紙示問辭意重疊捧讀再三但增慙悚僕射公忠賢德為內外所宗位望益尊謙巽滋甚謬承知遇欣荷實深伏望照察限以官守拜奉未由無任馳戀謹因使回奉狀不宜謹狀

與華州李實尚書書

比來不審尊體動止何似乍離闕庭伏計倍增戀慕愈於久故游從之中伏蒙恩獎知待最深最厚無有比者（一作倫）

懦弱昏塞，不能奮勵出奇，必咨所遇。拜辭之後，竊念有朔不即獲侍言笑，東望殞涕，有兒女之感。獨宿直舍，無可告語，展轉歔欷，不能自禁。華州雖實百郡之首，重於藩維，然閤下居之，則爲失所。愚以爲苟慮有所及，宜密以上聞，不宜以疎外自待。接過客俗子，絕口不挂時事，務爲崇深，以拒止嫉妬之口。親近藥物方書，動作步趨，以致和宜滯。爲國自愛，副鄙陋拳拳之心。幸甚幸甚幸甚。奉狀不宣。愈再拜。

京尹不臺參答友人書（一作荅友人論京尹不臺參書）

所示情眷之至，不勝悚荷。臺參實奏云：容桂觀察使（一無使字）帶中丞，尚不臺參；京尹郡國之首，所管神州赤縣，官帶大夫，豈得却不如。事須臺參，聖恩以爲然，便令宣與李紳不用臺參。亦是何典故？亦令尚與中丞分道而行，何況京尹洪曰按魏氏春秋云故事御史中丞與洛陽令相遇則分路而行以土主多逐捕不欲稽留然非唐制也順宗實錄云故事尹與御史相遇尹下道避尹尚避御史豈有不臺叅之理當時敕故臺叅後不爲例則知故事須臺叅也唐本事須臺叅下云亦是何典故赤令尚與中丞分道而行何況京尹聖恩以爲然便令宜與李紳不用臺叅洪曰今本顛倒不可讀當從唐本夫人見近事習耳目所覩稍殊異即怪之其於道理有何所傷聖君使行即是故事自古豈有定制也停推巡緣府中褊迫是實若別差人即是妄說豈有此事小人言不可信類如此亦在大賢斟酌而斷之流言止於智者正謂此耳容多不及自修報伏惟照察

送陸歙州叅序 并詩

貞元十八年二月十八日祠部員外郎陸君出刺歙州朝廷夙夜之賢都邑游居一作從之良齎音資咨涕洟咸以爲不當去歙大州也刺史尊官也由郎官而往者前後相望也

當今賦出於天下江南居十九宣使之所察歙爲富州宰臣之所薦聞天子之所選用其不輕而重也較然矣如是而齊咨涕洟以爲不當去者陸君之道行乎朝廷則天下望其賜刺一州則專而不能或謂或一作咸先一州而後天下豈吾君與吾相之心哉於是昌黎韓愈道願留者之心而泄其思作詩曰我衣之華一作美兮我佩之光陸君之去兮誰與翱翔斂此大惠兮施于一州今其去矣一作兮胡不爲留我作此詩歌于逵道無疾其驅天子有詔

送東野序

大凡物不得其平則鳴草木之無聲風撓之鳴水之無聲風蕩之鳴其躍也或激之其趨也或梗之其沸也或炙之金石之無聲或擊之鳴人之於言也亦然有不得已者而

後言其謌也有思其哭也有懷凡出乎口而爲（一作有）聲者、其皆有弗平者乎樂也者鬱於中而泄於外者也擇其善鳴者而假之鳴金石絲竹匏土革木八者物之善鳴者也、維天之於時也亦然擇其善鳴者而假之鳴是故以鳥鳴春以雷鳴夏以蟲鳴秋以風鳴冬四時之相推奪（一作敓古奪字強取也廣韻引古周書敓攘矯虔）其必有不得其平者乎其於人也亦然人聲之精者爲言文辭之於言又其精也尤擇其善鳴者而假之鳴其在於（一無於字）唐虞咎陶禹其善鳴者也而假之以鳴夔弗能以文辭鳴又自假於韶以鳴夏之時五子以其歌鳴伊尹鳴殷周公鳴周凡載於詩書六藝皆鳴之善者也周之衰孔子之徒鳴之其聲大而遠傳曰天將以夫子爲木鐸其弗信矣乎其末也莊周以其荒唐之辭鳴於楚楚大國也其亡也以屈原(上九勿切)鳴臧孫辰孟軻荀卿以道鳴者也楊朱墨翟管夷吾晏嬰老聃申不害韓非昚(古文慎字史記云昚勿子亦姓)到田駢(蒲眠切)鄒衍尸佼(音絞魯人商鞅師之鞅死逃入蜀著書二十篇)孫武張儀蘇秦之屬皆以其術鳴秦之興李斯鳴之漢之時司馬遷相如楊雄最其善鳴者也其下魏晉氏鳴者不及於古然亦未嘗絕也就其善鳴者其聲清以淳(舊作浮字洪曰當從舊本)其節數以急其辭淫以哀其志弛以肆其為言也亂雜而無章將天醜其德莫之顧邪何為乎不鳴其善鳴者也唐之有天下陳子昂蘇源明元結李白杜甫李觀皆以其所能鳴其存而在下者孟郊東野始以其詩鳴其高出魏晉(一作晉魏)不懈而及於古其他浸淫乎漢氏矣從吾遊者李翺張籍其尤也三子者之鳴信善鳴矣抑不知天

將和其聲而使鳴國家之盛邪抑將窮餓其身思愁其心腸而使自鳴其不幸邪三子者之命則懸乎天矣其在上也奚以喜其在下也奚以悲東野之役於江南也有若不懌者然（一作不釋然者）故吾道其命於天者以解之

送許郢州志雍序（一云仲輿）

愈嘗以書自通于公頔（音迪）累數百言其大要也言先達之士得人而託之則道德彰而名聞流後進之士得人而託之則事業顯而爵位通下有矜乎能上有矜乎位雖恒相求而（一有喜字）不相遇于公不以其言爲不可復書曰足下之言是也于公身居方伯之尊蓄不世（一有出字）之才而能與卑鄙庸陋相應荅如影響是非忠乎君而樂乎善以國家之務爲己任者乎愈雖不敢私其大恩抑不可不謂之知己

悁矜而誦之情已至而事不從小人之所不爲也故於使君之行道刺史之事以爲于公贈凡天下之事成於自同而敗於自異爲刺史者恒私於其民不以實應乎府爲觀察使者恒急於其賦不以情信乎州縣是刺史不安其官觀察使不得其政財已竭而斂不休人已窮而賦愈急其不去爲盜也亦幸矣誠使刺史不私於其民觀察使不急於其賦刺史曰吾州之民天下之民也惠不可以獨厚觀察使亦曰某州之民天下之民也斂不可以獨急如是而政不均令不行者未之有也其前之言者于公既（一作即）已信而行之矣今之言者其有不信乎縣之於州猶州之於府也有以事乎上有以臨乎下同則成異則敗者皆然也非使君之賢其誰能從（一作信）之愈於使君非燕遊一朝之

好也，故其贈行不以頌而以規，

送竇平從事序

踰甌閩而南，皆百越之地，於天文，其次星紀，其星牽牛。連山隔其陰，鉅海敵（一作敲，非）其陽，是維（一作皆）島居卉（一作夷）服之民，風氣之殊，著自古昔。唐之有天下，號令之所加，無異於遠近。民俗既遷，風氣亦隨。雪霜時降，癘疫（一作疾）不興，瀕海之饒，固加於物，是以人之於南海者，若東西州焉。皇帝臨御天下二十有二年（洪曰：德宗大曆十四年即位，至貞元十六年，凡二十二年，時公自徐州休居于洛），詔工部侍郎趙植爲廣州刺史，盡牧南海之民。署從事，扶風竇平。平以文辭進。於其行也，其族人殿中侍御史牟，合東都交遊之能文者二十有八人，賦詩以贈之。於是昌黎韓愈嘉趙南海之能得人，壯從事之答於知己，

不憚行於遠也趙云不憚我於行遠也又樂貽周之愛其族叔父能合文辭以寵榮之作送竇從事少府平序

上巳日燕太學聽彈琴詩序

與衆樂之之謂樂樂而不失其正一作節又樂之尤也四方無鬭爭金革之聲京師之人既庶且豐天子念致理之艱難樂居安之閑暇肇置三令節一無三令節字非洪曰舊史云貞元四年九月詔正月晦日三月三日九月九日三節日宜任文武百僚選勝地追賞爲樂五年正月詔以二月一日爲中和節代正月晦日備三令節數此序在貞元壬午癸未間公爲四門博士其云肇置三令節蓋謂德宗朝始置耳詔公卿羣有司至于其日率厥官屬飲酒以樂所以同其休宣其和感其心成其文者也三月初吉實惟其時司業武公少儀於是總太學儒官三十有六人列燕于祭酒之堂罇俎既陳肴羞惟時醆斚上阻限切下古馬切序行一作有序獻酬有容歌風

雅之古辭斥夷狄之新聲褒衣危冠愉愉（一作與與）如也有一儒生魁然其形抱琴而來歷階而升坐于罇俎之南鼓有虞氏之南風賡之以文王宣父之操優游夷愉廣厚高明追三代之遺音想舞雩之詠歎及暮而退皆充然若有所得也武公於是作歌詩以美之命屬官咸作之命四門博士昌黎韓愈序之

送齊暭（一作曙一作皡）下第序

古之所謂公無私者其取捨進退無擇於親踈遠邇惟其宜可焉其下之視上也亦惟視其舉黜之當否不以親踈遠邇疑乎其上之人也（一無之人二字一無之人也三字）故上之人行志擇誼坦乎其無憂於下也下之人克己慎行確乎其無惑於上也是故為君不勞而為臣甚易見一善焉可得詳而

舉也見一不善焉可得明而去也及道之衰上下交疑於是乎舉讎舉子之事載之傳中而稱美之謂之忠見一善焉若親與邇不敢舉也見一不善焉若疏與遠不敢去也衆人之所同好焉矯而黜之乃公也衆人之所同惡焉激而舉之乃忠也於是乎有違心之行有怫（音弗戾也莊子謂己諛人則怫然作色）志之言有内愧之名若是（一作然）者俗所謂良有司也膚受之愬不行於君巧言之誣不起於人矣嗚呼今之君天下者不亦勞乎爲有司者不亦難（一作艱）乎爲人向（一作鄉）道者不亦勤乎是故端居而念焉（一作之）非君人者之過也則曰有司焉則非有司之過也則曰今舉天下人焉則非今舉天下人之過也蓋其漸有因其本有根生於私其（一有所字）親成於私其身以己之不直而謂人皆然其植之也

固久其除之也實難非百年必世不可得而化也非知命不惑不可得而改也已矣乎其終能復古乎若高陽齊生者其起予者乎齊生之兄爲時名相出藩于（一有鎮字）南朝之碩臣皆其舊交齊生舉進士有司用是連枉齊生齊生不以云乃曰我之未至也有司豈（一作其）枉我哉我將利吾器而俟其時耳抱負其業東歸於家吾觀於人有不得志則非其上者衆矣亦莫計其身之短長也若齊生者旣不得志矣（一作旣屈矣一作旣至矣）而曰我未至也不以閔於有司其不亦鮮乎哉吾用是知齊生後日誠良有司也能復古者也公無私者也知命不惑者也

送陳密序

太學生陳密請於余曰密承訓於先生今將歸覲其親不

得朝夕見願先生賜之言竊將以爲戒密來太學舉明經者累年不獲其選是弗利於是科也今將易其業而三禮是習願先生之張之也密將以爲鄉榮余媿乎其言遺之言曰子之業信習矣其儀容信合於禮矣抑吾所見者外也夫外不足以信內子誦其文則思其義習其儀則行其道則將謂子君子一有子字非也爵祿之來也不可辭矣科寧有利不利耶

送李愿歸盤谷序東坡云文忠公言晉無文章惟陶淵明歸去來一篇而已余亦謂唐無文章惟送李愿歸盤谷序一篇而已此序孟州濟源有石本其間異同當以石本爲正今文注其下

太行胡郎切之陽有盤谷盤谷之間泉甘而土肥草木叢茂居民鮮少或曰謂其環兩山之間故曰盤或曰是谷也宅

幽而勢阻隱者之所盤旋友人李愿居之愿之言曰人之

稱大丈夫者我知之矣利澤施于（今本作於）人名聲昭于時坐

于廟朝進退百官而佐天子出令其在外則樹旗旄羅弓

矢武夫前呵從者塞途供給之人各執其物夾道而疾馳

喜有賞怒有刑才畯（今本作俊）滿前道古今而（今本作以）譽盛德入

耳而不煩曲眉豐頰清聲而便體秀外而惠中飄輕裾翳

長袖粉白黛綠者列屋而閑居妬寵而負恃爭妍而取憐

大丈夫之遇知於天子（今本作主上）用力於當世者之（今本有所字）

爲也吾非惡此而逃之是有命焉不可幸而致也窮居而

野處升高而遠望（今本作望遠）坐茂樹以終日濯清泉以自潔

採於山美可茹釣於水鮮可食起居無時惟適所（今本作之）安

與其（有字）譽於前孰若無毀於其後與其（有字）樂於身孰

若無憂於其心車服不維刀鋸不加理亂不知黜陟不聞大丈夫不遇於時者之所為也我則行之伺候於公卿之門奔走於形勢之途足將進而趑趄（上七私切下七餘切趑趄不進選萬夫趑趄）口將言而囁嚅（上之涉切又而涉切下音儒楚辭喜囁嚅而妄作注囁嚅小語謂私竊廣韻囁嚅多言也非）處穢汚而不羞觸刑辟而誅戮僥倖於萬一老死而後止者其於為人賢不肖何如也昌黎韓愈聞其言而壯之與之酒而為之歌曰

盤之中維子之宮盤之土維子之稼（一作可稼而食一作可稼而穡一作可稼可穡）盤之泉可濯可湘（湘一作沿一作可濯而沿一作可濯可湘釋音云湘烹也采蘋曰于以湘之）盤之阻誰爭子所窈而深廓其有容繚而曲如往而復嗟盤之樂兮樂且無央（今本作泱）虎豹遠迹兮蛟龍遁藏鬼神守護兮呵禁（一作噤）不祥飲則（一作且）食兮（一有飫字）壽而康無不

足兮奚所望音忘膏吾車兮秣吾馬從子于盤兮終吾生以徜徉上音常下音羊猶徘徊也楚辭且徜徉而氾觀

音註韓文公文集卷第十九

（唐）韓愈　撰　（宋）祝充　音注

宋本韓文公文集

第四册

國家圖書館出版社

第四册目録

卷二十

卷二十三

卷二十六　碑誌三

音註韓文公文集卷第二十

序

送牛堪登第序

以明經舉者誦數十萬言又約通大義徵辭引類旁出入他經者又誦數十萬言其爲業也勤矣登第於有司者去民畝而就吏祿由是進而累爲卿相者常常有之其爲獲也亦大矣然吾未嘗聞有登第於有司而進謝於其門者豈有司之待之也一有御字一作抑以公不以情舉者之望於有司也亦將然乎其進而謝於其門也則爲私乎抑無乃人事之未思或者不能舉其禮乎若牛堪者思慮足以及之材質足以行之而又不聞其往者其將有以哉違衆一作俗而求識立奇而取名非堪心之所存也由是而觀之若堪

之用心其至於大官也不爲幸矣堪太學生也余博士也博士師屬也於其登第而歸將榮於其鄉也能無說乎

送董邵南序

燕趙古稱多感慨（口溉切）悲歌之士董生舉進士連不得志於有司懷抱利器鬱鬱適茲土吾知其必有合也董生勉乎哉夫以子之不遇時苟慕義彊仁者皆愛惜焉矧燕趙之士出乎其（一有情字）性者哉然吾嘗所聞風俗與化移易吾惡知其今不異於古所云邪（一作聞）聊以吾子之行卜之也董生勉乎哉吾因子有所感矣爲我弔望諸君之墓而觀於其市復有昔時屠狗者乎爲我謝曰明天子在上可以出而仕矣

贈崔復州序

有地數百里，趨走之吏自長史司馬已下數十人，其祿足以仁其三族及其朋友故舊。樂乎心，則一境之人喜；不樂乎心，則一境之人懼。大丈夫官至刺史亦榮矣。雖然，幽遠之小民，其足跡未嘗至城邑，苟有不得其所，能自直於鄉里之吏者鮮矣，況能自辯於縣吏乎？能自辯於縣吏者鮮矣，況能自辯於刺史之庭乎？由是刺史有所不聞，小民有所不宜。賦有常而民產無恒，水旱癘疫之不期，民之豐約懸於前（前一作州縣），縣令不以言，連帥不以信，民就窮而斂愈急。吾見刺史之難爲也。崔君爲復州，其連帥則于公，愈以爲崔君之仁足以蘇復人，于公之賢足以庸崔君，有刺史之榮而無其難爲者，將在於此乎！愈甞辱于公之知，而舊遊于崔君，慶復人之將蒙其休澤也，於是乎言。

送張童子序

天下之以明二經舉於禮部者，歲至三千人。始自縣考試，定其可舉者，然後升於州若府；其不能中科者，不與是數焉。州若府總其屬之所升，又考試之如縣，加察詳焉，定其可舉者，然後貢於天子，而升之有司；其不能中科者，不與是數焉，謂之鄉貢。有司者摠州府之所升而考試之，加察詳焉，第其可進者，以名上於天子而藏之，屬之吏部，歲不及二百人，謂之出身。能在是選者，厥惟艱哉！二經章句，僅數十萬言，其傳注在外，皆誦之，又約知其大說，繇是舉者或遠至十餘年，然後與乎三千之數，而升於禮部矣；又或遠至十餘年，然後與乎二百之數，而進於吏部矣。班白之老（一有者字 無之老字）半焉，昏塞不能及者，皆不在是限，有終身

不得與者焉張童子生九年自州縣達禮部一舉而進立
於二百人之列又二年益通二經有司復上其事繇是拜
衛兵曹之命人皆謂童子耳目明達神氣以靈余亦偉童
子之獨出于等夷也童子請於其官之長隨父而寧母歲
八月自京師道陝音閃南至虢東及洛師一作陽北過大河之
陽九月始來反一作及鄭自朝之文人以及五都之伯長郡
縣一作郡吏一作群吏皆厚其餼賂或作詞詩以嘉童子童子亦榮
矣雖然愈將進童子於道使人謂童子求益者非欲速成
者夫少之與長也異觀少之時人惟童子之異及其長也
將責成人之禮焉成人之禮非盡於童子所能而已也然
則童子宜暫息乎其已學者而勤乎其未學者可也愈與
童子俱陸公之門人也慕回路二子之相請贈出一作行與

處也故有以贈童子

送浮屠文暢師序

人固有儒名而墨行者問其名則是校其行則非可以與之游乎如有墨名而儒行者問其名則非校其行則是可以與之游乎揚子雲稱在門牆則揮之在夷狄則進之吾取以爲法焉（一有浮屠師三字）文暢喜爲文章其周遊天下凡有行必請於搢紳先生以求詠謌其所志貞元十九年春將行東南柳君宗元爲之序（一作詩）解其裝得所叙詩累百餘篇非至篤好其何能致多如是耶惜其無以聖人之道告之（一無之字）者而徒舉浮屠之說贈焉夫文暢浮屠也如欲聞浮屠之說當自就其師而問之何故謁吾徒而來請也彼見吾君臣父子之懿文物禮樂之盛其心必有慕焉拘

其法而未能入故樂聞其說而請之如吾徒者宜當告之以二帝三王之道日月星辰之所以行天地之所以著鬼神之所以幽人物之所以蕃江河之所以流而語之不當又爲浮屠之說而瀆告之也民之初生固若禽獸夷狄然聖人者立然後知宮居而粒食親親而尊尊生者養而死者藏是故道莫大乎（一作過於）仁義教莫正（一作大）乎禮樂刑政施之於天下萬物得其宜措之於其躬體安而氣平堯以是傳之舜舜以是傳之禹禹以是傳之湯湯以是傳之文武文武以是傳之周公孔子書之於冊中國之人世守之今浮屠者孰爲（一有之字）而孰傳之邪夫鳥俛而啄仰而四顧夫獸深居而簡出懼物之爲己害也猶且不脫（一作免）焉弱之肉強之食今吾與文暢安居而暇食優游以生死與禽

獸異者寧可不知其所自耶夫不知者非其人之罪也知而不爲之者惑也悅乎故不能即乎新者溺一作弱字也知而不以告之者不仁也告而不以實者不信也余既重柳請一作詩又嘉浮屠能喜文辭於是乎言

送楊儀之支使歸湖南序

愈在京師時嘗聞當今藩翰之賓客惟宣州爲多賢與之游者有二人焉隴西李博清河崔羣羣與博之爲人吾知之道不行於一有其字主人與之處者非其類雖有享之以季氏之富不一日留也以羣博論之凡在宣州之幕下者雖不盡與之遊皆可信而得其爲人矣愈未嘗至宣州而樂頌其主人之賢者以其取人信之也今中丞之在朝愈日侍言於門下其來而鎮一作領茲土也有問湖南之賓客

者愈曰知其客可以信其主者宣州也知其主可以信其客者湖南也去年冬奉詔爲邑於陽山然後得謁湖南之賓客於幕下於是知前之信之也不失矣及儀之之來也聞其言而見其行（一無於是知已下二十四字趙本云謁湖南之賓客於幕下及支使之來也聞其言而信其行於是知前之信之也不失矣）則向之所謂羣與博者於吾何先後焉儀之智足以造謀材足以立事忠足以勤上惠足以存下而又侈之以詩書六藝之學先聖賢之德音以成其文以輔其質宜乎從事於是府而流聲實於天朝也夫樂道人之善以勤（一作勸）其歸者乃吾之心也非文則不能謂我爲邑長於斯而媚夫人云者不知言者也工乎詩者歌以繫之

送何堅序

何與韓同姓爲近（姓纂云韓安爲秦所滅子孫分散江淮者以韓爲何遂氏何）堅以進士舉於吾爲同業其在太學也吾爲博士堅爲生生博士爲同道其識堅也十年爲故人同姓而近也同業也同道也故人也於其志（一無志字）不得願而歸其可以無言邪堅道州人道之守陽公（一有賢字）也道於湖南爲屬州（一有湖南二字）陽公賢也堅爲民堅又賢也湖南得道爲屬道得堅爲民堅歸唱其州之父老子弟服陽公之令道亦唱其縣與其比（一作此）州服陽公之令吾聞鳥有鳳者恒出於有道之國當漢時黃霸爲潁川守是鳥（一云是鳳鳥也）實集而鳴焉若史可信堅歸吾將賀其見鳳而聞其鳴也已

送廖道士序

五岳於中州衡山最遠南方之山巍然高而大者以百數

獨衡山爲宗最遠而獨爲宗其神必靈衡之南八九百里地益高山益峻水清而益駃（音快）其最高而橫絕南北者嶺郴之爲州在嶺之上側南其高下得三之二焉中州清淑之氣於是焉窮氣之所窮盛（一作感）而不過必蜿蟺（上音宛下音善又於元時連二切屈曲貌楚辭形蟉虬而委蛇注形體蜿蟺相銜受也選虬龍騰驤以蜿蟺）扶輿磅礴（一有而字上音旁下音箔莊子將磅礴萬物以爲一注磅礴猶混同也釋文旁字又作磅沈佺期西岳詩磅礴壓供源）鬱積衡山之神既靈而郴之爲州又當中州清淑之氣蜿蟺扶輿磅礴而鬱積其水土之所生神氣之所感白金水銀丹砂石英鍾乳橘柚之包竹箭之美千尋之名材不能獨當也意必有魁奇忠信材德之民生其間而吾又未見也其無乃迷惑溺沒於老佛之學（一作教）而不出邪廖師郴民而學於衡山氣專而容寂多藝而善遊豈吾所

謂魁奇而迷惑汩溺者耶廖師善知人若不在其身必在其所與遊訪之而不吾告何也於其別申以問之

送王含秀才序

吾少時讀醉鄉記私怪隱居者無所累於世而猶有是言豈誠旨於味耶及讀阮籍陶潛詩然後乃知彼雖偃蹇不欲與世接然猶未能平其心或為事物是非相感發於是有託而逃焉者也若顏氏之（一有子字）操瓢與簞（一有食字）曾參歌聲若出金石彼得聖人而師之汲汲每若不可及其於外也固不暇尚何麴糵之託而昏冥之逃邪吾又以為悲醉鄉之徒不遇也建中初天子嗣位有意貞觀開元之丕績在朝（一無朝字）廷之臣爭言事當此時醉鄉之後世又以直廢吾既悲醉鄉之文辭而又嘉良臣之烈思識其子孫今子

之來見我也無所挾吾猶將張之況文與行不失其世守渾然（胡本切渾）端且厚惜乎吾力不能振之而其言不見信於世也於是行姑與之飲酒

送孟琯秀才序

今年秋見孟氏子琯於郴年甚少禮甚度（一作修）手其文一編甚鉅退披其編以讀之盡其書無有不能吾固心存而目識之也其十月吾道於衡潭以之荆累累見孟氏子焉其所與偕盡善人長者余益以奇之今將去是而隨舉於京師雖不有請猶將彊而授之以就其志況其請之煩耶京師之進士以千數其人靡所不有吾常折肱焉其要在詳擇而固交之善雖不吾與吾將强而附不善雖不吾惡吾將彊而拒苟如是其於高爵猶階而升堂又況其細者

邪。

送陳彤秀才序

讀書以爲學，纘言以爲文，非誇多而鬬靡也。蓋學所以爲道，文所以爲理耳。苟行事得其宜，出言適其要，雖不吾面，吾將信其富於文學也。潁川陳彤，始吾（一作余）見之於楊湖南門下，頎然其長，薰然其和，吾目其貌，耳其言，因以得其爲人。及其久也，果若不可及。夫湖南之於人，不輕以事接；爭名者之於藝，不可以虛屈。吾見湖南之禮有加，而同進之士交譽也，又以信吾信之不失也。如是而又問焉以質其學，策焉以考其文，則何不信之有？故吾（一作余）不徵於陳，而陳亦不出於我，此豈非古人所謂可爲智者道，難與俗人言者類邪？凡吾（一作余）從事於斯也久，未見舉進士有如

陳生而不如其志者於其行姑以是贈之

送王塤秀才序

吾常以爲孔子之道大而能博門弟子不能徧觀而盡識也故學焉而皆得其性之所近其後離散分處諸侯之國又各以所能授弟子原遠而末益分蓋子夏之學其後有田子方子方之後流而爲莊周故周之書喜稱子方之爲人荀卿之書語聖人必曰孔子子弓子弓之事業不傳惟太史公書弟子傳有姓名字一作耳曰馯音韓姓也漢書云商瞿子木受易孔子以授魯橋庇子庸子庸授江東馯臂子弓臂與臂同廣韻引前漢有江東馯臂子弓傳易子弓子弓受易於商瞿音衢孟軻師子思子思之學蓋出曾子自孔子沒羣弟子莫不有書獨孟軻氏之傳得其宗故予少而樂觀焉太原王塤示予所爲文好舉孟子之所道者與之

言信悦孟子而屢贊其文辭夫沿河而下苟不止雖有疾遲必至於海如不得其道也雖疾不止終莫幸（得一作）而至焉故學者必慎其所道道於楊墨老莊佛之學而欲之聖人之道者猶航斷港（故巷切說文水泒也）絕潢以望至於海也故求觀聖人之道者必自孟子始今埛之所由既幾於知道如又得其船與檝知沿而不止嗚呼其可量也哉

荊潭裴埛楊憑唱和詩序（埛一作均當以均為正非裴均事見外集河南同官記）

從事有示愈以荊潭酬唱詩者愈既受以卒集（一無集字）因仰而言曰夫和平之音（一作和平者之語）淡薄而愁思之聲要妙讙愉之辭難工而窮苦之言易好也是故文章之作恒發於羈（音機）旅草野至若王公貴人氣滿志得非性能而好之則不暇以為今公開鎮蠻荊統郡惟九常侍楊公領湖南之

壞地三千里，德刑之政並勤，爵祿之報兩崇，乃能存志乎

詩書，寓辭乎詠歌，往復循環，有唱斯和，搜奇抉於決切怪，雕

鏤文字，與韋布里閭憔悴專一之士較其毫釐分寸，鏗鏘上丘耕切，下與鎗同，千羊切。前漢但能紀其鏗鏘鼓舞而不能言其義，注：鏗鏘，金石之聲也。發金石，幽

眇感鬼神，信所謂材全而能鉅者也。兩府之從事與部

屬之吏，屬而和之，苟在編者，咸可觀也，宜乎施之樂章，紀

諸冊書。從事曰：子之言是也。告於公，書以爲荊潭唱和詩

序。

送幽州李端公序端公，李益也，宰相揆之子，登進士第，久不調，北遊河朔，幽州劉濟辟爲從事。

元年春，舊本無春字。今相國李公藩爲吏部員外郎，愈嘗與偕

朝，道語幽州司徒公劉濟之賢，曰：某前年被詔告禮幽州，入

其地，迓勞之使里一作累至，每進益恭，及郊，司徒公紅帕一作

帓莫鎋切首鞾胡戈切鞾鞋釋名、大本胡服趙武靈王所服袴握刀左右雜佩弓韔一作鞮一作張丑亮切弓衣詩言韔其弓服矢插房俯立迎道左其禮辭曰公天子之宰禮不可如是及府又以其服即事其文曰公三公不可以將服承命及館又如是一作之卒不得辭上堂即客一無即客字一只無即字階坐必東嚮愈曰國家失太平於今六十年矣夫十日十二子相配數窮六十其將復平平必自幽州始亂之所出也今天子大聖司徒公勤於禮庶幾帥先河南北之將來覲奉職如開元時乎李公曰然今李公既朝夕左右必數數為上言元年之言殆合矣端公歲時來壽其親東都東都之士大夫莫不拜于門其為人佐甚忠意欲司徒公功名流乎千萬歲請以愈言為使歸之獻

音註韓文公文集卷第二十

音註韓文公文集卷第二十一

序

送區冊序 集有送區弘南歸詩說者謂冊即弘也其說見於送區弘南歸詩區音歐區詒子之後舊本皆作區今本作歐弘誤矣

陽山天下之窮處也陸有丘陵之險虎豹之虞江流悍急橫波之石廉利侔劍戟舟上下失勢破碎淪溺者往往有之縣郭無居民官無丞尉夾江荒茅篁竹之間小吏十餘家皆鳥言夷面始至言語不相通畫地為字然後可告以出租賦奉期約是以賓客遊從之士無所為而至愈待罪於斯且半歲矣有區如字或音謳生者誓言相好自南海拏女加切又女書切舟而來升自賓階儀冠一作觀甚偉坐與之語文義卓然莊周云逃空虛者聞人足音跫巨恭切又由恭切然而

喜矣況如斯人者豈易得耶入吾室聞詩書仁義之説欣然喜若有志乎其間也與之翳嘉林坐石磯投竿而漁陶然以樂若能遺外聲利而不厭乎貧賤也歲之初吉（一作告）歸覲（一作拜）其親酒壺既傾序以識別（一作爲別）

送張道士序并詩

張道士嵩高之隱者通古今學有文武長材寄迹老子法中爲道士以養其親九年聞朝廷將治東方諸侯貢賦之不如法者三獻書不報長揖而去京師士大夫多爲詩以贈而屬愈爲序詩曰

大匠無棄材尋尺各有施況當營都邑杞梓用不疑張侯嵩高來面有熊豹姿開口論利害劍鋒白差差恨無一尺箠爲國笞羌夷詣闕三上書臣非黃冠師臣有膽與氣不

忍死茅茨又不媚笑語不能伴兒嬉乃著道士服衆人莫臣知臣有平賊策狂童不難治（平聲）其言簡且要陛下幸聽之天空日月高下韶理不遺或是章奏繁裁擇未及期（一作斯）寧當不俟報歸袖風披披荅我事不爾吾親屬吾思昨宵夢倚門手取連環持今日有書至又言歸何時霜天熟柿栗收拾不可遲嶺北梁可構寒魚下清伊（一作滿）旣非公家用且復還其私從容進退間無一不合宜時有利不利雖賢欲奚爲但當勵前操富貴非公誰

送高閑上人序

苟可以寓其巧智使機應於心不挫於氣則神完而守固雖外物至不膠於心堯舜禹湯治天下養叔治射庖丁治牛師曠治音聲扁（婢典切）鵲治病僚之於丸秋之於奕伯倫

之於酒樂之終身不厭奚暇外慕夫外慕徙業者皆不造
其堂不嚌在詣切其胾側吏切者也往時張旭喜一作善草書不
治他伎喜怒窘巨隕切窮憂悲愉佚怨恨思慕酣醉無聊不
平有動於心必於草書發之觀於物見山水崖谷鳥獸蟲
魚草木之花實日月列星風雨水火雷霆霹靂歌舞戰鬪
天地事物之變可喜可愕一寓於書故旭之書變動猶鬼
神不可端倪以此終其身而名後世今閑之於草書有旭
之心哉不得其心而逐其跡未見其能旭也為旭有道利
害必明無遺錙上側持切銖下市朱切精一作情炎於中利欲鬪進有
得有喪勃然不釋然後一決於書而後旭可幾也今閑師
浮屠氏一死生解外膠是其為心必泊然無所起其於世
必淡然無所嗜泊與淡相遭頽墮委靡潰敗不可收拾則

其於書得無象之然乎然吾聞浮屠人善幻多伎能閑（有一師字）如通其術則吾不能知矣

送殷侑（音又）員外使回鶻序

唐受天命爲天子凡四方萬國不問海内外無小大咸臣順於朝時節貢水土百物大者特來小者附集元和睿聖文武皇帝既嗣位悉治方内就法度十二年詔曰四方萬國惟回鶻於唐最親奉職尤謹丞相其選宗室四品一人持節往賜君長告之朕意又選學有經術通知時事者一人與之爲貳由是殷侯侑自太常博士遷尚書虞部員外郎兼侍御史朱衣象笏承命以行朝之大夫莫不出餞酒半右庶子韓愈執盞言曰殷大夫（一作殷侯）今人適數百里出門惘惘有離別可憐之色持（宋景文公作樸）被入直三省（上蘇暫切下息

井切丁寧顧婢子語刺刺不能休刺盧達切洪曰或云持被入直當爲句絕宋景文公云襆被入直三省丁寧顧婢子語刺刺不能休婦順夫旨子嚴父詔耕於寬閑之野釣於寂寞之濱此等皆新語也

令子使萬里外國獨無幾微出於言面豈不真知輕重大丈夫哉丞相以子應詔真誠知人矣士不通經果不足用於是相屬爲詩以道其行云

送楊巨源少尹序洪曰白樂天贈楊秘書巨源云早聞一箭取遼城相識雖新有故情清句三朝誰是敵白頭四海半爲兄注云楊嘗之盧洛州詩云三刀夢益州一箭取遼城由是知名退之此有送楊序

昔疏廣受二子以年老一朝辭位而去于時公卿設供帳祖道都門外車數百兩道路觀者多歎息泣下共言其賢漢史既傳其事而後世工畫者又圖其迹至今照人耳目赫赫若前日事國子司業楊君巨源方以能詩訓後進洪曰

因話録云楊巨源在元和中詩韻不爲新語體律務實功夫須深以高文爲諸生所宗公送巨源序云以能詩訓後進即此也一旦以年滿七十亦白丞相去歸其鄉世常説古今人不相及今楊與二疏其意豈異也予忝在公卿後遇病不能出不知楊侯去時城門外送者幾人車幾兩馬幾駟道邊觀者亦有歎息知其爲賢以否而太史氏又能張大其事爲傳繼二疏蹤跡否不落莫否見今世無工畫者而畫與不畫固不論也然吾聞楊侯之去丞相有愛而惜之者白以爲其都少尹不絶其禄又爲歌詩以勸之京師之長於詩者亦屬而和之又不知當時二疏之去有是事否古今人同不同未可知也中世士大夫以官爲家罷則無所於一無於字歸楊侯始冠舉於其鄉歌鹿鳴而來也今之歸指其樹曰某樹吾先人之所種也某水某丘吾童子時所

釣遊也鄉人莫不加敬誡(一作戒)子孫以楊侯不去其鄉爲法古之所謂鄉先生沒而可祭於社者其在斯人歟其在(一無在字)斯人歟

送權秀才序

伯樂之廄多良馬卞和之匱多美玉卓犖瓌(上呂角切下公回切)怪(一作奇)之士宜乎遊於大人君子之門也相國隴西董公既平汴州天子命御史大夫吳郡(一作縣)男爲軍司馬門下之士權生實從之來權生之貌固若常人耳其文辭引物連類窮情盡變宮商相宣金石諧和(一作皷)寂寥乎短章舂容乎大篇如是者閱之累日而無窮焉愈嘗觀於皇都每年貢士至千餘人或與之遊或得其文若權生者百無一二焉如是而將進於明有司重之以吳郡之知其果有成哉

於是咸賦詩以贈之

送李正字歸湖南序（正字即仁鈞之子一作送湖南李礎正字序）

貞元中愈從太傅隴西公平汴州李生之尊父以侍御史管汴之鹽鐵日爲酒殺羊享賓客李生則尚與其弟學讀書習文辭以舉進士爲業愈於太傅府年最少故得交李生父子間公薨軍亂軍司馬從事皆死侍御亦被讒爲民由（一作曰）南其後五年愈又貶陽山令今愈以都官郎（一作員外郎）守東都省侍御自衡州刺史爲親王府長史（一有亦字）留（一有此字）掌其府事李生自湖南從事請告來覲於時太傅府之士惟愈與河南司錄周君（一有巢字）獨存其外則李氏父子相與爲四人離十三年幸而集處得燕而舉一觴相屬此天也非人力也侍御與周君於今爲先輩盛德若李生溫然

爲君子有詩八百篇傳詠於時惟愈也業不益進行不加修顧惟未死耳往拜侍御謁周君抵李生退未嘗不發媿也往時侍御有無盡費於朋友及今則又不忍其三族之飢寒聚而館之疏遠畢至祿不足以爲養李生雖欲不從事於外其勢不可得止也重李生之還者皆爲詩愈最故故又爲序之(一作云)

送石洪處士赴河陽參謀(一作謀下有一詩字)序(歐公云洪終始無可稱而名重一時以嘗爲退之稱道耳)

河陽軍節度御史大夫烏公爲節度之三月求士於從事之賢者有薦石先生者公曰先生何如曰先生居嵩邙瀍穀之間冬一裘夏一葛(一有食字)朝夕飯一盂蔬一盤人與之錢則辭(一作免)請與出游未嘗以事免(一作辭)勸之仕(一作詞)則

不應坐一室左右圖書與之語道理辨古今事當否論人
高下事後（一作復）當成敗若河決下流而東注（一無下流而東注五字）
若駟馬駕輕車就熟（一作孰）路而王良造父為之先後也若
燭照數計而龜卜（一有兆字）也大夫曰先生有以自老無求於
人其肯為某來耶從事曰大夫文武忠孝求士為國不私
於家方今寇聚於恒師環其疆農不耕收財粟殫亡吾所
處地歸（一作師）輸之塗治法征謀宜有所（一作主）出先生仁且
勇若以義請而彊委重焉其何說之辭於是譔書詞具馬
幣卜日以授使者求先生之廬而請焉先生不告於妻子
不謀於朋友冠帶出見客拜受書禮於門內宵則沐浴戒
行李載書冊問道所由告行於常所來往晨則畢至張筵
於上東門外酒三行且起有執爵而言者曰大夫真能以

義取人先生眞能以道自任決去就爲先生別又酌而祝曰凡去就（一無此二字）出處何常惟義之歸遂以爲先生壽又酌而祝曰使大夫恒無變其初無務富其家而飢其師無甘受佞人而外敬正士無昧於諂言惟先生（一有是字）聽以能有成功保天子之寵命又祝曰使先生無圖（一作固）利於大夫而私便其身先生起拜祝辭曰敢不敬蚤夜以求從祝規於是東都之人士咸知大夫與先生果能相與以有成也遂各爲歌詩六韻遣愈爲之序云

送溫造處士赴河陽軍序

伯樂一過冀北之野而馬羣遂空夫冀北馬多於天下伯樂雖善知馬安能（一有遂字）空其羣邪解之者曰吾所謂空非無馬也無良馬也伯樂知馬遇其良輒取之羣無留良焉

苟無留其良雖謂無馬不爲虛語矣東都固士大夫之冀北也恃（一作懷）才能深藏而不市者洛之北涯曰石生其南涯曰溫生大夫烏公以鈇鉞（上音膚下音越）鎮河陽之三月以石生爲才以禮爲羅羅而致之幕下未數月也以溫生爲才於是以石生爲媒以禮爲羅又羅而致之幕下東都雖信多才士朝取一人焉拔其尤暮取一人焉拔其尤自居守河南尹以及百司之執事與吾輩二縣之大夫政有所不通事有所可疑奚所咨而取焉士大夫之去位而巷處者誰與嬉遊小子後生於何考德而問業焉搢紳之東西行過是都者無所禮於其廬若是而稱曰大夫烏公一鎮河陽而東都處士之廬無人焉豈不可也夫南面而聽天下其所託重而恃力者惟相與將耳相爲天子得人於朝廷

將爲天子得文武士於幕下求内外無治不可得也愈縻於茲不能引去資二生以待老今皆爲有力者奪之其何能無介然於懷邪生既至拜公於軍門其（一作具）爲吾以前所稱爲天下賀以後所稱爲吾致私怨於盡取也留守相公首爲四韻詩歌其事愈因推其意而序焉

送鄭權尚書序

嶺之南其州七十其二十二隷嶺南節度府其四十餘分四府府各置帥然獨嶺南節度爲大府大府始至四府必使其佐啓問起居謝守地不得即賀以爲禮歲時必遣賀問致水土物大府帥或道過其府府帥必戎服左握刀右屬弓矢帕首（莫轄切）袴鞾（許戈切）迎于郊及既至大府帥（一有先字）入據館帥守屏若將趨入拜庭之爲者大府與之爲讓至

一至再乃敢改服以賓主見適位執爵皆興拜不許乃止

處若小矣之事大國有大事咨而後行隸府之州離府遠者至三千里懸隔山海使必數月而後能至蠻夷悍輕易怨以變其南州皆岸大海多洲島飄風（舊本作颿。颿與帆同）風一日踔（敕教切）數千里漫（一有瀾字）不見蹤迹控御失所依險阻結仇黨機毒矢以待將吏撞搪（音唐）呼號以相和應蜂屯蟻雜不可爬（蒲巴切）梳好則人怒則獸故常薄其征入簡節而疎目時有所遺漏不究切之長養以兒子至紛不可治乃草薙（音替）而禽獮（息淺切）之盡根株痛斷乃止其海外雜國若躭（音耽）浮羅流求毛人夷亶之州林邑扶南真臘干陀利之屬東南際天地以萬數或時候風潮（一無潮字）朝貢蠻胡賈人舶（音白）交海中若嶺南帥得其人則一邊盡治不相寇盜賊殺無風魚之災水旱癘毒之患外國之貨日至珠香象犀玳瑁奇物溢於中國不可勝用故選帥常重於他鎮非有文武威風知大體可畏信者則不幸往往有事長慶三年四月以工部尚書鄭公爲邢部尚書兼御史大夫往踐其任鄭公常以節鎮襄陽又帥滄景德棣歷河南尹華(胡化切)州刺史皆有功德可稱道入朝爲金吾將軍散騎常侍工部侍郎尚書家屬百人無數畝之宅僦(即就切)屋以居可謂貴而能貧爲仁者不富之效也及是命朝廷莫不悅將行公卿大夫士苟能詩者咸相率爲詩以美朝政以慰公南行之思韻必以來字者所以祝使公成政而來歸疾也

送水陸運使韓(一作重華)約侍御歸所治序

六年冬振武軍吏走驛馬詣闕告饑(洪曰吾宗玉父云以文考之當是元和六)

年振武今麟府路也唐志無所考按唐曹璠所撰國鏡云振武所管麟勝二州五縣勝今府州也又云河東水陸運使所管營田三千三百頃一年般湖落也鹽一萬二千碩博粜米二萬四千碩充振武軍糧公卿廷議以運使不得其人宜選才幹之士往換之吾族子重華適當其任至則出贓罪吏九百餘人脫其桎梏上音質下姑沃切給耒耜與牛使耕其傍便近地以償所負釋其粟之在吏者四十萬斛不徵吏得去罪死假種糧齒平人有以自效莫不涕淚感奮相率盡力以奉其令而又為之奔走經營相原隰之宜指授方法故連二歲大熟吏得盡償其所亡失四千萬斛者而私其有贏餘得以蘇息軍不復飢君曰此未足為天子言請益募人為十五屯屯置百三十人而種百頃令各就高為堡音保東起振武轉而西過雲州界極於中受降城出入河山之險一作際六百餘里屯堡相望寇來

不能爲縣人得肆耕其中少可以罷漕在到切輓之費朝廷從其議秋果倍收歲省度支錢千三百萬八年詔拜殿中侍御史錫服朱銀其冬來朝奏曰得益開田四千頃則盡可以給塞下五城矣田五千頃法當用人七千臣令吏於無事時督習弓矢爲戰守備因可以制虜庶幾所謂兵農兼事務一一無一字而兩得者也大臣方持其議吾以爲邊軍皆不知耕作開口望哺有司常僦人以車船自他郡往輸乘沙逆河遠者數千里人畜死蹄踵交道費不可勝計中國坐見一無見字耗虛一無虛字而邊吏恒苦食不繼今君所請田皆故秦漢時郡縣地其課績又已驗自若從其言其利未可遽其據切以一二數所矩切也今天子方舉羣策以收太平之功寧使士有不盡用之歎懷奇死一作見而不得施設

也君又何憂而中臺士大夫亦同言侍御韓君前領三縣紀綱二州奏課常爲天下第一行其計於邊其功烈又赫赫如此使盡用其策西北邊故所沒地可指期而有也聞其歸皆相勉爲詩以推大之而屬余爲序

送鄭涵校理序 并詩

祕書御府也天子猶以爲外且遠不得朝夕視始更聚書集賢殿別置校讎官曰學士曰校理常以寵丞相爲大學士其他學士皆達官也校理則用天下之名而（一作士）能文學者苟在選不計其秩次惟所用之由是集賢之書盛積盡祕書所有不能處其半書日益多官日益重四年鄭生涵始以長安尉選爲（一作授）校理人皆曰是宰相子能恭儉守教訓好古義施於文辭者如是而在選公卿大夫家選

之子弟其勸耳矣愈爲博士也始事相公於祭酒分教東都生也事相公於東太學今爲郎於都官也又事相公居守三爲屬吏經時五年覯道德於前後聽教誨於左右可謂親薰而炙之矣其高大遠密者不敢隱度論也其勤已而務博施以已之有欲人之能不知古君子何如耳今生始進仕獲重語於天下而慊慊（音歉）若不足真能守其家法矣其在門下者可進賀也求告來寧朝夕侍側東都士大夫不得見其面於其行日分司郎吏與留守之從事竊載酒肴（何交切）席定鼎門外盛賓客以餞之既醉各爲詩五韻且屬愈爲序詩曰（得洛字）○相公倦台鼎分政新邑洛才子富文華校讐天祿閣壽觴嘉節過歸騎春衫（一作袍）薄烏呀（音牙）弄正交加楊花共紛泊交親（一作親友）誰不羨去去翔寥廓

開州韋處厚侍講盛山十二詩序

韋侯昔以考功副郎守盛山人謂韋侯美士考功顯曹盛山僻郡奪所宜處納之惡地以枉其材韋侯將怨且不釋矣或曰不然夫得利則躍躍以喜不得利則戚戚以泣若不可生者豈韋侯之謂哉韋侯讀六藝之文以探周公孔子之意又妙能爲辭章可謂儒者也夫儒者之於患難苟非其自取之其拒而不受於懷也若築河堤以障屋霤（力救切）其容而消之也若水之於海冰之於夏日其翫而忘之以文辭也若奏金石以破蟋蟀之鳴蟲飛之聲況一不快於考功盛山一出入息之間哉未幾果有以韋侯所爲十二詩遺余者其意方且以入谿谷上巖石追逐雲月不足日爲事讀而詠歌之令人欲棄百事往而與之游不知其

出於巴東以屬朐䏰上音春蠢下音閏也洪曰地理志云山南西道開州盛山郡本万州郡義寧二年析巴東之盛山新浦通川郡之万世西流置天寶元年更名朐䏰地下濕多朐䏰虫劉禹錫云朐䏰蚯蚓也常至夜江畔出其身半跳於空中而鳴上音屈下音忍集韻云朐䏰在漢中俗作潤非是于時應而和者凡十人及此一作明年韋侯爲中書舍人侍講六經禁中、名處厚爲和詩者通州元司馬名稹爲宰相洋州許使君名康佐爲京兆忠州白使君居易爲中書舍人李使君景儉爲諫議大夫黔府嚴中丞武爲祕書一有少字監溫司馬造爲起居舍人皆集闕下於是盛山十二詩與其和者大行於時聯爲大卷家有之焉慕而爲者將日益多則分爲別卷韋侯俾余題其首、

石鼎聯句詩序洪曰張文潛所校本與諸本特異今録于此

元和七年十二月四日衡山道士軒轅彌明自衡山來舊

與劉師服進士衡湘中相識將過太白知師服（張作劉）在京夜抵其居宿有校書郎侯喜新有能詩聲夜與劉說詩彌明在其側貌極醜白鬚黑面長頸而高（張無高字）結（音髻）喉中（張無中字）又作楚語喜視之若無人彌明忽軒衣張眉指鑪中石鼎謂喜曰子云能詩能與我賦此乎劉往見衡湘間人說云（張有某字）年九十餘矣（張無矣字一有解字張作能字）捕逐鬼物拘囚（張作魍魎）蛟螭（抽知切）虎豹不知（張有其字）實能否也見其老頗貌敬之不知其有文也聞此說（張無說字）大喜既（張作即字）援筆題其首兩句次傳於喜（張作與侯）喜踊躍即綴其（張有下字）云云道士啞（烏格切）然笑曰子詩如是而已乎即袖手竦肩傍（一作倚）北墻坐謂劉曰吾不解世俗書弟子（張無弟字）為我書吾句（張無吾句字）因高吟曰龍頭縮菌蠢豕腹漲（一作脹）彭亨初不似（張作似非）經意

詩旨有似譏喜二子張作人相顧慙駭欲以多窮之即又為
而傳之喜喜思一作吟益苦務欲壓道士每營度欲出口吻
聲鳴益悲操筆欲一作而書將下復止竟亦不能奇也畢即
傳道士道士高踞大唱曰劉把筆吾詩云云張作劉進士把筆則又高
吟聯云云其不用意而功益切奇出張作而功益奇不可附說語皆侵劉侯
喜益忌之劉與侯皆已賦十餘韻彌明應之如響皆穎脫
含譏諷張有夜蓋三更字二子思竭不能續因起謝曰尊師非人
也一云非世人也張作非世人能出也某張有等字伏矣願為弟子不敢更張作冊字
論詩道士奮然一無然字張作自字曰不然章不可以不成也又謂
劉曰把筆來張無來字有吾與汝就之五字即張無即字又唱出一作書四十字
為八句書既止即張作訖字讀讀張作之字畢謂二子曰章張有不字已
就乎二子齊應曰就矣道士曰此皆不足與語此寧為文

邪吾就子所能而作耳一作矣張作之非吾之所學於師而能者
也吾所聞一作能者子皆不足以聞也獨文乎哉吾語子張有字
亦不當聞也吾閉口矣二子大懼皆張無皆字起立牀下拜曰
不敢他有問也願聞一言而已先生稱吾不解人間書敢
問解何書請聞此而已道士寂然若無聞也張本自何書下但有寂然
字無十一字累問不應二子不自得即退就座道士倚牆睡鼻
息一無息字如雷鳴二子怛當割切然失色不敢張有少字喘斯須曙
鼓動鼕鼕音形二子亦困遂坐睡及覺日已上張作出覺有驚字顧
覔道士不見即張無即字問童張作僮奴張有童字奴曰天且明道士
起出門若將便旋然奴怪久不返即出到門張無到門字覔張有
之字無有也二子驚惋烏貫切自責若有失者間遂詣余言余
不能識其何道士也常聞有隱君子彌明豈其人耶韓愈

序

巧匠斲山骨刳（空胡切）中事煎烹（師服）直柄未當權（一作嘗卷）塞口
且吞聲（喜）龍頭縮菌（巨隕切）蠢豕腹漲（一作脹）彭亨（彌明）外苞乾
蘚文中有暗浪驚（師服）在冷足自安（一作安自足）遭焚意彌貞（喜）
謬當鼎鼐（乃代切）間妄使水火爭（彌明）大似烈士膽圓如戰
馬纓（師服）上比香爐尖下與鏡面平（喜）秋瓜未落蔕凍芋彊
抽萌（彌明）一塊元氣閉細泉幽竇傾（師服）不值書寫處焉知懷
抱清（喜）方當洪爐然益見小器盈（彌明）睆睆（華綰切）無刃迹團
團類天成（師服）遥疑龜負圖出曝曉正晴（喜）旁有雙耳穿
上為孤髻撐（抽耕切。師服。洪曰一作彌明）或訝短尾銚又似無足鐺（師服）
可惜寒食毬擲此傍路坑（喜）何當出灰灺（似也切）無計離缾
罌（彌明）陋質荷斟酌狹中愧提擎（師服）豈能煮仙藥但未汙羊

羹喜形模婦女笑度量兒童輕彌明徒爾一作示堅重性不合

一作過幷合成一作盛師服傍一作仍似廢轂仰側見折軸橫喜時

於蚯蚓竅微作蒼蠅鳴彌明以茲黼溢愆一作歷實負任使誠

師服常居顧盼地敢有漏洩情喜寧依暖熱弊不與寒涼

并彌明區區徒自效瑣瑣不足呈洪曰一本注云喜迴旋但兀兀開

闔惟鏗鏗丘耕切師服全勝瑚璉貴空有口傳名豈比俎豆古

不爲手所撜與拯同當作撜音撜磨礱去圭角浸潤著直略切光精願

君莫嘲誚此物方施行彌明

音註韓文公文集卷第二十一

音註韓文公文集卷第二十二

祭文

祭田橫墓文 幷序

貞元十一年一作十九者非按十九年秋公爲御史其冬貶陽山安得以九月出田橫墓下九月十一日愈如東京道田橫墓下感橫義高能得士心因取酒以祭爲文而弔之其辭曰○事有曠百世而相感者余不自知其何心非今世之所稀孰爲使余歔欷上音虛下音希又許既切而不可禁余既博觀乎天下曷有庶幾乎夫子之所爲死者不復生嗟余去此其一作而從誰當秦氏之敗亂得一士而可王何五百人之擾擾而不能脫夫子於劍鋩抑所寶之者一作非賢亦天一作大命之有常昔闕里之多士孔聖亦云其遑遑苟余行之不迷雖顛沛音貝其何傷自古死者

非一夫子至今有耿光跽(巨几)陳辭而薦酒魂髣髴而來享

歐陽生哀辭 (并序)

歐陽詹世居閩越自詹已上皆爲閩越官至州佐縣令者累累有焉閩越地肥衍有山泉禽魚之樂雖有長材秀民通文書吏事與上國齒者未嘗肯出仕今上初故宰相常袞爲福建諸州觀察使(一有往字)治其地袞以文詞進縣鄉小民有能誦書作文辭者袞故宰相有名於時又作大官臨涖其民親與之爲客主之禮觀遊讌饗必召與(一作預，音同)之時未幾皆化翕然詹于時獨秀出袞加敬愛諸生皆推服閩越之人舉進士繇詹始建中貞元間余就食江南未接人事往往聞詹名閭巷間詹之稱於江南也久矣貞元三年余（一有年十九字）始至京師舉進士聞詹名尤甚八年春遂與詹文辭同考試登第始相識自後詹歸閩中余或在京師他處不見詹久者惟詹歸閩中時爲然其他時與詹離率不歷歲移時則必合合必兩忘其所趨久然後去故余與詹相知爲深詹事父母盡孝道仁於妻子於朋友義以誠氣醇以方容貌嶷嶷（魚力切）然其燕私善謔（乞却切）以和其文章切深喜往復善自道讀其書知其於慈孝最隆也十五年冬余以徐州從事朝正于京師詹爲國子監四門助教將率其徒伏闕下舉余爲博士會詹（一無詹字一作監）有獄不果上覲其心有益於余將忘其身之賤而爲之也嗚呼詹今其死矣詹閩越人也父母老矣捨朝夕之養以來京師其心將以有得而歸爲父母榮也雖其父母之心亦皆

然詹在側雖無離憂其志不樂也詹在京師雖有離憂其志樂也若詹者所謂以志養志者歟詹雖未得位其名聲流於人人其德行信於朋友雖詹與其父母皆可無憾也詹之事業文章李翶既爲之傳(一作誄 一作誌)余故作哀辭以舒余哀以傳于後以遺其父母而解其悲哀以卒詹(一作其)志云

求仕與友兮遠違其鄉父母之命兮子奉以行友則既獲兮祿實不豐以志爲養兮何有牛羊事實既修兮名譽又光父母忻忻兮常若在旁命雖云短兮其存者長終要必死兮願不永(一作求不)傷朋友視疾兮藥物甚良飲食孔(一作既)時兮所欲無妨壽命不齊(一作高)兮人道之常在側與遠兮非有不同山川阻深兮魂魄流行祭祀則(一作之)及兮勿謂

不通哭泣無益（一作救）兮抑哀自彊推生知死兮以慰孝誠嗚呼哀哉兮是亦難忘

題哀辭後

愈性不喜書自爲此文惟自書兩通其一通遺清河崔羣羣與余皆歐陽生之友也哀生之不得位而死哭之過時而悲其一通今書以遺彭城劉君伉伉喜古文以吾所爲合於古詣吾廬而來請者八九至而其色不怨志益堅凡愈之爲此文蓋哀（一作痛）歐陽生之不顯榮於前又懼其泯（音閔）滅於後也今劉君之請未必知歐陽生之志其志在古文耳雖然苟愛吾（一作其）文必求其義（一有則進知於歐陽生矣必時觀字愈）之爲古文豈獨取其句讀不類於今者耶思古人而不得見學古道則欲兼通其辭通其辭者本志於古道者也古

之道不苟譽毀於人然則吾之所爲文皆有實也劉君好其辭則其知歐陽生也無惑焉

獨孤申叔哀辭

衆萬之生誰非天邪明照昏蒙誰使然邪行何爲而怨一作怒邪居何故而憐邪胡喜厚其所可薄而恃不足於賢邪將下民之好惡與彼一有蒼字懸邪抑蒼茫無端而暫寓於其間邪死者無知吾爲子慟而已矣如有知也子其自知之矣濯濯其英曄曄其光如聞其聲如見其容一作如髣其旁嗚呼遠矣何日而忘

爲崔侍御祭穆員外文

於乎建中之初予居于嵩㩇戶圭切扶北奔一作歸避盜來攻晨及洛師相遇一時顧我如故眷然顧之予有今聞我來

自山子之俊明我鈍而頑道既去異誰從知我我思其厚不知其可(一作可而)於後八年君從杜矦我時在洛亦應其招留守無事多君子寮罔有疑忌維其嬉遊草生之春鳥鳴之朝我轡在手君揚其鑣(悲驕切)君居于室我既來即或以歗歌(蘇弔切)或以偃側誨余以義復我以誠終日與語無非德聲主人信讒有惑其下殺人無罪誣以成過入救不從反以爲禍赫赫有聞王命三司察我于獄相從繫縲(力追切)直(一作曲)生何(一作可)樂曲(一作直)死何(一作可)悲上懷王(一作主)人内憫其私進退之難居處之宜既釋于囚我來徐州道之攸攸思君爲憂我如京師君居父喪哭泣而拜言詞不通我歸自西君反吉服晤言無他往復其昔(一作音非)不自而違重我心惻自後聞君毋喪是丁痛毒之懷六年以弁(一作經)

孰云孝子而殞厥靈今我之至入門哭一作失 殽酒肉在前

君胡不饕升君之堂不與我言於乎死矣何日來還

祭郴音琛州李使君文

維年月日將仕郎守江陵府法曹參軍韓愈謹以清酌庶羞之奠敬祭于故郴州李使君三兄之靈古語有之白頭如新傾蓋若舊顧意氣之何如曷何一作 日時之足究當貞元之癸酉一作未貞元十九年癸未公拜監察御史冬貶連州陽山令別知賦云歲癸未而迁逐是也作癸未者是 惕皇威而左授伏荒炎之下邑嗟名穎而位什敷救切正儵切 歷貴部而西邁遡清光而暫覿言莫一作若 交而情無由既不賈而奚售丞呪切 哀窮一作遐 荒之無圖挐女加切又女書切 百憂以一作而 自副辱問訊之綢繆上直留切下亡侯切 愊飽飢而愈疚接雄詞於章句窺逸跡於篆籀音宙 苞黃甘而致貽一作辭

獲紙筆之雙貿（音茂洪曰即李員外寄紙筆云莫怪殷勤謝虞卿正著書）投乂魚之短韻（洪曰即乂魚詩招張公曹者）媿韜瑕而舉秀儁新命於衡陽賫薪芻於館候空大亭以見處甛憩水木之幽茂逞英心於縱博沃煩腸於清酎（音宙）航北湖之空明覿鱗介之驚透宴州樓之豁達衆管啾（即由切）而並奏得恩惠於新知脫窮愁於往陋輟行謀於俄頃見秋月之三彀逮天書之下降猶低迴以宿留（上音秀下音留）念睽離之在期謂此會之難又授縞紵以託心示茲誠之不謬儻後日之北遷約窮歡於一晝雖掾倖之酸寒要拔貧而爲富何人生之難信捐斯言而莫就始訝信於暫踈遂成凶於不救見銘旌之低昂尚遲疑於別袖憶交酬而迭舞奠單杯而哭柩美夫君之爲政不撓志於讒搆（撓一作僥）遭脣舌之紛羅獨陵晨而孤雊彼憸人之浮言

雖百車一作年其何詬呼漏切洞古往而高觀固邪正之相寇
幸竊覩其終始敢不一無不字明白而蔽覆神乎來哉辭以爲
侑音又尚饗

祭薛公達助教文

維元和四年歲次己丑後三月二十一日景寅朝散郎守
國子博士韓愈太學助教侯繼謹以清酌之奠祭于亡友
國子助教薛君之靈嗚呼吾徒學而不見施設祿又不足
以活身天於此時奪其友人同官太學日得相因奈何永
違秖隔數晨笑語爲別慟哭東門藏棺蔽帷欲見無緣皎
皎眉目在人目前酌以告誠庶幾有神嗚呼哀哉尚饗

祭虞部張員外季友文王涯崔羣等同

維年月日愈等謹以清酌庶羞之奠敬祭于亡友張十三員

外之靈嗚呼往在貞元俱從賓薦司我明試時維邦彥各以文售幸皆少年羣遊旅宿其歡甚焉出言無尤有獲同喜他年諸人莫有能比倏忽逮今二十餘歲存皆衰白半亦辭世外纏公事內迫家私中宵興歎無復昔時如何今者（一作於今）又失夫子懿德柔毅永絕心耳廬親之墓終喪乃歸陽瘖（於今切）避職妻子不知分司憲臺風紀由振遂遷司虞以播華問不能老壽孰究其因嗣託於宗天維不仁酒食備設靈其降止論德敘情以視諸誄尚饗

祭河南張署員外文

維年月日彰義軍行軍司馬守太子右庶子（一無守太子右庶子字）兼御史中丞韓愈謹遣某乙以庶羞清酌之奠祭于亡友故河南縣令張十二（一無十二字）員外之靈貞元十九年君爲御

史余以無能同詔並峙君德渾（胡本切）剛標高揭己有不吾

如唾猶泥滓（阻史切）余贛（陟降切）而狂年未三紀乗氣加人無

挾自恃（一作無敢挾恃）彼婉孌（上音宛下力兗切）者實憚吾曹側肩帖耳

有舌如刀我落陽山以尹鼯（音吾）猱（奴刀切）君飄臨武（臨武縣在郴州）

山林之牢歲弊寒凶雪虐風饕（一作號）顛於馬下我泗君

咷（徒刀切）夜息南山同臥一席守隸防夫觝（音邸）頂交蹠（音隻足下）

洞庭漫汗粘天無壁風濤相豗（呼回切）中作霹靂追程盲進

帆船箭激南上（一作之）湘水屈（九勿切）氏所沉二妃行迷淚蹤

染林山哀浦思鳥獸叫音余唱君和百篇在吟君止于縣

我又南踰把醆（阻限切）相飲後期有無期宿界上一夕相語

自別幾時復（一作遽其據切）變（一作編）寒暑枕臂攲眠加余以股僕

來告言虎入廐處無敢驚逐以我𩦠（音說文驢子曰𩦠）去君太是物

不驗於乘虎取而往來夤（音寅，敬惕也）其徵我預在此與君俱膺猛獸果信惡禱而憑（洪曰：僕來告言虎入廐處而下予，以問葛魯卿，葛云騐不騐去之則耳矣。虎取而去，疑其耳也。後來寅望徵猛獸果信者，言虎取騐果耳，遂有府掾之命，不待禱而有憑也。騐，驗之也。）余出嶺中君俟州下偕掾江陵非余望者郴山奇變其水清寫泊砂倚石有遌（音悟，一作遻，音咢，或五故切，心不欲見而見曰遌）無捨衡陽放酒（一作酒）熊咆（音庖，熊聲）虎嘷（音豪，虎聲）存不（一作不存）令章罰籌蝟毛委舟湘流往觀南岳雲（一作天）壁潭潭穹林攸擢避風大湖七日鹿角鈎登大鮎（奴廉切）怒頰豕豞（許角切，豕聲，今本誤作豿）臠（力兗切）盤炙酒羣奴餘啄走官階下首下尻（苦刀切，脽也）高下馬伏塗從事是遭于徵博士君以使已相見京師過願之始分教東生君掾雍（於用切，雍州四山所擁翳）首兩都相望於別何有解手背面遂十一年君出我入如相避然生闊死休吞不復宣刑官屬郎引章許(許一作)奪權臣不愛南昌是斡明條謹獄氓獠(一作僚張絞切)戶歌用遷澧(音禮水名書又東至于澧)浦爲人受瘴還家東都起令河南屈拜後生慎所不堪屢以正免身伸事蹇竟死不畀執勸爲善丞相南討余辱司馬議兵大梁走出洛下哭不憑棺奠不親斂不撫其子葬不送野望君傷懷有殞如瀉銘君之績納石壤下爰及祖考紀德事功外著後世鬼神與通君其奚憾不余鑒衷嗚呼哀哉尚饗

祭左司李員外太夫人文

維年月日某官某等謹以清酌庶羞之奠敬祭于某縣太君鄭氏尊夫人之靈胄于茂族配此德門克成厥家享有全福爲婦爲母再朝中宮搢紳推榮宗黨是則某等幸隨令子同服官僚庶展哀誠式陳牢醴尚饗

祭薛中丞文

維年月日某官某乙等謹以清酌庶羞之奠祭于云云友故御史中丞贈刑部侍郎薛公之靈公之懿德茂行可以勵俗清文敏識足以發身宗族稱其孝慈友朋歸其信義累升科第亟踐班行左掖南臺共傳故事詩人墨客爭諷新篇羽儀朝廷輝映中外長途方騁大限俄窮聖上軫不憖（魚覲切）之悲具寮興云亡之嘆況某等忘言斯久知我俱深青春之遊白首相失來陳薄奠詎盡哀誠嗚呼哀哉尚饗

祭裴太常文

維年月日愈等謹以庶羞清酌之奠敬祭于太常裴二十一兄之靈朝廷之重莫過乎禮雖經策具存而精通蓋寡自郊丘故事宗廟時宜大君之所旁求丞相之所卒問羣

儒拱手宗祝醉心兄皆指陳根源斟酌通變莫不允符天旨克恊神休至于公卿冠昏士庶喪祭疑皆嚮咨問必實歸從我者足為軌儀異我者無逃指笑動為時法言比古經獨立一朝高視千古而又驅馳明執僶音泯俛宗親擔石之儲常空於私室方丈之食每盛於賓筵贈必固辭求無不應孰云具美而不永年某等早接遊從實欽道義致誠薄奠以訣終天嗚呼哀哉尚饗

潮州祭神文 五首

維年月日潮州刺史韓愈謹差攝潮陽縣尉史虛己以特羊庶羞之奠告于太湖神之靈愈承朝命為此州長今月二十五日至治下凡大神降依庇貺斯人者皆愈所當率徒屬奔走致誠親執祀事於廟庭下令以始至方上奏天

子思慮不能專一冠衣不淨潔與人吏未相識知牲糈音所
又私呂切酒食器皿損一作觕倉胡切弊不能嚴清又未卜日時不敢
自薦見使攝潮陽縣尉史虛己以告神其降鑒尚饗
維年月日潮州刺史韓愈謹以清酌腶丁奐切記曰大饗尚腶脩脩之
奠祈于大湖神之靈曰稻既穟矣而雨不得熟以穫也蠶
起且眠矣而雨不得老以蔟千木切廣云蠶蔟也也歲且盡矣稻不
可以復種而蠶不可以復育也農夫蠶婦將無以應賦稅
繼衣食也非神之不愛人刺史失所職也百姓何罪使至
極也神聰明而端一聽不可濫以惑也刺史不仁可坐以
罪惟彼無辜惠以福也劃劙上音忽麥反又音畫下力支反解也分剖也雲陰
卷月日也幸身有衣而口得食給神役也充上之須脫刑
辟也選牲為酒以報靈德也吹擊竽管鼓侑香潔也拜逺跪

坐如法式也不信當治疾殃殛也神其尚饗

維年月日潮州刺史韓愈謹以柔毛剛鬣（音獵）清酌庶羞之奠祭于城隍之神間者以淫雨將為人災無以應貢賦供給神明上下獲罪罰之故乃以六月壬子奔走分告乞晴于爾明神神明閔人之不辜若響若荅冀除天地山川清風時興白日顯行蟲穀以登人不咨嗟惟神之恩夙夜不敢忘怠謹卜良日躬率將吏薦茲血毛清酌嘉羞（一作肴）侑以音穀以謝神貺神其饗之

維年月日潮州刺史韓愈謹遣耆壽成寓以清酌少牢之奠告于界石神之靈曰惟封部之內山川之神克庥（一有庇字）于人官則置立室宇備具服器奠饗以時今淫雨既霽蠶穀以成織婦耕男忻忻衎衎是神之庥庇于人也敢不明

受其賜謹選良月吉日齋潔以祀神其鑒茲尚饗

維年月日潮州刺史韓愈謹以清酌庶羞之奠祭于大湖之神惟神降依茲土以庇其人今茲無有水旱雷雨風火疾疫爲灾各寧厥宇以供上役長吏免被其譴頼神之德夙夜不敢忘謹具食飲躬齋洗奏音聲以獻以樂以謝厥賜不敢有所祈尚饗

音註韓文公文集卷第二十二

音註韓文公文集卷第二十三

祭文

袁州祭神文 三首

維年月日袁州刺史韓愈謹告于城隍神之靈刺史無治行無以媚于神祇天降之罰以久不雨苗且盡死刺史雖得罪百姓何辜宜降疾咎于某身一作躬無令鰥寡蒙茲濫罰謹告

維年月日袁州刺史韓愈謹以少牢之奠祭于仰山之神曰神之所依者惟人人之所事者惟神今既大旱嘉穀將盡人將無以爲命神亦將無所降依不敢不以告若守土有罪宜被疾殃於其身百姓可哀宜蒙恩閔以時賜雨使獲承祭不怠神亦永有飲食謹告

維年月日袁州刺史韓愈謹以少牢之奠祭于仰山之神曰田穀將死而神膏澤之百姓無所告而神恤之刺史有罪而神釋之敢不爲薦也尚饗

祭柳子厚文（劉夢得云元和十五年歲次庚子正月甲子朔退之承命改牧宜陽亦馳一函俟於便道子厚以十四年十月卒公赴袁州祭子厚于道中也）

維年月日韓愈謹以清酌庶羞之奠祭于亡友柳子厚之靈嗟嗟子厚而至然邪自古莫不然我又何嗟人之生世如夢一覺其間利害竟亦何校當其夢時有樂有悲及其既覺豈足追惟凡物之生不願爲材犧罇青黃乃木之災子之中棄天脫馽羈（上音縶馬絆下居宜切）玉佩瓊琚大放厥辭富貴無能磨滅誰紀子之自著表表愈偉（洪曰退之文章多爲流俗庸人妄改如表表愈偉常見一本改作表奏）不善爲斲血指汗顔巧匠觀旁縮手袖間

子之文章而不用世乃令吾徒掌帝之制子之視人自以無前一斥不復羣飛（一作非）刺天嗟嗟子厚今也則亡（一作今有今無）臨絕之音一何琅琅徧告諸友以寄厥子不鄙謂余亦託以死凡今之交觀勢厚薄余豈可保能承子託非我知子子實命我猶有鬼神寧敢遺墮念子永歸無復來期設祭棺前矢心以辭嗚呼哀哉尚饗

祭湘君夫人文

維年月日（一作元和十五年歲次庚子十月某日）國子祭酒韓愈謹令前袁州軍州事判官張得一以清酌之奠敢昭告于湘君湘夫人二妃之神前歲之春愈以罪犯黜守潮州懼以譴死且虞海山之波霧瘴毒爲灾以殞其命舟次祠下是用有禱于神神享其衷賜以吉卜曰如汝志蒙神之福啓帝之心去

廟即褒令又獲位於朝復其章綬退思往昔靈異發其寤寐凡三一作四年於今乃合夙夜林惕敢忘神之大庇伏以祠宇毀頓一作損凴附之質丹青之飾暗昧不佳一作孏古本作圭圭潔也不稱靈明外無四垣堂陛頹落牛羊入室居民行商不來祭享輙敢以私錢十萬新于邦伯古本無新于邦伯字修而作之舊碑斷一作中折其半仆敷救切又匹候切又音副音赴地文字缺滅幾不可讀謹修而樹之廟成之後將求玉石仍刻舊文因銘其陰以大振顯君夫人之威神以報靈德俾民承事萬世不怠惟神其鑒之尚饗

始將既修樹舊碑仍刻其文於新石因銘其陰舊碑石既及破落文不可盡識移之於新或失其真遂不復刻

祭竇司業文 牟

維年月日兵部侍郎韓愈謹以清酌庶羞之奠祭于故國子司業竇君二兄之靈惟君文行夙成有聲江東魁然厚重長者之風一舉於鄉遂收厥功屢佐大侯以調（徒吊切前漢十年不調）兵戎詔曰予虞汝爲郎中乃令洛陽歲日四終惟刑之慎掌正隸僮命守高平（澤州高平郡）命制（一作副）儒官朱衣銀魚象服以崇錫榮考妣孝道上窮官不滿能亦云達通踰七望八年孰非翁（一作踰七八年孰非望公）在君無憾我意不充君之昆弟三以辭雄刺史郎中四繼三同於士大夫可謂顯融我之獲見實自童蒙既愛既勸在麻之蓬自視雛鷇（音寇）望君飛鴻四十年餘事如夢中（一云四十餘年事半如夢）分宰河洛媿立並躬俱官於學以纖臨洪惠詩不酬報德以空死生莫接孰明我衷於祭告情文以自攻嗚呼哀哉尚饗

祭主簿侯喜文（喜一作繼者非）

維年月日，吏部侍郎韓愈謹遣男殿中省進馬佶致祭于亡友故國子主簿侯君之靈。嗚呼！惟子文學，今誰過之？子於道義，囷（一作困）不捨（一作捨）遺。我狎我愛，人莫與夷。自始及今，二紀于茲。我或爲文，筆俾子持；唱我和我，問我以疑；我釣我遊，莫不我隨；我寢我休，莫爾之私。朋友昆弟，情敬異施；惟我於子，無適不宜。棄我而死，嗟我之衰！相好滿目，年少之時；日月云云（一作人之云云），今其有誰？誰不富貴，而子爲羈（居宜切）。我無利權，雖怨曷爲？子之云葬，我方齋祠，哭送不可，誰知我悲？嗚呼哀哉！尚饗。

祭竹林神文

維年月日，京兆尹兼御史大夫韓愈謹以酒脯之奠再拜稽首告于竹林之神曰天子不以愈爲愚不能使尹茲大衆二十三縣之人今農既勤於稼有苗盈野而天不雨將盡槁以死農將無所食鬼神將無以爲饗國家之禮天地百祀神祇不失其常惠天下之人不失其和人又無罪何爲造茲旱虐以罰也將俾尹者不仁不明不能承帝之勑以化正其下聞無香惟腥神于一作之惠罰無差於罪瘠音籍于尹愈身是甘是宜雨則時降神無爽其聰明求饗于人無媿尚饗

曲江祭龍文

維年月日京兆尹兼御史大夫韓愈謹以香果之奠敢昭告于東方青龍之神天作旱災嘉穀將槁乃於甲乙之日依准古法作神之像齋戒祀禱神其享祐之將降甘雨以

惠兹人急急如律令（一無此五字）

祭馬揔僕射文

維年月日吏部侍郎韓愈謹以清酌庶羞之奠敬祭于故僕射馬公十二兄之靈惟公弘大温恭全然德備天故生之其必有意將明將昌實艱初試佐戎滑臺（乃滑州）斥由尹寺適彼甌閩𩕄𩑶（上音梟下音兀危也易困于臲卼義同）跋躓（一作疐跲躓音致）顛而不踒（烏禾切說文足跌也又於卧切）乃得其地于泉于虔始執郡符遂殿（都甸切鎮也詩殿天子之邦）交州抗節番禺（上音藩下音愚）去其螟螣蟊越大蘇擢亞秋官朝得碩士人謂其崇我勢始起東征淮蔡相臣是使公兼邦憲以副經紀殲（將廉切）彼大魁厥勳執似丞相歸治留長蔡師茫茫黍稷昔實棘茨鳩鳴雀乳不見梟鴟（上堅堯切下處脂切）惟蔡及許舊爲血仇命公并矦耕借之牛

東其弓矢禮讓優優始誅鄆音運戎厥墟丘於切腥臊公往滌之茲惟樂郊惟東有猘居例切狂犬也淮南子猘狗不自投於河惟西有虺顛覆朋鄰我餘有幾律萃上音律下音慈恤反中居斬其脊尾岱定河安惟公之韙帝念厥功還公于朝陟于地官且長百僚度彼四方孰樂可據顧瞻衡鈞將舉以付惟公積勤以疾以憂及其歸時當謝之秋賀問未歸弔廬已萃哀燕于堂已哭于次昔我及公實同危事且死且生誓莫捐棄歸來握手曾不三四曾不濡翰酬酢文字曾不醉飽以勸酒胾側吏切奠以叙哀其何能致嗚呼哀哉尚饗

弔武侍御所畫佛文

御史一作侍御武君當年喪其配斂其遺服櫛珥鞶帨櫛側瑟切梳也禮記咸盥漱櫛縰笄總珥仍吏切鞶帨音盤小囊禮記施鞶袠一作鞶帨于篋月旦十五日則一

出而陳之抱嬰兒以泣有爲浮屠之法者造武氏而諭之
曰是豈有益邪吾師去人死則爲鬼鬼且復爲人隨（一有其字）
所積善惡受報環（一作旋）復不窮也極西方有佛焉其土大
樂親戚姑能相爲圖是佛而禮之願其往生莫不如意武
君憮然辭曰吾儒者其可以爲是旣又逢月旦十五日復
出其篋實而陳之抱嬰兒以泣殆而悔（一有且字）曰是眞何益
也吾不能了釋氏之信不又安知其不果然於是悉出其
遺服櫛珮合若干種就浮屠師請圖前所謂佛者浮屠
師受而圖之韓愈聞而弔之曰晳晳（音制詩明星晳晳注猶煌煌也）兮目
存丁寧兮耳言忽不見兮（一無兮字一作忽不見不有兮）不聞芬譁窮兮
本源圖西佛兮道子勤以安塞悲兮慰（一有斯字）新魂嗚呼奈
何兮弔以茲文

祭（一有故陝府三字）李司馬文（荆薄經切）

維年月日守國子祭酒賜紫金魚袋韓愈謹以清酌之奠祭于故陝府左司馬李公之靈曰公學以爲耕文以爲穫發憤孤身復績（一作續）厥家選于吏部亟以科進歷臨大邑惟政有穀遂丞宗正曰朝帝庭出輔陝都吏畏寮慕子父諸孫盈于室堂公姑（一作始）悅喜五福且有大夫士家孰不榮羨如何不常以至大故嗚呼哀哉愈以守官不獲吊送昏姻之好以哀以悲敬致微禮公其歆之尚饗

祭（一有虢州司戸四字）十二兄文（岌）

月日從父弟某官某乙謹以清酌庶羞之奠敢昭告于十二兄虢州司戸府君之靈嗚呼維我皇祖有孫八人惟兄與我後死孤存奈何於今（一作今日）又棄而先生不偕居疾藥

不親斂不摩棺瘞（倚厲切）不遠墳趨奔（一作生）束制生死虧恩歸女教男及骨本原其不有年以補我愆長號送哀以薦此文尚饗

祭鄭夫人文（嫂）

維年月日愈謹於逆旅備時羞之奠再拜頓首敢昭祭于六嫂滎陽鄭氏夫人之靈嗚呼天禍我家降集百殃我生不辰三歲而孤蒙幼未知鞠我者兄在死而生實維嫂恩未齔（初覲切又初謹切毀齒也累禮與未齔者皆不為奴）一年兄官王宮提攜（戶圭切）負任去洛居秦念寒而衣念飢而餐疾沴（音戾）水火無災及身劬勞閔閔保此愚庸年方及紀荐及凶屯兄罹讒口承命南遷窮荒海隅夭閼（上於兆切下阿葛切莊子而莫之夭閼者注風不積則夭閼不通）百年萬里故鄉幼孤在前相顧不歸泣血號天微嫂之力

化爲夷蠻水浮陸走丹旐翩然至誠感神返葬中原旣克反葬遭時艱難百口偕行避地江濆春秋霜露薦敬蘋蘩以享韓氏之祖考曰此韓氏之門視余猶子誨化諄諄爰來京師年在成人屢貢于王名迺有聞念茲鈍頑非訓曷因感傷懷歸殯滯重慝苟容躁進不顧其躬禄仕而還以爲家榮奔走乞假東西北南孰云此來迺睹靈車有志弗及長負殷勤嗚呼哀哉昔在韶州之行受命于元兄曰爾幼養于嫂服必以朞今其敢忘天實臨之洪曰貞觀中魏鄭公等議嫂叔服云或有長年之嫂遇孩童之叔劬勞鞠養情若所生分飢共寒契闊偕老其在生也愛之同於骨肉及其死則推而遠之求之本原深所未諭且事嫂見稱載籍非一鄭仲虞則恩禮甚篤顏弘都則竭誠致感馬援則見之必冠孔伋則哭之爲位察其所尚豈非先覺嫂叔舊無服令請服小功五月詳見舊史退之幼養于嫂服朞以報可爲學士大夫法也嗚呼哀哉日月有時歸合塋封終天永辭絕而復蘇

伏惟尚饗

祭兄子十二郎老成文

年月日季父愈聞汝喪之七日乃能銜哀致誠使建中遠具時羞之奠告汝十二郎之靈嗚呼吾少孤及長不省所怙惟兄嫂是依中年兄歿南方吾與汝俱幼從嫂歸葬河陽既又與汝就食江南零丁孤苦未甞一日相離也吾上有三兄皆不幸早世承先人後者在孫惟汝在子惟吾兩世一身形單影隻嫂常撫汝指吾而言曰韓氏兩世惟此而已汝時尤小當不復記憶吾時雖能記憶亦未知其言之悲也吾年十九始來京城其後四年而歸視汝又四年吾往河陽省墳墓遇汝從嫂喪來葬又二年吾佐董丞相幕（一無幕字）于汴州汝來省吾止一歲請歸取其孥明年丞相

薨吾去汴州汝不果來是年吾（一有又字）佐戎徐州使取汝者始行吾又罷去汝又不果來吾念汝從于東東亦客也不可以久圖久遠者莫如西歸將成家而致汝嗚呼孰爲汝遽去吾而（先一作）没乎吾與汝俱少年以爲雖暫相別終當久相與處故捨汝而旅食京師以求斗斛之祿誠知其如此雖萬乘之公相吾不以一日輟汝而就也去年孟東野往吾書與汝曰吾年未四十而視茫茫而髮蒼蒼而齒牙動搖念諸父與諸兄皆康彊而早世如吾之衰者其能久存乎吾不可去汝不肯來恐旦暮死而汝抱無涯之戚也孰謂少者殁而長者存彊者夭而病者全乎嗚呼其信然耶其夢耶其傳之者非其真耶信也吾兄之盛德而夭其嗣乎汝之純明而不克蒙其澤乎少者彊者而夭殁長者

衰者而存全乎未可以爲信也夢也傳之非其眞也東野之書耿蘭之報何爲而在吾側也嗚呼其信然矣信（一無信字）吾兄之盛德而夭其嗣矣汝之純明宜業其家者不克蒙其澤矣所謂天者誠難測而神者誠難明矣所謂理者不可推而壽者不可知矣雖然吾自今年來蒼蒼者或化而爲白矣動搖者或脫而落矣毛血日益衰志氣日益微幾何不從汝而死也死而有知其幾何離其無知悲不幾時而不悲者無窮期矣汝之子始一歲吾之子始五歲少而彊者不可保如此孩提者又可冀其成立邪嗚呼哀哉汝去年書云比得軟脚病往往而劇吾曰是疾也江南之人常常有之未始以爲憂也嗚呼其竟以此而殞其生乎抑別有疾而至斯極（一無極字）乎汝之書六月十七日也

東野云汝歿以六月二日耿蘭之報無月日蓋東野之使
者不知問家人以月日如耿蘭之報不知當言（一作時）月日
（一本皆作日月）蓋東野與吾書乃問使者使者妄稱（一作傳）以應之
耳其然乎其不然乎今吾使建中祭汝弔汝之孤與汝之
乳母彼有食可守以待終喪則待終喪而取以來如不能
守以終喪則遂取以來其餘奴婢並令守汝喪吾力能改
葬（一有終葬二字）汝於先人之兆然後惟其所願（一有焉字）嗚呼汝病
吾不知時汝歿吾不知日生不能相養以共居歿不得撫
汝以盡哀斂不得憑其棺窆（陂驗切周禮及窆執斧以位注臨下棺也）不得臨
其穴吾行（一作何）負神明而使汝夭不孝不慈而不得與汝
相養以生相守以死一在天之涯一在地之角生而影不
與吾形相依死而魂不與吾夢相接吾實為之其又何尤

彼蒼者天曷其有極自今已往吾其無意於人世矣當求數頃之田於伊潁之上以待餘年教（一作養）吾子與汝子幸其成長吾女與汝女待其嫁如此而已嗚呼言有窮而情不可終汝其知也耶其不知也耶尚饗

祭周氏姪女文

維年月日十八叔叔母具時羞清酌之奠祭于周氏二十娘之靈嫁而有子女子之慶纏疾中年又命不永今當長歸與汝一世違凡汝親戚孰能不哀撰此酒食以與汝訣（音決）汝曾知乎我念曷闋（苦穴切）尚饗

祭姪孫滂文

維年月日十八翁及十八婆盧氏以清酌庶羞之奠祭于二十三郎滂之靈曰汝聰明和順出於輩流彊記好文

又少與比將謂成長以興吾家如何不祥未冠而夭吾與盧氏痛傷何言思母之恩連呼以絕執兄之手勉以無悲情一何長命一何短權葬遠地孤䰟無依瀝酒告情哀何有極尚饗

祭李氏二十九娘子文

維年月日十八叔翁及十八叔婆盧氏遣昶丑兩切以庶羞清酌之奠祭于李氏二十九娘之靈曰汝之警敏和靜人莫及之姿相豐端不見闕虧幼而孤露其然何爲出從于人既相諧熙又暴以夭神何所疵生殺滅益竟誰主尸我哀汝毋孰慰窮嫠音釐我憐汝兒誰與抱持念此傷心不能去離奠以送汝知乎不知尚饗

祭張給事文

維年月日兵部侍郎韓愈謹以清酌之奠祭于故殿中御史贈給事中張君之靈惟君之先以儒名家逮君皇考再振厥華鄉貢進秀有司第之從事元戎謹職以治（音持）遂拜郎官以職王憲不長其年飛不盡翰乃生給事松貞玉剛幹父之業纂文有光屢辟侯府亦佐梁師前人是似耋（達結切爾雅耋老也注八十為耋毛詩近者其耋）吏嗟咨御史闕人奪之於朝大夫之構斧斤未操府遷幽都頑悖未孚繫君之賴乃奏乞留乃遷殿中朱衣象板惟義之趨豈利之踐虺豺發釁闔府屠剥償其恨犯君獨高脫露刃成林弓矢穰穰（如羊切衆也詩豐年穰穰）千萬為徒謀讙為狂君獨叱之上不負涉為此不祥將死無所雖愚無知慼焉變色君義不辱殺身就德天子嘉之贈官近侍歸於一死萬古是記我之從女為君之配君於

其家行實高世無所掩葬與（一作輿）魂東歸誄以贈之莫知我哀嗚呼哀哉尚饗

祭女挐（女加切又女書切）女文

維年月日阿爹（徒可切南史人歌曰始興王人之爹楚人急如水火荆土方言謂父爲爹）阿八使汝妳以清酒時果庶羞之奠祭于第四小娘子挐子之靈嗚呼昔汝疾亟（一作殛）值吾南逐蒼黃分散使汝驚憂我視汝顏心知死隔汝視我面悲不能啼我既南行家亦隨譴扶汝上輿走朝至暮大（一作天）雪冰寒傷女羸（倫爲切）肌膚頓險阻不得少息不能食飲又使渴飢死于窮山實非其命不免水火父母之罪使汝至此豈不緣我草葬路隅棺非其棺既瘞遂行誰守誰瞻魂單骨寒無所託依人誰不死於汝即冤我歸自南乃臨哭汝汝目汝面在吾眼傍

洑心洑意寬寬可忘逢歲之吉致以一作洑先墓無驚無恐

安以即路飲食芳一作柔甘棺輿華好歸于其兮萬古是保

尚饗

音註韓文公先生文集卷第二十三

音註韓文公文集卷第二十四

墓誌銘表

李元賓墓銘

李觀字元賓其先隴西人始來自江之東食太學之祿（一無此五字）年二十四舉進士三年登上第又舉博學宏辭得太子校書又一年年二十九客死於京師旣斂三日其友人博陵崔弘禮賣馬葬于國東門之外七里鄉曰某鄉原曰某原友人昌黎韓愈書石以誌之其辭曰

已乎元賓壽也者吾不知其所慕夭也者吾不知其所惡生而不淑孰爲之（一作其）壽死而不朽孰爲之（一作其）夭已乎元賓文高乎當世行過（一作出）乎古人竟何爲哉竟何爲哉

崔評事墓銘

君諱翰字叔清博陵平安人曾大父知道仕至大理司直大父玄同爲刑部侍郎出刺徐相州父脩舉進士天寶之亂隱居而終君既喪厥父攜扶孤老託于大江之南卒喪通儒書作五字句詩敦行孝悌詼諧縱謔(迄却切一不有卓詭字)羈(居宜切)又善飲酒江南人士多從之遊貞元八年君生四十七年矣自江南應節度使王栖曜命于鄜(音孚漢之縣隋改爲鄜州)州既至表授右衛胄曹參軍實參幕府事直道正言補益尤多(尤一作弘)既去職遂家于汝州汝州刺史吳郡陸長源引爲防禦判官表授試大理評事十二年相國隴西公作藩汴州而吳郡爲軍司馬隴西公以爲吳郡之從(一作從事)則賢也署爲觀察巡官實掌軍田鑿滄溝斬茭(音交爾雅曰茭牛草郭云似芹可食)茆(音卯鳧葵也說文音柳)爲(一無爲字)陸田千二百頃水田二千(一作五百)

頃連歲大穰（如羊切）軍食以饒幕府以其功狀聞使者未復命以十五年正月五日寢疾終于家年五十有六矣隴西公賻贈有加自始有疾吴郡率幕府寮屬日至其廬問焉其既甚也日再往問焉其終也往哭焉比小斂大斂三哭焉於斂之二十日其妻與其子以君之喪旋葬于汝州其二月某日遂葬于某縣某鄉某原君内仁九族外盡賓客於其所止其來如歸苟親矣雖不肖收（一作視）之如賢苟賢矣雖貧賤待之如貴人是故其歿也其弔者與其哭者其觳也必哀盡焉妻鄭氏也有子二人女一人吾聞位不稱德者其終有後嗚呼君其終有後乎銘曰

朝之言嘻嘻夕之言怡怡借入而出乘馬而馳一日不見而死吁其可悲

施先生墓銘

貞元十八年十月十一日，太學博士施先生士丐卒，其寮太原郭伉買石誌其墓，昌黎韓愈爲之辭曰：先生明毛鄭詩，通春秋左氏傳，善講說，朝之賢士大夫從而執經考疑者繼往于門，太學生習毛鄭詩春秋左氏傳者皆其弟子，貴游之子弟時先生之說二經來太學，怡怡然坐一作帖諸生下，恐不卒得聞，先生死，二經生喪其師，仕於學者亡其朋，故自賢士大夫老師宿儒新進小生聞先生之死，哭泣相弔，歸衣服貨財。先生年六十九，在太學者十九年，由四門助教爲太學助教，由助教爲博士，太學秩滿，當去，諸生輒拜疏乞留，一有或乞遷三字或留或遷，凡十九年不離一作出太學。祖曰旭，袁州宜春尉；父曰婼，丑略切濠州定遠丞；妻曰太原王氏先先生卒子曰友直明州鄮（莫候切一作鄞）縣主簿曰友諒太廟齋郎系曰先生之祖氏自施父其後施常事孔子以彰雖爲博士延爲太尉太尉之孫始爲吴人曰然曰續亦載其跡先生之典公車是召纂序前聞于光有曜古聖人言其旨密微箋注分羅顛倒是非聞先生講論如客得歸卑讓肫肫（當作肫音諄誠也記曰肫肫其仁或作肫音敦）出言孔揚今其死矣誰嗣其宗縣曰萬年原曰神禾高四尺者先生墓耶

考功員外郎盧君墓表

愈之宗兄故起居舍人君以道德文學伏一世其友四人其一范陽盧君東美少未出仕皆在江淮間天下大夫士謂之四夔（摭言云盧江何長師趙郡李華范陽盧東美少與韓儲爲友江淮間號曰四夔唐書云崔造永泰中與韓會盧東美張正則友善號四夔按此表云愈之宗兄起居舍人君即是韓會當以唐史爲正摭言誤也）其

義以爲道可與古皋夔者侔故云爾或曰夔嘗爲相世謂相夔四人者雖處而未仕天下許以爲相故云大曆初御史大夫李栖筠由工部侍郎爲浙西觀察使當是時中國新去亂仕一作士多避處江淮間嘗爲顯官得名聲以老故自任者以千百數大夫莫之取獨晨衣朝服從騎吏入下里舍請盧君君時始任戴冠通詩書與其群日講說周公孔子以相磨龍浸灌婆娑嬉遊未有捨所爲爲人意既起從大夫天下未知君者惟奇大夫之取人也不常必得人其知君者謂君之從人也非其常守必得其從其後爲太常博士監察御史河南府司錄考功員外郎年五十四一作年若干而終在官舉其職夫人李姓隴西人作配君子無違德君殁訓子女甚得母道一云得母道甚後君二十年年六十六

而終將合葬其子暢命其孫立曰乃祖德烈靡不聞然其詳而信者宜莫若吾先人之友先人之友無在者起居文一作大有季曰愈能爲古文業其家是必能道吾父事業汝其往請銘焉立於是奉其父命奔走來告愈謂立曰子來宜也行不可一二舉且吾之生也後不與而祖接不得其詳也其大者莫若衆所與觀所與衆寡茲可以審其德矣乃祖未出而處也天下之士一有大字以爲與古之皐夔者侔且可以爲相其德不既大矣乎講說周公孔子樂其道不樂從事於俗得所從不釋一作擇外內奮而起其進退不既合於義乎銘如是可以示於今與後也歟立拜手曰唯唯君祖子輿濮州音卜濮陽令父同舒州望江令夫人之祖延宗鄆音運州司馬父進成鄆州洛交令男三人暢申易女

三人皆嫁爲士人妻墓在河南某縣某原一作緱氏縣梁國之原緱音溝原字下一本有其年月日字元和二年二月十日云

施州房使君鄭夫人殯表

夫人之先出於周以鄭爲氏因初矣曾祖諱隨祖諱玠厥考諱絳一作終咸垂休歸于房宗生九子左右黍稷祠春秋道順德嚴顯且裕宜壽而貴今何謬求貞冬至前四日寓殯墳此非其丘

清邊郡王楊燕奇碑文

公諱燕字燕奇弘農華陰人也大父知古祁州司倉烈考文誨天寶中實爲平盧軍衙前兵馬使位至特進撿校太子賓客封弘農郡開國伯世掌諸蕃互市恩信著明夷人慕之祿山之亂公年幾二十進言於其父曰大人守官宜

一作義不得去王室在難某其行矣其父爲之請於戎帥遂率諸將校之子弟各一人間道趨闕變服詭行日倍百里天子嘉之特拜左金吾衛大將軍員外置賜勳上柱國實應二年春詔從僕射田公平劉展又從下河北大曆八年帥師納戎帥勉于滑州九年從朝于京師建中二年一作歲城汴州功勞居多三年從攻李希烈先登貞元二年從司徒劉公復汴州十二年與諸將執以城叛者歸之于京師事平授御史大夫食實封百戶賜繒惣陵切綵有加以十四年年六十一五月某日終于家自始命左金吾大將軍一無大將軍字凡十五遷爲御史大夫職爲節度押衙一作左廂兵馬使兼馬軍先鋒兵馬使階爲特進勳爲上柱國爵爲清邊郡王食虛邑三百戶至三千戶眞食一有五字一百戶終焉公結

髮從軍四十餘年（一作歲）敵攻無堅城守必完臨危蹈難歔欷（上音虛下音希又許旣切）感發乘機應會捷出神怪不畏義死不榮幸生故其事君無疑行其事上無間言初僕射田公其母隔于冀州公獨請往迎之經營賊城出入死地卒致其母田公德之約爲父子故公始姓田氏田公終而後復其族焉嗣子通王屬良禎以其年十一（一作三）月庚寅葬公于開封縣曾陵岡隴西郡夫人李氏祔（音附）焉夫人淸夷郡太守祐之孫漁陽郡長史獻之女柔嘉淑明先公而殂有男四人女三人後夫人河南郡夫人雍氏某官之孫某官之女有男一人（一作二人）有女二（一作一）人咸有至性純行夫人同仁均養親族不知異焉君子於是知楊公之德又行於家也銘曰

烈烈大（一作丈）夫逢時之虞感泣辭親從難于秦維兹爰始

遂勤其事四十餘年或禅（實彌切）或專攻牢保危爵位已隮
旣明且愼終老無隳窆魯陵之岡蔡河之側蒸蒸孝子思顯
勳績斵石于此式垂後嗣

河南少尹裴君墓誌銘

公諱復（一作稷）字茂紹河東人曾大父元簡大理正大父曠
御史中丞京畿採訪使父虯（渠幽切）以氣略敢諫諍爲諫議
大夫引正大疑有寵代宗朝屢辭官不肯拜卒贈工部尚
書公舉賢良拜同官尉僕射南陽公開府徐州召公主書
記三遷至侍（一無侍字）御史入朝歷殿中侍御史累遷至刑部
郎中疾病改河南少尹輿至官若干日卒實元和三年四
月二十三日享年五十夫人博陵崔氏少府監𩓞（他頂切又音町）
之女男三人璟質皆旣冠其季始六歲曰彥郎卜葬得公

卒之四月壬寅，遂以其日葬東都芒山之陰杜瞿村。公幼有文，年十四上時雨詩，代宗以爲能，將召入爲翰林學士。尚書公請免，曰：願使卒學。于後母喪，上使臨吊，文詔（一作語）尚書公曰：父忠而子果孝，吾加賜以勵天下。終喪，必且以爲翰林學士。其在徐州府能勤以（一作而）有勞，在朝以恭儉守其職，居喪必有聞，待諸弟友（一無友字）以善教，館嫠（音釐）妹，畜孤甥，能別而有恩。歷十二官而無宅於都，無田於野，無遺資以爲葬，斯其可銘也已。銘曰：

裴爲顯姓，入唐尤盛，支分族離，各爲大家。惟公之系，德隆位細，曰子曰孫，厥載世繼，晉陽之色（一作邑）。愉愉翼翼，無外無私，幼壯若一。何壽之不遐，而祿之不多，謂必有後，其又信然耶。

國子助教薛君墓誌銘

君諱公達、字某(石本字大順)薛姓、曾祖曰希莊、撫州刺史、贈大理卿(石本云祖曰元暉果州流溪縣丞贈左散騎常侍)父曰播、尚書禮部侍郎、侍郎命君後兄授(石本授作據)授爲尚書水部郎中、贈給事中、君少氣高、爲文有氣力、務出於奇、以不同俗爲主、(一本主作志石本作主)始舉進士、不與先輩揖、作胡馬及圜丘詩、京師人未見其書、皆口相傳以熟(石本有及權第三字)補家令主簿、佐鳳翔軍、軍帥武人、君爲作書奏、讀不識句、傳一幕以爲笑、君(石本無君字)不爲變、後九月九日大會、賓命(石本無命字)射、設標的高出百數千尺、令曰中酬錦與金若干、一軍盡射、莫能中、君執弓腰二矢、挾(一作扳石本作指)一矢以興、揖其帥曰、請以爲公歡、遂適射所、一座(石本有皆字)起隨之、(一有射字)三發連三中、的壞不可復射中輒一軍大呼以笑連三大呼笑帥益不喜即自（一作目）免去後佐河陽軍任事去害興利功爲多拜協律郎益棄音與人爲同今天子修大學官有公卿言詔拜國子助教分教東都生元和四年年四十七二月十四日疾暴卒君再娶（石本有初娶琅邪王氏凡本有後娶京兆韋氏十二字凡産字）四男五女男生輒（石本有即）字死自給事至君後再絕皆有名遺言曰以公儀之子爲已後（石本作已已後我巳巳蓋小字）其年閏三月二十二日弟某官公儀殿中侍御史公幹以君之喪葬京兆某縣（石本云弟試太子通事舍人公儀弟京兆府司錄公幹以君之喪歸以五月十五日葬于京兆府萬年縣少陵原合祔王夫人塋）銘曰

宦（一作官）不能達（或云宦不能遂石本作宦不遂洪曰宦不遂取張釋之云久宦減仲之産不遂也）歸譏（一作議）於時身不得年又將尤誰世再絕而紹祭以不隤

韋氏夫人墓誌銘 一名監察御史元君妻京兆韋氏夫人墓誌銘

夫人諱叢字茂之雲溪友議云元相國娶京兆韋氏字蕙叢姓韋氏其上七世祖父封龍門公龍門之後世率相繼爲顯官夫人曾祖父諱伯陽自萬年令爲太原少尹副留守一有北都二字卒贈祕書監其夫一無大字王父迢以都官郎爲嶺南軍司馬卒贈同州刺史王一無王字考夏卿以太子少保贈左僕射娶裴氏皐女皐爲給事中皐父宰相耀卿夫人於僕射爲季女愛之選壻得今御史河南元稹稹時始以選一有授字校書祕書省中其後遂以能直言策第一拜左拾遺果直言失官又起爲御史舉職無所顧夫人固前授教於賢父母及得其良夫又授教於先姑氏卒所事所言皆從儀法年二十七以元和四年七月九日卒卒三月得其年之十月十三日葬咸

陽從先舅姑兆銘曰
詩歌碩人爰叙宗親女子之事有以榮身夫人之先累公
累卿於赫外祖相我唐明歸逢其良夫夫婦婦獨不與
年而卒以夭實生五子一女之存銘于埋（一作好）辭以永於
聞

音註韓文公文集卷第二十四

音註韓文公文集卷第二十五

墓誌銘

登封縣尉盧殷墓銘（一本作唐故登封縣尉盧殷墓銘）

元和五年十月日，范陽盧殷以故登封縣尉卒登封，年六十五。君能爲詩，自少至老，詩可錄傳者在紙凡千餘篇。無書不讀，然止用以資爲詩。與諫議大夫孟簡、協律孟郊、監察御史馮宿好，期相推挽，卒以病不能爲官。在登封，盡寫所爲詩投故宰相東都留守鄭餘慶。留守數以帛米周其家，書薦宰相，宰相不能用，竟見飢寒死。登封將死，自爲書告留守與河南尹乞葬。已又爲詩與常所來往河南令韓愈，曰：爲我具棺。留守、尹爲具凡葬事，韓愈與買棺，又爲作銘。十一月某日，葬嵩高山下鄭夫人墓中。君始娶滎陽鄭氏，後

娶隴西李氏生男輒死卒無子女子一人學浮屠法不嫁爲比丘尼云

唐故興元少尹房君墓誌銘

房故爲宦族稱世有人自太尉琯以德行爲相相玄宗肅宗名聲益彰徽大行世號其門爲太尉家宗族子弟皆法象其賢公曾祖諱玄靜尚書膳部郎中歷資簡涇陽四州刺史太尉之叔父也祖諱肱爲虢州司馬父諱鑾一作鸞都水使者皆名一作多能守家法公諱武字某以明經歷官至興元少尹謹飭畏慎年七十三以其官終幼壯爲良子弟老爲賢父兄歷十二官厥事無纖毫過差嘗以殿中侍御史副丹陽軍使其後爲盩厔令盩音輈厔音窒縣名在京兆施州刺史丹陽盩厔施州一無六字吏民至今思之娶滎陽鄭氏女生

男女六人其長曰次卿次卿有大才不能俯仰順時年四十餘尚守京兆興平尉然其友皆曰房氏有子也次曰次公次膺次回次衡次元始學而未仕女三人皆嫁爲士人妻初公之在施州夫人卒焉殯于江陵元和五年次卿與其羣弟奉公之喪自興元至堂殯于伊水之南六年正月次公奉夫人之喪自江陵至遂以其月十四日合葬河南緱氏之高龍原公母弟式自給事中爲河南尹孝友慈良盡費其財以奉公葬未葬之一月詔以河南爲御史中丞領宣州觀察使將行一作往召河南令韓愈泣謂曰吾兄之葬於是而吾爲尹於是吾以爲得盡其道於吾兄也今壓於上命不得視吾兄之棺入此土也豈非天耶子與吾兄次卿游我重知子凡吾兄之終事將子是託焉愈既不獲

辭既助其凡役事退又爲銘云

有位有名有弟有子從先人葬是謂受祉

唐故河南少尹李公墓誌銘

元和七年二月一日河南少尹隴西李公卒年五十八歛之三月某甲子葬河南伊闕鳴臯山下前事之月其子道敏哭再拜授使者公行狀以幣走京師乞銘於博士韓愈曰少尹將以某（一無某字）月日葬宜有銘其不肖嗣道敏杖而執事不敢違次不得跣以請愈曰公行應銘法子又禮葬敢不諾而銘諸公諱素字某生七歲喪其父貧不能家母夫人提以歸教畜於外氏以明經選主虢州弘農簿叉尉陜之芮城李丞相泌觀察陜虢以材署運使從事以課遷尉京兆鄠（音戶又胡古切古右扶風縣名）考滿以書判出其倫選主萬年簿

而母夫人固在食其禄母夫人卒三年改尉長安遷監察御史奏賍九卿一人改詹事丞遷殿中侍御史由一有屯田字度支員外郎遷萬年令公主簿奪驛田京兆尹符縣割畀之公不與改度支郎中使侍郎介特一作特非不禮其屬大夫士遭喜怒賞罰公獨入讓不受劉闢平上以蜀賞高崇文尚書省與一作以崇文幕府爭臨畀因華便不便命公使崇文崇文命幕府唯公命從即其日事以疏奏侍郎外稱其能竟坐前敢抗己衢州飢擇刺史侍郎曰莫如郎中李某遂刺衢州至一月遷蘇州李錡前反一有權字將之戍諸州者刺史至歛手無與敵公至十二日錡反公將左右與賊戰州門不勝賊呼入公端立責以義皆歛兵立不逼錡命械致公軍將斬以徇及境錡適敗縛公脫械還走州賊急

卒（一作竟平）不暇走死民抱扶迎盡出天子使貴人持紫衣金魚以賜居三年州稱治拜河南少尹行大尹事呂氏子炅棄其妻著道士衣冠謝母曰當學仙王屋山去數月復出間詣公公立之府門外使吏卒脫道士冠給冠帶送付其母黜屬令二人以賊（一作非）減民賦錢歲五十萬請緩民輸期一月詔天下輸皆緩一月公一斷治不收斂事常出名上曾祖弘泰簡州刺史祖乾秀伊闕令父燧宣州長史贈絳州刺史母夫人燉（音屯古瓜州地）煌張氏其舅叅有大名君之配曰彭城劉氏夫人夫人先卒其葬以夫人祔夫人曾祖曰子玄祖曰餗皆有大名公之子男四人長曰道敏舉進士其次曰道樞其次曰道本（一有其次二字）道易皆好學而文女一人嫁蘇之海鹽尉韋潰自簡州而下皆葬鳴皋山下銘

曰高其上而坎其中以爲公之宮奈何乎公

石君墓誌銘（一作唐故集賢院校理石君墓誌銘）

君諱洪字濬川其先姓烏石蘭九（一作七非）代祖猛始從拓（音許）拔（蒲撥切黄帝子昌意少子受封北土黄帝以土德王北俗謂土爲拓謂后爲拔故以拓拔爲氏）氏入夏居河南遂去烏與蘭獨姓石氏而官號大司空後十世至行褒官至易州刺史於君爲曾祖易州生婺州金華令諱懷一卒葬洛陽北山金華生君之考諱平爲太子家令葬金華墓東而尚書水部郎劉復爲之銘君生七年喪其母九年而喪其父能力學行去黄州録事參軍則不仕而退處東都洛上十餘年行益修學益進交游益附聲號聞四海（方一作）故相國鄭公餘慶留守東都上言洪可付史筆李建拜御史崔周禎爲補闕皆舉以讓官歙池之使與浙東

使交牒署君從事河陽節度烏大夫重胤聞以幣先走君廬下故爲河陽（一所有守）得佐河陽軍吏治民實考功奏從事考君獨於天下爲第一元和六年詔下河南徵拜京兆昭應尉校理集賢御書明年六月甲午疾卒年四十二娶彭城劉氏女故相國晏之兄孫生男二人八歲曰壬四歲曰申女子二人顧言曰葬死所七月甲申葬萬年白鹿原既病謂其游韓愈曰子以吾銘銘曰

生之艱成之又艱若有以爲而止於斯

唐故江西觀察使韋公墓誌銘

公諱丹字某姓韋氏六世祖孝寬仕周有功以公開號於鄖（一有號鄖公三字鄖音云江夏雲杜縣）鄖公之子孫世爲大官唯公之父政卒雒縣丞贈虢州刺史公既孤以甥孫從太師魯公真卿

學一有真卿受之字舉明經第選授硤州遠安令以讓其庶兄入
紫閣山事從父熊通五經登一有明經字科歷校書郎咸陽尉佐
朔方軍自監察御史爲殿中侍御史徵拜太子舍人益有
名遷起居郎吳少誠襲許州拜河陽行軍司馬未行少誠
死改駕部員外郎新羅國君死公以司封郎中兼御史中
丞紫衣金魚往弔立其嗣故事使外國者常賜州縣官十
員使以名上以便其私号私覿官公將行曰吾天子吏使
海外國不足於資宜上請安有賣官以受錢耶即具疏所
以上以命有司與其貫至鄆州會新羅告所當立君死還
拜容州刺史容管經略招討使始城容州周三十里置屯
田二十四所化大行詔加太中大夫順宗嗣位拜河南少
尹行未至拜鄭滑行軍司馬始至襄陽詔拜諫議大夫既

至日言事不阿權臣謇然有直名遂号為才臣劉闢反圍
梓州詔以公為東川節度使御史大夫公行至漢中上疏
言梓州在圍間守方盡力不可易將徵還入議蜀事刘闢
去梓州因以梓州讓高崇文拜晉慈隰等州觀察防禦使
自扶風縣男進封武陽郡開國公食邑二千戶將行上言
臣所治三州非要害地不足張職為國家費不如屬之河
東便（一有上以為忠字）一歲拜洪州刺史江南西道觀察使以晉慈
（一有地字）屬（一有之字）河東公既至則計口受俸錢委其餘於官罷
八州無之食者以聚其財始教人為瓦屋取材於山召
陶工教人陶聚材瓦於場度其費以為估不取贏利凡
取材瓦於官業定而受其償從令者免其賦之半
逃未復者官與為之入貧不能者裨

切之財載食與幾親往勸之爲茨屋萬三千七百爲重屋四千七百民無火憂暑濕則乘其高别命置南北市營諸軍歲旱種不入土募人就功厚與之直而給其食業成人不病飢爲長衢南北夾兩營東西七里人去渫（音薛又私列切水小泄）汙氣益蘇復作南昌縣徙廄于高地因其廢倉大屋焉以不連死（一作焉以爲連廄）明年築堤扞江長十二里疏爲斗門以走潦（即到切）水公去位之明年江水平堤（一有既退二字）老幼泣而思曰無此堤吾屍其流入海矣灌陂塘五百九十八得田萬二千頃凡爲民去害興利若嗜欲居三年於江西八州無遺便其大如是其細可略也（一無也字）卒有違令當死者公不果於誅杖而遣之去上書告公所爲不法者（一無者字）若干條朝廷方勇於治且以爲公名才能臣治功聞天下不

辨則受垢詔罷官留江西待辨使未至月餘公以疾薨使至辨凡卒所告事若干條皆無絲毫實詔笞卒百流嶺南公能益明春秋五十八薨於元和五年八月六日公好施與家無剩財自校書郎至爲觀察使擁吏卒前走七州刺史與賓客處一有加布衣騎四字自持卑不易娶清河崔氏故支令江諷之女某官某之孫有子曰寘年十五明經及第嗣其家業後夫人蘭陵蕭氏中書令華之孫殿中侍御恒之女皆先公終有女一人凡公男若干人明年七月壬寅從葬萬年少陵原將葬其從事東平呂宗禮與其子寘謀曰我公宜得銘得銘不朽矣一云我公宜得直而不華者銘傳於後固不朽矣寘來請銘銘曰

武陽受業始於太師以官讓兄自待不疑勤于紫閣取益以卑可謂有源卒用無疵慊慊音歉前漢書曰慊慊常若不足爲人矯矯爲官

爰及江西功德具完名聲之下獨處爲難辨而益明伉者所歎碑于墓前維昭美故納銘墓中以識公墓

唐故河南府王屋縣尉畢君墓誌銘

畢氏出東平歷漢魏晉宋齊梁陳士大夫不絶入國朝有爲司衛少卿貝邢盧許州刺史者曰景憬之子稱（一作構）累官至吏部尚書卒贈黃門監是爲景公景公生抗爲廣平太守抗安祿山城陷覆其宗贈戶部尚書尚書生坰（音扃）家破時坰生始四歲與其弟增以俱小漏名籍得不誅爲賞口賊中寶應二年河北平宗人宏以家財贖出之求增不得增長爲河北從事兼官至御史中丞坰既至長安宏養於家教讀書明經第宏死坰益壯始自别爲畢氏歷尉臨渙安邑王屋年六十一以元和六年二月二日卒於官初罷

臨渙徐州節度張建封墓廣平之節死（一作死節）聞君篤行能官請相見署諸從事攝符離令四年及尉王屋徐之從事有爲河南尹者聞君當來喜謂人曰河南庫歲（一有出字）入錢以千計者五六十萬須謹廉吏今畢侯來吾濟矣繼數尹諸署於府者無不變而畢侯固如初竟以其職死君睦親善事過客未嘗問有無既卒家無一錢凡棺與葬事皆同官與相識者爭之娶清河張氏女生男四人曰鎬鉦（四眉切）銶（音求）銳女子三人其長學浮屠法爲比丘尼其季二人未嫁以其月二十五日從葬偃師之土婁銘曰 上古愛民爲官求人茍可以任位加其身其後喜權人自求官退而綏者身後人先故廣平死節而子不荷其澤王屋謹廉而神不福其謙嗚呼天與人茍無傷其宂與墳

唐故試大理評事胡君墓銘 明允

胡之氏別於陳明允先河東人世勤固載厥身籍文譜進連倫惟明允加武資力牛虎柔不持吏夏陽有施爲去平陽民思悲河東土河陸原宜茲人八月後昆五十七不足年孤兒啼死下官母弟証秋大夫石君遺哭泣書友韓愈司馬徒作後銘系序初

唐故襄陽盧丞墓誌銘

范陽盧君行簡將葬其父母乞銘於職方員外郎韓愈曰吾先世一作五世載族姓書吾胄於拓拔氏之弘農守守後四代吾祖也爲沂州錄事參軍五世而吾父也爲襄陽丞始吾父自曹之南華尉歷萬年縣尉至襄陽丞以材任煩能持廉名去襄陽則署盐鐵府職出入十五年常最其列

貞元十三年,終其家,年六十七,殯河南河陰縣。吾母燉煌張氏也。王父瓘,爲兖之一作州金鄉令。先君殁十三年,而夫人終,年七十三,從殯河陰。生子男三人:居簡,金吾兵曹;行簡,則吾,其次也,大理主簿,佐江南軍;其幼可久。女子嫁浮梁尉崔叔寶。將以今年十月,自河陰啓葬於汝之臨汝縣臨汝原。吾曰:陰陽星曆,近世儒莫學,獨行簡以其力餘學,能名一世;舍其從事於人,以財稱葬其父母,乞銘以圖長存,是眞能子矣,可銘也。遂以銘。弘農諱懷仁,沂州諱璬音皎,襄陽諱某。今年實元和六年。

唐故河中府法曹張君墓碣銘

有女奴抱嬰兒來,致其主夫人之語曰:妾張圓之妻劉氏也。妾夫常語妾云:吾常獲私於夫子,且曰:夫子天下之名能文辭者凡所言必傳世行後今妾不幸夫遇盜死途中將以日月葬妾重哀其生志不就恐死遂沉泯（音閔）敢以其稚子汴見見先生賜之銘是其死不爲辱而名永長存所以蓋覆其遺胤若子若孫且死萬一能有知將不悼其不幸於土中矣又曰妾夫在嶺南時嘗疾病泣語曰吾志非不如古人吾才豈不如今人而至於是而死於是耶若爾吾哀必求夫子銘是爾與吾不朽也愈既哭弔即辭遂叙次其族世名字始終而銘曰君字直之祖讜父孝新皆爲官汴宋間君嘗讀書爲文辭有氣有吏才嘗感激欲自奮拔樹功名以見世初舉進士再不第因去事宣武軍節度使得官至監察御史坐事貶嶺南再遷至河中府法曹參軍攝虞鄉令有能名進攝河東令又有名遂署河東從事

絳州闕刺史攝絳州事能聞朝廷元和四年秋有事適東方既還八月壬辰死于汴城西雙丘年四十有七明年十二月庚午葬于河南偃師妻彭城人世衣冠祖好順泗州刺史父泳卒蘄州別駕女四人男一人嬰兒汴也是爲銘

唐故太原府參軍苗君墓誌銘

君諱蕃字陳師其先楚之族大夫亡晉而邑於苗世遂以苗命氏其後有守上黨（潞州上黨郡）者惠于民卒遂家壺關（縣名在潞州）曾大父延嗣中書舍人大父含液舉進士第官卒河南法曹父穎揚州錄事參軍君少喪父受業母夫人舉進士第佐江西使有勞三年使卒後辟不肯留獨護其喪葬江南選補太原參軍假使職獄平貨滋息吏斂手不敢爲非年四十有二元和二年六月辛巳暴病卒其妻清河張

氏以其年十二月丙寅葬君于洛陽平陰之原男三人執規執矩必復其季生君卒之三月君同生昆弟姊凡三人皆先死四室之孤男女凡二十人皆幼遺資無十金無田無家以爲歸無族親朋友以爲依也天將以是安施邪銘曰

有行以爲本有文以爲華恭以事其職而勤以嗣其家位卑而無年吁其奈何

音註韓文公文集卷第二十五

音註韓文公文集卷第二十六

墓誌碑銘

孔君墓誌銘 一云唐故朝散大夫贈司勳員外郎孔君墓誌銘

昭儀節度盧從史有賢佐曰孔君諱戡字君勝從史爲不法君陰爭不從則於會肆言以折之從史羞面頸一作頰發赤抑首吐一作伏氣不敢出一語以對立一作之爲君更令改章辭者前後累數十坐則與從史說古今君臣父子道順則受成福逆輒危辱誅死且曰公當爲彼不得爲此從史常從聳聽喘汗居五六歲益驕有悖語君爭無改悔一有意字色則悉引從事空一府往爭之從史雖羞退益甚君泣語其徒曰吾所爲止於是不能以有加矣遂以疾辭去卧東都之城東酒食伎樂之宴不與當是時天下以爲賢論士之宜

在天子左右者唯（一無唯字）皆曰孔君去大會宰相李公鎮揚州首奏起君君猶（一作獨）臥不應從史讀詔曰是故舍我而從人耶即誣奏君前在軍有某事上曰吾知之矣奏三上乃除君衛尉丞分司東都詔始下門下給事中呂元膺封還詔書上使謂呂君曰吾豈不知戡也行用之矣明年元和五年正月將浴臨汝之湯泉壬子至其縣食遂卒年五十七公卿大夫士相吊於朝處士相吊於家君卒之九十六日詔縛從史送闕下數以違命流于日南遂詔贈君尚書司勳員外郎蓋用嘗欲以命君者信（音伸）其志其年八月甲申從葬河南府河陰縣之廣武原君於為義若嗜欲勇不顧前後於利與祿則畏避退處如怯夫然始舉進士（一有及字）第自金吾衛録事為大理評事佐昭儀軍軍帥（一無帥

帥字死從史軍諸將代爲帥請君曰從史起此軍行伍中凡在幕府唯公無分寸私公苟留唯公之所欲爲君不得已留一歲再奏自監察御史至殿中侍御史從史初聽用其言得不敗後不聽信惡益聞君棄去遂敗祖如圭海州司戶贈工部員外郎父岑皇著作郎贈駕部員外郎君始娶弘農楊氏女卒又娶其舅宋州刺史京兆韋屺女皆有婦道凡生一男四女皆幼前夫人從葬舅姑兆次卜人曰今茲歲未可以祔音附從卜人言不祔君母兄戣音逵尚書兵部員外郎母弟戢殿中侍御史以文行稱朝廷將葬以韋夫人之弟前進士楚材之狀授愈曰請爲銘銘曰

允義孔君茲惟其藏更千萬年無敢壞傷

唐故中散大夫河南尹杜君墓誌銘

杜氏自戴侯幾始分戴侯之子恕爲幽州刺史今居京兆諸杜其後也其季子寬孝廉郎中寬後三世曼爲河東太守葬其父洹水（洹音胡端切水出汲郡隆慮縣）其後世皆從葬洹水之陽及正倫爲太宗宰相猶封襄陽公太宗始詔葬京兆襄陽公無子以兄正藏子志靜後遂嗣襄陽公生僑爲懷州長史棄官老沁（七鴆切）水上爲富家卒葬懷州武陟長史生損爲左司郎中卒贈大理少卿大理（一作少卿）生廙（余力切）爲鄭州錄事參軍死思明亂贈吏部郎中公諱兼字某郎中第三子舉進士第司徒北平王燧戰河北掌書記累官至監察御史其後佐徐泗州軍遂至濠州刺史徐泗州軍亂以兵防淮道不絕有功加御史中丞賜紫衣金魚兵甲三千人入爲刑部郎中以能官拜蘇州刺史既辭行上書言李錡

且反必且奏族臣上固愛其才書奏即除吏部郎遂爲給事中出爲商州刺史兼商防禦使澂南少尹行大尹事半歲拜大尹元和四年十一月二十二日無疾暴薨年六十明年二月甲午從葬懷州夫人常山郡君張氏彭州刺史贈禮部侍郎旣（九利切）之女生子男三人柔立爲天長主簿詞立爲壽州參軍誼立順宗挽郎女一人將葬公之母兄太學博士輿與公之夫人及子男女謀曰葬宜有銘凡與我弟游而有文者誰乎遂來請銘銘曰

杜氏大家世有顯人承繼綿綿以及公身始爲進士乃篤朋友及作大官克施克守纂辭奮筆渙若不思公牒盈前笑語指麾祿以給求食以會同不畜不收庫廄虛空事在于（一作不在）人日遠日忘何以傳之刻此銘章

陽平路公神道碑文一云唐故銀青光祿大夫左散騎常侍致仕陽平路公神道碑文

惟路氏遠有世序自隋尚書兵部侍郎諱充一作兗一作充四世而至冀公冀公諱嗣恭以小邑蕭關令一有聞字發聞開元受錫更名書于太史始一作治行靈州終功南邦享有丕祉紹開厥家官至兵部尚書封冀國公薨贈尚書右僕射公諱應字從衆冀公之嫡子用大臣子謹飭擢至侍御史著作郎遷刺虔州剳錄一作餘雩都作縣安遠以利民屬鑿贑灘一作灌石以平贑古暗切一音感水名在豫章唐史云鑿贑石梗險以通舟道梗陶甓而城罷民屢築詔嗣冀封又加尚書屯田郎中進服色遂臨于溫築堤岳城橫陽界中二邑得上田一作苗除水害拜尚書兵部郎中兼御史中丞淮南軍司馬改刺廬州又甓其城民不歲苦又爲尚書職方郎中兼御史中丞佐監鐵使

使江東有功用半歲歷常州遷至宣歙池觀察使進封襄陽郡公（一無公字）至則出倉米下其估半以廩餓人蜀劉闢誅行軍千五百人於蜀李錡將反以聞置鄉兵萬二千人錡反命將期以卒救湖常半卒江東心錡以無助敗縛作響山亭營軍于左右權公相善之鑱其說響山石居宣五年以疾去位校其倉得石者五十萬餘府得錢千者八十萬公之爲州逢水旱貴賤出與民歲熟以其得收常有贏（一作餘）利故在所民不病飢而官府畜積元和六年天子憫公疾不可煩以職即其處拜左散騎常侍以其祿居歲九月望薨于東都正平里第年六十七明年葬京兆萬年少陵原夫人滎陽鄭氏祔既而其子臨漢縣男貫與其弟賞貞謀曰宜有刻也告於叔父御史大夫鄜（音孚）坊丹延觀察使

愬因其族弟進士羣以來請銘遂以其事銘曰

冀公之封維艱就功襄陽繼大啓慶自躬于虔洎溫欽緒旣作以及職方遂都邦伯朝夕民事下完上實師于其鄉鄰寇逼屈營軍響山牆壘修施褒功刻表丞相之辭受代而家叙蹤及邇病不能廷食祿卒于齒凡世大家維難其保旣顯旣碩（一作顧）戒于終咎伊我襄陽克愼以有延畀後丞莫不率守有墓于原維樹有（一作在）經以告無期傳世是銘（一作愽士是銘）

烏氏廟碑銘

元和五年天子曰盧從史始立議用師于恒乃陰與寇連夸謾凶驕出不遜言其執以來其四月中貴人承璀（七罪切一作摧）卽誘而縛之其下皆甲以出操兵趨讙（胡瓜切又音花）牙門都將

烏公重亂當軍門叱曰天子有命從者有賞敢違者斬於是士皆斂兵還營卒致從史京師壬辰詔用烏公爲銀青光祿大夫河陽軍節度使兼御史大夫封張掖郡開國公居三年河陽稱治詔贈其父工部尚書且曰以其廟享即以其年營廟于京師崇化里軍佐竊議曰先公既位常伯而先夫人無加命號名差卑於配不宜語聞詔贈先夫人劉氏沛國太夫人八年八月廟成三室同宇祀自左領府君而下作主于第乙巳升于廟烏氏著於春秋譜於世本列於姓苑在莒音舉者存在齊者有餘有枝鳴皆爲大夫秦有獲爲大官其後世之江南者家鄱陽處北者家張掖或入夷狄爲君長唐初察爲左武衞大將軍實張掖人其子曰令望爲左領軍衞大將軍孫曰蒙爲中郎將是生贈尚

書諱承洽字某烏氏自莒齊秦大夫以來皆以材力顯及武德已來始以武功爲名將家開元中尚書管平盧先鋒軍屢破奚契丹從戰捺奴葛切祿走可汗音韓一作突于渤海上至馬都山吏民逃徙失業尚書領所部兵塞其道塹原累一作壘石綿四百里深高皆三丈寇不得進民還其居歲罷運錢三千萬餘黑水室韋以騎五千來屬麾下邊威益張其後與耿仁智謀説史思明降思明復叛尚書與兄承恩謀殺之事發族夷尚書獨走免李光弼以聞詔拜冠軍將軍守右威衛將軍檢校殿中監封昌化郡王左領軍使積粟厲兵出入耕戰以疾去職貞元十一年二月丁巳薨于華陰告平里年若干即葬于其地二子大夫爲長季曰重元爲某官銘曰烏氏在唐有家於初左武左領二祖紹

居中郎少卑屬于尚書不償其勞乃相大夫授我戎節制有疆墟（丘於切）備禮登壇以有宗廟作廟天都以致其孝右祖左孫爰饗食其報云誰無子孰其無孫克對無羞乃惟有人念昔平盧爲艱爲瘁大夫承之危不棄義四方其平士有追息來覲來齋以饋黍稷

唐故河東節度觀察使滎陽鄭公神道碑文（一無文字）

河東節度使贈尚書右僕射鄭公葬在滎陽索上元和八年六月庚子太史尚書比部郎中護軍韓愈刻其墓碑曰司馬氏遷江南有鄭豁者仕慕容垂國爲其太子少保其孫簡當拓拔（上音託下蒲撥切）魏爲滎陽太守後簡者號其族爲南祖南祖之鄭入唐有爲利之景谷令者曰嘉範於公爲曾祖是生撫俗爲泗之徐城令徐城生公之父曰洪卒官

涼州（一作之）戶曹參軍公諱儋（都甘切）少依母家隴西李氏學
止異凡見其舅吏部侍郎李鄘曰必其能（一作謂其必能）再立鄭
氏稍長能自謀學明左氏春秋以進士選爲太原參軍事
對直言策拜京兆高陵尉考府之進士能第上下以實不姦
欒僕射澤以襄陽兵戰淮西公以參謀留府能任後事戶
曹殯于涼涼地入西戎自景谷徐城三世皆未還滎陽葬
公解官舉五喪爲三墓葬索東徐城墓無表公能使幼長
感心求不（一作來求）置以得舊人指告其處其後爲大理丞太
常博士遷起居郎尚書司封吏部二郎中能官舉其名德
宗晚節儲將於其軍以公爲河東軍司馬能以無心處嫌
間卒用有就（間一作閒又無卒字）貞元十六年將説死即詔授司馬
節節度河東軍除其官爲工部尚書太原尹兼御史大夫北

都留守公之爲司馬用寛廉平正得吏士心及升太師一作帥守持其道不變部將有因貴人求要職者公不用用老而有功無勢而遠者削四鄰之交賄省誇一作姱嬉之大燕講校民事施罷不俟日用能以十月成政珉一作民一作賦征就寛軍給以饒十七年疾廢朝夕八月庚戌薨年六十一天子爲之不臨朝者三日贈尚書右僕射即以其年十月辛卯葬索上疾比薨醫問交道比葬吊贈賻賜使者相及凡河東軍之士一作之軍事與太原之民吏及旁九郡百邑之鰥寡外夷狄之統於府者聞公之薨皆哭曰吾其如何公與一作爲賓客朋遊飲酒必極醉投壺博弈窮日夜若樂而不厭者卒居簾閣據几一作凡終日不知有人别自號白雲翁名人魁士鮮不與善好樂後進及門接引皆有恩意始娶范陽盧

氏女生仁本仁約仁載皆有文行二季舉進士皆早死仁本爲後子獨存不樂舉選年三十餘始佐河陽軍後娶趙郡李氏生三女二夫人凡三男五女長女嫁遼東李緐緐亦名臣子有才學遺命二夫人各别爲墓不合葬系曰

吉嘗患勢卑不能推功德及人嘗患勢貧無以奉所欲得若鄭公者勤一生以得其位而曾不得須臾有焉雖然觀其所既立其可知已嗚呼哀哉

魏博節度觀察使沂國公先廟碑銘并序 奉敕撰

元和八年十一月壬子上命丞相元衡丞相吉甫丞相絳召太史尚書比部郎中韓愈至政事堂傳詔曰田弘正始有廟京師朕維弘正先祖父厥心靡不嚮帝室訖不得施乃以教付厥子維弘正銜訓嗣事乃朝夕不怠以能迎天

之休顯有丕功維父子繼忠孝維寵嘉之是以命汝愈銘
欽哉惟時臣愈承命悸恐明日詣東上閤門拜疏辭謝不
報退伏念昔者魯僖公能遵其祖伯禽之烈周天子實命
其史臣克作爲駉駜泮閟之詩使殸于其廟以假魯靈今
天子嘉田侯能服父訓不違用康靜一作靖我國家蕃寵銘
之所以休寧田氏之祖考而臣適執筆隷太史奉明命其
可以辭謹按魏博節度使銀青光禄大夫檢校工部尚書
兼魏博大都督府長史御史大夫沂國公田弘正北平盧
龍人故爲魏博諸將忠孝良愼田季安卒其子幼弱用故
事代父人吏不附迎弘正於其家使領軍事弘正籍其軍
之衆與六州之人還之朝廷悉除河北故事比諸州故得
用爲帥已而復贈其父故滄州刺史兵部尚書毋夫人鄭

氏梁國太夫人得立廟祭三代曾祖都水使者府君祭初
室祖安東司馬贈襄州刺史府君祭二室兵部府君祭東
室其銘曰
唐繼古帝海外受制洽一作狎于大寧燕盗以驚群黨相維
河北失平號登元和大聖載營風揮日舒咸順指令業業
音業山高魏士嬰兒戲兵吏戎愁毒莫保腰領人曰田侯其德
可倚叫譟奔趨乘門請起田侯攝事奉我王明束縛弓戈
考校度程堤一作提壃與疆同籍戶來復邦經帝欽良臣曰維
錫予嗟我六州始復故初告慶宗廟一作于宗降以命書旌節
有韜豹尾神旗纛垗戟毒纛音纛導以長魏師田侯稽首臣愚
不肖追茲有成祖考之教帝曰俞哉惟汝忠孝予思乃父
追秩夏卿媲匹詣切德娠音身賢梁國是榮田侯作廟相方視

址見于著龜祖考咸喜暨暨音忌記曰戎容暨暨暨果毅貌田侯兩有

文武訖其外庸可作承丞一作輔洛汝田侯勿亟勿遲覲嚮

一作饗式時祖考之思一作爾祖之思

音註韓文公文集卷第二十六

音註韓文公文集卷第二十七

碑文

劉統軍墓碑銘一作唐故右龍武統軍劉公墓碑

唐故陳許節度使金紫光祿大夫檢校尚書左僕射兼御史大夫右龍武統軍彭城郡開國公食邑二千戶贈潞州大都督劉公諱昌裔字光厚薨既葬將反柩于京師洪曰頗疑既葬無反柩之理後得祥符間印本乃反枕於京師蓋几筵也舍于墓次故吏文武士門人送客訖事會哭將退咸顧戀牽連口言曰自我公薨至葬凡所以較德焯音卓一作卓一作悼勤者莫不粗完隱卒崇終有都督之詔曰事時功以著不可以誣有太史之狀有太常之狀有謚有誄有幽堂之銘又如即外碑刻文以顯詩之其於傳無已豈不益可保於是相許諾以告其孤縱縱哭

蔡

捨杖拜曰縱不敢違則相與刻銘文曰

劉處彭城本自楚元陽曲之別縣公祖遷公曾祖考爲朔州守祖令太原仍世北邊樂其高寒棄楚不還逮于公身三世晉人公生而異魁顏鉅卑幼如舒退少長（少書詔切 長展兩切）好事西戎乘勢盜有河外公雖家居爲國噎噫（噎於合切 噫烏界切）來告邊師可破之計楊琳爲橫（戶孟切）巴蜀靡敝公由游寄單船諭招折其尾毒不得動搖琳後來降公不有功絕琳之巴還臥民里蓋古有云人職其憂無事於職而與國謀德宗之始爲曲環起奮筆爲檄（刑狄切）強寇氣死決敗第成效於屈指環有許師公遂佐之蘇民戰敵多出公畫累拜郎中進兼中丞雖在陪貳天子所憑祭卒幸喪圍我許郛新師不牢劻勷（上音匡下如羊切迫也）將逋公爲陳力應變爲械與

之上下寇無所賴（曾子開云恐脫一句）遂至遁敗以功遷陳寶許之
半轂駕馬元侯以勢自撣復入居許爲軍司馬脫權下威士
心益歸卒嗣環職棄惡從德乃與蔡通塗其榛棘稚耋（達結
切）嬉遨遊連手歌謳上無可怨外無與讎既長事官後（一作峻）
之大夫其償（一作賞）未塞僕射已都及癸巳歲秋涌水出流
過其部破民廬室公即疏言此皆臣徭防斷不補讀民於
泉臣耄且疾宜即大罰上曰菑害大臣其來允余之思其
可止哉驛隸走呼有中使來公迎于驛遂行不迴六月隆
熱上下歊（一作歊）艴（許極切大赤楚辭北有寒山卓龍艴只注艴赤色）公鞭公驅去
馬以轝公病日惡不能造闕仆（敷故切又匹候切又甚匐切）臥在宅閔
有加錫命爲統軍龍武之右兼官左相百僚長首冬十一
月日將南至公遂薨徂年六十二奏聞怛悼俾官臨弔悲

不聽朝贈督潞州存歿之賚於斯爲優明年九月東葬金
谷公往有命匪後人卜

衢州徐偃王廟碑 洪曰徐偃王事見史記後漢書博物志元和姓纂然後漢書云楚文王滅之楚辭亦云荆文寤而徐亡按周穆王時無楚文王春秋時無徐偃王予嘗辨於楚辭補注中

徐與秦俱出栢翳 伯益一曰栢翳史記禽獸多馴服是爲栢翳舜賜姓嬴氏 爲嬴 餘輕切 姓國於夏殷周世咸有大功秦處西偏專用武勝遭世衰無明天子遂虎吞諸國 一作矣 爲雄諸國既皆入秦爲臣屬秦無所取利上下相賊害卒僨 甫運切爾雅僨僵也莊子一僨一起 其國而況其宗徐處得地中文德爲治及偃王誕當國益除去刑爭未事凡所以君國子民待四方一出於仁義當此之時周天子穆王無道意不在天下好道士說得八龍騎之西遊同王母宴 石本無宴字 于瑤池之上歌謳忘歸四方諸侯

之爭辨者無所質正咸賓祭於徐執贄玉帛死生之物于徐之庭者三十六國得朱弓赤矢之瑞穆王聞之恐遂稱受命命造父御長驅而歸與楚連謀伐徐徐不忍鬬其民北走彭城武原山下百姓隨而從之萬有餘家偃王死民號其山爲徐山鑿石爲室以祠偃王偃王雖走死失石本有其字國民戴其嗣爲君如初駒王章禹祖孫相望自奉一作秦至今名公巨人繼迹史書徐氏十望其九皆本於偃王而秦後迄茲無聞家失於栢翳之緒非偏有厚薄施仁與暴之報自然異也衢州故會稽太末也太音闥越絕書姑末今太末後漢吳有龍丘長者隱居太末民多姓徐氏支縣龍丘有偃王遺廟或曰偃王之逃戰不之彭城之越城之隅棄玉几研吾甸切選緑苔影篆影乎研上南越志生研石上注研與硯同于會稽之水或曰徐子章禹既執於吳徐之

宗石本作公族子弟散之徐揚二州間即其居立先王廟云開
元初徐姓二人相屬爲刺史帥其部之同姓改作廟屋載
事于碑後九十年當元和九年而徐氏放復爲刺史放字
達夫前碑所謂今戶部侍郎其大父也春行視農至于龍
丘有事于廟思惟本原曰故制桷石本作觕倉胡切樸下窄不足
以揭音竭又音桀揭切虔妥靈而又梁桷赤白陊他耳切又徒可切壞落也豈期不陊陊
剝不治圖像之威黮於既切玉篇深黑也昧就滅藩拔級夷庭
木禿鈌石本作缺祈甿謨耕田切日石本作由慢祥慶弗下州之支郡一作君羣黎一作君羣吏石本作君羣吏不獲蔭庥余推遺紹而尸其土不即不圖以
有賞罰其可辭乃命因故爲新衆工齊事惟月若日工
告訖功大祠于廟宗卿石本作鄉咸序應是歲州無怪風劇雨
民不夭厲穀果完實民皆曰耿耿一無耿耿字一作祉哉祉哉其不

可誣乃相與請辭京師歸而鑱之（鋤銜切）于石辭曰

秦傑以顛徐由遜（遜或作遯者非）綿綿秦鬼久飢徐有廟存婉婉偃王惟道之耽以國易仁爲笑于頑自初擅命其實幾姓歷短言（石本作詈）長有不償亡課其利害孰與（石本作當）王當姑篾之墟（今衢州有姑篾城墟丘於切）太末之里誰思王恩立廟以祀王之聞（一作後）孫世世（一作乃）多有唯臨茲邦廟土實守堅嶠（渠廟切）之後達夫鄭之王歿萬年如始祔時王孫多孝世奉王廟達夫之來先慎詔教盡惠廟民不王於神維是達夫知孝之元太末之里姑篾之城廟事時脩仁孝振斅宜寵其人以及後生嗟嗟維王雖死（一作古）誰亢（音剛）王死于仁彼以常（一作景）喪文追作誄刻示（石本作石）茫茫

袁氏先廟碑

袁公滋既成廟，明歲一作年二月，自荆南以旌節朝京師，留六日，得壬子春分，率宗親子屬用少牢于三室。既事，退言曰：嗚呼，遠哉！維世傳德，襲訓集余，乃今有濟。今祭既不薦金石音聲，使工歌詩，載烈象容，其奚以飭稚昧於長久？唯敬繫牢，家幸有石，如具著先人名迹，因爲詩繫之語下，於義其可。雖然，余不敢，必屬篤古而達於詞者。遂以命愈。愈謝非其人，不獲命，則謹條袁氏本所以出與其世系里居、起周歷漢魏晉拓拔拓音託，拔蒲撥切魏周隋入國家已來，高曾祖考所以劬躬壽後，委祉于公，公之所以逢將承應者，有槩有詳，而綴以詩。其語曰：周封舜後爲陳，陳公子有爲大夫食國之地袁鄉者，其子孫世守不失，因自別爲袁氏。春秋世陳常壓於楚，與中國相加尤疏，袁氏猶班班可見于譜常居陽夏（晉賈前漢發兵距之陽夏注今亳州）陽夏至晉屬陳郡故號陳郡袁氏博士固申儒過黃唱業於前至司徒安懷德於身袁氏遂大顯連世有人終漢連魏晉分仕南北始居華陰爲拓拔魏鴻臚鴻臚諱恭生周梁州刺史新縣孝侯諱頻（一作頲）孝侯生隋左衛大將軍諱溫去官居華陰武德九年以大耄薨始葬華州左衛生南州刺史諱士政南州生當陽令諱倫於公爲曾祖當陽生朝散大夫石州司馬諱知玄司馬生贈工部尚書咸寧令諱曄是爲皇考袁氏舊族而當陽以通經爲儒位止縣令石州用春秋持身治事爲州司馬以終咸寧備學而貫以一文武隨用謀行功從出入有立不爵于朝比三世宜達而窒歸成後人數當于公公惟曾大父公皇考比三世存不大夫食歿祭在子孫唯將

相能致備物、世彌遠、禮則益不及、在慎德行、業治圖功、載
名以待上、可無細大、無敢不敬畏、無早夜、無敢不思成、於
家進于外、以立于朝、自侍御史歷工部員外郎祠部郎中
諫議大夫尚書右丞華州刺史金吾大將軍、由卑而鉅、莫
不官稱、遂爲宰相、以贊辯章、仍持節將蜀滑襄荆略薊河
山、秩登祿富、以有廟祀、具如其志、又垂顯刻、一作烈 以教無
忘、可謂大孝、詩曰、
袁自陳、分祊尚蹇、一作連 連越秦造、漢博士發、論司徒任德、
忍不錮、人收功、厥後五公、重蕁晉氏、于南來處、華下、鴻臚
孝侯、用適操捨、南州勤治、取最不懈、當陽耽經、唯義之畏、
石州烈烈、學專春秋、懿哉咸寧、不名一休、趨難避成、與時
汜浮、是生孝子、天子之宰、出把一作持 將符、羣一作郡 州承楷、

數(一作教)以立廟祿以備器由曾及考同堂異室楹板松楹其筵(一作業)肆(一作肆)肆維袁之廟孝孫之爲順世即宜以諏以龜以平其巘屋墻持持孝孫來享來拜廟庭陟堂進室親登籩鉶(一作鈃音同)肩臑(如到切臂節也儀禮作臂臑肫骼)胉(音柏脅也儀禮作胉脅肘設扃鼏)骼(音洛)其樽玄清降登受胙于慶爾成維曾維祖維考之施于涉孝嗣以報以祇凡我有今非本曷思刻詩繫牲維以告之

唐故清河郡公房公墓碣銘

公諱啓字某河南人其大王父融王父琯仍父子爲宰相融相天后事遠不大傳琯相玄宗肅宗處艱難中與道進退黜贈太尉流澤于茲父乘仕至秘書少監贈太公詹事公胚胎前列光生長食息不離典訓之內目濡耳染不學以

能始爲鳳翔府參軍尚少人吏迎一有觀字望見咸曰真房太尉家子孫也不敢弄以事轉同州澄城丞益自飾理同官憚伏衛晏使嶺南黜陟求佐得公擢摘良姦南土大喜還遷昭應主簿裴胄領湖南表公爲佐拜監察御史部無遺事胄遷江西又以節鎮江陵公一隨遷佐胄一作爲佐累功進至刑部員外郎賜五品服副胄使事爲上介上聞其名徵拜虞部員外在省籍籍遷萬年令果辯儌音澆僥同絶貞元末王叔文用事排公之爲舉以爲容州經略使拜御史中丞服佩視三品管有嶺外十三州之地林巒洞蜒音延守條死要不相漁劫稅節賦時公私有餘削衣貶食不立資遣以班親舊爲友爲義在容州九年遷領桂州封清河郡公食邑三千戶中人使授命書應待失禮容主違言徵貳太

僕未至貶虔州長史而坐使者以疾卒官年五十九其子
誠能輯父事無失謹謹致孝既葬碣墓請銘銘曰
房氏二相厥家以聞條葉披澤況公其孫公初爲吏亦以
門庭佐使于南乃始已致既辦（一作辨）萬年命舛容服功緒
卓尔坻徐循業維不順隨失署亡咨負非君（一作公）之怨銘亦
著之

唐故銀青光祿大夫檢校左散騎常侍兼右金吾
衛大將軍贈工部尚書太原郡公神道碑文

公諱用字師柔太原人莊憲皇太后之弟今天子之舅太
師之子太尉之孫司徒之曾孫元和元年上朝太后南宮
大褒外氏自外高祖王父而下至外王父咸冊登公師事
載之史皇太后昆弟唯公一人於是特（一作時）拜銀青光祿

大夫太子少詹事六三月因遷太詹事賜勳上柱國爵封
郡公國于太原益掌廐苑之事公起外戚子弟秩卑年少
歲餘超居上班官尊職大朝夕兩宮而能敬讓以敬持以
禮法不挾不矜賓接士大夫高下中度與（一作與）官者（一作者）
事滋久愈謹由是朝廷推賢所處號治轉少府監太子賓
客別職如初遷左散騎常侍兼右金吾大將軍皆以選進
不專（一有於字）爲恩十一年秋將以八月葬莊憲太后前一月
壬申以疾告薨春秋四十有七上罷朝二日爲位以哭贈
工部尚書十一月壬申葬于萬年縣落女原夫人河南胡
氏號太原郡夫人有子六人女子一人葬得日公之姊壻
京兆尹李修（洪曰當作條）謂太子右庶子韓愈曰子以文常（一作章）
銘賢公卿今不可以辭應曰諾而爲銘曰

有蟜氏國實出炎軒蜀塗華一作華非摯正妃之門孰豐其川

不羨其源王氏周胄官封相繼實生聖女以母唐帝公惟

后李天子吾甥畀躬慎德不與寵橫方年未老后哀猶新

如何不惠而殞其身刻文茲石乆載攸存

音註韓文公文集卷第二十七

音註韓文公文集卷第二十八

碑誌銘

曹成王碑

洪曰曹成王碑造語法子雲也南山詩平淮西碑氣象宏富法相如也進學解師說之類精粹入道理法劉向也凡爲文字字有法法左氏司馬遷也班固以下不論背見一上人云洪又曰退之性不喜書然嘗云凡爲文詞宜略識字如曹成王碑用剜蹙鏺撇㩢掇筴跙等字是也

王姓李氏諱皐字子蘭謚曰成其先王明以太宗子國曹絕復封傳五王至成王成王嗣封在玄宗世蓋於時年十七八紹爵三年而河南北兵作天下震擾王奉母太妃逃禍民伍得間走蜀從天子天子念之自都水使者拜左領軍衛大將軍轉貳國子祕書王生十年而失先王哭泣哀悲吊客不忍聞喪除痛自刮磨豪習委己於學稍長重知人情急世之要恥一不通侍太妃從天子于蜀既孝既忠持官

將（一作將）身內外斬斬由是朝廷滋欲試之於民上元元年除温州長史行刺史事江東新刳（空胡切）於兵郡旱飢民交走（一作背）死無吊主又州不解衣下令掊（彼垢切）鏁擴門悉棄倉實與民活數十（一無十字）萬人奏報升秩少府監與（音預又也易其孰能與於此）平袁賊仍（一作乃）徙祕書兼州別駕部告無事遷鎮于衡（一作真非）法成令脩治出張弛數生勢長（展兩切）觀察使噎媢（上烏結切下莫沃切說文夫妬婦也史記王后亦以妬媢不當侍病又冒寐二音）不能出氣誣以過犯御史劾（胡槩切又胡得切一作助）之貶潮州刺史楊炎起道州相德宗還王于衡以直前謾王之遭誣在治念太妃老將驚而感出則囚服就辨（辯）入則擁笏垂魚坦坦施施（如字詩將其來施施注舒行也）即貶于潮以遷入賀又是然後跪謝告實初觀察使殘虐使將國良戍界良以武岡叛戍（一作戍）衆萬人斂兵荆

黔洪桂伐之二年，尤張，於是以王帥湖南將五萬士以討良爲事。王至則屏兵投良以書，中其忌諱。良畜畏乞降，狐疑（一作鼠）進退。王即假爲使者，從一騎踔（敕教切）五百里抵良壁，鞭其門，大呼：「我曹王，來受良降。良今安在？」良不得已，錯迕（一作愕）迎拜，盡降其軍。太妃薨，王棄部隨喪之河南葬，及荆被詔責（一作遣）還，會梁崇義反，王遂不敢辭，以還升秩散騎常侍。明年，李希烈反（三無李希烈反四字），遷御史大夫，授節帥江西以討希烈。命至，王出止外舍，禁無以家事關我。裒兵大選江州（一作南），羣能著（直略切）職。王親教之摶（徒官切，說文圜也，周欲生而摶）力勾卒嬴（倫爲切）越之法，曹誅伍畀（必利切），艦（音檻，禦敵船，釋名上下重版曰艦）步二萬人，以與賊遌（五故切）。嘬（楚快切，一舉盡臠肉，禮記毋嘬炙）鋒蔡山，踣之（音匐。皐治戰艦，皐兵二萬，以士二千五百委伊慎教之，自將五百人教以秦兵圍力法，皐授伊慎兵收黃梅次

長平殺賊將斬級千餘剜（鴛官切）拔蔡山尨力遂下蘄州蘄之黃梅大鞣（如又切，熟皮。又音柔）
說文奐大也長平鏺（普末切。說文兩刃，木柄可以刈草）廣濟撳（音軒）蘄春撇（普蔑切。又匹曳）
切擊手也選撇波而齊背水蘄水撥（丁括切）黃岡燢（古葉切。又音步。廣韻燢著也鍼箝削具）漢陽
行趾（雌氏切，蹈也。選蹈不頓趾。又音紫）汊（側駕切）川還大膊（音粕）蘄水界中拔
普靡切廣韻開也安三縣誅其州斬僞刺史標（匹搖切）光之北山踏
通答切大食也說文他合切𩛨歠也隨光化（自黃梅至光化，蘄黃光隨郢州地名）梏（古巧切。後漢楛羽羣）
注案字書從手即古文攪字謂攪擾也其州十抽一推（直追切。字當從木。火記神四十斤鐵椎）
救兵州東北屬鄉（一有縣字。一作縣鄉）還縣開軍受降大小之戰三
十有二取五州十九縣（一有之字）民老幼婦女不驚市賈不變
田之果穀下無一跡加銀青光祿大夫工部尚書改户部
再換節臨荆及襄真食三百王之在兵天子西巡于梁希
烈北取汴（一作汸）鄭東略宋圍陳西取汝亳（一作亳）東都王坐

南方北向落其角距（其呂切）賊死咋（側革切）不能入寸尺土將卒十萬盡輸其南州王始政於溫終政於襄桓平物估賊斂貴出民用有經一吏（一有軌字）民（一作之乎民一作一吏取民）使令家聽户視姦宄無（一有所字）宿府中不聞急步疾呼治民用兵各有條次世傳爲法任馬彝伊愼王鍔將（一云任馬彝將愼將鍔將）王（一有替字）偕盡其力能（一云能盡其功一云盡力其能）薨贈右僕射元和初以子道古在朝更贈太子太師道古中進士第遷司門郎刺利隨唐睦撫爲少宗正兼御史中丞以節督黔中朝京師改命觀察鄂岳蘄沔安黄提其師以伐蔡且行泣曰先王討蔡實取沔蘄安黄寄惠未亡今余亦受命有事于蔡而四邑適在吾封庶其有集先王薨於今二十五年吾昆弟在而墓碑不刻無文其實有待子無用辭乃序而請辭曰

太支十三曹於弟季（太宗十四子高宗之外十有三而曹明王第十四子也）或二或微曹始就事明之祖王畏塞絕遷零王黎公不聞僅存子父易封三王守名延延百載以有成王成王之作一自其躬文被明章武薦鷹畯功蘇枯弱彊齦（音狠廣 齗齦齒也）其蔿猾以報于宗以昭于王王亦有子虢王之所唯舊之視蹶蹶（居衛切行遠也詩良士蹶蹶）陛陛（一作陛）實取實（一作有一作其）似刻詩其碑爲示無止（一云王亦有子以後疑脫一句）

息國夫人墓誌銘 并序

貞元十五年靈州節度使御史大夫李公諱欒守邊有勞詔曰欒妻何氏可封息國夫人元和二年李公入爲戶部尚書畏薨夫人遂專家政公之男五人女二人而何氏出者二男一女夫人教養嫁娶如一雖門內親戚不覺有纖毫

薄厚御僮使治居第生產皆有條序居尊卑間無不順適
命服在躬承祀孔時年若干元和七年甲子日南至以疾
卒明年八月庚寅葬河南河陽夫人曾祖某綏州刺史祖
某潞州別駕父某晉州録事叅軍二男戡左威衛胄一作倉
曹叅軍成左清道率府録事叅軍女子嫁興元叅軍鄭博
古將葬戡與成以其事乞銘於其鄰韓愈愈乃爲銘曰
男主一作子外事治不爲易施于其家甚難一作難於吏治又況一作況於
公侯族大而貴夫人是專厥𣪊惟懿昔在貞元有錫
自天啓封備服以疇時勳婉婉夫人有籍宮門克承其後
以嫁以婚隨葬東土在河之陽遥望公墳而不同藏

試大理評事王君墓誌銘 臨川云退之善爲銘如王適張徹尤奇也

君諱適姓王氏好讀書懷奇負氣不肯隨人後舉選見功

業有道路可指取而名節可以戾契（上練結切下苦結切與契戾字同廣韻多節目也）致困於無資地不能自出乃以干諸公貴人借助聲勢。諸公貴人既志得皆樂熟軟媚耳目者不喜聞生語一見輒戒門以絕。上初即位以四科募天下士，君笑曰：此非吾時耶。即提所作書緣道歌吟趨直言試，既至對語驚人（一作衆。洪曰：摭言云王適侍御元和初舉賢良方正直言極諫科，太直見黜，即退之所云對語驚衆者）不中第，益困。久之，聞金吾李將軍年少喜士可撼，乃踏（一作踏）門告曰：天下奇男子王適願見將軍白事。一見語合意，往來門下。盧從史既節度昭義軍，張甚，奴視法度士，欲闚無顧忌大語。有以君生平告者，即遣客鉤致君，曰：狂子不足以共事。立謝客。李將軍由是待益厚，奏爲其衛冑曹參軍，充引駕仗判官，盡用其言。將軍遷帥鳳翔，君隨往，改試大理評事攝監察御史充觀察判官櫛垢爬痒櫛側瑟切爬蒲巴切民獲蘇醒居歲餘如有所不樂一旦載妻子入閿鄉閿上音聞又亡云切與閿同洪農胡縣有閿鄉前漢以胡閿鄉邪里聚爲侯國注閿字本從旻其後轉訛遂作門中受耳南山不顧中書舍人王涯獨孤郁吏部郎中張惟素比部郎中韓愈日發書問訊顧不可強起不即薦明年九月一有疾字病輿醫京師其月某日卒年四十四十一月某日葬京城西南長安縣界中曾祖爽洪州武寧令祖微右衛騎曹參軍父嵩蘇州崑山丞妻上谷侯氏處士高女高固奇士自方阿衡太師世莫能用吾言再試吏再怒去發狂投江水初處士將嫁其女懲曰吾以齟齬窮苦一女憐之必嫁官人不以與凡子君曰吾求婦氏久矣唯此翁可人意且聞其女賢不可以失即謾謂媒嫗吾明經及第且選即官人侯翁女

幸嫁若能令翁許我請進百金爲嫗謝諾許白翁翁曰誠官人耶取文書來君計窮吐實嫗烏遇切曰無苦翁大人不疑人欺我得一卷書粗若告身者我袖以往翁見未必取視幸而聽我行一作施其謀翁望見文書銜袖一作軸果信不疑曰足矣以女與王氏生三子一男二女男三歲夭死長女嫁亳州永城尉姚侹一作挺其季始十歲銘曰

鼎也不可以柱知庾切掌也後漢杖柱斜傾車馬也不可使守閭佩玉長一作良裾不利走趨祇繫其逢不繫巧愚不諧其須有銜不祛鑽石埋辭以列幽墟丘於切洪曰淮南子云柱不可以摘齒筐不可以持屋馬不可以服重牛不可以追速王適墓銘取此意

扶風郡夫人墓誌銘

夫人姓盧氏范陽人亳州城父丞序之孫吉州刺史徹一作

徽之女嫁扶風馬氏爲司徒侍中莊武公之冢婦少府監
西平郡王贈工部尚書之夫人祔司徒與其配陳國夫人
元氏惟宗廟之尊重繼序之不易賢其子之才求婦之可
與齊者內外親戚咸曰盧其舊門承守不失其初其子女
聞教訓有幽閒之德爲公子擇婦宜莫如盧氏媒者曰然
卜者曰祥夫人適年若干入門而媼御皆喜旣饋而公姑
交賀克受成福母有多子爲婦爲母莫不法式天資仁恕
左右媵侍常蒙假與顏色人人莫不自在杖婢使數未嘗
過二三雖有不懌未嘗見聲氣元和五年尚書薨夫人哭
泣成疾後二年亦薨年四十有六九年正月癸酉祔于
其夫之封長子敖（一作敎）殿中丞繼祖孝友以類葬有日言
曰吾父友惟韓文人視諸孤其往乞銘以其狀來愈讀曰

嘗聞乃公言然吾宜銘銘曰

陰幽坤從維德之恒出爲辯強乃匪婦能淑哉夫人夙有多譽來嬪大家不介父母有事賓祭酒食祗飭協于尊卑畏我（一作我之）侍側及（一作乃）嗣內事亦莫有施齊其躬心小大順之夫先（一作不失）其（一作有）歸有室有兵合葬有銘壼（苦本切宮中道詩室家之壼）彝是收

唐故殿中侍御史李君墓誌銘并序（據元和姓纂李冲生休纂休纂六代孫偘文州刺史堂孫虛中是虛中乃冲八代孫）

殿中侍御史李君名虛中字常容其十一世祖冲貴顯拓拔世父惲河南溫縣尉娶陳留太守薛江童女生六子君最後生愛於其父母年以（一作少）長喜學學無所不通最深於五行書以人之始生年月日所直日辰支干相生勝衰

死相王斟酌推人壽夭貴賤利不利輒先處其年時百不
失三其説汪洋奥義一作美闗節開解萬端千緒參錯重出學
者就傳其法初若可取卒然失之星官曆翁莫能與其校
得失進士及第試書判入等補祕書正字毋喪去官卒喪
選補太子校書河南尹奏疏授伊闕尉佐水陸運事故宰
相鄭公餘慶繼尹河南以公爲運佐如初宰相武公元衡
之出劍南奏奪爲觀察推官授監察御史未幾御史臺疏
言行能高不宜用外府即詔爲眞御史半歲分部東都臺
遷殿中侍御史元和八年四月詔徵既至宰相欲白以爲
起居舍人經一月疽發背六月乙酉卒年五十二其年十
月戊申葬河南洛陽縣距其祖澠池令府君僑墓十里君
昆弟六人先君而歿者四人其一人嘗爲鄭之滎澤尉信

道士長生不死之説既去官絶不營人事故四門之寡妻孤孩與滎澤之妻子衣食百須皆由君出自初爲伊闕尉佐河南水陸運使換兩使經七年不去所以爲供給教養者及由蜀來葷類御史皆樂在朝廷進取君獨念寡稚求分司東出嗚呼其仁哉君亦好道士説於蜀得祕方能以水銀爲黃金服之與果不死將疾謂其友衛中行大受韓愈退之曰吾夢大山裂流出赤黃物如金左人曰是所謂大還者今三（一有年字）矣君既殁愈追占其夢曰山者艮艮爲背裂而流赤黃疸象也大還者大歸也其告之矣妻范陽盧氏鄭滑節度使兼御史大夫君羣之女與君合德親戚無一退言男三人長曰初協律次曰虒其幼曰還適三歲女子九人銘曰

不羸（一作羸）其躬以尚其後人

〇卷終

音註韓文公文集卷第二十九

墓誌銘

唐故朝散大夫商州刺史除名徙封州董府君墓誌銘

公諱溪字惟深丞相贈太師隴西恭惠公第二子十九歲明兩經獲第有司沉厚精敏未嘗有子弟之過賓接門下推舉人士侍側無虛口退而見其人淡若與之無情者太師賢而愛之父子間自爲知己諸子雖賢莫敢望之太師累踐大官臻宰相致平治終始以禮號稱名臣晨昏之助蓋有賴云太師之平汴州年考益高挈持維綱鋤削荒纇（音耒絲節淮南子明月之珠不能無纇一作類）納之大和而已其囊篋細碎無所遺漏繄公之功上介尚書左僕射陸公長源齒差太師標望

絕人聞其所爲每稱舉以戒其子楊凝孟叔度以材德顯
名朝廷及來往幕府詣門請文辨所挾爲太師薨始以祕
書郎選（一作遷）參軍京兆府法曹日伏階下與大尹爭是非
大尹屢黜己見歲中奏爲司錄參軍與一府政以能拜尚
書度支員外郎遷倉部郎中萬年令兵誅恒州改度支郎
中攝御史中丞爲糧料使兵罷遷商州刺史糧料吏有忿
爭相牽告者事及於公因御下御史獄公不與吏辨一皆
引伏受垢除名從封州死湘中年若干明年立皇太子有
赦令許歸葬其子居中始奉喪歸元和八年十一月甲寅
葬于河南河南縣萬安山下太師墓左夫人鄭氏祔（音附）公
凡再娶皆鄭氏女生六子四男二女長曰全正惠而早死
次曰居中好學善爲詩張籍稱之次曰從直次曰居敬尚

小長女嫁吳郡陸暢其季女後夫人之子公之毋弟全素孝慈友弟公坐事棄同官令歸公歿比葬三年哭泣如始喪者大臣高其行自為太子舍人將葬中舍人與其季弟澥音蟹問銘於太史氏韓愈愈則爲之銘辭曰

物以久弊或以轢音歷毀考致要歸孰有彼此由我者吾不我者天斯而以然其誰使然

貞曜先生墓誌銘

唐元和九年歲在甲午八月乙亥貞曜先生孟氏卒無子其配鄭氏以告愈走泣一作赴位哭且召張籍會哭明日使以錢如東都供葬事諸嘗與往來者咸來哭弔韓氏遂以書告與元尹故相餘慶閏月樊宗師使來弔告葬期徵銘於愈愈哭曰嗚呼吾尚忍銘吾友也夫與元尹以弊如孟氏

賻且來商家事樊子使來速銘曰不則無以掩諸幽乃序
而銘之先生諱郊字東野父庭玢(音彬)娶裴氏女而選爲崑
山尉生先生及二季酆郢而卒先生生六七年端序則見
(一作有法)長而愈騫涵而揉之內外完好色夷氣清可畏而親
及其爲詩劌(居衛切利傷也 老子廉而不劌)目鉥(時橘切長針 說文綦針也)心物(一作刃)
迎縷解鉤章棘句掐擢胃腎(注曰掐一作搯非是掐搯也 音滔不當從木玉篇引周書
師乃掐搯)神施鬼設間見層出唯其大翫於詞而與世抹摋(一作
抹摋一作抹摋)人皆劫劫我獨有餘有以後時開(一作閒)先生者曰
吾既儕(一作擠)而與之矣其猶足存邪年幾五十始以尊夫
人之命來集京師從進士試既得即去閒四年又(一有以字)命
來選爲溧陽(上音栗玉篇縣名)尉迎侍溧上去尉二年而故相鄭
公尹河南奏爲水陸運從事試恊律郎親拜其母於門內

毋卒五年而鄭公以節領興元軍奏爲其軍參謀試大理評事挈其妻行之興元次于閿（音聞又王云切）鄉縣疾卒年六十四買棺以斂以二人輿歸鄴鄠皆在江南十月庚申樊子合凡贈賻而葬之洛陽東其先人墓左以餘財附其家而供祀將葬張籍曰先生揭（音竭又桀竭切）德振華於古有光（一無古有光三字）賢者故事有易名況士哉如曰貞曜先生則姓名字行有載不從（一作待）講說而明皆曰然遂用之初先生所與俱學同姓簡於世次爲叔父（一有執字）由給事中觀察浙東曰生吾不能舉死吾知恤其家銘曰

於戲貞曜維執不讆（即移切一云維執不猗維出不讆）維持不猗維卒不施以昌其（一作有）詩

唐故祕書少監贈絳州刺史獨孤府君墓誌銘

君諱郁字古風河南人常州刺史贈禮部侍郎憲公諱及之第二子憲公躬孝踐行篤實而辯於文勸飭指誨以進後生名聲垂延紹德惟克君生之年憲公歿世與其兄朗畜於伯父氏始微有知則好學問咨稟教飭不煩提諭月開日益卓然早成年二十四登進士第時故相太常權公掌出詔文望臨一時登君於門歸以其子選授協律郎朋遊一作友益附華問彌大元和元年對詔策拜右拾遺二年兼職史館四年遷右補闕詔中貴人承璀將兵誅王承宗河北君奏疏諫召見問狀有言動聽其後上將有所相不可於衆君與起居舍人李約交章指摘事以不行五年遷起居郎爲翰林學士愈被親信有所補助權公旣相君以嫌自列改尚書考功員外郎復史館職七年以考功知制

詣入謝因賜五品服八年遷駕部郎中職如初權公去相復入翰林九年以疾罷尋遷祕書少監即閑居于郊十年正月病遂殆甲午輿歸卒於其家年四十男子二人長曰恭卑死次曰天官始十歲有至性聞呼父官與聞弔客至輒號泣以絶女子一人夫人天水權氏贈太子太保貞孝公皐之孫故相今太常德輿之女胤慶配良是似一作公是宜四月己酉其兄右拾遺前以喪東葬河南壽安之甘泉鄉家一作冢塋憲公墓側將以五月壬申窆之謂愈曰子知吾弟文敢屬以銘銘曰

於乎古風襮音博衣領順而裏方不耀其章其剛不傷戴一作載美世命而年再不贏惟後之成

唐故虞部員外郎張府君墓誌銘

尚書虞部員外郎安定張君諱季友字孝權年五十四病
卒東都明年兄子塗與其弟庾掞等護柩歸葬長安縣馬
額原夫人北海唐氏之封前事塗進韓氏門伏哭庭下有一
曰叔父且死幾於不能言矣張目而言曰吾不可無告韓
君別藏而不得韓君記猶不葬也塗爲書致吾意已而自
署其末與封敢告以請愈既與爲禮發書云云其末有複
語千萬永訣八字名日月與封皆孝權迹孝權與余同年
進士其上世有曷者嘗守文時爲車騎大將軍鄜音孚城太
守卒葬河北謚曰忠公至孝權間五世矣孝權大父諱孝
先太子通事舍人父諱庭光贈綏州刺史綏州之卒孝權
蓋尚小母曰太原縣君縣君卒既葬孝權守墓樹松柏三
年而後歸選爲河南文學去官徐州使拜章請爲判官授

協律郎孝權始不痛絕詔下大悔即詐稱疾不言三年元和初徐使死孝權疾即日已試判入高等授鄠（胡古切）縣尉明年故相趙宗儒鎮荆南以孝權爲判官拜監察御史經二年拜真御史明年分司東臺轉殿中挍皇甫氏子母病不侍走京師求試職宰相怒曰吾故皇甫氏御史助所善相戲法侮我皇甫媪（音襖女老稱前漢常從王媪武負貰酒）何疾銜未決皇甫母病果死得解遷留司虞部員外郎孝權爲人孝謹與人語恐傷之而時嶷嶷（魚力切）有立與孝權遊者極衆而獨以其死累余可尚也已是爲銘（銘亡）

唐故檢校尚書左僕射右龍武統軍劉公墓誌銘

公諱昌裔字光後本彭城人曾大父諱承慶朔州刺史大父巨敖好讀老子莊周書爲太原晉陽令再世官北方樂

其土俗遂著籍太原之陽曲曰自我爲此邑人可也何必彭城父諱贈右散騎常侍公少好學問始爲兒時重遲音遲不戲恒若有所思念計畫及壯自試以開吐蕃說于一作于邊將不售丞呪切入三蜀從道士游久之蜀人苦楊琳寇掠公單船往說琳感欷音希又許既切雖不即降約其徒不得爲虐琳降公常隨琳不去琳死脫身亡沉浮河朔之間洪曰樓代宗紀云大曆三年七月盧州刺史楊子琳反陷成都楊琳字子琳也其詳見崔寧傳新史呂裔傳太楊惠琳乱呂裔說之校惠琳據靈夏叛在憲宗初年新史誤也建中中曲環招起之爲環檄邢狄切李納指擿切刻納悔恐動心恒魏皆疑惑氣懾環封奏其本德宗稱焉環之會下濮音卜州戰白塔救寧陵襄邑擊李希烈陳州城下公常在軍間環領陳許軍公因爲陳許從事以前後功勞累遷檢校兵部郎中御史中丞營田副使吳

少誠乘環喪引兵郤城留後上官說咨攻以城守所以能檢（一作擒）誅叛將爲抗拒令敵人不得其便圍解拜陳州刺史韓全義敗引軍走陳州求入保公自城上揖謝全義曰公受命詣蔡何爲來陳公無恐賊必不敢至我城下明日領騎步十餘抵全義營全義驚喜迎拜歎息殊不敢以不見舍望公改授陳許軍司馬上官說死拜金紫光祿大夫檢校工部尚書代說爲節度使命界上吏不得犯蔡州人曰俱天子人奚爲相傷少誠吏有來犯者捕得縛送曰妄稱彼人公宜自治之少誠慙其軍亦禁界上暴者兩界耕桑交跡吏不呵問封彭城郡開國公就拜尚書右僕射元和七年得疾視政不時八年五月涌水出他界過其地防穿不補沒邑屋流殺居人拜跡請去職即罷詔還京師即

其日與使者俱西大熱旦暮馳不息疾大發左右手攣止之公不肯曰吾恐不得生謝天子上益遣使者勞問敕無亟行至則不得朝矣天子以爲恭即其家拜檢校左僕射右龍武軍統軍知軍事十一月某日甲子薨年六十二上爲之一日不視朝贈潞州大都督命郎中弔其家明年某月某日甲子葬河南某縣某鄉某原公不好音聲不大爲居宅於諸帥中獨然夫人郯國夫人武功蘇氏子四人嗣子光祿主簿縱學於樊宗師士大夫多稱之長子元一朴直忠厚使（一作便）弓馬淮南軍衙門將次子景陽景長皆舉進士葬得日相與選使者哭拜階上使來乞銘銘曰

提將之符尸我一方配古侯公維德不爽（音霜楚辭厲而不爽些注楚人謂羮敗曰爽）我銘不云後人之慶（注曰爽慶皆叶韻爽讀若霜慶讀若羌反離騷一云慶夭按）

而襲榮侃存中云古人諧韻如慶字多與章字叶韻孝孫有慶萬壽無疆黍稷稻粱農夫之慶是也

音註韓文公文集卷第二十九

（唐）韓愈　撰　（宋）祝充　音注

宋本韓文公文集

第五册

國家圖書館出版社

宋本韓文公文集

第五冊

（唐）韓愈 撰 （宋）祝充 音注

國家圖書館出版社

第五册目録

卷三十八

卷三十九

卷三十九

音註韓文公文集卷第三十

誌銘碑

唐故監察御史衛府君墓誌銘

君諱之玄，字造微，中書舍人御史中丞諱晏之子，贈太子洗馬諱璿之孫。家世習儒學詞章，昆弟三人俱傳父祖業，從進士舉。君獨不與俗為事，樂施置自便。父中丞薨，既三年，與其弟中行別曰：「若既克自敬勤，及先人存，趾美進士，續聞成宗，唯服任遂功，為孝子在不怠。我恨已不及，假令今得，不足自貰。（音射，作貰）我聞南方多水銀丹砂，雜他奇藥，爊（於刀切）為黃金，可餌以不死。今於若丐我，我即去。」遂踰嶺阨（音隘，又作阸），南出，藥貴不可得，以干容帥，帥且曰：「若能從事於我，可一日具。」許之，得藥，試如方，不效。曰：「方良是，我治之未至耳留三年欒終不能爲黃金而佐帥政成以功再遷監察御史帥遷于桂從之帥坐事免君攝其治歷三時夷人稱便新帥將奏功君捽其南海馬大夫使謂君曰幸尚可成兩濟其利君雖益厭然不能無萬一冀至南海未幾竟死年五十三子曰景徽元和十年十二月某日歸葬河南伊闕縣伊鄉高都村祔（音附）先塋時中行爲尚書兵部郎中號名人而與余善請銘銘曰

嗟惟君篤所信（洪曰音新叶韻班孟堅賦云苟無實其孰信亦音新）要無有弊精神以棄餘賈（音古）於人脫外累自貴珍訖來世述墓文

唐故河南縣令張君墓誌銘

君諱署字某河間人大父利貞有名玄宗世爲御史中丞舉彈無所忌避由是出爲陳留守領河南道採訪處置使

數歲卒官皇考諱郇（一作詢）以儒學進官至侍御史君方質
有氣形貌魁碩長於文詞以進士舉博學宏詞爲校書郎
自京兆武功尉拜監察御史爲幸臣所讒與同輩韓愈李
方叔三人俱爲縣令南方二年逢恩俱徙掾江陵半歲邕
管奏君爲判官改殿中侍御史不行拜京兆府司錄諸曹
白事不敢平面視共食公堂抑首且且（一作娖娖）就哺歠揖起
趨去無敢閒語縣令丞尉畏如嚴京兆事以幹治京兆改
鳳翔尹以節鎮京西請與君俱改禮部員外郎爲觀察使
判官帥他遷君不樂久去京師謝歸用前能拜三原令歲
餘遷尚書刑部員外郎守法爭棘不阿（歐陽文忠云疑有脫字阿一作撓）
改虔州刺史民俗相朋黨不詐（一無不詐兩字）殺牛牛以大耗又
多捕生鳥雀魚鱉龜可食與不可食相買賣時節脫放期爲

福祥事君一比日禁督立絶使通經史與諸生之旁大郡學
鄉飲酒喪婚禮張施講說民吏觀聽從化大喜度支符州
折民戶租歲徵縣六千屯比（一作下）部承命惶怖（普故切後漢擧城城
莫不震驚惶怖）立期日唯恐不及事被罪君獨疏言治迫嶺下民
不識蠶桑月餘免符下民相扶攜守（一作手上戶圭切）州門叫讙
爲賀改澧（音禮）州刺史民稅出雜產物與錢尚書有經數觀
察使牒州徵民錢倍經君曰刺史可爲法不可貪官害民
留牒不肯從竟以代罷觀察使使劇史（一作吏）案簿書十日
不得毫毛罪改河南令而河南尹適君平生所不好者君
年且老當日日拜走仰望階下不得已就官數月大不適
即以病辭免公卿欲其一至京師君以再不得意於守令
退曰義不可更辱哭爲於京師閒竟閉門死年六十君

娶河東柳氏女二子昇奴胡師將以某年某月某日葬某所其兄將作少監者（一作昔非）請銘於右庶子韓愈愈前與君爲御史被讒俱爲縣令南方者也最爲知君銘曰

誰之不如而不公卿奚養之違以不久生唯其頑頑以世厥斁

唐故鳳翔隴州節度使李公墓誌銘

公諱惟簡字某司空平章事贈太傅之子太傅初姓張氏肅宗時舉恒趙深冀易定六州戰卒五萬人馬五千匹以歸聽命天子嘉之賜姓曰李更其名寶臣立其軍號之曰成德由是姓李氏太傅薨公兄弟讓嗣公竟棄其家自歸京師及兄死家覆有司設防守德宗如奉天守卒出公即馳歸與母韓國夫人鄭氏拜訣（音決）屬家徒隨走所幸道與賊

遇七闕乃至有功遷太子諭德加御史中丞從幸梁州天黒失道識焦中人轂得見德宗於盩厔（上音輈下音窒）西上曰卿有母可隨我耶曰臣以死從衛及幸還錄功封武安郡公（一作王）號元從功臣圖其形御閣而以神威將軍居（一作爲）北軍衛父乃加御史大夫丁韓國憂去官累遷神威大將軍加工刑二曹尚書天威統軍又改戶部尚書金吾大將軍（一有將字）有長尚萬國俊者以軍勢奪興平人地吏憚莫敢治及公爲金吾興平人曰父聞李將軍爲人公平庶能直吾屈即齎（牋西切）縣牒來見公發視立杖國俊廢之以地還興平人聞者莫不稱歎於是天子以公材果可任用治人將兵無所不宜元和六年即以公爲鳳翔隴州節度使戶部尚書兼鳳翔尹隴州地與吐蕃接舊常朝夕相伺更入攻抄

人吏不得息公以爲國家於夷狄當用長筭邊將當承上
旨謹條教蓄財穀完吏農力以俟不宜規一作覬小利起事
盗恩一作思禁不得妄入其地益市耕牛鑄鎛音博釤鉏上所鑑切
廣韻大鐮下牀魚切與鋤同說文立薅所用也楚辭寧誅鉏草茅以力耕乎斸以給農之不能
自具者丁壯愈一作興勵歲增田數十萬畝連八歲五種俱
熟公私有餘販者負入褒斜下音耶、異右界褒斜舩循渭而下首尾
相繼不絕十三年公與忠武軍節度使司空光顏邠寧節
度使尚書釗音昭俱來朝上爲之燕三殿張百戲公卿侍臣
咸與既事勅還公因進曰臣幸宿衛四十餘年今年老許
一作斥外任不勝慕戀願得死輦下天子加慰遣焉還鎮告
疾其夏五月戊子薨年五十五訃至上悼憾罷朝遣郎中
臨弔贈尚書左僕射以其年十一月景申葬萬年縣鳳棲

原夫人博陵郡崔氏河陽縣尉鎬之孫大理評事可觀之女賢有法度公有四子長曰元孫三原尉次曰元膺彭之濛陽尉曰元立興平尉曰元本河南叅軍皆愿敏好善元立元本皆崔氏出葬得日嗣子元立與其昆弟四人請銘於韓氏曰先人嘗有託於夫子也愈曰太傅功在史氏（一有記字）僕射以孤童子因羈（居宜切又音畸羈鞴謂女子翦髮）京師卒能以忠爲節自顯取爵位立名績使天下拭目觀父母與榮焉旣忠又孝法（一無法字）宜銘銘曰

太傅之顯自其躬興僕射童羈孰與之朋遭國之難以節自發致其勤艱以復考烈孝由忠立爵名隨之銘此玄石維昧之詒（盈之切贈言也周禮詒女曾孫諸侯百福詩詒爾多福注詒遺也）

唐故少府監胡公墓神道碑（牛僧孺作墓銘陳鴻作誄文張籍作行狀）

少府監胡公者諱珦（式亮切又音向）字潤博年七十九以官卒明年七月（石本作八月十四日）葬京兆奉先夫人天水趙氏祔焉其子逞（一石本有巡字一本有迺字無巡字）遇述遷造與公婿廣文博士吳郡張籍以公之族出處（一無處字）文行治（石本云以公之族出行治）歷官壽年爲書使人自京師南走八千里至閩南兩越之界上請爲公銘刻之墓碑於潮州刺史韓愈曰胡姓本出安定後徙清河清河（石本無清河字）於今爲宗城屬貝州大父諱象武后時以文材徵爲麟臺正字父寀臣用進士卒官平陽冀氏令贈潭州大都督公早孤能自勸學立節槩非其身力不以衣食凡一試進士二即吏部選皆以文章占上第樂（一作所石本作出）爲儉勤自刻削不干人以矯時弊及爲富平尉二府稱其斷決建中四年侍郎趙贊爲度支使薦公爲監察御

史主餽給滑橋以東軍洗手奉職不以一錢假人賦平有司覈考羣吏多坐貶死獨公以清苦能檢飭無漏失遷河南倉曹魏公賈躭以節鎮鄭滑以公佐觀察事檢校尚書工部員外郎以剛直齟齬（上牀呂切下音語）不阿忤權貴除獻陵令居陵下七年市置田宅務種樹爲業以（石本無以字）自給教授子弟貞元十一年吏部大選以公考選人藝學以勞遷奉先令以治辦（一作辯）遷尚書膳部郎中改坊州刺史州經亂無孔子廟公至則命築宮造祭器率博士生徒（石本無徒字）講讀以時如法以祠人吏聚觀歎息遷許州刺史州歲大熟麥一莖數（音朔）穗閭里歌舞之考功以聞遷尚書駕部郎中數以公事犯尚書李巽巽時主鹽鐵事富驕恃埶以語宰（石本作丞）相由是退公爲鳳翔少尹巽死遷少大理（一石本大理四字）自少改

少詹事元和十二年朝廷以公年老能自祗力事職不懈可嘉拜少府監兼知内中尚明年以病（石本無病字）卒公始以進士孤身旅長安致官九卿爲大家七子皆有學守女嫁名人年幾八十堅悍不衰事可傳載可爲（石本作謂）成德銘曰碣碣（立謁切健也）胡公旣果以（一作而）方挾藝射科每發如望（音忘）人求於人我已爲之自始訖終不降色辭因官立事隨有可載發跡䰟運（石本作暈）遭讒府介去居陵下爲吏爲隱坊舒之政于茲有歎（一作歎）守官駕部名升（石本作昇）巳屈躋于少府甚宜秩物不配其有君子恥之少府古卿公優止之刻文碑石以顯公行維彼（一本作公）後人無怠嗣慶

唐故相權公墓碑

上之元和六年其相曰權公諱德輿字載之其本出自殷

帝武丁武丁之子降封於權權江漢間國也周衰入楚爲
權氏楚滅徙秦而居天水略陽符秦之王中國其臣有安丘
公翼者有大臣之言後六世至平涼公文誕爲唐上庸太
守荆州大都督長史焯（一作綽）有聲烈平涼曾孫諱倕（音垂）贈
尚書禮部郎中以藝學與蘇源明相善卒官羽林軍録事
參軍於公爲王父郎中生贈太子太保諱皐以忠孝致大
名去官累以官徵不起追謚貞孝是實生公公在相位三
年其後以吏部尚書授節鎮山南年六十以薨贈尚書左
僕射謚文公公生三歲知（一作能）變四聲四歲能爲詩七歲
而貞孝公卒來弔哭者見其顔色聲容皆相謂權氏世有其
人及長好學孝敬祥順貞元八年以前江西府監察御史
徵拜博士朝士以得人相慶改左補闕章奏不絶譏排姦倖與

陽城爲助轉起居舍人遂知制誥凡撰命詞九年以類集爲五十卷天下稱其能十八年以中書舍人典貢士拜尚書禮部侍郎薦士於公者其言可信不以其人布衣不用即不可信雖大官勢人交言一不以綴意奏廣歲所取進士明經在得人不以員拘轉戶兵吏三曹侍郎太子賓客復爲兵部遷太常卿天下人愈推爲鉅人長德時天子以爲宰相宜參用道德人因拜禮部尚書同中書門下平章事公既謝辭不許其所設張舉措必本於寬大以幾教化多所助與（與一作爲）維匡調娛不失其正中於和節不爲皦章因善與賢不務（一作矜）主己以吏部尚書留守東都東方諸帥有利病不能自請者公嘗與疏陳以露布復拜太常轉刑部尚書考定新舊令式（令一作）爲三十編舉可長用其在

山南河南勸于選付一作府治以和簡人以寧便以疾求還
十三年某月甲子道薨于洋之白草奏至天子痛傷爲之
不御朝郎官致贈錫官居野處上下弔哭皆曰善人死矣
某年某月一有某字日葬河南北山在貞孝東五里公由陪屬
升列年除歲遷以至公宰人皆喜聞若己與有無忌嫉者
于頔音迪坐子殺人失位自囚親戚莫敢過門省顧者在朝
莫敢言者公將留守東都爲上言曰于頔之罪既貰不竟
宜因賜寬詔上曰然公爲吾行諭之頔以不憂死前後考
第進士及庭所策試士踵相躡爲宰相達官與公相先後
其餘布處臺閣外府凡百餘人自始學至疾未嘗一日去
書不觀公既以能爲文辭擅聲於朝及銘卿大夫功德然
其於爲家不視一作親簿書未嘗問其有亡費不待餘公娶清

河崔氏女、一無女字其父造嘗相代宗號爲名臣既葬其子監
察御史璩纍然服喪有請乃作銘文曰、
權在商周世無不存滅楚徙秦嬴劉之閒甘泉始侯以及
安一作喬丘詆訶浮屠呈極之扶貞孝之生鳳鳥不至爵位
豈多半塗已一作而稅壽考豈多四十而逝惟其不有以惠
厥後是生相君爲朝德首行世祖之文世師之流連六官
出入屏毗無黨無讎舉世莫疵人所憚爲公勇爲之人所
競馳公絶不窺覬孰先一作克知之德將在斯刻詩墓碑以永
厥垂、

平淮西碑奉　勑撰并序

天以唐克肖其德聖子神孫繼繼承承於千萬年敬戒不
怠全付所覆四海九州罔有內外悉主悉臣高祖太宗既

除既治高宗中睿休養生息至于玄宗受報收功極熾而豐物衆地大孽牙其間肅宗代宗德祖順考以勤以容大慝適去稂莠不（一作嫭奴豆切器也以刺地除草又已嫭音蒿除田草詩以嫭荼蓼）相臣將臣文恬武嬉習熟見聞以爲當然睿聖文武皇帝既受羣臣朝乃考圖數貢曰嗚呼天既全付予有家今傳次在予予不能事事其何以見于郊廟羣臣震懾奔走率職明年平夏又明年平蜀（一有西川字卅一作州）又明年平江東又明年平澤潞遂定易定致魏博貝衛澶（音蟬澶淵說文澶淵水在宋左氏盟於澶淵）相無不從志皇帝曰不可究（一作窮）武𢼸其少息九年蔡將死蔡人立其子元濟以請不許遂燒舞陽犯葉襄等城（洪曰無等字蓋謂葉與襄城耳）以動東都放兵四劫皇帝歷問于朝一二外臣（一作臣外）皆曰蔡帥之不廷授于今五十年傳三姓四將其

樹本堅兵利卒頑不與他等因撫而有順且無事大官臆決唱聲萬口和附并（一作併）爲一談牢不可破皇帝曰惟天惟祖宗所以付任予者庶其在此予何（一無何字）敢不力況一二臣同不爲無助曰光顏汝爲陳許帥維是河東魏博郃（音合說文左馮翊郃陽縣）陽三軍之在行者汝皆將之曰重胤汝故有河陽懷今益以汝維是朔方義成陝益鳳翔延慶七軍之在行者汝皆將之曰弘汝以卒萬二千屬而子公武集（一無集字）往討之曰文通汝守壽維是宣武淮南宣歙浙西四軍之行于壽者汝皆將之曰道古汝其觀察鄂岳曰愬汝帥唐鄧隨各以其兵進戰曰度汝長御史其往視師曰度惟汝（一有與字）予同汝遂相予以賞罰用命不用命曰弘汝其以節度（一無度字）都統討軍（討一作諸洪曰按韓弘爲淮西諸軍行營都統故或者疑討當作諸然謂

討元濟之軍亦何不可若作諸軍則語凡矣曰守謙汝出入左右汝惟近臣其
往撫師曰度汝其往衣服飲一無服飲二字食予士無寒無飢以
既厥事遂生蔡人賜汝節斧通天御帶衛卒三百凡茲廷
臣汝擇自從惟其賢能無憚大吏庚申予其臨門送汝曰
御史予閔士大夫戰甚苦自今以往非郊廟祠祀其一無其字
無用樂顏胤武合攻其北大戰十六得柵城縣二十三降
人一無人字卒四萬道古攻其東南八戰降卒一無卒字萬三千再
入申破其外城文通戰其東十餘遇降萬二千愬入其西
得賊將輒釋不殺用其策戰比有功十二年八月丞相度
至師都統弘責戰益急顏胤武合戰益用命元濟盡并其
衆洄曲以備十月壬申愬用所得賊將自文城因天大雪
疾馳百二十里用夜半到蔡破其門取元濟以獻盡得其

屬人卒辛巳丞相度入蔡以皇帝命赦其人淮西平大饗賚功師還之日因以其食賜蔡人凡蔡卒三萬五千其不樂爲兵願歸爲農者十九悉縱之斬元濟於京師册功弘加侍中愬爲左僕射帥山南東道顔胤皆加司空公武以散騎常侍帥鄜（音孚）坊丹延道古進大夫文通（一無上五字）加散騎常侍丞相度朝京師道封晉國（一無國字）公進階金紫光祿大夫以舊官相而以其副揔爲工部尚書領蔡任既還奏羣臣請紀聖功被之金石皇帝以（一無以字）命臣愈臣愈再拜稽首而獻文曰

唐承天命遂臣萬方孰居近土襲盜以狂往在玄宗崇極而圮河北悍驕河南附起四聖不宥屢興師征有不能尅益戍以兵夫耕不食婦織不裳輸之以車爲卒賜糧外多

失朝曠不嶽狩百隷怠（一作司隷）官事亡（一作忘）其舊帝時繼位、
顧瞻咨嗟惟汝文武孰恤予家既斬吳蜀旋取（一作收）山東、
魏將首（一作守又作有）義六州降從淮蔡不順自以爲強提兵叫
讙欲事故常始（一作乃）命討之遂連姦鄰陰遣刺客來賊相
臣方戰未利內驚京師羣公（一作臣）上言莫若惠來帝爲不
聞與神爲謀及相同德以訖天誅乃敕顏胤愬武古通咸
統於弘各奏（一作五）汝功三方分攻五萬其師大軍北乘厥
數倍之常兵時曲軍士蠢蠢既翦陵雲蔡卒大窘（巨隕切）翦
（一作勝又作遂）之邵陵郾（音偃）城來降自夏及秋復（音福一作複）屯相望
（音忘）兵頓不勵告功不時帝哀征夫命相往釐士飽而歌馬
騰於槽試之新城賊遇敗逃盡抽其有聚以防我西師躍
入道無留者頟頟（與額同[illegible]）蔡城其疆千里既

入而有莫不順俟帝有恩言相度來宣誅止其魁釋其下人蔡之卒夫投甲呼舞蔡之婦女迎門笑語蔡人告飢船粟往哺蔡人告寒賜以繒〔慈陵切〕布始時蔡人禁不往來今相從戲里門夜開始時蔡人進戰退戮今旰而起左餐右粥爲之擇人以收餘憊〔蒲拜切〕選吏賜牛教而不稅蔡人有言始迷不知今乃大覺羞前之爲蔡人有言天子明聖不順族誅順保性命汝不吾信視此蔡方孰爲不順往斧其吭〔音抗〕凡叛有數聲勢相倚吾強不支汝弱奚恃其告而長而父而兄奔走偕來〔一作來偕〕同我太平淮蔡爲亂天子伐之既伐而飢天子活之始議伐蔡卿士莫隨既伐四年小大並疑不赦不疑由天子明凡此蔡功惟斷乃成既定淮蔡〔一云淮蔡既定〕四夷畢來〔力知切至也還也左氏于思于思棄甲復來〕遂〔一作既〕開明堂坐

以治之

音註韓文公文集卷第三十

音註韓文公文集卷第三十一

碑

南海神廟碑

海於天地間爲物最鉅自三代聖王莫不祀事考於傳記而南海神次最貴在北東西三神河伯之上號爲祝融洪曰太公金匱云南海之神曰祝融東海之神曰勾芒北海之神曰顓頊西海之神曰蓐收曲人或謂退之因祝融爲火正遂以爲南海神而不知自有所據也天寶中天子以爲古爵莫貴於公矦故海岳之祀犧幣之數放而依之所以致崇極於大神今王亦爵也而禮海岳尚循公矦之事虛王儀而不用非致崇極之意也由是冊尊南海神爲廣利王天寶十載以封東海爲廣德王南海廣利王西海廣潤王北海廣澤王祝號祭式與次俱升因其故廟易而新之在今廣州治之東南海道八十里扶胥之口黃木之

灣（烏還切）常以立夏氣至命廣州刺史行事祠下事訖驛聞而刺史常節度五嶺諸軍仍觀察其郡邑於南方事無所不統地大以（一作而）遠故常選用重人既貴而富且不習海事又當祀時海常多大風將往皆憂戚既進觀顧怖悸（上普故切下其季切）故常以疾為辭（一作解）而委事於其副其來已久故明宮齋廬上雨旁風無所蓋障牲酒瘠酸（音夋一作牲籍酉瘠酒酸）取具臨時水陸之品狼籍籩豆薦祼興俯不中儀式吏滋不恭神不顧享盲風怪雨發作無節人蒙其害元和十二年始詔用前尚書右丞國子祭酒魯國孔公為廣州刺史兼御史大夫以殿南服公正直方嚴中心樂易祗慎所職治人以明事神以誠內外單盡不為表襮（音博又逋沃切）至州之明年將夏祝冊自京師至吏以時告公乃齋祓（視冊）誓羣有司

曰冊有皇帝名乃上所自署（一作乃上著署）具（一作且）其文曰嗣天子某謹遣某官某敬祭其恭且嚴如是敢有不承明日吾將宿廟下以供晨事明日吏以風雨白不聽於是州府文武吏士凡百數交謁更諫皆揖而退公遂升舟風雨少弛櫂夫奏功雲陰解駁日光穿漏波伏不興省牲之夕載暘載陰將事之夜天地開除月星明穊（音冀稠也今前益期歲云其節以竹而穊）五鼓既作牽牛正中公乃盛服執笏以入即事文武賓屬俯首聽位各執其職牲肥酒香樽爵靜潔降登有數神具醉飽（具一作其詩云神具醉止作其者非）海之百靈秘怪恍惚畢出蜿蜿蜒蜒（上音鶯下音延選狀蜿蜒以盟嗢史記驂赤螭青虬之蟉蜿蜒）來享（一作慕）飲食闔廟旋艫（艫音舟盧軸艫前漢舳艫千里）祥飆（卑遥切）送颿（音帆）旗纛（纛音導）旄麾飛揚晻藹（上烏感切下於蓋切暗也又木繁茂也選芳風晻藹）鐃（尼交切）鼓嘲轟高管

嗷（音叫）譟武夫奮棹工師唱和穹龜長魚踊躍後先乾端坤
倪軒豁呈露祀之之歲風災熄滅人厭魚鰕五穀胥熟明
年祀歸又廣廟宮而大之治其庭壇改作東西兩序齋庵
之房百用具脩明年其時公又固往不懈益虔歲仍大和
耋艾歌詠始公之至盡除他名之稅罷衣食於官之可去
者四方之使不以資交以身爲師燕享有時賞與以（一作有）
節公藏私蓄上下與足於是免屬州負逋之緡錢十有八
（一作二十有四）萬米八（一作三）萬二千斛賦金之州耗金一歲八百囷
不能償皆以正（一作丐）之加西面（一作西南）守長之俸誅其尤無良
不聽令者由是皆自重慎法人士之落南不能歸者與流
徙之胄百二十八族用其才良而廩其無告者其女子可
嫁者與之錢財令無失時（一作所）刑德並流方地數千里不

識盜賊山行海宿不擇處所事神治人（一有其字）可謂備至矣咸願刻廟石以著厥美而繫以詩乃作詩曰

南海之墟（丘於切一作陰）祝融之宅即祀于旁帝命南伯吏惰不躬正自今公明用享錫佑我家邦惟明天子惟慎厥使我公在官神人致喜海嶺之陬（將侯切）既足既濡胡不均弘俾執事樞公行勿遲公無遽（其據切）歸匪我私公神人具依

處州孔子廟碑

自天子至郡邑守長通得祀而徧天下者唯社稷與孔子爲然而社祭土稷祭穀句龍與棄乃其佐享非其專主又其位所不屋而壇豈如孔子用王者事（一作禮）巍然當座以門人爲配（洪曰杜牧之云稱夫子之尊莫如韓吏部蓋公作此碑云社稷不屋而壇孔子用王者事巍然當座以門人爲配也張文潜云廟貌之說起於後世如祭天地亦不屋而壇耳）自天子而下北面

拜跪薦祭進退誠敬禮如親弟子者句龍棄以功孔子以德固自有次第哉自古多有以功德得其位者不得常祀句龍棄孔子皆不得位而得常祀然其祀事皆無如孔子之盛所謂生民已來未有如夫子者其賢過於堯舜遠者此其効歟郡邑皆有孔子廟或不能脩事雖設博士弟子或役於有司名存實亡失其所業獨處州刺史鄴侯李繁至官能以爲先既新作孔子廟又命（令一作）工改爲顔囬至子夏十人像其餘六十二子及後大儒公羊高左丘明孟軻荀況伏生毛公韓生董生高堂生楊雄鄭玄等數十人皆圖之辟選博士弟子必皆其人設講堂教之行禮肄習其中又爲置本錢廪米令可繼處以守廟成躬率吏及博士弟子入學行釋奠（菜一作）禮耆老歎嗟其子弟皆興於學鄴

（音業）侯尚文其於古記無不貫達故其爲政知所先後可歌也已乃作詩曰　惟此廟學鄴侯所作厥初庳（音卑）下神不以宇先（石本作生）師所處亦窘（巨隕切）寒暑乃新斯宮神降其獻講讀有常不誠用勸揭揭（音朅又桀朅二音）元哲有師之尊群聖嚴嚴大法以存像圖孔肖咸在斯堂以瞻以儀俾不或忘後之君子無廢成美琢詞碑石以贊攸始

柳州羅池廟碑

羅池廟者故刺史柳侯廟也柳侯爲州不鄙夷其民動以禮法三年民各自矜奮曰（石本無曰字）兹土雖遠京師吾等亦天氓今天幸惠仁侯若不化服我則非人於是老少相教語莫違侯令凡有所爲於其鄉閭及於其家皆曰吾侯聞之得無不可於意否莫不忖度而後從事凡令之期民勸

趨之無有後先必以其時於是民業有經公無負租流逋四歸樂生興事宅有新屋步有新船公步今本誤作涉、石本作步、任昉述異記云、水際謂之步、吳人賣瓜於江畔、因名瓜步、吳江中有魚步龜步、湘中有靈妃步、吳楚間謂浦爲步、語訛耳、吳處厚青箱雜記云、韓退之羅池廟碑、言步有新船、蓋嶺南謂水津爲步、故罾步即漁者施罾處、船步即渠人渡船處、揚州瓜步、洪州觀步、閩中謂水涯爲溪步池園潔修猪牛一作羊鴨雞肥大蕃息子嚴父詔婦順夫指嫁娶葬送各有條法出相弟長入相慈孝先時民貧以男女相質久不得贖盡没爲隸我侯之至案國之一有經字故以傭除本悉奪歸之大脩孔子廟城郭巷道皆治使端正樹以名木柳民既皆悅喜常石本作嘗與其部將魏忠謝寧歐陽翼飲酒驛亭謂曰吾棄於時而寄於此與若等好也明年吾將死死而爲神後三年爲廟祀我及期而死三年孟秋辛卯侯降于州之後堂歐陽翼等見而

拜之其夕夢翼而告曰館我於羅池其月景辰廟成大祭
過客李儀醉酒慢侮堂上得疾扶出廟門即死明年春魏
忠歐陽翼使謝寧來京師請書其事于石余謂柳侯生能
澤其民死能驚動禍福之以食其土可謂靈也已作迎享
送神詩遺柳民俾歌以祀焉而并刻之柳侯河東人諱宗
元字子厚賢而有文章嘗位於朝光顯矣已而擯不用其
辭曰　荔子丹兮蕉葉（一作子石本無葉字亦無子字）黃雜肴蔬兮進侯
堂侯之船兮兩旗度中流兮風泊之待侯不來兮不知我
悲侯乘駒兮入廟慰我民兮不嚬（音頻）以笑鵝之山兮柳之
水桂樹團團兮白石齒齒侯朝出遊兮暮來歸春與猿吟
兮秋鶴與飛北方之人兮為侯是非千秋萬歲兮侯無我
違（一有願字）福我兮壽我驅厲鬼兮山之左下無苦濕兮高無

乾秔音庚說文稻屬也前漢又有秔稻黎粟桑麻竹箭之饒稌徒古切又音上稻又周禮牛宜稌充

羨兮蛇蛟結蟠我民報事兮無怠其始一再有始字自今兮欽

于世世

黃陵廟碑十闕云湘水出全瀟水出道二水至永合而為一以入洞庭黃陵廟在瀟湘之尾洞庭之口

湘旁有廟曰黃陵自前古立以祠堯之二女舜二妃者

庭有古一無古字石本作石碑斷裂分散在地其文剥缺考圖記言

漢荊州牧劉表景升之立題一無題字曰湘夫人碑今驗其文

乃晉太康九年又其一有題字額曰虞舜一作帝二妃之碑非景

升立者秦博士對始皇帝云湘君者堯之二女舜妃者也

劉向鄭玄亦皆以二妃為湘君而離騷九歌既有湘君又

有湘夫人王逸之解以為湘君者自其一作為水神而謂湘

夫人乃二妃也從舜南征三苗不返石本作及道死沅湘沅上音元說

交水出牂牁楚辭濟沅湘以南征之間山海經曰洞庭之山帝之二女居之郭璞石本作樸今史傳皆作璞疑二女者帝舜之后不當降小君石本作水謂湘水也爲其夫人因以二女爲天帝之女以余考之璞與王逸俱失也堯之長女娥皇爲舜正妃故曰君其二女女英自宜降曰夫人也故九歌辭謂娥皇爲君謂女英爲石本無爲字帝子各以其盛者推言之也禮有小君石本有君舜字明其正自得稱君也書曰舜陟方乃死傳一作孔安國謂舜升石本作昇道南方以死或又曰舜死葬蒼梧二妃從之不及溺死一無死字沅湘之間余謂竹書紀年帝王之没皆曰陟陟升也謂昇天也書曰殂禮陟配天言以道終其德協天也書紀舜之没云陟者與竹書周書同文也其下言方乃死者所以釋陟爲死也地之勢東南下如言舜南巡而死宜言下

方不得[一作當]言陟方也以此謂舜死葬蒼梧[一有野字]於時二妃從之不及而溺死[石本無死字]者皆不可信二妃既曰以謀語舜脫舜之厄成舜之聖堯死而舜有天下爲天子二妃之力宜常[一作當]爲神食民之祭今之渡湘[石本作湖]江者莫[一作其]敢不進禮廟下元和十四年春余以言事得罪黜爲潮州刺史其地於漢南海之揭[其折切石本作揭音竭]陽厲毒所聚[一云南海之揭陽厲百毒所聚]懼不得脫死過廟而禱之其冬移袁州刺史明年九月拜國子祭酒使以私錢十萬抵岳州願易廟之地[一作毀]摘[一作榱]腐[一作[illegible]]瓦於州[石本無州字]刺史王堪長慶二年刺史張愉自京師往余[石本無余字]與愉故善謂曰丐[一作湞]我一碑石載二妃廟事且令後世知有子名愉曰諾既至州報曰碑已[石本作豈]具遂篆其事[一云師其跡謹篆其事一云碑具遂謹篆其事]俾

刻之此舊有將修廟祭神文一首與二十三卷內祭湘夫人文同故不復出

唐故江南西道觀察使中大夫洪州刺史兼御史
中丞上柱國賜紫金魚袋贈左散騎常侍太原王
公神道碑銘

王氏皆王者之後在太原者爲姬姓春秋時王子成父敗狄有功因賜氏厥後世居太原至東漢隱士烈博士徵不就居祁縣因號所居鄉爲君子鄉一無鄉字公其君子鄉人也魏晉涉隋世有名人國朝大王父玄暕音柬歷御史屬三院止尚書郎生景肅守三郡終傅涼王生政襄鄧等州防禦使鄂州採訪使贈吏部尚書昆公尚書之弟某子公諱仲舒字弘中一本公諱弘中字某司馬公云實録新舊傳皆名仲舒字弘中文宴喜亭記稱王弘中則弘中必字也少孤奉母夫人家江南讀書著文其譽藹鬱當時名公

皆折官位輩行（下浪切）願爲交貞元初射策拜左拾遺與陽城合（一有道字）過裴延齡不得爲相德宗初怏怏無柰父嘉之其後入閤德宗顧列謂宰相曰第幾人必王某也果然月餘特改（一有右字）補闕遷禮部考功吏部三員外郎在禮部奏議詳雅省中伏其能在考功吏部提約明故吏無以欺同列有恃恩自得者衆皆媚承公嫉其爲人不直視由此貶連州司戶移夔州司馬又移荆南因佐其節度爲參謀得五品服放跡在外積四年元和初收拾俊賢徵拜吏部員外郎未幾爲職方郎中知制誥友人得罪斥逐後其家親知過門縮頸不敢視公獨省問爲計度論議直其寃由是出爲硤（侯夾切）州刺史轉廬州未至丁母夫人憂服除又爲婺州時疫旱甚人死亡且盡公至多方救活天遂雨疫定

比數年里閭完復制使出巡人塡道迎頌一作顯公德事具
聞就加金紫轉蘇州變其屋居以絕其火延堤松江路害
絕沮滯秋夏賦調自爲書與人以期吏無及門而集一作化
政成爲天下守之最天子曰王某之文可思最宜爲誥有
古風豈可久以吏事役之復拜中書舍人既至京師儕流
無在者視同列皆邈然少年益自悲而謂人曰豈可復治
筆硯於其間哉上若未棄臣宜用所長在外久周知俗之
利病俾治之當不自愧宰相以聞遂得觀察江南西道奏
罷榷酤上音角下攻乎切又音固前漢初榷酒酤注榷橫木渡水曰榷榷專利以入官錢九千一作萬
軍息之無已掌吏壞産猶不釋因之公至脫械不問人遭
水旱賦窘公曰我且減宴樂絕他用錢可一有足字乎遂以代
罷軍之一有日字息錢禁浮屠誑誘壞其舍以葺公宇三年

法大成錢餘於庫粟餘於廩人享於田廬謳謠於道途天子復思且徵以代虛吏部左丞位以待（一作待處一作以處）之長慶三年十一月十七日薨於洪州年六（一作五）十二上哀慟輟朝贈左散騎常侍某月歸葬於某處愈既以公之德刻而藏之墓矣子衮又請詩以揭之詞曰

生人之治本乎斯文有事其末而忘其源切近昧陋道由是堙（音因）有志其本而泥古陳當用而迂乖戾不神較是二者其過也均有美王公志儒之本達士之經秩秩而積涵涵而停韡而華英不矜不盈孰播其馨（一作聲）孰發其明介然而居士友以傾敷文帝階擢列侍從以忠遠名有直有諷辨遏堅懇巨邪不用秀出班行（下浪切次第也前漢皆大父行）乃動帝目帝省竭心恩顧日渥翔于郎署騫于禁密發帝之令簡

屠

古而蔚（音鬱）不比于權以直友寃敲撼挫揠竟遭斥弃父淹于外歷守大藩所至極思必悉利病萎（於爲切）枯以膏燠暍（音謁一作暘）以醒坦之敝之必絕其徑浚（音俊深也孟子使浚井出從而揜之）之澄之使安其泳帝思其文復命掌誥哭公潛謂人此職宜少豈無凋郡庸以自效上藉其實俾統于洪逋滯攸除姦訛莫風祛（丘於切）蔽于目釋負于躬方乎所部禁絕浮屠風雨順易秔稻盈疇人得其所乃恬乃謳化成有代思以息勞虛位而俟奄忽滔滔維德維績志于斯石日遠彌高

音註韓文公文集卷第三十一

音註韓文公文集卷第三十二

碑誌銘

唐故司徒兼侍中中書令贈太尉許國公神道碑銘

韓姬姓以國氏其先有自潁川徙陽夏者其地於今爲陳之太康太康之韓其稱蓋久然自公始大著公諱弘公之父曰海爲人魁偉沈塞以武勇游仕許汴之間寡言自可不與人校衆推以爲鉅人長者官至遊擊將軍贈太師娶鄉邑劉氏女生公是爲齊國太夫人夫人之兄曰司徒玄佐有功建中貞元之間爲宣武軍帥有汴宋亳潁四州之地兵士十萬人公少依舅氏讀書習騎射事親孝謹偘偘（口旱切和樂貌三輔黃圖偘偘誾誾一作侃）自將不縱爲子弟華靡遨放事出入敬恭軍中皆目之嘗一抵京師就明經試退曰此不足發名

大四七八

成業復去從舅氏學將兵數百人悉識其材鄙怯勇指付必堪其事司徒歎奇之士卒屬心諸老將（一有皆字）自以爲不及司徒卒去爲宋南城將比六七歲汴軍連亂不定貞元十五年劉逸淮死軍中皆曰此軍司徒所樹必擇其骨肉而爲士卒所慕賴者付之今見在人莫如韓甥且其功最大而材又俊即柄授之而請命於天子天子以爲然遂自大理評事拜工部尚書代逸淮爲宣武軍節度使悉有其舅司徒之兵與地衆果大悅便之當此時陳許帥曲環死而吳少誠反自將圍許求援於逸淮啗（度濫切）之以陳歸汴使數輩在館公悉驅出斬之選卒三千人會諸軍擊少誠許下少誠失勢以走河南無事公曰自吾舅沒五亂於汴者吾苗薅（音蒿）而髮櫛（側瑟切莊子簡髮而櫛）之幾盡然不（一有一字）摵（子蹙）

切刈不足令震駴（侯楷切。周禮鼓駴注：疾雷擊鼓曰駴。一作駭）命劉鍔以其卒三百人待命于門，數之以數與於亂，自以為功，并斬之以徇，血流波道。自是訖公之朝京師二十一年，莫敢有讙呶（上音歡，説也；下泥交切。詩：以謹惛呶。注：惛呶，謂讙譁也）叫號于城郭者。李師古詐言起事，屯兵于曹，以嚇（虛訝切）滑帥，且告假道。公使謂曰：汝能越吾界而為盜耶？有以相待，無為空言。滑帥告急，公使謂曰：吾在此，公安（一無安字）無恐。或告曰：翦棘夷道，兵且至矣，請備之。公曰：兵來不除道也。不為之應。師古詐窮變索，遷延旋軍。吳少誠以牛皮鞵（與鞋同，屩也。淮南子：不函於文句疏矩之鞵）財遺（以醉切）師古，師古以壜資少誠，潛過公界，覺，皆留輸之庫，曰：此於法不得以私相餽。田弘正之開魏博，李師道使來告曰：我代與田氏約相保援，今弘正非其族，又首變兩河事，亦公之所惡我將與成德合軍討之敢告公謂其使曰我不知利害知奉詔行事耳若兵北過河我即東以兵取曹師道懼不敢動弘正以濟(一無濟字)誅吳元濟也命公都統諸軍曰無自行以遏北寇公請使子公武以兵萬三千人會討蔡下歸財與糧以濟諸軍卒擒蔡姦於是以公爲侍中而以公武爲鄜(音孚)坊丹延節度使師道之誅公以兵東下進圍考城克之遂進迫曹曹寇乞降鄆(音運)部既平公曰吾無事於此其朝京師天子曰大臣不可以暑行其秋之待公曰君爲仁臣爲恭可矣遂行既至獻馬三千匹絹七千匹(一作五千一作三千一作五千萬匹)他錦紈綺纈又三萬金銀器千而汴之庫廐錢以貫數者尚餘百萬絹亦合百餘萬匹馬七千糧三百萬斛兵械多至不可數初公有汴承五亂之後掠賞之餘且

斂且給無宿儲至是公私充塞至於露積不垣冊拜司徒兼中書令進見上殿拜跪給扶贊元老經體不治細微天子敬之元和十五年今天子即位公爲冢宰又除河中節度使在鎮三年以疾乞歸復拜司徒中書令病不能朝以長慶二年十二月三日薨於永崇里第年八十罷朝三日贈太尉賜之布粟其葬物有司官給之京兆尹監護明年七月某日葬于萬年縣少陵原京城東南三十里楚國夫人翟氏祔音附子男二人長曰肅元某官次曰公武某官肅元早死公之將薨公武暴病先卒公哀傷之月餘遂薨無子以公武子孫紹宗爲主後汴之南則蔡北則鄆二寇患公居間爲已不利卑一作畢身佞辭求與公好薦女請昏使日月既至不可得則飛謀釣一作鈎謗以間染一作諜我公先

事倏情壞其幾牙蘖不得發王誅以成最功定次孰與高下公子公武與公一時俱授弓鉞處藩爲將疆土相望公武以母憂去鎮公母弟充自金吾代將渭北公以司徒中書令治蒲于時弟充自鄭滑節度（一有使字）平宣武之亂以司空居汴自唐以來莫與爲比公之爲治嚴不爲煩止除害本不多教條與人必信吏得其職賦入無所漏失人安樂之在所以富公與人有彰（一作畛）域不爲戲狎人得一笑語重於金帛之賜其罪殺人不發聲色問法何如不自爲輕重故無敢犯者其銘曰　在貞元世汴兵五猘（居例切）將得其人衆乃一愒（與憩同息也詩不尚愒焉）其人爲誰韓姓許公磔（陟格切）其梟（堅堯切）狼養以雨風桑穀奮張厥壞大豐（一作貞）貞元元孫命正我宇公爲臣宗處得地所（一作處處得所）河流兩壖（而緣切江河邊地）前

字彙宰叶
子等叶比
若宰如字
則等當叶
多

漢坐侵廟壖爲官盜連爲群雄唱雌和首尾一身公居其間爲帝
督姦察其嚬音呻嚬頻與其睨眴上音詣下音荀眩也又目動貌淮南子睨焉無眴左顧
失視右顧而跽巨既切蔡先鄭鉏牀魚切三年而墟橋乾四呼
終莫敢濡常山幽都孰陪一作信一作悖孰扶天施一作地不留其
討不逋許公預焉其賚何如悠悠四方既廣既長無有外
事朝廷之治許公來朝車馬千戈相乎將乎威儀之多將
則是矣相則三公釋師十萬歸居廟堂上之宅憂公讓太
宰饗安蒲坂萬邦絶等有弟有子提兵守藩一時三侯人
莫敢扳音攀又音班生莫與榮歿莫與令刻文此碑以鴻厥慶

柳子厚墓誌銘

子厚諱宗元七世祖慶爲拓跋上音託下蒲撥切魏侍中封濟陰
公曾伯祖奭爲唐宰相與褚遂良韓瑗俱得罪武后死高

大四·五十

(一作中)宗時皇考諱鎮以事毋棄太常博士求為縣令江南其後以不能媚權貴失御史權貴人死乃復拜侍御史號為剛直所游皆當世名人子厚少精敏無不通達逮其父時雖少年已自成人能取進士第嶄(士咸切巉嶄絕峯殊狀注險峻貌又鉏咸切楚辭向山石之嶄巖注石高貌)然見頭角衆謂柳氏有子矣其後以博學宏詞授校書郎藍田尉儁傑廉悍議論證據古今出入經史百子踔(敕角切)厲風發率常屈其座人名聲大振一時皆慕與之交諸公要人爭欲令出我門下交口薦譽之貞元十九年拜監察御史王叔文韋執誼用事拜尚書禮部員外郎且將大用遇叔文等敗例出為刺史未至又例貶永州司馬居閑益自刻苦務記覽為詞章汎濫停蓄為文深博無涯涘(上宜佳切際也下牀史切岸也莊子今爾出於涯涘)而自肆於山水之

開元和中嘗例召至京師又偕出爲刺史而子厚得柳州既至歎曰是豈不足爲政耶因其土俗爲設教禁州人順賴其俗以男女質錢約不時贖子本相侔則（一有許字）沒爲奴婢子厚與設方計悉令贖歸其尤貧力不能者令書其傭足相當則使歸其質觀察使下其法於他州比一歲免而歸者且千人衡湘以南爲進士者皆以子厚爲師其經承子厚口講指畫爲文詞者悉有法度可觀其召至京師而復爲刺史也中山劉夢得禹錫亦在遣中當詣播州子厚泣曰播州非人所居而夢得親在堂吾不忍夢得之窮無辭以白其大人且萬無母子俱往理請於朝將拜疏願以柳易播雖重得罪死不恨遇有以夢得事白上者夢得於是改刺連州嗚呼士窮乃見節義今夫平居里巷相慕悅酒食

遂

遊戲相徵逐詡詡強笑語以相取下握手出肺肝相示指天日涕泣誓生死不相背負真若可信一旦臨小利害僅如毛髮比反眼若不相識落陷穽不一引手救反擠（牋西切）之又下石焉者皆是也此宜禽獸夷狄所不忍為而其人自視以為得計聞子厚之風亦可少媿矣子厚前時少年勇於為人不自貴重顧藉謂功業可立就故坐廢退既退又無相知有氣力得位者推挽（上他回切下音晚）故卒厄於窮裔材不為世用（一有而字）道不行於時也使子厚在臺省時自持其身已能如司馬刺史時亦自不斥斥時有人力能（儇一作）舉之且必復用不窮然子厚斥不久窮不極雖有出於人其文學辭章必不能自以力（一有致必二字）傳於後如今無疑也雖使子厚得所願為將相於一時以彼易此孰得孰失必有

能辨之者子厚以元和十四年十月五日卒年四十七以十五年秋七月十日歸葬萬年先人墓側子厚有子男二人長曰周六始四歲季曰周七子厚卒乃生女子二人皆幼其得歸葬也費一作貲皆出觀察使河東裴君行立行立有節槩重然諾與子厚結交子厚亦為之盡竟賴其力葬子厚於萬年之墓者舅弟盧遵遵涿人性謹順學問不厭自子厚之斥遵從而家焉逮其死不去既往葬子厚又將經紀其家庶幾有始終一有焉字者銘曰

是惟子厚之室　既固既安　以利其嗣人

唐故昭武校尉守左金吾衛將軍李公墓誌銘

公諱道古字某曹成王子其先王明以太宗子王曹絕輒復封五世而至成王王諱臯有功建中貞元間以多才能

行賞誅爲名至于追數(所矩切)當時内外文武大臣咸王必在其間公以進士舉及第獻文輿三十卷拜校書郎集賢學士四遷至宗正丞憲宗即位選擢宗室遷尚書司門員外郎以選爲利隨唐睦州刺史遷少宗(一作室非)正元和九年以御史中丞持節鎮黔中十一年來朝遷鎮鄂州以鄂岳道兵會平淮西以功加御史大夫十三年徵拜宗正轉左金吾上即位以先朝時嘗信妄人柳賁能燒水銀爲不死藥薦之賁以故起閭閻氓爲刺史不效貶循州司馬其年九月三日以疾卒于貶所年五十三長慶元年詔曰左降而死者還其官以葬遂以某年月日葬于東都某縣公三娶元配韋氏諱修修生子紘紘(音宏)爲進士舉(一作學)女貞嫁崔氏夫人隋雍州牧鄖(音云)公叔裕五世孫父士佺(且緣切)蓬

山令次配崔氏諱蒳音澀又音納生緯紹緭女會胥嫁鄭氏季毗

夫人昭嘗為京兆尹今夫人韋氏無子父光憲光祿卿其

葬用古今禮以元配韋氏夫人祔而葬次配崔氏夫人於

其域異墓公宗室子而貴富能學問以中科取名善自傾

下以交豪傑身死賣宅以葬銘曰　太支於今其尚有封

當公弟兄未續又亡其遷于南年及始衰雖一作誰黜不復

而以喪歸海豐彌彌萬里千載其始終以哀表之太友一作

本文非太謂太宗也見曹成王墓誌

唐故朝散大夫尚書庫部郎中鄭君墓誌銘

公諱羣字弘之世為滎陽人其祖於元魏時有假封襄城

公者子孫因稱以自別一有君其後也四字曾祖匡時晉州霍邑令

祖千尋彭州九隴丞父迪鄂州唐年令娶河南獨孤氏女

生二子君其季也（一有君字）以進士選吏部考功所試判爲上等授正字自鄠（胡古切）縣尉拜監察御史佐鄂岳使裴均之爲江陵以殿中侍御史佐其軍均之（一作戶也）徵也遷虞部員外郎均鎮襄陽復以君爲襄府左司馬刑部員外郎副其支度使事均卒李夷簡代之因以故職留君歲餘拜復州刺史方遷祠部郎中會衢州無刺史選人願行者宰相即以君應詔治衢五年復入爲庫部郎中行及楊州遇疾居月餘以長慶元年八月二十四日卒春秋六十即以其年十一月二十二日從葬於鄭州廣武源先人之墓次君天性和樂居家事人與待交遊初持一心未嘗變節有所緩急曲直薄厚疎數（音朔）也不爲翕翕熱（一作熱然）亦不爲崖岸斬絶之行俸祿入門與其所過逢吹笙彈箏飲酒舞歌詼（音恢）

謂醉呼連日夜不厭費盡不顧問（一無上五字一云費盡不復顧問）或分挈以去一無所愛惜不爲後日毫髮計留也遇其空無時客至清坐相（一有對字）看或竟日不能設食客主各自引退亦不爲辭謝與之遊者自少及老未嘗見其言色有若憂歎者豈列禦寇莊周等所謂近於道者耶其治官守身又極謹慎不挂於過差去官而人民思之身死而親故無所怨議哭之皆哀又可尚也初娶吏部侍郎京兆韋肇女生二女一男長女嫁京兆韋詞（一作嗣宗）次嫁蘭陵蕭儹（一作纘）後娶河南少尹趙郡李則女生一女二男其餘男二人女一（一作四）人皆幼嗣子退思韋氏生也銘曰

再鳴以文進塗闢佐三府治藹厥蹟（音迹）郎官郡守愈著白洞然渾（胡本切）樸（一作璞）絶瑕謫甲子一終反玄宅

唐故朝散大夫越州刺史薛公墓誌銘

公諱戎字元夫其上祖懿爲晉安西將軍實始居河東之四世祖嗣汾陰公諱德儒爲隋襄城郡書佐以卒襄城有子二人皆貴其後皆蕃以大而其季子尤盛官至邠州刺史邠州諱寶胤有子九人皆有名位其最季諱謙爲河南令以卒河南有子四人其長諱同卒官湖州長史贈刑部尚書尚書娶吳郡陸景融女有子五人皆有名蹟其達者四人公於倫次爲中子仁孝慈愛忠厚而好學不應徵舉沉浮閭巷閒不以事自累爲貴常州刺史李衡遷江西觀察使曰(一無曰字)曰州客至多莫賢元夫吾得與之俱足矣即署公府中職公不辭讓年四十餘始脫褐衣爲吏衡遷給事中齊映自睦州(睦一作桂)以故(一作宰)相代衡爲江西公因留佐

映治映卒湖南使李巽福建使柳冕交表奏公自佐詔以
公與冕在冕府累遷一有至字殿中侍御史冕使公攝泉州冕
文書所條下有不可者公輒正之冕惡其異於已懷之未
發也遇馬摠以鄭滑府佐忤中貴人貶爲泉州別駕冕意
欲除摠附上意爲事使公按置其罪公歎曰公乃以是待
我我始不願仕者正爲此耳不許冕遂大怒囚公於浮圖
寺而致摠獄事聞遠近值冕亦病且死不得已俱釋之冕
死後使至奏公自副又副使事於浙東府轉侍御史元和
四年徵拜尚書刑部員外郎遷河南令歷衢湖常三州刺
史所至以廉自寬大爲稱朝廷嘉之元和十二年正月二
十二日拜越州刺史兼御史中丞浙東觀察使至則悉除
去煩弊儉出薄入以致和富部刺史得自爲治無所牽制

四境之内竟歲無一事公篤於恩義盡用其禄以周親舊之急有餘頒施之内外親無疎遠皆以家歸之疾病去官長慶元年九月庚申至於蘇州以病卒春秋七十五奏至天子爲之罷朝贈左散騎常侍使臨吊祭之士大夫多相吊者以其（一作明）年十一月庚申葬于河南偃師先人之兆次以韋氏夫人祔公凡再娶先夫人京兆韋氏後夫人趙郡李氏皆先卒子男二人曰沂曰湌長生九歲而幼七歲矣女四人皆已嫁愈既與公諸昆弟善又嘗代公令河南公之葬也故公弟集賢殿學士尚書刑（一作兵）部侍郎故屬余以銘其文曰

薛氏近世莫盛公門公倫五人咸有顯聞公之初志不果以事黽（音泯）俛以隨亦貴於位無怨無惡中以自貴不能一百

年曷足謂壽公宜有後有二稚子其祐成之公食廟祀

音註韓文公文集卷第三十二

音註韓文公文集卷第三十三

墓誌銘

楚國夫人墓誌銘

楚國夫人姓翟氏故檢校御史大夫宋州刺史良佐之女令(一無令字)司徒兼中書令許國公之妻前鄜(音孚)州節度使散騎常侍兼御史大夫公武之母夫人在家以孝友聰明爲父母所偏愛選所宜歸以適韓氏韓氏族大且貴父(一作又)太尉劉公之甥內外尊顯夫人入門上下莫不贊賀事皇姑齊國太夫人肅恭誠至奉養不怠皇姑以夫人能盡婦道稱之六親其事夫義以順其教子愛以公司徒公曰我之能守貴富不危溢者楚國有助焉耳大夫領梁偏師卒就蔡功受節居藩爲邦家令人父母之教然也夫人以元

和十四年十一月一日，薨于鄜之公府，春秋若干。大夫委節去位，奉喪以居東都。詔再起之，辭以羸（倫爲切）毀不任。即命又加諭勉，固守不變。天子嗟嘆之。長慶二年三月某日，葬夫人于洛陽北山。夫人生二子，長曰肅元，爲太子司議郎，以卒，贈尚書主客郎中；其次大夫公武也。銘曰：

翟氏之先，蓋出宗周。璜顯於魏，以佐文侯。高陵相漢，義以家酬。遷于南陽，始自郎苗。逮魏晉宋，代不絶史。以至夫人，太守之子，司徒之妻，大夫之母。公居河東，子在鄜畤，爲王屏翰，有壤千里。公曰姑止，以承我祀。子曰母兮，莫我撫已。文駟雕軒，往來有煒。莫尊於母，莫榮於妻。從古迄今，孰盛與夷。用昭厥裔，篆此名詩。

故國子司業竇公墓誌銘

國子司業竇公諱牟字某六代祖敬遠嘗封西河公一有至公之三字大父同昌司馬比四世一作代仍襲爵名同昌諱亶生皇考諱叔向官至左拾遺溧音栗水令贈工部尚書尚書於大曆初名能爲詩及公爲文亦最長於詩孝愛謹厚一去孝謹厚字重舉進士登第佐六府五公八遷至檢校一有虞部字郎中元和五年真拜尚書虞部郎中轉洛陽令都官郎中澤州刺史以至司業年七十四長慶二年二月丙寅以疾卒其年八月某日葬河南偃師先公尚書之兆次初公善事繼母家居未出學問於江東尚幼也名聲詞章行於京師人遲音稺其至及公就進士且試其輩皆曰莫先竇生于時公舅袁高爲給事中方有重名愛且賢公然竇未嘗有以干有司公一舉成名而東遇其黨必曰非我之才維吾舅之

私其佐昭義軍也遇其將死公權代領以定其危後將盧
從史重公不遣奏進官職公視從史益驕不遜僞疾經年
轝音預舁車呂氏春秋下轝車命封夏后之後於杞前漢皇后轝車駕歸東都從史卒敗死公
不以覺微避去爲賢告人公始佐崔大夫縱留守東都後
佐留守司徒餘慶歷六府五公文武細麤不同自始及終
於公無所悔望有彼此言一有者字六府從事幾且百人有愿
姦易險賢不肖不同公一接以和與信卒莫與公有怨嫌
者其爲郎官令守憲法寬惠不刻教誨於國學也嚴以有
禮扶善遏一作蓋過益明上下之分以躬先之悁悁愷悌得
師之道公一兄三弟常羣庠鞏音拱常進士水部員外郎朗
夔江撫四州刺史羣以處士徵自吏部郎中拜御史中丞
出師黔容以卒庠三佐大府自奉先令爲登州刺史鞏亦

進士以御史佐淄青府皆有材名公子三人長曰周餘好善學文（一作好學善文）能謹謹致孝述父之志曲而不黷次曰某少曰某皆以進士貢女子三人愈少公十九歲以童子得見於今四十年始以師視（一作事）公而終以兄事焉公待我一以朋友不以幼壯先後致異公可謂篤厚文行君子矣其銘曰

后緡（音旻左氏后緡方娠逃出自竇歸于有仍生少康）竇逃閔腹子夏以再家竇爲氏聖愕旋河犢引比（少康二子曰杼曰龍龍六十九世孫鳥犢爲晉大夫）相嬰撥（一作發）漢納孔軌後去觀津而家平陵（嬰漢相魏其侯嬰兄之子充葬觀津充之孫宣帝時以吏二千石徙平陵）遥遥厥緒夫子是承我敬其人我懷其德作詩孔哀質于幽刻（一作石）

唐故正議大夫尚書左丞孔公墓誌銘

孔子之後三十八世有孫曰戣（音逵）字君嚴事唐爲尚書左

丞年七十三三上書去官天子以爲禮部尚書禄之終身而不敢煩以政吏部侍郎韓愈常賢其能謂曰公尚壯上三留公奚去之果曰吾敢要吾君年至(一無至字)一宜去(洪曰盖取龔勝邴漢俱乞骸骨詔曰古者有司年至則致事今大夫年至矣)吾爲左丞不能進退郎中(一作官)唯相之爲二宜去愈又曰古之老於鄉者將自佚非自苦閭井田宅具在親戚之不仕與倦而歸者不在東阡在北陌可杖屨來往也今異於是公誰與居且公雖貴而無留資何恃而歸曰吾負二宜去尚奚顧子言愈再歎曰公於是乎賢遠於人明日奏疏曰臣與孔戣同在南省數(音朔)與(一有孔戣字)相見戣爲人守節清苦論議正平年纔七十筋力耳目未覺衰老憂國忘家用意至到如戣輩在朝不過三數人陛下不宜苟順其求不留自助也不報明年

桉与案同

長慶四年正月己未公年七十四告薨於家贈兵部尚書公始以進士佐三府官至殿中侍御史元和元年以大理正徵累遷江州刺史諫議大夫事有害於正者無所不言加皇太子侍讀改給事中言京兆尹阿縱罪人詔奪京兆尹（一無尹字）三月之俸權知尚書右丞明年拜左丞（一無上三字）改華州刺史明州歲貢海蟲淡菜蛤蚶可食（一無可食二字）之屬自海抵京師道路水陸遞夫積功歲爲四十三萬六千人奏疏罷之下邽（音圭縣名在華州前漢先是下邽翟公爲廷尉）令笞外按（一作桉外）小兒繫御史獄公上疏理之詔釋下邽令而以（一作而自又作有自）華（胡化切）州刺史（一無刺史二字）爲大理卿十二年自國子祭酒拜御史大夫嶺南節度等使約以取足境內諸州負錢至二百萬悉放不收蕃舶（音白）之至泊步有下碇（丁定切碇與矴同錘舟石吳志以栟櫚大繫繼石爲

砢之稅，始至有閼貨之燕，犀珠磊砢魯罪切落賄一作賂及僕隸

公皆罷之。絕海之商有死于吾地者，官藏其貨，滿三月無妻子之請者盡沒有一無有字之。公曰：海道以年計往復，何月之拘？苟有驗者，悉推他回切與之，無筭遠近，厚守宰俸而嚴其法。嶺南以口為貨，其荒阻處，父子相傳一作縛為奴，公一禁之。有隨公之吏，得無名兒，蓄不言，官有訟一作告者，公召殺之。山谷諸黃，世自聚為豪，觀吏厚薄緩急，或叛或從。容桂二管，利其虜掠，請合兵討之，冀一有功，有所指取。當是時，天子以武定淮西、河南北，用事者以破諸黃為類一作願，向意助之。公屢言：遠人急之則惜性命，相屯聚為寇；緩之則自相怨恨一有而散字焉。況一無況字此一作比禽獸耳，但可自計利害，不足與論是非。天子入先言，遂斂兵江西、岳、鄂、湖

南嶺南會邕容桂之吏以討之被霧露毒相枕藉死百無一還安南乘勢殺都護李象古桂將裴行立容將楊旻皆無功數月一作日自死嶺南嚻虛驕切選天下嚻然然祠部歲下廣州祭南海廟廟入海口爲州者皆憚之不自奉事常稱疾命從事自代唯公歲自常行官吏刻石爲詞一作詩美之十五年遷尚書吏部侍郎公之北歸不載南物奴婢之籍不增一人長慶元年改右散騎常侍二年而爲尚書左丞曾祖諱務本滄州東光令祖諱如珪海州司戶參軍贈尚書工部郎中皇考諱岑父秘書省著作佐郎贈尚書左僕射公夫人京兆韋氏父种直中切大理評事有四子長曰溫質四門博士遵孺遵憲遵一作溫裕皆明經女子長嫁中書舍人平陽路隋其季者幼公之昆弟五人載戡戢戵音衢公於次爲

第二公之薨戢自湖南入爲少府監其年八月甲申戢與
公子葬公于河南河陰廣武原先公僕射墓之左銘曰
孔（一有子字）世三十（二十作卅蘇合反說文作卄俗作廿廣韻先闔反）八吾見其孫白（一作自）
而長身寡笑與有言其尚類也（一作耶）莫與之倫德則多
有請考于文

唐故江南西道觀察使中大夫洪州刺史兼御史
中丞贈左散騎常侍太原王公墓誌銘

公諱仲舒字弘中少孤奉其母居江南游學有名貞元十
年以賢良方正拜左拾遺改右補闕禮部考功吏部三員
外郎貶連州司戶參軍改夔州司馬佐江陵使改祠部員
外郎復除吏部員外遷職方郎中知制誥出爲硤州刺史
遷廬州未至丁母憂服闋改（一作除）婺州蘇州刺史徵拜中

書舍人旣至謂人曰吾老不樂一作宜與少年治文書事得
一道有地六七郡爲之三年貧可富亂可治身安功立無
愧於國家可也日日語人丞相聞問語驗即除江南西道
觀察使兼御史中丞至則奏罷榷音角酒錢九十一作千萬以
其利正一作與貧民又罷軍吏官債五千萬悉焚簿文一無文字
書又出庫錢二千萬以丐貧民遭旱不能供稅者禁一作學
浮屠及老子爲僧道士不得於吾界內因出一作山野去一作
立浮屠老子象以其誑丐漁利奪經一作編人之產在官四
年數其蓄積錢餘於庫米餘於廩朝廷選公卿於外將徵
以爲左丞吏部已用薛尚書代之矣長慶三年十一月十
七日未命而薨年至六十二天子爲之罷朝贈左散騎常
侍遠近相吊以四年二月某日葬于河南某縣先塋之側

公之爲拾遺朝退天子謂宰相曰第幾人非王某耶是時
公方與陽城更疏論裴延齡詐妄士大夫重之爲考功吏
部郎也下莫敢有欺犯之者非其人雖與同列未嘗比數
收拾故遺䜛而斥及知（一作在）制誥盡力直友人之屈不以
權臣爲意又被讒而出元和初婺州大旱人餓死戸口三
十七八公（一無公字）居五年完富如初按劾羣吏奏其贓罪州
部清整加賜金紫其在蘇州治稱第一公所至輒先求人
利害廢置所宜閉閤草奏又具爲科條與人吏約事備悉
一日張下民無不抃叫喜悅或初若小煩旬歲皆稱其便
公所爲文章無世俗氣其所樹立殆不可學曾祖（一有諱字）玄
暕（音柬）比郎員外郎祖諱景肅丹陽太守考諱某（一作政）襄鄧
等州防禦使鄂州採訪使贈工（一作吏）部尚書公先妣滶海

李氏贈渤海郡太君公娶其舅女有子男七人初哲貞弘
泰復迥初進士及第哲文學俱善其餘幼也長女壻劉仁
師高陵令次女壻李行修一作循 尚書刑部員外郎銘曰
氣銳而堅一作大 又一作乂 剛以嚴哲一作若 人之常愛人盡已
不倦以止一作正 乃吏之方與其友處順若婦女何德之光
墓之有石我最一作撮 其迹萬世之藏

唐故殿中少監馬君墓誌

君諱繼祖司徒贈太師北平莊武王之孫少府監贈太子
少傅諱暢之子生四歲以門功拜太子舍人積三十四年
五轉而至殿中少監年三十七以卒有男八人女二人始
余初冠應進士貢在京師窮不能自存以故人稚弟拜北
平王於馬前王問而憐之因得見於安邑里第王軫其寒

飲賜食與衣召二子使爲之主其季遇我特厚少府監贈太子少傅者也姆莫補切又莫丑切女師也儀禮姆纚笄宵衣在其右注姆婦人年五十無子出而不復嫁能以婦道教人者若今時乳母矣抱幼子立側眉眼如畫髮漆黑肌肉玉雪可憐注曰可憐舊作可念按姑記云王丞相於青谿臺中覩有兩三兒騎羊皆端正可念黃魯直亦嘗用玉雪可念語殿中君也當是時見王於北亭猶高山深林一有鉅谷字龍虎變化不測傑魁人也退見少傅翠竹碧梧鸞鵠停峙能守其業者也幼子娟於緣切好貌前漢長眉連娟好靜秀瑤環瑜珥仍吏切蘭茁鄒滑切又側劣切草初生貌詩彼茁者葭其牙稱其家兒也後四五年吾成進士去而東游哭北平王於客舍後十五六年吾爲尚書都官郎分司東都而一有分府字少傅卒哭之又十餘年至今哭少監焉嗚呼吾未耄老自始至今未四十年而哭其祖子孫三世于人世何如也人欲久不死而

觀君此世者何也耶一作

音註韓文公文集卷第三十三

音註韓文公文集卷第三十四

墓誌銘

南陽樊紹述墓誌銘

樊紹述既卒且葬愈將銘之從（一作徙）其家求書得書號魁紀公者三十卷曰樊子者（一無者字）又三十卷春秋集傳十五卷表牋狀策書序傳記紀（一無紀字）誌說論今文讚銘凡二百九十一篇道路所遇及器物門里雜銘二百二十賦十詩七百又（一作又一）十九日多矣哉古未嘗有也然而必出於已不襲蹈前人一言一句又何其難也（洪曰國史譜云元和之後文筆則學奇於韓愈學澀於樊宗師退之作樊墓誌稱其為文不剽襲觀絳守居園池記誠然亦太奇澀矣本朝王晟劉忱皆為之注解如瑤翻碧瀲鬼眼須耳等語前人所未道也）必出入仁義其富若生蓄萬物必具海含地負放恣橫從無所統紀然而不煩於繩削而

自合也嗚呼紹述於斯術其可謂至於斯極者矣生而其
家貴富長而不有其藏一錢妻子告不足顧且笑曰我道
蓋是也皆應曰然無不意滿嘗以金部郎中告哀南方還
言某師不治罷之以此出（一無出字）爲綿州刺史一年徵拜左
司郎中又出刺絳州綿絳之人至今皆曰於我有德以爲
諫議大夫命且（一有日字）下遂病以（一作以病）卒年若干紹述諱宗
師父諱濯嘗帥襄陽江陵官至右僕射贈某官祖某官諱
泳自祖及紹述三世皆以軍謀堪將帥策上第以進紹述
無所不學於辭於（一作放）聲夫得（一有地字）也在衆若無能者嘗
與觀樂問曰何如曰（一有某字）後當然已而果然銘曰
惟古於詞必已出降而不能乃剽（匹妙切）賊（一作脆）後皆指前
公相襲從漢迄今用一律寥寥久哉莫覺屬神徂聖伏道

絶塞旣極乃通發紹述文從字順各識職有欲求之此其躅(尉玉切軌範也前漢伏周孔之軌躅)

唐故中大夫陝府左司馬李公墓誌銘

公諱郱(薄經切)字某(空)王會之後王孫道明唐初以屬封淮陽王又追王其祖父曰雍王長平王淮陽生景融(一作長平生淮陽王淮陽王生景融)景融親益踈不王生務該務該生思一思一生岌比四世官不過縣令州佐然益讀書爲行爲士大夫家岌爲蜀州晉原尉生公未晬(祖對切子生一歲謂之周年也)以卒無家母抱置之姑氏以去姑憐而食之至五六歲自問知本末因不復與羣兒戲常默默獨處曰吾獨無父母不力學問自立不名爲人年十四五(一無年字)能闇記論語尚書毛詩左氏文選凡百餘萬言凜然殊異姑氏子弟莫敢爲敵浸傳之聞

〔一作聞之〕諸父諸父泣曰吾兄尚有子耶迎歸而坐問之應對横從無難諸父悲喜顧語〔一作謂〕羣子弟曰〔一有吾字〕爲汝得師於是縱學無不觀以朝邑貢外尉選魯公貢卿第其所試文爲上等擢爲同官正尉曰文如李尉乃可望此其後比以書判拔萃選爲萬年尉爲華〔胡化切〕州録事參軍爭事於刺史去官爲陸渾〔音魂〕令河南尹鄭餘慶薦之朝拜南鄭令尹家奴以書抵縣請事公走府出其書投之尹前尹軏其庭中人曰令辱我〔一再有三字〕且曰令退遂怨之拾掇三年無所得拜宗正丞宰相以文理白爲資州刺史公喜曰吾將有爲也讒宰相者言之上曰是與其故故得用改拜陝府左司馬公又喜曰是官無所職吾其不以吏事受責死矣長慶元年丙辰以疾卒春秋七十三公内外行完潔白奮儀

再成有家士大夫談之夫人博陵崔氏朝邑令友之之女
其曾伯父玄暐有功中宗時夫人高明遇子婦有節法進
見侍側肅肅如也七男三女郊爲澄城主簿其嫡激鄜音孚城
令放芮城尉漢監察御史漼洸上音摧下音光潘皆進士及公之
存内外孫十有五人五月庚申葬華陰縣東若干里漢韓
氏壻也故予與爲銘其詞曰
愈下而微既極復飛其自公始公多孫子將復其祀

唐故幽州節度判官贈給事中清河張君墓誌銘

張君名徹字某以進士累官至范陽府監察御史長慶二
年今牛宰相爲御史中丞奏君名迹中御史選詔即以爲
御史其府惜不敢留遣之而密奏幽州將父子繼續不廷
選且久今新收臣又始至孤怯須強佐乃濟發半道有詔

以君還之乃遷殿中侍御史加賜朱衣銀魚至數日軍亂怨其府從事盡殺之而囚其帥且相約張御史長者毋侮辱轢（音歷）麾我事無罪無庸殺置之帥所居月餘聞有中貴人自京師至君謂其帥公無負此土人上使至可因請見自辯幸得脫免歸即推門求出守者以告其魁魁與其徒皆駭曰必張御史御史忠義必爲其帥告此餘人不如遷之別館即與（一作以）衆出君君出門罵衆曰汝何敢反前日吳元濟斬東市昨日李師道斬於軍中同惡者父母妻子皆屠死肉餧狗鼠鴟（處脂切與鵶同）鵶汝何敢反汝何敢反行且罵衆畏皆惡其言不忍聞且虞生變即擊君以死君抵死口不絕罵衆皆曰義士義士或收瘞（猗厲切）之以俟事聞天子壯之贈給事中其友侯雲長佐鄆（音運）使請於其帥馬僕射

爲之選於軍中得故與君相知張恭李元賓者使以幣請之范陽范陽人義而歸之以聞詔所在給船轝(音預)傳歸其家賜錢物以葬長慶四年四月某日其妻子以君之喪葬于某州某所君弟復以進士佐汴宋得疾變易喪心驚惑不常君得閒即自視衣褥薄厚節其飲食而匕筋進(一有養字)之禁其家無敢高語出聲醫餌之藥其物多空青雄黄諸奇怪物劑錢至十數萬營治勤劇皆自君手不假之人家貧妻子常有飢色祖踐某官父休某官妻韓氏禮部郎中某之孫汴州開封尉某之女於余爲叔父孫女君常從余學選於諸生而嫁與之孝順祇修群女效其所爲男若于人曰某女子曰某銘曰

嗚呼徹也世慕顧以行子揭揭(音竭又桀碣二音)也噎(一結切)喑(於金

切以爲生子獨割也爲彼不清作玉雪也仁義以爲兵用不折缺也知死不失名得猛厲（音烈廣韻嚴也烈也）也自申于闇明莫之奪也我銘以貞之不肖者之咀（當割切廣韻相呵也）

唐故河南府法曹參軍盧府君夫人苗氏墓誌銘

夫人姓苗氏諱某字某上黨人曾大父襲夔贈禮部尚書大父殆庶贈太子太師父如蘭仕至太子司議郎汝州別駕夫人年若干嫁法曹（一作范陽）盧府君（一本無府君二字）諱貽有文章德行其族世所謂甲乙者卒先夫人夫人生能配其賢歿能守其法男二人於陵渾女三人皆嫁爲士妻貞元十九年四月四日卒於東都敦化里年六十有九其年七（一作八）月某日祔（音附）于法曹府君墓在洛陽龍門山其季女壻昌黎韓愈爲其（一作之）誌銘其詞曰

赫赫苗宗族茂位尊或毗于王或貳于藩是（一作厥）生夫人載穆令聞爰初在家孝友惠純享乃（一作乃及）于行克（一作先）媲（匹詣切）德門肅其禮容（一作爲禮 一作禮肆）裕其爲仁法曹之終諸子實幼煢煢（音瓊獨也楚辭夫何煢煢獨而不予聽）其哀介介其守循道不違厥穀彌邵（二作既克其家厥問愈邵）三女有從二男知教閭里歎息母婦思效歲時之嘉嫁者來寧累累（力危切 一作纍纍）外孫有攜（戶圭切）有嬰扶牀坐膝嬉戲讙爭既壽而康既備而成不歉于約不矜于盈伊昔淑哲或圖或書曰嗟咨夫人孰與爲儔刻銘寘（一作誌）墓以贊碩休

唐故貝州司法參軍李君墓誌銘

貞元十七年九月丁卯隴西李翺合葬其皇祖考貝州司法參軍葬金皇祖妣清河崔氏夫人于汴州開封縣某里

昌黎韓愈紀其世著其德行以識其葬其詞曰

由梁（一作涼）武昭王六世至司空司空之後二世爲刺史清淵侯宙侯至于貝州凡五（一作六）世其德行曰事其兄如事其父其行不敢有出焉其夫人事其姊（一作妣）如事其姑其於家不敢有專焉其在貝州其刺史不悅（一作慈）於民將去官民相率讙譁（胡瓜切又音花）手瓦石（一有而字）胥（一作需）其（一無其字）出擊之刺史匿不敢出州縣吏由別駕已下不敢禁司法君奮曰是何敢爾屬小吏百餘人持兵仗以出立木而署之曰刺史出民有敢觀者殺之木下民聞皆驚相告散去後刺史至加禮擢任貝州由是大理其葬曰嗣既遷貝州君之喪于（一有貝字）州殯于開封遂遷夫人之喪于楚州八月辛亥至于開封壙于丁巳壙于九月辛酉窆（陂驗切）于丁卯人謂

李氏世家也矣之後五五一無五字世仕不一有遷字遂蘊必發其起而大平四十年而其兄之子衡始至戶部侍郎君之子四人官又卑輒其孫也有道而甚文一有固字於是乎在

處士盧君墓誌銘

處士諱於陵其先范陽人父貽爲河南法曹參軍河南尹與人有仇誣仇與賊通收掠服法曹曰我官司也我在不可以爲是廷爭之以死河南怒命牽捽昨沒切之法曹爭尤強遂并收法曹竟奏殺仇籍其家而釋法曹法曹出徑歸臥家念河南勢弗可敗氣憤弗食歐血卒東都人至今猶道之處士少而孤母夫人憐之讀書學文皆不待強教卒以自立在母夫人側油油翼翼不忍去時歲母夫人既終育幼弟與歸宗之妹經營勤甚未暇進仕也年三十有

六元和二年五月壬辰以疾卒有男十歲曰義女九歲曰孟有女生處士卒後未名於其年九月乙酉其弟渾以家有無葬以車十一（一作乘）於龍門山先人兆愈於處士妹壻也爲其誌且銘其後曰

貴兮富兮如其材得何數兮名兮壽兮如其人豈無有兮彼皆逢其臧子獨迎其凶茲命也耶茲命也耶

唐故太學博士李君墓誌

太學博士頓丘李干（一作于下同）余兄孫壻也年四十八長慶三年正月五日卒其月二十六日穿其妻墓而合葬之在某縣某地子三人皆幼初干以進士爲鄂岳從事遇方士柳賁從受藥法服之往往下血比四年病益急乃死其法以鉛滿一鼎以物（一無以物字）按中爲空實以水銀蓋封四際

燒爲丹砂云余不知服食說自何世起殺人不可計而世慕尚之益至此其惑也在文書所記及耳一有相字聞傳者不說今直取目見親與之游而以藥敗者六七公以爲世誡工部尚書歸登殿中御史李虛中刑部尚書李遜遜弟刑部侍郎建襄陽節度使工部尚書孟簡東川節度御史大夫盧坦金吾將軍李道古此其人皆有名位世所共識工部既食水銀得病自說若有燒鐵杖自顛貫其下者摧而爲火射竅節以出狂痛號呼乞絕其茵一作裀席一有甞字得水銀發且止唾血十數年以斃殿中疽發其背死刑部且死謂余曰我爲藥誤其季建一旦無病死襄陽黜爲吉州司馬余自袁州還京師襄陽乘舸音哿舟名楚謂大船曰舸吳志物船人更增舸纜邀我於蕭洲屏人曰我得秘藥不可獨不死今遺子一器

可用棗肉爲丸服之別一年而病有（一作其）家人至訊之曰前所服之藥誤耳且下之下則平矣病二歲竟卒盧大夫死時溺出血肉痛不可忍乞死及金吾以柳賁得罪食賁藥五十死海上此可以爲誡者也蘄不死乃速得死謂之智可不可也五穀三牲鹽醯果蔬人所常御人相厚勉必曰強食今惑者皆曰五穀令人夭不能無食當務減節鹽醯以濟百味豚魚雞三者古以養老反曰是皆殺人不可食一筵之饌禁忌十常不食二三不信常道而務鬼怪臨死乃悔後之好者又曰彼死者皆不得其道也我則不然始病曰藥動故病病去藥行乃不死矣及且死又悔嗚呼可哀也已可哀也已

音註韓文公文集卷第三十四

音註韓文公文集卷第三十五

墓誌銘

盧渾墓誌銘

前汝父母右汝弟兄汝從之居視汝如生汝遷于居兮曰月之良汝居孔固兮後無有殃如不信兮視此銘章

唐故虢州司戶韓府君墓誌銘

安定桓王五世孫叡素為桂州刺史化行南方有子四人最季曰紳卿文而能官嘗為揚州錄事參軍事故宰相崔圓圓狎愛州民丁某至顧省其家後大衙會且司錄君趨以前大言曰請舉公過公與小民狎至其家害於政圓驚謝曰錄事言是圓實過乃自罰五十萬錢由是遷涇陽（上音經詩至于涇陽）令破豪家水碾（女箭切廣韻水碾）利民田頃凡百萬君

諱岌桂州君之孫司録君之子亦以能官名少而奇壯而強老而通以元和元年六月十四日卒年五十七娶京兆田氏男曰家炎曰都皆幼枌君樂虢之土田山水求掾其州去官猶家之既卒因以其年九月某日葬于州北十里崔長史墓西銘曰

凡兆于兹唯其家之材蓋歸有時洪曰疑有闕文

四門博士周況妻韓氏墓誌銘

四門博士周況妻韓氏諱好好尚書禮部郎中諱雲卿之孫開封尉諱俞之女俞娶趙氏生二女三男開封卓越豪縱不治資業喜酒色狗馬趙氏卒十一年而開封亦卒開封從父一有弟字愈於時為博士乞分教東都生以收其孥於開封界中教畜之而歸其長女于周氏況況進士家世儒

者曾祖諱延澶州長沙令，祖諱晦常州參軍，父諱良甫左驍衛兵曹參軍，況立名行，人士譽之。韓氏嫁九年，生一男一女，年二十七以疾卒，葬長安城南鳳棲原。其從父（一有弟字）愈，於時爲中書舍人，爲銘曰：

夫喪少婦，子失壯母，歸咎無處。

韓滂墓誌銘

滂，韓氏子，其先仕魏，號安定桓王。滂父老成，厚謹，以文爲韓氏良子弟，未仕而死。有二子，滂其季也。其祖諱介，爲人孝友，一命率府軍佐以卒。二子，百川、老成。老成爲伯父起居舍人後。起居有德行言詞，爲世軌（一作範）式。滂既兄弟二人，而率府長子百川死無嗣，其叔祖愈命滂歸後其祖。滂清明遜悌，以敏讀書，倍文功力兼人，爲文詞一旦奇偉驟長不類舊常吾目爾得無假之人耶退大喜謂其兒湘曰某違翁且踰年懼無以爲見今翁言乃然可以爲賀翬輩來見皆曰滂之大進不唯於文詞於爲人亦然既數日一作月得疾以卒年十九矣吾與妻哭之傷心三日而歛既斂七日權葬宜春郭南一有一字里嗚呼其可惜也已銘曰

天固生耶一作天固生之耶一作天生之耶偶自生耶天殺之耶其偶自死耶莫不歸於死壽何少多銘以送汝其悲柰何

女挐壙銘

女挐韓愈退之第四女也慧而早死愈之少爲秋官言佛夷鬼其法亂治梁武事之卒有侯景之敗可一掃刮絕去不宜使爛漫天子謂其言不祥斥之潮州南海揭其據切又音竭陽之地愈既行有司以罪人家不可留京師迫遣之女挐

年十二，在病，一作病在牀既驚痛與其父訣，音決，又父一作與致走
道撼頓，失食飲，節死于商南層峯驛，即瘞倚罽切道南山下。
五年，愈爲京兆，始令子弟與其姆莫浦切，又莫五切易棺衾，歸女
挐之骨于河南之河陽韓氏墓而葬之。女挐死當元和之
十四年二月二日，其發而歸在長慶三年十月之四日，其
葬在十一月之十一日。銘曰：
汝宗葬于是，汝安歸之，惟永寧。

河南緱氏主簿唐充妻盧氏墓誌銘

夫人盧氏，諱某，蘭陵太守景裘八世孫。父貽，卒河南法曹，
娶上黨苗氏，太師晉卿兄女，生三女三男。夫人最長。法曹
卒，苗夫人嫁之唐氏。充，充明經，宰相休憬曾姪孫，出鄭氏，
外王父昂，中書舍人。夫人年若干，嫁唐氏，凡生男與女九

人年四十二元和四年正月二十二日卒其年四月十五日葬河南府河南縣之大石山下銘曰

夫人本宗世族之後率其先猷令德是茂奚一作爰歸得一作其家九子一母婉婉有儀柔静以和命不偕身茲其奈何刻銘墓石以告觀者

乳母墓銘

乳母李氏徐州人號正眞爲韓氏家乳其兒愈愈生未再周月孤失怙恃李氏憐不忍棄去視保益謹遂老韓氏及見其所乳兒愈舉進士第歷佐汴徐軍入朝爲御史國子博士尚書都官員外郎河南令娶婦生二男五女時節受慶賀輒率婦孫列拜進壽年六十四元和六年三月十八日病卒卒三日葬河南縣北十五里愈率婦孫視窆之

切封且刻其誌一作辭于石納諸墓爲銘

音註韓文公文集卷第三十五

音註韓文公文集卷第三十六

雜文

瘞破硯文

隴西李觀元賓始從進士貢在京師或貽之硯既四年悲歡窮泰未嘗廢其用凡與之試藝春官實二年登上第行于褒谷間役者劉胤誤隊之地毀焉乃匣歸埋于京師里中昌黎韓愈其友人也贊且識云

土乎質陶乎成器復其質非生死類全斯用毀不忍棄埋而識之仁之義硯乎硯乎與瓦礫音歷異

毛穎傳洪曰退之毛穎傳柳子厚以爲怪子以爲子虛烏有之比其流出於莊周寓言舊史云愈作毛穎傳譏戲不近人情此文章之甚紕繆者矣天下識者固少而舊史所見如此可發一笑

毛穎者中山人也其先明眎眎與視同禮記兔曰明眎佐禹治東方土

養萬物有功因封於卯地死爲十二神嘗曰吾子孫神明之後不可與物同當吐而生已而果然明眎八世孫䨲乃侯切論衡曰兔舐毫而孕及其生子從口而出故名曰娩芳萬切郭云俗呼曰䨲世傳當殷時居中山得神仙之術能匿光使物竊姮娥騎蟾蜍入月其後代遂隱不仕一有或字云居東郭者號東郭一無上三字曰㕙且倫切㕙兔戰國策東郭㕙海內之狡兔也狡而善走與韓盧爭能盧不及盧怒與宋鵲音鵲說文宋良犬也謀而殺之戰國策曰韓子盧者天下之疾犬也東郭逡者海內之狡兔也韓子盧逐東郭逡環山者三騰山者五兔極於前犬廢於後醢其家秦始皇時蒙將軍恬南伐楚次中山將大獵以懼楚召左一有右字庶長與軍尉以連山筮之得天與人文之兆筮者賀曰今日之獲不角不牙衣褐之徒缺口而長鬚八竅而趺音夫足跗晉陽泉蠶賦伏似虎趺居獨取其髦簡牘是資天下其同書秦其遂兼諸侯乎遂獵

圍毛氏之族拔其豪載穎而歸獻俘于章臺宮聚其族而
加束縛焉秦皇帝使恬賜之湯沐而封諸管城號管城子
日見親寵任事穎爲人強記而便敏自結繩之代以及秦
事無不纂錄陰陽卜筮占相醫方族氏山經地志字書圖
畫九流百家天人之書及至浮圖老子外國之説皆所詳
悉又通於當代之務官府簿書市井貨錢注記惟上所使
自秦始皇帝及太子扶蘇胡亥丞相李斯中車府令高下
及國人無不愛重又善隨人意正直邪曲巧拙一隨其人
雖後見廢棄終默不泄惟不喜武士然見請亦時往累拜
中書令與上益狎上嘗呼爲中書君上親決事以衡石自
程雖宮人不得立左右獨穎與執燭者常侍上休方罷穎
與絳人陳玄弘農陶泓及會稽褚先生友善相推致其出

處必偕上召穎三人者不待詔輒俱往上未嘗怪焉後因進見上將有任使拂拭之因免冠謝上見其髮禿又所摹畫（作摹書）不能稱上意上嘻笑曰中書君老而禿不任吾用吾嘗謂君中書君今不中書耶對曰臣所謂盡心者因不復召歸封邑終于管城其子孫甚多散處中國夷狄皆冒管城惟居中山者能繼父祖業

太史公曰毛氏有兩族其一姬姓文王之子封於毛所謂魯衛毛聃者也戰國時有毛公毛遂獨中山之族不知其本所出子孫最為蕃昌春秋之成見絕於孔子而非其罪及蒙將軍拔中山之毫始皇封之管城世遂有名而姬姓之毛無聞穎始以俘見與（一無與字）卒見任使（一作始以俘見幸任使）秦之滅諸侯穎與有功賞不詶（音酬以言答之後漢其顯效未詶）勞以老見

踈秦真少恩哉

下邳侯華華傳 舊本無華華傳歐陽公始錄之

下邳 貧悲切縣名史記帝耕于下邳 侯華華者其先隴西人也三十六代祖宇

犍 居虔切郡名史以壯犍名 爲皇帝時以力見召拜大司農以其鬭主

有功又知稼穡艱難遷輕車都尉子孫相繼至周武王

時徙居桃林冠冕遂絕其後人思其濟世之才因復其位

而加 一無而加二字 任使焉華公犨 尺由切說文牛息聲一曰牛名 生五年襲先

祖爵祿仕至上輕車都尉華母居長樂有乳哺之恩越王

勾踐時嘗侍宴姑蘇臺詩所謂有覺德行者也犨因引重

一云引輕車使 至太行 胡郎切 山力不任事遂死於轘轅 上音還下音袁關名

左氏使偃出諸轘轅 之下上嗟悼命太宰申屠公執刃而解之其支

派分離散在他處華長子也上念其父劬勞而死於王事

封華爲下邳侯，詔將作大匠治之。華爲性堅勁屈強（上瞿勿切，下居亮切，又巨兩切。屈強）難以直御，槀匠以其膏潤之，然後去其豪族而加裁割焉。會太原人金十奴與新鄭人斛斯生相逢，薦華於五木大夫。是後稍稍得成（一有其字）名，上嘉之，遂釋褐賜墨綬（一有焉字）。華嘗曰：吾辛勤久矣，今方成名，得處在上左右，足矣。及獻之，果然。華爲人善屈復道（一作刦蹈），别威儀進止趨蹌，一隨人意。上將駕出遊畋獵，馳騁擊毬，射御及賓接賢禮，神祭祀，未嘗不召華俱往。伏事上久之，因病或開口論議，洩露密旨，上繇是疎之。詔將作大匠治之，又命其友金十奴等（一本有令字，恐非。上既有命字，此不當復有令字）補過之。尋獻於上，上雖納之，然亦不甚見重，有泥塗賤處方召使之，餘並不得與焉。頃之，上見（一有其字）顔色顦顇（上音樵，下音萃），衰憊（蒲拜切）失度，上咨嗟一無此二字曰下邳侯老而備憊一無上三字不任吾事今棄子一有於市朝三字不復召子矣遂棄一有之字而終華無子一作息其繼者族人焉　太史公曰華氏之先皮姓一云華氏之先出於皮姓軒轅時蒼頡覩鳥跡制文字以其始於皮而轂於華故從華焉初華自胡而來爲趙武靈王見重後子孫盛於中國漢書功臣表有耈褰侯華朱者即其後也

送窮文洪曰子嘗見文宗備問云顓頊高辛時宮中生一子不着完衣宮中號爲窮子其後正月晦死宮人葬之相謂曰今日送却窮子自爾相承送之又唐四時寶鑑云高陽氏子好衣弊食糜正月晦巷死世作糜棄破衣是日祝於巷曰除貧也小宋云退之送窮文進學解毛穎傳等諸篇皆古人意思未到可以名家矣然送窮與揚子雲逐貧賦大意相類蓋古人作文皆有所祖述如司馬相如大人賦全用屈原遠遊中語老杜云述相祖述復先誰長卿子美豈剽竊前人者耶

元和六年正月乙丑晦主人使奴星一本云使奴星星結柳作車

縛草爲船，載糗（去久切，又丘救切，熬米爾雅麥也周禮糗餌粉餈後）輿粻，牛繫軛下，引帆上檣（音牆，颿桂也，選萬里連檣）。三揖窮鬼而告之曰：「聞子行有日矣，鄙人不敢問所塗，竊具船與車，備載糗粻（音張，糧也，詩以呼其粻），日吉時良，利行四方，子飯一盂，子啜一觴，攜（戶圭切）朋挈儔，去故就新，駕塵彍（音霍，又廓郭二音）風，與電爭先，子無底滯之尤，我有資送之恩，子等有意於行乎？」屏息潛聽，如聞音聲，若嘯若啼，砉（呼覓切，皮骨相離聲，莊子砉然嚮然，又霍虢切）欻（許勿切）嚘（音憂）嚶，毛髮盡豎，竦肩縮頸，疑有而無，久乃可明，若有言者曰：「吾與子居四十年餘，子在孩提，吾不子愚，子學子耕，求官與名，惟子是從，不變于初。門神戶靈，我叱我呵，包羞詭隨，志不在他。子遷南荒，熱爍濕蒸，我非其鄉，百鬼欺陵。太學四年，朝虀暮鹽，惟我保汝，人皆汝嫌。自初及終，未始背汝，心無異謀，

傳

口絶行語於何聽聞云我當去是必夫子信讒有間於予
也我鬼非人安用車船鼻齅臭香糗粻可捐單獨一身
誰爲朋儔子苟備知可數巳不甫鳩切子能盡言可謂聖智
情狀既露敢不迴一作由避主人應之曰子以吾爲真不知
也邪子之儔朋非三非四在十去五滿七除二各有主張
私立名字捩力結切手覆羹轉喉觸諱凡所以使吾面目可
憎語言無味者皆子之志也其一名曰智窮矯矯居夭切亢
亢惡圓喜方羞爲姦欺不忍害傷其次名曰學窮傲數與
名摘抉於決切杳微高挹羣言執神之機又其次曰文窮不
專一能怪怪奇奇不可時施秪以自嬉又其次曰命窮影
與形殊面醜心妍利居衆後責在人先又其次曰交窮磨
肌戛骨吐出心肝企足以待寘我讎冤凡此五鬼爲吾五

患飢我寒我興訛造訕能使我迷人莫能間朝悔其行暮已復然蠅營狗苟驅去復還洪曰魏王思為大司農性急嘗執筆作書蠅集筆端驅去復來思怒逐蠅不得還取筆擲地也言未畢五鬼相與張眼吐舌跳踉上音迢下音梁偃仆敷救切匹候切抵掌頓脚失笑相顧徐謂主人曰子知我名凡我所為驅我令去小黠下八切大癡人生一世其久幾何吾立子名百世不磨小人君子其心不同惟乖於時乃與天通攜持琬琰易一羊皮飫於肥甘慕彼糠糜天下知子誰過於予雖遭斥逐不忍子疎謂予一作言不信請質詩書主人於是垂頭喪氣上手稱謝燒車與船延之上座

鰐魚文

維元和十四年四月二十四日潮州刺史韓愈使軍事衙推秦濟以羊一猪一投惡谿之潭水以與鰐魚食而告

之曰昔先王既有天下列山澤罔繩擉（測角切刺也莊子冬則擉鼈於江）刃（列一本作迾迾際切遮也擉一本作欘持欘切木名大葉似柳而赤二者皆非擉初朔切莊子曰冬則擉鼈于江言刺鼈也）以除蟲蛇惡物爲民害者驅而出之四海之外及王德薄不能遠有則江漢之間尚皆棄之以與蠻夷楚越況嶺海之間去京師萬里哉鰐魚之涵淹卵育於此亦固其所今天子嗣唐位神聖慈武四海之外六合之內皆撫而有之況禹跡所揜揚州之近地刺史縣令之所治出貢賦以供天地宗廟百神之祀之壤者哉鰐魚其不可與刺史雜處此土也刺史受天子命守此土治此民而鰐魚睅（何版切出目貌左氏睅其目）然不安谿潭據（一有處字）食民畜熊豕鹿麞以肥其身以種其子孫與刺史亢拒爭爲長雄刺史雖駑弱亦安肯爲鰐魚低首下心（洪曰舊作下中中身也記曰文子其中退然令本作下心）伈伈

徙　徙

悉忱切玉篇伈伈恐貌睍睍胡典切爲民吏羞以偷活於此耶且承天子命以來爲吏固其勢不得不與鱷魚辯鱷魚有知其聽刺史言潮之州大海在其南鯨鵬之大蝦蟹之細無不容歸以生以食鱷魚朝發而夕至也今與鱷魚約盡三日其率醜類南徙于海以避天子之命吏三日不能至五日五日不能至七日七日不能是終不肯徙也是不有刺史聽從其言也不然則是鱷魚冥頑不靈刺史雖有言不聞不知也夫傲天子之命吏不聽其言不徙以避之與冥頑不靈一有而字爲民物害者皆可殺刺史則選材技吏民操強弓毒矢以與鱷魚從事必盡殺乃止其無悔

音註韓文公文集卷第三十六

音註韓文公文集卷第三十七

狀

唐故金紫光祿大夫檢校尚書左僕射同中書門下平章事兼汴州刺史充宣武軍節度副大使知節度事管內支度營田汴宋亳潁等州觀察處置等使上柱國隴西郡開國公贈太傅董公行狀

曾祖仁琬皇任梁州博士

祖大禮皇贈左散騎常侍

父伯良皇贈尚書左僕射

公諱晉字混成河中虞鄉萬歲里人少以明經上第宣皇帝居原州公在原州宰相以公善爲文任翰林之選既以聞召見拜祕書省校書郎入翰林爲學士三年出入左右

天子以爲謹愿賜緋魚袋累升爲衛尉寺丞出翰林以疾
辭拜汾州司馬崔圓爲楊州詔以公爲圓節度判官攝殿
中侍御史以軍事如京師朝天子識之拜殿中侍御史內
供奉由殿中爲侍御史入尚書省爲主客員外郎由主客
爲祠部郎中先皇帝時兵部侍郎李涵如迴紇下沒切回紇古刻奴立
可敦詔公兼侍御史賜紫金魚袋爲涵判官迴紇之人來
曰唐之復土疆取迴紇力焉約我爲市馬馬既入而歸我
賄不足我於使人乎一作辛取之涵懼不敢對視公公爲之
言曰我之復土疆爾信有力焉吾非無馬一有而字與爾爲市
爲爾賜不既多乎爾之馬歲五一無五字至一有吾字數故拒切皮而
歸資邊吏請致詰契吉切也天子念爾有勞故下詔禁侵犯
諸戎畏我大國之爾與也莫敢校焉爾之父子寧而畜馬

蕃者非我誰使之於是其衆皆環公拜既又相率南面序
拜皆舉兩手曰不敢有意大國自迴紇歸拜司勳郎中未
嘗言迴紇之事遷秘書少監歷太府太常二寺亞卿爲左
金吾衛將軍今上即位以大行皇帝山陵出財賦拜太府
卿由太府爲左散騎常侍兼御史中丞知臺事三司使選
擢材俊有威風始公爲金吾未盡一月拜太府九日又爲
中丞朝久入議事於是宰相請以公爲華（胡化切）州刺史拜
華州刺史潼（音同）關防禦鎮國軍使朱泚之亂加御史大夫
詔至于上所又拜國子祭酒兼御史大夫宣慰恒州於是
朱滔自范陽以迴紇之師助亂人心大恐公既至恒州恒
州即日奉詔出兵與滔戰大破走之還至河中李懷光反
上如梁州懷光所率皆朔方兵公知其謀與朱泚合也患

之造懷光言曰公之功天下無以與敵公之過未有聞於
人某至上所言公之情上寬明將無不赦宥焉乃能爲朱
泚臣乎彼爲臣而背其君苟得志於公何有且公既爲太
尉矣彼雖寵公何以加此彼不能事君能以臣事公乎公
能事彼而有不能事君乎彼知天下之怒朝夕戮死者也
故（一無故字）求其同罪而與之比公何所利焉公之敵彼有餘
力不如明告臣之絕而起兵襲取之清宮而迎天子庶人服
而請罪（一有於字）有司雖有大過猶將揜焉如公則誰敢議語
已懷光拜曰天賜公活懷光之命喜且泣公亦泣則又語
其將卒如語懷光者將卒呼曰天賜公活吾三軍之命拜
且泣公亦泣故懷光卒不與朱泚當是時懷光幾不反公
氣仁語若不能出口及當事乃更疎亮捷給其詞忠其容

貌溫然故有言於人無不信之明年上復京師拜左金吾衛大將軍由大金吾爲尚書左丞又爲太常卿由太常拜門下侍郎平章事在宰相位凡五年所奏於上前者皆二帝三王之道由秦漢已降未嘗言退歸未嘗言所言於上者於人子弟有私問者公曰宰相所職繫天下天下安危宰相之能與否可見欲知宰相之能與否如此視之其可凡所謀議於上前者不足道也故其事卒不聞以疾病辭於上前者不記（一作已）退以表辭者八方許之拜禮部尚書制曰事上盡大臣之節又曰一心奉公於是天下知公之有言於上也初公爲宰相時五月朔會朝天子在位公卿百執事在庭侍中贊百寮賀中書侍郎平章事竇參攝中書令當傳詔辭疾作不能事凡將大朝會當事者既受

命皆先日習儀于時未有詔公卿相顧公逡巡進北面言曰攝中書令臣某病不能事臣請代某事於是南面宣致詔詞事已復位進退甚詳爲禮部四年拜兵部尚書入謝上語移時晏復有入謝者上喜曰董某疾且損矣出語人曰董公且復相既二日拜東都留守判東都尚書省事充東都畿汝都防禦使兼御史大夫仍爲兵部尚書由留守未盡五月拜檢校尚書左僕射同中書門下平章事汴州刺史宣武軍節度副大使知節度事管内支度營田汴宋亳潁等州觀察處置等使汴州自大歷來多兵事劉玄佐益其師至十萬玄佐死子士寧代之（一有畋游二字代之一作畋游）無度其將李萬榮乘其畋也逐之萬榮爲節度使一年其將韓惟清張彥林作亂求殺萬榮不尅三年萬榮病風昏不知

事其子乃復欲爲士寧之故監軍使俱文珍與其將鄧惟恭執之歸京師而萬榮死詔未至惟恭權軍事公旣受命遂行劉宗經韋弘景韓愈實從不以兵衛及鄭州逆者不至鄭州人爲公懼或勸公止以待有自汴州出者言於公曰不可入公不對遂行宿圃田明日食中牟逆者至宿八角明日惟恭及諸將至遂逆以入及郛三軍緣道讙譟庶人壯者呼老者泣婦人啼遂入以居初玄佐死吳湊代之及鞏音拱聞亂歸士寧萬榮皆自爲而後命軍士將以爲常故惟恭亦有志以公之速也不及謀遂出逆旣而私其人觀公之所爲以告曰公無爲惟恭喜知公之無害已也委心焉進見公者退皆曰公仁人也聞公言者皆曰公仁人也環以相告故大和玄佐遇軍士厚士寧懼不一無不字復

加厚焉至萬榮如士寧志及韓張亂又加厚以懷之至于惟恭每加厚焉故士寧卒驕不能禦則置心腹之士幕於公庭廡下挾弓執劍以須日出而入前者去日入而出後者至寒暑時至則加勞賜酒肉公至之明日皆罷之貞元十二年七月也八月上命汝州刺史陸長源爲御史大夫行軍司馬楊凝自左司郎中爲檢校吏部郎中觀察判官杜倫自前殿中侍御史爲檢校工部員外郎節度判官孟叔度自殿中侍御史爲檢校金部員外郎支度營田判官職事修人民(一化變)化嘉禾生白鵲集蒼烏(一作鳥)來巢嘉瓜同蔕聯實四方至者歸以告其帥小大威懷有所疑輒使來問有交惡者公與平之累請朝不許及有疾又請之且曰人心易動軍旅多虞及臣之生計不先定至于他日

事或難期猶不許十五年二月三日薨于位上三日罷朝贈太傅使吏部員外郎楊於陵來祭弔其子贈布帛米有加公之將薨也命其子三日斂既斂而行於行之四日汴州亂故君子以公爲知人公之薨也汴州人歌之曰濁流洋洋有闢其郛闐道讙呼公來之初今公之歸公在喪車又歌曰公既來止東人以完今公殁矣其誰與安始公爲華州亦有惠愛人思之公居處恭無妾媵不飲酒不諂笑好惡無所偏與人交泊如也未嘗言兵有問者曰吾志於教化享年七十六階累升爲金紫光祿大夫勳累升爲上柱國爵累升爲隴西郡開國公娶南陽張氏夫人後娶京兆韋氏夫人皆先公終四子全道全溪全素全瀚洪曰按董府君墓誌云公諱渼字惟深隴西第二子則渼當作溪又云其季弟澥問名於太史氏韓愈並無全字此云全道全素皆

(上所賜名則全湲全瀚誤矣)全道全素皆上所賜名全道爲秘書省著作郎全湲爲秘書省秘書郎全素(一有爲大理評事五字)全瀚爲太常寺太祝皆善士有學行謹具歷官行事狀請牒考功并牒太常議所謚牒史館請垂編録狀上

貞元十五年五月十八日故吏前汴宋亳潁等州觀察推官將仕郎試秘書省校書郎韓愈狀

與汝州盧郎中論薦侯喜狀

進士侯喜　右其人爲文甚古立志甚堅行止取捨有士君子之操家貧親老無援於朝在舉場十餘年竟無遇愈常慕其才而恨其屈與之還往歲月已多嘗欲薦之於有司(一作主)言之於上位名卑官賤其路無由觀其所爲文未嘗不掩卷而歎去年愈從調選本欲攜持同行適遇其人

自有家難迍邅張連切坎軻又廢一年及春末自京還怪其久絕消息五月初至此自言爲閤下所知辭氣激揚面有矜色曰矣喜死不恨矣喜辭親入關羈居宜切旅道路見王公大一作貴人數百未嘗有如盧公之知我也比者分將委棄泥塗老死草野今胸中之氣勃勃然復有仕進之路矣愈感其言賀之以酒謂之曰盧公天下之賢刺史也未聞有所推引蓋難其人而重其事今子尉爲選首其言死不恨固宜也古所謂知己者正如此耳身在貧賤爲天下所不知獨見遇於大賢乃可貴耳若自有名聲又託形勢此乃市道之事又何足貴乎子之遇知於盧公真所謂知己者也士之修身立節而竟不遇知己前古已來不可勝數或曰接膝而不相知或異世而相慕以其遭逢之難故曰

士爲知己者死其不然乎一本更有其不然乎四字一本只有不其然乎一句閤下既已知矦生而愈復以矦生言於閤下者非爲矦生謀也感知己之難遇大閤下之德而憐矦生之心故因其行而獻於左右焉謹狀

論今年權停舉選狀

右臣伏見今月十日勑今年諸色舉選宜權停者道路相傳皆云以歲之旱陛下憐閔京師之人慮其乏食故停權舉選以絶其來者所以省費而足食也臣伏思之竊以爲十口之家益之以一二人於食未有所費今京師之人不啻百萬都計舉者不過五七千人并其僮僕畜馬不當京師百萬分之一以十口之家計之誠未爲有所損益又今年雖旱去歲大豐商賈之家必有儲畜舉選者皆齎錢而

切持資用以有易無未見其弊今若暫停舉選或恐所害實深一則遠近驚惶二則人士失業臣聞古之求雨之詞曰人失職歟然則人之失職足以致旱今緣旱而停舉選是使人失職而召災也臣又聞君者陽也臣者陰也獨陽爲旱獨陰爲水今者陛下聖明在上雖堯舜無以加之而羣臣之賢不及於古又不能盡心於國與陛下同心助陛下爲理有君無臣是以久旱以臣之愚以爲宜求純信之士骨鯁之臣（上音梗）憂國如家忘身奉上者超其爵位置在左右如殷高宗之用傅說周文王之舉太公齊桓公之拔甯戚漢武帝之取公孫弘清閑之餘時賜召問必能輔宣王化銷殄旱災臣雖非朝官月受俸錢歲受祿粟苟有所知不敢不言謹詣光順門奉狀以聞伏聽聖旨

御史臺上論天旱人饑狀

右臣伏以今年已來京畿諸縣夏逢亢旱秋又早霜田種所收十不存一陛下恩踰慈母仁過春陽租賦之間例皆蠲免所徵至少所放至多上恩雖弘下困猶甚至聞（一作其聞）有棄子逐妻以求口食拆屋（一作室）伐樹以納稅錢寒餒道途斃踣（音匐）溝壑有者皆已輸納無者徒被追徵臣愚以爲此皆羣臣之所未言陛下之所未知者也臣竊見陛下憐念黎元同於赤子至或犯法當戮猶且寬而宥之況此無辜之人豈有知而不救又京師者四方之腹心國家之根本其百姓實宜倍加憂恤今瑞雪頻降來年必豐急之則得少而人傷緩之則事存而利遠伏乞特勑京兆府應今年稅錢及草粟等在百姓復（一作腹）内（洪曰唐史德宗十四年詔諸道州府

應貞元八年至十一年兩稅及榷酒錢在百姓腹內者並除放徵未得者並且停徵容至來年蠶麥庶得少有存立臣至陋至愚無所知識受恩思效有見輒言無任懇款慙懼之至謹錄奏聞謹奏

請復國子監生徒狀

國子監應三館學士等准六典國子館學生三百人皆取文武三品已上及國公子孫從三品已上曾孫補充太學館學生五百人皆取五品已上及郡縣公子孫從三品已上曾孫補充四門館學生五百人皆取七品已上及侯伯子男子補充　右國家典章崇重庠序近日趨競未復本源至使公卿子孫恥遊太學工商凡冗或取上庠今聖道大明儒風復振恐須革正以贊鴻猷今請國子館並依六典其太學館量許取常參官八品已上子弟充其四門館

亦量許取無資蔭有才產業人充如有資蔭不補學生應
舉者請禮部不在收試限其新補人有冒蔭者請牒送法
司科罪緣今年舉期日近伏請去上都五百里内特許非
時收補其五百里外且任鄉貢至來年春一時收補其廚
糧度支先給二百七十四人今請准新補人數量加支給
謹具如前伏聽處分

唐故贈絳州刺史馬府君行狀

君諱某一作彙字某其先爲嬴姓當周之衰處晉爲趙氏晉
亡而趙氏爲諸侯其後益大與齊楚韓魏燕爲六國俱稱
王其別子趙奢嘗趙時破秦軍閼與有功號馬服君子孫
由是以馬爲氏梁有安州刺史侍中贈太尉岫岫生喬卿
任襄州手薄國亂去官不仕喬卿生君才隋末爲蒯令燕

王藝師之以有幽都之衆武德初朝京師拜武侯大將軍
封南陽郡公卒葬大梁新里趙郡李華刻碑頌之君子生
珉爲玉鈐衛倉曹參軍事贈尚書左僕射生季龍爲嵐州
刺史贈司空清河崔元翰銘其德於碑在新里司空生燧
音遂爲司徒侍中北平王贈太傅謚莊武莊武之勳勞在策
書君其長子也少舉明經司徒公作藩太原授河南府參
軍建中四年司徒公使將武人子弟才力之士三百人朝
行在扞衛獻御服用物弓甲者器幄幕奔走危難上喜
其勤超拜太常丞賜章服遷少府少監大僕少卿司徒
公之薨也刺臂出血書佛經千餘言期以報德廬墓側植
松栢終喪又拜太僕少卿疾病一年貞元十八年七月二
十五日終于家凡年四十有五其弟少府監暢上印綬求

追贈贈絳州刺史布帛百匹君在家行孝友待賓客朋友
有信義其守官恭愼舉職其朝獻奉父命不避難其居喪
有過人行初司徒公娶河南元氏封潁川郡夫人贈許國
夫人許國薨少府始孩顧託以其姪爲繼室是爲陳國夫
人夫人無子愛君與少府如已生其薨也君與少府喪之
猶賓生已親負土封其墓夫人滎陽鄭氏王屋縣令況之
女有賢行侍君疾逾年不下堂寔食菜飲水藥物必自擇將
進輒先嘗方書本草恒置左右子男二人赦前左衛倉曹
參軍勷（音揚）右清道率府胄曹參軍女子二人在室雖皆幼
侍疾居喪如成人愈既卅通家詳聞其世系事業今葬有
期月從少府請掇其大者爲行狀託立言之君子而圖其
不朽焉

復讎狀

元和六年九月七日富平縣人梁悅爲父報仇殺人自投於縣請罪勑云復仇殺人自一作固有彝典以其申寃請罪視死如歸自詣公門發於天性志在徇節本無求生寧失不經特從減死宜決杖一百配流循州由是有此議 右伏奉今月五日勑復讎據禮經則義不同天徵法令則殺人者死禮法二事皆王教之大端有此異同必資論辯宜令都省集議聞奏者朝議郎行尚書職方員外郎上騎都尉韓愈議曰伏以子復父讎見於春秋見於禮記又見周官又見諸子史不可勝數上音升任也下所柜切計也選不可勝數未有非而罪之者也最宜詳於律而律無其條非闕文也蓋以爲不許復讎則傷孝子之心而乖先王之訓許復讎則人將倚

法專殺無以禁止其端矣夫律雖本於聖人然執而行之者有司也經之所明者制有司者也丁寧其義於經而深沒其文於律者其意將使法吏一斷於法而經術之士得引經而議也周官曰凡殺人而義者令勿讎讎之則死義宜也明殺人而不得其宜者子得復讎也此百姓之相讎者也公羊傳曰父不受誅子復讎可也不受誅者罪不當誅也誅者上施於下之辭非百姓之相殺也又周官曰凡報仇讎者書於士殺之無罪言將復讎必先言於官則無罪也今陛下垂意典章思立定制惜有司之守憐孝子之心示不自專訪議羣下臣愚以為復讎之名雖同而其事各異或百姓相讎如周官所稱可議於今者或為官吏所誅如公羊所稱不可行於今者又周官所稱將復讎先告

於士則無罪者若孤稚羸弱（上倫爲切後漢象羸弱不能收拾者）抱微志而伺敵人之便恐不能自言於官未可以爲斷於今也然則殺之與赦不可一例宜定其制曰凡有復讎者事發具其事由下尚書省尚書省集議奏聞酌其宜而處之則經律無失其指矣謹議

錢重物輕狀

右臣伏准御史臺牒准中書門下帖奉進止錢重物輕爲弊頗甚詳求適變可以便人所貴繒貨通行里閭寬息宜令百僚隨所見作利害狀者臣愚以爲錢重物輕救之之法有四一曰在物土貢夫五穀布帛農人之所能出也工人之所能爲也人不能鑄錢而使之賣布帛穀米以輸錢於官是以物愈賤（一有而字）錢愈貴也今使出布之鄉租税悉

以布出縣緜百化貨之鄉租賦悉以縣緜百化貨去京百里悉出草三百里以粟五百里之内及河渭可漕在到切入關以草粟租賦悉以聽之則人益豐錢益輕穀米布帛益重二曰在塞其隙無使之潰禁人無得以銅爲器皿禁鑄銅爲浮屠佛像鍾磬者蓄銅過若干斤者鑄錢爲他物者皆罪死不赦禁錢不得出五嶺買賣一以銀盜以錢出嶺及違令以買賣者皆坐死五嶺舊錢聽人載出如此則錢必輕矣三曰更其文貴之使一當五而新舊兼用之凡鑄錢千其費亦千今鑄一而得五是費錢千而得錢五千可立多也四曰狀一作扶其病使法必立凡法始立必有病今使人各輸其土物以爲租賦則州縣無見錢州縣無見錢而穀米布帛未重則用不足而官吏之祿俸月減其舊三之

一、各置鑄錢使新錢一當五者以給之輕重平乃止四法

用錢必輕穀米布帛必重百姓必均矣謹録奏聞伏聽

勑旨謹奏

音註韓文公文集卷第三十七

音註韓文公文集卷第三十八

表狀

爲韋相公讓官表

臣某言伏奉今日制命以臣爲尚書右丞同中書門下平章事非常之寵忽降於上天不次之恩遽(其據切)屬於庸品承命震駭心神靡寧顧已慙恧覥(他典切)手足失指臣某誠惶誠恐頓首頓首臣本非長才文乏敏識學不能通達經訓文不足緣飾吏事徒知立志廉謹絕朋勢之交處官恪恭免請託之累因緣資序驟歷臺閣蒙生成於天地無禆(薄迷切)補於涓塵忝冒以居涯分遂極常以盈滿自誡方思退處里閭何意恩澤益深猥令超參鼎鉉(胡畎切鼎耳也易鼎黃耳金鉉)竊自惟度實不堪任臣某誠惶誠恐頓首頓首臣聞宰相

者上熙陛下覆燾之恩下遂羣生性命之理以正百度以和四時澄其源而清其流統於一而應於萬毫釐之差或致弊於寰海晷刻之悞或遺患於歷年固宜旁求隱士必得能者然後授之不可輕以付臣使人失望上累聖主知人之哲下乖微臣量己之義無補於理有妨於賢況今俊乂至多耆碩咸在苟以登用皆踰於臣伏乞特迴所授以示至公之道天下幸甚（一再有天下幸甚四字）

為宰相賀雪表

臣某言臣伏以去歲冬間雨雪頗少今年春首宿麥未滋陛下深念黎甿（莫耕切）屢形詞旨神鑒昭達皇情感通春雲始繁時雪遂降實豐穰（如羊切）之嘉瑞銷癘疫於新年東作可期南畝有望此皆陛下與天合德視人如傷每發聖言

則獲靈貺，見天人之相應，知朝野之同歡。臣等職在燮和，慙無效用，覩斯慶澤，實荷鴻休。

進順宗皇帝實録表狀二首

臣愈言：今之所以知古，後之所以知今，不可只傳，必憑諸史。自雖二帝三王之盛，若不存紀録，則名氏年代不聞于茲，功德事業無可稱道焉。順宗皇帝以上聖之姿，早處儲副，晨昏進見，必有所陳，二十餘年，未嘗懈倦，陰功隱德，利及四海。及嗣守大位，行其所聞，順天從人，傳授聖嗣，陛下欽承先志，紹致太平，原本推功，實資撰次。去八年十一月，臣在史職，監修李吉甫授臣以前史官韋處厚所撰先帝實録三卷，云未周悉，令臣重修。臣與修撰左拾遺沈傳師、直館京兆府咸陽縣尉宇文籍等共加採訪，并尋檢詔勑修成順宗皇帝實録五卷削去常事著其繫於政者比之舊録十益六七忠良姦佞莫不備書苟關於時無所不録吉甫慎重其事欲更研討比及身歿尚未加功臣於吉甫宅取得舊本自冬及夏刊正方畢文字鄙陋實懼塵玷（一作實積慚懼）謹隨表獻上臣愈誠惶誠恐頓首頓首謹言

右臣去月二十九日進前件實録今月四日宰臣宣進止其間有錯誤令臣改畢却進舊本者臣當修撰之時史官沈傳師等採事得於傳聞詮次不精致有差誤聖明所鑒毫髮無遺恕臣不逮重令刊正今並添改訖其奉天功烈更加尋訪已據所聞載於首卷儻所論著尚未周詳臣所未知乞賜宣示庶獲編録永傳無窮謹録奏聞謹奏

爲裴相公讓官表（度）

臣某言伏奉今日制書以臣爲朝議大夫守中書侍郎同
中書門下平章事承命驚惶魂爽飛越俯仰天地若無所
容臣某誠惶誠恐頓首頓首臣少涉經史粗知古今天與
朴忠性惟愚直知事君以道無憚殺身慕當官而行不求
利己人以爲拙臣行不疑元和之初始拜御史旋以論事
過切爲宰臣所非出官府廷乃佐戎幕陛下恕臣之罪憐
臣之心拔居侍從之中遂掌絲綸之重受恩益大顧己愈
輕苟耳目所聞知心力所迨及少關政理輒以陳聞於裨
補無消埃之微而讒謗有丘山之積陛下知其孤立賞其
微誠獨斷不謀擢待踰量臣誠見陛下具文武之德有神
聖之姿啓中興之宏圖當太平之昌曆勤身以儉與物無
私威怒如雷霆容覆如天地實羣臣盡節之日才智效

能之時聖君難逢重德宜報苦心焦思以日繼夜苟利於
國知無不為徒欲竭愚未免妄作陛下不加罪責更極寵
光旣領臺綱又毗邦憲聖君所厚凶逆所讎闞於防虞幾
至斃踣（音匐）恩私曲被性命獲全忝累祖先玷塵班列未知
所措秖自內慚豈意陛下擢臣於傷殘之餘委臣以燮和
之任忘其汙陋使佐聖明此雖成湯舉伊尹於庖廚高宗
登傳說於版築周文用呂望於屠釣齊桓起甯戚於飯牛
雪恥蒙光去辱居貴以今準古擬議非倫陛下有四君之
明行四君之事微臣無四子之美獲四子之榮豈可叨居
以彰非據方今干戈未盡戢夷狄未盡賓麟鳳龜龍未
盡游郊藪草木魚鱉未盡被雍熙當大有為之時得非
常人之佐然後能上宣聖德以代天工如臣等類實不克堪

伏望博選有行以謝郎旁求巖穴天生聖主必有賢臣得而授之乃可致理乞廻所授以叶羣情無任懇款之至

爲宰相賀白龜狀

鄂岳觀察使所進白龜　右今日某官進止示臣前件白龜者伏以禎祥之見必有從來物象既呈可以推究古者謂龜爲蔡蔡者龜也今始入賊地而獲龜者是獲蔡也白者西方之色刑戮之象也是必擒其帥而得地也提挈而來生致闕下此象既見其應不遥斯皆陛下聖德所施靈物來效太平之運其在於今臣等謬列台衡親覩嘉瑞無任抃躍之至

冬薦官殷侑狀

前天德軍都防禦巡判官承奉郎試大理評事兼監察御史

般侑　右伏准貞元五年六月十一日勑停郎官御史在城者委常叅官每年冬季聞薦者前件官兼通三傳旁習諸經注疏之外自有所得父從使幕亮直著名朴厚端方少見倫比以臣所見堪任御史太常博士臣所諳知不敢不舉謹録奏聞伏聽勑旨

進王用碑文狀

故檢校左散騎常侍兼右金吾衛大將軍贈工部尚書王用神道碑文右京兆尹李修是王用親表傳用男沼等意請臣與亡父用撰前件碑文者伏以王用國之元舅位望頗崇出豈臣短（一作知拙敢）才所能褒飾不敢辭讓輒以撰記其碑文謹録本隨狀封進伏聽進旨其王用男所與臣馬一匹并鞍銜白玉腰帶一條臣並未敢受領謹奏

謝許受王用男人事物狀

某官某乙　右今日品官唐國珍到臣宅奉宣進旨緣臣與王用撰神道碑文今臣領受用男沼所與臣馬一匹并鞍銜及白玉腰帶一條者臣才識淺薄詞藝荒蕪所撰碑文不能備盡事跡聖恩弘獎特令中使宣諭并令臣受領人事物等承命震悚再欣再躍無任榮抃之至謹附狀陳謝以聞謹狀

薦樊宗師狀

攝山南西道節度副使朝議郎前檢校水部員外郎兼殿中侍御史賜緋魚袋樊宗師　右件官孝友忠信稱於宗族朋友可以厚風俗勤於藝學多所通解議論平正有經據可以備顧問謹潔和敏持身甚苦遇物仁恕有材有識

可任以事今左右史並闕員外郎侍御史亦未備員若蒙擢授必有裨益忝在班列知賢不敢不論謹録狀上伏聽處分

舉錢徽自代狀（時為尚書刑部）

朝散大夫守太子右庶子飛騎尉錢徽（吁韋切）右臣伏準建中元年五月五日勑常叅官授上後三日内舉一人以自代者前件官器質端方性懷恬淡外和内敏潔静精微可以專刑憲之司叅輕重之議況時名年輩俱在臣前擢以代臣必允衆望伏乞天恩遂臣誠請謹録奏聞謹奏

進撰平淮西碑文表

臣某言伏奉正月十四日勑牒以收復淮西羣臣請刻石紀功明示天下爲將來法式陛下推勞臣下允其志願使

臣撰平淮西碑文者聞命震駭心識顛倒非其所任爲愧爲恐經涉旬月不敢措手（中謝）竊惟自古神聖之君既立殊功異德卓絶之跡必有奇能博辯之士爲時而生持簡操筆從而寫之各有品章條貫然後帝王之美巍巍煌煌充滿天地其載於書則堯舜二典夏之禹貢殷之盤庚周之五誥於詩則玄鳥長發歸美殷宗清廟臣工小大二雅周王是歌辭事相稱善并美具號以爲經列之學官置師弟子讀而講之從始至今莫敢指斥嚮使撰次不得其人文字曖（烏蓋切楚辞時曖曖其將罷注昏昧貌其奧秘則翳蔽曖昧注謂幽深不明也）昧（墨遂）雖有美實其誰觀之辭跡俱亡善惡惟一然則茲事至大不可輕以屬人伏以唐至陛下再登太平剗（楚限切）刮羣姦掃灑疆土天之所覆莫不賓順然而淮西之功尤爲俊偉碑石

所刻動流億年必得作者然後可盡能事今詞學之英所在成一作麻列儒宗文師磊切上聲落相望外之則宰相公卿郎官博士内之則翰林禁密遊談侍從之臣不可一二遽其據切數所矩切召而使之無有不可至於臣者自知最爲淺陋顧貪恩待一作侍趨以就事叢雜乖戾律呂失次乾坤之容日月之光知其不可繪畫強顏爲之以塞詔旨罪當誅死其碑文今已撰成謹錄封進無任慙惹戰怖普故切後蒦戰摽怖攫之至

奏韓弘人事物狀

奉勑撰平淮西碑文伏緣聖恩以碑本賜韓弘等今韓弘寄絹五百匹與臣充人事未敢受領謹錄奏聞伏聽進旨

謹奏

謝許受韓弘物狀

臣某言今日品官第五文嵩至臣宅奉宣聖旨令臣受領韓弘等所寄撰碑人事絹者恩隨事至榮與幸并慙抃悚惕罔知所喻中謝伏以上贊聖功臣子之職下紀羣帥之文字所宜陛下謙光自居勸勵爲事各賜立功節將碑文一通使知朝廷備録勞效韓弘榮於寵錫遂寄縑音兼後漢所裝縑帛資幰悉以與之帛與臣於臣何爲坐受厚貺恩由上致利則臣歸慙戴兢惶舉措無地無任感恩慙懇之至

音註韓文公文集卷第三十八

音註韓文公文集卷第三十九

表狀

論捕賊行賞表

臣愈言臣伏見六月八日勑以狂賊傷害宰臣擒捕未獲陛下悲傷震悼形於寢食特降詔書明立條格有能捉獲賊者賜錢萬貫仍加超授今下手賊等四人分之內已得其三（二一作）其餘兩人蓋不足計根尋蹤跡（一有明字）知自承宗再降明詔絕其朝請文與王士則士平等官八日之制無不行者獨有賞錢尚未賜給羣情疑惑未測聖心聞初載錢置市之日市中觀者日數萬人巡繞瞻視咨嗟歎息既去復來以至日暮百姓小人重財輕義不能深達事體但見不給其賞便以爲朝廷愛惜此錢不守言信自近傳遠無

由辨明且出賞所以求賊今賊已誅斬若無人捉獲國家何因得此賊而正刑法也承宗何故而賜誅絕也士平士則何故與美官也三事既因獲賊獲賊以有其人不給賞錢實亦難曉假如聖心獨有所見審知不合加賞其如天下百姓及後代又遠一有之人二字哉況今元濟承宗尚未擒滅兩河之地太半未收隴右河西皆沒戎狄所宜大明約束使信在言前號令指麾以圖功利況自陛下即位已來繼有丕績斬楊惠琳收夏州斬劉闢收劒南東西川斬李錡其綺切收江東縛盧從史收澤潞等五州威德所加兵不汚刃收魏博等六州致張茂昭張愔收易定徐泗濠音豪等五州創業已來列聖功德未有能高於陛下者可謂赫赫巍巍光照前後矣此由天授陛下神聖英武之德爲巨唐中興之

君宗廟神靈所共祐助勉強不已守之以信則故地不足
收而太平不難致如乘快馬行平路遲速進退自由其心
有所欲往無不可者於此之時特宜示人以信孔子欲存
信去食人非食不生尚欲捨生以存信況可無故而輕棄
也昔秦孝公用商鞅爲相欲富國強兵行令於國恐人不
信立三丈之木於市南門募人有能徙置北門者與五十
金有一人徙之輒與五十金秦人以君言爲必信法令大
行國富兵強無敵天下三丈之木非難徙也徙之非有功
也孝公輒與之金者所以示其言之必信也昔周成王尚
小與其弟叔虞爲戲削桐葉爲珪曰以晉封汝其臣史佚
因請擇日立叔虞爲侯成王曰吾與之戲耳史佚曰天子
無戲言言之則史書之禮成之樂歌之於是遂封叔虞於

昔漢高祖出黃金四萬斤與陳平恣其所爲不問出入令謀項羽平用金間楚數年之間漢得天下論者皆言漢高祖深遠一作達於利能以金四萬斤致得天下以此觀之自古以來未有不信其言而能有大功者亦未有不貴小財而能收大利者臣於捕一作告賊之人本無恩義彼雖獲賞了不關臣所以區區盡言不避煩黷者欲令陛下之信行於天下也伏望恕臣愚陋僻惷陟降切之罪而收其懇款誠至之心天下之幸非臣之幸也謹奉表以聞臣愈誠惶誠恐

論佛骨表

臣某言伏以一作伏聞佛者夷狄之一法耳自後漢時流入中國唐史作始入中國其日表云自後漢時流入中國又詩云佛法入中國尒來六百年按後漢西域傳云明帝時

入中國而梁劉孝標注世說新語引劉向列仙傳序曰歷覽百家之中以相檢驗得仙者百四十六人其七十四人已在佛經則如此說則漢成哀之間已有經矣漢武故事曰昆邪王殺休屠王以其衆來降得其金人之神上置之甘泉宮金人者皆長丈餘其祭不用牛羊唯燒香禮拜上使依其國俗祀之此神全類於佛蓋當漢武時其經未行於中土但以神明事之耳又開皇歷代三寶記云平帝世劉向稱余覽典籍往往見有佛經則知周時久流釋典秦繼藝除漢興復出也又漢武作昆明池掘得黑灰東方朔云可問西域道人西域道人佛之徒也又真誥云裴真人有三十四人弟子十八人學佛道餘者學仙道陶隱居云長安中紛久已有佛裴君即是其事以此考之中國之有佛尚矣退之所云據正史也

上古未嘗有也昔者黃帝在位百年年一百十歲少昊在位八十年年一百歲顓頊在位七十九年年九十八歲帝嚳音酷高辛氏禮記禘黃帝而郊嚳史記高辛立氏為帝嚳在位七十年年一百五歲帝堯在位九十八年年一百一十八歲帝舜及禹年皆百歲此時天下太平百姓安樂壽考然而此時唐史無此時字中國未有佛也其後殷湯亦年百歲湯孫太戊在

位七十五年武丁在位五十九年書史不言其年壽所極
蓋亦俱年不減百歲周文王年九十七歲武王年九十三
歲穆王在位百年此時佛法亦未至中國非因事佛而致
然也漢明帝時始有佛法明帝在位纔十八年耳其後亂
亡相繼運祚不長宋齊梁陳元魏已下事佛漸謹年代尤
促惟梁武帝在位四十九（唐史作八）年前後三度捨身施佛宗
廟之祭不用牲牢晝日一食止於菜果其後竟爲侯景所
逼餓死臺城國亦尋滅事佛求福乃更得禍由此觀之佛
不足信事亦可知矣高祖始受隋禪則議除之當時羣臣
材識（唐書作識見）不遠不能深知先王之道古今之宜推闡明
聖（唐書作聖明）以救斯弊其事遂止臣常恨焉伏惟睿聖文武
皇帝陛下神聖英武數千百年已來未有倫比即位之初

不許度人爲僧尼道士又不許創立寺觀臣常以爲高祖
之志必行於陛下之手今縱未能即行豈可恣之轉令盛
也今聞陛下令羣僧迎佛骨於鳳翔御樓以觀舁音輿入大
內又令諸寺遞迎供養臣雖至愚必知陛下不惑於佛作
此崇奉以祈福祥也直以年豐人樂徇人之心爲京都士
庶一有設字詭異之觀戲翫之具耳安有聖明若此而肯信此
等事哉然百姓愚冥易惑難曉苟見陛下如此將謂眞心
事佛皆云天子大聖猶一心敬信百姓何人於佛更惜身
命一有以至二字焚頂燒指百十爲羣解衣散錢自朝至暮轉
相倣傚惟恐後時老少奔波棄其業次若不即加禁遏更
歷諸寺必有斷臂臠力兖切身以爲供養者傷風敗俗傳笑
四方非細事也夫佛本夷狄之人與中國言語不通衣服

殊製口不言先王之法言身不服先王之法服不知君臣之義父子之情假如其身至今尚在奉（一有其字）國命來朝京師陛下容而接之不過宣政一見禮賓一設賜衣一襲衛而出境不令惑衆也況其身死已久枯朽之骨凶穢之餘豈宜令（一作可直）入宮禁孔子曰敬鬼神而遠之古之諸侯行弔於其國尚令巫祝先以桃茢（音列禮記君臨臣喪以巫祝桃茢執戈惡之也注桃鬼所惡茢萑苕可掃不祥左氏乃使巫以桃茢先祓殯後同）祓除不祥然後進弔今無故取朽穢之物親臨視之巫祝不先桃茢不用羣臣不言其非御史不舉其失臣實恥之乞以此骨付之有司投諸水火永絕根本斷天下之疑絕後代之惑使天下之人知大聖人之所作爲出於尋常萬萬也豈不盛哉豈不快哉佛如有靈能作禍祟凡有殃咎宜加臣身上天鑒臨臣

不怨悔無任感激懇悃之至謹表奉以聞臣某誠惶誠恐

潮州刺史謝上表

臣某言臣以狂妄戇愚不識禮度上表陳佛骨事言涉不敬正名定罪萬死猶輕陛下哀臣愚忠恕臣狂直謂臣言雖可罪心亦無他特屈刑章以臣爲潮州刺史既免刑誅又獲祿食聖恩弘大天地莫量破腦刳（空胡[illegible]齊必 腓形刳心）心豈足爲謝臣某誠惶誠恐頓首頓首臣以今年正月十四日蒙恩除潮州刺史即日奔馳上道經涉嶺海水陸萬里以今月二十五日到州上訖與官吏百姓等相見具言朝廷治平天子神聖威武慈仁子養億兆人庶無有親踈遠邇雖在萬里之外嶺海之陬待之一如畿甸之間輦轂之下有善必聞有惡必見早朝晚罷兢兢業業惟恐四海之

內天地之中一物不得其所故遣刺史面（一作親）問百姓疾苦苟有不便得以上陳國家憲章完具為治日久守令承奉詔條違犯者鮮雖在蠻荒無不安泰聞臣所稱聖德惟知鼓舞讙呼不勞施為坐以無事臣某誠惶誠恐頓首頓首臣所領州在廣府極東界上去廣府雖云纔二千里然來往動皆經月過海口下惡水濤瀧（閭江切）壯猛難計程期颶（其魚切）風鱷（五各切）魚患禍不測州南近界（一作州之南境）漲海連天毒霧瘴氛（敷文切）日夕發作臣少多病年纔五十髮白齒落理不久長加以罪犯至重所處又極遠惡憂惶慚悸（其季切）死亡無日單立一身朝無親黨居蠻夷之地與魑魅（上抽知切下明祕切）為羣苟非陛下哀而念之誰肯為臣言者臣受性愚陋人事多所不通惟酷好學問文章未嘗一日暫廢

寶爲時輩所見推表（一作許）臣於當時之文亦未有過人者
至於論述陛下功德與詩書相表裏作爲歌詩薦之郊廟
紀泰山之封鏤（音漏）白玉之牒鋪張對天之閎休揚厲無前
之偉蹟（音迹）編之乎詩書之策而無愧措之乎天地之間而
無虧雖使古人復生臣亦未肯多讓伏以大唐受命有
天下四海之內莫不臣妾南北東西地各萬里自天寶之
後政治少懈文致未優武剋不剛嬖（一作孽）臣姦隸蠹居棊
處搖毒自防外順內悖父死子代以祖以（一作繼）孫如古諸
侯自擅其地不貢不朝六七十年四聖傳序以至陛下陛
下即位以來躬親聽斷旋乾轉坤關機闔開雷厲風飛
日月所照天戈所麾莫不寧順大宇之下生息理極高祖
創制天下其功大矣而治未（太平）也太宗太平矣而大功所

小五十

立咸在高祖之代非如陛下承天寶之後接因循之餘六七十年之後赫然興起南面指麾而致此巍巍一有之字功治一作怡功也宜定樂章以告神明東巡泰山奏功皇天具著顯庸明示得意使永永年代一作萬年服我成烈當此之時所謂千載一時方一作不可逢之嘉會而臣負罪嬰舋許慎切隙鐔又暇也後漢紛紜乘舋并關中自拘海島戚戚嗟嗟日與死迫曾不得奏薄伎於從官之內隷御之間窮思畢精以贖罪過懷痛窮天死不閉目瞻望宸極魂神飛去一作逝伏惟皇帝陛下天地父母哀而憐之無任感恩戀闕慚惶懇迫之至謹附表陳謝以聞

賀冊尊號表

臣某言臣伏聞宰相公卿百官及關輔百姓耆耋徒結切禮記耆耋

一本至此一禮臣等以陛下功崇德鉅天成地平宜加號於殊常以昭示於來載陳請懇到一作至于再于三陛下仰稽乾符俯順人志乃以新秋首序令月吉辰發揚鴻休膺受顯冊天人合慶日月揚光環海之間含生之類歡欣一作忭踊躍以舞以歌臣某誠歡誠喜頓首頓首臣聞體仁以一無以字長人一無人字之謂元發而中節之謂和無所不通之謂聖妙而無方之謂神經緯天地之謂文戡定禍亂之謂武先天不違之謂法天道濟天下之謂應道伏惟元和聖文神武法天應道皇帝陛下子育億兆視之如傷可謂體仁以長人矣喜怒以類刑賞不差可謂發而中節矣明照無私幽隱畢達可謂無所不通矣發號出令雲行雨施可謂妙而無方矣三光順軌草木遂長可謂經緯天地矣除剗楚限切寇盜

宇縣清夷可謂戡定禍亂矣風雨以時祥瑞輻湊可謂先
天而天不違矣國內無飢寒四夷皆朝貢可謂道濟天下
矣衆美備具名實相當赫赫巍巍超今冠古方當議（一作講）
明堂辟雍之事撰泰山梁父之儀搜三代之逸禮補百
王之漏（一作墜）典時乘六龍肆覲東后微臣幸生聖代觸犯
刑章假息海隅死亡無日瞻望宸極心魂飛揚有永棄之
悲無自新之望曾不得與鳥獸率舞蠻夷縱觀爲比銜酸
抱痛且恥且慙無任感恩戀闕懇迫傍惶之至謹奉表陳
賀以聞

袁州刺史（一無刺史字）謝上表

臣某言臣以去年正月上疏論佛骨事先朝怒臣愚直不
加大罪自刑部侍郎貶授潮州刺史伏遇其年七月十三

日恩赦至其年十月二十四日准例量移改授袁州刺史
以今月八日到任上訖臣某誠歡誠喜頓首頓首伏以州
小地狹賦稅及時人安吏循閭里無事微臣惟當布陛下
惟新之澤守國家承平之規勸以耕桑使無怠惰而已臣
以愚陋無堪累蒙朝廷獎用掌誥西掖司刑南宮顯榮
頻煩稱效寂蔑又蒙放（一作赦）其罪累授以方州德重恩弘
身微命賤無階荅謝惟積慙惶無任感恩慙惕之至謹差
軍事副將郝泰奉表陳謝以聞

賀皇帝即位表

臣某言伏聞皇帝陛下以閏正月三日虔奉遺詔昭升（一作）
承大位天地　神祇求有依歸華夏蠻貊求有承事神人
交慶日月貞明臣某誠歡誠喜頓首頓首臣聞王者必爲

天所相爲人所歸上符天心下合人志然後奄有四海以君萬邦伏惟皇帝陛下承列聖之丕緒當中興之昌運爰自主鬯春宮齒胄國學孝友之美實貫形四方英偉之姿久動羣聽及初嗣位遐邇莫不歡心爰降詔書普老幼式至垂泣舉用俊乂流竄姦邪雖虞舜之去四凶舉十六相不能過也天下翹首以望太平天下傾心以觀至化臣某誠歡誠喜頓首頓首臣聞昔者堯舜以吁嗟君臣相戒以致至治周文王以憂勤日中不食以和萬民故能澤流無窮名配日月伏惟皇帝陛下儀而象之以求多福天下幸甚天下幸甚微臣往因言得罪先朝守郡（一作衛守）遠方拘限條例（一作制）一不獲奔走稱慶闕廷無任欣歡踊躍感恩戀闕之至謹奉表以聞

賀赦表

臣某言伏奉二月五日制書大赦天下常赦所不原者咸蒙除罪與之更始令得自新恩浹幽明慶溢寰海臣某誠歡誠喜頓首頓首臣聞王者必於嗣位之始降非常之恩所以象德乾坤同明日月伏惟皇帝陛下文思聰明聖神睿哲發號出令雲行雨施懼刑政之或差憐鰥寡之重困知事久之滋弊慮法詘之益姦罪人悉原墜典咸舉生恩既及於四海和氣遂充於八紘臣某誠歡誠喜頓首頓首微臣往因論事獲譴海隅旋沐朝獎待罪山郡未離貶竄之地忽逢曠蕩之恩踊躍欣歡實倍常品限以官守不獲隨例稱慶闕廷無任感恩戀闕之至謹奉表陳賀以聞

賀冊皇太后表

臣某言：伏承閏正月二十七日皇太后光膺令典，受册宫闈，歡心始自於内朝，孝理遂形於寰海。臣某誠歡誠喜，頓首頓首。皇太后鳳贊先皇，弼成至化，誕生明聖，纘繼鴻休。華胥實賛於軒圖，文母有光於周道。恭惟懿德，克配前芳。皇帝陛下出震承乾，垂衣御極，式展臣子之志，以明教化之源，禮命載崇，華夷同慶。臣待罪外郡，不獲隨例稱賀闕廷，無任踊躍欣歡之至。謹奉表陳賀以聞。

賀慶雲表

臣某言：臣所領州今月十六日申時有慶雲見於西北，至暮方散，臣及舉州官吏百姓等無不見者。五采五色，光華不可偏觀；非煙非雲，容狀詎能詳述。抱日增麗，浮空不收，既變化而無窮，亦卷舒而莫定。斯爲上瑞，實應太平。臣某誠歡誠喜頓首頓首謹按沈約宋書云慶雲五色者太平之應又據孝經援神契曰王者德至山陵則慶雲出故黃帝因之以紀事虞舜由之而作歌又按季夏六月土正用事其日丙戌亦主於土西北方者京師所在土爲國家之德祥見京師之位既徵於古又驗於今伏惟皇帝陛下德合覆載道光軒虞嗣位之初禎祥繼至昇平之符既兆仁壽之域已躋微臣往在先朝以論事得罪身居貶黜之地目覩殊常之慶抃躍欣幸實倍常情伏乞宣付史官以彰聖德所致瞻戀闕廷心魂飛馳并圖奉進無任欣抃踊躍之至謹差某官奉表陳賀以聞

舉張惟素自代狀 時爲國子監

中散大夫守左散騎常侍上柱國賜紫金魚袋張惟素

右伏准建中元年正月五日制常叅官上表後三日舉一人自代者前件官文學治行衆所推與累歷中外資考已深和而不同靜而有守敦厚退讓可以訓人臣所不如輒舉自代謹録奏聞

舉韓泰自代狀 時守袁州

使持節漳州諸軍事守漳州刺史韓泰 右伏准建中元年正月五日制常叅官及刺史授上訖三日内舉一人自代者前件官詞學優長才器端實早登科第亦更臺省往因過犯貶黜至今十五餘年自領漳州悉心爲治官吏懲懼不敢爲非百姓安寧並得其所臣在潮州日與其州界相接臣之政事遠所不如乞以代臣庶爲允當謹録奏聞

慰國哀表

臣某言伏奉正月二十七日詔書大行皇帝奄棄萬國承
詔哀惶號踴無地伏惟聖情（一作心）何可堪處大行皇帝功
濟寰區仁霑動植奉諱之日率土崩心凡在臣子不勝殞
裂伏惟陛下痛貫宸極聖情難居臣拘守遠郡不獲匍匐
奉慰戀瞻望闕廷且悲且戀謹奉表陳慰以聞

舉薦張籍狀 國子監

登仕郎守祕書省校書郎張籍 右件官學有師法文多
古風沉默靜退介然自守聲華行實光映儒林臣當司見
闕國子監博士一員生徒藉其訓導伏乞天恩特授此官
以彰聖朝崇儒尚德之道謹錄奏聞伏聽勑旨

請上尊號表 國子監

臣某言臣得所管國子太學廣文四門及書算律等七館

學生沈周封等六百人狀稱身雖賤微然皆以選擇得備
學生讀六藝之文修先王之道粗有知識皆由上恩（一有今字）
天子整齊乾坤出入神聖經營乎無爲之業游息乎混元
之宫不謀於廷不戰於野坐收冀部旋定幽都析木天街
星宿（音秀）清潤（洪曰天文志云昴畢間爲天街自胃七度至畢十一度屬冀州自尾十度至南斗十一度
爲析木屬幽州）北嶽醫閭神鬼受職地彌天區界軼海外舜之十
有二州周之千七百國章亥所步（洪曰山海經云禹使大章步自東極至于西垂
二億三萬三千五百里七十一步又使豎亥步自南極盡於北垂二億三萬三千五百里七十五步）禹執所
書西向輻輳各修貢職（一作賦）西戎之首北虜之渠怛威愧
德失據狼狽（音貝）收其種落遁逃去來獻羊馬乎里不絶
功既如此德又如彼爰初嗣位首去姦孽（一作嬖）隨所顧指
應時清寧是天下之鰥寡孤獨四海之鬱結左右前後莫匪

俊良小大之材咸盡其用無所誅詰（契吉切）一和以仁由是五穀歲登百端時見六府三事惟序惟歌昔者媧（公蛙切古之聖女淮南子女媧煉五色石以補蒼天晉史媧皇煉石）皇殺黒龍以濟冀州堯誅九嬰以定下土血兵刓（五官切剸也楚辭刓方以爲圜）刃僅就厥功以方吾君一何遠也堯之在位七十餘載戒飭咨嗟以致平治孔子之聖自云三年有成今自嗣位已來歲有餘耳臻此功德其何捷哉置郵（音尤廣韻置驛也郵境上舍也後漢列郵置於要害之路則置郵當爲二事孟子速於置郵而傳命）傳命未足以諭以非常之功襲尋常之號以冠古之美屈守文之名臣子之誠闕而不奏天號人稱不滿事實斯亦搢紳先生之過也謂臣官居師長不言謂何考其所陳中於義理天人合願不謀而同非臣之愚所敢隱蔽輒冒死以聞伏乞天恩特允誠志令公卿大夫得竭恩

（一作愚）慮取正於經以定大號有司備禮擇日以頒天下幸甚

天下幸甚臣某誠惶誠恐

舉韋顗自代狀（時爲兵部侍郎 一作尚書兵部）

中散大夫守大理少卿驍騎尉韋顗（魚豈切）右伏准建中元年正月五日制常參官上後三日舉一人自代者前件官學識該達器量弘深朝推直道代仰清節顯映班序十五年餘夷險一致風猷益茂屈居少列未副羣情文昌政本侍郎官重尚德之舉顗宜當之乞回臣所授俾弭官謗謹錄奏聞謹奏

音註韓文公文集卷第三十九

音註韓文公文集卷第四十

狀表

論孔戣尚書致仕狀

其官其　右臣與孔戣（音逵）同在南省爲官數得相見戣爲人守節清苦議論平正今年纔七十筋力耳目未覺衰老憂（一作愛）國忘家用意深遠所謂朝之耆德老成人者臣知戣上疏求致仕故往看戣戣爲臣言已蒙聖主（一作上）允許伏以陛下優賢尚齒見戣頻上三疏言詞懇到重違其意遂即許之此誠陛下仁德之至然如戣輩在朝不過三數人實可爲國愛惜自古已來及聖朝故事年雖八九十但視聽心慮苟未昏錯尚可顧問委以事者雖求退罷無不殷勤留止優以祿秩不聽其去以明人君貪賢敬老之

道也禮曰大夫七十而致仕若不得謝則必賜之几杖安車七十求退人臣之常禮若有德及氣力尚壯則君優而留之不必年過七十盡許致仕也詩曰雖無老成人尚有典刑此言老成人重於典刑不可不惜而留也今戣幸無疢疹音軫說文瘍也但以年當致仕據禮求退陛下若不聽許亦無傷於義而有貪賢之美況左丞職事亦極清簡若戣尚以衰要爲辭自可別授秩崇而務少者今中外之臣有年過於戣尚未得退戣獨何人得遂其所願然人皆求進戣獨求退尤可賢重臣所領官無事不敢請對蒙陛下厚恩苟有所見不敢不言伏望聖恩特垂察納謹錄奏聞謹奏

舉馬摠自代狀時爲京兆府

銀青光祿大夫檢校尚書右僕射兼戶部尚書馬摠 右

伏准建中元年正月五日制常參官上後三日舉一人自代者臣伏以近者京尹用人稍輕所以市井（一作纖甸）之間盜賊未斷郊野之外疲瘵（側介切）尚多前件官文武兼資寬猛得所累更方鎮皆有功能若以代臣實爲至當謹録奏聞

謹奏

賀雨表

臣某言臣聞聖人之德與天地通誠發於中事應於外始聞其語今見其真臣誠歡誠喜頓首頓首伏以季夏以來雨澤不降臣職司京邑（一作尹）祈禱實頻青天湛然旱氣轉甚陛下憫茲黎庶有事山川中使纔出於九門陰雲已垂於四野龍神效職雲雨應期嘉穀奮興根葉肥潤抽莖展穗不失時宜人和年豐莫大之慶微臣幸蒙寵任獲覩

殊祥慶抃歡呼倍於常品無任踊躍之至謹奉表陳賀以

聞

賀太陽不虧表 時爲京兆府

司天臺奏今月一日太陽不虧　右司天臺奏今日辰卯間太陽合虧陛下敬畏天命克己修身誠發於中災銷於上自卯至一作及巳當虧不虧雖隔陰雲轉更明朗比於常日不覺有殊天且不違慶孰爲大臣官忝京尹親覩殊祥欣感之誠實倍常品謹奉狀陳賀以聞謹奏

舉張正甫自代狀 時再爲兵部侍郎 一云尚書兵部

通議大夫守右散騎常侍上柱國南陽縣開國子食邑五百戶賜紫金魚袋張正甫　右臣蒙恩除尚書兵部侍郎伏准建中元年正月五日勑常參官上後三日舉一人自

代者前件官稟正直之性懷剛毅之姿嫉惡如仇讎見善

若飢渴備更內外灼有名聲年齒雖高氣志愈(逾一作)勵甘

貧苦節不愧神明可謂古之老成朝之碩德久處散地實

非所宜乞以代臣以副公望謹錄奏聞謹奏

袁州申使狀

使司牒州牒　右自今月二日後每奉公牒牒尾故牒字

皆爲謹牒字有異於常初不敢陳論以爲錯誤今既頻奉

文牒前後並同在愈不勝戰懼之至伏乞仁恩特令改就

常式以安下情謹奉狀陳謝謹錄狀上

國子監論新注學官牒

國子監應今新注學官等牒准今年赦文委國子祭酒

選擇有經藝堪訓導生徒者以充學官近年吏部所注多

循資敘不考藝能至今生徒不自勸勵伏請非專通經傳博涉墳史及進士五經諸色登科人不以比擬其新（一作所）授官上日必加研試然後放上以副聖朝崇儒尚學之意具狀牒上吏部仍牒監者謹牒

黃家賊事宜狀

右臣伏以臣去年貶嶺外刺史其州雖與黃家賊不相鄰接然見往來過客并諳知嶺外（一作南）事人所說至精至熟其賊並是夷獠（張彼切後漢東夷下咸以竹王非血氣所生）亦無城郭可居依山傍險自稱洞主衣服（一作食）言語都不似人尋常亦各營生急則屯聚相保比緣邕管經略使多不得人德既不能綏懷威又不能臨制侵欺虜縛以致怨恨蠻夷之性易動難安遂至攻劫州縣侵暴平人或復私讎或貪小利或聚或

散終亦不能爲事近者征討本起於裴行立陽旻此（一有時字）
兩人者本無遠慮深謀意在邀功求賞亦緣見賊未甚聚
之時將謂單弱立可摧破爭獻謀討惟恐後時朝廷信之
遂允其請自用兵已來（一有已字）經二年前後所奏殺獲計不
下萬餘（一作不下一二萬）人儻皆非虛賊已尋盡至今賊猶依舊
足明欺罔朝廷邕容兩管內（一作困）經此凋弊殺傷疾疫十
室九空百姓怨嗟如出一口陽旻行立相繼身亡實由自
邀功賞造作兵端人神共嫉（一作怒）以致殃咎陽旻行立事
既已往今所用嚴公素者亦非撫御之才不能別立規模
依前還請攻討如此不已臣恐嶺南一道未有寧息之時
一昨者併邕容兩管爲一道深合事宜然邕州與賊逼近
容州則甚懸隔其經略使若置在邕州與賊隔江對岸兵

鎮所處物力必全，二則不敢輕有侵犯一作陵，一則易爲逐便控制。今置在容州，則邕州兵馬必少，賊見勢弱，易生姦心。伏請移經略使於邕州，其容州但置刺史，實爲至便。

一　比者所發諸道南討兵馬，例皆不諳山川，不服水土，遠鄉羈居宜切旅，疾疫殺傷。臣自南來，見說江西所發共四百人，曾未一年，其所存者數不滿百；岳鄂所發都三百人，其所存者四分纔一。續添續死，每發倍難。若令於邕容側近召募添置千人，便割諸道見供行營人數糧賜，均融充給，所費既不增加，而兵士又皆便習，長有守備，不同客軍，守則有威，攻則有利。

一　自南討已來，賊徒亦甚傷損，察其情理，厭苦必深。大抵嶺南人稀地廣，賊之所處，又更荒僻，假如盡殺其人，盡得

其地在於國計不爲有益容貸羈縻比之禽獸來則捍禦
去則不追亦未虧損朝廷事勢以臣之愚若因改元大慶
赦其罪戾遣一郎官御史親往宣諭必望風降伏讙呼聽
命仍爲擇選有材用威信諳嶺南事者爲經略使處置得
宜自然永無侵叛之事

應所在典貼良人男女狀

應所在典貼良人男女等　右准律不許典貼良人男女
作奴婢驅使臣往任袁州刺史日檢到州界內得七百三
十一人並是良人男女准律例計傭折直一時放免原其
本末或因水旱不熟或因公私債負遂相典貼漸以成風
名目雖殊奴婢不別鞭笞役使至死乃休既乖律文實虧
政理袁州至小尚有七百餘人天下諸州其數固當不少

今因大慶伏乞令有司重舉舊章一皆放免仍勒長吏嚴加檢責如有隱漏必重科懲則四海蒼生孰不感荷聖恩以前件一有狀字如前謹具奏聞伏聽勑旨謹奏

論淮西事宜狀

右臣伏以淮西三州之地自少陽疾病去年春夏已來圖爲今日之事有職位者勞其計慮撫循奉所役者修其器械防守金帛糧畜匱一作耗于賞給執兵之卒四向侵掠農夫織婦攜持幼弱飽一作餉於其後雖時侵掠小有所得力盡筋疲不償其費又聞畜馬甚多自半年已來皆上槽櫪譬如有人雖有十夫之力自朝及夕常自大呼跳躍初雖可畏其勢不久必自委頓乘其力衰三尺童子可使制其死命況以三小州殘弊困劇之餘而當天下之全力其破

敗可立而待（一有之字）也然所未可知者在陛下斷與不斷耳夫兵不多則不足以取勝取（一作必）勝之師必在速戰兵多（而戰）不速則所費必廣兩界之間壃埸之上日相攻刦必有殺傷近賊州縣徵役百端農夫織婦不得安業或時小遇水旱百姓愁苦當此之時則人人異議以惑陛下之聽陛下持之不堅半途而罷傷威損費爲弊必深所以要先決於心詳度本末事至不惑然可圖功爲統帥者盡力行之於前而參謀議者盡心奉之於後内外相應其功乃成昔者髙宗大聖之主也以天子之威伐背叛之國三年乃尅不以爲遲志在立功不計所費傳曰斷而後行鬼神避之遲疑不斷未有能成其事者也臣謬承恩寵獲掌綸誥地親職重不同庶寮輒竭愚誠以効裨（賔彌切）補謹條次

平賊事宜二一如後

一諸道發兵或三二千人勢力單弱覊旅異鄉與賊不相諳委望風懾懼難便前進所在將帥以其客兵難（一作雜）處指使先不撫存優恤待之既薄使之又苦或被分割隊伍隸屬諸頭士卒本將一朝相失心孤意怯難以有功又其本軍各須資遣道路遼遠勞費倍多士卒有征行之艱閭里懷離別之思今聞陳許安唐汝壽等州與賊界連接處村落百姓悉有兵器小小停劫皆能自防習於戰鬬識賊深淺既是土人護惜鄉里比來未有處分猶願自備衣糧共相保聚以備寇賊若令召募立可成軍若要添兵自可取足賊平之後易使歸農伏請諸道先所追到行營者悉令卻歸本道據行（一無行字）所追人額器械弓矢一物已上悉

送行營充給所召募人兵數既足加之教練三數月後諸道客軍一切可罷比之徵發遠人利害懸隔

一繞逆賊州縣堡音保柵等各置兵馬都數雖多每處則兵至少又相去闊遠難相應接所以數被攻劫致有損傷今若分爲四道每道各置三萬人擇要害地屯聚一處使有隱然之望審量事勢乘時逐利可入則諸一作四道一時俱發使其狼狽音貝驚惶首尾不相救濟若未可入則深壁高壘以逸待勞自然不要諸處多置防備臨賊小縣可收百姓於便地作行縣以主領之使免散失

一蔡州士卒爲元濟迫脅勢不得已遂與王師交戰原其本根皆是國家百姓進退皆死誠可閔傷宜明勑諸軍一作一率使深知此意當戰鬭之際固當一作且以盡敵爲心若形

勢已窮不能爲惡者不須過有殺戮喻以聖德放之使歸銷其兇悖之心貸以生全之幸自然相率棄逆歸順

一論語曰欲速則不達見小利則大事不成比來征討無功皆由欲其速捷有司計筭所費苟務因循小不如意即求休罷河北淮西等見承前事勢知國家必不與之持久併力苦戰幸其一勝即希與恩赦朝廷無至忠憂國之人不惜傷損威重因其有請便議罷兵往（近一作）日之事患皆然也臣愚以爲淮西三小州之地元濟又甚庸愚而陛下以聖明英武之姿用四海九州之力除此小寇難易可知太山壓卵未足爲喻

一兵之勝負實在賞罰賞厚可令廉士動心罰重可令凶人喪魄然可集事不可愛惜所費憚於行刑

一淄青恒冀兩道與蔡州氣類略同今聞討罰一作伐元濟人情必有救助之意然皆闇弱自保無暇虛張聲勢則必有之至於分兵出界公然爲惡則一作亦必不敢宜特下詔云蔡州自吳少誠已來相承爲節度使亦微有功效少誠之歿朕亦本擬與元濟恐其年少未能理事所以未便處置待其稍能緝綏然擬許其承繼今忽自爲狂勃侵掠不受朝命事不得已所以有此討罰一作伐至如淄青恒州范陽等道祖父各有功業相承一有命字節制年歲已久朕必不利其土地輕有改易各宜自安如妄自疑懼敢相扇動朕即赦元濟不問迴軍討之自然破膽不敢妄有異說以前件謹錄奏聞伏乞天恩特賜裁擇謹奏

論變鹽法事宜狀

張平叔所奏鹽法條件 右奉勑將變鹽法事貴精詳宜
令臣等各陳利害可否聞奏者平叔所上變法條件臣終
始詳度恐不可施行各隨本條分析利害如後
一件平叔請令州府差人自糶官鹽收實估匹段省司准
舊例支用自然獲利一倍已上者臣今通計所在百姓貧
多富少除城郭外有見錢糴鹽者十無二三多用雜物及
米穀博易鹽商利歸於己無物不取或從賒貸升斗約以
時熟填還用此取濟兩得利便今令州縣人吏坐鋪自糶
利不關已罪則加身不得見錢及頭段物恐失官利必不
敢糶變法之後百姓貧者無從得鹽而食矣求利未得斂
怨已多自然坐失鹽利常數所云獲利一倍臣所未見
一件平叔又請鄉村去州縣遠處令所由將鹽就村糶易

不得令百姓鬬鹽者臣以爲鄉村遠處或三家五家山谷居住不可令人吏將鹽家至戶到多將則糶貨不盡少將則得錢無一作不多計其往來自充糧食不足比來商人或自負擔斗石往與百姓博易所冀平價之上利得三錢兩錢不比所由爲官所使到村之後必索百姓供應所利至少爲弊則多此又不可行者也

一件平叔云所務至重須令廟堂宰相充使臣以爲若法可行不假令宰相充使法不可行雖宰相爲使無益也一無上十四字又宰相所以臨察百司考其殿最若自爲使縱有敗闕遺誰舉之此又不可者也

一件平叔又云法行之後停減鹽司所由糧課年可收錢十萬貫臣以爲變法之後弊隨事生尚恐不登常數安得

更望贏利

三件平叔欲令府縣糶塩每月更加京兆尹料錢百千司録及兩縣令每月各加五十千其餘觀察使及諸州刺史縣令録事參軍多至每月五十千少至五千三千者臣今計此用錢已多其餘官典及巡察手力所由等糧課仍不在此數通計所給每歲不下十萬貫未見其利所費已廣平叔又云停塩司諸色所由糧課約每歲合減得十萬貫錢今臣計其新法亦用十萬不啻減得十萬却用十萬一（一無上四字）所亡所得一無贏餘也平叔又請以糶塩多少爲刺史縣令殿最多者遷轉不拘常例如闕課利依條科責者刺史縣令職在分憂今惟以塩利多少爲之升黜不復考其治行非唐虞三載考績黜陟幽明之義也

二件平叔請定鹽價每斤三十文又每二百里每斤價加收二文以充脚價量地遠近險易加至六文脚價不足官與出名爲每斤三十文其實已三十六也今鹽價京師每斤四十諸州則不登此變法之後祇校數文於百姓未有厚利也脚價用五文者官與出三文用十文者官與出四文是鹽一斤官糶得錢名爲三十其實斤多得二十八少得二十六文折長補短每斤收錢不過二十六七百姓折長補短每斤用錢三十四則是公私之間每斤常失七八文也下不及百姓上不歸官家積數至多不可遽其據切筭以此言之不爲有益平叔又請令所在及農隙時併召車牛般鹽送納都倉不得令有闕絶者州縣和雇車牛百姓必無情願事須差配然付脚錢百姓將車載鹽所由先皆無

檢齊集之後始得載鹽及至院監請受文須待其輪次不用門户皆被停留輸納之時人事文别凡是和雇無不皆然百姓寧爲私家載物取錢五文不爲官家載物取十文錢也不和雇則無可載鹽和雇則害及百姓此又不可也

一件平叔稱停減鹽務所由收其糧課一歲計得十萬貫文今又稱既有巡院請量閑劇留官吏於倉場勾當要害守捉少置人數優恤糧料嚴加把捉如有漏失私糶等並准條處分者平叔所管鹽務所由人數有幾量留之外收其糧課一歲尚得十萬貫此又不近理也比來要害守捉人數至多尚有漏失私糶之弊今又減置人數謂能私鹽斷絕此又於理不可也

一件平叔云變法之後歲計必有所餘日用還恐不足謂

（一作請）一年已來且未責以課利後必數倍校多者此又不可方今國用常言不足若一歲頓闕課利爲害已深雖云明年校多豈可懸保此又非公私蓄積尚少之時可行者也

一件平叔又云浮寄姦猾者轉富土著（直略切）守業者日貧若官自糶鹽不問貴賤貧富士農工商道士僧尼并兼游惰因其所食盡輸官錢并諸道軍諸使家口親族遞相影占不曾輸稅若官自糶鹽此輩無一人遺漏者臣以此數色人等官未自糶鹽之時來糴鹽而食不待官自糶然後食鹽也若官不自糶鹽此色人等不糴鹽而食官自糶鹽即糴而食之則信如平叔所言矣若官自糶與不自糶皆當糴鹽而食則今官自糶亦無利也所謂知其一而不知其二見其近而不見其遠也國家榷（音角）鹽糶與商人商人

納榷糴與百姓則是天下百姓無貧富貴賤皆已輸錢於官矣不必與國家交手付錢然後爲輸錢於官也

一件平叔云初定兩稅時絹一匹直錢三千今絹一匹直錢八百百姓貧虛或先取粟麥價及至收穫悉以還債又充官稅顆粒不殘若官中糴鹽一家五口所食鹽價不過十錢隨日而輸不勞驅遣則必無舉債逃亡之患者臣以百姓困弊不皆爲鹽價貴也今官自糴鹽與依舊令商人糶其價貴賤所校無多通計一家五口所食之鹽平叔所計一日以十錢爲率一月當用錢三百六十（恐羨二字）是則三日食鹽一斤一月率當十斤新法實價與舊每斤不校三四錢以下通計五口之家以平叔所約之法計之賤於舊價日校一錢月校三十文不滿五口之家所校更少然則

改用新法百姓亦未免窮困流散也初定稅時一匹絹三千今祗八百假如特變鹽法絹價亦未肯貴五口之家因變鹽法日得一錢之利豈能便免作債收穫之時不被徵索輸官稅後有贏餘也以臣所見百姓困弊日久不以事擾之自然漸校不在變鹽法也今絹一匹八百百姓尚多寒無衣者若使匹直三千則無衣者必更衆多況絹之貴賤皆不緣鹽法以此言之鹽法未要變也

一件平叔云每州糶鹽不少長吏或有不親公事所由浮詞云當界無人糴鹽臣即請差清強巡官檢責所在實户據口團保給一年鹽使其四季輸納鹽價口多糴少及鹽價遲違請停官察使見任改散慢官其刺史已下與上佐其餘官貶遠處者平叔本請官自糶鹽以寬百姓今其

蘇息免更流亡今令責實戶口團保給鹽令其隨季輸納鹽價所謂擾而困之前意也百姓貧家食鹽至少或有淡食動經旬月若據口給(一有鹽字)依時徵價辦與不辦並須納錢遲違及違條件觀察使已下各加罪譴(一作於)官吏畏罪必用威刑臣恐因此所在不安百姓轉致流散此又不可之大者也

一件平叔請限商人鹽納官後不得輒於諸軍諸使覔職掌把錢捉店看守莊磑(五對切磨也世本公輸般作之晉史褚陶年十三作鷗鳥水磑二賦)以求影庇請令所在官吏嚴加訪(一作防)察如有違犯應有資財並令納官仍牒送府縣充所由者臣以為鹽商納榷為官糶鹽子父相承坐受厚利比百姓實則校優今既奪其業又禁不得求覔職事及為人把錢捉店看守莊磑不

知其（一作何）罪，一朝窮蹙之也。若必行此，則富商大賈必生怨恨，或收市重寶，逃入反側之地，以資寇盜，此又不可不慮也。

一件：平叔行此策後，兩市軍人、富商大賈，或行財賄，邀截喧訴，請令所由（加切）收捉，如獲頭首，所在決殺，連狀聚衆人等，各決脊杖二十，檢責軍司軍戶鹽，如有隱漏，並准府縣例科決，并賞所由告人者。此一件若果行之，不惟大失人心，兼亦驚動遠近，不知糶鹽所獲幾何，而害人蠹政，其弊實甚。以前件狀，奉今月九日敕，令臣等各陳利害者，謹錄奏聞，伏聽敕旨。

音註韓文公文集卷第四十

（唐）韓愈　撰　（宋）祝充　音注

宋本韓文公文集

第六册

國家圖書館出版社

宋本韓文公文集

第六册目録

卷三

卷四

卷十二

音註韓文公文外集卷第一

雜文

省試明水賦 玄化無宰至誠感通 誠或作精

古者聖人之制祭祀也必主忠敬崇吉蠲 音涓明也詩吉蠲爲饎 不貴其豐乃或薦之以水不可以黷斯用致之於天其事信矣其義惟玄月實水精故求其本也明爲君德因取以名焉於是命烜 音毁周禮有司烜氏 氏俟清夜或將祀 一作祭 圓丘於玄冬或將祭方澤於朱夏持鑑而精氣旁射照月而陰靈潛下視而不見謂合道於希夷挹之則盈方同功於造化應於有生 一作穀 於無形象未分徒聰離婁之目光華暗至如還合浦之珠既齊芳於酒醴詎比賤於潢污明德惟馨玄功不宰于以表誠絜于以戒荒怠苟失其道殺牛之祭何爲

如得其宜明水之薦一作爲者非斯在不引而自致不行而善
至雖辭麴糵之名實斝鐏罍之器降於圓魄殊匪金莖之
露出自方諸乍似鮫人之淚將以賛于陰德非獨配于陽
燧音遂周禮金錫半謂之鑒遂之齊注鑒燧取水火於日月之器夜寂天清煙消氣明桂
華吐耀玉兔一作兎影騰精聊設鑑以取水伊不注而能盈靈
然垂一作無象的爾而呈始漠漠而霜積漸微微而浪生豈
不以德協于坎同類則感形藏在一作於空氣應則通鶴鳴
在陰之理不謬武一作虎嘯于谷之義可崇足以驗聖賢之
無黨知天地之至公竊比大羹之遺味幸希薦於廟中此賦
漏誠字韻恐有誤

王司馬宅紅芍藥歌

丈人庭中開好花更無凡木爭春華翠莖紅蕊天力與此

恩不屬黃鍾家溫馨香馥美鮮香起似笑無言習君子霜刀
翦汝天女勞何事低頭學桃李嬌癡婢子無靈性競挽春
衫來比並欲將雙頰一睎紅綠窗磨徧青銅鏡一樽春酒
甘若飴（音怡餳也詩堇荼如飴）丈人此樂無人知花前醉倒歌者誰
楚狂小子韓退之（靈性今本皆作性靈非）

海水

海水非不廣鄧林豈無枝風波一蕩薄魚鳥不可依海水
饒大波鄧林多鷙鳥豈無魚與鳥巨細各不同海有吞舟
鯨（音擎）鄧有垂天鵬苟非鱗羽大蕩薄不可能我鱗不盈寸
我羽不盈尺一木有餘陰一泉有餘澤我將辭海水濯鱗
清泠池我將辭鄧林刷羽蒙籠枝海水非愛廣鄧林非愛
枝風波亦常事鱗羽自不疑（宜一作）我鱗日已大我羽日已

脩風波無所苦還作鯨鵬遊

贈崔立之

昔者十日雨子來寒且飢哀歌坐空房不怨但自悲其友名子輿忽然憂且思褰裳觸泥水裹飯往食之入門相對語天命良不疑好事漆園吏書之存雄辭千年事已遠二子情可推我讀此篇日正當雨雪時吾身固已困吾友復何爲薄粥不足裹深泥諒難馳

請遷玄宗議

右禮儀使奏謹按周禮天子七廟三昭三穆與太祖之廟而七尚書咸有一德亦曰七世之廟可以觀德荀子亦曰有天下者事七世有一國者事五世則知天子上祭七代典籍通規祖功宗德不在其數國朝九廟之制法周之文

太祖景皇帝始爲唐公肇基天命義同周之后稷高祖神堯皇帝創業經始化隋爲唐義同周之文王太宗文皇帝神武應期造有區夏義同周之武王也其下三昭三穆謂之親廟與太祖而七四時常饗自如禮文伏以今年宗廟遞遷玄宗明皇帝在三昭三穆之外是親盡之祖雖有功德新主入廟禮合祧遷藏太廟中從第一夾室每至禘祫之歲合食如常謹議

范蠡招大夫文（一無文字）種議（洪曰此篇及詩之序議三品論恐非退之作）

范蠡既辭越到齊迺移書文種亦令亡去以逃其長頸之難遂使種假疾不朝竟承賜劍之詔悲夫爲人謀而不忠者范蠡其近之矣夫君存與存君亡與亡備三才之道未有不顯然而自知矣勾踐奮鳥棲之勢申鼠竄之息竟能

棲姑蘇屬夫差方行淮泗之上以受東諸侯之盟一作朝者范蠡文種有其力也既有其力則宜閉雷霆藏風雲截斷三江吒開四方高提霸王之器大弘夏禹之烈使天下徘徊知越有人矣奈何反未及國則背君而去既行之於身又移之於人人臣之節合如是耶且臣之於君其道在於全大義弘休烈生死之際又何足道哉況君者天也天可逃乎君以長頸之狀難以同樂則舉吳之後還越之日汎輕舟游五湖者豈惟范子乎靜而言之則知范子有匡君之智而無事君之義明矣其所以移文種之書亦猶掖句踐之劍也句踐何過哉予所謂爲人謀而不忠者其在於此也

詩之序議 此後三篇疑有誤處

或曰學者云詩之序子夏之爲也夫子固不然愚亦無已必愚而殆願有以明之子曰是何明也昔孔子閔周德之衰（一作傷）懼王道之既喪於天下是故紀正詩書樂易禮春秋佐之以爲民經而子夏門人之高第者也詩之序明作之所以云其辭不諱君上顯暴醜亂之跡帷薄之私不是六經之志若人云哉夫詩刺（一作諷）實隱文達意存上下之道以故言之者不爲訕而其所諷者莫之猶知知之諸國猶世亦莫知之宜云故子夏不序詩之道有三焉知不及一也暴揚中冓之私春秋所不明不道二也諸侯猶世不敢以云三也察夫詩序其漢之學者欲自顯立其傳（平聲）因藉之子夏故其序大國詳小國略斯可矣或曰詩之序既聞矣敢問宗魯不風何也曰隱之也親親尊尊之道存焉

耳。

三器論

或曰古者天子坐於明堂執傳國璽列九鼎使萬方之來
矣惕然知天下之人意有所歸而太平之階具矣後王者
或闕何如對曰異乎吾所聞歸天人之心與太平之基是
非三器之能繫也子不謂明堂天子布政者耶周公成王
居之而朝諸侯美矣幽厲居之何如哉子不謂傳國之璽
帝王所以傳寶者耶漢高文景得之而爲寶美矣新莽胡
石得之何如哉子不謂九鼎帝王之所謂神器耶夏禹鑄
之周武遷之而爲寶美矣桀癸紂辛有之何如哉若然歸
天人之心與太平之階決非三器之所能也且帝王和天
人用土木不過於障風雨扞寒暑者帝堯之政美亦足矣茅

焚之室其何豈俟明堂耶秦嬴(餘輕切)之布政怨是足矣阿房之室其如豈俟明堂耶若帝王之用玉者禮天地奠鬼神禳火災班羣后而已矣至天人之心者質大信如寒暑視天人如父子豈俟咫尺之玉爲要約蟲鳥之字爲符瑞哉若帝王之用金者劍鏃(作木切)之爲兵器剡(以冉切)刃而植黍禾萬釜而飪毛血斤斧而入山林乃巳矣若高大則爲神器其鎔鑄者役豐隆耶役鬼神耶役人人耶苟役人人皆內而大之矣嗚呼豎三器而爲重者其誇(一作夸)者之詞耶夫帝王之聖者卑宮室(一無室字)賤金玉斥無用之器以示天下貽子孫而後王猶殫天下之土木不肯巳栢梁更建章恐恐若室家無所庥其躬寒暑無所禦其災使桑者不絲身農者不穀腹尸尸然佗佗然役如圜羊當時既帝王

之意於彼理其進說者又安忍誇廣之尊其爲明堂歟若傳國璽之狂嬴賦斯童心侈意而爲之示旣有之不抵（一作祇）之足矣稱其符瑞則末也若九鼎之死百牢不能膏其腹火萬載不能月黔（一作然其廉切黑色也選墨突不黔）其足其烹飪祠之用又足取豈不爲無用之器哉或曰秦璽之不爲器可矣若九鼎之制其夏禹已明堂之篇其周公已王帝得不踵其制而行其道耶某曰堯水滔天人禽鬼神之居相混已禹導川決水以分神人之居乃銷九金乃鑄九鼎儀萬有之族露怪異之狀其護人已其救人已後王決不知（一作能）如大禹識鬼神之狀又無當時汨沒之危而徒欲鬭金大廣器物與夫墊（上都念切下也後漢郭林宗嘗行遇雨其巾一角折時人事競爲折角巾）巾效郭易名同藺（音吝姓也前漢相如旣學慕藺相如之爲人）者豈不遠哉是亦見

謬也若明堂之篇紀周公皇朝之盛已夫越裳之九譯而
至慕聖德已非爲複（音福選複　廟重簷）廟重屋而來周公之政焦
勞日夜成方寸已非坐夫總章左个而後思後王之飛翬
如雲之殿餘萬拱易其名爲明堂耶百十明堂矣宜急急
者握髮吐哺師賢卑躬則神聖文文何必憂勞廣役然後
稱慕夫周公哉若能致萬萬昇平由大履已百職懼伏儀
虎祓已豈不皆過歟嗟乎歷代張名辯舌之臣不欲以事
天子之難其君而不以金玉玉未敵來芊（音顉楚姓左氏鄭　大夫人芊氏洼芊
氏楚　妖）楚之間非九鼎夫助僞之凶凡非辟雍若卞玉之璽何
代而不傳何僞而不得其可略已噫天於代亦么璵已若
有人窮雕鏤（音漏）以求交（明明）嚴書契以質浮僞（成盛盟）示奇遠
辜請罪之不暇必見夫申手足而老休其光大盛德之可

望也噫何以然不務其修誠於内而務其盛飾於外匹夫之不可而況帝王哉或曰子謂明堂之爲器可乎而建皇極者於三器果何取某曰不出乎身而出乎力皆器也不可變通而執一隅皆器也賜之爲器豈瑚璉歟明堂之爲器其非怪矣始有之而不毀之始無之而不求之果無取

音註韓文公文外集卷第一

音註韓文公文外集卷第二

書

上賈滑州書

愈儒服者不敢用他藝干進又惟古執贄之禮竊整頓舊所著文一十五章（一作首下同）以爲贄而喻所以然之意於此曰豐山上有鍾焉人所不可至霜既降則鏗（丘耕切）然鳴（一無鳴字）蓋氣之感非自鳴也（山海經云豐山有九鍾和霜鳴注云霜降則鍾鳴）愈年二十二讀書學文十五年言行不敢戾於古人愚故泯泯（音閔）不能自計周流四方無所適歸伏惟閤下昭融古之典義含和發英作唐德臣簡棄詭說保任皇極是宜小子刻心悚慕又焉得不感而鳴哉徒以獻策闕下方勤行役且有負薪之疾不得稽首軒階遂拜書家僮待命于鄭之逆旅伏以

小子之文可見於十五章之內小子之志可見於此書與之進敢不勉與之退敢不從進退之際實惟閤下裁之

上考功宏詞官虞部崔貟外書

愈不肖行能誠無可取行已頗僻與時俗異態抱愚守迷固不識仕進之門迺與羣士爭名競得失行一無行字人之所甚鄙求人之所甚利其爲不可雖童昏實知之如執事者不以是爲念援之幽窮之中推之高顯之上是知其文之或可而不知其人之莫可也知其人之或可而不知其時之莫可也既已自咎又歎執事者所守異於人人之廢耳任目華實不兼故有所進故有所退且執事始考文之明日浮囂虛驕切之徒已相與稱曰某得矣某得矣問其所從來必言其有自一日之間九變其說凡進士之應此選者

三十有二人其所不言者數人而已而愈在焉及執事既上名之後三人之中二人者則固所傳聞矣華實兼者也畢一作果下同竟得之而又升焉其一人者則莫之聞矣實與華違行與時乖畢竟退之如是則可見時之所與者時之所不與者之相遠矣然愚之所守僅一作覓非偶然固不可變凡在京師八九年矣足不跡公卿之門名不譽大夫之口始者謬爲今相國所第此時惟念以爲得失固有天命不在趍時而偃仰一室嘯歌古人今則復疑矣又未知天竟如何命竟如何由乎人哉不由乎人哉一有夫字欲事干謁則患不能小書因于投刺欲學爲佞則患言訥詞直則事不成徒使其躬儳上仕陌切以輕賤貌禮記君子不以一日使其躬儳焉如不終日焉如不終日是以勞思長懷中夜起坐度時揣己廢然而返雖欲從之末由也已

又常念古之人日已進今之人日已退夫古之人四十而
仕其行道爲學既已大成而又之死不倦故其事業功德
老而益明死而益光故詩曰雖無老成人尚有典刑言老
成之人可尚也又曰樂只君子德音不忘謂死而不忘（一作云）
也夫今之人務利而遺道其學（一有其字）問以之取名致官而
已得一名獲一位則棄其業而役役於持權者之門故其
事業功德日以忘月以削老而益昏死而遂亡愈今年始
二十有六矣距古人始仕之年尚十四年矣夫豈爲晚哉
行之以不息要之以至死不有得於今必有得於古不有
得於身必有得於後用此自遣且以爲知己者之報執事
以謂如何哉其信然否也今所病者在於窮約無僦屋賃
僕之資無緼袍糲（蘭未切又厲賴）食之給驅馬出門不知所之斯

道未喪天命不欺豈遂殆哉豈遂困哉竊惟執事者之於愈也無師友之交無父故之事無顔色言語之情卒然振而發之者必有以見知耳故盡暴其所志不敢默默又懼執事多在省非公事不敢以至（一有於字）是則拜見之不可期也獲侍之無時也是以進其說如此庶（一有幸字）執事察之也

與張徐州薦薛公達書

愈聞士有已未達而達人者大夫意寧（一有實字）有之哉小子誠其人今言則無故過濡恩惠以極報之謂也伏惟（一有閤下二字）仁義風天下任帝室横寄（洪曰横當作宏今作横誤）名譽之美刑政之威化道之事使四方先觀色之娛金帛之富車服之制以從之則以稱位雍容暇豫而又何求則可以取特達不羈之士奉之以非常之禮俾耀名天下荅天子鴻恩則見

河東薛公達年二十有六抱驁世之偉材發言挺志負（休正切）絕天秀服仁食義融內光外直剛簡質與世不常想其升朝廷議凛（一作稟）瑩冰玉隱慝潛姦滅心爍謀然今尚幽塞未光彌（注曰彌當作張今作彌誤）縮銛（思廉切說文華屬呂氏春秋兵械銛利）利靜居河洛惟高公之清風驅馬千里又以爲贄求拜華軒公則見之矣遇采甚厚懼左右者不明喜蔽能善黷視聽不以今之譽言故小子忘懼激憤獻此惟公明之夫垂（一有纖字）餌溟泉（洪曰汎公文以民爲人以虎爲武以淵爲泉皆避諱耳）與吞舟之魚則踈施薄禮天下取特達之士亦難大夫裁之

與少室李渤拾遺書（少式照切）

十二月某日愈頓首伏承天恩詔河南敦諭拾遺公朝廷之士引頸東望若景星鳳凰之始見也爭先覩之爲快方

今天子仁聖小大之士（唐史作事）皆出宰相樂善言如不得聞
自即大位已來於今四年凡所施者無不得宜勤儉之教
寬大之政幽閨婦女山野小人皆飽聞而厭道之愈不通
於古請問先生世非太平之運歟加又有非人力而至者
年穀熟衍符貺委至若干紀之藪不戰而拘纍彊梁之兇
銷鑠縮栗迎風而委伏其有一事未就正自視若不成人
四海之所環無一夫甲與兵者未有若此時也拾遺公不
疾起與天下之士君子樂成而享之斯無時矣昔者孔子
知不可爲而爲之不已足跡（一無足跡二字）接於諸侯之國即可
爲之時自藏深山牢關而固距即與仁義者異守矣想拾
遺公冠帶就車惠然肯來舒所蓄積以補綴盛德之有闕
遺利（唐史有加字）於時名垂於將來踊躍悚企頃刻以冀又竊

聞朝廷之議，必起拾遺公，使者往，若不許，河南必繼以行。拾遺徵君若不至，必加高秩，如是，即辭少就多，傷於廉而害於義，拾遺公必不爲也。善人斯進，其類皆有望於拾遺公，儻不爲起，衆善人不與斯人施者，由拾遺公而使天子不盡得良臣，君子不盡得顯位，庶人不盡被惠利，其害不爲細，必望審察而長遠思之，務使合於孔子之道，幸甚。愈再拜。

答劉秀才論史書

六月九日，韓愈白秀才劉君足下：辱問見愛，教勉以所宜務，敢不拜賜。愚以謂凡史氏褒貶大法，春秋已備之矣。後之作者，在據事跡實錄，實錄則善惡自見矣。然此尚非淺陋偷惰者所能就，況褒貶耶？孔子聖人，作春秋，辱於魯衛陳宋齊楚卒不遇而死齊太史兄弟幾盡左丘明紀春秋時事以失明司馬遷作史記刑誅班固瘐死洪曰瘐音愈囚以飢寒死也孟堅死獄中故云今本作瘦傳寫之誤陳壽起又廢卒亦無所至王隱謗退死習鑿齒無一足崔浩范曄亦族誅魏收夭絕宋孝王誅死足下所稱吳兢亦不聞身貴而後有聞也夫為史者不有人禍則有天刑豈可不畏懼而輕為之哉唐有天下二百年矣聖君賢相相踵其餘文武之士立功名跨越前後者不可勝音升數所矩切豈一人卒能紀而傳之耶僕年志已就衰退不可自宰相知其無他才能不足用哀其老窮齟齬無所合不欲令四海內有戚戚者猥言之上苟加一職榮之耳非必督責迫蹙令就其功役也賤不敢逆盛指行且謀引去且傳云聞見不同善惡隨人所見甚者附黨憎

愛不同巧造言語鑿空上鑿周禮抵其鑽空欲其宛也構立善惡事跡於今何所承受取信而可草草作傳記令傳萬世乎若無鬼神豈可不自慙愧若有鬼神將不福人僕雖駭語駭切亦粗知自愛實不敢率爾為也夫唐鉅跡及賢士大夫事皆磊磊魯猥切楚辭石磊磊兮葛蔓蔓掀音軒天決一無決字地必不沈沒一云落落掀天地決不沈沒今館中非無人必將有作者勤而纂之後生可畏安知不在足下洪曰今本脫不在二字亦宜勉之愈再拜

音註韓文公文外集卷第二

音註韓文公文外集卷第三

序

送汴州監軍俱文珍序 并詩

今之天下之鎮陳留爲大屯兵十萬連地四州左淮右河抱負齊楚濁流浩浩舟車所同故自天寶已來當藩垣屏翰之任有弓矢鈇鉞上音膚下音越之權皆國之元臣天子所左右其監統中貴必材雄德茂榮耀寵光能俯達人情仰喻天意者然後爲之故我監軍俱公輟侍從之榮受腹心之寄奮其武毅張我皇威遇變出奇先事獨運偃息談笑危疑以平天子無東顧之憂方伯有同和之美十三年春將如京師相國隴西公飲餞于青一作門之外謂功德皆可歌之也命其屬咸作詩以鋪繹之詩曰

奉使羌池靜，臨戎汴水安（一作闇）。冲天鵬翊闊，報國劒鋩寒。曉日驅征騎，春風詠采蘭。誰言臣子道，忠孝兩全難。

送浮屠令縱西游序

其行異，其情同，君子與其進可也。令縱，釋氏之秀者，又善爲文，浮游倘佯（上音常，下音羊），跡接天下。藩維大臣，文武豪士，令縱未始不褰衣而負業，往造其門下。其有尊行美德，建功樹業，令縱從而爲之歌頌，典而不諛，麗而不淫，其中有古人之遺風（一有可字）。與乘間致密，促席接膝，譏評文章，商較士人（一作人事），浩浩乎不窮，愔愔（揖深切）乎深而有歸。於是乎吾忘令縱之爲釋氏之子也。其來也雲凝，其去也風休。方歡而已辭，雖義而不求。吾於令縱，不知其不可也。盍賦詩以道其行乎。

與（一作送）路鵠秀才序

輞（音罔地名唐史王維別墅在輞川）川男子平陽路鵠應進士舉四年愈自河南令復爲博士鵠執弟子摳（上格侯切挈衣也禮記摳衣趨隅）衣之容令年春獲譴南荒鵠攣羸（倫爲切）車借馬令汍瀾涕洟拜手于西請予敘述以釋塵翳（音翳說文塵埃也）路氏得姓歷二十年洎中路侯後至拜諫議大夫凡二十三世世稱德門人不得並鵠不圮（符鄙切）先人之餘烈旣丱（古患切）角學文（一作文）有新才非君臣上下之訓不道（一作踐）於口國家每歲貢士凡數千登墉彀隼考藝偕鵠者（一無者字）十缺其七八向鵠屢戰不勝將堪會於賢春官也非鵠愚也由是病夫昌黎韓愈命文序路鵠

贈別序（此篇疑有誤處）

昔予汎淮至壽揖生於南陽伯門釋然相笑假論以相同
合燕終月揚文露志去而息絶默以記念則罔交知格予
兹三年予實來徐方惘焉又見氣質清茂大幾乎成静而
究之朗動經冊穆爲一無爲字焉能傳我則歎異不窮噫學之
弘人諒哉始則然吾用知其往方將友夫子於直道迺惑
離而不志又焉昭予知

送毛仙翁十八兄序 洪曰唐人贈仙翁歌詩賛序甚衆劉夢得云長慶二年壬寅秋九月止鄂州官舍有異客毛仙翁至手容秀月情貌輝然坐久語及相國裴公侍郎韓公皆方外交嘗有述序其察人吉凶貴賤壽夭皆驗發利辭指幖毫釐無所疑忌聞者失色至於金火飛伏之道鍊鬼御氣之訣吾又莫得而窮之矣元微之曰余廉問浙東歲毛仙翁東然見顧越之人士識之者相與言曰仙翁嘗與葉法善吳筠游稽山逮兹多歷年所而風貌愈少真風道骨玄格高情宜濃孤鶴不可云階前微之觀察浙東在長慶四年也牛思黯曰今兄不離世間而出世間浩蕩乎嗜慾之

境踈瞯乎人情之圄雙眸炅然紅膚若花迅駛無
羈疎步驅然予安謂其非至人乎昔昌黎韓公裴
李二相皆命世大賢與兄文字不曰師則曰友賦
利軒冕固仙兄不萌於心大和三年秋九月偶邂
逅兄夏口眷予塵俗受之玄記杜光庭曰仙翁名
于字鵠漸得乂視之道不知其甲子常如三十許
人雪肌玄髪若處子裴晉公度牛公僧孺令狐公楚
李公程宗閔紳楊公嗣復於陵王公起元公稹當
代之賢相韓公愈白公居易崔公郾鄭都尉幹李
公益張公仲方沈公傳師崔公元略劉公禹錫柳
公綽李公翺當代名士或師以敬之或兄以事
之或美其登真出世或紀其孺貧嬰姿或異其藏
往知來或敘其夜舍求玉霞綺交煥組繡相宜蓋
玄史之盛事也自元和洎大中戊寅五十餘年容
色不改信非常人矣人之所以生化者有爲也情
以動之智以役之是非以惑之喜怒以戰之取捨以
營之馳騖以勞之氣耗於内神疲於外氣竭而形
衰形凋而神逝以至死矣修道之士黜嗜好隳聰
明凝然無心澹然無欲收視返聽虚室生白一胎合
自然觀化之初窮物之始浩然動息與道爲一寒
暑不能干指顧乎八極之外逍遥乎六虚之表無
所不察無所不知目能洞察耳能洞聽亦能不由
乎耳目何者神鑒於未然智通於無極也如此則
世之休咎壽夭貴富貧賤皎然在目豈俟乎陰陽

之數著龜之兆而後知之乎仙翁其人也戊寅大中十二年也白樂天在江州有贈仙翁詩見本集

仙翁姓毛字手注曰今本誤作千杜光庭云名十字鴻漸與此不同姬與韓爲族末洪曰毛姬姓也年爲弟也相識於潮陽逆旅敘宗焉察乎言不由乎孔聖道不由乎老莊教而以慧性知人爵禄厚薄壽命長短發言如駃音史又踈吏切玉篇疾也詩駛彼晨風注賢人往之駛疾如晨風之飛入北林駟囁嚅上之陟切又而涉切下音儒持疑於脣吻間即信乎異人也若古之許負輩不足以言哉然兄言果有徵期愈自典袁州從袁州除國子祭酒後主兵部事續拜京兆尹又改吏部侍郎若果如兄言即掃廳屋候兄一日歡笑資一作是亦足馳不朽之名也酒酣留詞走筆而成不能采其文華一作章之要也時元和十六年巳亥四月十六日族弟門人韓愈序洪曰十四年今本誤作十六年或云此序非退之作以公於仙翁不當稱門人然以唐人贈仙翁詩文考之則退之實有此序矣

終

音註韓文公文外集卷第四

雜文

通解 洪曰通解擇言解鄠人對或云皆少時所作

今之人以一善爲行而恥爲之慕達節而稱夫通才者多矣然而脂韋汨没以至於老死者相繼亦未見他人之稱其豈非害教賊名之術歟且五常之教與天地皆生然而天下之人不得其師終不能自知而行之矣故堯之前千萬年天下之人促促然不知其讓之爲美也於是許由哀天下之愚且以爭爲能遁脫屣其九州高揖而辭堯由是後之人竦然而言曰雖天下猶有薄而不售者上又呪切況其小者焉故讓之教行於天下許由之爲師也自桀之前千萬年天下之人循循然不知忠易其死也故龍逄哀天下

之不仁，覩君父百姓入水火而不救，於是進盡其言，退就其割烹。故後之臣諫然而言曰：雖萬死猶有忠而不懼者，況其小者焉。故其忠之教行於天下，猶龍逢之爲師也。自周（一作朌）之前千萬年，渾渾（胡本切）然不知義之可以換其生也。故伯夷哀天下之偷，且以彊則伏食其葛薇，逃山而死。於是後之人諫然而言曰：雖餓死猶有死（一作搖，一作義）而不懼者，況其小者焉。故義之教行於天下，由伯夷之爲師也。是三人俱以一身立教，而爲師於（一有百字）千萬年間。其身亡而其教存，於扶持天地而功亦厚矣。鄉（向）令三師恥獨行，慕通達，則堯之日必曰得位而濟道，安用讓爲？夏之日必曰長進而否退，安用死爲？周之日必曰和光而同塵，安用餓爲？若然者，天下之人促促然而爭，循循然而佞，渾渾然而偷其何懼而不爲哉是則三師生於今必謂偏而不通者矣其可不謂之大賢人哉嗚呼今之人其慕通達之爲弊也且古聖人言通者蓋百行衆藝備於身通而行之者也今恒人之言通者蓋百行衆藝闕於身而求合者也是則古之人言通者通於道義今之人言通者通於私曲其亦異矣將欲齊之者其猶蛉糞丸而擬質隋珠者乎且令今父兄教其子弟者曰爾當通於行如仲尼雖愚者亦知其不能也曰爾尚力一行如古之賢雖中人亦希其能矣豈不由聖可慕而不可齊耶賢可及而可齊也今之人行未能及乎賢而欲齊乎聖者亦見其病矣夫古人之進修或幾乎聖人今之人行不出乎中人而恥乎力一行爲獨行且曰我周通同如聖人彼其欺心耶吾不知矣彼其欺人

而賊名耶吾不知矣余懼其說之將深爲通解

擇言解

火洩於密而爲用且大能不違於道可燔可炙可鎔可甄以利乎生物及其放而不禁反爲災矣水發於深而爲用且遠能不違於道可浮可載可飲可灌以濟乎生物及其導而不防反爲患矣言起於微而爲用且博能不違於道可化可令可告可訓以推於生物及其縱而不慎反爲禍矣火既我災有水而可伏其焰能使不焰一作陷又作蹈於灰燼矣水既我患有土而可遏其流能使不仆敷故切又匹候切於波濤矣言既我禍即無以掩其辭能不罹其失一作於過者亦鮮矣所以知理者又焉得不擇其言歟其爲慎而甚於水火

鄠人對上胡古切

鄠有以孝爲旌門者乃本其自於鄠人曰彼自剔股以奉母疾瘳大夫以聞其令尹令尹以聞其上上俾聚土以旌門使勿輸賦欲爲後勸鄠大夫常曰他邑有是人乎愈曰母疾則於其烝粉藥石以爲是未聞毁傷支體以爲養在教未聞有如此者苟不傷於義則聖賢當先衆而爲之也是不幸因而且致死則毁傷滅絶之罪有歸矣其爲不孝得無甚乎苟有合孝之道又不當旌門蓋生人之所宜爲曷足爲異乎既以一家爲孝是辨一邑里皆無孝矣以一身爲孝是辨其祖父皆無孝矣然或陷於危難能固其忠孝而不苟生之逆亂以是而死者乃旌表（一有其字）門閭爵禄其子孫斯爲（去聲）爲勸已矧非是而希免輸者乎曾不以毁傷爲罪滅絶爲憂不腰於市而已黷於政况復旌其門

河南府同官記

永貞元年愈自陽山移江陵法曹參軍獲事河東公公嘗與其從事言建中初天子始紀年更元命官司舉貞觀開元之列（一作烈）羣臣惕慄奉職命材登良不敢私違當時自齒朝廷之士而上以及下百吏（一無吏字）執事官闕一人將補必取其良然而河南（一有同時字）於天下稱多獨得將相五人故於府之參軍則得我公於河南主簿則得故相國范陽盧公邁於汜（音凡水名前漢處兵汜水又姓皇甫謐云本姓凡遭秦亂避地於汜水因改焉）水主簿則得故相國今太子賓客滎陽鄭公餘慶於陸運（音魂）主簿則得今相國吏部侍郎天水趙公宗儒於登封主簿則得故吏部尚書東都留守吳郡顧公少連盧公去河南爲右補闕其後由尚書左丞至宰相鄭公去汜水爲監察

御史佐山南軍其後由工部侍郎至宰相罷而又爲趙公
去陸渾爲右拾遺其後由給事中爲宰相顧公去登封爲
監察御史其後由京兆尹至吏部尚書東都留守我公去
府爲長水尉其後由膳郎中爲荆南節度行軍司馬遂爲
節度使自工部尚書至吏部尚書三相國之勞布在史冊
顧吏部愼職小心于時有穀我公愿潔而沉密開亮而卓
偉行茂于宗事脩于官嗣紹家烈不違其先作帥南荆厥
聞休顯武志既揚文教既熙登槐贊元其慶且至故好語
故事者以爲五公之始迹也同其後進而偕大也亦同其
稱名臣也又同官職雖財功德有巨細其忠勞於國家也
同有若將同其後而先同其初也有聞而問者於是焉書
既五年始立石刻其語河南府參軍舍庭中於是河東公

爲左僕射宰相出藩大邦開府漢南鄭公以工部尚書留守東都趙公以吏部尚書鎮江陵漢南地連七州戎士十萬其官宰相也留守之官居禁省中歲時出旌旗序留司文武百官於宫城門外而衙之江陵故楚都也戎士五萬三公同時千里相望可謂盛矣河東公名均姓裴氏

宜城驛記 一作記宜城驛一云代姪作

此驛置在古宜城内宜城驛東北有井傳是昭王井有靈異至今人莫汲驛前水傳是白起堰西山下澗灌此城壞楚人多死流城東陂臭聞遠近因號其陂曰臭陂有蛟害人漁者避之井東北數十步有楚一有昭字王廟有舊時高木萬株多不得其名歷代莫敢翦伐尤多古松大竹于太傅頔帥襄陽遷宜城縣并改造南境數驛材木取足此林舊

廟屋極宏盛今惟草屋一區然問左側人尚云每歲十月民相率聚祭其前（洪曰即公詩云一間茅屋祭昭王者）廟後（洪曰今誤作復 音偏復當作後）小城蓋王居也其內處偏高廣員八九十畝號殿城（洪曰今誤作域）當是王朝（洪曰今誤作廟）內之所也多甎可爲書硯自小城內地今皆屬甄（音真義見）氏甄氏於小城北立墅（承與切）以居甄氏有節行其子逢以學行爲助教元和十四年二月二日題

題李生壁（名平）

余始得李生於河中今相遇於下邳（下邳貞觀中屬泗元和中屬徐邳今本誤作邽）自始及今十五年矣始相見吾與之皆未冠未通人事追思多有可笑者與生皆然也今者相遇皆有妻子昔時無度量之心寧復可有是生之爲交何其近古人也是來也余黜於徐州將西居於洛陽汎舟於清泠池泊於文雅

臺下西望商州一作丘東望脩竹園入微子廟求鄒陽枚叔
司馬相如之故文久立於廟下悲那頌之不作於是者已
久隴西李翶太原王涯上谷侯喜實同與焉貞元十六年
五月十四日昌黎韓愈書

音註韓文公文外集卷第四

音註韓文公文外集卷第五

雜文

除崔羣戶部侍郎制

勑地官之職邦教是先必選國華以從人望具官崔羣體道履仁内和外敏清而容物善不近名從容禮樂之間特達圭璋之表比參密命弘益既多及貳儀曹升擢惟允邁此令德藹然休聲選賢與能于今惟重一作維盛擇才經賦自古尤難往慎乃司以服嘉命可 去去

祭汴州董相公文

維貞元十五年歲次己卯二月乙亥朔某日節度行軍司馬檢校右散騎常侍兼御史大夫知使事吳郡男陸長源度支營田判官檢校金部員外郎侍御史孟叔度觀察

支使監察御史裏行丘潁觀察推官守祕書省校書郎韓愈等謹以少牢之奠敬祭于故尚書右僕射平章事隴西公之靈嗚呼天高而明地厚而平五氣敘行萬彙順成交感旁暢聖賢以生雨水于雲瀆水于神蓄昌生物有假有因天睠唐邦錫之元臣盹盹(字當從月音諄)元臣其德孔碩不諂不威(一作不咨不諂一作不陷不醋)不赫不求其用不致其敵不讎(一本不諂上有不咨字此叩無不讎字)爰立(一作扐)作相訏(音吁)謨實勤出若無辭疇德之聞帝念東土公其來撫乃守洛都乃藩浚(音峻)郊迺去厥疾迺施厥膏不知其勞鰥寡以饒維昔浚郊維亂舊政有狡有狂其羣孔醜公其來矣公爲(一作爲民)父母父誨其義母仁其愚既變既從親去其旃自爾祖遠混然一區公來自中天子所倚公今不歸誰佐天子既來至止東人以

完公既没矣人誰與安獨流渾渾胡本切有闕其郭塡道歡呼公來之初今公之歸公在喪一作哀車旨酒既盈嘉肴在盛音成黍稷在器周禮共其粢盛後同嗚呼我公庶享其誠尚饗

雷塘禱雨文此文見柳子厚集洪曰子厚所作此本外誤不可讀

維神之居維坎爲雷專此二狀一作象宅于巖隈風雗音萍一作馬雲車肅然一作焉徘徊能宅一作擇一作地產以秩一作祛災欽茲有靈爰以廟享一作饗誠惟致敬一云神惟智知敬我一作以誠往苟失其應一作正人神一作將安仰歲既旱暵害茲生長敢用昭告期於一作于肹蠁音響説文知聲蟲也前漢肹蠁布寫還景福肹蠁而興作愈自從一作朝受命臨茲裔壤涖政一方一作方初庶無淫枉㮣絜廉自持忠信猶一作是使苟有獲戾神其可罔一作調擢擢嘉生惟天之養豈使粢盛害於草莽騰波通氣出地奮響欽若神一作

成功，惟神是奬。

祭石君文

維元和七年，歲次壬辰，七月二十七日，右補闕宋景、國子博士韓愈謹以清酌庶羞之奠，祭于石三學士之靈：惟君學成于身，名彰于人，知道之可行，見人一作知命之不幸，不事顧讓，以圖就功。如何奄忽，永喪其躬。曰景、愈也，與游爲久，自君之逝，相遇輒哀。傍無彊親，子孩妻娘，敢忘分濟，念力未任。一作失侶客葬秦原，孤塊誰附。奠以送訣，音決悲何可窮。尚饗。

祭房君文

一有維字年月一有日字愈謹遣舊吏皇甫悅以酒肉之饋，展祭於五官蜀客之柩前。嗚呼！君廼至於此，吾復何言，若有鬼神，

吾未死無以妻子爲念嗚呼房君其能聞吾此言否尚饗

高君仙硯銘 并序

儒生高常與予下天壇中路獲硯石似馬蹄狀外稜孤聳内發墨色幽奇天然疑神仙遺物寶而用之請予銘底

仙馬有靈迹在于石稜而宛中有點墨迹文字之祥君家其昌

高君畫讚

君子温閑胷氣委和迹不拒物心不揚波澄源卷璞含白磋磋（一作瑳瑳）遺（一作罰）紙一張德音不忘

潮州請置鄉校牒

孔子曰道之以政齊之以刑民免而無恥不如以德（疑脱禮字）爲先而輔以政刑也夫欲用德禮未有不由學校師弟子

者此州學廢日久進士明經百十年間不聞有業成貢于王廷試于有司者人吏目不識鄉飲酒之禮耳未嘗聞鹿鳴之歌忠孝之行不勸亦縣之恥也夫十室之邑必有忠信今此州户萬有餘豈無庶幾者耶刺史縣令不躬爲之師里閭後生無所從學耳趙德秀才沈雅專靜頗通經有文章能知先王之道論說且排異端而宗孔氏可以爲師矣請攝海陽縣尉爲衙推專句當州學以督生徒興愷悌之風刺史出己俸百千以爲舉本收其贏餘以給學生厨饌

直諫表

洪曰直諫表論顔威狀舊本無之好事者編入別集觀其文決非退之作公在穆宗朝不聞有直諫事設或有之史官豈得不傳盡後人妄託公名以售其文才識庸下尚不堪爲退之作奴也直諫表云忝位聖唐見賢如思齊賢達之士所痛心怪駭而已愕然無圖等語皆不成文理

又去謹先著白衫俯伏西上閤門論顏威狀去今
臣獨陳一力胡能止百官之諫說者云白衫如何
得到閤門欲赦顏威止一許李同不可謂百官之
諫又云乞削盡臣官放歸田里又大臣當寸草之
命骨肉謝於陛下矣議刑常事安用此等語又此
狀在元和八年時退之年四十六爲比部郎中史
館修撰而云臣年齒衰
暮不堪政事皆妄也

臣某言臣愚昧忝位聖唐歷事三主矣臣以文學進身故
前代史皆得詳覽深聞古之聖主明帝之御天下也其祚
長褒宇肅平古之亂主昏君之有天下也其祚短海內亂
禍抑各有由蓋古先緜邈不可殫錄臣敢徵三王巳下治
亂之原以論得失伏惟皇帝陛下特賜采聽焉誠惶誠恐
頓首頓首惟大禹受禪於虞首臨大寶業業兢兢無遊于
逸罔淫于樂節嗜慾任賢才賞功罰戾納忠去邪以至於
晏清洎桀凶德恣行慢遊是好王政不修大典寢一作寖滅

九有之事一旦焚如唯殷湯煥乎帝德放于南巢肇修人
紀從諫弗咈淫穀絶耳不事畋游納方正之冊訊耆老（一作
者）之言至于和平洎紂侮亂厥常無敗丕業荒酗冒色毒
害忠良唯周王桓桓武威誓言戎屛禍建立王基聿修德義
誅念鰥寡不務逸遊八方清肅洎孽掓（乃板切與赧同）積咎日滋
輕喪盛烈或作威福與天下皆殄秦始皇創（初亮切說文造法創業也
周禮智者創物）安邦本則侮慢大猷天下紛擾人無覆載皇天監
臨下土不二代湮滅以至於大漢攻伐十年然後富有王
土洎文惠宣昭已歷數代守享國祚海內大康自開闢已
來未有如大漢之盛也苟非官人以材示人以信聞諫如
不足見賢如思齊輕薄賦歛翦截繞邪去鄭衛逐淫蕩
不重輕騎不好畋獵負扆懍懍恐若墜墜諸泉谷則天何能

不降景福以貽其輔哉魏晉以降治亂互興皆由德之不修以至誅滅敬慎乃位以至昌明洎聖唐赫有中土天下晏平高祖太宗之德與湯武侔比而睿宗玄宗肅宗之道過於漢之惠文明矣德宗神氣端重道德昭明布大義以賓四夷弘儉節以安黎庶先朝神武文明睿慮深遠式修往訓以育黎人御宇十有五年戡殘六將甲兵坐野而國用自豐問罪興師與天行罰酬功賞課允協大中由是府庫仍充人不歸怨自周漢已來未有先朝之大也陛下嗣膺丕烈文武通明寰海以清華夷增氣山川時序稼穡以豐臣頃在南荒慶幸無地謂王業中興於陛下之治也臣近祗召歸朝日覲丹闕所聞聖德或有所疑敢獻苦辭庶有裨（實彌切）益陛下頃以大道坦蕩周徧郊畿累日宴遊忘

返王政恣車騎於嶮巇(上音險下虛宜切山際也甚丹崖嶮巇)之地騄龍驥於大壑之中內人與獵士通衢大君與凡庶爭路亦可怪哉亦可畏哉初有此議朝野震驚故太子少師鄭餘慶率百官上諫以事必不可冀回聖心陛下以至道無虞斷自宸慮畢竟行之羣臣以溫泉宮他舊城固壯陛下以至仁御物亦可防閑故其諫且止臣近聞陛下七月十五日幸安國寺觀禮空王以爲崇福施信示天下仁心又聞令兩軍勇夫恣樂于此縱百姓觀之復令內官先持金帛於前厚賞勝者用過數萬事以駭羣聽又聞八月二十五日幸魚藻宮令兩軍擊伎結筏(音伐)於池恣爲毬樂溺斃數衆糜財百萬是日天地變色日月沈光方正之臣殆欲自死且夫人之性命國之府庫自古聖帝莫不愛惜所以審

愼用刑輕減賦斂令陛下所用皆百姓筋力使耕者不得
食蠶者不得衣以應國用陛下不將以勞邊軍以護社稷
賑貸凶荒以施恵愛而用與勇夫伎士與灰棄何殊遂使
邊軍生心疲人聚怨賢達之士所痛心恠駭而已又聞九
月九日幸普濟寺亦如是作樂罷畋曲江坦率衢路庶士
凡俗與鑾駕交行宮官後宮共車馬通雜臣聞之戰恐愕
然無圖自古天子皆深固宮闕以衛不測事故而出必烏
先桐風鼓以數畢命有司禁道閑將士開輿然後出之尚
懐兢慄令陛下輕爲車騎不嚴龍威臣恐陛下社稷危於
垂堂矣臣又聞古之聖王之有天下也必旁求俊彦親自
詢事擇其善者以爲國楨蓋以天步艱難思得賢而佐
理王業之本教化之源今聞陛下自登位已來唯詔四方

進壯士戲臣珍禽異獸放縱宴樂以快天心逸遊苑囿用悅聖意臣觀陛下今日之事已過桀紂之時臣今直言非爲陛下一人蓋爲天下保其土一作上耳陛下若不納臣諫淫荒不息臣之家族連頸就戮甘心然而恐社稷非日傾危他時爲文藝者弄筆墨賢良隱逸快笑也陛下若納臣諫變忘舊事式遵王度非臣獨幸乃陛下享位無疆天下幸甚幸甚今朝亦有非陛下者然而畏其誅翦苟徇名在公今臣雖愚昧亦豈可不盡忠誠先朝十一二年冬用幻僧矯竪一作豎之言遠致佛骨歸還京師以禮之當時京師之人猖狂歸依臣處朝班謇紀偃切諤上諫先朝不納攘臂大怒又不蒙賜死遠投荒州明年二月先朝以佛骨葬于岐陽虔敬之心罔敢逸豫謂枯骨可祐無疆之休未得一

年上天降大禍先朝升遐如彼骨可憑臣家族合至灰滅先朝合享如山之壽矣當時齒朝之士不能梗直乃徇聖心亦爲臣非洎陛下纘承大天一作統不以臣愚復臣歸朝戰懼無地誠忝昌時令陛下不重龍威恣意遊逸不詢賢哲好尚嬌嬌一作淫臣今不避葅醢懇直詞諫冀有所補以報國恩伏惟皇帝陛下英明睿聖幸迴天鑒哀臣芻蕘以安天祚如其不可乞刑市朝臣死不恨無任懇迫之至謹先著白衫俯伏西上閤門獻表以聞

論顧威狀

元和八年五月七日神策軍奏稱當軍健兒顧威因酒醉打繼母一拳惧倒地致死者八日奉勅令有司議者兵部郎中許季同奏狀略云顧威身本賤人名繫戎旅久曾侍

衛頗著大功今者罪刑近至於死幸因醉酒悞托繼親豈
意致殂當推宿業況不動刀尺檢身又無青痕今使施刑
寃詞難弛當從重决仍賜餘生云云　至八月晚衙韓愈表
請從刑法者奉勑准詳李同奏狀九日又上此表臣某頓
首頓首死罪死罪臣聞先賢歎鳳鳥不至河不出圖蓋恨
不見聖明之代矣臣幸生遇明時長及聖代臣是以不揆
愚鄙效古人縣梁之節欲成陛下之基業豈復利於寸祿
乎昨者顏威弒其繼親奉詔下議許李同以其弧矢之小
藝蔑陛下之大法臣是以不避誅刑特以表奏陛下以其
曽侍衛而亂刑章臣聞臣弒其君子弒其父非一朝一夕
之故其所由來者漸矣履霜堅冰至今顏威雖云一拳
前後積怨之久方至於此陛下不思其深根欲為一拳而

法輕耳昔者邾婁之世有弑其父者國君爲之失席殺其人壞其室洿（汙胡切）其宮而豬（陟魚切）焉君踰月然後舉爵今雖殺其繼母一種天地何有厚薄一種尊親皆同服制陛下豈得輕乎故周書曰一萬方有罪在予一人陛下聞之乎臣是以惜陛下之大義成陛下之大望（一作聖）必以臣愚見不可不采古人有諍臣七人今臣之獨陳一力胡能止百官之諛哉臣以年齒衰暮不堪政事伏乞盡削臣官放歸田里逍遥從道以盡餘年臣本庸愚執在中正不識忌諱冒死上陳使言之無罪聞之足以戒臣當寸草之命骨肉謝於陛下矣若以詔議可從難遂遷變即當徵臣避席以俟嚴誅臣某去去

音註韓文公文外集卷第五

子開云文公外集五卷疑當時李漢有所不取亦疑有假冒失真者如雷塘禱雨文見於柳子厚集此所載殆不可讀以柳文校正十七處始定直諫表論顧威狀别本注云古此本獨收非文公所爲無疑也

音註韓文公文外集卷第六

順宗實錄卷第一 起癸酉盡貞元二十一年二月 史臣韓愈撰

順宗至德大聖大安孝皇帝諱誦德宗長子母曰昭德皇后王氏上元二年正月十二日生大曆十四年封爲宣王建中元年立爲皇太子慈孝寛大仁而善斷留心藝學亦微信尚浮屠法禮重師傅引見輒先拜善隸書德宗之爲詩并他文賜大臣者率皆令上書之德宗之幸奉天倉卒間上常親執弓矢率軍後先導衛備嘗辛苦上之爲太子於父子間慈孝交洽無嫌每以天下爲憂德宗在位久稍不假宰相權而左右得因緣用事外則裴延齡李齊運韋渠牟等以姦佞相次進用延齡尤狡險判度支務刻剥聚歛以自爲功天下皆怨怒上每進見候顔色輒言其不可

至陸贄張滂李充等以毀譖朝臣愯（所江切懼也左氏駟氏愯又音悚）懼諫議大夫陽城等伏閤極論德宗怒甚將加城等罪內外無敢救者上獨開解之城等賴以免德宗卒不相延齡渠卒上有力焉貞元二十一年癸巳德宗崩景申上即位太極殿冊曰維貞元二十一年歲次乙酉正月辛未朔二十三日癸巳皇帝若曰於戲天下之大寶惟重器祖宗之業允屬元良咨爾皇太子誦睿哲溫恭寬仁慈惠文武之道秉自生知孝友之誠發於天性自膺上嗣毓德春闈恪慎于厥躬祗勤于大訓必能誕敷至化安勸庶邦朕寢疾彌留弗興弗瘳是用命爾繼統俾紹前烈宜陟元后永綏兆人其令中書侍郎平章事高郢奉冊即皇帝位爾惟奉若天道以康四海懋建皇極以熙庶功無

忝我高祖太宗之休命上自二十年九月得風疾因不能言使四面求醫藥天下皆聞知德宗憂慼形于顏色數音朔自臨視二十一年正月朔含元殿受朝還至別殿諸王親屬進賀獨皇太子疾不能朝德宗爲之涕泣悲傷歎息因感疾恍惚日益甚二十餘日中外不通兩宮安否朝臣咸憂懼莫知所爲雖翰林內臣亦無知者二十三日上知內外憂疑紫衣麻鞋不俟正冠出九仙門召見諸軍使京師稍安二十四日宣遺詔上縗服見百寮二十六日即位上學書於王伾伾音丕頗有寵王叔文以碁進俱待詔翰林數侍太子碁叔文詭譎多計上在東宮嘗與諸侍讀并叔文論政至宮市事上曰寡人方欲極言之衆皆稱贊獨叔文無言既退上獨留叔文謂曰向者君奚獨無言豈有意邪

叔文曰叔文蒙幸太子有所見敢不以聞太子職當侍膳問安不宜言外事陛下在位久如疑太子收人心何以自解上大驚因泣曰非先生寡人無以知此遂大愛幸與王伾兩人相依附俱出入東宮聞德宗大漸上疾不能言伾即入以詔（一有召字）叔文（一有入字）坐翰林中使（一有決字）事伾以叔文意入言於宦者李忠言稱詔行下外初無知者以檢校司空平章事杜佑攝冢宰兼山陵使中丞武元衡爲副使宗正卿李紓爲按行山陵地使刑部侍郎鄭雲逵爲鹵簿使又命中書侍郎平章事高郢撰哀冊文禮部侍郎權德輿撰謚冊文太常卿許孟容撰議文

庚子百寮請聽政曰自漢以來喪期之數以日易月而皆三日而聽政我國家列聖亦克脩奉罔或有違況大行皇

帝酌於故實重下遺詔今日至期而陛下未親政事群臣
不敢安宜存大孝以寧萬國天下之幸不許是月昇泗州
爲上州
三月辛丑朔中書侍郎平章事臣郢門下侍郎平章事
臣珣瑜檢校司空平章事臣佑奉疏曰大行皇帝知陛下
仁孝慮陛下悲哀不即人心聽政事故發遺詔令一行漢
氏之制今陛下安得守曾閔匹夫之小行忘皇王繼親之
大孝以虧臣子承順之義猶不許
壬寅宰臣又上言曰陛下以聖德至孝繼受寶命宜奉先
帝約束以時聽斷不可以久從之
癸卯朝百寮于紫宸門杜佑前跪進曰陛下居憂過禮群
臣懼焉願一覩聖顏因再拜而起左右乃爲皇帝舉帽百

寮皆再拜佑復奏曰陛下至性殊常哀毀之甚臣等不勝
惶灼伏望爲宗廟社稷割哀强食
景午罷翰林陰陽星卜醫（於其切）相覆碁諸待詔三十二人
初王叔文以碁待詔既用事惡其與己儕類相亂罷之
己酉易定節度（一有使字）張茂昭同中書門下平章事餘如
故河北節度自至德已來不常朝覲前年冬茂昭來朝未
還故寵之
辛亥詔吏部侍郎韋執誼守左丞同中書門下平章事賜
紫初執誼爲翰林學士知叔文幸於東宮傾心附之叔文
亦欲自廣朋黨密與交好至是遂特用爲相
乙卯太常奏禮云喪三年不祭唯祭天地社稷周禮圜鐘
之均六變天神皆降林鐘之均八變地示咸出不廢天地

之祭不敢以卑廢尊也樂者所以降神也不以樂則祭不
成今遵遺詔行易月之制請制內遇祭輟樂終制用樂從
之又奏禮三年祭宗廟今請俟祔（音附）廟畢復常從之
辛酉貶京兆尹李實爲通州長史詔詞一道（一無詞一道三字）曰（一有
京尹二字）實素以宗屬累更任使驟升班列遂極寵榮而政乖
惠和務在苛厲比年旱暵（一作歉）先聖憂人特詔逋租悉皆
蠲免而實敢肆誣罔復令徵剝頗紊朝廷之法實惟聚斂
之臣自國家已來增毒彌甚無辜斃踣（音匐）深所興嗟朕嗣
守洪業敷弘理道寧容蠹政以害齊人宜加貶黜用申邦
憲尚從優貸俾佐遠藩實諂事李齊運驟遷至京兆尹恃
寵強愎（符逼切很也左氏愎諫違卜注戾也）不顧文法是時春夏旱京畿之
食實一不以介意方務聚斂徵求以給進奉每奏對輙曰

今年雖旱而穀甚好由是租稅皆不免人窮至壞屋賣瓦木貸(一無貸字)麥苗以應官優人成輔端爲謠嘲之實聞之奏輔端誹謗朝政杖殺之實遇侍御史王播於道故事尹與御史相遇尹下道避實不肯避導騎如故播詰(欺吉切)讓導騎者實怒遂奏播爲三原令廷詬(呼漏切)之陵(一作凌)轢(音歷)公卿已下隨喜怒誣奏遷黜朝廷畏忌之嘗有詔免畿內逋租實不行用詔書徵之如初勇於殺害人吏不聊生至譴市里讙呼皆袖瓦礫(音歷)遮道伺之實由間道獲免

壬戌制殿中丞皇太子侍讀翰林侍詔王伾可守左常侍依前翰林侍詔蘇州司功王叔文可起居舍人翰林學士又以司勳員外郎翰林學士知制誥鄭絪(音因)爲中書舍人學士如故又以給事中馮伉爲兵部侍郎以兵部員外郎

史館修撰歸登爲給事中修撰如故登充侍讀皆在東宮時侍讀以師傅恩拜

音註韓文公文外集卷第六

音註韓文公文外集卷第七

順宗實録卷第二 起二月盡三月

二月甲子上御丹鳳門大赦天下自貞元二十一年二月二十四日昧爽已前大辟已下罪無輕重常赦所不原者咸赦原之諸色人中有才行兼茂明於理體者經術精深可爲師法者達於吏理可使從政者宜委常參官各舉所知其在外者長吏精加訪擇具名聞奏仍優禮發遣舊事宮中有要市外物令官吏主之與人爲市隨給其直貞元末以宦者爲使抑買人物稍不如本估末年不復行文書置白望數百人於兩市并要鬧坊閱人所賣物但稱宮市即斂手付與真僞不復可辨無敢問所從來其論價之高下者率用百錢物買人直數千錢物仍索進奉門户并脚

價錢將物詣市至有空手而歸者名爲宮市而實奪之嘗有農夫以驢負柴至城賣遇宦者稱宮市取之纔與絹數尺又就索門戶仍邀以驢送至內農夫涕泣以所得絹付之不肯受曰須汝驢送柴至內農夫曰我有父母妻子待此然後食今以柴與汝不取直而歸汝尚不肯我有死而已遂毆宦者街吏擒以聞詔黜此宦者而賜農夫絹十疋然宮市亦不爲之改易諫官御史數奏疏諫不聽上初登位禁之至大赦又明禁之貞元中要乳母皆令選寺觀婢以充之而給與其直例多不中選寺觀次當出者賣產業割與地買之貴有姿貌者以進其徒苦之至是亦禁焉貞元末五坊小兒張捕鳥雀於閭里皆爲暴橫坊子以取錢物至有張羅網於門不許人出入者或有張井上者

使不得汲水近之輒曰汝驚供奉鳥雀痛毆之出錢物求謝乃去或相聚飲食於肆醉飽而去賣者或不知就索其直多被毆罵或時留蛇一囊爲質曰此蛇所以致鳥雀而捕之者今留付汝幸善飼之勿令飢渴賣者媿謝求哀乃攜而去上在春宮時則知其弊常欲奏禁之至即位遂推而行之人情大悅

乙丑停鹽鐵使進獻舊鹽鐵錢物悉入正庫一助經費其後主此務者稍以時市珍玩時新物充進獻以求恩澤其後益甚歲進錢物謂之羨餘而經入益少至貞元末逐月有獻焉謂之月進至是乃罷命右金吾將軍兼中丞田景度持節告哀於吐蕃以庫部員外熊執易爲副兵部郎中兼中丞元季方告哀于新羅且冊立新羅嗣王主客員外

郎兼殿中監馬于爲副
三月庚午朔出後宫三百人
辛未以翰林待詔王伾爲翰林學士
壬申以故相撫州别駕姜公輔爲吉州刺史前户部侍郎判度支汀州别駕蘇弁爲忠州刺史追故相忠州别駕陸贄郴音琛州别駕鄭餘慶前京兆尹杭州刺史韓皐前諫議大夫道州刺史陽城赴京師德宗自貞元十年已後不復有赦令左降官雖有名德才望以微過忤旨譴逐者一去皆不復叙用至是人情大悦而陸贄陽城皆未聞追詔而卒於遷所士君子惜之
癸酉出後宫并教坊女妓六百人聽其親戚迎于九仙門百姓相聚讙呼大喜

景戌詔曰檢校司空平章事杜佑可檢校司徒平章事充度支并鹽鐵使以浙西觀察李錡其綺切又魚倚切爲浙西節度檢校刑部尚書賜徐州軍額曰武寧制曰朕欽委元臣綜釐重務爰求貳職固在能臣起居舍人王叔文精識瓌公回切材寡徒少欲質直無隱沉深有謀其忠也盡致君之大方其言也達爲政之要道凡所詢訪皆合大猷宜繼前勞佇光新命可度支鹽鐵副使依前翰林學士本官賜如故初叔文既專內外之政與其黨謀曰判度支則國賦在手可以厚結諸用事人取兵士心以固其權又懼驟使重職人心不服籍杜佑雅有會計之名位重而務自全易可制故先令佑主其名而除之爲副以專之以戶部尚書判度支王紹爲兵部尚書以吏部郎中李鄘爲御史中丞武元

衡爲左庶子初叔文黨數人貞元末已爲御史在臺至元衡爲中丞薄其人待之鹵莽上音魯下莫古切皆有所憾而叔文又以元衡在風憲欲使附己使其黨誘以權利元衡不爲之動叔文怒故有所授

庚寅制門下侍郎守吏部尚書平章事賈耽可檢校司空兼左僕射守門下侍郎平章事鄭珣瑜可守吏部尚書守中書侍郎平章事高郢可守刑部尚書守尚書左丞平章事韋執誼可守中書侍郎並依前平章事

癸巳詔曰萬國之本屬在元良主器之重歸于長子所以基社稷而固邦統古之制也廣陵王某孝友温恭慈仁忠恕博厚以容物寬明而愛人祗服訓詞言皆合雅講求典學禮必從師居有令聞動無違德朕獲纘丕緒祗若大猷

惟懷永圖用建儲貳以承宗廟以奉粢盛（音成）爰舉舊章俾膺茂典宜冊爲皇太子改名其仍令所司擇日備禮冊命

初廣陵王名從水傍耳至冊爲皇太子始改從今名

丁酉吏部尚書平章事鄭珣瑜稱疾去位其日珣瑜方與諸相會食於中書故事丞相方食百寮無敢謁見者叔文是日至中書欲與執誼計事令直省通執誼直省以舊事告叔文叱直省直省懼入白執誼執誼逡巡慚赧（乃版切與赧同）竟起迎叔文就其閤語良久宰相杜佑高郢鄭珣瑜皆停筯以待有報者云叔文索飯韋相已與之同飡閤中矣佑郢等心知其不可畏懼叔文執誼莫敢出言珣瑜獨歎曰吾豈可復居此位顧左右取馬徑歸遂不起前是左僕射賈耽以疾歸第未起珣瑜又繼去二相皆天下重望相次

歸卧叔文執誼等益無所顧忌遠近大懼焉

音註韓文公文外集卷第七

音註韓文公文外集卷第八

順宗實錄卷第三 起四月盡五月

夏四月乙巳上御宣政殿冊皇太子冊曰建儲貳者必歸於冢嗣固邦本者允屬於元良咨爾元子廣陵王某幼挺岐嶷魚力切長標洵淑佩詩禮之明訓宣忠孝之弘規居惟保和動必循道識達刑政器合温文愛敬奉於君親仁德聞於士庶神祇龜筮罔不協從是用命爾爲皇太子於戲維我列祖之有天下也功格上帝祚流無窮光纘洪業逮予十葉虔恭寅畏日慎一日付爾以承祧之重勵爾以主鬯之勤以貞萬國之心以揚三善之德爾其尊師重傅親賢遠佞非禮勿踐非義勿行對越天地之耿光丕承祖宗之休烈可不慎歟時上即位已久而臣下未有親奏對者

内外盛言王伾王叔文專行斷决曰有異説又屬頻雨皆以爲羣小用事之應至將册禮之夕雨乃止逮行事之時天氣清朗有慶雲見識者以爲天意所歸及覩皇太子儀表班行既退無不相賀至有感泣者

戊申詔曰惟先王光有天下必正我邦本以立人極建儲貳以承宗祧所以啓迪大猷安固洪業斯前代之令典也皇太子某幹仁秉哲恭敬温文德協元良禮當上嗣朕奉若丕訓憲章前式惟承社稷之重載考春秋之義授之匕鬯以奉粢盛爰以令辰俾膺茂典今册禮云畢感慶交懷思與萬方同其惠澤自貞元二十一年二月二十四日巳後至四月九日昧爽已前天下應犯死罪者特降從流流已下遞減一等文武常參并州府縣官子爲父後者賜勳

兩轉古之所以教太子必茂選師傅以翼輔之法於訓詞而行其與禮左右前後罔非正人是以教諭而成德也給事中陸贄中書舍人崔樞積學懿文守經據古夙夜講習庶協于中並充皇太子侍讀天下孝子順孫先旌表門閭者委所管州縣各加存卹

庚戌封皇太子長子寧等六人爲郡王

癸酉贈吐蕃弔祭使工部侍郎兼御史大夫史館修撰張薦禮部尚書薦字孝舉代居深州之陸澤祖文成博學工文詞性好詼諧七登文學科薦聰明強記歷代史傳無不貫通爲太師顏真卿所稱賞遂知名大曆中江（一作浙）東觀察表薦之授左司禦率府兵曹參軍兼史館修撰貞元初爲太常博士四年迴紇（下没切）求和親使送咸安公主入迴

紇以薦爲判官改授殿中侍御史累遷諫議大夫十一年冊迴紇子薦以祕書少監持節爲使還久之遷祕書監二十年吐蕃贊普死以薦爲工部侍郎兼御史大夫持節吊贈卒於赤嶺東迴紇辟吐蕃傳歸其柩前後三使異國自始命至卒常兼史職在史館二十年著宰輔傳略五服圖記寓居録靈怪集等

景寅罷閩中萬安監先是福建觀察柳冕久不遷欲立事迹以求恩寵乃奏云閩中南朝放牧之地畜羊馬可使孳息請置監許之收（供日收今本誤作牧）境中畜産令吏牧其中羊大者不過十斤馬之良者估不過數千不經時輒死又斂百姓苦之遠近以爲笑至是觀察閻濟美奏罷之

丁卯命焚容州所進毒藥可殺人者

五月己巳以杭州刺史韓皐爲尚書左丞

辛未以右金吾大將軍范希朝爲檢校右僕射兼右神策京西諸城鎭行營兵馬節度使叔文欲專兵柄藉希朝年老舊將故用爲將帥使主其名而尋以其黨韓泰爲行軍司馬專其事

甲戌以度支郎中韓泰守兵部郎中兼中丞充左右神策京西都柵行營兵馬節度行軍司馬賜紫

乙亥追改爲檢校兵部郎中職如故

甲申以萬年令房啓爲容州刺史兼御史中丞初啓善於叔文之黨（一有因字）相推致遂獲寵於叔文求進用叔文以爲容管經略使使行約至荊南授之去脫不得荊南即與湖南啓宿（音秀）留（音溜）於江陵久之方行至湖南又久之而叔文

與執誼爭權數有異同故不果尋聞皇太子監國皆惶駭
奔馳而往是日以郴州員外司馬鄭餘慶爲尚書左丞
乙酉以尚書左丞韓皋爲鄂岳觀察武昌軍節度使初皋
自以前輩舊人累更重任頗以簡倨自高嫉叔文之黨謂
人曰吾不能事新貴人皋從弟曄幸於叔文以告叔文故
出之
辛卯以王叔文爲戶部侍郎職如故賜紫初叔文欲依前
帶翰林學士官者俱文珍等惡其專權削去翰林之職叔
文見制書大驚謂人曰叔文日時至此商量公事若不得
此院職事即無因而至矣王伾曰諾即疏請不從再疏乃
許三五日一入翰林去學士名又與歸登同日賜紫內出
衫笏賜登而叔文不霑文珍等所惡獨不得賜由此始懼

以衢州別駕令狐峘爲祕書少監峘國子祭酒德棻音焚玄
孫進士登第司徒楊綰未達時遇之以爲賢爲禮部修史
引峘入史館自華原尉拜拾遺累遷起居舍人大曆八年
劉晏爲吏部尚書奏峘爲刑部員外判南曹累遷至禮部
侍郎峘之判南曹晏爲尚書楊炎爲侍郎峘得晏之舉分
闕必擇其善者與晏而以惡者與炎炎固已不平至峘爲
禮部而炎爲相有杜封者故相鴻漸之子求補弘文生炎
嘗出杜氏門下託峘以封峘謂使者曰相公欲封成其名乞
署封名下一字峘因得以記焉炎不意峘賣之署名屬峘
峘明日疏言宰相炎迫臣以威臣從之則負陛下不從即
炎當害臣德宗以問炎炎具道所以德宗怒曰此姦人不
可柰欲杖而流之炎救解乃黜爲衢州別駕貞元初李泌

為相以左庶子史館修撰徵至則與其同職孔述睿爭競細碎數侵述睿述睿長告一作著以讓不欲爭俄卒竇參為相惡其為人貶吉州別駕改吉州刺史齊映除江西觀察洪曰新命謂之除劉禹錫云黃紙除書每日聞樂天云黃紙除書無我名順宗實錄云齊映除江西觀察是也受代亦可曰除退之有自袁州除官還京行玄安陸詩杜牧有除官歸京睦州雨霽詩又有除官赴闕商山道中絕句晉王導辭中書監請為三師表云臣乞得除中書監蜀誠得傳是也過吉州崿自以前輩懷怏怏不以刺史禮見入謁從容步進不一有袜字首屬戎器映以為恨去至府奏崿舉前刺史過失鞫不得真無政事不宜臨郡貶衢州別駕上即位以祕書少監徵未至卒崿在史館修玄宗實錄一百卷撰代宗實錄三十卷雖頗勤苦然多遺漏不稱良史初德宗將厚奉元陵事崿時為中書舍人兼史職奏疏諫請薄其葬有答詔優獎元和三年以修

實録功追贈工部尚書是月以襄州爲襄府徙臨漢縣於古城曰鄧城縣

音註韓文公文外集卷第八

音註韓文公文外集卷第九

順宗實録卷第四 起六月盡七月

六月乙亥貶宣州巡官羊士諤爲汀州寧化縣尉士諤性傾躁時以公事至京遇叔文用事朋黨相煽頗不能平公言其非叔文聞之怒欲下詔斬之執誼不可則令杖殺之執誼又以爲不可遂貶焉由是叔文始大惡執誼往來二人門下者皆懼先時劉闢以劍南節度副使將韋皋之意于叔文求都領劍南三川謂叔文曰太尉使某致微誠於公若與某三川當以死相助若不用某亦當有以相酬叔文怒亦將斬之而執誼固執不可闢尚以遊京師未去至聞士諤遂逃歸

左散騎常侍致仕張萬福卒萬福魏州元城人也自曾祖

至父皆明經官止縣令州佐萬福以祖父業儒皆不達不喜書學騎射年十七入從軍遼東有功爲將而還累遷至壽州刺史州送租賦詣京師至潁川界爲盜所奪萬福使輕兵馳入潁州界討之賊不意萬福至惶迫不得戰萬福悉聚而誅之盡得其所亡物并得前後所掠人妻子財物牛馬萬計悉還其家爲淮南節度崔圓所忌失刺史改鴻臚卿以節度副使將兵千人鎮壽州萬福不以爲恨許杲以平盧行軍司馬將卒三千人駐濠音豪州不去有窺淮南意圓令萬福攝濠州刺史杲聞即提卒去止當塗陳莊賊陷舒州圓又以萬福爲舒州刺史督淮南岸盜賊連破其黨大曆三年召赴京師代宗謂曰聞卿名久欲一識卿且將累卿以許杲萬福拜謝因前曰陛下以許杲召臣如河

北賊諸將叛以屬何人代宗笑曰且欲議許杲事方當大
用卿即以爲和州刺史行營防禦使督淮南岸盜賊至州
杲懼移軍上元杲至楚州大掠節度使韋元甫命萬福討
之未至淮陰杲爲其將康自勸所逐自勸擁兵繼掠循淮
而東萬福倍道追而殺之免者十二三盡得其所虜掠金
銀婦女等皆獲致其家代宗詔以本州兵千五百人防秋
京西遂帶和州刺史鎮咸陽因留宿衛李正已反將斷江
淮路令兵守埇橋（上音甬几玉俗偏 地名在淮西）渦口江淮進奉船千餘隻
泊渦口不敢進德宗以萬福爲濠州刺史萬福馳至渦（烏和
切朴栂濉 盤過谷轉）口立馬岸上發進奉船淄青將士停岸睥睨不
敢動諸道繼進改泗州刺史爲杜亞所忌徵拜左金吾衛
將軍召見德宗驚曰杜亞言卿昏耄卿乃如是健耶圖形

凌煙閣數賜酒饌衣服并勑度支籍口畜給其費至賀陽城等於延英門外天下益重其名二十一年以左散騎常侍致仕元和元年卒年九十萬福自始從軍至卒祿食七十年未嘗病一日與九郡皆有恵愛

癸巳韋皐上表請皇太子監國又上皇太子牋尋而裴垍(巨至切)嚴綬表繼至悉與皐同贈故忠州别駕陸贄兵部尚書故道州刺史陽城左常侍

贄字敬輿吳郡人也年十八進士及第文以博學宏詞授鄭縣尉書判拔萃授渭南尉遷監察御史未幾選為翰林學士遷祠部員外郎德宗幸奉天贄隨行在天下搔擾遠近徵發書詔一日(一作日百)數十下皆出於贄贄操筆持紙成於須臾不復起草同職皆拱手嗟嘆不能有所助常啓德

宗言方今書詔宜痛自引過罪己以感人心昔成湯以罪己致興後代推以爲聖人楚王失國亡走一言善而復其國至今稱爲賢者陛下誠能不恡（音吝）改過以言謝天下臣雖愚陋爲詔詞無所忌諱庶能令天下叛逆者迴心喻旨德宗從之故行在制詔始下聞者雖武人悍卒無不揮涕感激議者咸以爲德宗克平寇難旋復天位不唯神武成功爪牙宣力蓋以文德廣被腹心有助焉累遷考功郎中諫議大夫中書舍人兼翰林學士丁母憂免喪權知兵部侍郎復入翰林中外屬意旦夕俟其爲相竇參深忌之贄亦短參之所爲且言其黷貨於是與參不能平尋眞拜兵部侍郎知禮部貢舉於進士中得人爲多八年春遷中書侍郎平章事始令吏部每年集選人舊事吏部每年集人

其後遂三年一置選選人猥至文書多不了尋勘真僞紛
雜吏因得大爲姦巧選士一蹉跌（徒結切）或至十年不得官
而官之闕者或累歲無人贄令吏部分内外官員爲三分
計闕集人以爲常其弊十去七八天下稱之初竇參出李
巽爲常州刺史且迫其行巽常銜之至參貶爲郴州别駕
巽適遷湖南觀察德宗常與參言故相姜公輔罪參漏其
語參敗公輔因上疏自陳其事非臣之過德宗詰知參
洩其語怒未有所發會巽奏汴州節度劉士寧遺參金帛
若干士寧得汴州參處其議士寧常德之故致厚既德宗
以參得罪而以武將交結發怒竟致參於死而議者多言
參死由贄焉（洪巨司馬温公云贄傳曰德宗殺參贄有力焉按贄請令長舉屬吏狀云亦由私訪所親轉爲所賣其濊非遠聖鑒明知乃解參之語也及參之死贄救解甚至當時之人見參贄有隙遂以己意猜之史臣）

不悅者因歸罪於贄耳唐小說云竇參所寵青衣上青者參死沒入掖庭因言陸贄誣陷參事德宗乃下詔雪參此說與舊史合也裴延齡判度支天下皆嫉怨而獨幸於天子朝廷無敢言其短者贄獨身當之日陳其不可用延齡固欲去贄而代之又知贄之不與已多阻其奏請也謗毀百端翰林學士吳通玄故與贄同職姦巧佞薄與贄不相能知贄與延齡相持有間因盛言贄短宰相趙憬本贄所引同對嫉贄之權密以贄所戲彈延齡事告延齡延齡益得以爲計由是天子益信延齡而不直贄竟罷贄相以爲太子賓客而黜張滂李充等權言事者皆一作多言其屈贄固畏懼室爲賓客拒門不納交親士友春旱德宗數獵苑中延齡疏言贄等失權怨望言於衆曰天下旱百姓且流亡度支愛惜不肯給諸軍軍中人無所食其事奈何以搖動羣心

其意非止欲中傷臣而已後數日又獵苑中會神策軍人跪馬前云度支不給馬草德宗意延齡前言即廻馬而歸由是貶贄爲忠州別駕滂充皆斥逐德宗怒未解贄不可測賴陽城等救乃止贄之爲相常以少年入翰林得幸於天子長養成就之不敢自愛事之不可者皆爭之德宗在位久益自攬持機柄親治細事失君人大體宰相益不得行其事職而議者乃去由贄而然洪曰溫公云凡爲宰相者皆欲專權安肯自求失職不任宰相乃德宗之失而歸咎於贄豈人情也贄論朝官闕員狀云頃之輔臣鮮克勝任過蒙容養苟備職員致勞睿慈臣細經慮此乃諫德宗不任宰相親治細事之詞也贄居忠州十餘年常閉門不出入人無識面者避謗不著書習醫方集古今名方爲陸氏集驗方五十卷卒於忠州年五十二上初即位與鄭餘慶陽城同徵詔始下而城贄皆卒

城字元宗北平人代爲官族好學貧不能得書乃求入集賢爲書寫吏竊官書讀之晝夜不出經六年遂無所不通乃去滄洲中條山下遠近慕其德行來學者相繼於道閭里有爭者不詣官府詣城以決之李泌爲相舉爲諫議大夫拜官不辭未至京師人皆相（一作想）望風采云城山人能自苦刻不樂名利必諫諍死職下咸畏憚之既至諸諫官紛紛言事細碎無不聞達天下（一作子）益厭苦之而城方與其二弟牟容連夜痛飲人莫能窺其意有懷刺譏之者將造城而問者城揣知其意彊與坐輒（一無彊與坐輒四字）彊與酒客或時先醉仆（敷救切又匹候切）席上或時先醉臥客懷中不能聽客語約其二弟云吾所得月俸汝可度吾家有幾口月食米當幾何買薪菜鹽米凡用幾錢先具之其餘悉以送

酒媼（音媪）無留也未嘗有所貯積雖其所服用切急不可闕
者客稱其物可愛城輒喜舉而授之陳萇者候其始請月
俸常往稱其錢帛之美月有獲焉至裴延齡譖陸贄等坐
貶黜德宗怒不解在朝無救者城聞而起曰吾諫官也不
可令天子殺無罪之人而信用姦臣即率拾遺王仲舒數
人守延英門上疏論延齡姦佞贄等無罪狀德宗大怒召
宰相入語將加城等罪良久乃解令宰相諭遣之於是金
吾將軍張萬福聞諫官伏閤諫趨往至延英門大言賀曰
朝廷有直臣（一作言）天下必太平矣遂徧拜城與仲舒等曰
諸諫議能如此言事天下安得不太平已而連呼太平萬
歲太平萬歲萬福武人時年八十餘自此名重天下時朝
夕相延齡城曰脫以延齡為相當取白麻壞之慟哭於庭

竟坐延齡事改國子司業至引諸生告之曰凡學者所以學爲忠與孝也諸生寧有久不省其親乎明日謁城歸養者二十餘人有薛約者嘗學於城狂躁以言事得罪將徙連州客寄有根蔕吏縱求得城家坐吏於門與約飲決別涕泣送之郊外德宗聞之以城爲黨罪人出爲道州刺史大學王魯卿李讜等二百七十人詣闕乞留住數日吏遮止之疏不得上在州以家人禮待吏人宜罰者罰之宜賞者賞之一不以簿書介意賦稅不登觀察使數誚讓上考功第城自署第曰撫字心勞徵科政拙考下下觀察使嘗使判官督其賦至州怪城不出迎以問州吏吏曰刺史聞判官來以爲已有罪自囚於獄不敢出判官大驚馳入謁城於獄曰使君何罪某奉命來候安否耳留一兩日未去城固

不復歸館門外有故門扇橫地城晝夜坐卧其上判官不
自安辭去其後又遣他判官崔某往按之崔承命不辭載
妻子一行中道而逃城孝友不忍與其弟異處皆不娶給
侍終身有寡妹依城以居有生年四十餘癡不能如人常
與弟負之以遊初城之妹夫亡在他處家貧不能葬城親
與其弟舁(音與)尸以歸葬於其居之側往返千餘里卒時年
六十餘
戊午以戶部侍郎潘孟陽爲度支鹽鐵轉運副使其日王
伾詐稱疾自免自叔文歸弟伾日詣中人并杜佑請起叔
文爲相且惣北軍既不得請以威遠軍使平章事又不得
其黨皆憂悸(其季切)不自保伾至其日坐翰林中疏三上不
報知事不濟行且卧至夜忽叫曰伾中風矣明日遂輿歸

不出戊子以禮部侍郎權德輿爲户部侍郎以倉部郎中判度支陳諫爲河中少尹伾叔文之黨於是始去

乙未詔軍國政事宜權令皇太子某勾當百辟群后中外庶僚悉心輔翼以底于理宣布朕意咸使知聞上自初即位則疾患不能言至四月益甚時扶坐殿羣臣望拜而已未嘗有進見者天下事皆專斷於叔文而李忠言王伾爲之内主執誼行之於外朋黨諠音喧譁胡瓜切榮辱進退生於造次惟其所欲不拘程度既知内外厭毒慮見摧敗即謀兵權欲以自固而人情益疑懼不測其所爲朝夕伺候會其與執誼交惡心腹内離外有韋皐裴均嚴綬等牋表而中官劉光奇俱文珍薛盈珍尚解玉等皆先朝任使舊人同心怨猜屢以啓上上固已厭倦萬機惡叔文等至是遂

召翰林學士鄭絪衛次公王涯等入至德殿撰制誥而發命焉又下制以太常卿杜黃裳爲門下侍郎左金吾衛大將軍袁滋爲中書侍郎並平章事又下制吏部尚書平章事鄭珣瑜刑部尚書平章事高郢並守本官罷相皇太子見百寮於東朝百寮拜賀皇太子涕泣不答拜

景申詔宰臣告天地社稷皇太子見四方使於麟德殿西亭

順宗實錄卷第四

音註韓文公文外集卷第九

音註韓文公文外集卷第十

順宗實録卷第五 起八月盡至山陵

八月庚子詔曰惟皇天佑命烈祖誕受方國九聖儲祉萬方咸休肆予一人獲纘丕業嚴恭守位不遑暇給而天佑匪降疾恙弗瘳將何以奉宗廟之靈展郊禋之禮疇咨庶尹對越上玄内愧于朕心上畏于天命夙夜祗慄惟懷永圖一日萬機不可以久曠天工人代不可以久違皇太子某濬哲温文寛和慈惠孝友之德仁愛之誠通于神明格于上下是用推皇王至公之道遵父子傳歸之制付之重器以撫兆人必能宣祖宗之重光荷天地之休命奉若成憲永綏四方宜令皇太子即皇帝位朕稱太上皇居興慶宮制勑稱誥所司擇日行册禮

永貞元年八月辛丑太上皇居興慶宮誥曰有天下者傳歸於子前王之制也欽若大典斯爲至公式揚耿光用體文德朕獲奉宗廟臨御萬方降疾不瘳庶政多闕乃命元子代予守邦爰以令辰光膺冊禮宜以今月九日冊皇帝於宣政殿仍命撿校司徒杜佑充冊使門下侍郎杜黃裳充副使國有大命恩俾惟新宜因紀元之慶用覃在宥之澤宜改貞元二十一年爲永貞元年自貞元二十一年八月五日昧爽已前天下應犯死罪特降從流流已下遞減一等又下誥曰人倫之本王化之先爰擇令圖允資內輔式表后妃之德俾形邦國之風茲禮經之大典也良娣王氏家承茂族德冠中宮雅修彤管之規克佩姆（莫補切又莫五切）師之訓自服勤蘋藻祗奉宗祧令範益彰母儀斯著宜正長秋之

位以明繼體之尊良娣董氏備位後庭素稱淑慎進升號位（一作號）禮亦宜之良娣可冊爲太上皇后良媛宜冊爲太上皇德妃仍令所司備禮擇日冊命宣示中外咸使知聞

壬寅制王伾開州司馬王叔文渝州司户並員外置馳驛發遣叔文越州人以碁入東宫頗自言讀書知理道乘間常言人間疾苦上將大論宫市事叔文説中上意遂有寵因爲上言某可爲將某可爲相幸異日用之密結韋執誼并有當時名欲僥倖而速進者陸質呂温李景儉韓曄韓泰陳諫劉禹錫柳宗元等十數人定爲死交而淩準程异等又因其黨而進交遊蹤跡詭祕莫有知其端者貞元十九年補闕張正買疏諫他事得召見正買與王仲舒劉伯芻裴茝（昌里切香草又止齒二音禮記婦或賜之茝蘭則受而獻諸舅姑）常仲孺呂洞相善

數遊止正買得召見諸往來者皆往賀之有與之不善者
告叔文執誼云正買疏似論君朋黨事宜少誡執誼叔文
信之執誼嘗爲翰林學士父死罷官此時雖爲散郎以恩
時時召入問外事執誼因言成季等朋讌聚遊無度皆譴
斥之人莫知其由叔文既得志與王伾李忠言等專斷外
事遂首用韋執誼爲相其常所交結相次拔擢至（一無至字）一日
除數人日夜羣聚伾以侍書幸寢陋吳語上所褻狎而叔
文頗任事自許微知文義好言事上以故稍敬之不得如
伾出入無阻叔文入至翰林而伾入至柿林院見李忠言
牛昭容等故各有所主伾主往來傳授劉禹錫陳諫韓
曄韓泰柳宗元房啓陵準等主謀議唱和採聽外事上
疾久不瘳內外皆欲上早定太子位叔文默不發議已立

太子天下喜而叔文獨有憂色常吟杜甫題諸葛亮廟詩末句云出師未用身先死長使英雄淚滿襟因歔欷（上音虛下音希又許飢切）流涕聞者咸切笑之雖判兩使事未嘗以簿書爲意日引其黨屛人切切細語謀奪宦者兵以制四海之命既令范希朝韓泰總統京西諸城鎮行營兵馬中人尚未悟會邊上諸將各以狀辭中尉且言方屬希朝中人始悟兵柄爲叔文所奪乃大怒曰從其謀吾屬必死其手密令其使歸告諸將曰無以兵屬人希朝至奉天諸將無至者韓泰白叔文計無所出唯曰奈何奈何無幾而母死執誼益不用其語叔文怒與其黨日夜謀起復起復必先斬執誼而盡誅不附己者聞者皆恟（許拱切）懼皇太子既監國遂逐之明年乃殺之伾杭州人病死遷所其黨皆斥逐叔文

最所賢重者李景儉而　最所謂奇才者呂温叔文用事時景儉持毋喪在東都而呂温使吐蕃半歲至叔文敗方歸故二人皆不得用叔文敗後數月乃貶執誼爲崖州司馬後二年病死海上執誼杜黄裳子壻與黄裳同在相位故最在後貶執誼進士對策高等驟遷拾遺年二十餘入翰林巧慧便辟媚幸於德宗而性貪婪（盧含切）詭賊其從祖兄夏卿爲吏部侍郎執誼爲翰林學士受財爲人求科第夏卿不應乃探（他南切）出懷中金以內夏卿袖夏卿驚曰吾與卿賴先人德致名位幸各已達豈可如此自毀壞擺（補買切）袖引身而去執誼大慙恨既而爲叔文所引用初不敢負叔文迫公議時時有異同輒令人謝叔文云非敢負約爲異同蓋欲曲成兄弟爾叔文不之信遂成仇怨然叔文

敗執誼亦自失形勢知禍且至雖尚爲相常不自得長奄奄無氣聞人行𣪠輒惶悸失色以至敗死時纔四十餘執誼自卑嘗諱不言嶺南州縣名爲郎官時嘗與同舍郎詣職方觀圖每至嶺南圖執誼皆命去之閉目不視至拜相還所坐堂北壁有圖不就省七八日試就觀之乃崖州圖也以爲不祥甚惡之憚不能出口至貶果得崖州焉

永貞二年正月景戌（洪曰戌當作寅下同）朔太上皇於興慶宮受朝賀皇帝率百僚奉上尊號曰應乾聖壽太上皇冊文曰維永貞二年歲次景戌正月景戌（一作寅）朔皇帝臣某稽首再拜奉冊言臣聞上聖玄邈獨超乎希夷殫名之極猶存乎罔象豈足以表無爲之德光不宰之功然稱謂所施簡冊攸著涵泳道德感於精誠仰奉洪徽有以自竭伏惟太上

皇帝陛下道繼玄元業纘皇極膺千載之休曆承九聖之耿光昭宣化源發揚大號政有敦本示儉慶裕格天恩翔春風仁育羣品而功成不處褰裳去之付神器於冲人想汾陽以高蹈躰堯之德與神同符其動也天其靜也地巍巍事表無得而言顧茲寡昧屬膺大寶懼忝傳歸之業莫申繼述之志夙夜兢畏惟懷永圖今天下幸安皆虔訓所被而未極徽號孰報君親是以台臣庶官文武之列抗疏於內方伯藩守億兆之衆同詞於外請因壽曆以播鴻名臣不勝大願謹上尊號曰應乾聖壽太上皇當三朝獻壽之辰應五紀啓元之始光膺徽稱允協神休斯天下之慶也

元和元年正月甲申太上皇崩于興慶宮咸寧殿年四十六遺誥曰朕觀一作聞死生者物之大歸脩短者人之常分古

先哲王明於至道莫不知其終以存義順其變以節哀故存者不至於傷生逝者不至於甚痛謂之達理以貫通喪朕自弱齡即敦清靜逮乎近歲又嬰沈痼甞亦親政益倦于勤以皇帝天資仁孝日躋聖敬爰釋重負委之康濟而能內睦于九族外勤于萬機問寢益嚴侍膳無曠推此至德以安庶邦朕之知子無愧天下今厥疾大漸不瘳不興付託得人顧復何恨四海兆庶亦奚所哀但聖人大孝在乎善繼樞務之重軍國之政纘而承之不可蹔闕以日易月抑惟舊章皇帝宜三日而聽政十三日小祥二十五日大祥二十七日釋服方鎮岳牧不用離任赴哀天下吏人詣至後出臨三日皆釋服無禁婚嫁祠祀飲酒食肉宮中當臨者朝晡各十五舉音非朝晡晡奔模切蜀志注費禕別傳常以朝晡聽事

臨時禁無得哭釋服之後勿禁樂他不在誥中者皆以類從事。

伏以崇陵仙寢復土纔終甸邑疲人休功未幾今又重勞營奉朕所哀矜況漢魏二文皆著遺令永言景行常志夙心其山陵制度務從儉約並不用以金銀錦綵爲飾百辟卿士同力盡忠克申送往之哀宜展事君之禮布告天下明知朕懷。

七月壬申葬豐陵謚曰至德大聖大安孝皇帝廟曰順宗

順宗實録卷第五

音註韓文公文外集卷第十

音註韓文公文外集卷第十一

遺文

徐州贈族姪 此篇得於洪慶善辨證

我年十八九壯氣起胷中作書獻雲闕辭家逐秋蓬歲時易遷次身命多厄窮一名雖云就片祿不足充今者復何事卑棲寄徐戎蕭條資用盡濩落門巷空朝眠未能起遠懷方鬱悰擊門者誰子問言乃吾宗自云有奇術探妙知天工既往悵何及將來喜還通期吾語非佞當爲佐時雍

嘲鼾下旦切鼻息也睡二首 洪曰李希觳家有退之遺詩數十篇希觳云皆非也獨嘲鼾睡二篇似之錄于末

澹師晝睡時聲氣一何猥頑飈吹肥脂坑谷相嵬磊雄哮

乍咽絶每發壯益倍有如阿鼻尸長嘆忍衆罪馬牛鷲不
食百鬼聚相待木枕十字裂鏡面生瘫瘑鐵佛聞皺眉石
人戰搖腿孰玄天地仁吾欲責眞宰幽尋風搜耳猛作濤
飜海太陽不忍明飛御皆隨息乍如彭與鯨呼寃受菹醢
又如圈中虎號痻蒹吼餓雉令伶倫吹苦韻難可改雉令
巫咸招鬼奕難復在何山有靈藥療此願與採
澹公坐卧時長睡無不穩吾嘗聞其㲉深處五藏擒黄河
弄瀆瀑梗澀連拙鮌南帝初奮槌一竅洩混沌洵然忽長
引萬丈不可忖謂言絶於斯繼出方袞袞幽幽寸喉中草
木森苯蕈盜賊雖狡獪亡魂敢窺闖鴻蒙總合雜詭譎騁
戾狠乍如鬭呶呶忽若怨懇懇賦形若不同無路尋根
本何能堙其源唯有土一畚

畫月

玉怨不磨著遲圭青天孔出白石補兎入曰藏蛙縮肚桂樹披株女閉戸陰爲陽羞固自古嗟汝下民或敢侮戲嘲盜視汝目瞽

贈張徐州莫辭酒

莫辭酒此會固難同請看工女機上帛半作軍人旗上紅莫辭酒誰爲君王之爪牙春雷三月不作響戰士豈得來還家

辭唱歌 此詩恐非

抑逼教唱歌不解着艷詞坐中把酒人豈有歡樂姿幸有伶者婦腰身如柳枝但令送君酒必醉如憨癡殷自肉中出使人能逶隨復遣慳恡者贈金不皺眉豈有長直夫喉

中觳雌雌君心豈不耻君豈是女兒君教發直言大觳無
休時君教哭古恨不肯復吞悲乍可阻君意艷歌難可爲
知音者誠希念子不能別行行天未曉攜手踏明月

知音者誠希

酬藍田崔丞立之詠雪見寄

京城數尺雪寒氣倍常年泯泯都無地茫茫豈是天崩奔
驚亂射揮霍訐相纏不覺侵堂陛方應折屋椽出門愁落
道上馬恐平轢朝鼓矜凌起山齋酩酊眠吾方嗟此役君
乃詠其妍冰玉清顏隋波濤盛句傳朝飡思共飯夜宿憶
同氊舉目無非白雄文乃獨玄

潭州泊船呈諸公

夜寒眠半覺鼓笛鬧嘈嘈暗浪舂樓堞驚風破竹篙主人

看使範客子讀離騷聞道松醪賤何須恠錯刀

歙城南道邊古墓上逢中丞過贈禮部衛員外少室張道士

偶上城南土骨堆共傾春酒兩三盃為逢桃樹相料理不覺中丞喝道來料音聊

池上絮

池上無風有落暉楊花晴後自飛飛為將纖質淩清鏡濕却無窮不得歸

監軍新竹亭記

前戎帥有壞公館而以其椽為私館之椽者以役百夫費不十旬然後其宇十克成咨嗟之聲垂聞于今天墜其家罔有寧燕神怒既洩國言未休於是軍司馬求順人意請於

相國而壞之既而我監軍公因人之樂爲用遂以其材横亭于茲地肇自甲子成于丁亥木無加斲瓦不新陶南北十尋堦峻二尺翼以二室穆然閎深及時之無虞四方之賓至掷賓佐將校相與讓登于西階之下肴羞旁行絲竹驚發歌者在席舞者在庭樂極般和而有節君子於是謂公之舉得其道矣取材於不費之原役功於不勞之人與衆無尤因舊易成建一事而衆美隨之斯不亦仁且智乎懷醇握明在帝左右入贊元化出臨大軍文德外優武義中渠以理平亂易危就安推是而言豈不其宜哉愈時在隴西公之幕既受宴於茲亭退爲其記

答侯生問論語書 洪曰張籍祭公詩云魯論未訖注手迹今微茫此書盖公晚年論著未成而死今世所傳如以晝寢爲畫寢三月爲音之類其説淺陋妄人之所託也

愈白侯生足下所示論語問甚善聖人踐形之說孟子詳於其書當終始究之若萬物皆備於我反身而誠是也苟有僞焉則萬物不備矣踐形之道無他誠是也足下謂賢者不能踐形非也賢者非不能踐形能踐而不備耳形言其備也所謂具體而微是也充實之謂美充實而有光輝之謂大充實則具體未大則微故或去聖一間或得其一體皆踐形而未備者唯反身而誠則能踐形之備者耳愈昔注解其書而不敢過求其意取聖人之旨而合之則足以信後生輩耳此說甚爲穩當切更思之愈白

相州刺史御史中丞田公故夫人魏氏墓誌銘并序

夫人魏氏其先鉅鹿人狀不通諱字今從不書夫人年若干歸我中丞北平田公事先舅公姑夫人以賢順聞於叔

妹姒閒用貺讓自處其他動止儀法無不似前之所爲中丞叔氏尚書公奉詔牧魏博六州公爲元和中第一勳中丞實與有勞天子降恩其家偕享貴榮元和八年夏詔賜夫人爲鉅鹿郡夫人旣視制書四姻九戚方走贄來賀不幸以其月二十二日終于相州刺史之堂享年若干中丞公悼其榮華之早凋情有加等以是歲十一月某日用窆禮于相州安陽縣西南感化鄉古之原長子華監察御史次子罕試衛尉卿皆爲節度衙門將長女適貝州刺史孫遷次適魏州館陶令長孫襄甫男才女淑率由內訓夫人之歿有遺光矣夫人五代祖徵鄭國公史旣詳徵生太僕卿臨黃縣公叔昇叔昇生蔣王司馬孟莊生臨汝郡葉縣長信生夫人之考故澤潞節度判官兼御史中丞萬早以

五字詩名聞於邢魏間於戲自鄭國公至先中丞其間信
累有人蓋道高而官尊不嗣者是祖勳父裕豈無鍾於淑
哲哉則夫人婦於君子者宜矣系曰
唯鄭國公翊唐勳下無嗣紹陰宰湯忠靈憤屯歆帝閽重
推淑慶歸女孫顧生夫人稟粹溫在父母家有休聞茗榮
薛艷礿字年錦衣瓊珮歸卿門卑柔莊敬承二尊姑嫂娣
姒和無痕春秋祠祭主盎鑄奠薦蠲潔歆明魂夫榮叔貴
天子恩詔分鉅鹿光魚軒義和不駐哀禍飄錦帷悄戚彤
史寒相山之側黃草原德言容工石存存

皇帝即位賀宰相啓

某啓伏見冊命皇帝以閏月三日嗣臨大位以主神人含
生之類孰不蒙賴相公翼亮聖明大慶資始伏惟永永與

國同休某下情不勝慶躍恨以所守不獲隨例拜賀謹差
某奉啓不宣謹啓

皇帝即位賀諸道狀

伏見勑命皇帝以閏正月三日嗣臨寶位海內惟新凡在
臣庶不勝慶幸惟俯同下情未由拜賀但增馳戀謹奉狀
不宣某再拜

皇帝即位降赦賀觀察使狀

二月五日恩赦今月二十四日卯時到州當時集百官僧
道百姓宣示訖聖上以繼明之初垂惟新之澤曲成不遺
於萬物大賚遂延於四海寰宇斯泰品類皆蘇恩普沾
遠近蒙慶某以藩條有制拜賀無由不勝忻抃之至謹差
萍鄉縣丞李于於奉狀陳賀

憲宗崩慰諸道疏

其言上天降禍大行皇帝奄棄萬國伏惟攀慕永痛哀感難勝某承詔不任號絕限以守官拜慰未由伏增惶戀謹差某奉疏不宣韓愈再拜

又有懷春賦恐非退之作其間有數語如春草生兮靡靡寒日暖其不光眸子瞭以揚靈沉若秋旻之滅氛芙蕖豔紅日以明漪微睇凝愁清揚婉以增秀紅靨哆麗而不豐斂態以自持紛予懷之不理蘭茝芳兮河之干欲往從之路漫漫

又說琴云悠幽抑以蕭寥殂冷音於弱指

又吐芳言之銛密發心曲之多思奄光流而響寂悅風雨之蕭然

又後亭聯句云雨霽松竹醒皆佳語也

音註韓文公文外集卷第十一

音註韓文公文外集卷第十二

唐書本傳

韓愈字退之鄧州南陽人七世祖茂有功於後魏封安定王父仲卿爲武昌令有美政既去縣人刻石頌德終祕書郎愈生三歲而孤隨伯兄會貶官嶺表會卒嫂鄭氏鞠之愈自知讀書日記數千百言比長盡能通六經百家學擢進士第會董晉爲宣武節度使表署觀察推官晉卒愈從喪出不四日汴軍亂乃去依武寧節度使張建封建封辟府推官操行堅正鯁言無所忌調四門博士遷監察御史上疏極論宫市德宗怒貶陽山令有愛在民民生子多以其姓字之改江陵法曹參軍元和初權知國子博士分司東都三歲爲眞改都官員外郎即拜河南令遷職方員

外郎華陰令柳澗有辠前刺史劾奏之未報而刺史罷澗
諷百姓遮索軍頓役直後刺史惡之按其獄貶澗房州司
馬愈過華以爲刺史陰相黨上疏治之旣御史覆問得澗
贓再貶封溪尉愈坐是復爲博士旣才高數黜官又下遷
乃作進學解以自諭執政覽之奇其才改比部郎中史館
修撰轉考功知制誥進中書舍人初憲宗將平蔡命御史
中丞裴度使諸軍按視及還且言賊可滅與宰相議不合
愈亦奏言云云以三州殘弊困劇之餘而當天下全力其
敗可立而待也云云執政不喜會有人詆愈在江陵時爲
裴均所厚均子鍔素無狀愈爲文章字命鍔謗語囂暴由
是改太子右庶子及度以宰相節度彰義軍宣慰淮西奏
愈行軍司馬愈請乘遽先入汴說韓弘使叶力元濟平遷

刑部侍郎憲宗遣使者往鳳翔迎佛骨入禁中三日乃送佛祠王公士人奔走膜唄至爲夷法灼體膚委珍貝騰沓係路愈聞惡之乃上表帝大怒持示宰相將抵以死裴度崔群曰愈言訐牾罪之誠宜然非內懷至忠安能及此願少寬假以來諫諍帝曰愈言我奉佛太過猶可容至謂東漢奉佛以後天子咸夭促言何乖剌邪愈人臣狂妄敢爾固不可赦於是中外駭懼雖戚里諸貴亦爲愈言乃貶潮州刺史既至潮州以表哀謝帝得表頗感悔欲復用之持示宰相曰愈前所論是大愛朕然不當言天子事佛乃年促耳皇甫鎛素忌愈直即奏言愈終狂疏可且內移乃改袁州刺史初愈至潮問民疾苦皆曰惡溪有鱷魚食民畜產且盡民以是窮數日愈自往視之令其屬秦濟以一

羊一豚投溪水而祝之是夕暴風震電起溪中數日水盡
涸西徙六十里自是潮無鱷魚患袁人以男女爲隸過期
不贖則没入之愈至悉計庸得贖所没歸之父母七百餘
人因與約禁其爲隸召拜國子祭酒轉兵部侍郎鎭州亂
殺田弘正而立王廷湊詔愈宣撫既行衆皆危之元稹言
韓愈可惜穆宗亦悔詔愈度事從宜無必入愈至廷湊嚴
兵迓之甲士陳廷既坐廷湊曰所以紛紛者乃此士卒也
愈大聲曰天子以公爲有將帥材故賜以節豈意同賊反
邪語未終士前奮曰先太師爲國擊朱滔血衣猶在此軍
何負乃以爲賊乎愈曰以爲爾不記先太師也若猶記之
固善天寶以來安禄山史思明李希烈等有子若孫在乎
亦有居官者乎衆曰無愈曰田公以魏博六州歸朝廷官

中書令父子受旗節劉悟李祐皆大鎮此爾軍所共聞也衆曰弘正刻故此軍不安愈曰然爾曹亦害田公又殘其家矣復何道衆讙曰善廷湊慮衆變疾麾使去因曰今欲廷湊何所爲愈曰神策六軍將如牛元翼者爲不乏但朝廷顧大體不可棄之公久圍之何也廷湊曰即出之愈曰若爾則無事矣會元翼亦潰圍出廷湊不追愈歸奏其語帝大悦轉吏部侍郎時宰相李逢吉惡李紳欲逐之遂以愈爲京兆尹兼御史大夫特詔不臺參而除紳中丞紳果劾奏愈愈以詔自解其後文刺紛然宰相以臺府不協遂罷愈爲兵部侍郎而出紳江西觀察使紳見帝得留愈亦復爲吏部侍郎長慶四年卒年五十七贈禮部尚書謚曰文愈性明鋭不詭隨與人交終始不少變成就後進士往

徃知名經愈指授皆稱韓門弟子愈官顯稍謝遣凡內
外親若交友無後者爲嫁遺孤女而䘏其家嫂鄭喪爲服
朞以報每言文章自漢司馬相如太史公劉向楊雄後作
者不世出故愈深探本元卓然樹立成一家言其原道原
性師說等數十篇皆奧衍閎深與孟軻楊雄相表裏而
佐佑六經云至他文造端置辭要爲不襲蹈前人者然惟愈
爲之沛然若有餘至其徒李翺李漢皇甫湜從而効之
遽不及遠甚從愈遊者若孟郊張籍亦皆自名於時贊
曰唐興承五代剖分王政不綱文弊質窮𧍪音蠹俚混并
天下已定治荒剔蠹討究儒術以興典憲薰醲涵浸殆
百餘年其後文章稍稍可述至貞元元和間愈遂以六經
之文爲諸儒倡障隄末流反刓以樸剗偽以真然愈之才

自視司馬遷楊雄至班固以下不論也當其所得粹然一出於正刊落陳言橫騖別驅汪洋大肆要之無抵捂聖人者其道蓋自比孟軻以荀況楊雄爲未淳寧不信然至進諫陳謀排難卹孤矯拂婾末皇皇於仁義可謂篤道君子矣自晉訖隋老佛顯行聖道不斷如帶諸侯倚天下正議助爲怪神愈獨喟然引聖爭四海之惑雖蒙訕笑跆（居怯切）而復奮始若未之信卒大顯於時昔孟軻拒楊墨去孔子才二百年愈排二家乃去千餘歲撥衰反正功與齊而力倍之所以過況雄爲不少矣自愈沒其言大行學者仰之如泰山北斗云

祭詩　張籍

嗚呼吏部公其道誠巍昂生爲大賢姿天使光我唐德義

動鬼神鑒用不可詳獨得雄直氣發爲古文章學無不該
貫史治得其方三次論諍退其志益剛彊再使平山東不
言謀所藏薦待皆寒羸但取其才良親朋有孤稚婚姻
有辦營如彼天有斗人可爲信常如彼歲有春物宜得華
昌哀哉未申施中年遽殂喪朝野良共哀矧於知舊腸籍
在江湖間獨以道自將學詩爲衆體久乃溢笈囊略無
相知人黯如霧中行北遊偶逢公盛語相稱明名因天下
聞傳者入歌聲公領試士司首薦到上京一來遂登科不
見苦貢場覯我性朴直乃言及平生由茲類朋黨骨肉無
以嘗坐令其子拜嘗呼幼時名追招不隔日繼踐公之堂
出則連轡馳寢則對榻牀搜窮今古書事事相斟量有
花必同尋有月必同望爲文先見草釀熟皆共觴新菓及

異與無不相待嘗到今三十年曾不少異更公文爲時師
我亦有微穀而後之學者或號爲韓張我官麟臺中公爲
大司成念此委末秩不能力自揚特狀爲博士始獲升朝
行未幾享其資遂忝南宮郎是事賴整扶如屋有棟梁去
夏公請告養疾城南莊籍時官休罷兩月同游翔黃子陂
岸曲一作西地曠氣色清新池四平漲中有蒲荇香芷臺臨
稻疇茂柳多陰涼板亭坐垂釣煩苦稍已平共愛池上佳
聯句舒遐情會有賈秀士來茲亦間并移舩入南溪東西
縱篙根劃浪激舩艋前後飛鷗鶬迴入潭瀨下網截鯉與
魴蹯沙掇水蔬樹下蒸新秔日來相與嬉不知暑日長柴
翁携童兒聚觀於岸傍月中登高灘星漢交垂芒釣車
擲長綫有獲齊讙譟驚夜闌乘馬歸衣上草露光公爲遊溪

詩唱詠多慨慷自期此可老結社於其鄉籍受新官詔拜
恩當入城公因同歸還居處隅一坊中秋十六夜臯圓天
差晴公既相邀留坐語於階楹乃出二侍女合彈琵琶箏
臨風聽繁絲忽遽聞再更顧我數來過是夜涼難忘公疾
浸日加孺人視藥湯來候不得宿出門每迴遑自是將董
危車馬候縱橫門僕皆逆遣獨我到寢房公有曠達識生
死為一綱及當臨終晨意色亦不荒贈我珍重言儼然委
衾裳公比欲為書遺約有修章令我署其末以為後事程
家人號於前其書不果成予符奉其言甚於親使令曾論
未訖註手跡今微茫新亭成未登閉在莊西廂書札與詩
文重疊我筒盈頃息萬事盡腸情多摧傷舊顯望盟津扎
野窆動鼓鐃柳車一出門終天無迴箚箱籍貧無贈貲爲用

申哀誠衣器陳下帳醪餌奠堂皇明靈庶鑒知髣髴斯來饗

祭文

李翺

嗚呼孔氏云遠楊朱恣行孟軻拒之乃壞于成戎風混華異學魁橫兄嘗辯之孔道益明建武以還文卑質喪氣萎軆敗剽剥不讓儷花鬭葉顛倒相上及兄之爲思動鬼神撥去其華得其本根開合怪駭驅濤涌雲包劉越嬴並武同殷六經之風絕而復新學者有歸大變于文兄之仕宦罔辭于難跳奏輒斥去而復遷升黜不改正言亟聞貞元十二兄在汴州我游自徐始得兄交視我無能待子以友講文析道爲益之厚二十九年不知其久兄以疾休我病卧室三來視我笑語窮日何荒不耕會之以一人心樂生皆

惡言凶兄之在病則齊其終順化以盡靡憾于中别我千
萬意如不窮臨喪大號泱裂肝胃老聃言壽死而不亡兄
名之垂星斗之光我譔兄行下于太常聲彈天地誰云不
長喪車來東我刺廬江君命有嚴不見兄喪遣使奠斝百
酸攪腸音容若在曷日而忘嗚呼哀哉尚饗

行狀　李翶

曾祖泰皇任曹州司馬

祖巘素皇任桂州長史

父仲卿皇任秘書郎贈尚書左僕射

公諱愈字退之昌黎某人生三歲父歿養於兄會舍及長
讀書能記他生之所習年二十五上進士第汴州亂詔以
舊相東都留守董晉爲平章事宣武軍節度使以平汴州晉

辟公以行遂入汴州得試秘書省校書郎爲觀察推官晉
卒公從晉喪以出四日而汴州亂凡從事之居者皆殺死
武寧軍節度使張建封奏爲節度推官得試大常寺協
律郎選授四門博士遷監察御史爲幸臣所惡出守連州
陽山令政有惠于下及公去百姓多以公之姓以命其子
改江陵府法曹參軍入爲權知國子博士宰相有愛公文
者將以文學職處公有爭先者搆公語以飛之公恐及難
遂求分司東都權知三年改眞博士入省爲分司都官員
外郎改河南縣令日以職分辨於留守及尹故軍士莫敢
犯禁入爲職方員外郎華州刺史奏華陰縣令柳澗有罪
遂將貶之公上䟽請發御史辯曲直方可處以罪則下不
受屈既柳澗有犯公由是復爲國子博士改比部郎中史

館修撰轉考功郎中修撰如故數月以考功知制誥上將
平蔡州先命御史中丞裴公度使諸軍以視兵及還奏兵
可用賊勢可以滅頗與宰相意忤既數月盜殺宰相又害
中丞不克中丞微傷馬逸以免遂爲宰相以主東兵自安
祿山起范陽陷兩京河南北七鎮節度使身死則立其子
作軍士表以請朝廷因而與之及正元季年雖順地節將
死多即軍中取行軍副使將校以授之節習以成故矣朝
廷之賢恬於所安以苟不用兵爲貴議多與裴丞相異唯
公以爲盜殺宰相而遂息兵其爲懦甚大兵不可以息以
天下力取三州尚何不可與裴丞相議合故兵遂用而宰
相有不便之者月滿遷中書舍人賜緋魚袋後竟以他事
改太子右庶子元和十二年秋以兵老久屯賊未滅上命

裴丞相爲淮西節度使以招討之丞相請公以行於是以公兼御史中丞賜三品衣魚爲行軍司馬從丞相居於郾城公知蔡州精卒悉聚界上以拒官軍守城者率老弱且不過千人亟白丞相請以兵三千人間道以入必擒吴元濟丞相未及行而李愬自唐州文城壘提其卒以夜入蔡州果得元濟蔡州既平布衣栢耆以計謁公公與語奇之遂白丞相曰淮西滅王承宗膽破可不勞用衆宜使辯士奉相公書明禍福以招之彼必服丞相然之公令栢耆口占爲丞相書明禍福使栢耆袖之以至鎮州承宗果大恐上表請割德棣二州以獻丞相歸京師公遷刑部侍郎歲餘佛骨自鳳翔至傳京師諸寺時百姓有燒指與頂以祈福者公奏疏言自伏羲至周文武時皆未有佛而年多至

百歲有過之者自佛法入中國帝王事之壽不能長梁武帝事之最謹而國大亂請燒棄佛骨疏入貶潮州刺史移袁州刺史百姓以男女為人隸者公皆計傭以償其直而出歸之入遷國子祭酒有直講能說禮而陋容學官多豪族子擯之不得共食公命吏曰召直講來與祭酒共食學官由此不敢賤直講奏儒生為學官日使會講生徒多奔走聽聞皆喜曰韓公來為祭酒國子監不寂寞矣改兵部侍郎鎮州亂殺其帥田弘正征之不克遂以王廷湊為節度使詔公往宣撫既行衆皆危之元稹奏曰韓愈可惜穆宗亦悔有詔令至境觀事勢無必於入公曰安有受君命而滯留自顧遂疾驅入廷湊嚴兵拔刃弦弓矢以逆及館甲士羅於庭公與廷湊監軍使三人就位既坐廷湊言曰

所以紛紛者乃此士卒所爲本非廷湊心公大聲曰天子以爲尚書有將帥材故賜之以節實不知公共健兒語未及大錯甲士前奮言曰先太史爲國打朱滔滔遂敗走血衣皆在此軍何負朝廷乃以爲賊乎公告曰兒郎等且勿語聽愈言愈將爲兒郎已不記先太史之功與忠矣若猶記得乃大好且爲逆與順利害不能遠引古事但以天寳來禍福爲兒郎等明之安禄山史思明李希烈梁崇義朱滔朱泚吳元濟李師道復有若子若孫在乎亦有居官者乎衆皆曰無又曰令公以魏博六州歸朝廷爲節度使後至中書令父子皆授旌節子與孫雖在幼童者亦爲好官窮富極貴寵榮耀天下劉悟李祐皆居大鎮王承元年始十七亦杖節此皆三軍耳所聞也衆乃曰田弘正刻此軍

故軍不安公曰然汝三軍亦害田令公身又殘其家矣復何道衆乃讙曰侍郎語是廷湊恐衆心動遽麾衆散出因泣謂公曰侍郎來欲令廷湊何所爲公曰神策六軍之將如牛元翼比者不少但朝廷顧大體不可以棄之耳而尚書久圍之何也廷湊曰即出之公曰若真耳則無事矣因與之宴而歸而牛元翼果出及還於上前盡奏與廷湊言及三軍語上大悅曰卿直向伊如此道由是有意欲大用之王武俊贈太師呼太史者燕趙人語也轉吏部侍郎凡令史皆不鎖聽出入或問公公曰人所畏鬼者以其不能見也鬼如可見則人不畏矣選人不得見令史故令史勢重聽其出入故勢輕改京兆尹兼御史大夫特詔不就御史臺謁後不得引爲例六軍將士皆不敢犯私相告曰是

尚欲燒佛骨者安可忤、故盜賊止、遇旱米價不敢上、李紳
爲御史中丞、械囚送府、使以尹杖杖之、公曰、安有此、使歸
其囚、是時紳方幸、宰相欲去之、故以臺與府不協爲請、出
紳爲江西觀察使、以公爲兵部侍郎、紳既復留、公入謝、上
曰、卿與李紳爭何事、公因自辯、數日復爲吏部侍郎、長慶
四年得病、滿百日假、既罷、以十二月一日卒於靖安里第、
洪曰、宜室志、公長慶四年夏、以疾不治務、至秋九月免疾亟甚、冬十一月卧於靖安里第、晝卧見一神人謂愈曰、帝
命與卿計事、愈遽起整冠而坐曰、臣不幸有疾、敢以踞見王、神人曰、威粹骨蕤國世、與韓氏爲仇、今欲討之而力不
足、卿以爲何如、對曰、臣願從大王討之、神人頷而去、於是書其辭置于座側、數日不能解、至十二月而卒、茲亦異矣
公氣厚性通、論議多大體、與人交始終不易、凡嫁内外及
交友之女無主者十人、幼養於嫂鄭氏、及嫂歿、爲之朞服
以報之、深於文章、每以爲自揚雄之後、作者不出其所爲

文未嘗效前人之言而固與之並自正元末以至于茲後進之士其有志於古文者莫不視公以爲法有集四十卷小集十卷及病遂請告以罷每與交友言既終以處妻子之語且曰某伯兄德行高曉方藥食必視本草年止四十二某疎愚食不擇禁忌位爲侍郎年出伯兄十五歲矣如又不足於何而足且獲終於牖下幸不至失大節以下見先人可謂榮矣享年五十七贈禮部尚書謹具任官事跡如前謹牒考功下太常定謚并牒史館謹狀

神道碑　皇甫湜

韓氏出晉穆侯晉滅武穆之韓而邑穆侯孫万於韓遂以爲氏後世稱王漢之興故韓襄王孫信有功復封韓王繇葉遂著後居南陽又隷延州之武陽拓跋後魏之帝其臣

有韓茂者以武功顯爲尚書令實爲安定桓公次子均襲
爵官至金部尚書亦能以功名終尚書曾孫叡素爲唐桂
州長史善化行於江嶺之間於先生爲王父生贈尚書左
僕射諱仲卿僕射生先生先生諱愈字退之乳抱而孤熊
熊然角嫂鄭氏異而恩鞠之七歲屬文意語天出長悅古學
業孔子孟軻而俊其文秀人偉生多從之遊俗遂化服炳
炳烈烈爲唐之章貞元十四年用進士從軍宰相董晉平
沂州之亂又佐徐州青淄通漕江淮入官於四門先生實
師之擢爲御史十九年關中旱人飢死相枕藉吏刻取息
先生列言天下根本民急如是請寬民徭而免田租之弊
專政者惡之斥爲連州陽山令陽山民至今多以先生氏
字呼其子孫累除國子博士不麗邪寵懼爲所中請分司東

都避之除尚書都官郎中分司判祠部中官號功德使司
京城觀寺尚書斂手就職先生按六典盡索之以歸誅其
無良時其出入禁譁衆以正浮屠授河南令魏鄆幽鎮各
爲留邸貯潜卒以橐罪士官無敢問者先生將擿其禁以
壯朝廷斷民署吏俟且發留守尹以聞皆大恐令遽相禁
有使還爲言憲宗悦曰韓愈助我者是後鄆邸果謀反東
都將屠留守以應淮蔡華州刺史奏華陰令柳澗贓詔貶
澗官先生守尚書職方郎中奏䟽言華近在國城門外刺
史奏縣令罪不叅驗坐郡御史考實奏事如州宰相不爲
堅白本意先生竟責出省復比部郎中修史主柄者不喜
不卒展用再遷中書舍人廷議蔡叛可誅與衆意違改右
庶子十二年七月詔御史中丞司彰義軍討元濟出闢趙

沂說都統弘悅用命遂至郾城勢審其賊虛實請節度使裴度曰某須精兵千人取元濟度不聽察衆居數日李愬自文城果行無人擒賊以獻遂平蔡方三軍之士爲先生恨復謂度曰今藉聲勢王承宗可以辭取不煩兵矣得栢耆先生受詞使耆執筆書之持以入鎮承宗恐懼割德棣以降遣子入侍還拜刑部侍郎憲宗盛儀衛迎佛骨士女縱觀傾城先生大懼遂稽典校上章極諫貶潮州刺史大官謫爲州縣薄不治務先生臨之若以資遷洞究海俗海夷陶然遂生鮮魚稻蟹不暴民物掠賣之口計庸免之未相直輒與錢贖及還著之赦令轉刺袁州治袁州如潮徵拜國子祭酒其屬一奏用儒生日集講說生徒官之以藝學淺深爲顧待品第曹游益不留既除兵部侍郎方鎮

反太原兵以輕利誘回紇召先生禍福譬引虎齧臛血直
今所患非兵不足遽疏陳得失王廷湊屠衣冠圍牛元翼
人情望之若大蚖虺先生奉詔入賊淵然無事行者既至
召衆賊帥前抗聲數責致天子命詞辯而銳悉其機情衆
俱伏賊帥曰唯公指令乃納之出元翼歸士大夫之喪功
可意而復穆宗大喜且欲相之遷吏部侍郎會京兆尹以
不治聞遂以遷拜敕曰朕屈韓愈以爲尹宜令無參御史
不得爲故常兼御史大夫用優之禁軍老姦宿惡不懾盡
縛送獄京理恪然御史中丞有寵旦夕且相先生不詣固
爲恥矣械囚送府令取尹杖決之先生脫囚械縱去御史
悉奏宰相乘之兩改其官復爲吏部侍郎銓不鎖入吏選
父七十母六十身七十悉與三利取才財勢路絕病滿三

月免四年十二月丙子薨靖安里第年五十七嗣天子不御朝贈禮部尚書寶曆元年三月癸酉葬河南某縣先叔父雲卿當肅宗代宗朝獨爲文章官會亦顯名官至起居舍人會妻之亡先生以朞衰服服焉用報之朝有大獄大疑文武會同莫先發言先生援經引决考合傳記侃侃正色伏其所詞執女政而出又曰其賢善耳必心躍色揚鉤而游之內外惸弱悉撫之一親以仁使男有官女有從而不啻於己生交於人已而我負終不計死則庀其家均食剖資與人故雖微弱待之如賢戚人詬笑之愈篤未嘗一食不對客閨人或晝見其面退相指語以爲異事賓貴嗜才拔毫細無所略然而天下之進士而後者望風懾畏以爲端人神士朗出天外不可梯接非可奇卓望門不敢造未

嘗宿貸有餘財每白吾明日解衣質食今存者已多矣遺命喪葬無不如禮俗習夷狄盡寫浮屠月以七數之及拘陰陽所謂吉凶一無汙我夫人高平郡君孤前進士昶謹以承命湜既以銘先生墓矣又悉敘其系葉德詔於碑以圖永久而揭以詞

韓因朝封自武之穆厥全趙孤天下陰福子孫宜昌宜惠遂王秦絕韓祀蠛虱有子絕王陽翟絕王安定三王其爵韓世何盛桂冑系雅三祖官下秘書發祥追錫僕射逕執道荒物喪其明誰墜其佁先生之生先生之武龔蹈聖距基於其身克後其所居歸丘軻危解禍羅且兮素兮有醜何多靡引而忘天吝其施垂墜乃頹羣心孔哀厥轂赫赫滿華徧貊年千世百新在竹帛我銘在碑展我哀思

墓誌銘

長慶四年八月昌黎先生既以疾免吏部侍郎書諭湜曰死能令我躬所以不隨世磨滅者惟子以爲囑其年十二月丙子遂薨明年（一有正月字）其孤昶使奉功緒之録繼訃以至三月癸酉葬河南河陽乃哭而叙銘其墓其詳將揭之於神道碑云先生諱愈字退之後魏安定桓王茂六代孫祖朝散大夫桂州長史諱叡素父秘書郎贈尚書左僕射諱仲卿先生生七歲好學言出成文及冠恣爲書以傳聖人之道人始未信既發不掩聲震業光衆方驚爍而萃排之乘（一作亟）危將顛不懈益張卒大信於天下先生之作無圓無方（至是）歸工抉經之心執聖之權尚友作者跋邪觝異以扶孔氏存皇之極知人罪非我計茹古涵今無有端涯渾

渾灝灝不可窺校及其酣放豪曲快字凌紙怪發鯨鏗春
麗驚耀天下然而栗密窈眇章妥句適精能之至入神出
天嗚呼極矣後世無以加之矣姬氏已來一人而已矣始
先生以進士三十有一仕歷官其爲御史尚書郎中書舍
人前後三貶皆以疏陳治事廷議不隨爲罪常惋佛老氏
法潰聖人之隄乃唱而築之及爲刑部侍郎遂章言憲宗
迎佛骨非是任爲身恥上怒天子先生處之安然就貶八千
里海上嗚呼古所謂非苟知之亦允蹈之者耶吳元濟反
吏兵久屯無功國涸將疑衆懼恟恟先生以右庶子兼御
史中丞行軍司馬宰相軍出潼關請先一有生字者非乘遽至
汴感說都統師乘遂和卒擒元濟王廷湊反圍牛元翼於
深救兵十萬望不敢前詔擇廷臣往諭衆慄縮先生勇行

元稹言於上曰韓愈可惜穆宗悔馳詔無徑入先生曰止
君之仁死臣之義遂至賊營麾其衆責之賊恒汗伏地乃出
元翼春秋美臧孫辰告糴于齊以爲急病校其難易孰爲
宜褒嗚呼先生眞古所謂大臣者耶選拜京兆尹歛禁軍
帖旱糴獻齒倖臣之錯再爲吏部侍郎薨年五十七贈禮
部尚書先生與人洞朗軒闢不施戟級族姻友舊不自立
者必待我然後衣食嫁娶喪葬平居雖寢食未嘗去書怠
以爲枕飡以飴口講評孜孜以磨諸生恐不完美游以詼
笑嘯歌使皆醉義忘歸（洪曰皇甫湜稱退之曰意語天出曰不可梯接曰茹古涵今曰章妥句適稱其門人曰醉義忘歸皆奇語也）
嗚呼可謂樂易君子鉅人者矣夫
人高平君范陽盧氏孤前進士昶壻左拾遺李漢壻集賢
校理樊宗懿次女許嫁陳氏三女未笄銘曰

維天有道在我先生萬頸胥延坐廟以行令望絕耶痌此四方惟聖有文乖遺歲千先生起之倬役于前彌義滂仁耿照充天有如先生而合亘年按我章書經紀大環謚不時施昌極後昆噫嘻永歸奈知之悲

請配饗書　皮日休

於戲聖人之道不過乎用用於生前則一時可知也用於死後則百世可知也故孔子之封賞自漢至隋其爵不過乎公矦至于吾唐乃策王號七十子之爵命自漢至隋或卿大夫至于吾唐乃封公矦曾參之孝道動天地感鬼神自漢至隋不過乎諸子至于吾唐乃旌入十哲噫天地久否忽泰則平日月久昏忽開則明雷霆久息忽震則驚雲霧久鬱忽廓則清仲尼之道否於周秦而昏於漢魏息於晉

宋而鬱於陳隋遇于吾唐萬世之憤一朝而釋儻死者可作其志可知也今有人身行聖人之道口吐聖人之言行如顔閔文若游夏死不得配食於夫子之側愚又不知尊先聖之道也夫孟子荀卿翼傳孔道以至于文中子文中子之末降及貞觀開元其傳者醨其繼者淺或引刑名以爲文或援縱横以爲理或作詞賦以爲雅文中子之道曠百祀而得室授者唯昌黎文公公之文蹴楊墨於不毛之地蹂釋老於無人之境故得孔道巍然而自正夫今之文人千百士之作釋其卷觀其詞無不裨造化補時政繄公之力也公之文曰僕自度若世無孔子僕不當在弟子之列設使公生孔子之世公未必不在四科焉國家以二十賢者若左丘明卜子夏公羊高穀梁赤伏勝高堂生戴勝孔安國劉向范甯杜子春馬融盧植鄭康成服

虔、何休、毛萇、王肅、王弼、杜預、代用其書垂于國胄並配饗於孔聖廟堂者其爲典禮也大矣美矣苟以代用其書不以釋聖人之辭箋聖人之義哉況有身行其道口傳其文吾唐已來一人而已不得在二十一賢之列則未以乎典禮爲備伏請命有司定其配饗之位則自兹已後天下以文化未必不由夫是也

請從祀狀　陸長愈

竊聞追封孟軻爲鄒國公伏覩每歲春秋釋奠于先聖至聖文宣王謂冝與顏子並配事下本部看詳孟子於孔聖之門當在顏子列至於荀況揚雄韓愈皆發明先聖之道久未配食誠爲闕典伏請自今春秋釋奠荀況揚雄韓愈並以世次先後從祀於左丘明等二十一賢之間奉　聖旨

依及太常寺考詳韓愈官止吏部侍郎贈禮部尚書檢會唐六典禮部尚書正三品合封侯元豐官品令禮部尚書從二品合封公若從本朝官制合封昌黎公然已得從祀於左丘明等之列恐難因此褒崇卻降合得封爵請封昌黎伯

敕魏晉以還學者浸陋不足以名家而韓愈晚出於唐慨然以羽翼六經自任其文章議論後世儒者頗宗焉宜有追褒仍躋從祀厥惟光顯以勸將來宜特封昌黎伯

袁州文公廟記　　祖　無擇

元和十五年昌黎韓文公嘗爲袁州刺史後二百三十四年無擇實涖此州築宫而祠之公諱愈字退之幼孤見鞠於兄嫂氏嫂卒服朞喪以報德進士及第應董晉張建封

辟爲汴徐二府從事入爲國子博士監察御史關中大旱
民死盈路公請寬征役租幸臣切齒貶連州陽山縣令在
陽山有善政既去人懷其惠生子悉以韓名遷江陵府法
曹參軍再爲博士避謗分司東都遷尚書都官員外郎判
祠部僧之無良者一切寘于理用是復力穡者衆改河南
縣令將發魏鄆幽鎮留邸卒尹恐禁止歷職方及比部
考功郎中史館修撰知制誥初議討吳元濟朝廷文武大
臣無敢言者公以爲宰相被殺中丞傷僅免若是兵可息
乎及裴度出征公以太子右庶子爲行軍司馬先馳至汴
說韓都統名犯宣祖廟諱上一字故書其官韓輿疾以從蔡州平公謂度曰
王承宗可取乃授書栢者以往承宗即獻德棣二州轉刑
部侍郎佛骨至自鳳翔百姓火肌膚爲奉傾京師公上疏

極陳其不可因得皇貶潮州刺史近境有鱷魚食人公以文逐之魚輒遠去人用無患移刺袁州袁州之民男女爲人隸者踰約則沒不得出公皆計傭予直而出之尋奏而著於令拜國子祭酒接學官儒生必以禮除兵部侍郎鎮州亂殺其帥署王廷湊爲節度詔公宣撫既行穆宗遽止之公已入矣衆皆危公公辭氣慷慨曉諭無人之地與士卒論逆順存亡之理莫不聽命解深州圍歸牛元翼以吏部侍郎典選聽令史出入令史之𤱶遂輕任京兆尹六軍將士咸畏憚怗怗不敢犯曰是欲燒佛骨者其爲人信服也如此憲宗既貶公於潮州且將復用之爲皇甫鎛所忌乃以公爲狂疎止可量移一郡故有袁州之命公自鎮州還穆宗即欲相之會京兆尹以不治聞乃擢公兼御史大夫

有敕無臺叅中丞李紳縣是不協復爲吏部侍郎卒贈禮部尚書嗚呼公之器業可謂宏深魁偉施於行事細大夷險無所不宜其文章博辯卓詭與商盤周誥相上下惜也孔子殁無聖人者爲之章顯以信後世而見絀於史臣之筆其亦不幸也歟無擇何人哉道不加修學不加益夙夜茂勉庶幾前烈謹詳書其實以著于記云時皇祐五年冬十一月一日也

潮州文公廟碑　蘇軾

疋夫而爲百世師一言而爲天下法是皆有以叅天地之化關盛衰之運其生也有自來其逝也有所爲矣故申吕自嶽降而傳説爲列星古今所傳不可誣也孟子曰吾善養浩然之氣是氣也寓於尋常之中而塞乎天地之間卒

然遇之則王公失其貴晉楚失其富良平失其智賁育失
其勇儀秦失其辯是孰使之然哉其必有不依形而立不
恃力而行不待生而存不隨死而亡者矣故在天爲星辰
在地爲河嶽幽則爲鬼神明則復爲人此理之常無足怪
者自東漢已來道喪文弊異端並起歷唐正觀開元之盛
輔以房杜姚宋而不能救獨韓文公起布衣談笑而麾之
天下靡然從公復歸于正蓋三百年於此矣文起八代之
衰而道濟天下之溺忠犯人主之怒而勇奪三軍之帥此
豈非參天地關盛衰浩然而獨存者乎蓋嘗論天人之辯
以謂人無所不至惟天不容僞智可以欺王公不可以欺
豚魚力可以得天下不可以得匹夫匹婦之心故公之精
誠能開衡山之雲而不能回憲宗之惑能馴鱷魚之暴而

不能弭皇甫鎛李逢吉之謗能信於南海之民廟食百世
而不能使其身一日安於朝廷之上蓋其所能者天也其
所不能者人也始潮人未知學公命進士趙德爲之師自
是潮之士皆篤於文行延及齊民至于今號稱易治信乎
孔子之言君子學道則愛人小人學道則易使也潮人
之事公也飲食必祭水旱疾疫凡有求必禱焉而廟在刺
史公堂之後民以出入爲艱前守欲請諸朝作新廟不果
元祐五年朝散郎王君滌來守是邦凡所以養士治民者
一以公爲師民既悅服則出令曰願新公廟者聽民讙趨
之卜地於州城之南七里期年而廟成或曰公去國萬里
而謫于潮不能一歲而歸沒而有知其不眷戀于潮也審
矣軾曰不然公之神在天下者如水之在地中無所往而不

在也而潮人獨信之深思之至君焄蒿悽愴若或見之譬如鑿井得泉而曰水專在是豈理也哉元豐七年詔封公昌黎伯故牓曰昌黎伯韓文公之廟潮人請書其事于石因爲作詩以遺之使歌以祀公其詞曰公昔騎龍白雲鄉手決雲漢分天章天孫爲織雲錦裳飄然乘風來帝旁下與濁世掃粃糠西游咸池略扶桑草木衣被昭回光追逐李杜參翱翔汗流籍湜走且僵滅没倒景不可望作書詆佛譏君王要觀南海窺衡湘歷舜九疑弔英皇祝融先驅海若藏約束鮫鱷如驅羊鈞天無人帝悲傷謳吟下招遣巫陽犦牲雞卜羞我觴於粲荔丹與蕉黄公不少留我涕滂翩然被髮下大荒元祐七年三月庚戌

柳開後序

世謂先生得聖人之道惜乎不能著書是茲爲先生之少也當時之人亦有是語焉余讀先生之文自年十七至于今凡七年日夜不離于手始得其十之一二嗚呼先生之時文章盛于古矣猶有言以過先生況下先生之後至于今乎是謂世不知先生者也夫子之於經書在易則賛焉在詩書則刪焉在禮樂則定焉在春秋則約史而修焉在孝經則因參也而語焉非夫子特然而爲也在語則弟子記其言紀焉亦非夫子自作也聖人不以好廣于辭而爲事也在乎化天下傳來世用道德而已若以辭廣而爲事也則百子之紛然競起異說皆可先于夫子矣雖孟子之爲書能尊夫子者當在亂世也揚子雲作太玄法言亦當王莽之時也其要在于存聖人之道矣自下至于先生聖人之

子

經籍雖皆殘缺其道猶備先生于時作文章諷頌規戒荅論問說淳然一歸於夫子之旨而言之過于孟子與楊子雲遠矣先生之於爲文有善者益而成之有惡者化而革之各婉其旨無使勃然而生于亂者也是與章句之徒一貫而可言耶且孟子與楊子雲不能行聖人之道于時授聖人之言乎人故所以作書而說焉觀先生之文時皆用于世者也與尚書之號令春秋之褒貶大易之通變詩之風賦禮樂之因襲經之教授語之訓導酌于先生之心與夫子之旨無有異趣者也先生之於聖人之道在于是而已矣何必著書而後始爲然也有其道而無其人吾所以悲也有其人而人不知其道益吾所以悲也若先生者不有人不知其道者乎吾謂世不知先生也豈爲誣言也哉

歐陽脩書韓文後

余（一作吾）少家（一作居）漢東漢東僻陋無學者吾家又貧無藏書州南有大姓李氏者其子堯輔頗好學余爲兒童時多遊其家見有弊筐貯故書在壁間發而視之得唐昌黎先生文集六卷脫落顛倒無次序因乞李氏以歸讀之見其言深厚而雄博然余猶少未能悉究其義徒見其浩然無涯若可愛是時天下學者楊劉之作號爲時文能者取科第擅名聲以誇榮當世未嘗有道韓文者余亦方舉進士以禮部詩賦爲事年十有七試于州爲有司所黜因取所藏韓氏之文復閱之則喟然歎曰學者當至於是而止耳因怪時人之不道而顧己亦未暇學徒時時獨念于余心以謂方從進士干祿以養親苟得祿矣當盡力于斯文以

償其素志後七年舉進士及第官于洛陽而尹師魯之徒皆在遂相與作爲古文因出所藏昌黎集而補綴之求人家所有舊本而校定之其後天下學者亦漸趨於古而韓文遂行于世至于今蓋三十餘年矣學者非韓不學也可謂盛矣嗚呼道固有行於遠而止於近有忽於往而貴于今者非惟世俗好惡之使然亦其理有當然者而孔孟惶惶於一時而師法於千萬世韓氏之文沒而不見者二百年而後大施於今此又非特好惡之所上下蓋其久而愈明不可磨滅雖蔽于暫而終耀于無窮者其道當然也余之始得於韓也當其沉沒棄廢之時余固知其不足以追時好而取勢利於是就而學之則余之所爲者豈以急名譽而干勢利之用哉亦志乎久而已矣故余之仕於進不爲

喜退不爲懼者蓋其志先定而所學者宜然也集本出於蜀文字刻畫頗精於今世俗本而脫繆尤多凡三十年間聞人有善本者必求而改正之其最後卷秩不足今不復補者重增其故也余家藏書萬卷獨昌黎先生集爲舊物也嗚呼韓氏之文之道萬世所共尊天下所共傳而有也余於此本特以其舊物而尤惜之

呂夏卿後序

戊子年至京師巳丑冬借韓子華家本校正乙未春得歐陽公本又校過然增損甚少疑子華本亦得於歐陽公也始余兄知舞陽縣事得朱台符家藏本於許州改誤凡數十文頗增句讀朱氏所傳本蓋久然古詩次第與諸本不同王弘中韓弘神道碑弘妻翟氏柳宗元李道古馬繼祖

樊宗師李邦張徹盧於陵李于盧渾韓岌韓滂好好女拏盧夫人墓誌皆不在集中然朱氏本亦韓集之未完者爾丙申春得趙德文録六卷於林琪家德潮州人文公爲刺史時攝海陽縣尉督州學生徒者也文録所載皆韓文首揔七十五首其次第殽亂句讀或有增損異同疑德親受本於文公比他本爲最可信者通解崔虞部書明水賦河南同官記今皆不入正集李漢自謂收拾遺文無所墜失四篇之文疑漢所棄或墜失而未得者故不在集中而見於文録然則德所録在李漢前今以德序爲首李漢序次之而存文録篇第於集後以序然則外集所載未必皆李漢所不取者也

音註韓文公文外集卷第十二